一九五三年一月出生于湖南省。一九六八年初中毕业后赴湖南省汨罗县插队务农，一九七四年调该县文化馆工作，一九七八年就读湖南师范学院中文系。先后任《主人翁》杂志副主编（一九八二年）、湖南省作家协会专业作家（一九八五年）、《海南纪实》杂志主编（一九八八年）、《天涯》杂志社长（一九九五年）、海南省作协主席（一九九六年）、海南省文联主席（二〇〇〇年）等职。

主要文学作品有：短篇小说《西望茅草地》《飞过蓝天》《归去来》等，中篇小说《爸爸爸》《鞋癖》等，散文《世界》《完美的假定》等，长篇小说《马桥词典》《日夜书》《修改过程》，长篇随笔《暗示》《革命后记》，长篇散文《山南水北》《人生忽然》；另有译作《生命中不能承受之轻》《惶然录》。

曾获中华优秀出版物奖、鲁迅文学奖、萧红文学奖、华语文学传媒大奖年度小说家奖、美国纽曼华语文学奖等重要奖项，另获法兰西艺术与文学骑士勋章。作品有四十多种译本在境外出版。

赶马的老三

中短篇小说集

(1994 - 2016)

韩少功 著

上海文艺出版社

自序

　　眼前这一套作品选集，署上了"韩少功"的名字，但相当一部分在我看来已颇为陌生。它们的长短得失令我迷惑。它们来自怎样的写作过程，都让我有几分茫然。一个问题是：如果它们确实是"韩少功"所写，那我现在就可能是另外一个人；如果我眼下坚持自己的姓名权，那么这一部分则似乎来自他人笔下。

　　我们很难给自己改名，就像不容易消除父母赐予的胎记。这样，我们与我们的过去异同交错，有时候像是一个人，有时候则如共享同一姓名的两个人、三个人、四个人……他们组成了同名者俱乐部，经常陷入喋喋不休的内部争议，互不认账，互不服输。

　　我们身上的细胞一直在迅速地分裂和更换。我们心中不断蜕变的自我也面目各异，在不同的生存处境中投入一次次精神上的转世和分身。时间的不可逆性，使我们不可能回到从前，复制以前那个不无陌生的同名者。时间的不可逆性，同样使我们不可能驻守现在，一定会在将来的某个时刻，再次变成某个不无陌生的同名者，并且对今天之我投来好奇的目光。

在这一过程中，此我非我，彼他非他，一个人其实是隐秘的群体。没有葬礼的死亡不断发生，没有分娩的诞生经常进行，我们在不经意的匆匆忙碌之中，一再隐身于新的面孔，或者是很多人一再隐身于我的面孔。在这个意义上，作者署名几乎是一种越权冒领。一位难忘的故人，一次揪心的遭遇，一种知识的启迪，一个时代翻天覆地的巨变，作为复数同名者的一次次胎孕，其实都是这套选集的众多作者，至少是众多幕后的推手。

感谢上海文艺出版社，鼓励我出版这样一个选集，对三十多年来的写作有一个粗略盘点，让我有机会与众多自我别后相逢，也有机会说一声感谢：感谢一个隐身的大群体授权于我在这里出面署名。

欢迎读者批评。

二〇一二年五月

目录

- 1 梦案
- 32 老狼阿毛
- 52 方案六号
- 61 八〇一室故事
- 72 是吗
- 85 兄弟
- 125 报告政府
- 215 山歌天上来
- 285 白麂子
- 298 生离死别
- 306 土地
- 318 末日
- 334 西江月
- 346 第四十三页
- 365 生气
- 377 赶马的老三
- 420 怒目金刚
- 438 山那边的事
- 454 枪手

梦　案

一

当时我特别忙，夜里很少做梦。脑子里少了些古怪的夜间精神演习，不免有些空洞和乏味。凡做过的梦，我也很难记住，只要在梦醒一刻不紧紧追忆，梦便如曝光的胶片，图影转瞬即逝并且一去不返。朦朦胧胧的恐怖或甜蜜，马上在清醒的思索中瓦解，再也不可能找回来逐一重温。老人们说过，记梦最不好，伤身子，折阳寿。我妻子就笃信这一点——自从人到中年，凡从外面听来的民间真理，她都在饭桌边大力宣传并且坚信不疑。

这一次的梦有些特别。梦的前半截已经曝光，一片灰白也许掩盖了很重要的来历和前因，现在只能随我去猜想。我能记住的，是当时我喊不出声音，身子软软的不能动弹，眼睁睁地看着门开了，放进来一片逐渐宽大的月光。我似乎知道将要发生什么。回首之际一个黑影已经立在我的床头。我隐约看见他油光闪亮的臂膀，还有手里一件形状不明的东西——但我的眼光发直，鼓足劲也没法看清那东西是什么。

他似乎还未完全弄清床上的情况,先是朝我的脚那一端摸索,被椅子撞了一下。然后,他似乎明白了目标在哪里,黑影朝我的头部笼罩而来。我觉得他的身影有点眼熟。我不敢呼吸也不敢往下想,直到他突然举臂的一刹那,才总算挣脱了浑身僵硬,在生死关头调动了神经。

有床头灯与铁器相拨的声音。床头灯是我随手抓拉来的。又是一次掌心中的震颤,我感到手上空了,床头灯不知如何从手中飞了出去,也不知飞向何方。但我已滚下了床,碎碎瘪瘪的声音从喉眼里挤出来:

"你要做什么?你是什么人?"

黑影犹豫了一下。我抓住这个机会站稳了,朝门外亮灼灼的满地月光纵身跃去,大喊了一声:

"救命——"

我觉得自己好糟糕。我身强力壮,每顿饭都不好意思地盛上三四碗,而且当时门后就有铁铲和哑铃,完全可以用来捍卫男子汉的脸面,为何我竟然吓得如漏网之鱼过街之鼠?还可耻地大呼"救命"?至少,我应该叫出一些豪壮些的话,比方说"我裁了你""你等着杂种"什么的。

我一喊,就幸福万分地醒过来了。

我胸口怦怦跳,浑身大汗,痛快淋漓地享受着噩梦初醒时的庆幸感和安全感。我起床撒了泡尿,小心地查看了一遍。门已经闩得紧紧的,很好。窗子上的安全栅也未遭破坏,同样很好。门外依然月色空明。

我说过了,这一次的梦有些特别。梦境清晰而牢固,一出现便如经过定影处理,绝不变化褪色。当我辨认这些图景时,虽然光色嫌暗,但图景中那桌子、那蚊帐、那窗口婆娑树影和明亮月光,仍然真切在目。我只是没法看清凶手的面孔。这很可惜,假若这梦是真的,我等一下要去向警察报案,不是缺乏最关键的侦破线索吗?当时我如何慌乱得没有将他从容地打量一眼?

他向我高高举起凶器之际,我未看清他的脸。

这个人是谁?

二

我睡不着了。似乎需要仔细想一想,谁有亡我之心?这几年我得罪过什么人?

我觉得这个梦绝非毫无来历,绝不是电影公司跑片人迷了路,把某个武打片错误地投送到我脑袋里。它必是上天赐给我的一个警号。

只是这个警号残缺不全,需要我补充一些想象和推测,才可真正读解。

这个填空作业固然有趣,但有些累人。我想起了两条漂亮柳眉,一张小白脸,是秦某人的。此人是我几年前认识的一位文学青年,某县文学社团的头,领导着更多准文学青年。听说我迁居海南,他邮寄了一包干笋给我。初来乍到,我不知邮局在哪里,也没工夫去领取邮包,便没有享受到他遥远的敬爱。紧接着,他就跑来海南谋职,靠一通表爱心献忠心的慷慨陈词,进了我们的公司。

公司里两位知识女性,抽着香烟,极力抨击他的男士系列美容霜以及他对任何陌生人的文学辅导癖。他腰间一大串钥匙,响得耀武扬威,也被激进派女士们讥讽。事情发生在一个月后,他去为公家买保险柜,买价竟比一般市价高出一大截。第二次,他去为公家买收录机,刚买回来磁带轮就不转了——而这心肝宝贝算是公司第一件奢侈品。大家急着催他去退换,他支支吾吾磨磨

3

蹭蹭，又喝茶又擦皮鞋又说要去医院治牙痛，才引起了大家的怀疑。

我找他来问话。他看来还无惯犯的沉着，频频照过镜子的小白脸被我一盯，就有些发硬，五官各行其是互不配合，比方说嘴先一步笑了，眼睛还迟迟地不去响应。

他供认不讳，称自己已在多次购物时吃回扣——包括回扣过脸盆、镜子、长筒套靴、手表等。这当然令人气愤。公司草创时期，正穷得像个人人勒紧裤带的知青户。有次要印份资料，为了争取便宜几十块钱，我们几乎找遍了全市所有的印刷厂，被毒辣的阳光晒得头昏眼花。女士身上晒起了泡，更是连呼惨惨惨。

我们严明法纪不能留他。他听了我们的决定，倒也没什么，在双膝间搓手，说了些表示理解和感谢的话，诸如很高兴接受同志们的宝贵礼物之类。这些多年前的政治套语，弄得一场谈话如同再次发动"文革"。他还熟练地用了繁多的形容词、介词以及副词，使我不知如何应付。

他走了，约莫两个多月后，不知从哪里寄来一封信，把我骂得狗血淋头，声称他将写长篇报告文学揭我的老底，声称他在中央军委有朋友有亲戚，还说他不光勒令我给他赔钱，还必须记住上有老下有小，你小子放明白一点云云。

尽管我在同事面前对此装得满不在乎，但瞥一眼女儿上学去的小小背影，还是有过担心的一闪念。真来黑道怎么办？真下毒手怎么办？我后悔没及早警觉他"老师"前"老师"后的恭敬以及问我要不要平价外汇的殷勤——大凡过分的殷勤都值得怀疑，都不是无偿的供奉，若没有同样卑鄙的回报，终会成为一份份仇恨的零存整取。我活来活去，算是明白了这一简单规则。

又过了很久，他终究没露面，只是不知从何处寄来一张他冠有五六个"理事""助理"之类头衔的名片，狠狠回击我的蔑视。

听人说，他还真发了，办过小报，开过服装厂，贩卖过玉石，还打算去香港或泰国……但他始终未曾露面。我多次在大街上睁大眼睛找他，也没见过他的影子。海口这时正处在开放的热潮，全国各路英雄来此大显身手。整个城市如同百慕大，任何你身边的熟人都可能突然消失然后永无音信，而你根本记不起来的某位故旧，不知哪一天就突然冒出来，敲响你的房门，拍拍你的肩膀，让你大吃一惊。他们都可能甩出头衔堆砌的名片。那些头衔排列如同诗行。值此诗刊一家家倒闭之际，名片成了最权威最荣耀的抒情诗。

我等着姓秦的来算账。我总算在街上撞见他了，揪住他的胸口，差一点就揍得他手舞足蹈。我很快发现自己揪错了——那个人并不太像秦，只是从浙江来的一位旅游者。我向他道歉。

三

我又想起了另一位我认识的C。他前几年发表了处女作，十分现代派，对未婚妻已婚妻免婚情妇都不用标点符号地失望乏味然后痛苦，轰动了文坛。于是他应邀参加一次级别很高的文学会议。他不屑参加但半推半就，会议期间始终戴着耳机沉醉于音乐圣境。这又激起了纷纷赞叹：果然现代，果然先锋，果然放荡不羁遗世独立，连开会也超凡脱俗呵！当时我并不认识他，也拥护他的处女作，只是对他的与会方式怯怯地稍有疑惑：倘若不高兴开会，最好不来，在公园或在家里酷爱音乐岂不更好？莫非在闹哄哄的会议室里听音乐才别有滋味？

必定是这些话被什么人传到他耳朵里去了——眼下文坛不制造不回击不裁判这一类恶攻言论，实在没什么事好干。他给我寄来了一封信，宣布他不再认为我是好作家，并已将这一观点告知了一名德国记者。在信的最后，他很幽默地说，他很荣幸地把这一情况通知我。

我有点摸不着头脑，不知他怒从何来。他当然可以否认我是作家，我弃文从商也就是自己知趣。他也当然可以把这一见解告知德国记者，甚至可以告知十名美国记者再加十名法国记者，既走向了世界也可以不怎么搭理中国记者。我想这样来给他回信，后来觉得自己也不幽默，就算了。

他倒不是个记恨的人，后来到海南岛找我，说想来倒卖电视机或者倒卖旧军舰。随他来的还有两位汉子，一律长发，一律胁生汗臭。走进我家狭小平房的时候，他们不需主人言请，先把目光所及的芒果和香蕉逐一消灭，然后也不要筷子，将最先端上桌的辣炒肚丝一串串拈起来，从容吊入黑洞洞的嘴巴。吃得手上油糊糊了，C便去厨房洗手，一伸手把我妻拨开来，也不说一个字。我妻看着他很有学问的一头长发，吓得不敢吱声。想问问我，也怕开口。

他们一直谈着他们所熟悉的什么人和什么电影，顽强地让我陪在一边插不上嘴，让我傻乎乎地完全没事干。我唯一听清楚了的，是C翻翻一本连环图后的要求：借给我们十万元钱吧，我们想出几本书玩玩。

说完，他把我小孩的一把玩具手枪扣得叭叭响，不时瞄准一只小狗做射击状。这种叭叭叭蔑视钱财的游戏风度当然更震慑了我。

我赶紧说："这样吧，我明天就

四

写到上面时我半途而废，连标点都没打一个。因为我刚写到这里,窗外响起了一阵自行车铃声,把我的回忆和写作打断了。

眼下我接着往下写吧。我得写写这个骑车来的小周,让他尽快进入故事。他是公司办公室一秘书,这一天上班特别早,一来就尽职尽责地扫地,擦桌椅,浇浇花,顺便帮我刷了茶杯,重新泡上了一杯热茶。他问我昨天晚上看了电视里的足球赛没有,然后对六号球员的一个臭球怒不可遏。

让我们荡起双桨,
小船儿推开波浪。
……

他在大声唱着歌。

我说昨晚没有睡好,做了个噩梦。

他瞪大眼。

我把梦中的情节说了一遍,还说那黑影的轮廓看起来有些眼熟。

他说你这样有人缘,谁会来杀你?

我引述老婆听来的另一些民间真理:人心隔肚皮,知人知面不知心,十商九奸或者大忠似奸,等等。比方说,那次C作家他们来,我没借钱给他们,不就招恨了吗?

小周哈哈大笑,鼻子把眼镜架一拱一拱,脸上笑纹交叠,像一条毛巾被狠狠地揪了一把。"不可能,不可能,他们都出国了,都花洋钱了,谁还会记得那件小事?再说你当时也没亏待他们,管吃管喝十几天哩。"

小周很佩服C的新派小说。其实我老婆虽然对辣炒肚丝耿耿于怀,事后读C的作品,还是给予佳评。我也许不该随便猜疑他们心目中的天才。

我想起了另一个问题:"值班室的钥匙有多少片?"

"钥匙?让我找找。柜钥匙,左抽屉钥匙,中抽屉钥匙……"他在衣袋里掏来掏去。

"我是指门钥匙。"

"门钥匙就一片,你不是拿着?"

"这钥匙是不是掉过?或者被人拿去配过钥匙?昨晚上很奇怪,我睡觉前把门关得好好的,不知怎么回事,那个影子就进来了……"

小周想了想,又把一张脸笑烂:"有意思,有意思,你还把梦当真呵?你还硬想找出杀人犯?那也容易,你再睡一觉就是。这一次你睁大眼睛看清楚。"

我一愣,自觉梦话又出来了,不免有些滑稽。我决定去洗一把脸。

小周帮我找肥皂。他长手长腿,干什么都可先人一步,只是有点粗心,眼睛又近视,结果把皮鞋油当肥皂拿来了。我笑他添乱,重新去找肥皂。在这一过程中,我发现值班室里的情形有些异样。一些报纸杂志乱堆在桌上。床头灯躺在墙角,电线已崩断了。捡起来细看,铁灯罩被砸瘪了一块,铁灯架也有漆皮剥落的一道刮痕。灯泡当然早就没有了,玻璃碎片撒满一地,踩起来吱吱嘎嘎响。昨晚睡觉前我没用过这盏灯,难道它一直是这个样子?

我继续在房间里搜索,对一种陌生的混乱百思不解。比方椅子倒在地上,桌上的烟灰缸也翻了,烟头之一溅到半碟豆腐干中。这一切发生在昨晚上?然后,我找到了一颗似曾相识的扣子,在桌面和床沿上摸到两处刀痕,其中虽有一处是旧痕,似不足为证,但另一处明显是新痕,刀刃撬起的一条木刺发出清新木香。我察看地面,发现那里有几个泥灰脚印,是某种皮鞋的底纹,约莫四十三码大小……我吓出一身冷汗:难道我的噩梦并不是梦?而是实有其事？

咕咕——我还听到了响亮叫声，抬头一看，是几只肥硕的红头蜥蜴倒贴在高墙，正冲着我眼珠一轮，似乎把什么事已经算计好。

"小周——"我大喊。

小周不在了，大概去了别的办公室。只留下一件夹克搭在椅背上。

我想抽支烟，稳定一下情绪，但发现自己的烟盒空了，便去小周的衣袋里共产。更重要的事情就在这时候发生了：我不经意地瞥见他夹克上拉开了一道口子，不知为什么心里一动，竟联想到昨夜里搏斗中的布裂声——不正是可能挂破了一件夹克？再想想，四十三码大小的皮鞋，公司里不正是只有小周才是这样大的脚？……我太希望脚印大一点，或小一点，但它们偏偏就是如此分寸准确，把我的思绪锁定在一个熟人。

这怎么可能？我急忙忙把昨夜的黑影来与小周比较。结果，我不得不惊异而痛苦地承认，不管怎么比，不论是比个头还是比体态，怪不得它让我眼熟——其实它最像小周。

小周名叫周中十。

周中十绝不可能对我有歹心。这不仅仅因为他刚才还为我泡茶和找肥皂，还因为他是公司员工们公认的大好人，在我的感觉中——甚至是个好孩子，很适合当中学生的副班长，很适合唱唱儿歌，背上书包和制作航模，去大街上宣传爱国卫生运动。长出喉结、胡须乃至生出长长的皱纹，对他来说都是超前的负担，是派给他一个不合适的角色。我想他揣着大学毕业文凭却长久失业，就是扮演成年人必然的失败。但他披挂着喉结和胡须就得继续演下去，即便加上香烟和酒瓶这些道具以及恋爱和赚钱这些台词，也仍然演得力不从心。他曾给一个大饭店打杂，混了十多天就被辞退。又卖过一段报纸，结果以大亏本结束。我是在公交站偶然遇上他的，见他捧读一本象棋棋谱，便搭上了腔。后来他找我下棋，顺便送了几首他写的诗给我看，应该说，字里行间透出一种灵秀和天真。当公司要聘用一位秘书的时候，我很自然想到了他的名字，极力推荐他的厚嘴唇和满口白牙，推荐他一笑就笑得差点要咳嗽的单纯。

他来公司上班以后十分高兴，痛恨自己的字太娃娃气，经常埋头抄习钢笔字帖，抄得得意了，骂一声他奶奶的，伸一个大懒腰，用五音不全的直嗓门引吭高叫——实在不像是高歌——把一支歌用五六个调门串成一气，唱得顺顺溜溜如入无调之境。如此虎狼嚎一番以后，他极力号召同事们随他去卡拉OK。

他第一次领到年终奖时，买饮料买烟款待众人，连厨房阿婆来送开水，也被他气势汹汹地塞一包洋烟过去。他把钱都交给母亲存起来，宣称自己从没见过这么多钱，说他父亲他爷爷也没一次拿过这么多钱，社会主义改革开放真是太可爱啦。

对于这位本质上的中学副班长来说，他不能说是很能干。丢钥匙、失文件、早上睡过头、买东西被小贩欺骗、用洗厕剂来洗茶杯之类的事屡有发生。有一次，他换一把门锁，居然不知道可以用螺丝刀把旧锁从门上拆卸，而用锤子凿子去撬，干得怒气冲冲且满头大汗，一口一句他奶奶的。幸亏被人发现，才保住了木门免遭毒手，没被撬出个大开花。要是让他继续干下去，他说不定一气之下会把整个大门砸掉。

上面派到公司来的牟总经理曾对我说：还算个人吗？要不是看你的面子，老子早把这家伙炒一百次了。

言下之意，他是在照顾我与小周之间的私情。

我有什么私情呢？不就是同他下过几盘棋吗？我既不是他舅舅也不是他姨父，连邻居也算不上，不就是对他有一点同情吗？

我暗暗为小周着急,也多次暗示他须明白自己的处境,今后办事务戒错漏,否则真过不了牟总那一关。小周听我这一说,连连点头,连连搓手,说陈主任你放心吧,我一定再不会让你们失望了。但接下来一切还是不大见起色。他负责去跑一个普通的批文,忙碌了个把星期,反复了三次,取回来的批文仍然牛头不对马嘴。我瞒着牟总催他拿去重新办,还把可能出错的细节再次一一解说和教练。他信心十足地点头:"好,好,我明天就去,明天就去。"说着就去翻时尚杂志。

我觉得他简直不知死活,大喝一声:"现在就去!"

屋子里发出嗡嗡嗡的回声。

他脸变白了,不吭声了。他准备出门,去换鞋,喝开水,戴墨镜,两条腿晃晃荡荡地在地上划着步子,临出门还斜探出身子把桌上某张报纸瞥了一眼,鼓起嘴唇吹出一线长长的口哨。大概只有很少的人,才知道这其实是他极度紧张的神态——如果注意到他换鞋时微微颤抖的手指。

他走了。我又难免有几分担心,怕刚才我脸色太难看,要是吓得他骑车走神撞上了汽车如何是好?平时就是没有吓着他,他每个月也得被交警罚几次的。

还算好,他平安地回来了,是在下午四点钟左右,居然还没吃午饭。他一心不可二用,想着干活就没法想到吃饭。如果你因此埋怨他,他会很奇怪,并坚决不认为误餐算什么事。

他开始泡方便面。我随意地与他说了几句,比方说说最近的一部电影,希望他明白我刚才对他毫无恶意。

他似乎是完全明白的。说得高兴了,从抽屉里拿出一些美女画片,考一考我的审美观。他是个苛刻的女色鉴赏家,而且所倾慕的女子必定独具一格,有点阴麻子,有个塌鼻子,或者有点其他的困难,令同事们不可理解。他坠入情网时,办公桌边的墙上必定出现这些不对劲的女星画片。一旦他有了失恋嫌疑,画片立刻消失,取而代之的必是一些警句,是满墙的骇然悲怆,诸如"人对人是地狱","爱情是美丽的骗局","泣血哀嚎在山谷里回荡","我是一头负伤的狼,舔干自己的血迹",等等。

那一段,他必定黑脸,冷目,沉默,独来独往,使你怯怯地不敢去找他搭腔,怕触发他的什么狼威。

五

周中十整整一个下午没有回来。很多电话来找他,都扑空。隐藏在电话那一端的人都口音陌生,神神秘秘地不说出自己的名字,殊为可疑。

后来我才知道,他一上班就被牟总的妹妹叫走,去帮她退换什么沙发。那女人对家具新潮总是了若指掌,时常对照先进找差距,深入研究着如何少花钱或不花钱使家里面貌日新,使自己活出点广告中的劲头,因此经常传小周去帮她做这做那。她离婚寡居,兄弟侄儿不少,朋友也不少,但似乎都不被她器重,还是唤小周唤得顺嘴,引起了公司里很多闲话。"周中十不是那娘们的家奴吧?"有人曾经这样问过我。

有一次,小周刚刚给她拎回煤气罐,五楼出了问题,顺着楼梯漏下一些水来。她住在四楼没上去查看原因,却着一身大花的睡袍荡下楼来,荡过饭厅与停车坪,边抹唇膏边唤小周去五楼:"看什么家伙在那上面乱放水。"

小周唯唯允诺,放下正在吃的油条,一个健步窜出门去。

旁人都有点想法,互相交换着眼色。我事后也告诉小周,我们这里毕竟不是私人公司,有制度有纪律,尤其是上班的时候不可随便离岗。假如碰到什么私人要求,该说不的时候要说不,不必过于迁就。

我当然指的是从四楼下来要一楼的人去五楼看水之类。

不知是没听懂,还是不赞同,他伸伸舌头,露出一口晃眼的白牙:"五楼那个泰国佬真他奶奶的有钱,输了六万港币眼睛都不眨一下。人比人,气死人呵。"

他猛拍桌子一掌,拍得我有点莫名其妙。

我只好找烟来抽。

今天,他入夜还未归窝,我已在他家里坐了个把时辰。他母亲是个工人,住在破旧的工厂宿舍,每见儿子的同事上门,必轰轰烈烈地打酒,有时还买上一堆油饼,毫不讲理地往你嘴里塞。她对儿子的同事一律称"领导同志"——包括司机也包括厨房伙夫。说得高兴了,她必定喜滋滋地向领导同志展示儿子以前获得各种奖证、成绩单、图画作品以及一张儿子上台扮演小白兔的剧照。她宣扬儿子的聪明,断定他的象棋水准全区第一。小周总是红着脸来呵斥她赶紧去做饭,坚决纠正浮夸,说他连电机厂的魏跛子都下不过,还谈什么第一?她便一口咬定魏跛子不行。小周则说你老懵癫的晓得个什么?

他们总要为这个魏跛子的棋坛地位问题纠缠一阵。这天夜里,我照例与老人谈了谈魏跛子,直到周中十满头大汗地回家。

"你找我……有什么事吗?"他再次发现了油饼,立刻命令母亲赶紧把这些丢人现眼的东西拿走。

"是有事。"

"哦,你喝茶,抽烟。"

"小周,你昨晚干了什么?"

"昨晚?看电视呵,逛逛呵,睡觉呵。没做什么。这鬼蚊子。"

"这样说吧,你是不是对我有什么意见?"

"意见?"

"我们近来都忙，交流得不多。我想，也许我有什么地方让你不满。你可以坦率地对我说出来。"

"陈主任，您这是什么意思？"他瞪大眼。

"是这么回事。我不是给你说过一个梦吗？对了，就是那个噩梦。我后来发现，那并不是一个梦……"

他吓得腾地一下站了起来。"你是说，还真有人……"

"这样说吧，我要说出一个结论，虽然我根本不相信这个结论，觉得它荒谬绝伦可笑至极，虽然你也完全可以对它嗤之以鼻，不把它当回事，但我还是不得不告诉你：我遇见的杀手——"我停了停，下决心说出结论："有点像你呢。"

"我？"他哈哈大笑，咯咯咯地五官挤成一堆，但笑着笑着突然收声，脸色渐渐变得惨白，两眼直愣愣地冲着我。

"小周，你的夹克是怎么破的？"

"夹克？我夹克破了吗？"

"值班室怎么留下你的脚印？还有——"我亮出掌心里的一颗扣子。

"陈主任，您吓糊涂了吧？"他吃饭的筷头在哆嗦，急得有些结结巴巴："你怎么把一个梦当真？再说，我是怎么进公司的？你是怎么关心我的？我们非亲非故，但你给我找了工作，还为我找对象出谋划策，说实话，我感谢你都来不及，怎么可能……"他眼球膨大而突出，经眼镜片一放大，竟有铜铃般大小，似乎很快就会双双滚落，需要当事人手忙脚乱满地寻找。

"你吃饭，别急别急。我不是说过吗？你不要把它当回事。"

"你听我说，你听我说，陈主任，你可不能拿一个梦来冤枉我。我要是对你有半点歹心，我情愿去汽车下轧死……"

"你吃饭。我只是说说而已。"

我有点后悔，也许不该前来说梦，更不该盘问他的夜间活动，让他吓得语无伦次而且眼球暴突得这么大。倘若吓出了高血压或神经官能症，吓得他一赌气跳了楼或抹了脖子，我该当何罪？不错，扣子是他的，但不可能是前几天他无意中掉在值班室的吗？脚印像是他的，但穿四十三码球鞋的人岂止他一个？……这样想来，似梦非梦的黑影在我的记忆中有些模糊了，也不太像小周了。

他母亲此时从里屋走出来，问儿子："菜刀呢？"

周中十闷声闷气地说："什么菜刀？"

周母说："你记性给狗咬去了？你昨晚上把菜刀塞在书包里拿走了。害得我今天没刀用，好不方便。"

"我把菜刀拿走了？"

"你看你，总有一天你会忘记你姓什么。"

"对对，我好像是拿了刀出去……我是去砍钓鱼竿吧？"

"你的钓鱼竿呢？"

"是呵，我的钓鱼竿呢？"

"死鬼，快鸡叫了你才回来，晓得你搞什么鬼？"

听到这里，我已经毛发倒竖。周中十昨夜带刀出去干什么？真是去砍什么钓鱼竿？但他刚才不是说他昨晚去了什么南洋公司？而且他为什么眼下突然脸红和手颤？

他看了我一眼，失手之间碗筷砸在地上。"我我我我没没有撒谎，陈主任，我我我昨晚确实去了南洋公司……"他猛扑上来抓住我的手，"我只是在路上碰到阿丽，就就就跟她鬼混了一阵子……"

我已经不想听他啰嗦，"我没说你呵，你吃饭吧，吃吧。"

六

我暗暗查访，而且基本查访清楚了，在我险遭谋杀的那个夜里，熟人们大多行为举止正常。尤其男人们无非是逛宾馆看电视搓麻将喝小酒，再回家与老婆抬抬杠吵吵架，与他们的昨天前天前前天没有多少差别。他们的活动都有旁人证明。公司保安也说，那天晚上没有什么可疑情况，既没有陌生人出入，也没发现任何办公室有反常动静。

只有周中十是一个疑点。据他自己说，他当晚本来是提刀去砍钓鱼竿，但途中遇到一位以前的女朋友阿丽，便双双进了酒吧。他被那小娘们又骗去几十块钱，气恼得菜刀都丢了，然后只得去南洋公司找另一个朋友借钱。可是，那位女子住在哪里，有没有电话号码，他却说不上来。他说他忘了，一会儿又改口，说他一直不敢问对方——这些说法都难以置信，听上去漏洞百出。

我向警方报告了这件事。一位年轻警察来了，嘴唇上披着浅浅的茸毛，口里嚼着口香糖，一看就是那种刚走出校门的嫩萝卜。他接受我满怀期望的倾诉，不时认真地点头，使我的举报愈来愈详尽而且条理清楚推论有力。他把公司包租的楼房前后左右细看了一遍，尤其把门厅、走道以及值班室反复勘察，还拍下几张照片。但他检查破台灯的时候，听我说到梦，立刻大吃一惊："什么？什么？梦？"

我说确实是梦。

他指着台灯架上的刮痕，"这也是你梦到的？"

"这不是梦。我怎么说呢，这事可能是梦，也可能……"

他把台灯架愤愤地一扔："同志，你们怎么能开这样大的玩笑？做个梦也来报案，是不是看个电影也要来报案？以为我们闲着没事干？同志，我们都在为四个现代化作贡献，大家都很忙。你明不明白？现在海南岛是全国面积最大的经济特区，今年国民生产总产值应该达到……"

我连忙据理声辩，说这哪里只是个梦？即便事情是从一个梦开始，但看看这一个现场，看看这么多物证，一次真正的谋杀并不是没有可能……但嫩萝卜根本不耐烦听下去，眼睛老看着天边一朵云，最后还是耐心地向我讲解了一番国民生产总值的意义，希望我再不要胡搅蛮缠。

他气呼呼地走了。

无论我再怎样打电话，公安局都不再理睬，有次对方还大骂了一声："倒颠！"这在海南话中就是走神的意思，神经病的意思。同事们也觉得我脑子有了毛病，见到我时眼中总是透出犹豫和戒备，打量我脑袋的目光，像是在审视一个劣质冒牌货。一位公司副老总也找我谈话，要我休息一段，去外地度个假，还不无阴险地提到天麻、安眠药、心理医生一类混账东西。

我觉得他们全在胡说八道。我现在根本不是无事生非。我要的是起码的安全感，而且有十足的证据证明危险就在身边。不是吗？我的抽屉显然被什么人翻过，我的钥匙奇怪地失踪然后又突然出现，我还在街上不止一次感觉到被人跟踪……这一切难道是偶然的？

我对周围的人都心生疑虑，尤其无法容忍周中十这家伙在我身旁接电话，抄文件，填报表，整理报纸，甚至读棋谱或者抄写钢笔字帖。他的一声咳嗽，都可以让我大惊失色，吓出一身冷汗，好半天还心跳过速张皇四顾。当然，我总是看到他一张笑脸，看到这张脸上的几分尴尬甚至几分愧疚。有意思的是，自从他知道我的噩梦以后，他工作上变得卖力多了，办事的差错也大为减少，不仅不再丢三落四，而且去政府部门办什么事，总是又快又好，连财务部和出口部那几位女士也跑不下来的批文，也常常求他出马相助，由他三下五除二地搞定。对这样的员工，我还有什么话说？大家还有什么话说？

他对我百般逢迎，一有闲就抢着帮我刷茶杯，擦单车，倒烟灰缸,有时还塞上两包香烟或几只水果以讨欢心。对我的任何讥讽或牢骚,他都圆睁大眼夸大其词地响应和拥戴。

我说茶比可口可乐好喝。

他立即拍马出阵声讨可口可乐:"什么玩意儿?一股中药味,弄不好还是他奶奶的一些阴沟水,掺了点洗厕剂,哪比得上中国的茶?有些人就是爱赶时髦,以为美国佬放个屁也是香的,你说这可恨不可恨?"

我说史铁生的小说写得不错。

他便及时惊叹一番:"史铁生还用说吗?那是什么功夫?那是什么境界?你看他坐在轮椅上的照片,完全是一座佛吗。好些人吹日本的三岛由纪夫,比起史铁生来,那个小日本算个卵呵?"

说到女人,他也不再为阴麻子和塌鼻子辩护了。只要我说谁好看,他就认定那是天仙。只要我说谁难看,他就说那是妖怪。他常常在我身边游转,似乎秣马厉兵等待我提出新的话题或要求,他随时准备一跃而起,投入新的拍马屁大战。

这一天,我在读一份资料,眼角余光隐隐感觉一团黑影压过来,回头一看,只见他两眼发直,操着一把剪刀,盯住我的天灵盖。我大叫了一声,差点从椅子上栽倒下来。"你、你、你要干什么?"

他指着我的头:"陈主任,你有好几根白头发了,我给你剪一剪吧。"

"你、你、你怎么不打个招呼?"

"对不起,我怕打扰你。"

"我不需要你剪,你站开!"

"对不起……"

"你吓死我了!"

"我不是有意的……"

他抱愧地笑了笑，怏怏地走回去。

我余悸未消，发现桌上一瓶墨水已被打翻。墨水漫流半个桌子，把几位同事辛辛苦苦一个月做出来的资料泼染得一塌糊涂。天呐，我望着桌上这场黑色的灭顶之灾，觉得自己弃文从商的兴趣和信心，全被这一片黑色给埋葬了。

小周赶紧找来抹布抹桌子，两手在哆嗦，神情特别慌乱，不小心撞翻茶杯，还失手打碎了一个茶杯盖。"陈主任，我确实不是有意的。"他一遍遍解释，"千真万确，我不是有意的，只是想给你铰掉两根白发。千真万确，我只是……"

我气得拂袖而去。

这一天，听说他没吃中饭，听说他一直神色恍惚，最后找到了会议室里一只红头蜥蜴，似乎找到了自己一切不安的根源，找到了可以狠狠报复的对象，然后大张旗鼓全力追杀。他从桌边追到桌下，再追到墙角，追到卫生间，一口一句他奶奶的，不获全胜决不甘休。他宰杀了一只，同时发现了更多，面对鬼头鬼脑的众多仇敌完全没法压抑胸中怒火，卷起袖口冲着同事们大喝："快，找根铁棍子来！"有人递了一根铁棍过去。他便用铁棍捅破了柜门，用铁棍撬开天花板，用铁棍敲碎了玻璃窗，用铁棍捅破沙发的包皮，挑得里面的泡沫絮腾跃四溅。到最后，他咬牙切齿，一连掀倒两张办公桌，狂暴地推开上前劝阻的同事，用铁棍猛刺已经上了墙的红头蜥蜴，戳得墙灰一块块崩落下来。

已有七八只红头蜥蜴的尸体整齐排列在地上了。他顶着一朵蛛网走来，吮了吮手背上一道血痕，见血淋淋的尸体还在扭动，又从开水房提来一桶沸水，把蜥蜴逐一下到沸水里去。水中发出嗞嗞嗞的声响，一条条尸体立即发白并且开始胀大。周中十似乎觉得这个游戏很好玩，咯咯咯地狞笑起来。

屋里弥漫着一股混浊的尸臭。

女打字员捂住鼻子愤怒谴责："周中十你倒颠？你看这办公室成了什么样子？"

小周平时对女打字员最为友好，经常教她下象棋，眼下却完全像变了个人，恶狠狠地大吼："我怎么样？我怎么样？我看见这些家伙就恶心！"

七

我后来换了个工作，调入一家杂志社，重新干起了编辑老本行。我庆幸自己离开了牟总的颐指气使，也躲开了公司办公室里紧张和恐怖的气氛——我至少以后可以多睡几个安稳觉吧？少做几个噩梦吧？

据说，在我调走以后，周中十干得还不错，有可能提升副科长，只是婚姻问题一直未能解决。他曾找过几位女朋友，还自供当过几回插足他人婚姻的第四者或第五者，但他与各种老少女人打交道，谎话总是编得支离破碎，一不小心就泄露出自己既不懂电脑也没买房子的事实，加上他哪壶不开提哪壶，偏偏喜欢唱歌，大嗓门把四五个调门一串，女人们必定笑翻，吃了他的，喝了他的，然后一去不回头。他只能经常黑着脸等待电话。

大约三个月后的一天，他突然拎着一串香蕉登门找我。我女儿惊喜地扑上去叫他周叔叔，他笑笑，不知为什么眼圈红了，鼻子抽缩了两声。在我给他泡茶的时候，他细观墙上的国画和木雕，远瞄瞄，又近瞅瞅，含混地嗯嗯几声，直到完全从容够了才转移目光。但他端着茶杯的手在微微发抖——显然遇到了什么难事。

他粗重地叹了口气，说他母亲差点疯了——尽管他说这话的时候拉着轻描淡写的腔调，似乎根本不愿意说，说了也没什么大不了。

事情的原因是他去帮牟女士搬家，不小心打碎了她的一只茶壶，那婆娘说茶壶是宋代官窑青瓷，要他至少赔钱一万五。他母亲一听这事就差点晕了过去。现在他已经卖了彩电和冰箱，但还差三千多，需要我帮一把。

这是我理解和整理出来的谈话概要，他的述说当然没有这般清楚。他越说越急也越乱，常常描绘些我不明白的事物，比方有一张桌子如何重，如何长，桌沿还有颗什么可恶的铁钉，等等。他说牟女士拒不承认桌子有八十多斤重，简直太不顾事实了，太主观臆断了。八十斤就是八十斤。六十斤就是六十斤。方桌子就是方桌子。圆桌子就是圆桌子。难道可以随便混为一谈吗？更使我惊讶的是——他说话的口气完全像是一种倾诉，似乎与我从来没有什么过节。

说到母亲，他哇哇哭了，双拳夹击着自己的太阳穴。

我拉住他，劝了他一阵，他才忍住了号啕，但还是一次次摘下眼镜来擦眼窝，揪出一把把清亮的鼻涕，甩在地板上，吓得我女儿躲得远远的。

"你妈妈不是给你存了很多钱吗？"我问。

"你不知道……"他脸红，"谈恋爱多费钱呵……"

我不想借钱给他，但表示可以提供一批卖得正火的挂历，销售利润全数归他。

他高兴得鼻涕更加汹涌了，两膝已经开始下跪，"陈主任，我太感谢你了，我真不知要如何……"

我扶他起来，递给他卫生纸，"别废话了。"

"我实在不好意思，实在不知如何报答你……"

"你一开始就不应对你妈说钱的事。钱不是小事吗？急坏了她怎么办？你现在最要紧的是安定她，治好病。"

"你说得对，很对。我当时一急，唉，他奶奶的昏了头。"

"你以后再不要理那个女人。"

"我知道,我一定下最大的决心。"

"你以前也下过决心。"

他朝膝盖恨恨击了一拳:"你想想,她是总经理的妹妹,我得罪得起吗?她的眼睛又确实让我喜欢,那么大,那么大。"他用拇指与食指合成圈,引导我的想象,"什么刘晓庆什么利智,根本没那个味道。"

"你死了心吧。你就是给她做一条狗,她也不会看你一眼。"

"我知道。我哪不知道呢?我对她其实没有任何非分之想。"他挺挺胸,抒发男人的慷慨:"感情这个东西不能太庸俗是不是?我就是喜欢她,但绝无邪念。我帮她干活,是我的自愿。她利用我,但我无所谓。我不是为了回报才……"

我气不打一处来:"你贱呵?"

他震得口张开,手指又开始哆嗦,然后头向双膝间埋下去。"是的,是的,我也知道,我是贱,是个没用的人……"

"有时间的话,你就不能干点正经事?"我换了个话题,给他说说挂历推销,说说电脑培训班和大学自考班,还愿意介绍他去我一朋友那里学书法。

"我去,一定去!"

他终于结束了迟疑,把拳头握得有些夸张,撑着自己的从容和轻松,伸了个懒腰,出门时还打量了一下门锁,把它拨拉得哗啦一响,以示对小玩意也不乏兴趣。只是他的目光一直朝下,最后也只回头冲着我的拖鞋说再见。

我目送他的背影融入暗夜,对他的背影高兴不起来。不知为什么,我隐隐觉得自己刚才的行为并不妥当。我的帮助可能使他感激吗?或者我的指责和教诲只可能使他深感压抑?他的荒唐被暴露,自尊被挫伤,行为被约束,他是否觉得得不偿失?也许,他走出这张门以后并无什么感激,倒是眼里燃烧着反抗的烈焰。这种结局完全可能。

八

小周失约了,没有来找我去拜书法老师。后来我才知道,他也不再出现在公司里。两个警察向公司领导反映:他参与了一桩刑事案,伙同另外两人抢劫一位台商,在遭遇反抗时还动手杀人,用菜刀在对方身上连砍了二十多刀,然后抛尸荒郊的一口废井。眼下这三人都在逃,周中十是主犯,还是从犯,尚不得知。

凡认识他的人都对这消息大吃一惊,就连我这个早有疑心者,真正面对一个血淋淋的真相,也觉得事情不可思议。他不是前不久还在我家里揪鼻涕吗?不是还痛下决心要重新开始生活吗?——那不是我做梦吧?

牟女士更是吓得魂飞魄散。据说周中十曾经跪着向她求爱,因此她现在把电话换了号码,把妈妈接来陪住,给家里的门窗都加上安全网,还一再强烈要求公司增派保安,确保家属区的绝对安全。

其他人也吓傻了,怯怯地不敢靠近周中十用过的办公桌。

警察们由这个案子想到了以前的蛛丝马迹,前来找我谈话,连连表示歉意,让我详说上次险遭杀害的过程——他们也觉得那不是一个梦了。据说,在我受袭的前不久,公司里有人看见周中十整整一个中午埋头捣腾着值班室的门锁,不知在干什么。还有人看见他背地里发牢骚,说我对他要求太严,使他成天吓得提心吊胆,这当然也构成了一个疑点。警察们认真记下了这些证词,还把公司大楼的里里外外查了个遍。他们已经找到了最重要的物证——菜刀,就在周中十办公桌的抽屉里。还找出了女人的内裤、淫秽录像带、梅毒用药，外加一个锈坏了的电饭锅，都在周中十的文件柜里。它们的含义也十分明显。警察极其小心地取指纹，察微痕，从好几个角度咔嚓咔嚓地拍照，并且断言："没错，他就是想声东击西。"

我没听懂这句话，只是对警察们背上两块湿津津的汗渍深为感动。

警察们唯一感到困难的，是他们怎么也找不出嫌疑犯对我动手的犯罪动机。他们问我与周中十是否合伙做过生意，我说没有。他们问我是否曾与周中十争夺情人，或者是否曾与周中十共同嫖娼，我更是哈哈大笑懒得回答。他们最后问我是否与周中十发生过争吵，我想了再想，还是想不出什么事实。我能说到的，是我在工作上批评过他，包括那次公司开除姓秦的小白脸，周中十偷偷嘟哝了几句，我就骂了他是非不分。可这能说明什么？

显然是一桩比较奇怪的案子。

不光是警察，连我也不大想得通，回到家里没怎么睡好。我从来都以为自己比较聪明，但拿开除贪污者这件事来说吧，周中十与小白脸当时并无深交，为什么倒对贪污者充满同情？我当时自以为除害利民大得人心，一股雄赳赳的劲头，为何周中十这个受益者倒嘟哝着不满？他是不是觉得我下手太狠？历经过谋职艰辛的他，是不是已如惊弓之鸟，对任何人出于任何原因的卷铺盖都不寒而栗和暗暗生怜？

很好，很好，我得换个脑子，顺着这样的思路想下去。小周是我提名录用的，这事不假。小周曾对此感激涕零，这也不假。但小周凭什么对此感激而不怨恨？我当时对满街的人都看不上，独独相中一个身无所长的小毛孩，是真正出于一种同情吗？也许我只是看中了他的驯服好使、单纯可欺，更不担心他才华横溢从而盖过我自己？我对他常常一脸微笑，但微笑中是不是透出了一种居高临下的轻蔑和漠视？对这一点，他岂能看不出来？

我一直急切希望他长进，这不是什么问题。问题在于我为什么希望他长进？为什么催他练好字、捡回英语以及尽早学会开汽车？恐怕是为了让他更好使唤罢了，今后承受更多的劳动负担吧？他肯定记得那次我怒发冲冠大喝一声"现在就去"，像要把他一口吞下去。当时旁人都被吓得变了脸色。不过是办错了一份批文，错了再办就是，值得那样凶神恶煞地给脸色吗？你就没办错过事吗？人最不能忍受的，不是敌人的凶狠，而是朋友的冷眼。这种冷眼会不会像一道闪电，让小周总算看清了一切？

我对他的帮助也无不可疑。他家里生活困难，为何就不能同意报销他那些交通违章的罚款？我既然热心为他介绍对象，为何就不容许他上班时在电话里与女人多聊几句？他太有必要与牟总一家拉上关系，但我为何对他为牟家跑腿老是耿耿于怀心生妒意？当然，他知道姓牟的不是什么好鸟，公费吃喝公费游山玩水，为了与朋友在周末一起钓鱼，就可以花上一大笔公款在波音飞机上坐头等舱。不过，姓牟的至少坦荡，不玩清高，表里如一，想捞就捞，想腐败就腐败，倒也本色个性，比伪善还要可爱几分吧？伪善就是刻意做好人，成天练气功一般强打精神道貌岸然，心里却偷偷咽下吃亏感和委屈感，实在憋不住了就大喝一声"现在就去"，把一口恶气往同事和下属那里撒。

这不是牟总常说的"小廉大贪"和"小忠大奸"吗？

小周当然知道我从不多吃多占，连在办公室拨了个私人长途电话也要事后交钱，这当然会激起同事们的啧啧赞誉——但我图的不就是这个？不就是一直在积累名声和收揽人心吗？他并不反对这一点，甚至一直想两肋插刀助我步步高升，将来一路接掌党权政权军权。他只是讨厌我利己还要损人，损人过分以至到了不要朋友的程度。不是吗，我标榜清廉便拖着大家一起喝白开水，炫耀能力就拖着大家一起来做牛做马累死累活，真是一将功名万骨枯哇！

也不看看现在脱贫致富是什么形势——现在哪个国营公司还做这种蠢事？不是都在把公家的电扇、沙发以及货款都往家里搬吗？不都拿一沓沓的白纸条来报账然后个个吃得肥头大耳红光满面吗？……他小周本来可以去那些单位的，要去了的话一定早就发了。他之所以没有去，完全是看在朋友一场的情分上，为我做出巨大的牺牲，包括给我跑腿办事以及擦一擦自行车。

可悲的是，我制造了这样一个贫困区还自以为是，扮演着道德家的角色就不卸妆了。我自己找累找苦找麻烦，却向观众索要掌声，索要他们的言听计从与感恩戴德。我甚至粗暴干涉他们的私生活："你再不要理那个女人。"

"我知道，我一定下最大的决心。"他知道我对牟总有成见，不便与我争辩。

"你以前也下过决心。"

他无法不展开抗辩："你想想，她是总经理的妹妹，我得罪得起吗？她的眼睛又确实让我喜欢，那么大，那么大。"

我在露骨地挑拨朋友之间的纯洁友谊："你死了心吧。你就是给她做一条狗，她也不会看你一眼。"

他不得不正大光明地宣告："我知道。我哪不知道呢？我对她其实没有任何非分之想。感情这个东西不能太庸俗是不是？我就是喜欢她，但绝无邪念。我帮她干活，是我的自愿。她利用我，但我无所谓。我不是为了回报才……"

我再一次恼羞成怒："你贱呵！"

他被深深地伤害了，心头像被狠狠抽了一鞭子，但他是弱者，既不能得罪牟家也不敢得罪我。"是的，我知道，我是贱，是个没用的人。"

我自觉有点失态，口气稍有缓和："有时间的话，为什么不做点正经事？"

问题是，什么是正经事？整理文件接待来访端茶送水记录电话这些正经事周中十做得还少吗？唱歌下棋喝喝酒找找女人这哪件事又算不正经？难道只有仕进为官才算正经？一切阴谋家都是这样可恶。他们常常表现出对手下人的关心，实际上只是把手下人当配角，以成全自己的一场场道德演出。不，那些手下人连配角也不是，只是一件件道具。当演员在聚光灯下文唱武打叱咤风云，博得了一阵阵喝彩，甚至摘走了金光闪闪的奖牌，道具就会被锁到仓库里去，在黑暗中无人理睬，慢慢蒙上灰尘。在以后的某个时刻，演员可能还会回头来看看道具，见面时拍拍肩膀，开一点不咸不淡的玩笑，甚至还可能问寒问暖并且给一点帮助。这样，在物质方面完全榨干对方以后再取得精神优越，演员们把好事都占全，包括享受着大贵人不忘旧相识的美名。但此时的双方都很明白，那不过是一位演员对一件破旧道具的友谊。道具最终会被抛进垃圾堆，彻底完蛋。

这一切难道不是很清楚？

那么，我该不该被周中十刻骨仇恨？为了他的后半辈子，为了其他弟兄们的后半辈子，他该不该替天行道地向我举起菜刀？

我想得全身大冒冷汗，赶快拨通警察的电话，说我已经完全知道了周中十的犯罪动机。我只是说得有点乱，似乎一直没让对方听明白。

九

有人说看见过小周，在泰国曼谷的一条街上。据说小周走得一跛一跛的，很可能是被人打伤了腿，或者是胯下的梅毒发作，走起路来不大方便。

也有人说小周曾出现在福建,完全改名换姓,手上戴着几个金戒指,在一个地下赌场当发牌员,看上去还混得不错。

他会不会重新出现在海南岛,谁也说不定。这年头的海南岛就像百慕大,白炽化的热带阳光下一切都闪闪烁烁和飘飘忽忽,任何人落入这里都可以刹那间无影无踪,但说不定某个完全想不到的人刹那间又冒出来,让你觉得世界太小。来自四面八方的移民互不相识,如同象棋围棋军棋跳子棋等多个棋种混成一个棋局,大家别别扭扭将将就就地走起来再说,不知道将走出一个什么结局。照这样下去,哪一天周中十突然坐着大轿车,揣一本南美国家的护照,带着自称来自中央军委或者苏联的什么客人,来谈谈有关原子弹的大生意,也不是完全没有可能。

我在杂志社工作了几年,梦中再也没有出现过杀人事件。究其原因,可能是同事们不再屈从我的约束,也不再用赞扬和敬佩来吓唬我。我在平庸中感受到一种安全。为了加强这种安全,我不仅上班带头迟到和早退,有时还诈称自己吸食过大麻,倒卖过黑枪,用啤酒瓶打过架,这样很多同事就笑得比较轻松,对我拍拍肩,挤眉弄眼——他们肯定觉得我一肚子坏水,是他们秘密的地下同志。只有老婆对我越来越不满意,下班回来看见家里碗没洗,地没扫,满屋子烟雾中,我还躺在被子里。她洗着洗着碗,终于脚一跺,哇的一声哭出来,扭头跑出门去……

夜里,我去寻找她。我找到了潮水般涌来的摩托车流轰鸣震天,找到了餐馆前满地的剩菜烟头和脏分分的卫生纸,找到了一个死者被匆匆抬出医院而旁人眼中几乎没有掠过悲哀,找到了夜深人静时水井中木桶空空撞击石壁的声音,还找到了菜市场鸽笼边当场烫鸽的汤水浮起一圈羽毛。我没有找到老婆,却与一位汉子撞了个满怀。对方从地上拾起帽子,冲着我会心一笑,轻轻地说：

"兄弟，你走错了。"

你走错了。这是他的提醒还是他受人之托来传达的一句忠告？他脸上的笑纹怎么那样奇怪？他不是一个什么知情人吧？

有一个女孩来找过我，自称是周中十的同学。其实我见过她，知道她与小周交往过一段，两人曾在饭店和舞厅进进出出。她眼下浓妆艳抹，脂粉盖住脸上的阴麻子，眼圈黑黑的，戴着大耳环，有些瘦削的肩膀在寒风中裸露，束胸的轻纱退到某个精确的分寸，使小小乳房呼之欲出。她抽着烟，交给我四百五十一元钱。

"周中十要我把钱交给你，说他欠你这个数，是挂历货款。"

"你什么时候见到他？"我大吃一惊。

"这个你不要问。"她又从提包里取出一个棋袋，就是周中十常用的那副花梨木象棋。"还有这个也托我交给你，说是留一个纪念。"

"他现在哪里？"我的脸色一定变白了。

"要警察去抓他吗？"女子冷笑一声，"抓不到了。他已经去了另一个世界，再也不会有烦恼的地方。"

"你什么意思？你是说……"

她吐出一个烟圈，没有说话。

"这不可能！"

"你觉得不可能，就不可能吧。"她的态度仍然冷淡，爱理不搭的。

"请你告诉我：他没留下什么话？"

"没什么……哦，好像有这么回事。他要我告诉你，他对你表示抱歉，说他曾经伤害过你……"

"你往下说，他怎么伤害我了？"

"记不清了。好像是说他气不打一处来的时候，做过什么蠢事,只是没有得手。他对此一直感到很后悔,但没勇气向你说出来。"

我几乎要喊出来:"不,他说错了。那只是一个梦,一个梦!他怎么能把梦里的事情当真?"

"梦?"女子疑惑地看了我一眼,"你说什么呢?"

"他肯定是记乱了,记糊涂了,把我说的都当成了事实……"我不知如何才能把这事说清楚,不知如何才能用事实证明周中十与那个梦境无关,但女子显然已经不耐烦我的啰嗦,一扬手,东张西望,叫服务员结账。"我还有一个约会。对不起,以后再来听你讲故事吧。"她付清了两个人的咖啡钱,旋起一道香风,匆匆离去。

我面前只剩下周中十的那一袋象棋,还有一笔钱——我怎么敢用这笔钱?这一笔我几乎已经忘记了的钱?

我鼻子有点发酸,使劲地抽了自己一个耳光,掐了掐自己的手腕,再一次确认自己不是在梦中。

这一年年终,我原来供职的那家公司举行创业五周年庆典。作为公司老员工,我受邀去参加了一个晚会。牟总宣布公司再次获得巨额贷款的好消息,然后轮番接受一批批员工的敬酒。牟女士在席间飞光流彩,献上了几段京剧,唱得确实悦耳动听出人意料。员工们高兴得纷纷热烈鼓掌。她说忘了词,立刻有人争先恐后去帮她拿歌本。她笑得捧腹弯腰,摄影师就叭叭叭地争着给她拍照,拍下那妩媚多姿的瞬间。

让我们荡起双桨,
小船儿推开波浪。
……

周中十以前经常演唱的这首歌，现在没有人唱了。听席间的老同事说，公安局不久前确实送来了死亡通知书，称他的尸体已经找到，是从河底浮上来的，身上还残留着曾经系过大石块的断绳。还是这位老同事告诉我，死者曾经在公司里收养过一只野猫，每天为小猫收集残鱼剩虾。说也奇怪，自从传来死者的消息以后，小黄猫就开始拒食，哪怕面对着上好的海鱼也掉头而去，只是四下里哀哀地号叫，全身的长毛脏得结成条结成块，被苍蝇追绕着，眼里盛满着恐惧。它最后死在垃圾堆里，死在一只球鞋上——有人认出了那球鞋，足有四十三码大，曾出现在本公司一位青年的脚上。

一九九三年六月

○
原题《会心一笑》，最初发表于一九九四年《收获》杂志，后收入小说集《北门口预言》。

老狼阿毛

小朋友们应该知道，阿毛是一条白色长毛狗，出身不明，年龄莫辨，自从几年前的一个风雨夜被捡到这个家来以后，已经渐渐有了人的起居习惯，有时还能像人一样自命不凡，耍耍小性子。他发现人很讨厌老鼠，就成了个勤奋称职的门卫，一听到桌下有动静，就怒不可遏地冲上去，在一个小黑影跳上桌子的刹那间，差点咬住那家伙屁股头一根肉绳。

"你狗拿耗子多管闲事！"老鼠在桌子上尖叫。

"谁叫你私闯民宅？"

"这是你的家吗？"

"当然啦。"

老鼠吱吱吱地冷笑。

阿毛不明白老鼠在笑什么，不好意思说自己不懂，便全身一摇，让长毛统统张扬起来，撑出一个雄武而可怕的模样。

"假狮子，假狮子。"老鼠还是捂着肚子笑，"可怜啦你们这些狗，永远只是人类的走狗，永远变不成森林之王，比我们老鼠还不如。我们至少可以无拘无束，自由自在，四海为家……"

"你出去!"

"好啦好啦,谈正事吧,我来请你去开会的。"

"少给我废话。"

"你也不问问我的名字?"

"我不管你叫什么名字。"阿毛的狂吠已经在喉头滚动。

"土鳖,真没礼貌。"

说到礼貌,阿毛只好把狂吠暂时咽回去,前爪在地上踌躇不安地刨着。这时一只蜘蛛沿着桌边爬了过来,摇头叹气道:"亲爱的,这就是你不对了。人家国际大饼干请你去开会,你摆什么架子?你不过就是一条狗吗?哎呀呀,有什么了不起?"

国际大饼干是谁?是老鼠的笔名或网名吗?阿毛哼了一声,不想露怯,更不愿与蜘蛛一般见识,不拿正眼瞧他。

"亲爱的,你以为你像人一样剪指甲,像人一样梳头,像人一样洗澡而且还用什么进口的洗浴香波,你就不是一条狗了吗?你真的以为人狗平等或者人狗一家了吗?亲爱的,你听听人类的那些骂人话:狼心狗肺、蝇营狗苟、鸡鸣狗盗、人模狗样、狗盗鼠窃、狐朋狗友、狗尾续貂、狗皮膏药、狗屁不通、狗头军师、猪狗不如、狗眼看人低、狗嘴里吐不出象牙、狗走千里还是要吃屎……哎呀呀,还有好多难听的我都不敢看,看了也不敢给你说。他们还不曾用这么难听的话来骂我们蜘蛛呢。算了算了,不说了。"蜘蛛连连摇手。

"说下去,说下去!"老鼠快活得大叫。

"亲爱的,还是让他自己去看吧,随便哪一张报纸上都多得很,真把老夫的肚子都气大了。"

蜘蛛今天的肚子确实很大,让阿毛不能不有点紧张。他收了收鼻孔,从蜘蛛身上吸入了一丝纸张和油墨的气味,还有樟木的气味、地毯的气味、陶壶的气味,看来这蜘蛛确实是从书房那边

33

爬来的——那里确实有家具、地毯以及陶壶，还有很多散乱报纸。这就是说，蜘蛛确实有可能在那里爬过了很多报纸。阿毛对这一可能感到羞辱和愤怒，幸好脸上有一层层厚厚的毛掩盖了他的脸红。他嘟哝着："我不相信……"

"信不信由你。我听说胜利大街最近又开了一家狗肉馆，专门吃你们身上嫩嫩的肉，这个吃你们的腿，那个吃你们的屁股，加一点姜葱，加一点辣椒，美味美味真美味呀……"老鼠从桌上跳下来，幸灾乐祸地嗅一嗅阿毛身上的美味。

阿毛一声大吼，滚地翻身，冲着国际大饼干张开血盆大口。不过老鼠早有准备，刷的一下蹿到地墙根，而且在阿毛穷追不舍之际，一个急转弯便绕过花盆折向阳台。阿毛因为头毛下垂，视野被挡去了许多，没有看清对方的急转弯，一直扑到空荡荡的大厅，才发现四周一点动静也没有。他在桌子或柜子后面看了又看。

"说下去，说下去！"老鼠还在什么地方大叫，"我们要言论自由——"

阿毛陷入了痛苦之中。很多年来，他一直自以为是主人的好学生和好帮手，甚至是主人的铁哥们或者甜心宝贝，连拉屎都有了人的文明，一定拉到厕所里去。他差点就要从人类那里学会接电话了，学会上网聊天了。他绝不相信他的主人在给他梳头洗澡剪指甲以后，会做出出卖他的事情。但蜘蛛说的那些话挥之不去，让他有点睡不着，忍不住溜进了主人的书房，哗啦哗啦拨动茶几下的一堆报纸，想看看蜘蛛说的是不是事实。

阿毛没有上过小学，甚至没有上过学前班，认字的能力其实很差。他总是被主人圈养在家里，外出的机会不多，不似老鼠和蜘蛛那样四处游荡见多识广。虽然主人读书读报的时候他常常趴在旁边伴读，但人类使用的很多词语，还是让他头痛，偶尔听入了耳的一些词语也支离破碎。因此，他眼下把那散乱报纸扒拉一阵，还是没有看出个究竟。不过他果然看到了报纸一角有个狗肉馆的广告：两只头戴厨师大白帽的狗，守候在餐厅门口，弯腰摆手做出一个请客人入座的姿态，嘴里还吹出两团云彩，似乎图片中的人说起话来都非得这样吞云吐雾不可的。"哗！陈氏狗肉馆开业一个月内五折大酬宾！切莫错过良机！……"

阿毛估计云彩里的这些字不是什么好话，很可能就是吃狗肉要加姜葱和辣椒之类的混账言论。

阿毛挑起一只后腿，冲着这个广告撒了一泡尿。还不解恨，又围着这个广告团团转了几圈，选好落点，撅起屁股，在广告上面准确无误地拉出一团屎。他让轰轰烈烈的胜利气氛掩盖了报纸上的无耻勾当，这才气呼呼离去。

这一天，他没有睡到主人床边的狗窝里去，而是睡到大衣柜下面一个黑暗的死角，有一种很孤独和惆怅的神情。

"你出来！你出来！"他被房间里嘈杂的声音惊醒了，听到男主人愤怒的声音，看见男主人脑袋朝下，冲着这个死角喷出牙膏气味。

他吓得更加往死角里面收缩。

"你造反了呵？你看你把家里搞成什么样子？居然还拉屎撒尿！你出来！老老实实出来！把自己的犯罪现场看一看！"

"妈呀！我的保修单和发票！"这是女主人的声音。于是屋里更乱了，似乎是女主人两张更重要的纸被阿毛咬碎了或抓破了，主人更加怒气冲天。女主人甚至哭了起来，说她早忍受不了这遍地狗毛，早就忍受不了这成天狗叫，而且她现在刚买的一套高保真音响就没有了发票和保修单呵呵呵……她逼着男主人作出多年来没完没了的选择：臭王八蛋，你是要我？还是要狗？

"我我我没有咬你的保修单和发票……"阿毛委屈地叫唤。

"你还凶？看我怎么收拾你！"男主人误解了他的意思。

"肯定是国际大饼干捣蛋，那家伙想加害于我！"

男主人还是听不懂阿毛的话，抄来一支扫帚，用扫帚杆捣击大衣柜下面的阿毛，幸好有一个纸盒子挡着，扫帚杆只碰到了阿毛的胡须，没有什么太大的危险。最后，屋里闹了一阵，有一张什么椅子倒了，有一个盆子发出咣当响声，然后男女主人都出门去了，只丢下了男主人一句恶狠狠的话："今天非要饿死它不可！"

他们的脚步声下了阶梯，出了楼门，上了林荫道，一直到院门外嘈杂的汽车声浪中去了。阿毛这才偷偷从大衣柜下探出头来。其实，他不担心扫帚杆，男主人在这种情况下通常都是做做样子而已。那个女主人呢，样子看起来很凶，从来没几句中听的话，但给阿毛织过毛背心，扎过小辫子，总的来说也是个外强中干嘴硬心软的家伙，没什么了不起。阿毛一眼就能把这些人看穿。一旦阿毛闹点感冒发烧之类，你看吧，男主人会忙得屁滚尿流，女主人也会上来搂着它上医院，测体温呵，照片子呵，开药呵，打针呵，让阿毛感动得真想给她一个吻。想来也奇怪，邻家那个小孩感冒发烧的时候，女主人没流过泪；连男主人的母亲感冒发烧的时候，她也没流过泪。似乎人对人反而不容易流泪的。

人对人似乎也说话很少。男主人总是对阿毛发出各种古怪声音，甚至经常把他的名字叫错，阿大毛，阿毛毛，阿大宝，哈毛，哈哈毛，哈哈嚎，娃哈哈……就是说，男主人没话找话，神智不是很正常，经常找一大堆词来养养嘴，把阿毛的名字七揉八搓弄成一块糖。但男主人对自己的母亲倒无话可说，成天像个哑巴。老人后来哭哭泣泣离开这个家，说自己活得还不如一条狗。阿毛觉得奇怪：老人家睡床，狗只能睡狗窝。老人家穿衣，狗只能赤身裸体。怎么她会觉得自己不如狗呢？可能是觉得自己没有阿毛那么多甜丝丝的名字吧？

想到这些，阿毛把尾巴摇得得意扬扬。

现在，他再次摇动了屁股后面那一杆大旗，重摇三圈，轻摇三圈，还是没有嗅到鸭肝或肉骨头的气味，连剩饭剩馒头的气味也没有。这就是说，尾巴今天不再战无不胜，事情似乎非同寻常，主人可能要跟他较真了。不就是撒了一泡尿、拉一包屎吗？这些叫做人的家伙怎么敢做这种缺德事？居然可以断粮草？呸，他们自己不也要撒尿拉屎的吗？他们成天穿着裤子，常常把自己关进厕所，在厕所里面还喷上香水什么的，还挂上风景图片什么的，就以为别人不知道他们同样有撅屁股噼啪啦的事情。可笑。那些臭臭的事情骗得过人的眼睛，从来骗不过狗的鼻子。其实屎尿就是屎尿，不是什么坏东西，透出了鲜美的气味，至少比巧克力和XO不差，有什么必要遮遮掩掩？这真是太不合理了，太不公平了，太不像话了。公安局真得把这事管一管。

不知过了多久，他舔了舔索然无味的扫帚，还舔了舔更加索然无味的桌腿和墙根，饿到要翻白眼的时候，终于忍不住用鼻子顶开了窗户，顶出了一条缝隙，夹着尾巴从缝隙里钻了出去，再从阳台上纵身一跳，来到了气味丰富无比的大院。

他在这里还是没有找到肉骨头，没找到剩饭一类可以将就的东西。他在路边嗅到了一条母狗的行踪，嗅出了这条母狗与一条公狗在草地上恋爱和偷情的故事。他在墙根嗅到了一只野猫的残痕，嗅出了这只野猫在垃圾桶那边向一只小老鼠施以血腥暴行的全部悲剧过程。他时而嫉妒，时而恐惧，但对一切守口如瓶不动声色。他在这一片似乎没有发生过任何事情的院子里跑来跑去，还嗅出了蚂蚁的悲泣，蚯蚓的偷盗，麻雀的陷害，蟑螂的狂欢。当然还有人的种种秘密，比如，有一个学生向他母亲说，他刚才在学校里补习数学，但他的鞋底上明明有足球场上草地和尘土的气息。还有一个男人向身边的女人说，他在出差的这一段时间如何想念她，但他的袜子上和提包上明明有另外两三个女人的复杂气味。他对这一切当然习以为常，还是守口如瓶不动声色，顶多只是摇头晃脑地喷两个响鼻，有点暗自得意。

阿毛决定今天要很晚很晚才回家，要让主人们找不到他然后着急万分，要让他们知道胡作非为的严重后果。他相信只要主人发现他不见了，就会狗一样到处乱窜，会满头大汗地把他阿毛的名字喊遍全世界。

那一次，阿毛不过是同小母狗幽会去了，他们把配有阿毛照片的寻狗启事张贴在大街小巷，让阿毛借机大出了一次风头，成为很多人议论的话题。当时他十分满意地躲在草丛里，看见男主人同女主人一会儿出门，一会儿回家，互相埋怨面红耳赤。阿毛还看见女主人在路上见了另一个女人，两人的身上都有狗的浓浓气味，于是两人都大说自己的小狗，最后抱头痛哭，一把鼻涕一把泪。当然啦，那个女人后来就成了家里的常客，就像主人其他一些客人一样，每次来都要给阿毛带来美食罐头。

阿毛突然嗅到了老鼠气味，准确地说就是国际大饼干的气味，更准确地说是一种四方奔走激情澎湃壮志未酬的阴谋家气味，让他有些好奇。这种气味时断时续，绕过一幢大楼后，向另一幢未完工的大楼延伸而去。光线越来越暗，乱石和杂草也越来越多。

"站住！"一个小老鼠从乱草里冒出来。

"我来散散步……不行吗？"

"这里面是精英聚会，你不能进去。"

"这里未必有最低消费限制？"

"那倒不是，但阶级斗争形势确实很复杂。"

"是国际大饼干……请我来的。"

"你是说我爷爷？你怎么认识我爷爷？你是他的投资合伙人吗？"

"告诉你，他是我手下败将。"

"哦,你一定是阿毛。我爷爷说了,他对你太失望,太生气。你们这些狗都被人类宠坏了,教坏了,连兽性都快没有了。讨厌!"

"我没有兽性?"阿毛一直想当人,不以为兽性是什么好东西。不过玩兽性毕竟是老本行,他想了想,把嘴巴大大地张开,露出尖尖的门牙和血红色的长舌,做出大灰狼凶狠的嘴脸。

"这还差不多。"小老鼠被他的血盆大口感动了,左看看,右看看,犹豫着说:"你等在这里,容我进去通报。"

事情的结果,是国际大饼干乐颠颠地跑出来,也对阿毛的血盆大口恢复了信任感,对他尚未吃上早餐也深表同情,终于让他进入烂尾楼的地下室。直到这时,阿毛才知道,深受人类迫害的动物界代表正在这里召开一个空前团结的大会,正在这里表达他们对人类深深的忧虑和怨恨。与会的猪代表叫花花肉总博士,正声泪俱下地控诉人类如何红烧他们,如何油炸他们,如何清炖他们,如何熏腌他们,说到惨不忍闻之处,鸡女士大概也勾引出心头呱呱呱呱的伤心事,情绪激动地哭了起来,不过她的哭只是呛,以母鸡的特有方式,喉头一挺一挺地干叫几声而已。

国际大饼干觉得眼泪有点离题,一只脚敲敲桌面:"吃我们一点肉倒也没有什么了不起,我们动物从来都是比较大方的,身上有肉就大家吃,是不是?我们不像人那么小气,动不动就搞什么人道主义,从来不让我们吃他们的肉。"

"是呵是呵,人道主义真不是个东西!"猪博士喷出两注鼻涕,继续控诉人类如何红烧他们,如何油炸他们,如何清炖他们,如何熏腌他们。

国际大饼干不耐烦地再次插话:"诸位请注意,发言不要重复,不要重复。问题不在于猪肉好不好吃,在于不饿的时候就不能吃肉,这就是我们动物界的伟大原则,是我们兽性的崇高所在!

可是人呢？可恨呀可恨，他们不饿的时候也要行凶，他们为了貂皮杀貂，为了象牙杀象，为了鹿茸杀鹿，为了鳄鱼皮杀鳄鱼。他们干这些事情的时候肚子里都是饱饱的，完全没有说得过去的理由。这还不说，他们甚至为了权力和观念发生世界大战，自相残杀血流成河，我们动物界全体精英对此感到不可理解！"

"顶，顶！献花！"猪博士用耳朵扇走了一只苍蝇，继续控诉人类如何红烧他们，如何油炸他们，如何清炖他们，如何熏腌他们，还是没有顺从老鼠的引导。

"真是头蠢猪！"国际大饼干气得翻了个白眼。

一直到花花肉总博士呼噜呼噜的控诉中出现了鼾声，发言权才移交给乌鸦代表。而牛代表、龟代表、甲虫代表等也接下来一一口头跟帖。他们不但控诉了很多人类的罪恶，而且报道了很多可疑的新情况。比如，小奶牛曾经听他的主人说，他们准备在牛奶里面大加防腐剂以便陈奶可以冒充鲜奶，从而获得更多利润。更为骇人听闻的是：乌龟曾经听两个小孩子说，他们正在研究什么科学，准备做出一个比原子弹还厉害千百倍的基因武器，就是让牛长出六只角，让鱼可以长出四个头，让人类的发情设备统统失灵。甲虫没有什么好说的，就说他看见了两个男人互相吐唾沫，然后互相扇耳光，啪啪啪惊天动地，如此而已。

蜘蛛也在这里。这个蜘蛛身上仍然有油墨和纸张的气味，一副很有学问的样子，在听发言时上蹿下跳地忙着结网，把大家的发言要点记录在这张闪闪发亮的蛛网上，有一种要成为历史人物的劲头。

阿毛第一次听到这么多激动的发言，见大家都说，觉得自己也应该说说，比方说说，人类居然没有发情期，不在发情期内的他们居然也交配，有时大汗淋淋的，实在太累啦，太流氓啦。但他拿不准这些是不是人类的缺点，也拿不准他自己应不应该参加这种对人类的攻击，就舔舔嘴巴没有吭声。

最后，蜘蛛总结了动物代表们的学术共识：

一、人类已经疯B了；

二、人类已经抓狂了；

三、必须紧急动员起来对人类进行坚决斗争，把自由和民主进行到底，让世界充满爱，让祖国明天更美好。

在国际大饼干的提议之下，动物们纷纷举起尾巴对蛛网上的这份决议表示赞成，没有尾巴的昆虫就摇摇头上的触须，用他们的方式鼓掌。

此时的动物们都面容严肃，因为他们都明白，他们是弱势群体、贫困群体、边缘化群体，如果动武的话根本不是人类的对手。他们都没留过学，不是博士或者硕士，不会讲英格利士，不懂得什么科学，因此下一步的斗争当然只能悲壮。老牛就是这样站出来了，说牛类再也无法与人类合作，经过慎重考虑，他们一致决定患疯牛病，也算是宁可玉碎不可瓦全吧，让人类再也吃不到美味的牛肉，让人类知道知道牛类的尊严最终是不可侵犯的。大概是受老牛这种慷慨捐躯英雄气概的感染，鸡女士也激动不已地站出来。她说鸡类愿意向牛类学习，为了配合牛类崇高而伟大的敢死行动，鸡类决定分期分批患上禽流感，让人类从此见鸡而惧，见鸡而逃，不但没有鸡肉可吃，连鸡蛋汤也喝不上——看他们以后拿着西红柿去打什么汤。她的表态也受到了大家热烈的摇尾欢迎。在这样同仇敌忾的气氛中，她和另外几只小鸡立即大声干咳，表示他们说干就干，马上开始努力表现禽流感的特征。其他动物也学样，大声干咳，大声干呕，看自己能不能找到禽流感的感觉，能不能跟上起义斗争的大好形势。

只有猪在偷偷地往牛身后面缩。国际大饼干一把揪住他的耳朵，"花花肉，你唧那个唧呵？"

对方没听懂："你说什么？"

"唧那个唧，就是唧那个唧！"

"土鳖，你得说普通话！要是我说呼噜个呼，你听得懂吗？"

"我是说，你们吃得这么脑满肠肥，就不准备有所作为吗？"

花花肉气呼呼地说："猪类与人类永远不共戴天！猪可杀不可辱！猪生自古谁无死，留得猪肺照湘盆！我们一定要为千千万死难的同胞报仇！哇哇哇……"

"你别光说大话。你们猪不是也可以患口蹄疫吗？"

"不行，不行，口蹄疫太难受了。"

"那你就心甘情愿让人类吃你的肉？就愿意未成年的猪也变拼盘和上菜谱？"

"我不长肉，再不长肉了。要不，我就把肉长得特别粗糙，特别平淡，像塑料肉一样索然无味，这样人类就没法吃了是吧？"

"你倒是会偷工减料。不过这还要问大家答不答应哩。"国际大饼干转身问其他动物，"他不打算患口蹄疫，你们说怎么样？"

"口蹄疫！口蹄疫！口蹄疫！……"动物们齐声高呼。

乌龟这时乘机揭发出花花肉的历史问题，说他为了争取当上种猪，经常讨好人类，曾经打小报告称牛羊肉的蛋白质和维生素含量远非猪肉可比。大家一听更生气了，再一次强烈要求："口蹄疫！口蹄疫！口蹄疫！……"

不知由谁带头，他们还喊出一阵阵愤怒的口号：

"全世界的动物们联合起来！"

"非暴力、不合作的禽兽们战无不胜！"

"动物团结一条心，试看天下谁能敌！"

"撼山易，撼兽性难！"

"兽性万岁！打倒人性！"

……

震耳的声浪吓得阿毛全身哆嗦，万分惭愧，趴在地上一动也不敢动，看上去像一支鸡毛掸子。

"亲爱的，你不同意吗？"蜘蛛发现了鸡毛掸子。

阿毛的眼睛仍然盯着远处的墙根。

"说你呢！你装耳聋呵？你装死狗呵？你对人类还抱有什么幻想吧？"国际大饼干也觉得不能放过这支鸡毛掸子。

"我饿了……我要回家。"

"你他娘的是人类的走狗。"

"那有什么办法？我老爸也是这么说的。"

"老爸？哈哈哈，你还有老爸？你以为你是谁？你别忘了，你是个假冒伪劣产品，白长了一口好牙。你本来应该是一条狼！是狼，懂不懂？"

"狼有什么好？狼可以吃到肉罐头吗？狼可以坐汽车吗？"

"当然啦，你洗澡还得喷一喷进口洗浴香波哩。"国际大饼干尖笑起来，"你们快来看看，这个家伙是个既得利益者，和大熊猫一样，和波斯猫一样，就差没有穿裤子和穿皮鞋了。我说今天的气味怎么这么臭，太难闻了，太难闻了，呛得我的鼻炎都要复发了，原来就是这个家伙把人味带进来了。"

"恶心！"乌龟嘟哝了一声。

"恶心！"动物们也都纷纷捂住鼻孔，并且一个个开始拉屎撒尿，力图弘扬正气压倒邪气。

看到这情景，阿毛也赶紧扬起一条后腿挤出几滴尿来，以示自己还有制造臭味的能力，还有权与大家平起平坐。但这已经有点迟了，他挤出的尿太少，根本不能说明什么问题。在国际大饼干十分夸张的煽动之下，他身上的香波味成了大家鄙视的目标。一群耗子吱吱吱跑过来揪他的胡须。鸡和鹅则跑过来啄他的脑袋。他感到屁股头有剧烈的炸痛，大概是牛蹄或者羊蹄在那里狠狠踹了一下。花花肉总博士这时候也找到了泄愤的对象,找到了表现勇敢和正义感的机会,摇头晃脑冲上来一屁股坐在老鼠身上,听见鼠叫才知道自己坐错了对象,又搬着山一般浩大雄伟的屁股,把阿毛逼向墙角,向他狠狠地压过来,压得他两眼一黑,在一堆热乎乎的猪肉之下差点被憋死,好半天才挣扎着探出个头来,才找到新鲜的空气和出逃的方向。

他本来想发表一点异议,说人类也多方抢救大象,抢救藏羚羊,连丑陋不堪的鳄鱼也拿来保护,不完全是你们说得那么坏——这都是他从电视里看来的。人类对狗和猫的笑脸,也常常比对邻居和亲人的笑脸要多得多——这更是他亲眼所见。但他根本没有机会把这一切说出来,就已经昏头昏脑天旋地转。

他顶着一头猪粪狼狈地逃离会场。

他用前爪在头上抓拉了一阵,又在草地上打滚蹭地,但身上的污迹更多。他摇了摇身子,在水池里发现了一张陌生的五花脸,突然觉得自己全身脏得有点焕然一新,想看看别人对此是否感到惊奇。结果,他跑到任何一条小狗面前,都把对方吓得慌忙逃窜。这使他暗暗得意,便追赶着那些小狗,一心要他们把自己的新奇面貌再看一眼。

夜晚,男女主人熟悉的脚步声临近。

"妈呀——这不是阿毛吗?"女主人发出挨刀时才有的惊叫。

"怎么有了这么个尊容?是在垃圾场撒野来吧?"男主人也声音颤抖。

阿毛反常地没有摇尾巴,也没扑上去拥抱主人们的腿,更没有跳起来探望他们提包里的内容。主人提起他回家的时候,他闭上眼,爱理不搭的。

"不准动!不准动!不准动——"男主人的呵斥一声比一声严厉,用几根手指夹住阿毛的胳膊,将他一直高高吊在空中,一直吊到家里厕所间的一角。"不准动——"男主人再一次发出这道命令的时候,水管里喷出的一柱冷水已经冲着阿毛劈头盖脸而下。这不就是洗澡吗?阿毛觉得不以为然。他冲着男主人叫唤了几声,提醒对方用温水,用毛刷,用进口香波:既然洗澡就得按规矩来。

阿毛吃到了肉骨头,重新进入人类的生活。他听到女主人在厕所间外手忙脚乱昏天黑地地擦洗地板,擦洗他用过或坐过的那些地方,嘴里还有无穷的抱怨:"我早就说了这是条野狗,充其量也只是条杂交了的土狗,你看看,你看看,哪来这么多不良习惯?你看人家三楼那条杰克,还有七栋那条莎莎,那才是真正的名贵血统,真正的英国贵族!剩到第二餐的肉骨头,他们根本就不吃。有垃圾有泥巴的地方,他们根本就不去,哪像他这个贼坏子,居然在家里拉屎撒尿,还把臭大粪什么都带到家里来了,我早说了这路上的野狗捡不得的你就是不听,你看吧,这请神容易送神难,这日子还是个日子吗?"

"狗就是狗嘛,"男主人嘟哝着,"你还以为他也像人一样规规矩矩当会计主任?还会自己梳洗打扮,三天两头去做面膜?"

"姓张的你少贫嘴!我跟你再说一遍,我管你一个人也就够了,你还捉一条狗来污染环境,要累死我呵?"女主人的调门更高。

"给他洗澡从来都是我承包的。"

"就只是洗澡吗?这狗食是谁买的?这狗毛是谁扫的?你看这到处的狗毛,三天不扫,就要扫出一堆,都织得出一件绒毛衫了。我这背上也老是痒,我就怀疑是阿毛把外面的狗虱子带回了家。"

"那是你生了牛皮癣吧?"

"放你娘的屁,我什么时候有过牛皮癣?"

"我身上怎么就不痒?"

"你那是人皮吗?你生来就应该睡狗窝。"

45

"当初是你要参加那个保护动物协会,你休想赖我!"

"参加就参加,一定要养这号贼坏子吗?你看这屎臭的呵呵呵……"

"比你的屎还臭呀?"

"姓张的你狗嘴里就吐不出人话!"

……

这一类争吵,阿毛听得多了。他依稀听出男主人是向着自己的,于是高兴地汪汪大叫:"老爸说得对!老爸说得好!乌云遮不住太阳,事实胜于雄辩……"他又伸出舌头把男主人的手舔一舔,以示及时的感激和声援。还就地一躺,开放自己的全部肚皮供老爸抓挠,作为对可爱人类的犒赏。

他吃到猪肉骨头的时候,想起了花花肉总博士,想起肥大屁股下的暗无天日。好吧,你想坐死我,我就吃你的兄弟,吃你的外甥和侄子。阿毛恨恨不已地把一根大骨头也嚼了个粉碎,连一点渣也不留下。

"他今天这么饿呵!"男主人惊奇地看着他。

阿毛打了个嗝,回味满嘴肉香,再一次想起人类从今以后的日子要难过了,因为动物们已经都悄悄地行动起来,要发动疯牛病、禽流感、口蹄疫了。这人类怎么就不急呢?这些直立动物也太自以为是了吧?动物们其实并不傻,有时装得呆头呆脑,只是谦虚而已;在报纸和电视面前满不在乎,也不过是不屑于无聊地浪费光阴。他们除了没学位和工资,其实什么都能干,还可以在自己的肉体里面制造病毒——比方制造出羊肝炎、鱼肾衰等,来诱敌深入聚而歼之,折磨人类甚至消灭人类。他们的英勇献身可以使整个世界天翻地覆,可以使整个历史改变方向,只是不习惯声张罢了。即使有个别动物出于同情而给人类偷偷递过一些什么眼色,可人类根本不明白。

想到这里，阿毛眼里透出无限悲哀，鼻子紧贴在地面，在黑暗的墙角里凝视主人们，似乎就要作最后的永别。

他很想告诉老爸，今后要注意来自冰箱和超级市场的危险，注意那些色泽鲜艳但完全不怀好意的牛肉、鸡肉以及猪肉。但这么复杂的问题，他没有把握说得清楚。整整一个晚上，他根本睡不着，男主人走到什么地方，他就跟着叫到什么地方。男主人睡下了，他就咬住被子的一角往床下拖，力图让男主人注意听他的话。真要听他说话了，他翻跟头、咬尾巴，挠耳朵，舔鸡鸡，八八六十四，三七二十一，累得浑身大汗，伸长舌头大口大口出粗气，还是没有折腾得很清楚。

这当然引起了主人们共同的恼怒。男主人说："你还让不让我睡觉呵？"

女主人披头散发地突然坐起来，捂住双耳大叫："他简直是一条疯狗了。我把他送走！把他送走！"

她还去抽屉里拿什么药丸。

家里总算安静了一些。男主人也总算眼生疑惑，下床来守在阿毛面前，表现出极大的耐心，问他是不是还要吃，是不是有点冷，是不是要撒尿，是不是发现了老鼠或者蟑螂，这些愚蠢的询问总是气得阿毛越躲越远，越远就越急，越急就越叫。他觉得男主人平时还是善解狗意的，比方他舔舔嘴舌，男主人就会给空水盆里加水；他摇摇尾巴，男主人就会开门让他出去散步。但他现在无论怎么叫，男主人还是一脸茫然，不明白大难临头的事实。

他用爪子抓拉冰箱的门。

"这里面没有老鼠呵。"男主人把冰箱门打开了。

"你这个大菜鸟，一点文化也没有！还算个人吗？"

阿毛怒眼圆睁，拨开冷藏柜，叼出里面的一棵芹菜，叼着在房子里来回跑。见男主人还是一脸呆相，便大口大口地吃起来，给对方作出进食的示范，一直吃到自己两眼发直地翻胃。

"呵，我明白了，他自己找草药了，肯定是感到自己犯病了。"

男主人要把阿毛套上狗圈，又找来阿毛的病历本，当然是要把他送去医院。一场拼死的挣扎不可避免。阿毛头上被扯掉了几撮毛，后蹄撞到一个刚刚被打碎的玻璃果盘，一脚踩到玻璃碴以后，在地上留下两三个血蹄印子。最后，疯了一般的阿毛还在男主人手上咬了一口，于是男主人也在哎哟一声大叫之下，一脚将他踢到墙边。门开了，门口出现了一个警察，嘴里冒出啤酒气味，后面还有几个探头探脑的人影。阿毛本能地要去迎接或者攻击，但发现自己动不了，胸口剧烈地痛，大概是男主人的一脚踢得不轻。

"你是张先生吧？对不起，你的邻居都投诉你，说你家的狗吵得他们睡不着觉……这个问题你必须解决，否则我们就只能按条例公事公办。"

男主人捂着自己手上的血迹，连连点头，"真对不起，真对不起。"

"这只狗有合法身份吗？"

男主人忙着给警察翻找宠物检疫证、饲养证以及训练结业证。但警察身后那些模糊的人影并不在乎这些纸片：

"你们保护动物可以，但不能侵犯人权嘛。把动物的快乐建立在我们痛苦的基础上，像什么话？"

"什么动物保护？我看就是邪教，精神病！"

"我以为是什么百万富翁呢，原来也没有金砖铺地呵。你看那桌上，也就是半碗咸菜，说不定他内裤里还打补丁哩，这种人也配养狗？"

"有钱也不能为富不仁吗。你看看现在多少下岗的，失业的，没饭吃的。他们的狗还吃肉罐头，他妈的什么世道？"

接下来的声音就嗡嗡搅浑成一团，听不清楚了。直到男主人忙出了满脑门大汗，把好话说尽，门外还冒出一声怒吼："拿刀来，宰了它！不宰不足以平民愤！"

女主人忍无可忍，突然从卧室里冲了出来，"哪个喊宰？哪个喊宰？你有种的就站出来！你屎尿灌昏了头到老娘这里来撒野呵！胆敢动我家阿毛一个指头，老娘的菜刀也不是吃素的我告诉你！老娘要养狗，没有吃你的，没有穿你的，关你屁事？别说养一只阿毛，老娘还要养十只，二十只！老娘高兴！老娘就是要喂肉，喂罐头，你管得着吗？出去！都出去！深更半夜想打劫呵？……"

女主人的开骂大长了阿毛志气，虽然胸口还在痛，他屁股头的旗帜已高高扬起，"出去，都出去！这里不是开会的地方！"他也跳起来大吠。

第二天，男主人把狗皮圈套在他的脖子上，这当然是出门远行的安排。

阿毛以前就多次戴着这个皮带套子远行，去那些有奇异气味的地方，比方说，有鱼虾气味的海边，有浓烈汽油气味的大街。他不知道今天又要去访问哪些气味，但从男主人有些异样的脚步声来看，那些气味肯定不同寻常。当他被车窗外刷刷刷的风景闹得脑袋天旋地转以后，胸口一涌，一口吐出酸水，但还是兴冲冲地向往着。

他再一次从昏睡中醒来时，发现汽车已经停了。车门外涌进来蝴蝶和蜻蜓的气味、鸟粪的气味、松树皮的气味、腐叶和泥土的气味，还有很多他说不出名目的气味，这些气味错综复杂勾心斗角盘根错节暧昧不清，像一座气味的大迷宫，使他的鼻子一开始就嗖嗖嗖地忙不过来。他当然还听到了鸭子的叫声，看见四只鸭子在不远处散步，便热情万丈地冲过去问好，不料那些鸭子吓得哇哇奔逃。他们没有看见过狗吗？没有看见过阿毛这样的狗吗？

49

他有点纳闷和失望，尾巴也摇得有点一厢情愿并且无精打采。

他同时还发现，这些鸭子的高呼救命的声音难懂，与菜市场里那些鸭子的口音很不一样。这就是说，他已经到了一个动物们说方言的地方，一个离家很远的地方。

他看见男主人和另外一个男人正在远处抽烟和说话，两人的目光不时投向他。片刻之后，男主人笑着走过来，蹲在他面前，拿额头碰了碰他的脑袋。"阿毛，这就是你的新家，知道吗？"

"今天不回去了吗？"阿毛有些奇怪。

"他说什么？"那个陌生的男人问男主人。

"他可能是有点饿了吧。"男主人说。

陌生的男人就从一间房子里拿出一块水煮肉，丢到阿毛面前。阿毛看了男主人一眼，没有打算吃它。

男主人摸摸阿毛的头，"好啦好啦，阿毛，吃吧，我也舍不得你，以后有机会还会来看你的。呵？"

男主人起身向汽车走去，似乎还向阿毛摆了摆手。那辆没有鼻子的白色面包车闷闷地吼了几声，放出几个屁来，一溜烟就跑远了。

阿毛以为老爸在开玩笑，蹲在路边一心一意地等着，等着那人开着汽车来接阿毛。一天过去了，又一天过去了，很多天过去了……老爸的面孔没有再出现。他相信老爸是病了，或者已经死了，肯定是中了动物们那些恶毒圈套了，否则老爸不会不出现的。他真想为老爸干点什么，比方嗅出圈套在哪里，嗅出疯牛病什么的在哪里，甚至还可以把走狗们联合起来，成立一个人类保护协会……那些人类何等危险呵！为此他到处乱窜，四方巡游，打抱天下之不平，一心想投入忠肝义胆的人类保卫战。但他苦无报国之门，基本上是瞎胡闹，比方把一块朽木咬得稀巴烂，把一块锈铁咬得嘎吱响，最后把自己的尾巴咬出了血。一时急昏了头，他朝一堵砖墙撞去，把对方当作大敌，结果撞得自己口吐白沫，翻了白眼。

他听到冷笑声，却不知道谁在冷笑。直到这一天，他来到一个乡间集市，发现肉摊子那些猪头、羊头、牛头等，整齐地排在肉案上，像组成了一个合唱团，正冲着他满面笑容。鱼档上那些鱼也睁圆眼睛，笑嘴一开一合。被开膛破肚的一排鸡鸭则不满意自己的小嘴，索性敞开两扇肚皮，整个身子都成了豪迈的大嘴，成了惊天动地的大喇叭——原来笑声就是从这里发出的！他发现数好多干虾也参与进来，一个个都咯咯咯地笑弯了腰。

阿毛在这巨大的笑浪中毛须倒竖，鼻尖冒出冷汗，终于慌慌地叫了一声，然后朝田野里逃窜而去。

人们说，这个公路段后来出现了一条野狗，只要一见到白色面包车，便汪汪汪地狂叫不已，还在车尾没命地追逐。

人们还说，这个公路段附近的山林里出现了一条疯狗，眼睛瞎了一只，耳朵缺了一只，有时身上还有皮肉翻翻的癣块，引来一些蚊蝇嗡嗡飞绕。这条疯狗——准确地说是一头狼，曾咬伤了一个学童，咬伤了两个贩竹子的农民，还把一个洗衣女人吓成了精神病，引起了政府有关部门高度重视，一直在组织猎户和警察予以捕杀。

有意思的是，这匹神出鬼没的老狼对汽车最有兴趣，尤其是公路上出现白色面包车的时候，人们一定能听见林子里传来呼唤：

呵呜——

二〇〇一年二月

最初发表于二〇〇一年《钟山》杂志，后收入小说集《报告政府》。

方案六号

你又来做什么？电话里不都说了吗？我没法帮你找工作。你别看我在这里混了这么多年，自己还是盲流一个，还得吃老婆的软饭。走吧走吧，我等一下要出门送货了。

你还是去看报上的分类广告吧。要是你运气好，也许能碰上哪个华人老板要个看仓库的，要个跑外卖的。要是哪个富婆要找个小白脸陪陪，你小子就把耳朵掏干净点，就把牙齿刷干净点，拿出为共产主义英勇献身的劲头冲上去，先去混个吃饱喝足再说。人家女的当金丝鸟，你就当一回金丝熊，男女都一样吗。男子汉同样可以坐台，同样可以傍大款。阿彬那小子不就是傍了个台湾婆，坐了几年婚姻台，才混出个人样？

迈阿密？NO，全美国你哪里都可以去，就是迈阿密不能去。这我一开始就警告过你了。那里工资确实高。你知道是为什么吗？那里是边境，满街都是黑社会，满街都是非法移民，移民局就查得特别厉害，查得打黑工的都不敢去，劳务价格才高起来的。凭你鸦片鬼的样子，几句烂英语，你还想到迈阿密去玩？我话说在前头，出了事，我可没办法到局子里捞人，也不敢操起卡宾枪去劫狱。你把鬼佬的牢底坐穿也是你自己的事。你烧几炷高香，自己看着办吧。

你还是想卖画？慢点慢点。还要我给你介绍画廊？你没发烧吧？没病吧？你没病那就是我病了，我要是答应你我不是严重脑膜炎是什么？不是精神分裂症是什么？告诉你，在美国什么都值钱，就是艺术家不值钱，随便到哪里都可以扫得出几大筐。你到纽约现代艺术博物馆看看——纽约，牛皮吧？但那里一个月轮换上百个画展，玩完抽象玩具象，玩完具象玩抽象，什么先锋前卫，什么装置行为，都臭了大街啦，你看了一万个等于看了一个，你看了一个等于看了一万个，谁当回事呵？还不说你现在没有本事到那里去露脸，就算你在那里混了个三进两出，对不起，你该刷盘子还得刷盘子，该饿死还得饿死。你看见我家对面汽车站前那个老头了吧？就是那个拿地铁票叠花呀鸟的，对，一只要卖二十五美分的。你不要以为他是美国贫下中农，说出他的来历，恐怕要吓你一跳。这位老哥，俄国大画家，当年苏联总统戈什么夫，对了，就是你说的这个戈尔巴乔夫，还给他授过勋章。现在怎么样？就差一点要进疯人院了。

你说那几位爷？你怎么能跟他们比？人家抢占先机，人家赶上了时候，人家祖坟埋的位置好，好得开了裂，那就该人家吹汤喝水，吃香喝辣，甩开胯裆走八字路，轮不上你来眼红。当年人家玩垃圾的时候，玩爆炸的时候，玩人民币的时候，玩人畜猪的时候，你小子到哪里去了？我承认，你说得不错，那些东西是没有什么了不起，也就是憋一个观念唬人。不怕你笑话，我老贾第一次玩行为的时候，也只是少先队员小小花朵的水平。跑到大楼顶上一亮相，还不敢全脱，咬咬牙还是留了条三角裤；举起来的标语牌也让人笑掉牙，无非是"大干四化振兴中华"！无非是宣传《人民日报》社论精神！活脱脱是个游泳池里蹦上来的共产党员。

但那是什么时候？那时候玩行为还是原始股，刚出锅，鲜，一条三角裤就可以吓得派出所全体干警出动，就可以让德国记者和英国记者来做专题采访，请我老贾喝可口可乐和吃比萨饼。

我说这事的意思你应该明白。这就是说，这现代艺术就是一趟一趟的车，你没赶上就没赶上，不要怨天尤人。现在连末班车都开过去好远了，都收班了。你没看见人家连死婴都吃起来了，想得绝吧？想得恶心吧？这就对了。现在的艺术，尤其是中国来的艺术，就得让你恶心。恶心了就有效果，恶心了就火。你还不得不服。

不过恶心到这分上，没法玩了。除非下一步你敢脱了裤子拉屎然后自己细嚼慢咽，你敢不敢？

总归一句话，你来迟了。你现在就是装"地下"、装民运、装反革命也不灵。"地下"有什么了不起呵？闯江湖的中国哥们说起来都"地下"，都有一打一打的故事：无非是什么画展被禁，什么被安全局特务盯梢。人家老外听得耳朵都要起茧子了，表面上跟你慈祥，心里不知道笑成什么样。

你别打开，你告诉你，你别打开。你这些画我不要看，而且我不看也知道是些什么破玩意。架上绘画，也不看现在是什么年头！不是我看不起你，我连自己也看不起。我也不是不帮你，要你去打包，是你自己不愿意去，那就不能怨我。你们都是吃社会主义的大锅饭，吃懒了一身肉，真该到水深火热的资本主义社会受受教育。其实我刚到美国来也打包，一干就是八个月，干到最后看见什么都想把它包起来。陪老婆上一趟街，老婆看商品，我就看包装。警察来查我的证件，我还想着如何给他塞泡沫垫，如何给他装箱，如何让他防震防潮防倒立，一个劲估算着他的规格和重量，看着看着，让他脸上变了色，伸手就去摸枪。这家伙还是鲜活物品呵！我正愁着手边没有绳子，脑门就被他的枪顶上了。

你说那惨不惨？那是人过的日子？

　　我后来还给人家洗车。对了，我那张福特汽车发动机的拓片就是洗车时得到的灵感。后来拓电脑主板，拓地下水管，拓立交桥，拓自己的小"弟弟"……其实是如法炮制，把现代世界全都拓成黑不溜秋的古迹，一片黑暗夜色，鬼影在浮动，还有点狰狞，再加一点残缺，再加一点漫漶——漫漶你懂不懂？就是模糊不清呵。这都是要让鬼佬知道一下东方拓片的厉害。这里就有东方哲学，他们玩不过我们。不过，我老贾这样伟大的灵感，也只是赚个吃喝，赚不到钱。你一点办法也没有。那张发动机的拓片，扎扎实实的大制作，卖是卖出去了。钱呢，经纪人黑去一半，还得让我缴税，落到自己手里也就是几个烟钱，哪比得上我老婆做服装生意，只要接一单，少说也是五位数的进项。跑到中国去转一圈，人家市长说她是外商，把她当姑奶奶供着。

　　你不要在这里抽烟，我老婆闻到烟气会骂人。走走走，我们到洗衣房去抽吧。

　　你说我怕老婆，唉，没办法呵。人在屋檐下，不得不低头，吃软饭吗，就得忍气吞声交出好多人权，你是毕加索二世也没有用。

　　你这云南烟好，味纯。你别客气，我哪里能要这么多烟呢，你自己留着抽吧。哎呀真是不好意思，你看你看，你这是……你这是何必？其实，我一直是想帮你的。这么说吧，你想清楚：你到底是要名还是要利？你要是铁了心要名，硬是要火一把，那也不怎么太难。我可以给你一个方案，你照我的方案去做，保证你在全美国一鸣惊人，三天之内成为新闻人物。你说我吹牛皮？笑话，要吹牛皮我找江泽民去吹，轮不上找你。你好好听着，我有些话要说在前面：这个方案不一定能赚钱，而且还有风险，比方说要蹲蹲监狱什么的，你敢不敢？你先不要问能不能成，你先说你敢不敢吧。好，你说了敢，这是你说的，我就看在我们多年朋友的面子上，把这个方案六号无偿转让给你。要是对别的人，不预付五千美金一律免谈。

你不要急呵，你坐下，你听我说。我当然不会要你去做你根本做不了的事。既不要你去放火烧国防部五角大楼，也不要你去把克林顿的鸡巴割下来。你那几根肠子几块肺我还不清楚？这个方案是我前几年准备的，很多方案中的一个，后来没时间去做了，就搁在抽屉里了。这个方案首先要求执行者，也就是本案的行为艺术家，拿出三万美金去报纸上打广告……什么？你没有这么多钱？那你拿两万也行。什么？两万也没有？你小子在国内搞装修画广告的那些钱都到哪里去了？那你自己说，你有多少钱？一万二？就一万二？这么一点点？这有点难办。让我想想……好，一万二就一万二吧，你也可以试试，看报社能不能给你打点折。你得找个英语好的人去为你办这件事，说你是个艺术家，不是来做商业广告，只是在报上只是公布一个行为艺术方案，请他们优惠一些。你得找一些大报，《纽约时报》《华盛顿邮报》什么的，舍不得孩子套不住狼。你的方案主题吗，叫做《吻》。内容就是这样：某年某月某日某时某刻，在芝加哥全美国最高建筑物西尔斯罗伯克大楼上，你，戴维斯·王，一个中国现代行为艺术家，将从高楼上坠身而下扑向大地……

你不会跳伞？你哪有什么降落伞？对，就是光着身子跳！对，也不是什么蹦极，就是跳楼自杀，自绝于党自绝于人民！这才刺激对不对？这才能引起轰动对不对？你急什么？谁要你真去送死？你听我说。你不是要出名吗？你不死一下如何能出名？你活着谁愿意看你？看你吃饭？看你穿衣？看你走路打喷嚏呵？人家个个都在活，没有什么稀奇。但人家个个都怕死，所以就要看你死！所以你必须死！必须死得彻底！当然当然，你用不着真死。我后面会给你安排。但你在公开的方案中必须这样宣言：这次创作以生命为代价，因此是你最后一次创作。在你从高空坠地的过程中，你将对人生做出独特的艺术诠释，将对自由、美、佛教密宗做出最为完美的表达和建构。你将在坠落过程中感受到加速度，感受万有引力，感受神义的存在。你身体的第一个造型是字母 S，第二个造型是字母 C，第三个造型是字母 J，第四个造型是字母 V……你可以说，这是与神的语言交流，也可以说是一个人名的英文缩写。至于这个人是谁，至于你为什么要用身体表达这个名字，你可以在公开的方案中说，也可以故意不说，让人家去猜。这各有各的好处。比方说，你可以说那是你未婚妻的名字，而那个未婚妻就是在三年前的此刻逝世，死在中国的一次悲惨的灾难之中。这不，爱情也有了？批判现实也有了？此时此刻，你，戴维斯·王，刷刷刷扑向大地，就是对你未婚妻最后一次热吻。好，《吻》的主题和来历在这里正式揭宝了。你的落地将是一次血肉飞溅，一次粉身碎骨，相当于一颗肉弹爆炸，也算是吻出一朵灿烂鲜花，作为你对未婚妻的献礼，扑通一声也是你与你未婚妻迟到的婚礼，永恒的结合。

怎么样？精彩吧？这样的方案一公布，那些洋婆子还能不哭得以泪洗面死去活来一个个皮泡眼肿都像大金鱼？她们哪里见到过这样的婚礼？哪里见过这样的圣洁情人？她们早就对丈夫在外面吊膀子养二奶怒火万丈，一个个苦大仇深，水深火热，这时候还不把满腔的委屈和满脑子的幻想都撒到你小子身上来？

到了那一天，你当然得去，敢说就得敢做，不能熊。不过你放心，有了这一个公告，消防队肯定比你去得早，警察肯定也比你去得早，你小子到时候想死还很不容易哩。

大楼顶层等一切可能出事的地方肯定已经清场了，封闭了，说不定楼下还拉开了救生网和救生气垫。警察和警车严阵以待，记者扛着照相机和摄像机到处乱窜，一些好事者肯定也在那里拥挤得密不透风。你想想，这一切都是为你而准备的。你，戴维斯·王，今天是全世界最耀眼的明星！全世界最野心勃勃和最厚颜无耻的大骗子！比美国总统和联合国秘书长还牛皮，正在被亿万革命群众提心吊胆地期待和关注。你最好打扮得像一个要出席婚礼的新郎，要中国式的，中国味才能出彩。你得穿件长袍，戴个礼帽，来一条大红缎带束腰，好让人家一看就想到三十年代的北平或者上海，就想到老式留声机和人力车，就知道是东方情圣戴维斯·王已经光临。这样做的好处，是你不用什么人介绍，一出场就能抢镜头，好好地风光一把。你最好少讲话，你那猫叫一样的英语别让美国人扫兴，一脸深沉一脸苦难也比较酷，看任何人都要像看仇人，要想象那人强暴了你姐姐或者黑了你的吃饭钱，对，就要有这种深仇大恨的感觉。你当然还得用点心计，就是要冲着警察多的地方去，冲着大个头的警察去，这样你才打不过他们，才用不着真的跳楼。

你已经明白了吧？你硬冲就是，不用同他们废话，拿出一往无前义无反顾的样子。他们若拦阻，你就开打。掏心拳，扫堂腿，想怎么打就怎么打。一打你就安全了，如果你把警察打得鼻青脸肿口里冒血，如果你砸烂什么玻璃或者什么照相机，那就更安全了。暴力袭警，起码判你十天拘役。你想想，你小子怎么可能死？你怎么死得了？

哈哈哈。

方案到了这一步，当然就是内部方案了，就是天知地知你知我知的阴谋了。中国人要玩起阴谋来，他们老外傻乎乎的哪懂这一壶呢？你记住，你在监狱里必须绝食，必须抗议，抗议警察干预艺术创作，抗议芝加哥没有艺术自由。你最好一纸诉状把芝加哥警察局告到法院上去，控告他们是中世纪的黑暗专制，迫害艺术家令人发指。你得想想，你现在是新闻人物啦，说任何话都是新闻，放个屁也有录音机录着，打个喷嚏也有摄像机拍着，接见记者的苦差事会让你烦不胜烦，大人物有的苦恼你都会有。你小子就是盼着这一天吧？但你接见记者最好少说话，胡说八道对你没有什么好处。你最好一看见记者就目中无人，就练气功，就打坐，就背诵点什么狗屁经文，或者带着氧气袋、输液瓶什么的，拿出气息奄奄说不出话的样子来，有话让你的朋友去说，让你的经纪人去说。如果硬要让你说，你就不能同他们照规矩说，要答非所问，语无伦次。你反正现在已经东方神秘主义了，见山不是山，见水不是水，见牢房不是牢房，见记者不是记者。天一句，地一句，你跟那些记者越拧着说越好，越往玄里说越好。那些小记者就是要这种刺激，就是要这种料。

什么？你连什么是料都不懂？料就是新鲜事，就是可以上报纸的材料呵。

你在干什么？你还在听着吗？你回来，回来，我告诉你：你的名气还将越来越大。你得记住，你要戴着手铐继续公布你的行为艺术方案。现在你不用再缴什么广告费了，那些媒体巴不得从你这里讨点新闻呢，你的后续方案他们能不争着抢着要？能不往头版位置上搬？你可以这么说，鉴于芝加哥警察局对艺术家的无理迫害，鉴于你天人合一的情怀得不到世俗当局的理解和支持，万般无奈之下，走投无路之下，你，戴维斯·王，只好借助民航客机来完成创作。你得请航空公司和旅客们谅解，到时候得请他们不要惊慌并且系好自己的安全带。你非常抱歉，非常抱歉，这一次不能向他们预告行动的时间了，但那个时刻将会到来的，可能是十天之后，可能是二十天之后，可能是三十天之后，在美利坚阳光灿烂的万里长空上，你会突然拧开某架客机的舱门，迎风屹立，气宇轩昂，世界上任何力量也不能阻止你对大地的崇拜和回归……你想想，你这一说，还不把所有的航空公司老板给吓晕？还不把所有的航班订票量吓得哗哗哗往下掉？还不把全国新闻界乃至联邦调查局都搅个天翻地覆呵？……哎，你听没听？你关着门干什么呢？你什么鸡巴要把一泡牛尿撒这么久？想在我家厕所里安营扎寨等着过年怎么的？

你怎么回事？不舒服吗？你慢慢说，慢慢说。我没听明白。

你坐下来说，说得清楚一点。你的意思，是说你老爹已经在医院楼顶上跳……跳……他贪污了吗？贩毒了吗？也玩行为艺术？哦，我明白了，明白了。他……是想给你省钱，想省出钱来让你出国当大艺术家，不让你们再为他花费。

对不起，我真不知道这件事，你也从没有对我说过。

对不起。我这人嘴臭，嘴毒，哪壶不开提哪壶，不知道你爹有这么回事。你不要哭了。再哭，我也会忍不住蛤蟆尿了。你爹真是个爹，真是个爹呵，真是个爹呵。他去年还同我搓过麻将今年怎么就得了……怎么就来这么一手呢？癌症，没有办法。来，不要哭了，你哭得我有点害怕……真的害怕，也差不多要癌症了。我们喝杯酒吧，为你爹的在天之灵干杯。

你爹是玩真的，我们都是玩假的。我们都是伤天害理的混蛋。

好了好了，也为普天下走投无路的混蛋干一杯吧。我老婆可能快回来了，来来来，把烟灰拂掉，把烟带上，我们还是到洗衣房去喝。

二〇〇一年四月

最初发表于二〇〇一年《红豆》杂志，后收入小说集《报告政府》。

八〇一室故事

一天，接到一起无名女尸案报警，警察们勘察案发现场，发现附近有一串遗落的钥匙——也许是当事人遗落，也许是过路人遗落。这就是说，它与该案件可能有关系，可能也没有关系。

苦于侦案线索很少，钥匙仍属宝贵线索之一，不容警察们放过，被小心取回局里。他们开始查找钥匙的主人。后来根据其中一片大钥匙的型号，查到了本地的某锁业公司，得知钥匙属于一种三年前投入市场的保安门锁。接下来，警察又从该公司钢门的销售和安装服务记录上，查到了河湾区一个名为福海花园的住宅区。最后，喀啦一声，钥匙插入后慢慢地旋转，拧开了一张门。

门开了，是八〇一室空空的房间。

文件一：八〇一室装修方案

一、福海花园八〇一室概况：

福海花园由金世纪房地产有限公司开发，获国家建设部 AAA

级商品住宅性能认定标准，为三星级智能化系统示范高尚社区，提供超值享受，收藏无限美景，为成功精英人士的理想住所。

八〇一室在八层，合同建筑面积为一百九十八点二平方米，套内实测面积为一百四十一平方米，交房为毛坯房。对外窗均为钢塑飘窗，进深为六百毫米。有两个阳台：北阳台为内阳台（工作阳台），该阳台西侧与北侧分别有管径为两百毫米的 PVC 管与燃气管道通过；西南阳台为休闲观景阳台，外设欧陆古典风格的铁铸栏杆。

强电系统已到位（照明、空调等），弱电系统（电话、有线电视、宽带超五类双胶线、安防等）基本集中于客厅之中。

二、业主对装修设计的要求：

玄关 方便主客从容换鞋更衣，给来客不同凡响又不露声色的高贵气象。主题是自然和祥和。装饰墙面为石砖，色调是威尼斯深蓝。收藏鞋柜和雨具一类的杂物柜用原木制作，柜面需有一定宽度，以便将来置放花瓶，摆插野芦苇或干花、麦穗一类。头顶装日本式纸罩箱灯。柜上置陶艺灯，配合遮窗的一挂竹帘，透露出浓浓的东方禅韵。入口侧面置立式镜，方便主客出门前整装。

客厅 客厅应该是另一片风景，主题是青春、快乐、高尚、现代。墙面、窗帘以及大理石地板等应明亮，比如，地板可考虑用佛罗伦萨橙，地砖可考虑用哈佛红，墙壁可考虑用阿尔卑斯白，窗帘可考虑用墨尔本翠绿。谈话区置放黄白两色相间的欧式真皮沙发（已订货，须占地约十八平方米），供主客交谈或视听欣赏。采用北欧（瑞典、丹麦、挪威等）抽象风格的茶几与灯具。藤质的报刊篮，可陈设六种以上的时尚报刊，包括大版型的英文和日文杂志，突显客厅的现代气息。南侧墙悬挂业主博士服，使之成为客厅景观的一个亮点。东墙留出大幅结婚照片的空间。谈话区旁边设置组合柜，其中有业主在政治与学业方面所获奖杯、奖证、奖品陈列专柜。西面安装背投式大屏幕电视。环绕组合立体声的线路和喇叭位置需要预留。包括空调柜机的安装，共需要高位与低位的电源外接口十二个，同时需要顶灯、壁灯、射灯的电源暗线预埋（详见图表一），以便将来满足视听欣赏、阅读报刊、查换碟片、饮茶品酒等活动时的照明需求。风格统一的乳白顶灯，给人柔和舒适之感。

博物架上适当隔开客厅与餐厅，实际上起到屏风的作用，上面应能陈设各种古玩和具有"异国风情"的木制品，可穿插点缀小巧盆景。

餐厅及酒吧　供主客六人左右餐饮。主题是原始和潇洒。设牛仔味吧台，配两张高脚凳。有冷气酒柜和冷气饮品柜的预留位置。有酒具橱柜和咖啡壶的陈放位置。墙面可考虑浅咖啡色意大利小地砖一块一块地拼成，天花由原色条状木构成。墙角适当装饰酒桶、铁锚、渔具、滑轮等异域旧物。预留镖靶的位置。须注意的是，吊顶时需在此区安装环形五彩变光射灯，一旦撤除餐桌，此区可成为家庭舞池。

主卧　应满足夫妻休息、独立起居、私密娱乐以及梳洗化妆的要求。主题是温馨和浪漫。墙面色调伊丽莎白粉红。窗帘色调用普鲁旺斯黄。变光陶艺灯的光线由孔隙中透出，比较迷离和朦胧，营造情感氛围。主要安装设备包括空调、电视机（二十九英寸）、影碟机、音响设备、保险柜、化妆台等。空间布置尽量通透，保证自然采光和空气流通，并注意私密性，比如隔音功能良好。化妆台应设计一正、两侧、一反的镜面，方便主人全面检查化妆效果。

主卫及公卫　主卫实现干湿空间有效分离。主要安装设备包括电热水器、进口 TOTO 三大件洁具，以及调温浴体器。还应有储藏洗浴用品、卫生用品、清洁工具、临时换洗衣服的空间，有存放少量书籍杂志的地方。墙壁的瓷砖色彩要淡雅、明丽、柔和，尽量不要用灰暗的那一种。浴缸、脸盆、马桶要大小合适，色调要统一和谐。地砖采用防滑型。灯具是不可或缺的，最好采用冷色的节能灯，镶嵌在扣入板内。浴品柜面用镜子，增加室内采光度。

公卫陈设与主卫大体相同。注意：主卫与公卫均应在适当位置做花架，以便将来摆设鲜花或盆景，幽香四溢，情趣盎然。还应有悬挂图画的空间预留，让人赏心悦目，文化氛围凸现。

书房 应满足业主两人阅读和案头工作的功能要求。主题是高雅和前卫。色彩偏冷，如地中海风格。应有 AV 出口两个，电话出口两个，数据出口两个，CATV 出口一个（详见图表二），有充分的智能化的网格布线。主要安装设备有空调、台式电脑、打印机、传真机、扫描仪等 SOHO 设备。书橱有储存大版型书刊的足够空间，主要是储存工具书、经典套书等。有专门的文件分装柜，以利分类保存各种学务、政务、商务以及家务的文件资料。通过对设施不同高差的处理，配合灯光照明，满足主人以坐、卧、立等不同姿势进行阅读和工作的需求。家具应尽可能设计成折叠或抽拉式，在提供储藏空间的前提下，扩大平面活动空间，方便交通，以免拥堵。

预留折叠沙发的位置，可灵活改作来客临时下榻的客房。安装排风装置，以便灵活改作抽烟客人的临时抽烟区（一般情况下，客厅成为严格的禁烟区）。

儿童房 适应小孩成长过程中的学习、游戏以及休息的需求，适应其活动好动的年龄特点。主题是幸福和天真。小孩性别尚属未知，故房间色装饰暂不确定。但基本安装设备应包括空调、电脑、电视机（二十一英寸预留）、小书架、小书案、玩具柜。建议将床做成高架式，留出较大的学习与游戏空间。须特别注意采光及安全。有环绕立体声的线路与喇叭预留，有电子琴、曲谱架的设置空间，以利将来培养孩子的音乐素质。均采用英文标识的壁饰和图画，让孩子从小习惯英语。

工人房　满足工仆起居的需求。设置连接书房与主卧的传唤电铃，以便主人传唤。房门留透明观察窗口，以便主人巡视。考虑到此房有时候也有留居老人的可能，需预留安装空调、电视机（二十一英寸）的线路出口与位置。预留蒸汽足浴器的位置。由于此房间面积较小，橱柜应嵌墙或挂墙，以节省空间。

厨房及工作阳台　应满足一至三人在其中作业。厨房与餐厅相邻，两区之间须改造成半敞开式，满足便捷交通和空气畅流的要求。主要安装设备是电冰箱（二百二十升）、全套橱柜、管道燃气灶、微波炉、烤炉、消毒碗柜、滚筒洗衣机、衣服晾晒器具。安装悬挂式电视机（十四英寸），方便业主下厨时也可观赏电视节目。阳台则应挂满吊盆栽种的绿萝，让长长的绿萝在风中摇曳，婀娜多姿，既是一道独特的屏风，阻隔来自户外的视线，以增强私密性，又有回归自然的象征，与环保的时代潮流协调。

储藏室（大小两间）　大储藏室改造成通主卧，为衣帽库。安装环型滑动衣架，确保能挂置一百套左右的服装，壁柜能存放被褥和箱子。应安装干燥机防潮。小储藏室邻近厨房，安装橱柜，主要存放食品和杂物，包括各类DIY工具及SOHO设备和耗材。

三、业主特别提醒：

智能化布线　业主爱好旅行、摄影以及音乐，及时跟踪时代潮流，对线路布设有周密和严格的要求。全宅信息点三十四个，信息面板二十五个（详见图表二）。除工人房外，各房间均可独立观看电视，均可电话接入，还可互相通话，以及转接、代接、同时通话，有电脑话务员功能，可设置限制呼出功能。除工人房外，各房间均有宽带网络接入，多台电脑可自组局域网，并可同时宽带高速上网冲浪。为此，布设暗线时，工人应有高度的责任感和充分的技术知识，注意合理和协调，严禁野蛮施工和盲目施工。

材料　材料的选择、初处理以及加工过程中，应考虑防潮、防锈、防虫蛀（白蚁等）以及环保。所有材料应能通过放射性安全检测。

增值　鉴于所装修的房产可能在将来用于出售，因此装修设计的最终成果应着眼于巧，结实耐用，性价比高，以便业主将来在出售房产时，能将装修作为独立因素增值出售。装修所有开支须有正规发票并妥善保存。

流程　初步沟通——现场勘测——初步方案构思——第二次沟通——初步方案定稿——施工方案图制作——第三次沟通——施工方案图定稿——材料选定——图纸审核定稿——开工交底——施工现场指导——软装潢布置——初步验收——对不合格部分修改——最终验收（三个月以后）。

热带鱼设计工作室

文件二：八〇一室搜查报告

福海花园八〇一室因涉三二三河边抛尸案，经上级批准予以搜查。因房主不知去向和无法联络，故由该宅区管理处代表第三方在场监督，由我组进行当事人缺席搜查。初步提取疑点证物十八件（附清单）已由第三方代表签字证明。

其他现场观察情况在此简报如下：

一般情况 查无凶器、毒品等违禁物。查无暗室、墙夹层等构造。查无书信、日记、账本等资料。查无身份证、毕业证、工作证、户口、护照等任何有效身份文件，此种情况较为异常。查有宅区管理费、电费、煤气费等收据共四十三份，线索价值一般。

书房 查文件柜中有八〇一室装修方案一份，由名为"热带鱼设计工作室"约三年前完成，对了解八〇一室房主家庭成员、财产、职业等情况有参考价值。查有房地产项目、文化传播公司、民营学校、健身俱乐部等机构筹办策划方案五份，没有正式运作的资料证据。查有澳大利亚某公司家用热水系统经销委托书一份及相关产品介绍资料传真件，没有经营资料证据。有台式电脑与便携式笔记本电脑各一台，均配有"大智慧"和"股票之星"的股票交易软件，但近一年来无交易记录，有当事人股市套牢和暂时出局的迹象。所存文档资料多与股票交易分析有关，是一般的股评和公司年报。查无电子邮件及联系人目录，疑已被主人删除。文档库中有下载的一些流行音乐与楼盘广告图片。有电子游戏软件若干，包括最新的赛车和麻将软件。

查写字台抽屉里有毕业纪念相册三本，名片簿两本，其线索价值有待进一步调查。查有"商务通"一个，内无电子名片及其他资料。从大词典书套中查获名册一份，疑为房主自己打印。根据上面提供的电话号码抽样查实，列名者均为政府、大学、银行、商界的重要人物，涉及广东、上海、北京、海南等多个地域，看似一社交对象名录。各姓名后均有"生日""籍贯""个人爱好""饮食口味""电话号码""家庭住址""亲属资料""密友资料""经常出入场所""禁忌话题""性格弱点"等详细记录，在"机密"的标注下还有"重要把柄"的记录。

大卧房 查有未喝完的啤酒两箱半。有烟灰缸。查化妆台上有男用香水、"摩丝"定型水等用品,但室内不显眼处多有积尘。抽屉里有金项链两条。有进口较大号钻戒一只,经特邀专家协验,为伪造品。床头有消闲杂志若干,如《汽车》《女友》《时尚》等。橱内有图书比尔·盖茨、韦尔奇、李嘉诚、霍英东、张朝阳等很多商业巨头的传记,另有《挪威的森林》《天龙八部》《上海宝贝》等文艺书籍。查橱内还有微型录音机一只。另有各款式手机三部及手机充电器若干,有各款式 CD 随身听两件,有手表四只,均性能完好,疑为消费升级后的废弃物。有不同款式墨镜三副。

值得注意的是:查一抽屉内有女式内衣一件。有女式连裤丝袜两双,尺寸不相同。与储藏室里的女式衣物尺寸更是不合,疑此室曾有另一个(一个以上)的女人出入。

储藏室 查有订制专用保龄球两个,有网球拍和壁球拍各一套。男式服装的尺寸不一样,如裤腰围长度从七十八厘米至九十八厘米不等,如属于一人,则有近年来体形变化之嫌。从这些衣物推测,男房主现在身高应在一米七三左右,体重应在八十五公斤左右;女房主现在身高应在一米六二左右,体重应在六十公斤左右,若与三二三案涉女尸体形比较,要明显的高大,二者不太相符。此点应予注意。

小卧房 查室内有儿童玩具和儿童图画若干,但无儿童衣物。查有女人用品若干,包括布娃娃四个,唇膏四支,以及废品桶里有口香糖、蜜制话梅、太太口服液的废弃包装。查一件挂衣的口袋内有本地至桂林往返火车票两张,有本地至北海汽车票一张。抽屉内有本地税务抽奖餐费发票十四张,从金额都较小这一点看,疑为一人或两人用餐所留。另有港元、泰铢、欧元的零星硬币十多枚。桌上有宽带上网电脑一台,内存浏览网址很多,为一般娱乐性网站。鼠标与键盘上有烟灰残屑。一口杯中有烟灰残垢。查床头柜里有扑克牌两副，小屉内有胃病药若干，另有睡宝、冬眠灵各一瓶，有奋乃静丸两瓶，盐酸氯丙嗪注射剂四盒，利培酮片剂半瓶，均为安眠药或抗精神病药。

查有《瑜伽功入门》书一册，元极功练功音乐碟三张，讲座门票三张。有不同场所的美发、美容、健身优惠卡共八张。另有律师名片三张，其线索价值有待进一步调查。查床下有女式高跟或坡跟皮鞋若干。其中一浅黄色皮鞋里，发现藏有烈性毒药"毒鼠强"两包，另有微型十公里窃听器一只，台湾华州有限公司出品，HK200型，表面有破损痕迹，似为房主有意隐匿。

厨房　查锅台、灶台、微波炉上均有少许积尘。查抽烟机几乎无油渍，看来久未使用。冰箱里比较空，仅有面包、火腿肠、苹果汁少许。冰箱上供有铜质镀金小观音菩萨一座，座底压曼谷某高僧何年何月何日开光微小字样。座前有小香炉，积少许香灰。

餐厅　查酒橱里没有存备瓶酒，疑房主久未接待客人，也无意这样做。查餐桌布上有微薄积尘。查桌布下桌沿有一较深缺口，疑似刀痕，有发生过暴力冲突的可能。经仔细搜查，一张沙发椅底部的横档上，也有多处破损痕迹，与餐桌的缺口相似，疑为刀具砍击所致，初步确定出自同一利器。从痕迹位置上看，可能是有人用该椅抵挡攻击所留。痕迹色泽有二，是新旧两种痕迹的交叠。

查壁橱里有杂乱的高级补品若干，如太太口服液，人参蜂皇浆等共十二盒，均已过保质期。高丽参一盒已发霉。

阳台　查有闲置冰箱一个，箱门上有砸痕。有花草若干盆，大部分已枯死。

客厅　查博物架上有古董若干，尤以古代瓷壶、瓷瓶、瓷罐为多，经特邀专家协验，全为仿制品，并无什么价值。橱柜里有书画作品若干，经特邀专家协验，也是伪品水货，无收藏价值。另有折叠麻将桌两张，有烟灰缸三只，呈多人曾在此聚集玩乐迹象。有星海牌钢琴一架，多个音键不准，似不曾使用。查茶几玻璃台面有裂纹。茶几下有证券类报纸杂志若干。另有杂乱报纸若干，经仔细检查，发现其共同特点是均刊有移民国外（主要是澳大利亚与新西兰）的咨询和代理广告，显示房主可能有移民国外的兴趣。

查玻璃鱼缸里有死金鱼八只，其中三只翻肚漂浮，肉体残缺，疑为金鱼饿极相食而致死。从这一点看，虽然房主没有外出旅行的痕迹，如两扇窗子仍然打开，电源和煤气总闸没有关闭，而且宅区管理员称男房主似乎一周前曾经出现，但从死鱼情况判断，此房已有十五天以上无人居住，或是无人料理。

其他情况　查外卫生间里一瓶洗面液瓶口未盖上，另有水龙头未拧紧，有小水流一直漏泄，估计最后一个离开此房的人行动较为匆忙和慌乱。

刑警大队三二三案探组

——八〇一室的全部故事就是这样，过于残缺，似有却无，算不上一个故事，充其量只是某一个故事的场景。

看来，本文的标题名不副实，一开始就应该改拟，比如改拟成《八〇一室无故事》，或者《八〇一室场景》，再不就是《八〇一室物品》。

其实，每一件物品都有故事，起码是某个故事的痕迹，甚至可能成为某个故事的物证。但从物品中读出故事，需要有一定的生活经验，比如，一个没有当过母亲或妻子的人，大概不会从一条男人腰带的尺寸，想到当事人的体重、性格、生活规律以及可能的处世态度。从物品中读出故事，有时候还需要一点侦探式的敏感，比如刑警探员们在此次搜查中，基本排除了八〇一室与抛尸案的关系，但又觉得这个住宅提供了新的疑点，需进一步琢磨与调查。他们的兴奋不已和浮想联翩，正是得助于一些沉默不语的物品，比如这一间住宅里的药丸和字画。

我们缺乏这种敏感，因此常常像一个不懂化学的人走过了一大堆化学方程式，或者像一个不识谱的人翻过了一页页乐谱，眼中什么也没有留下。这些年，我们到过很多房间，到过很多大楼，到过很多地方和很多地方，眼睛里也许有价格、质地、款式、防伪商标等，但从来没有什么故事，就像一些不懂方程式和乐谱的匆匆过客。

既然没有故事，就不需要故事的结尾。

暂时就这样吧。

二〇〇四年六月

○
最初发表于二〇〇四年《上海文学》杂志，后收入小说集《报告政府》。

是　吗

　　这个故事的叙述人是老 D。故事还会涉及 A、B、C 以及 M。之所以这里都以字母标示他们，是因为他们之间的差别并不重要，不需要郑重其事地拿姓名来予以区别。而且时过境迁，老 D 的叙述是否真实无误，是否值得与真实姓名一一对号，并不成为一个问题。

　　据老 D 说，如果没有记错的话，故事发生在那一年的冬天，很多史学界同行到北京去，参加八十年代后期一个重要的大会。当时正是老 M 特别走红的时候，或者这样说吧，不过是很多人觉得他特别走红的时候——这与人们五年、十年、十五年以后的淡漠印象并不一样。作为这个故事的重要人物，老 M 提早一两个月去了北京，到开会的时候，还没忙完诸多事务，身影少见而且飘忽，基本上不参加小组讨论，偶尔出现在宾馆的走道或餐厅，一个夹着皮包日理万机的样子，冲着这个或那个很努力地笑一下，或者故作惊讶地"嘿"一下，就不知去了哪里，不知何处还有经邦纬国的伟业等着他。不用说，他入住的六一三室也经常门庭若市，很多陌生的面孔探进门来，问他在不在，问他何时能够回到房间，如此等等。这些来客，有的是拿着他的新书来请求签名，有的是背着照相机一类设备前来采访，还有一些是编辑、书评家以及史学同行，满脸微笑地前来求见和拜访。寻找他的电话也特别多，从清早响到深夜，使同房的老A和老B都睡不好觉——那时的会风较为简朴，尤其是史学界开会，好像来的都是古董，只有霉味和锈迹，缺少热气与活力，不占地方，搁哪里都行，三五个人合住一房是通行的安排。

老A和老B是清史专家，从暗无天日的清宫史料深处走来，大概不耐现代的搅扰，想避开那些与他们无关的敲门和电话，便常来隔壁的六一五室来避难。他们遇到老C和老D，四个朋友久别重逢，开始只说些不咸不淡的话。老B说，别看老M一口乡下土话谁都听不太明白，但聪明人呵，聪明人呵，每一步都拿准了政治的脉，我们不得不服。老A说，老M最近的文章文采非凡，只是引的材料都是大路货和二手货，论史居然也没有考古的支持，这种文章吗，应该到文学界去拿奖。

接下去，四个人越谈越亲，言语中的春秋笔法就少了许多。不知是谁再次说到他们共同的老朋友——至少算得上老熟人：屁，老M那点套路其实也简单。你们知道这一个多月他在北京忙乎什么吗？第一步，给各位老前辈上门送书，多少赚得几句称赞，一一详加笔录，立马传达给各大报刊。第二步，待各大报刊落实老前辈们的称赞，编发了相关书评和报道，老M再把这些材料统统复印，呈送各位老前辈以求进一步指教。老前辈们还能怎么办？一看舆论如此，民意与公论如此，当然赏下更多的称赞，这就有了以后的第三步甚至第四步……什么是古人说的"上下其手"？先生们，这就是，这就是。

这种描述有点损，只是来源和出处不详。事后的老A说，这是老C说的，而老C说，好像是老B说的。作为故事叙述者的老

D，号称业内的版本学专家，也含含糊糊闪烁其词前后不一。但有一点较为确定：他们四个人哈哈大笑，臭味相投，同仇敌忾，对业内的诸多钻营风气和伪士行状不以为然。

　　四个人谈得兴起，把臂邀饮之类的小活动不可免。既然吃喝，当然还引出了很多有关吃喝的话头。不知是谁说到老 M 悭吝成癖，有一次号称要大宴省外来的同行好友，结果带着客人们绕了好几条街，如同率领着一帮乞丐大游行，顶着烈日，冒着大汗，来到一个满是泔水味的破招待所。他掏出几张皱巴巴的会议餐券，就餐券是否过期的问题，与食堂服务员大吵了一架，委实恶相迭出，才让一旁饥肠辘辘的朋友们，最终吃上了冷冷的盒饭。至于酒，只有他拎来的半瓶，也不知是他哪次享受公费招待时暗中截留下来的。如此奇闻，列入《清稗类抄》或者《古今谭概》一类野史，大概也很够格。

　　老 A 说，是可忍孰不可忍。

　　老 B 笑着说，得想办法治他一下。

　　老 C 笑着说，是得想办法收拾他一下。

　　老 D 笑得更厉害，说这种人乱我党风，乱我学风，乱我酒风。

　　大会的日程颇长。他们松散而闲适，大多有点无聊，于是修理老朋友或者老熟人的工作，就成了四君子眼下的临时主题。他们想起"薄责于人"的古训，觉得责之不必，不妨将事情付之一戏，拿老 M 来开心。老 A 划拳胜出，第一个替天行道，捡了个便宜，来点低级招数就够用了。他会说粤语，打了个电话到六一三室，用粤式普通话对接电话的老 M 说，雷（你）好哇，这里是阿（亚）洲电视台记者，洪孔（香港）的啦，专程来京城采访，戏（是）啦戏（是）啦，想给你 M 先生做一个专题采访啦……他一放下电话，自己就扑哧笑出声来，说老 M 乐颠颠地连声答应，绝对没有听出他的声音，真以为喜从天降呢。

大家幸灾乐祸，急切地想知道老 M 是如何蒙在鼓里，一次次派人到隔壁房间去窥探，借口是寻什么人，或者是去送大会简报。第一次探子来报，说那小子已经在洗澡了。第二次探子来报，说那小子已经在抹头油了。第三次探子来报，说那家伙正在对着镜子试领带，试完了三四条还没有找到合适的，嫌红色的太俗，嫌灰色的太素，已经把衣箱折腾得底朝天。探子老 A 明知故问，你如何要这样讲究？是不是准备会见女大学生？他含含糊糊岔开话题，说电视里的舞蹈好看，你快去看吧——把自己的美事一个劲地严加保密。

　　下午过去了。晚餐的时候，他们发现老 M 一脸怒气，像只好斗的公鸡，见人就揪胸口或瞪眼睛，对这个那个熟人——质问：是你骗我吧？上午是你打的电话吧？四君子都忍住笑，反问他电话是怎么回事。他把大家的眼睛——仔细看过，没看出什么可疑的东西，还是颇不甘心。"你们这些小混蛋，从来没安过什么好心！"他拿出江湖上很哥们的样子，指着老 D 的鼻子横加讹诈："你不老实交代，老子就不请你吃烤鸭。"

　　老 M 没有诈出什么，只得悻悻离去。但他既已生疑，第二轮戏弄若想得逞，当然是难度大增。不过，四君子都是中青年，脑子比较好用。老 B 想了想，生出一计，还是把电话打进六一三室，口音里略带一点山东腔，自称中央组织部某局的处长，有点盛气凌人地通知对方：眼下中央正要选拔优秀的知识分子从政，第一批人选已进入考察阶段，局领导对老 M 印象颇佳，想当面晤谈，希望他下午不要去参加小组讨论，两点整在宾馆大门口候着，一辆车牌号尾数为四八〇一的黑色轿车将来接他。老 B 还故作神秘，说此事望老 M 暂保密，以免造成会上不必要的议论。老 B 说完赶紧放下电话，说言多必有失，言多必失，再说下去，他的山东腔就挺不住了。他还说，电话那一头的老 M 刚才答应得比较犹疑，似乎是吃一堑长一智，正在判断电话的真伪，正在判断这个山东腔是否接近哪位熟人的声音。也许他还想查问来电者的底细，只是一时没来得及。

还好，他们没有发现隔壁的老 M 那边有反常的动静。但老 B 的忧虑不无道理。老 A 说，你刚才的语气设计不对，"颇佳""晤谈"一类文言词也容易露馅，来点嗯嗯呵呵的停顿，也许更像一个处长。

他们对老 M 是否就范没有把握，但午睡还未结束，老 B 喜出望外地冲进门来，说快看快看，王师所向披靡，沙场再传捷报了。

四君子都奔向窗口，只见老 M 穿着大衣，缠着围巾，果然准时地往大门口，在漫天雪花之下一步一滑，在积雪里留下一道新的足迹。他们想象这行足迹的那一头，老 M 在大门口傻等上半个小时乃至一个小时，被北风吹得全身哆嗦十指冰凉，对任何一辆黑色小轿车都引颈盼望，一个个都差点快活得孩子般在床上前仰后翻。直到这个时候，他们才明白刚才的悬虑其实多余。想想吧，中央组织部，就是以前的吏部，握有百官擢贬之权，老 M 只要没吃豹子胆，没得神经病，即便百分之九十九地疑心这个电话是假，即便认为真实的可能性不足百分之一，也绝不敢掉以轻心。只要有"中央组织部"这五个字，他还能不去大门口乖乖地恭迎？

这叫做宁忍一万，就怕万一。

再次上当，使老 M 的脸色有些混乱。他肯定知道事态严重，嗅出了身边的阴谋气氛。事情已经很明白：一个可恶的犯罪团伙正隐匿在他的周围，正有组织和有计划有纲领地与他作对，并且每一招都居心不良，让他有苦难言。他像舞台上一个孤独的演员，陷入了险恶剧情却不知这一剧情还要延续多久，更不知道微笑着的导演和观众隐在强烈聚光灯之外的什么地方。他要冲出十面埋伏，于是突击检查周围的房间，特别是突击检查熟人们的表情。

据说他已经把六二三室和六一四室排除在目标之外，因为那两个房间都住着一些青年学者，都是新派人士，而新派人士醉心西学，心高气盛，压根就瞧不上他，不屑于拿他开心。据说他锁定的最大目标是六二〇室，因为那间房里住着几个同省籍的老乡，老乡吗，互相之间知根知底，不避粗俗，不分上下，开点出格的玩笑也有一份乡谊顶着，谁也不可能过分认真。这就伏下了很大的危险性。当然，老M还检查过四君子经常扎堆的六一五室，眼珠滴溜溜地四下乱转，目光在老D的脸上深入开掘。正巧，A、B、C这一刻都不在，只有老D躺在床上看报纸。是的，他在看报纸。这太正常了，太冷清了，太不阴谋了，肯定打消了对方的一些怀疑。

但事情到了这一步，作为第三个接棒的老D，要把升级游戏玩下去，当然需要更多的心思。首先，他否定了电话这种方式。老M两次吃亏在于电话，眼下就算是他爹娘打来电话，恐怕也会被他当作老骗子。然后，他也否定了女色一类中介。老M不是傻子，知道自己以前的轻薄之名，眼下肯定卧薪尝胆严防死守，在特殊时期对一切女性都高度警觉，哪怕是碰到貂蝉再世西施转生也会小心翼翼。最后，老D只好开始琢磨晚上的电影。

这天晚上给与会者放的影片是美国片《午夜》，据说是很资产阶级的一部，是带荤带色的那种，作为"内部参考片"，以前只在文艺界的会议上放一放，眼下能拿到史学界的会议上放，不知意图何在。有些与会者早就在议论这部片子。用过晚餐以后，老M也兴致勃勃地赶早去了宾馆东楼的礼堂，一心一意等待电影的开始。老D的主意就是这一刻冒出来的。

待电影放到一半，渐入高潮，眼看银幕上的女主人公的春情汹涌，他偷偷溜到放映间，请放映员打出一条幻灯通知：M先生，请速来礼堂大门，有人找。

老D谋事颇为心细，故意向放映员报错了老M名字中的一个字，错成了另一个同音字。要知道，这并不妨碍理解的一错，实为神来之笔，极大增强了通知的真实感、正常感、质朴感、纯洁感，其道理很简单：任何做局下套的人不可能把目标人物的名字搞错，于是出错者必为忠良，与任何预谋与心机无涉。

老D弯着腰潜回座位，关注着右前方猎物的动静。他看见幻灯通知在银幕一侧终于出现了，然后看见前面黑压压的背影里，老M熟悉的背影也冒出来了。那家伙果然毫无戒备，前顾后盼了一阵，挽着一件大衣，恋恋不舍地站起来，艰难地从前排一个个背影前挤过，眼睛还不时盯住银幕，直到走近大门了，还忍不住回头看了一眼。

老D差一点笑出声来。邻座的老B和老C也乐不可支，捂住了嘴，让前后排的观众不知道这里发生了什么，投来疑惑与不快的目光。

四君子不知老M是什么时候返回座位的。可笑《午夜》，一部低俗的娱乐片，其实没有什么，比中国古代大多数色情小说还要素净，但他们可以断定，大家不把这部片子当回事，但老M有特殊心结，此时一定懊丧不已。他错过的这十来分钟，不定就是他永远的人生遗憾。如果人家告诉他这十分钟没有什么，他必不相信；如果人家告诉他这十分钟有什么，他必不满足——听说与目睹毕竟不可同日而语。更重要的是，他眼下打脱了牙齿往肚里吞：怎么好意思问？在正人君子面前他要问什么？

这一天，走出礼堂的老M变得沉默了，平静了，是暴风雨过后的一片落叶，见了任何一个熟人都没有什么表情，据说回到房间里以后，也只是默默地看报纸，有一种悲壮和孤愤之态。

老C在那里瞟了一眼，回来以后有点心软，说这最后一棒是不是算了？人家已经真生气了，我们的三戏周郎也够了，围师必阙,穷寇勿追,不如就此打住。

其余三人说不行不行,还说你是个军旅学者,如何言而无信?如何临阵脱逃?

老C说,军人就是头脑简单,不会骗人。

但这只是他的谦虚。在他的一再请求免战之后,在旁人一再催逼之下,他最后的出招,其实是一颗高科技原子弹,几乎把大家吓了一跳。事情是这样:他冒充大会秘书处一位人员,给一位大学老校长打了电话,说你是某省的领队吧?你们省里不是有个与会代表老M吗?老M同志不是前不久从新加坡访问归来吗?正巧,新加坡的一个华裔银行大亨来华访问,有心资助学术研究,在会谈中已几次提及。我方教育部长明天晚上在北京饭店宴请,特邀几位学者前去作陪,老M就是受邀者之一。他可带上自己的著作签名本,提前二十分钟赶到饭店,到时候与服务台的孙女士联系,如此等等。

接电话的老校长,是老M的上级,某省与会代表的领队,虽然在以前的政治运动中有一些事情遭人诟病,但近年来最喜欢支持新潮学者,比如,总是把老M的名字挂在嘴上,以示自己提携后学之功。他有时候甚至提携过了头,曾到处为一位青年副教授的抄袭辩白,说没有抄太多,只是抄了一点点。结果,所有不知情者也都知道了抄袭,气得抄袭者自己也大为恼怒,说屎不臭挑起臭,他娘的这个老家伙是何居心?老C正是看中了老校长的职位和身份,看中了他六十多岁的年纪,还有德高望重关心大局的长者形象,借他一张嘴来传话。老校长不知底细,接电话后立即以领队的身份下达通知,其过程顺理成章,正大光明,气势磅礴,无懈可击。老M眼下即使全身每一个细胞都充满警觉,也不可能疑到老校长的头上,如何防得了这一奇袭?何况一次结识国际巨商的机会,可能早已让他心潮起伏忘乎所以。他岂有幸免于难的可能？

从开会地点到虚拟的教育部宴会，有漫长的道路，需要在客流高峰期间转乘几趟公交车，几乎穿过大半个北京城，对老M来说无异于一次残忍的折磨之旅。四君子根本用不着去等待和核查结果，已经在房间里畅饮庆功，一个个自比小诸葛，对各轮攻略一再回味和评点，像最终合力完成了一件精美的作品。老C的酒量很大，喝了整整一瓶二锅头，然后大言不惭地宣称，自己无中生有的本事原来十分了得，将来不打算搞宦官史了，要改行当作家，写一部有关太平天国的小说，可能是物尽其用的合适选择。

如果老D没有记错，这一次聚谈时，老A还出口成章，总结出一番人生哲理，说智不在术而在道，老M接连入套无药可救，无非是利令智昏，名令智昏，权令智昏，色令智昏，可见名、利、权、色乃智之大敌。灭六国者，六国也。族秦者，秦也。为人无欲则刚，无欲则智，人骗其实皆为己骗。

大家都觉得这是至理名言。

深夜了，老M还没有回来。

消息到第二天清晨才传来：可怜的老M，不幸的老M，竟然在北京饭店门前的大街上被一辆汽车撞伤，造成较为严重的脑震荡，已送入医院救治。不用说，他当时一定气昏了头，或者是饿昏了头和冻昏了头，眼中根本没有红绿灯，向巨大的黑影一头撞去。医生说，当时如果不是司机及时刹车，老M可能就英年夭折了。

这是一个爆炸式的新闻。会议组织者立即开始追查电话恶作剧。老校长一大早就在宾馆走道里愤愤控诉：太不像话了，太不像话了，玩笑都开到我的头上来了。都是人民的知识分子吗，都是党的知识分子吗，怎么能做这样无聊的事？

有些与会者也在走道上主持正义：肯定是有人嫉妒他！是故意陷害吧？故意打击报复吧？应该让公安局来严查！

四君子再次相聚，关紧房门，面面相觑，吐着舌头，脸上已经没有窃笑，神色多少有些沉重和不安。电话追查不可能有什么结果，这用不着担心。但事情到了这一步，毕竟远远超出了他们的预料。四人中老A年纪最长，立即以老大哥的身份表示自省："这事主要怪我，疾恶如恶，疾乱如乱，其实对这样的人何必较真？此事下不为例。"

四君子临时俱乐部立即宣布解散。事情到此为止，天知地知你知我知，再不说了，再不说了。以后也得吸取教训，玩笑适可而止。他们相互叮嘱着，然后分头买了些水果和奶粉，去医院里看望了受伤的老友。当着老M的面，老B谈了一些对老M新作的读后感，说他读到某个精彩段落时，眼泪都快出来了。这种真情吐露让老D吓了一跳。老C说文人无性呐，有些人不好好写作，成天就是算计别人，成天就是窝里斗，实在可恶可恨得很。这种慷慨激昂也让老D吓了一跳。老D当然也说了些假话，比如一直仰慕老M的才情，比如将来要请老M去他的学校讲课什么的，不过刚说完又后悔——他有点担心，这些假话可能让一旁的A、B、C也暗自心惊和暗自琢磨。

走出病房时，他们客气得有点不自然。你先走。你先走。你请。你请。他们在房门前别别扭扭，完全没有了几天来的随意。

回到宾馆里，他们甚至史无前例地握手告别，握出了心神不宁的客套。老D问老A和老B是否需要皮鞋油，说完又觉得这种殷勤很是过分。

事实上，从医院回来以后，他们绝口不再议论老M，连相互见面的次数也大为减少。一想到老M在病房里目光迷离、气若游丝以及手指颤抖的模样，他们大概都心有余悸和心存余愧，于是在大会选举阶段热情推荐老M，一定要把他选为新一届中国历史学会的常务理事，说无论从人品还是文品来看，他进入领导班子都是当之无愧的。如果不让这样优秀的中年学者选入领导班子，我们这个团体的生命力就大可怀疑了，我们改革开放的决心也大可怀疑了。他们甚至为此与反对者们争议不休，说老 M 的一点绯闻算什么，说老 M 做人小气一点算什么，看人一定要看大节，要看政治本质。

从老 M 事后的满脸微笑来看，这些话已经传到他耳朵里去了。

老 M 果然当上了常务理事。公布结果的时候，四君子怔了一下，互相看了一眼，似乎想说什么，又说不出来，只是鼓掌还算热烈。有意思的是，大约一个月后，老 A 的一封信，让老 D 差点要一头往墙上撞过去。什么叫震惊？什么叫崩溃或者空白？老 D 算是有了平生第一次体会。什么叫聪明反被聪明误或者什么叫强中更有强中手？老 D 也算是有了平生第一次真正的认识。老 A 来信的大意是：老 M 的脑震荡完全子虚乌有，不过是串通一个医生朋友，演了一出苦肉计，在临近选举的紧要关头，不但赚得了暗算者的恻隐，还赚得了大多数人的同情。这真是四只小螳螂扑蝉，岂知大大的黄雀在后！

平时自以为聪明的老 D，此时真是要愧死。想起老 A 以前说过的什么术什么道，还莫名其妙地大笑。

多少年后，天各一方，老 D 很少看到往日熟悉的面孔，相见时难别亦难，真是让人黯然神伤。就算想起老 M，想起老 M 当年守着几张旧会议餐券的悭吝，现在想来也没有什么，倒有几分朴实与憨直让人觉得有趣。这种忆旧的温暖感，也许是一种心理老态吧。他常常这样想。

他还在治宦官史，有时读到一些闲书，包括一些记叙史学研究进程的史学。他知道，文科院校这些年培养出了太多的研究专家，这么多专家都要写文章，都要写书，包括写史书，于是八十年代的一些事已经过早地匆匆入史，甚至可能在有些人那里争相放大，直到每一件事都被众多论家之嘴咀嚼得索然寡味，直到每一件事都众说纷纭于是各种幻影不再能叠合出共识，也不再能还原出真相。很多书都说到那次北京的大会。有一个版本的史学年鉴是这样说的：那是一次资产阶级自由化思潮泛滥的大会，是错误观念在特定气候下大量出笼的大会，造成了极其恶劣的社会影响，应引为深刻的教训。另一个版本的史学年鉴则认为：那是一次思想解放突破禁区拨乱反正的大会，是一次标志着新时期史学研究春天到来的大会，广大学者怀着对改革开放的高度责任感，在会上对一切陈腐的旧观念、旧思路、旧体制、旧方法、旧文风展开了猛烈的抨击，对于当代中国史学完全具有里程碑的意义。

说实话，截然不同的说法，可能各有所依，但都让老D有点茫然。这些书都提到了A、B、C等人的有关著述，还有他们在那次大会上的发言，但老D脑子里印象最深和挥之不去的谜团却无一字提及，就像从来没有发生过。他亲历和目击的一切，一旦退到时光流逝的远方，就成了微不足道的一颗灰尘，淹没在一张远景巨照之中。

他知道，老M已经移居国外多年了，至今渺无踪迹音讯全无，而老C已患癌症去世了，老B已落了个老年痴呆症。在一个小小悬案未决之际，证人席上已经空空如也，只剩下老A——据说他还活得生龙活虎，每天能坚持长跑三千米。于是，老D拿定主意给老A打了一个电话，问他近来是不是还在长跑，问他是否还记得那年的冬天，比方说，他冒充香港记者拿老M开心的往事。

对方停了停，问有这样的事吗？你是不是记错了？我怎么一点印象都没有？

老D愣住了。

你当初不是还写过一封信给我？

我给你写过那样的信吗？

你不记得老 M 的脑震荡？

脑震荡？老 M？这个名字听起来怎么有点耳熟？

他们通话的二十分钟，最后只能让老 D 确认：对方记忆里的各种细节已经消融，只有新时期知识界明媚春天的远景。

老 D 有点奇怪：是我记错了，还是他记错了？或者那一年冬天在他们之间确实没有发生过什么？也许，老 D 需要赶快飞去老 A 所在的城市，敲开老 A 的房门，检查一下老 A 的身份证和户口簿，然后紧紧盯住他的双眼，看那里面是否有可疑的掠影一闪。

二〇〇四年六月

最初发表于二〇〇四年《上海文学》杂志，后收入小说集《报告政府》。

兄 弟

一

进入小学后不久,我炫耀父亲一张身着军装的照片,在同学中吹嘘他的英雄事迹,当然少不了一枪干掉两个狗汉奸之类的惊险故事。方强来我家里做课外作业,看着我爸出门去的身影,也深信不疑地说:"你爸爸看报纸的样子好威武,吃茶的样子也好威武,肯定当过师长!"

我含糊其辞地表示,也就是带一两万兵吧。

"参加过淮海战役吧?"

"岂止是淮海战役,东海战役、南海战役都不在话下。"

"同敌人拼过刺刀吧?"

"你太无知了吧?我老爸在指挥所,哪有工夫拼刺刀?"

方强更激动了:"你爸爸是坦克师师长?是一三八师吧?要不就是二一七师的?"他喜欢信口编排出一些想象中的部队番号,"肯定是!肯定!"然后圆鼓着两腮发出嘟嘟的马达轰鸣,横架起双臂做坦克状,一边不停地颤抖一边在屋里兜圈子,把自己向往成一辆战无不胜无坚不摧的伟大坦克。

这家伙到三年级还穿开裆裤,帮着我把牛皮越吹越大了,最后竟说我爸是指挥过淮海战役的副总司令。后来,秦老师宣布免掉我班长职务,声称这次免职与个人表现无关,不过是学校贯彻阶级路线的必要举措。我不大清楚"阶级"是什么意思,只知道这是关系到父母,关系到我是否有戴臂章的权利。因此秦老师的宣布无异于当众一耳光,揭穿了我以前那些关于战斗英雄和坦克大战的无耻谎言,让我永远成为笑料。

我紧紧盯着地面,不敢看任何人,感觉到汗点在脑门渗出,相信他们都在对我大惊失色交头接耳。而且从这一刻起,我不爱说话了,更没心思笑了,一放学就夹着书包飞快溜走,情愿绕道也要包抄那些僻静的小巷,不愿面对任何熟人的目光。我觉得那条空无一人的麻石街小巷是我的天堂,最为安全也最为亲切。

秦老师对我失去笑脸,后来我才知道,原因在于她丈夫是一个右派,正蹲在牢房里,努力地谋求减刑。她不得不在脸上表现出更多的政治觉悟,包括不得不故意多扣掉一些我的考试分数。方强和小虎也不到我家里来了,因为他们一家家也栽在"阶级"问题上,父母不是小土地出租,就是小业主一类,反正是电影里对地主老财点头哈腰满脸媚笑的那些人,是革命战斗中缩头缩脑贪生怕死的那些人。他们的父母肯定也自惭形秽,肯定同我的父母一样,瞪着眼睛大声呵斥,只允许我们去工农子弟的家,只能交工农子弟为友——这都是一些让我半懂不懂的烦心事。

在这一段比较清冷的日子里,只有疤队长还常到我家来玩耍。

疤队长叫罗汉军,右眼下一个疤痕,使他有了这个小名。他个头矮小,脸上经常没洗干净,放出的屁很臭,学习成绩更好不到哪里去,只有画画身手不凡,比方说,刚开学不久他就把所有作业本都画完了,把课本上所有空白处也画满了,气得老师总是冲着他大拍桌子，拍得他低下头去咬紧牙关翻白眼。他画出美国的、俄国的、德国的、中国的各种英武军官给我看，显示出他对各国肩章、领章以及军阶具有丰富知识。他还特别喜欢画马，在我看来比墙上徐悲鸿的那些马还要画得好，因为这些马无论大小肥瘦，无论立着还是跑着，都夹着两条后腿间一个粗大把戏，让我们看得非常开心。

但他画出这些大家伙时毫无邪意，一点也不笑，完全是严肃认真地追求艺术真实。

他穿一双大得出奇的套鞋，比较像个工人阶级的儿子，因此把课本画得再乱也被秦老师视为革命后代，把题目答得再错也被秦老师视为可靠人才，比我血统高贵一些。但他觉得我的古代武将画得不错，对我高看一眼，愿意同我交流艺术经验，也愿意与我一起喂喂兔子看看鸟。在我家的小院里，我们常常不怎么说话，各画各的，画完了互相看一看，直到他一声不吭地回家。我们骑在门槛上各自画画的情景，在蝉鸣声中有清风吹拂的情景，多少年后总是一次次浮上我心头。

他也邀我去他家玩过几次。他家住在北区三公里那一片棚户区，一条阴暗而潮湿的小巷子里，准确地址是毁子桥五号——这一点我记得很清楚。他家门号牌有红色框边，上面还有一个大大的红五星，据说是他弟弟画的。他家没有收音机，没有画报，没有脚踏车，其实没什么好玩。几间房子都矮小，墙上糊着旧报纸，地面有的潮湿得冒水，白天也常常需要开电灯才能有足够的光线，让我看到镜框里的几张旧照片。

每次走进这个家，汉军看到椅子左偏右倒，或是看到床上的帐子垮了，就要冲着门外大喊一声："罗汉民——"

这是他弟弟的名字。

"你皮痒了是不？讨打是不？"

"我在站岗呢……"

"老子挖死你！还不快回来？"

正在门外挎着木枪站岗的汉民，立即跑来收拾乱局，怯生生地看我们一眼，泛出大眼睛的闪闪光亮。

与弟弟对骂差不多是汉军的每日功课。有一次，我们刚推开房门，一道红光闪过，一只屁股上带着红缨须的小刀已经扎在门上，算是给我一惊心动魄的见面礼。

"老子剥你的皮！"疤队长没有平时的沉静，对弟弟凶狠无比。

"报告上校，这是神刀，绝对不会扎到人的。"

"讨厌，滚！"

"是！上校！"

"不准说上校！"

"是！○○二！"

"不准说○○二！"

"是！老货！老鳖！"

汉军一掌扇过去，被弟弟躲过了。对方嘻嘻一笑，扬起两根指头往额上一架，算是刷出一个军礼，然后逃入另一间房子。在那扇关紧的门后，有过片刻的安静，但很快又传来他的高喊："中——中——中——"每一喊声里，都有神刀扎在木器上的声音。

直到他的上校哥哥再一次怒不可遏："小杂种，你要拆屋吧？"那里面的声音才最终平息下去。

二

罗汉军有个哥哥叫汉国，很少在家里露面，在我看来是个神秘人物，是个印象中模模糊糊的假冒长辈。

他的房门总是关着,有一次好容易开了一条缝,让我得以朝里面瞥一眼,发现那里竟是别有风光让人惊异。窗上挂了漂亮的纱帘,桌上有钩花台布,房间里还有棚户区少见的西式床以及床头柜,只是还没有做油漆。床头柜上有一盏旧台灯,虽然支架被布条包扎,但毕竟是一盏有模有样的台灯。墙角的手风琴也赫然在目,虽然如汉军揭发的那样已塌了几个琴键,但毕竟是一架有模有样的手风琴。屋里还贴了很多大小不等的自励自戒性标语:知识就是力量!少壮不努力老大徒伤悲!8+6=24???罗汉国,你的敌人就是你自己!……

我后来知道,这间房子在他们家也是个非请莫入的禁区,平时总是锁着门。因为汉国的数学成绩曾经名列前茅,因为他曾经代表学校参加全市性俄文朗诵比赛,因为罗家三兄弟中唯有他能拿回光彩耀眼的奖状,所以父母授予他特权,容许他独占一室并且使文明和进步自成一体。汉军对哥哥似乎不以为然,对数学和俄文似乎也不以为然,见大哥回家也不怎么理睬。"嫖客一样。"他有时会嘟哝一句,好像知道嫖客是怎么回事。

那位头发油亮的青年对弟弟的一切都没什么兴趣,冷冷地看我一眼,就钻到他的文明禁区里去了,砰的一声随手把门关上。

有一次,听到里面有叽叽咕咕的读书声,确认他已经回家,我敲开门请他解释一道算术题。他只把门打开一条缝,三言两语就完事,好像严防我顺着这条门缝得寸进尺。

我借机看清了他:一个眉目清秀的青年,像某个电影里的明星。

我没有见过汉军的父亲,印象中只见过他的一张空床,还有桌上一个大得出奇的搪瓷茶杯。据说他是一个老建筑工,劳动模范,戴过不少大红花,平时不大管家里的事,经常在工地上加班加点,直到带着满口酒气深夜回家,一进门就倒床呼呼大睡。看到儿子们吵架或者打架,他一般来说是视而不见,要是被闹烦了,根本不论冲突双方的是非曲直,抄起一根扁担劈头盖脸地扑打,把小崽子们统统打出门去,算是对整个事件的权威性总结。他需要这个家,只是需要劳累以后的安静睡觉。

汉军他母亲对这一点大概已经习惯,下班回家后总是捧着一个水烟筒咕噜咕噜抽闷烟,不大说话。汉军说,她在三个儿子中最宠汉民,一看汉民喊救命就会出面袒护,总是把闯祸的责任赖给两个哥哥,甚至不惜与丈夫动手对打。但她的宠爱也多是恶声恶气,比如,摸出一角钱往汉民手里一塞,"哭死哭死,有什么好哭?老子一耳光扇得你贴在墙上当画看啊?还不快去买槟榔,吃你的冤枉!"或者说:"老子还没死,你哭丧啊?你包子也吃了,油渣子也吃了,你那张鳖嘴巴还塞不住?"

汉民就在母亲这把保护伞下活得更加惊天动地。我亲眼看到他吃过包子或油渣子以后,展开对木器的科学研究,让家具无一得到幸免,都被他五马分尸大卸八块,最后重新凑拢来,不是桌腿被锯得高低不齐,永远也摆不平,就是柜门被刮去一块油漆,留下永远的伤痕。但他的研究只有三分钟热度,才过了几天,他把斧子刨子一丢,又突然生出养蚕的兴趣,于是家里的桌上和床上到处爬满蚕虫,被子里也有蚕粪,饭锅和套鞋成为囤积桑叶的容具。有一次,汉军发现自己的画作被弟弟撕破了,成了装蚕蛹的纸袋,一气之下把弟弟追打到巷子口,好久都不敢回来。

汉军回头气喘吁吁地发表预言:"这个神经病,将来肯定要祸国殃民,不是判无期就是要吃枪毙!"

母亲露出一颗大金牙开骂:"你打死他吧,拿菜刀剁了他的手,剐了他的皮,打死他你就安心了是吧?"

"就是要打死他,给国家节约粮食。"

"妈妈的,老子打死你呢。他喂几条虫子碍了你的哪根肠子哪块肺？……"

我是遵照父亲教导来工人阶级家庭学习的,可我除了钦佩汉国那些标语口号,找来找去没有找到更多优秀事迹,倒常常在打骂声中感到不安和害怕。我在他家里没法把关云长或武松画得更好,后来就不大去他家了。

三

小学毕业后,我与汉军算是友军暂别分头进击,进入了不同的中学,后来又各自随着中学同学上山下乡。从他的来信得知,他下乡不到一年就被某国营石油公司招工,当然是享受了革命家庭的优势。好在他所在工厂与我的插队地隔山为邻,不算太远,他偶尔会翻过山来,送给我一些粮票或者猪油,与我继续交流艺术经验。说实话,他的画没有太多进步,还是那些军官和武将,还是夹着鸡巴的奔马一类,没有什么新鲜。他也不大有青年人的活跃,既不能用小提琴拉出整本整本五线谱,也不能一跃而起轻松攀住篮球架上的铁框,甚至不会讲鬼故事和痞故事。寡言少语的习惯,使他不大容易结交新朋友,不大容易合群。他只是与我在大树下坐一坐,直到他一声不吭地离去,以至我的知青朋友发现猪油吃光了,就会说:"你那个哑巴朋友呢?怎么不来了?"

但我还是感谢他沉闷的来访,感谢他沉闷的有情有义,包括他偷来哥哥的破手风琴,让我玩了几个月。他的粮票使我度过了一次最严重的饥荒。

每次回城过年探亲,我的第一件事都是去戥子桥找他。几年下来,我发现他家一步步在发生变化:先是院墙已经粉刷,然后是两间板房改成了砖房,大门刷上了绿油漆,门上还装了个罕见的电铃……想必这一切都是汉国的手笔?作为劳模子弟,他享受政策优待，没有下农村当知青，进了一家国营工厂，算是父母身边可留一人的安排。他跨上了上海产的自行车，穿上了折线挺括的毛料裤，还勤奋地改变着家居面貌并且与现代文明逐步接轨。他母亲有次吮着铜烟筒告诉我：还是汉国懂事，家里这些事，就是他操心多，出力多。

有一次，我在街上等公交车时无意中碰到汉民。这位已经长大了的小弟，嘴上多出一圈浅浅的茸毛，两手插在裤兜里，有只脚一踮一踮的。

"请!"他掏出一包烟，指头一弹，熟练地弹出一支。

"你学会了抽烟？"

"玩嘛。"

"你现在干什么？"

"你问我，我问天。我在干什么？玩嘛。"

"你哪来的钱买烟？"

"报告领导，在下在基建队当了两个月土夫子，搞来了担把水。"他是指百来元钱，"还有味。去衡山玩了两天，看南天门，可惜没有钱去桂林和阳朔了。只怪我老娘生了三兄弟，我就是下乡的苦命，没办法。但我在农村实在吃不消，饿得眼睛珠子都绿了。我懒得出工，米吃完了就去偷点，油吃完了就去偷点，队干部怕了我们，只好请我们回城里来玩，根本不管我们了。"

"只做了这么些坏事？"

"爷哎，我表现这么好，汉军那个老鳖还把我当劳改犯，我还能做什么坏事？他一副卖煮蚕豆的样子，比爷老子还像爷老子，说话好大的口气呵，对我订了四大纪律，比毛主席还多订一条。一不准抽烟，二不准喝酒，三不准偷东西，四不准同妹子往来。要是我不听，他就抡皮砣。"他是指用拳头打人。

他说这些的时候，旁边有一位瘦小女子捂嘴暗笑，让我察觉到女子与他有什么关系。"你也不介绍介绍，这是谁呵？"

"报告领导，她是神经婆。"话未落音，被那女子擂了一拳。

公交车来了，我得赶上这一班，匆匆向他们告别。他抓住最后的机会问我："对了，你说一个人周游世界至少要带什么东西？"

你是说一个人？一个人周游世界？我对这一问题毫无准备，说大概……可能……至少……要带一个指南针和一把好刀吧？

"不要放大镜？"

"放大镜做什么？用太阳光取火？"

"对呵。"

"那就加个放大镜吧。"

"这三样就够了？"

"我也没试过，哪知道呢？"

他还想说什么，但我已上了车。被乘客们挤得东偏西倒，挤到一个角落去了。越过一些乘客的肩膀，我看见他在人行道上追赶汽车，圆睁双眼冲着我大嘴张合，继续他莫名其妙的提问。

我没法听见了，没法回答了。我不知道他为什么要研究这个，不知道他小脑袋里又冒出了什么荒唐主意。莫非他正准备周游世界？或者正在什么历险游记里入了迷？但我没料到的是，公交车走到下一站时，我听到车窗外有人大声叫我，原来是气喘吁吁的汉民用自行车搭着神经婆又赶上了我。他冲着车窗大喊："要不要带地图？"

我回答要，当然要。

但不知道他听见了没有。

四

汉民回到城里以后，偶尔打打工，更多的时间里是胡作非为，包括用弹弓打碎人家的玻璃窗,给人家的自行车轮胎放气,在电影院里抢人家头上的军帽,把肉食店里一个比他大两个型号的汉子打得哇哇直哭。父母不怎么管他,汉国身为兄弟之中的老大,是不能不管的。但那一段汉国带着小提琴参加了厂里的文艺宣传队,成天忙着排节目,分不开身,只好把弟弟托付给一位当中学教师的朋友。

这位中学教师外号肖眼镜,下棋是霸主,游泳是高手,还有满肚子的历史、地理以及军事知识,无论汉民问什么刁钻古怪问题,总是有问必答,每答必详,镇得汉民一愣一愣的。苏联的坦克已经换过哪几代,美国的最新轰炸机巡航速度是多少……这些闻所未闻的专业资讯,更是让汉民五体投地。才几个月,不仅是汉国,就是汉民他娘,也觉得小崽子真是浪子回头了。他不再偷偷抽烟,不再去巷子口打架,连衣服鞋袜也勤于换洗,洗得家里经常有肥皂泡气味。他夹着一些书本,当然是从肖眼镜那里借来的书,在家里进进出出,甚至还不知从哪里弄来一副平光眼镜,戴在自己圆乎乎的娃娃脸上,想必也是模仿心目中某位学者的形象。

他母亲高兴得偷偷去乡下祖坟地烧香谢恩,不知罗家祖上积了什么阴德,让汉民这一次碰上贵人。她还要汉国前面引路,提着半篮鸡蛋去面谢肖贵人。

她只希望小崽子把初中功课补上来,以后去考一个技校。

补课当然不成问题,不过母亲的宏愿只能让汉民冷笑,却不说话,不知道他心里想着什么。有一天,汉国回家,发现地上有血滴,顺着一线血迹找去,发现汉民在水缸边洗手,一只胳膊上缠着透血的纱布。汉国大吃一惊,问弟弟这是怎么回事。弟弟开始不说,直到汉国一再逼问,直到汉国找到了带血的锥子,汉民才吞吞吐吐地交代,说他扎了自己几锥子,磨炼一下自己的革命意志。

"你神经病呵——"汉国已经气歪了脸,"你以为你是谁?你能把鼻涕擦干净就不错了,流几滴鸡血给谁看呵?"

"你以为以后就不需要流血了?就没有渣滓洞的辣椒水和老虎凳了?世界革命就大功告成了?"

"你什么意思?"

"没什么意思。"

"蛤蟆打哈欠,好大的口气呵!"

汉国觉得弟弟脸上那种沉默和傲慢十分陌生,也大为费解。这家伙不拿家具搞实验了,就拿自己的胳膊来搞开发,天知道是中了什么邪!该不会再玩一把辣椒水和老虎凳吧?不会在自己肚皮上割一刀,把肠子也掏出来玩玩吧?这也叫革命?他晓得什么是革命?乘汉民出门的机会,大哥在家里展开紧急清查。还好,没发现弟弟的枕头下藏有匕首或者黄色照片,也没发现来历不明的金钱,倒是发现了大量的理论书,比如《共产党宣言》《联共(布)党史》以及整套的《列宁选集》,是货真价实的革命经典,让人挑不出什么毛病。不过,最大的毛病就是没毛病,就像一团狗屎突然不臭了,反而生香了,只能让汉国更为生疑。尤其是那些外国书,存心不让人读懂似的,一个人名就啰啰嗦嗦占去大半行,放在嘴里死嚼硬咬,还是难下咽,只能把人呛出病来。这种天书有什么好读?也是小杂种可以读懂的?汉军取来一本俄国车什么人的《怎么办》翻了几页,读得头昏脑涨哈欠滚滚,才知道那是小说而不是工具书,实在没什么用处。

"这些书是哪里来的?是不是偷来的?"等弟弟回家以后,他怒气冲冲地问。

汉民横了他一眼,不愿意搭理。

"你说,是不是肖眼镜要你看这些书的?"

95

"什么肖眼镜？肖大师！"

"你晓得什么大师不大师？你怎么不好好向他学数学？"

"大爷，做做好事吧，我给你说了，你也听不懂。"

"我看这本书就像黄色小说。"

"黄在哪里？你指给我看看。"

汉国没读过这本书，"这个车，车什么……"

"车尔尼雪夫斯基。"汉民替哥哥念出作者姓名，念得太顺溜了。

汉国红了脸，"名字一听就不是个好家伙，肯定是个资产阶级学术权威，专门毒害青少年的。"

"你读过没有？你读了再发言好不好？别以为你什么都懂。你知道什么叫做十二月党人？什么叫做召回派？你连这些都不懂，有什么好谈？"

"小杂种，你像人了是吧？你卵毛长齐了是吧？你脱了裤子自己看看！老子过的桥比你走的路多，晓得什么书应该读，什么书不应该读。"

弟弟转过背去翻书，嘟哝一句："道不同，不相为谋。"

"你口气不小呵？还没学会走，就想跑，就想飞。《共产党宣言》也轮得上你来读？我都没读过，你未必读得懂？别装像了，你在娘肚子里再翻两个跟头，看来世有没有可能。"

"愚昧！"

"你说什么？"

"我说你愚昧，愚昧！"

大哥的拳头已经挥过去，但汉民眼明腿快，一闪身出了门，还在门外留下一句愤怒呼号："打倒斯托雷平！"

多年后汉国才闹明白，那是指旧时俄国专制政府的一个头子。

汉国恼羞成怒，发誓要把弟弟的邪书一把火烧掉。但母亲冲上前来，不由分说在他头上锄了一丁公："读书比打架好吧？读书比偷东西好吧？你这个臭鳖不让他读，要让他去街上杀人放火呵？……"

这样，汉国非但没有制服弟弟，自己头上还冒出一个大包。

五

初夏的一天，汉国想给自己做一个乐谱架，到处找刨子和凿子，最后撬开了汉民那扇紧锁的房门。他在弟弟房间里还是没有发现木工工具，但拉开柜门，心惊肉跳地发现了油印机、纸张以及油墨，还有一沓署名为"共产主义人民党"的传单。

早些天他就听说了，最近冒出一个反动组织，就是叫这个名称，在很多公共场所张贴传单，恶毒攻击"文化大革命"，恶毒攻击毛主席和党中央，甚至猖狂要求为彭德怀和刘少奇翻案……传单还涉及妇女、知青、临时工、用电短缺等社会问题，几乎无所不包又七拼八凑，引来全市警察"倾巢"出动，到处搜查和察访，闹得满城风雨人心惶惶。汉国排完文艺节目回家，登上公交车不久，就发现警察和军人拦车检查，几乎把乘客的全身都查了个遍。冲锋枪黑洞洞的枪口好几次指向他，吓得他心惊肉跳。

现在，他脑子里轰的一声炸开——没想到反动组织远在天边近在眼前，就在与自己一墙之隔的房间里！天哪，他还在这里做乐谱架，在这里修自行车、刷油漆、洗衣服、吹头发而且吹口哨，竟然不知道一颗巨型定时炸弹就在身边，而且引线在嗞嗞嗞地燃烧！

他第一个念头就是去找汉民，找那个不知死活的畜生畜生畜生呵——他非把对方撕成碎片不可。但他刚跑到巷子口，又觉得首先应该去报告父母，看这一场晴天霹雳般的灾祸该如何应对。说不定应该严加隐瞒，悄悄除痕灭迹？实际上，他已经走不动了，朝父亲所在工厂方向刚走了几步,就蹲下去,靠着墙,捂着脸呜呜哭起来。

父亲和母亲知道这事以后,当然也脸色大变,完全说不出话来。停了好一阵,父亲操起一根铁棍就往家赶,但哪里也找不到汉民的人影。

两天以后,不知死活的定时炸弹回家了,一路上还哼着小调,回味着自己去其他城市分发传单的豪举。他一进巷子口就发现情况有异,但事情已经来不及了,刷刷刷一阵旋风之下,几个身高体壮的警察从潜伏位置猛扑过去,把他按倒在地,双手反剪,完全是老鹰抓小鸡一般轻而易举。他这才发现小巷杀机突现,军人和警察呼啦啦出现在墙头和窗口,出现在四面八方。连高层建筑上也冒出了机关枪、望远镜以及无线电步话机。一个警官操着电喇叭在那里指挥:"目标已经制服,目标已经制服。三组、四组收队,第二方案取消……"以前只在电影里见到的荷枪实弹大军压境,吓得整个巷子里的老百姓都缩头缩脑,也吓坏了汉民。

"你们抓错人了?"汉民挣扎着还想狡辩。

他父亲赶过来,伸手就在他脸上扇了两耳光,然后对警察赔笑脸:"这家伙交给你们了,由你们好好教育。你们要骂就骂,要打就打,我没有半点意见。"

他还向警察一一敬烟,"我早就说了,你们何必这么辛苦?你看这太阳毒的!一阵太阳一阵雨,你们一等两天两夜,就不怕熬出病来?我早说过了,这小杂种肯定跑不了。只要他一回来,我就会送他来投案自首。他舅子、他满姑、他大哥这两天都在到处找他。我罗家都布下天罗地网,还怕他飞了不成?"

一个警察走过来,与他热情握手,"罗大叔,谢谢你了。"

"哪里的话?你们是谁?我是谁?你们是人民政府,我得过那么多镜框子,还不同人民政府一条心吗?"

汉民就这样被押走了。他登上警车的时候,回头看见围观者越来越多,还看见人群中母亲眼里的泪水,还有大哥的一脸苍白。

汉军也请假回到了家里。几天来家里没做饭,甚至没烧开水,死气沉沉就像一个墓穴。汉军骂父亲报官是愚蠢如猪。父亲骂汉军胆大包天,知情不报,竟敢对政府不忠。父亲又骂两个当哥的没带好小弟,更骂老婆是狗婆子,惯来惯去,给他家惯出一个反革命,让列祖列宗的脸面往哪里放?他们互相责骂,差一点就要打起来。

汉国与汉军出去摸一摸案情。他们到拘留所探视,遭到拒绝。找到几个脚路较宽的朋友或亲戚,但对方一听这事就连连摆手,吓得话都不敢说,还能帮什么忙?最后,他们只好来到市公安局,经过久久地排队,领到一张接见卡,受到了一位警察的接待。没料到的是,那位警察满面笑容,端茶送水,还引来了一位副局长。"我们要给你们家送一面大锦旗。"副局长热情与他们握手,"如果没有你们家属的大力支持和协助,如果没有你们这样高的政治觉悟,这个震动全国的'六·一三'大案怎么可能在这么短的时间内侦破?这么多案犯怎么可能在两天之内全部落网?我要代表党和人民,好好地感谢你们。"

汉军支支吾吾,说他弟弟早就同意投案自首,只是警察动手早了一步。请政府在审判量刑时考虑这一点……

"你父亲已经说过了,你母亲也说过了,这些情况我们都了解,你们放心吧。"

"他还只有十七岁,完全是不懂事,是受人蒙骗和利用……"

"当然,他太年轻嘛,不是首犯,也算不上什么主犯,党和政府在这方面是有明确政策界限的。何况他还是工人阶级的后代,怎么可能真正走上反革命道路呢?"

"我老娘身体很不好,这几天吐血、发烧,水米不沾,一直卧床不起……"

"看了医生没有？吃了药没有……她老人家一定要保重，一定要保重。我们过几天就去看她。我说过了，我们还要给你们送一面大锦旗。我们和你们的心是相通的，目标是一致的吗。你们的亲人，也是我们的亲人。我怎样对待我的小孩，也会怎样对待你家的小孩。你们回去告诉家长，让他们放心吧。"

汉军眼睛一热，突然跪了下去，脑袋在地上砸出三声巨响。

"你这是干什么？起来，快起来。"副局长拉住他。

他顾不了那么多，看见窗台边还有一个打着字的女警察，也冲过去扑通一声倒地，砸了三个响头，担心自己的礼数不够周全。

"不要这样嘛，同志。"副局长掏出手帕给他擦泪，"你弟弟是你弟弟，你是你。你们虽然是罪犯的家属，但你们没有罪。非但没有罪，你们全家还有功。是不是？来来，你们喝茶，你们不要激动。"

六

汉军来到知青点的时候说了上面这些情况，再一次回味副局长有力的握手，回味他家里那面鲜红的锦旗——是一群警察和几位街道居委会干部敲锣打鼓送来的，上面有"大义爱国高风亮节"八个金光闪闪的大字。

汉军说，等他弟弟出来以后，他就要把弟弟送到我这里来，让我好好教育他。他甚至做好了退职的准备，带着弟弟一起下乡，好好管束他，再不能让小杂种胡来。

我问他，汉民什么时候可以出来？

他说，不知道。

他口气里透出某种乐观，这是因为有副局长的握手和微笑，有家里那一面大锦旗。但他对这种乐观似乎又不大有把握，才抓住休息日跑到我这里来，要同我说一说，也就是说一说而已。没有买到汽车票，他就步行了四十多公里路，走到半夜才摸进了我所在的村子。他说只能在这里停一停，顶多停四五个小时，因为他还得赶回厂里去上班——他眼下已沦为反革命案犯的亲属，不得不格外注意遵守纪律。

我不能留他，也没找到面条和鸡蛋给他做点吃的，只在衣袋里揣上两个生红薯，陪他上路夜行。我们走进寂黑的夜晚，走在隐约可见的沙石路面上，听脚下嚓嚓嚓的脚步声特别响亮，不时惊跑了路边的青蛙，或者招来附近农家一片狗吠。黑森森的山峦在我们身边有时慢慢地升起来，有时又慢慢地落下去，像一片黑色巨浪要把我们吞没在浪谷。

走得冒汗，我们索性脱了上衣，光着膀子赶路。

"都是那个小杂种害的，"汉军发现自己两脚都已经出现水泡，"等他出来，老子有他的好看。"

"他挨了这一烙铁，应该会有教训了。"

"他差点害得我们家破人亡呵。你想想，要是这畜生真被判个七年八年，我老娘一条命不就送到他手上？全家人的反革命家属不就当定了？国鳖也是个王八蛋，守在他面前也是个瞎子。传单就在他隔壁印，他只会梳头发，照镜子，嫖客一样，不闻不问。我老娘也是个猪，把他从小惯到大……"

我想宽宽他的心，说了好几个听来的轻判案件，还说到我自己的哥哥。他原来属于省城最激进的红卫兵派别，下乡时去了一个遥远的山区小县，在那里与同队知青组织了一个学习小组，白天干农活，晚上在油灯下读书和讨论，规划着心目中的世界革命。有一次，一个邻队知青来借粮食，顺手借走了他们的讨论记录本，并且一借就没有归还。后来才知道，记录本作为反革命罪证上交到公社，并且一直惊动了县、地、省各级有关官员。毛泽东南巡时，省委书记在汇报中还提到这事。毛泽东的指示不得其详。后来据一位身处官场的朋友透露，传达下来的只有一句话："二十年以后再看。"这句话有点费解：二十年以后再看？是要放长线钓大鱼？还是领袖相信革命形势会越来越好于是小逆贼们会不战自降？……反正就是因为有这句话，因为有这一个神秘莫测的"二十年"，那一伙遭到举报的知青竟然有惊无险，没有任何人被捕。腊月寒天，他们试探着去公社里请假探亲，干部们的脸上也没有任何阴谋，想都没想，就开出路条，放他们远走高飞了……

听到这里，汉军果然轻松了一些。"就是吗，青年人怎么会反革命呢？不都是想爱国吗？不都在学马克思主义吗？说实话，汉军那小杂种讨厌是讨厌，但他思想比我进步得多，成天就想着国家和世界，都走火入魔了。"

"政府肯定要想到这一点的吧？不会不考虑他们良好动机吧？"

"至少也得给我老爸一点面子。不然以后哪个还敢大义灭亲？"

"当然，当然。"

我们说得高兴了，把话题转到画画，转到汉军最近迷上的油画。我与他约定，等这件事过去了，他带着油画颜料来，与我一起去写生。

我把红薯递给他。

"你吃。"

"你吃。我不饿，一点都不饿。"

我们终于看见了渐渐放明的东方天空。

七

我给汉军去了一封信，久久没有接到回信，不知是为什么。

这一天队长带着人从供销社买回石灰，怕石灰从竹筐里泄露，用一些报纸给竹筐垫底。我扯了一角报纸去了茅房，在这一角皱巴巴的旧报纸上读到了几则迟到的新闻：样板戏演出、全省夏粮丰收、某三结合小组又实现了科技攻关，如此等等。

一个熟悉的字眼闯入我的眼睛：罗汉民。我大吃一惊，发现这是一则刑事判决公告：

……为了保卫史无前例的无产阶级文化大革命，狠狠打击一小撮反革命分子的嚣张气焰，经省高级人民法院军管会最终审核批准，所谓"共产主义人民党"的反革命组织首犯肖寿青、主犯罗汉民，昨日已被押赴刑场伏法……

轰的一声，我眼前一片黑星四溅。

我从头冷到脚，一口气把这句话来回看了几遍：已经伏法已经伏法已经伏法——我不能相信它是真的，疑心是不是有别的罗汉民。当这种愿望和假设一步步消失的时候，我感觉自己体内已成了一个大空洞，空洞中心的强大吸力正抽干我的血肉和思绪，正在每一个毛孔里发出尖啸。怎么可能呢？怎么可能呢？人们不是说可能会判有期徒刑、监外执行乃至教育释放吗？不是说副局长的微笑很慈祥和致谢的锦旗很鲜艳吗？事情怎么能这样？一个生命，一个曾经向我打听指南针和放大镜的生命，一个曾经射出飞刀并且叫我上校的生命，就这样消失了？从此在我生活的每一天和世界的每一角落都没有了吗？……

已经伏法。没错，就是这几个字，就是这个"已"字，这个"经"字，这个"伏"字以及这个"法"字。我听到了旧报纸里透出的枪声，感到那黑洞洞的枪口就隐在我身后，对准了我的后脑勺，然后钢铁的子弹嗖嗖嗖飞来，一举击破了我的头盖骨，使碎骨和脑浆四处飞溅，在茅厕前面那片泥土上播开一片雨状的腥秽物质，把我推入突如其来的无边黑暗。我在黑暗中看不到任何东西，听不到任何东西，摸不到任何东西，就像一团透明的空气静静飘散。

"出工呵，都到猫公冲打石灰！"

"走走走，还磨蹭什么？"

"懒牛懒马屎尿多，你在茅厕里过年吧？"

……

队长一个劲叫我。他事后肯定发现我面无人色地坐倒在茅房门前，但他肯定没注意到我的死亡，没注意到我后脑勺无形的弹孔。

我赶快回到城里，直扑戥子桥。但罗家的门紧闭，不论你怎样捶打，也没有任何应答。门口只是贴了一张纸条，写着两行字："坚决拥护人民政府！无产阶级文化大革命胜利万岁！"我找罗家的邻居们打听，去一些老同学家里打听，但谁也不知道这一家人去了哪里，只知道自从街上到处贴有判刑布告以后，就没见罗家人出门买过菜或倒过垃圾。

> 我将永远记得我的家——北区戥子桥五号，北区戥子桥五号，北区戥子桥五号，北区戥子桥五号，北区戥子桥五号……

多少年以后，我看到了一纸判决书上罗汉民的签名，也就是想象中我的签名，还有空白处上的这些话，一直写到无处可写时才中断的誓词。

在另一个纸片上，他还写出了以下这些话：

妈妈，我没有做错什么。妈妈，宣判的时候，我本想朝您站的那个方向跪拜，感谢您的养育之恩，但当时肖眼镜找我讲话，使我忘记了这个动作。这是我终生的遗憾。

妈妈，你们不来看我，不要我了，但我还是你们的儿子。

没有其他纸片了。

但汉民一定还说过很多话，需要我在寂静中聆听，不是吗？在铁窗里，在刑场上，在他最后看过一眼的天空，我不是还能听到他这些话吗？

妈妈，很对不起，我忘了给你下跪，来不及给你下跪，这是我终生的遗憾。

爸爸，我一点也不责怪你。为了做一个守法公民，你当然要举报我，当然要把我绳之以法。为了表示拥护正义的判决，与反革命罪犯彻底划清界限，你也不让全家来刑场给你儿子送行——既然已经声明脱离关系，就不宜有这些拖泥带水和藕断丝连。这我完全理解。你们不但不去刑场，还关起门来学习了一天的毛主席语录，高声诵读出劳模家庭的崇高品质和凛凛正气，让周围的人没法对你们找岔子和做手脚。这也是我的希望。

爸爸妈妈，儿子未能尽孝，一直给你们闯祸。但是我告诉你们，我的亲人：我不是一个坏人，没干过什么坏事。我不过是为真理而死，不过是长大成人了，要为社会做一点有意义的事情。请你们相信，一个黑暗的时代不可以万世永存。在我挂着大牌子走向刑场的时候，当我五花大绑度过最后的时光，我心里没有什么惭愧，更没有什么惧怕。我知道你们不会来，但还是忍不住东张西望，在围观人群中寻找熟悉的面孔，放不下最后一丝微不足道的希望。我只是希望把你们看一眼，一眼也就足够。我只希望向你们说一句话，一句也就足够。不，我其实并不想再看，也并不想再说，更不奢望你们的拥抱。说来也好笑，我只是不知道自己的目光在这一刻该在哪里停靠，不知道天地这么阔大，自己的最后一眼该投向什么地方。我的亲人！

"真正的马克思主义万岁！"

"全世界无产者联合起来！"

你们听到了我的呼喊了吗？

我没有喊出第三句口号，因为早已套在脖子上的一条毛巾突然勒紧，肯定是身后的军人及时行动，因此我两眼发黑，发不出任何声音。这些经验丰富的军人没有提前切断我的喉管，已是他们的客气和关照。

与我同案处决的还有肖大哥，使我一路走得并不孤单，你们放心吧。不过说实话，他有点让我失望。不就是脑袋掉了碗大个疤吗？不就是我们以前常说的"人生自古谁无死"吗？前人把渣滓洞和白公馆都熬过来了，我们这又算得了什么？但他供出了所有的同志，到头来还是没有保住自己的小命。可怜的他，甚至没有在刑车上唱出《国际歌》，连两条腿也一直没站稳过，成了两根棉花条，得靠两个军人架起来拖着走。

我其实想帮他一把，其实想帮他擦一把泪，但我一身绑得无法动弹爱莫能助，只能眼睁睁地看着他的脚镣在水泥地上拖出了火星乱跳，看着他的鼻涕洒成一线。

他也是冤死的。他留下一个不到周岁的儿子，比我死得更惨，因为我毕竟还有兄弟，还可以拜托他们尽孝父母。因为其他同案犯多少还留下了一条命，将来还可能有申冤和报仇的机会。想到这一点，我不忍心怨他，只是想帮帮他，让他在枪口前站稳一点，不要让行刑者们嘲笑。

我的亲人，你们也不要责怪他，不要笑话他。在将来的某一天，你们一定会重新记住这样的名字：遇罗克、张志新、林昭……

还有一个可怜的肖寿青。

再见了,我走了。

再见了,我会常常托梦回家。

再见了,你们就当我周游世界去了吧,去了很远很远的地方。

八

"文革"宣布结束以后,很多冤假错案都得到平反,连我的父亲一案也重见天日。那一天,一辆闪闪发亮的黑色小轿车驶进我们街区,几个陌生人走下车,四处打听,最后来到我们家里,向我母亲微笑和打招呼。

他们进入低矮昏暗的小屋,发现这里没有足够的椅子让他们安坐,也没有足够的茶杯给他们泡茶,便说不用客气了,坐在床上说说就行。这么多陌生人突然光临,真是把我的母亲吓坏了,使她一直躲在墙角,屁股一挪再挪,拼命地挤向床头架,完全是手足无措而且答非所问。客人说你丈夫是一位优秀的革命军人和革命干部,我母亲就说儿子昨天刚回家探亲。客人说你丈夫的所谓历史问题已被完全否定,我母亲就说儿女现在工作得都非常好。客人问你们还有什么困难,还有什么要求,都可以向组织上提出来,我母亲就说楼板上哗哗响的是老鼠,怎么打也打不尽,实在太讨厌,你们要注意盖好你们的茶杯……

她似乎一直没明白客人们是来干什么的,更不习惯握手这种礼节。待客人走后,她摸着自己刚刚脱险的右手大为生气:"搞什么鬼呢?吃了饭也不干正事,男男女女这里一窜那里一游,吊儿郎当,无事生非,还差点踩死了我的鸡,耽误了我买豆腐……"

我向她解释好一阵,才让她明白这些客人来访的意义。

直到半年以后我们搬入宽敞明亮的宿舍,她才摸着久违的窗台和阳台，相信了一个新时代正在开始。

是的，一个新时代正在开始。以前疏远我的一些亲人和朋友重新登门，在我家聚谈和吃喝，发出爽朗的笑声。方强甚至为他家的房产退还百思不解，说他家的铺面明明卖了一半捐了一半，怎么现在统统都发还给他家？卖的也可以无偿退还？是不是房管局的档案乱了套，大家重新洗牌随便摸呵？要是这样，再打一个报告，说方强家那年被红卫兵抄走了十个金戒指，看政府信不信讹，说不定又讹成了呢？……他笑出了很贪婪无耻的模样。

我和方强也说起了汉民的案子，兴冲冲地去找汉军。他此时已调回省城，在一个工厂食堂当厨工。妻子又高又大，穿着大红的丝绸袄子正押着小儿子画马，见儿子稍一走神，就用钩衣针在小脑袋上敲打一下。

汉军把母子支到另一间房里去了，让我们围炉取暖，给我们一一发烟。

"你弟弟的案子也翻了吧？"

他没有吭声。

"还没动静吗？你们当亲属的也不去跑一跑？"

他还是没有吭声，转身去找烟灰缸。

方强有点不明白了，"是不是上面还有阻力？要不要我们帮着找找什么人？我有个堂兄，最近刚好调进省检察院。"

汉军听我们大谈平反的理由，还有巨款赔偿的可能，追认英雄的可能。关于要不要立一个纪念碑，也进入了我们的思考。但他一直沉着脸翻了一下白眼，弹了一下烟灰，把诸多准备动作做足了，还是一个闷罐子。"你以为公安局和法院就是你们办的？"他最后才嘟哝出一句。

我吃了一惊，不知他为何如此无精打采。后来我才知道，他的犹豫不是完全没有道理，比如，政治问题夹杂着刑事问题就是一大难点：当时"共人党"不是缺少经费吗？汉民就曾经去盗卖过铁路器材，还胆大包天在银行门前打劫储户，往对方脸上突然撒一把沙土，然后强行夺包，只是作案两次，都没成功而已。

我劝他不必多虑："现在天下大赦，不会拘泥于细节和枝节的。抢钱固然不对，但不是没造成后果吗？就算有错，也罪不至死吧？"

"事情没有你们说的那么容易吧？"

"也没有你想的那么难吧？刘少奇，彭德怀，这样的大案都翻了。"

"他们是什么人？你拿起篮盆比天？"

"这个案子也不小。"

"你们这是屎不臭要挑起臭。"

"什么意思？就是要把你们头上的屎盆子摘下来呵。"

"我戴着什么盆子，关你们什么事？不谈了，不谈了。"疤队长突然生气了，翻了个白眼，走到窗前朝窗外狠狠啐了一口。

他的态度让我吃惊，好像是吃错了药，把人家的好心当成驴肝肺吧？哪有这样不识好歹混账透顶的家伙？我与方强对视一眼，只好悻悻地告辞。

几天以后，方强才告诉我实情。其实，汉军不是不想给弟弟平反，问题在于，不管怎么平反，他弟弟还能再活一次吗？如果不能，那么得到一个空名的后果，却是活活要他老爹的一条命。想想吧，当初汉民是由他父亲举报的，伏法也是他父亲表态拥护的。汉军当然得考虑一下：如果汉民是个罪犯，他父亲不过是大义灭亲，还可心安理得地聊度晚年；如果说儿子成了英雄，他父亲就是卖子求荣，舍家附逆，到头来鸡飞蛋打，甚至成了双手沾满鲜血的凶手，至少也是暴政的同谋和帮凶，将被押上道德舆论的审判台。在这种情况下，平反对于他们家有什么意义？死者既不能复活，活人却要从此负罪。再想想吧，那些平反之后声势浩大甚至家喻户晓的鲜花、哀乐、眼泪、赞词、补偿以及新闻报道，那些闲话者的指指点点和叽叽喳喳，岂不是把老父亲的一颗心千刀万剐？

毕竟，汉民当年是公安局束手无策之时由他爹主动送上门去的——听方强这么一说，我什么话也说不出来。

我知道，汉民他妈已经成了墙上一张遗像，而罗伯已年迈退休，因身上风湿病严重，常常卧床不起，四肢关节肿大，痛得他全身冷汗如洗。这样一个老人，眼下架着那副缠满胶布的老花眼镜，浑身冒出酒精气味，经常嘀嘀嘀地喘息，涎水滴在胸襟也不自知。他儿子若有在天之灵，大概也不忍心对他再捅一刀吧？

那么我们该怎么办？是不是要阻止冤案的平反？至少也要向老人瞒着冤案的平反？比方说帮着汉军夸大他弟弟的过失，使老人相信那兔崽子当年确实罪过应得，甚至相信他效忠的"文化大革命"还在全国胜利推进？……

九

我接过一张名片，这才让认出了眼前这个卷发美男："汉国！"他拍拍我的肩，"你也来开会？"

"你呢，哪个组的？"我注意到他的金边眼镜和大围巾，还有胸前的出席证以及大会统一发放的黑皮文件包。两个记者模样的人跟在他后面，似乎正急着等待他接受采访，把他当作这次政协大会的新闻热点之一。

我后来才知道，他现在是一个音像公司的老总，还当上了这个理事那个委员，事业如日中天。我们同桌就餐的时候，他一会儿去接北京来的电话，一会儿去接香港来的电话，但这并不妨碍他在见面的十分钟之内,让我知道他的种种好事,比如他刚刚出国回来。他照顾着身边一位身着皮短裙的红唇少女,据说是某局长的千金,抢先给她夹了很多菜,夹得她满碗色彩灿烂,都要堆不下了。他笑出了一串串金属共鸣之声,向皮短裙说了个什么事,我没有听清,只记得他嘴里冒出"佛罗伦萨"一词颇有意大利韵味。

皮短裙没有胃口,无精打采地挑了几筷子,说这里的饭菜就是不好吃,然后拿出小皮包离席。汉国也就放下碗筷跟在她屁股后头离去。

下午是小组讨论,汉国身边还坐着这位身份不明的皮短裙,一会儿给自己补妆,一会儿戴上耳机听音乐磁带,闭着眼摇来晃去的,让几位高龄委员交换着目光,脸色颇有些不快。但这种不快很快一扫而光,因为汉国的发言实在太精彩。他首先说了两条北京最新消息,让大家情绪振奋,又提到几个大人物的名字,使听众对他的身份和背景充满好奇。

"全国各地都在大力纠正冤假错案,为什么我们这里就是阻力重重?那么多罪恶累累的人为什么还不忏悔?那么多冤屈者为什么还得不到昭雪?我们这里不会是台湾吧?党的政策一到这里就打了折扣,下次我碰到耀邦同志的秘书,我该怎么向他说?……"他目光炯炯环视四周,接着说到了当年的"共产主义人民党",即共人党案件和他的弟弟,一个惨遭杀害的少年英雄,一个抵制"文化大革命"十年浩劫的忠贞烈士,一个勇敢保卫刘少奇、彭德怀及众多革命老干部的党外布尔什维克,并且为此献出了年仅十七岁的生命!十七岁呀同志们!青春岁月呀同志们!花季少年呀同志们!谁家没有儿女?谁家没有父母?每一个有良知的中国人岂能忍心……

在座几位女委员已经不忍心地抽泣,一些老同志也眼眶红红的。

汉国继续说,这个案子在社会各界关注之下虽已名义上获得平反,但纯粹是"高空作业"和"文字杂技",有关政策并未落到实处。烈士的母亲,当年因悲痛而死,可至今拿到了一分钱的抚恤费吗?烈士的其他亲人,多少年来因冤案而失去了政治前途,不能入党,不能上大学,不能得到提拔重用,可有关方面至今做出了什么补偿吗?……

他哽咽得有些说不下去。

"罗委员,我们愿意联名上书,向中央反映你这个问题!"

"罗委员,你不要太难过,我们都是支持你的!"

"小罗同志,你不是同耀邦同志很熟吗?你向他提提呵。"

……

会场上气氛十分热烈。

汉国又出示两张照片,分别是两位老干部与他的合影。一位是刘少奇的夫人,另一位是某退休老将军。据他说,这些首长都感激他弟弟当年的义举,一直与他保持着密切联系。

他还拿出一首诗,说是某著名诗人被他弟弟的事迹感动得彻夜未眠,连夜写下了这首长诗以表慰问和崇敬:

> 你比我们都要嫩弱
> 但你用肩头担当了所有责任
> 你比我们都要年轻
> 但你眼睛里收藏了所有历史
> 你在刑场上回过头来原谅我们的缺席
> 一声枪响,令多少人今后长夜难尽
> ……

汉国朗诵诗的时候，泪水奔涌而出，尤其是当他朗诵到"请让我燃烧"的关键处，节奏一路急板冲向了最高潮然后戛然而止，他的嗓音已经沙哑，伸向空中的一只手已经定格。他的头甩出黑发的波浪，然后低下去，长时间不再发出声音。

人们像醒了过来，报以哗哗哗的鼓掌。

看着他的身体造型，我像看着一尊佛罗伦萨的大理石雕塑，只能从他垂发的剧烈抖动，才发现他还是个活人，才知道他正在设法掩藏着自己的失声痛哭。我忍不住心头一紧，鼻子也跟着发酸，不知道该如何去安慰他。他刚才发言时的某种夸张，还有饭桌边的某些小动作，在这一刻都显得微不足道。

我看见皮短裙少女也在眼泪汪汪，看见更多听众走上前去，把汉国扶回座位，给他倒了一杯水，让他控制一下情绪。一位出版界的委员愤怒谴责政府有关部门的行政效率。一位戏剧界的委员当场愿意捐款。还有一位满头白发的老干部，上前握住汉国的手，说你一定要节哀，一定要节哀，你的兄弟就是我们大家的兄弟，你的苦水就是我们大家的苦水，你哭吧，大声哭出来，心里会好受些。我就是豁出这把老骨头也一定要把你说的这些过问到底，一定要让九泉之下的英魂……老人说到这里已面色惨白，目光发直，偏偏欲倒。随着一位秘书模样的人大喊救心丸，大喊氧气袋，大家七手八脚把老人扶到沙发里躺下。

我看见汉国发出一声惊叫，扑到沙发前，背脊在老干部脑前一起一伏，直到医生带着担架赶来。

这天晚上，一个大学的学生会请几位社会名人演讲，把汉国也请去了。前来聆听演讲的学生太多，组织者只好把会场从小教室改成大教室，又从大教室改成灯光球场，一晚上折腾了好几次。于是，汉国那一头漂亮的波浪型卷发在白炽聚光灯的照射之下，再次不期而遇撞入我的视野——我是来会一位教师朋友的。面对黑压压的青年学子，他再一次说到了烈士，再一次朗诵著名诗人相赠的长诗，再一次声情并茂抑扬顿挫地赢得了灯光球场上的鸦雀无声。稍稍令我惊讶的是，当朗诵到"请让我燃烧"的关键处，他还是节奏一路急板冲向高潮然后戛然而止，他的嗓音照例沙哑，伸向空中的一只手照例定格。他的头照例甩出黑发波浪，然后低下去，长时间不再发出声音。

我是应该鼻子发酸的，事实上也差不多要酸了，但我发现台上古典雕塑的失声痛哭，来得太精确了、太规范了、太雷同了，完全是设计动作的如期实现，使我的鼻子欲酸又止，反有一丝惊愕。

也许，正是这一个扫兴的夜晚，正是他后来在公众面前一次次雷同的激情失声，使我觉得他的一切所为都有点设计感。连他的一个惊讶、一个微笑、一个耸耸肩的动作，似乎都出自台后的排练。报上发表了罗汉民少年烈士当年的日记，让我读出了汉国却没读出汉民的口气，怎么读也有太多的虚构感。报上又发表汉国回忆英雄弟弟的文章，让我总觉得有些离奇不实，比方，他说弟弟曾经为抢救农民的山林，差点被山火烧死——有过这种事吗？我怎么从来没听说过？有一次他还打来电话，问到我的哥哥：他是否愿意写一写他们当年的知青学习小组？他说台湾某出版社要出版一套丛书，其中有一本专门介绍"文革"时期的中国地下组织，实在是一个青史留名的好机会。

我想都没想，就说这不可能。

他不知道我的火气如何这样大，"你同太太拌嘴了？"

"没有呵。"

"那是为什么？是不是担心报酬太低？"他说写这些文章确实报酬甚微，只是尽社会责任感而已。他说台湾方面虽然拿一点编辑费，但他要寻找选题、搜集资料、联络协调、加上审稿，加上国内外数以百计和千计的电话，得让他倒贴好多钱呢，但有什么办法呢？社会责任感呵。

"汉国兄，不是什么钱的问题。只是我哥这一段太忙，何况陈谷子烂芝麻的，有什么好说的？说得太多了，是不是有炫耀之嫌？"

他没有听出我的话中有话，电话中不时插进一些礼貌抱歉："对不起，我要换一个磁带了，请你等我二十五秒钟。"或者是："对不起，我要给太太递一下袜子，请你等我七秒钟。"或者是："实在对不起，我要关一下空调了，室温实在太凉了，请你再等我十三秒钟。"诸如此类。他把每一个举动的时间预估精确，而且说到做到。

直到最终放弃说服，他也不失佛罗伦萨式的风度："周末愉快，bye！"

他后来果真去了美国和欧洲，可能圆了他的佛罗伦萨之梦。他的照片出现在一本朋友寄来的英文杂志，是一张背靠沧桑老墙的满脸沉思之照，眼里透出无穷苦难和非凡忍受，完全是一个受难的东方耶稣，只是新近拉出的一道双眼皮让我陌生，让我看了好一阵才确认是他。这张明星照旁边有一篇文章《地火在中国》，是一名记者对他的采访。应该说，他的自我吹嘘不会使我惊讶，只是他内外有别的说话技巧让我刮目相看。就是说，他知道到什么山上该唱什么歌，在什么分寸上要悄悄带住，在什么情况下又可以大大越位，不经意之中把每句话往某些人心窝子里说，往某些人最想听的方面说。比方他现在是面对西方记者，弟弟的故事便在他的嘴里有了微妙改写：弟弟是一个叫"人民党"的地下组织的领袖（"共产主义"的限定语已经隐去）；这个组织是为了反对中国的专制，是为了争取民主和自由（"保护老干部""忠于党的事业"等一类国内版标签已及时摘除）；有 millions（数百万）

中国人因这一案件受到迫害（估计中国人大多不懂英文而且读不到这个杂志，不妨在数字后面随便加几个零）；这个组织是中国一九四九年以后第一个遭到镇压的异己人士团体（完全是欺侮一般西方人不懂中国当代历史）……最后，他还自称该组织领导人之一，当年虎口脱险，曾在中国南部大山的原始丛林里过了好些年逃亡生活，这一次不过是来欧洲募集国际社会的捐款，为众多受害者及其家属提供援助。

接下来的一些辛酸故事，是那些可以让三流记者摩拳擦掌然后可以让很多家庭妇女大动悲情的情节。比如，他说到《圣经》——他举起手中一本《圣经》，放在嘴边吻了一下，称那是弟弟的唯一遗物，因此他现在不论到哪里都枕着它，以表对弟弟的怀念。

他在哪个货摊上买来这个小道具？——我读到这里时真想笑。

记者的采访还在继续："关于肖寿青，关于肖的妻子和孩子，还有汉民当年在银行门前打劫的事。"

"完全是圈套，相当于希特勒当年制造的国会纵火案。后来有铁的事实证明，那家银行在警察指令下设计了这一事件，然后嫁祸于我弟弟！"

记者很满意："我们估计的也正是这样。"

这种说法我是第一次听到，不免有些吃惊。我也痛恨当年的警察，但警察竟然狡猾到这种程度，实在出乎我的意料。我想找到汉国，查证一下他说话的依据。不过眼下他是大红人和大忙人，找他实在太难了。电话打到他的公司，对方说他已经调往出版局。电话再打到出版局，还是一次次扑空。第一次，女秘书说他已经去参加优秀共产党员表彰大会。第二次，女秘书说他陪北京来的某首长去看望老战友。第三次，女秘书反复查问我的姓名和事由，见我不说出什么事由，就说罗副局长今天不接电话，她只能代为转达。

他还算念旧情,听女秘书汇报以后,把电话打了回来,问我有何贵干。

"我看了英国记者对你的采访……"我听到他的沉默,"关于银行门前打劫那件事闻所未闻,让我觉得很有意思……"

"什么银行?"

"就是你说的呵。"

他又有一段沉默,接着在电话里发出大笑:"老弟呵老弟,西方媒体的话你也相信?他们能拿出我谈话的录音吗?跟你这样说吧,我最近还要找律师,起诉《纽约时报》和台湾的《新新闻报》,他们也造了我很多谣,造成了很不好的影响。怎么能这样搞呢?太不像话了。只是我最近工作太忙,没顾得上这件事。"

他把电话挂了。

我无话可说。他做什么都滴水不漏无懈可击,让我最终说不出什么,也让其他任何人都说不出什么。也许,他眼下正冲着镜子做鬼脸,吻一下自己的英俊形象,憋不住自己的得意微笑吧?

十

春节长假通常是老同学们见面的机会。方强多次邀我去他家玩,但我每次进他家那张门,都发现他粘在牌桌边没法起身,只是遥遥招呼一声,指着桌上的香烟或者茶叶,要我自己招待自己。

有一次我没有预约闯上门去,看他有没有不打牌的时候。他不在家,在电话里对我说,他马上就回来,要我一定等他。但我等了一个钟头,两个钟头,直到出门时才看见他的满头大汗。走什么走?他抓住我不放,还让我看看他手里的一瓶好酒。知道我确实要去车站接客人,他才无可奈何把酒瓶交给他老婆。"那我们一起走吧,我还得到回厂里去,那里正是报仇雪恨的关键时刻!"

他当然是重返牌桌,连家门也无暇跨进了。

疤队长倒是从不打麻将也从不摸扑克,还能在同学聚会时陪陪我。但他现在更不怎么说话了,总是笼着袖子,给这个添添水,给那个倒倒烟灰缸,有时还去厨房里帮着洗菜或破鱼,忙得一声不响的。他脸黑多皱,过早地戴上一顶呢帽,像他爹当年模样的翻版。只有一次,不知是谁说起了马克思主义,他一时兴起竟打开话匣子,直说得面红耳赤两眼翻白,像要投入什么争论。他居然大谈辩证唯物主义,谈这个主义与形而上学不同,有三个基本定律,一是对立统一定律,一是量变与质变定律,一是否定之否定定律。知道不?三个定律之后还有十二个范畴,知道不?现在报纸上那些鸟人对这些完全不懂,只会做一些自己不懂别人更不懂的猫叫狗叫,完全是搞诈骗!

他激动得口舌结巴,见我并没多少响应和拥护,便把深奥理论继续说得深一脚浅一脚的跌跌撞撞,在迷阵里好容易探出头,还没喘上一口气,又一脚踏入新的迷阵,苦苦摸索而长途无尽。我很惊讶他还深藏着这一身功夫,不知道他什么时候熟悉了并且记牢了这样复杂的理论。

可惜的是,他的听众太少,除了我以外只有某位老同学的胖公子。"我们老师不是你这样讲的。"胖公子对他的教导不以为然。

"你们老师晓得个卵!他读过侯晋华的书吗?"汉军提到一个陌生名字,大概是他印象深刻的一位学者。

我自信读书不少但从未听说这个名字,胖公子更被这个大名镇得不敢吱声。

"他晓得斯托雷平是哪一个?晓得召回派是什么?"

胖公子更加傻眼。

"我们像你这么大的时候,字根本不会写得像鬼爪子踹的一样。出个墙报，办个展览，又是国画又是粉画，那都是专业水平。"

我这才记起他当年的图画。

正在这时，屋里有一桌牌和了，爆发出笑骂声，把胖公子也吸引了过去。汉军只好再次笼起袖子，一声不吭地把目光移向电视机，在以后的一段时间里不再说话。

我有些奇怪的是，他的声音越来越尖细，好几次让我误以为是女人在说话，不知是什么原因。

这种女人声音从不谈及他的父亲。我知道，他父亲被自己的烈士家属身份害惨了。尽管家人向他隐瞒了法院的平反通知书，隐瞒了报纸、广播和电视节目的有关宣传，也阻拦了所有记者对老人家的采访，但没有不透风的墙，老人家还是从邻居那里听到了什么。他曾经投河，被别人救了起来。他曾经上吊，被别人及时发现砍断了绳子。有一次，不过是夜里一次普通的停电。老人家表现出从未有过的狂怒，跑出门去大叫大骂，骂累了就去推邻居家的门，发现推不开，拾起一块砖头就砸门，吓得邻居以为来了江洋大盗。汉军赶到现场拉扯他，才发现他已经不认识家门了，也不认识儿子和邻居了。"这是我的家，你们这些畜生，为什么不让我进去？为什么不让我睡觉？你们拿手电筒来吓得住谁？……"

他全身颤抖不已。

在医院里躺了一两个月以后，他慢慢恢复了正常，能够重新与邻居打牌了，能够重新上街买菜了，能够重新在巷子里扫地并且与老朋友一起去钓鱼了。一场大病只留下了两个不太严重的后遗症：一是戒了酒，转而爱上可口可乐，一见儿子和媳妇就要钱，一有钱就去巷子口那个杂货店，转眼间就把钱变成可口可乐的空罐子，一个或者两个或者三个，丢在墙角或路边。二是喜欢宣传毛主席著作和党报的最新社论，包括赞颂中国女排和开展党风教育的各种要文。他找来纸和笔墨，把这些文章的段落抄写成小字报，拿到外面四处张贴，贴在电杆上或者墙头，贴在那些性病广告或招工广告的旁边。

城管队见这些乱七八糟的小广告就撕，撕得老人家十分愤怒。"你们胆敢阻挡我宣传毛泽东思想，小心人民砸烂你们的狗头！"他揪住一个大盖帽不放。

"老人家，你贴这些东西有谁看呢？有这些工夫，还不如去搓一把麻将。"

"你怎么知道没人看？无产阶级革命派心最红，眼最亮，永远忠于毛主席！"

"你以为还在搞'文化大革命'？"

"'文化大革命'怎么了？'文化大革命'有什么不好？你贪污一包烟，就贴你的大字报。你偷了一袋米，就揪你上批斗台。哪个敢乱说乱动？无产阶级革命派就是要把一切敌人打翻在地，再踏上一只脚，把'文化大革命'进行到底！"

"老鳖，你思想还蛮反动呵？"一个青年大盖帽想吓唬他。

"你这个杂种才反动哩。"老人家上前就是一巴掌，打掉对方的大盖帽，"你们这些假共产党，老子同你们拼了……"

混乱之时，一个比较知情的老干部赶来，劝开了冲突的双方，把老人家引到巷子口细说，还给他买了一瓶可口可乐。不过，等老人回家，墙上他那些招贴文章已不翼而飞，气得他呼吸粗重，满脸涨红，连连跺脚。"毛主席交给我一个重要任务，我没有完成，没有完成呵……"他老泪纵横，回到家里就要找绳子或者老鼠药。

汉军接到老婆的电话，赶回家来对自杀未遂的老人大发其火，转身又去偷偷求城管队网开一面，对那些小字报手下留情。他知道老爹破坏了市容，但他愿意为此承担罚款，或者出钱买下墙上的位置，就算让他爹贴贴小广告，不行吗？

有钱好办事，老人的革命宣传后来果然得到关照，可以保留三天或更长的时间。

老人比较高兴，抄写毛主席著作更加欢势了，经常背着手在巷子里走来走去，见到熟人就高声招呼，还偷偷地告诉汉军，好多人都来看他的小字报，好多人都看得眉开眼笑的。东风吹，战鼓擂，这个世界上谁怕谁？毛泽东思想越来越深入人心哩。

十一

汉军守着父亲近二十年，没过上什么轻松的日子。自从他所在的那个工厂倒闭，他拿着一份救济金，间或找熟人接点画广告或者搞装修的业务，手头还是越来越紧。连买包烟也只能冲着最廉价的牌子去了。他曾经与两个同伙做一笔油生意，不料卷入一桩假冒伪劣案，被警察抓进局子里关了几天，要不是一个警察知道他弟弟的故事，要不是方强托人搭救，他可能一脚踏进去就得好几年。

父亲的药费不能不付，城管队那里的墙租费也不得不缴，衣袋里的票子越来越不经掏。这一天，汉军实在掏不出什么了，只得把家里一个进口电饭锅偷偷提到菜市场，卖给了一个卖菜女。

老婆回来做饭，左找右找没有发现电饭锅，脸色顿时变得铁青。"他不疯，我就要疯了！"当即把淘了一半的米摔在水池里，水淋淋的指头指向丈夫鼻尖，"姓罗的，你再卖呵！你电风扇卖了，电饭锅卖了，你最好把电视机也拿去卖掉，把你儿子老婆也拿去卖掉。你不卖就是小婆子养的！"

"你讨打吧？"汉军压低声音怕老人听见。

"你打呵，有本事就打死我。你耍什么臭威风？你有威风到你老子面前耍耍看！你有威风到罗汉国面前去耍耍看！他罗汉国就不是你们罗家的人？他是来端过一天药还是喂过一天饭？他是来送过一次米还是来送过一次油？你一到他面前怎么就屁都不放一个？你胯里白挂了四两肉，何不早点去死？你死了老娘也好改嫁呵？好去做婊子呵？"

汉军翻出一个白眼，拍桌子大吼："你滚！"

女人一怔，捂着嘴跑到卧房里去了，在那里放出一线号哭。摔东打西的声音也噼里啪啦地传来。

汉军抽了一支烟，给父亲揉了一阵全身的骨节，在地坪里做了一阵煤饼，又回家淘米煮饭，最后走到床边冲着女人起伏的背脊瓮声瓮气地说："哭什么哭？觉得这里的日子不好过，你不过也罢。"

"你怕我不敢离？你以为你这里是金窝银窝？"

"反正你们洪家从来也看不上我，你们洪家都有钱，你们洪家都是人物，你早就应该听他们一言。"

"我就是后悔自己执迷不悟，我鬼迷了心窍才来做牛做马，我当初做婊子也不会这样人不人鬼不鬼！"

"我现在就写协议好吧？"

"你以为这吓得住谁？吓白菜呵？"

"我是说真话。"

"你敢写，我就敢签！"

"一言为定。你今天不签就不是人！"

"老娘不签就雷打火烧千刀万剐！"

妻子一咬牙，果然在离婚协议上飞快地签了字。第二天，汉军从外面回来的时候，见巷子口停着一台眼熟的红色的日本轿车，看来妻弟们的动作很快，要来接走他姐了。他停了一下，不知道自己此时应不应该进门，不知道面对洪家的人该说些什么。他想在墙上找到苍蝇或者蜗牛一类值得关心的东西，想碰到邻居然后有停下来说话的理由。他听见屋里传出妻子的哭声:"……我是要恨他,我是要恨他,你们讲的道理我都懂,但我怎么恨得起来呢?你们要我怎么走得出这张门?十八年了,我没法说他是个坏人,我没有办法呵。老天,我没有办法啊。求你们饶了我吧……"

一片静寂,接着有她弟的一句怒吼:"你是个猪!你是个疯子——"

两个女声也叽叽喳喳跟上,似乎是在继续规劝什么。

"我是疯了,早就疯了……"这是汉军听到妻子的最后一句。

他走出了小巷,走到了大街上,茫然地往前面走。夜幕开始降临了,路灯一盏盏亮起来,饭店酒楼里人潮涌动。他想买个馒头或者面包,但掏一掏衣袋,发现那里空空如也。他走到方强的家,还走到另一个熟人的家,但都是走到门口怯于敲门,只是在那里磨蹭了片刻,嗅了嗅门窗里飘出的熟人气味。

不知什么时候,他发现自己已经走到墓园,走到曾经地处郊外但眼下已被城区包围的山坡。母亲和弟弟的墓碑就在前面,已经差点被荒草覆盖。他坐下来,在黑暗中埋下头,突然捂住自己的太阳穴号啕大哭起来。

没有人听到他的哭声。

十二

我又来到了戥子桥五号。

我远远就嗅到了车前草的清腥苦涩——这些草长在墙根、井边、后院,有时也偷偷长在床下潮湿的角落。我还远远嗅到了麻石、青砖、朽木以及绿苔,嗅到了门前石阶的冰凉。我听到了大门吱呀一声如此耳熟,似乎门是被我在多少年前推开。我看着进门后左边第一间房子,第二间房子,还有右边和前面的房子,记得当年第一间房子的陈设和模样，记得这些房子当年在油灯下轻轻地摇晃。我看见木窗上有几处刀痕，还有更多的钉痕，还有厨房门后油漆涂下的"八十"两个字模糊不清，想不起这些痕迹后面的故事，想不起当年生活在这里的面容和神情。妈妈。

我见到了房子的主人，是一位姓张的老头儿，还有他的老伴儿，不知是这座房子第几任房主。他让家里的每一间房都堆满了玻璃酒瓶，说靠回收和洗刷这些瓶子能够维持生活。他们也在准备过春节，桌上堆着干肉、干鱼、红枣、年糕、烟酒以及瓜子花生，还有将要贴到门口去的红对联。远远的地方已经有爆竹爆炸的声音。

他问我："你是谁？"

我没有回答。

"怎么从来没有看见过你？"

我还是没有回答。

他说这里的房子都快要拆迁了，罗家的人早就不住在这里了，不知道住到什么地方去了。他说也有几个陌生人来看过这房子，打听过罗家的人，但近几年来已经渐少。有几次他开门的时候还发现门前有一束花，但不知是谁留下的。

我知道是谁留下的。

我轻轻地来，又轻轻地去，没有脚步声。我果然又一次听到身后吱呀的关门声于是暗自得意。我总是被误认为是一个敲错门的人，或者是一个无家可归的人，或者是一个上门推销挂历、袜子、打火机一类小商品的人，总是与你们擦肩而过。

二〇〇一年二月

> 最初发表于二〇〇一年《山花》杂志，后收入小说集《报告政府》。

报告政府

一

那天晚上闷热。警察把阿龙送进二号仓,把我带到九号仓。我还在回想阿龙刚才回头时恐怖的眼光,就听到一声大喝:"进去!"

身后有关门的咣当巨响,把我一个趔趄送进了黑暗。我在黑暗里摸索,瞳孔好一阵才慢慢适应昏黄光雾,渐渐看清了这里的砖墙。房子高得像一口方方的竖井。沉淀在井底的一些活物醒过来了,纷纷坐起来,或者站起来。二三十颗人头中,年轻人居多,也有几张皱纹脸。他们大多剃着光头,目光一齐落在我身上,透出一种发现猎物时的饶有兴趣。

"又来了一盘菜。"有人打着哈欠。

"带了什么危险品?"这句话像是问我。

我摇摇头,也不知道该不该摇。

"你是不是冬瓜头的人?"

我还是摇摇头。

没有人踹我一脚或者给我一耳光。这就是说,我刚才摇对了。也就是说,刚才这些话确实是问我的。

有人拽走了我腋下的棉毯。还有人开始翻我的衣袋,又在我的腰身和胯裆里摸了两把,一直捏到我的脚跟。他们肯定很失望,就像刚才搜我的警察一样,一边搜一边骂骂咧咧,气不打一处来。我此时真希望身上复杂一点,比方,有成千上万的赃款被他们一举查获,起码也要有点凶器或者白粉什么的,让他们搜得顺心一些。我固然清白无辜,但总不至于乞丐一样可怜吧?

可惜,我眼下偏偏就像个乞丐,很没面子,很没内容,只有刚领到的旧棉毯,一支牙刷也只剩半截。警察警惕一切金属物品,担心牙刷把也可以磨尖,长度足以抵达心脏,只给我一个没把的牙刷头。

"脱鞋!"这一命令好像也冲着我来。

我的鞋子肯定也让他们扫兴。鞋底里没有什么夹层。一双胶鞋不是什么名牌,好几个月没洗了,一定臭气冲天。

"对不起了,各位兄弟,我今天什么也没有,很不好意思。不过,过几天家里人会来看我的。我知道该怎么办。我一定不会让你们各位失望。今天请你们多多包涵……"我的声音哆嗦。

"还懂规矩吗。"一个小脑袋对我阴阴地一笑,"不过你今天搅了老子的好梦,早不来晚不来,老子一梦到表妹你就来。"

这能怪我吗?

但我得为此事抱歉,得为此点头哈腰。我从没见过这么多光头,没见过这么多邪恶的笑。也许是太拥挤,还刚进夏天,他们全光着油旺旺的大膀子,喷出一团团酸汗气,像一种半生半熟夹须带毛的咸肉刚出蒸笼。他们生活在蒸笼里,脾气想必高热和膨胀,哪怕是一句好话出口,都是凶狠狠的烙人。目光这么一盯,就能在我的身上戳个洞。咧开大嘴一笑,热浪就能在我脸上燎起火泡。想一想，这些阎王爷要收拾我的话，那还不就是捏死只蚊子？

"各位兄弟，各位大爷，我确实是冤枉，确实倒了大霉。是他们抓错了人。我不过是偷看了一下妓女。"

"这家伙偷看妓女！"有人大叫一声，引起再一次哄笑。

"我身体不好，从小就贫血，三岁得过脑膜炎，八岁得过肺结核，十八岁时的体重还不到一百斤。我今天从早上到现在还没吃过东西……"我信口胡编，想引起他们的同情。

"少啰嗦，你在外面打什么工？"

"记者，实习记者。"

"那你是大学生？"

"当然。"

"偷了文凭吧？"

他们又笑。有意思，记者也坐牢，教授也坐牢吧？什么时候抓几个教授来，让我们也听听教授放屁，看是玫瑰屁还是茉莉屁。有人这样说。

二

我注意到他们当中的一个人，一直伏在大床台的那一端，旁边有两个人正小心侍候他，一个给他打扇，另一个在他背上按摩，把他侍候得皇帝一样，只差没站上几个太监和嫔妃了。这个人一身精瘦，撅着颗小屁股，背上和胳膊有刺青文身，是梅花或鳄鱼什么的。一只眼混浊不明，还有点斜视，因此两眼放出的目光处于交错状态，一道正面射过来时，另一道朝右上方斜过去了，照管着墙上一个堆放杂物的隔板。我注意到，犯人们笑过以后都把目光投向他，似乎在恭候脸色和指示。

他懒懒地哼出一句:"说话乖巧,鹊子嘴。会唱歌吧?"

我不知道他交错的目光到底是在看哪个方向。

小脑袋立即冲着我大吼:"问你话呢!聋了?"

"是问我吗?"

"当然是问你。"

"是问……唱歌?"

"就是!问你能不能唱歌!快说!"

"能,当然能。"

"唱一个听听,唱那个……莫斯科。"

床上又丢来一句懒懒的圣旨。

我还是犯糊涂,不仅没法对接发令者交错的目光,而且不大相信自己的耳朵。莫斯科,是指《莫斯科郊外的晚上》吧?这是什么意思?枪战片突然切换成烹调节目,夜总会里冷不丁分发儿童课本,一定是视频信号乱套了。但几个犯人不容我检查视频,又冲着我大吼:大哥要你嚎春,你耳朵打蚊子?你娘的敬酒不吃吃罚酒?是不是要我们给你提提精神呵?……有人揪住我的耳朵,朝我屁股踢了一脚,让我把腰伸直一点,把胸挺高一点。他们只差没有塞来一支话筒并且升起大幕。

可这哪是唱歌的时候?哪是唱歌的地方?这里没有舞台也没有伴奏,甚至没有一口干净清爽的空气。这还是在地球上吗?我的母亲我的未婚妻我的朋友们是否知道我在这个鬼地方?这还是在人世上吗?我的母亲我的未婚妻我的朋友们此时正在何处?一天来的逃跑、抓捕以及审讯过去了,录像带快进式的让人眼花缭乱,我突然定格在这昏暗的灯光下,一头扎进这个汗气滚滚的蒸肉堆里,已经身软如泥和心如死灰,哪还有心情走向莫斯科手风琴声声的郊外?

深夜花园里四处静悄悄，
只有树叶在沙沙响，
……

我不能不唱，不能不打开僵硬的口腔。眼下就算是要我在粪池里扎猛子，好汉不吃眼前亏，我也只能闭着眼睛捏住鼻子往里扎了。我的音色和腹部共鸣一定镇住了他们，刚唱出两句，斜视眼就眼睛眨巴眨巴，一条缺水的鱼，在歌声的滋润和浇灌之下重新有了活气。他兴冲冲地在床上一跃而起，推开打扇和按摩的小伙计，找出一个笔记本，在本子里翻找着什么。也许是找到了熟悉的地方，兴起的地方，他情不自禁地跟着嚎上一嘴。虽然我紧张得有些气短，声音有时也飘忽，但他并没有什么不满。后来我才知道，相对于我的跑调，他的声音更是完全大撒把，一声嚎上去，又一声嚎下来，再一声嚎上去，一台没有方向盘的坦克，在人口稠密区横冲直撞，一再把我的旋律碾压得粉身碎骨。

"唱！再唱！还有第三段，妈妈的你唱呵——"

他碾得很开心，眉开眼笑地再点一首《亚洲雄风》。等我唱起了头，照例不由分说地上来添乱，每嚎出一拍就重重跺出一脚雄风，发出叭叭的响声。这还不够，他把几个塑料板瓢翻过来当作架子鼓，筷头在上面敲出鼓点，一扬手，筷头敲错了地方，敲到周边的脑袋上，敲得那些人吐舌头，做鬼脸，也嘿嘿嘿地跟着他发癫，放出一些牛喊马叫。

《妹妹你坐船头》更使他心花怒放，一身皮肉浪荡。他把一条毛巾缠到头上，又用衬衣在衣襟里塞出两个大奶子，在床台上扭腰肢，撅屁股，抛媚眼，抹刘海，再加上一些洗澡搓背或者骑马扬鞭的动作。有个犯人把一只鞋子递给他，他就把鞋子当作话筒，拿出大歌星的爱心，与台下听众一一亲切握手，包括把我的手也捏住摇了两下，赢得了满场的大笑和鼓掌——犯人们抓住任何一个机会拍他的马屁。

我没料到监仓里有这种疯狂，但庆幸他们已经忘记了我，入牢时免不了的毒打，看来让我躲过去了。

高高监视窗上传来一声怒吼："闹什么闹？"

"报告政府，我们……在歌颂祖国和伟大的党。"不知是谁在讨好。

"吃多了是吧？伙食标准太高了吧？"

大家朝窗口看了一眼，突然收声，各自偷偷溜回自己的床位。我还有半支歌在喉管里，也只能吞回去，迅速关机。

谢天谢地。我关机了。一台多功能多碟位的肉质 CD 总算可以撒尿了。我喉干舌燥，头昏眼花，找到了我的旧棉毯，找到了我的一只鞋和另一只鞋，开始寻找厕所，再寻找今夜的容身之处。我没有料到的是，当我跨过一些头脚交错的人体，蹑手蹑脚来到水池边，哗啦一声，两个纸包砸在我的脚跟前。

回头一看，是小脑袋冲着我一笑。"大学生，强哥赏你一个夜宵！"

哇——周围几个面黄肌瘦汉子都有狗鼻子，刷地一下坐起来，嫉妒的眼光在那些纸包上生根，口水的吞咽声丝丝入耳。

"对不起，对不起，我今天从早上到现在还没有吃东西……"我看看他们，来不及犹豫，更无心慷慨，两眼一鼓，喉头一滚，两块方便面，还有两支火腿肠，顷刻间就在我嘴里不知去向，连嗝都没有一个。我不相信自己已经吃过了，更无法知道方便面与火腿肠有何区别，只知道眼前的包装袋里确实已经空了。这就是说，我刚才吃过了。

"纸！"一个汉子大喝，指着我的纸袋。

我不知什么意思，把纸袋给他。

他接过纸袋，伸出灵巧的长舌，把纸袋里的面屑和油渍舔得干干净净。

到这时，事情算是完结了，一点希望也没有了，其他汉子这才怏怏地躺回去。其中有一个大概馋得恨恨不已，装作伸懒腰，把我狠狠踹了一脚。

我痛得好半天没有透过气来。

三

当时的监仓里又破又脏，简直是个垃圾站，既没有后来才有的电视和电扇，也没有后来才有的电视监测眼。在大部分时间里，这里是没人管束的自由世界，打架放血是家常便饭，拉帮结伙弱肉强食是必然结果，牢头也就应运而生。新犯人入仓，先得饱挨一顿杀威拳，从此服服帖帖效忠牢头，是第一堂必修课。

我听说过这种不成文的规矩。从进门第一刻起，我的膝盖就一直在发软，背没有伸直过，好几次差一点尿裤子。我没料到几首歌把最恐怖的第一夜混过去了，没料到牢头是个世界上最不懂音乐的音乐狂，没有什么心眼，刚好掉在我的饭碗里。也许我可以继续用唱歌稳住他，套住他，让他忘记杀威拳这回事。

第二天早上，我睁开眼，看见了一个陌生屋顶，不知自己在什么地方。过了好一阵，我才确证这是一个屋顶，是我往后天天要看到的屋顶。我拍拍脑袋，明白了自己身边不会有床头灯和电视遥控器，不会有牛奶和苹果，更不会有未婚妻的留言纸条……倒是有一只男人的大脚，带着一圈脚气病白花花的皮屑，还有脚趾间触目的黑泥，横蛮地堵住了我的嘴。

你他妈的脚往哪里放？我正准备开骂，突然想到昨晚上猛踢过来的脚，就是这只脚吧？莫不是一个杀人犯的脚？这一想，我再次避开它，宁可忍气吞声，不能惹是生非。

在脚的那一边，亮了一整夜的那盏昏灯之下，人影晃动着。有洗脸的声音、水盆相撞的声音，还有各种骂人的粗话，更有大小便噼里啪啦的喧嚣。我忍不住鼻子一酸，心想事情怎么成了这样呵？我好歹也是个大学生，好歹也是个发表过作品的歌坛新秀，甚至还快混成局长的乘龙快婿了，怎么一晃眼就睡在这大小便的声音里？我不会永远睡在一个公共厕所吧？

天啦，我当初不该去华天宾馆。我不了解小余他们，真以为他们只是去看看妓女，不知道他们是冒充警察敲诈勒索。我看见他们从宾馆大门里仓皇逃出，在一片"抓骗子""抓骗子"的喊声中跑得比老鼠还快。其实，当时我应该继续挑选我的歌带，继续喝我的可口可乐，不该跟着他们乱窜。我没诈钱，跑什么跑？有必要跟着他们跑吗？那一刻我肯定吃错了药，无异于做贼心虚，自跳火坑，送目标上门，刚好被真正的警察抓了正着。要命的是，我皮包里有一支走私手枪，虽然只是玩物，虽然在我手里从没真正用过，但成了这个案件最重要的物证。我跳到黄河里也洗不清了。

有两个同案犯逃脱了。在把他们抓获归案之前，在他们能够证明手枪的来龙去脉之前，我浑身长满嘴也没有用。我现在唯一能做的事，就是时刻祈祷他们早一点落网归案，虽然这种祈祷很不义气，很卑鄙小人，但此时此刻我别无选择。我一失足成千古恨，不可能回去关闭我的电饭锅了，只能听任桶里那只小乌龟活活饿死了，也没有机会把门钥匙柜钥匙箱钥匙交给未婚妻了。我捶自己的脑袋，掐自己的皮肉，但无论怎么掐也没法把时间掐回案发之前，没法把幸福的时光掐回去，让地球倒转一个圈。

"开饭啰——"

门外传来吆喝，还有走道上木桶和竹笤拖动的声音。其实，早上是不开囚饭的。只有那些在加餐卡上存了钱的人,有亲属心疼着和资助着的人,才可以吃上私费加餐,否则就只能饿着。我看出来了,这里的大部分人同我一样,只能舔舔舌头,吞吞口水,准备把空空肠胃扛下去。我还看出来了,牢头当然是例外。不管是谁点来了面包还是牛奶,点来了油条还是面条,首先都得贡献在他的面前,任他挑选和享用。等他吃饱喝足了,包括他的左右副手也跟着吃饱喝足了,剩下的才属于进贡者。只有到了这一步,他们终于等到了牢头的一个眼色,从远远观看的位置走过来,把残汤剩饭端回到那个角落,弓着背,缩着头,饭勺在饭盆刮出哗哗声响,不会有任何怨言。

我现在知道他叫黎国强,九号仓的一个统治者。仓里所有人的钱都是他的钱,所有人的财富都是他的财富。

他瞥见了我,把我叫过去,笑眯眯地丢来一个面包,让我受宠若惊。

"你说,谭咏麟算不算得上一条腿?"

"应该说,当然……"我揣度着他的意思。

"你实说,坦白从宽!"

"那还是……算得上的……"

"为什么?"

"人家音质好,呼吸控制得不错,有美声的底子。"

"不愧是记者!"他高兴地转向众人:"你们听听,我说谭咏麟是条吃菜的虫,不会比张学友差。你们这些猪耳朵还不服?"

有几个犯人应付了一丝干笑,表示认下了这猪耳朵。

他斜斜地瞥我一眼,"你以后就是我们这里的谭咏麟,是我的收音机。懂不懂?不过,昨天晚上我困了,没顾得上打你。"

我一口面包卡在喉头没吞下去,呆呆地盯住他,不知道他是什么意思,不知道他的分叉交错的目光里何处藏有真意。

"开学教育是不能免的。"

"求求你高抬贵手,放过我吧。"

"我第一次进仓,被别人放血,躺了三天。"他半躺在床上,架起一条腿,目光投向屋顶。

"大哥,我求你,我得过肺结核,还有脑膜炎后遗症……"

"要是怕挨打,那你就去打别人。"

"我从来不会打架,从来没有打过架,你看我这手杆,同鸡爪子一样,一打肯定骨折。"

"那怎么办呢?"他目光发直,"你以为这里是国宾馆?要你挨打,你又怕痛。要你打别人,你又手杆子细。好好好,这样吧,你就冲着这墙壁撞头,撞两下可以,撞一下也可以,咚咚咚,撞昏就行。这总可以了吧?"

我不敢相信还有这种优待,还没撞墙,两眼已经发黑。"你行行好。我以后天天为你唱歌行不行?说实话,我可以教你发声,教你识谱,教你唱气声。我会唱谭咏麟的《都市恋歌》《雾之恋》《曾经》《永不想你》《水中花》……"我把能想到的歌名都想到了。

他不耐烦了,再一次转向众人,"读书人就没有四两骨头,胯里不长毛,天天要阿姨喂奶吃。"

仓里的人大笑。

"他还不如老子的那条狗!"

要打!要打!要打!犯人们都兴奋起来。他们已经看出了领导意图,纷纷举手请战。强哥,把他交给我!黎头,我好久没锻炼身体了!大哥,我昨天输了三根烟,正憋着一肚子火哩,再说我还从来没打过大学仔,今天得尝尝鲜了……毫无疑问,这些家伙都挨过打,都有一肚子冤情和苦水,眼下好容易找到报复的机会,找到了恶毒施暴的对象。何况昨晚上我一个人独享夜宵,刚才又吃面包,差不多是无功受禄越级提拔,正使他们妒火熊熊群情激奋。

牢头一个面渣团子射出去,正中一个人的鼻尖,算是指定了打手。

四

打手就是那个小脑袋,昨天晚上给我夜宵的汉子。我这才发现他又黑又瘦,好像被人拧干了水,晒上几天,再拿去酱腌火熏,就成了这样的腌腊制品。他的嘴巴看上去没有嘴唇,不过是割了一刀,又薄又紧的皮层因此炸破,嘴巴就永远炸成了一个半开。要是笑一笑,他半张脸上都是牙。

我希望他不要过来,但他走过来了。我希望他们只是说说而已,希望小脑袋突然一笑,或者是牢头突然一笑,然后气氛完全缓解,大家接下来该干什么干什么。但我发现没有人笑。恰恰相反,小脑袋眼里透出满足和快活,兴冲冲地一步步向我放大。所有的人都跟着他拥了过来,你推我挤地争抢最佳观赏位置,似乎要细看我如何挣扎和扑腾,如何成为一只被放血的小鸡——这只鸡已经被对方一把揪住了领口,来了个全身向上的伸展运动。

"你是要长痛还是短痛呢?是要多留只手呢还是要多留只脚?"我没有听懂小脑袋的这句话。

"对不起了,我们前世无冤来世无仇,今天只是公事公办。"他叹了口气,"看你白嫩白嫩像个女仔,我也不想下重手。要不这样,你喊我三声老爸?"

仓里一阵狂笑,还夹着拍掌和跺脚的声音。不,要他做狗爬,要他钻胯,要他吹鸡巴!要他吹鸡巴!要他吹……

安静了。

其实不是安静了,是我在重重一掌之下失去了听觉。我感觉到自己在空中飘游,眼前只有几道黑丝静静飞旋,有些小虫子在爬动。在那一刻,也许我太恐惧、太绝望、太悲愤,一掌之下已经昏了头。不过昏了倒好,恐惧没有了,一下打没了,倒是有了魂飞魄散时全身上下的自行其是。我事后才知道,我不敢反抗但事实上反抗了,不敢出手但事实上出手了,虽然毫无获胜的自信但事实上一拳捅向了小脑袋的裤裆,操起一个饭盆又砸向他的脑袋,还飞起一脚猛踢他的胸口——这都是人们事后告诉我的,是我不怎么相信。他们还说我把小脑袋的头揪着撞墙的时候,声音竟像擂大鼓,但我也没听见。他们说我一口咬破了小脑袋的手,但我回忆不起这个血淋淋的情节。

总而言之,一段任人填补的空白记忆之后,我鼻孔里鼓着血泡,扶着墙喘了好半天,勉强伸直了腿。我以为事情还没完,以为脑袋和背脊还要迎接更沉重的打击,但不知道为什么没有人向我动手。我把目光聚焦,把几个人影看清了,发现小脑袋不见了。左右看了一阵,最后发现他躺在地上翻白眼,正被几个人用凉水冲洗。

他怎么了?他是被我打倒的吗?我不知道,只知道自己嘴里咸咸的,一吐,骨碌一下吐出一颗牙。

我摇晃着走向水池的时候,犯人们都给我让路,给我递毛巾,给我舀水,还有人给我塞鼻子的棉花团,争着大献殷勤。还有人朝旁人大喊:"你妈妈的欠打?还不快点去拿盐来!"我突然意识到,他们是在为我冲盐水。这就是说,我胜利了。的确胜利了。我胜利了所以也就是人上人了。我从此在这里也是个不好惹的角色了,不需要再看这个那个的脸色,不需要再弓着腰避让着这个那个。我终于用一颗牙和满口血泡泡的代价打出了面子和威风他娘的想怎么咳嗽就怎么咳嗽想怎么吐痰就怎么吐痰!我吐出一口血,用冷水毛巾久久捂住自己的脸,把嘴里的突然冒出来的一声大哭捂住,捂住,捂回去。

没有人知道我的泪水。

"谁再来试试?来呀!来呀!"我疯了似的大叫。

我只听到一片掌声。

可怜小脑袋过于轻敌,竟一个跟头栽在我面前,被我打得无脸见江东父老。他从此失去了在仓里的原有地位。不仅大家都笑他这一身伪劣皮肉,这一条无用的尿胀卵,黎头也只能顺从民意,觉得他连一个读书仔都降不住,便废了他的要职,不再负责保管方便面和火腿肠。他还受罚洗厕所一个月,受罚滚下了床台,搬到厕所边去开铺——那是全仓最差的位置,又潮湿,又脏,又臭。

他从此沉默寡语,偶尔咳嗽,背也弯了几分,只是很负责地擦洗茅坑。人家说那里已经擦干净了,他还是闷闷地擦。人家邀他玩扑克,他摸着摸着牌,一不留神又溜去擦茅坑,弯曲的背脊线在隔墙那边一冒一冒,让人莫名其妙地好笑。

他就没机会再把自己的尊严和地位一架打回来?据说他犯的是伤害罪,一铁铲把老婆的奸夫拍出了个脑震荡,又把自己的老婆一铲砍断了腿。这罪照说不算太重,他自己以前也不当回事,口口声声出狱以后还要追着狗男女再打,要一剪刀阉了那两个骚货。但自从擦上厕所以后,他就像换了个人,成天嘀咕着什么。旁人仔细一听,才知道他嘀咕着老婆要来害他,嘀咕着老婆会串通这个那个来害他,包括串通奸夫那个当县长的舅舅。某警察对他白了一眼,高墙外突然来了一部汽车在叫,某个犯人无意间绊了一下他的脚,在他看来都是他老婆串通正在成功的证明。

他还嘀咕着自己肯定没法活着回去,为此惶惶不可终日,总是注意着日历。据说每到重大节日之前,警察总是要毙几个罪犯,那么他肯定逃不掉。他还总是注意着伙房那边的动静。据说每到杀人之前，伙房里就会半夜里起来早早做死囚饭，切得萝卜或者南瓜嘣嘣响，那肯定是为他准备的。

每到这个时候，他就睡不着了，早早地起床，洗脸，抹身子，换上他一件皱巴巴的酸菜西装，是他当优秀售货员时的奖品。他还要对着水池里的倒影刮胡须——可惜监仓里不可能有剃刀，他找来一块玻璃片，在脸上刮来刮去。胡子没刮干净，脸上倒刮出了一道又一道血痕，像几道胭脂没有抹均匀。

这个胭脂脸站在仓门前候着，一候就是一两个时辰，直到仓门打开时，警察是来提别人问话或接见，不关他什么事。

但下一次，一听到伙房里大清早嘣嘣嘣地切菜，他又会去水池边刮脸。

最后，警察也觉得他有点问题，带他去了两次医务室，又把他调到了另外一个仓，看换换环境对他是不是有好处。我再也没有见过他，只知道他姓朱，外号贵八条，不知是什么意思。我曾经向送餐人员点了一份红烧肉，指定送给十六号仓的他，但我不知道他吃到了没有，吃到了多少。我希望那个仓的牢头能够多少给他剩一口。我更不知道这份肉会不会吓住他——他不会以为这是警察送来的死囚饭吧？

五

有很多这样萍水相逢的人，让我至今没法忘记。我还认识一个人，是个真正的死刑犯，外号"大嘴巴"。

那年头的死刑犯，一审宣判后就要上枷——不是戴脚镣，更不像现在戴那种五公斤以下的轻镣。脚枷又名"脚棒"，有传统文物的味道，粗大笨重，工艺简单，有点像铁路上的枕木，由前后两半合成。枕木中挖出了两个洞，枷住犯人的两只脚，使犯人无法走动，甚至难以站立，确有画地为牢之效。枕木两端有螺丝紧固，只能用特别的工具才可拧开。

这种脚枷可以防止死刑犯自杀，做出狗急跳墙的什么事，保证行刑的子弹在法律规定的那一天不会嗖嗖嗖地扑空。

大嘴巴一进仓就戴上了这种大脚枷，让我感觉到胸闷和胸堵，心里一阵阵发毛。当时警察带来两个"劳动仔"，就是那种已经结案的轻罪犯人，可以参加劳动的那种——警察让他们帮助大嘴巴洗澡，换衣，喂水，乒乒乓乓地上枷。大嘴巴还听老警察说了一些宽心的话，神情比较稳定，频频点着头。老警察分派我给他写上诉书时，他朝我淡淡一笑，算是感谢。

突然，警察发现脚枷的一个螺帽不见了。"螺帽呢？还有一个螺帽呢？谁拿了，赶快交出来！"他冲着大家吼。

没有人回答。

"不交出来是吧？搜出来罪加一等，你就死定了！"

还是没有人回答。

警察的目光投向小斜眼："看见螺帽没有？"

黎头不满这种目光，懒懒地说："你搜吗。"

对，搜！搜！搜吧！搜出来就剁爪子！搜出来就挑脚筋！搜出来以后坐老虎凳灌辣椒水！……光头们幸灾乐祸地大叫，好像都与这事无关，一心帮着警察愤慨。

警察有点疑惑，把大家的脸扫了一遍，大概估计这里一池浑水不浅，只好大事化小，自己找台阶下，带着两个劳动仔扛上脚枷走了。

不一会，他们扛来另外的一副，是一副旧枷，大概是用的时间长了，两个脚洞久经磨损，已经变大了，也润滑一些，戴枷人会比较舒服。

看着大嘴巴面色舒展了一些，我才明白螺帽是怎么回事——

肯定是刚才有人对那副新枷恨恨不已，与警察暗中斗法略施小计。

我不知道这事是谁干的。一直到我一年多以后离开这个鬼地方，也不知道这事是谁干的，就像我不知道监仓里很多秘密，按规矩也不能打听这些秘密，永远也不能说出这些秘密。比方我不知道为什么看守所有那么高的围墙，拉了那么多的电网，装了那么坚实的铁门，连一只蟑螂都混不进来，但居然还有蜡烛、香烟、味精、酱油、白酒混过了关卡，甚至有锉子、钉子、刀子、淫秽画片这些严重违禁品混进仓来。有的女犯竟然还在这里受精怀孕——这是一池永远不会澄清的浑水，你没法明白其中的全部故事。

六

警察带着劳动仔走了。大家一窝蜂凑到了大嘴巴面前，打听着他的来历和案情，原来他是个挖煤工，被矿主克扣了两年工资，往上告状，没把对方告倒，反而被矿主派人毒打了一顿，脑袋上的伤口缝了八针。他就是这样起了杀心。

他倒也不怎么后悔，说柴收一炷烟，人活一口气，他这一口恶气是出足了，值！太值了！法官曾告诉他，他只杀了六个人，不是他夸大的七个，因为有个孩子并没有死。他一听就惊讶："怎么没杀死呢？我补了一刀呀。"法官给他出示受伤者的照片，逼他承认杀人不够七个的事实。他看着照片直跺脚，扇自己的耳光："他不是那个伢吧？他怎么会是那个洪家老三呢？他活得好好的呀。老天！我要是没有斩草除根，他长大以后肯定会欺负我家笑梅！"

黎头历来敬佩杀人犯，听完案情以后两眼放光，给大嘴巴一个劲打扇，只是在后来的日子里，一激动就把大嘴巴"吴大哥"错叫成"高大哥"或"赵大哥"，叫错名字的时候不少。他命令手下人给大嘴巴喂饭，给大嘴巴揉脚和揉背，让死刑犯享受与自己差不多的上等人待遇。抬着大嘴巴去茅坑的时候，他干部参加劳动，撅着屁股，抬着脚枷的一端，一二一二一二地喊着口令，让大家步伐协调，防止东拉西扯。其实，他有点过分地多事。他不用这么吆喝，大家也能走得整齐的。看大哥便秘的时候，他表情再多也帮不上什么忙，一个劲地咬牙切齿，人家还是拉得出就拉得出，拉不出就拉不出。

"对不起，得罪你们了，我只能来世相报。"大嘴巴微微撅起屁股，让我屏住气息给他擦拭。在那一刻，我发现他突然汗如水洗，大概对别人擦屁股这一点紧张万分羞愧不已。

"说什么屁话！我们谁跟谁？"黎头不习惯他的客气。

大嘴巴不哭，不呕吐，不失眠，不拒食，不狂喊乱叫，没有死刑犯通常有的那些毛病，甚至对上诉也不感兴趣。他戴着脚枷端坐，只是经常呆望着高高的窗口，呆望着窗外的一孔天空，惦记着自己的家，特别是一个刚满八岁的女儿。一见日头偏西，他就说这个时候他家笑梅要放学了。一见太阳东升，他就说他家笑梅要上学了。这些话说了无数遍。他还说他以前每次从矿上回家，笑梅都要在村口等他，因此现在一闭上眼睛，就能看见女儿远远的眼睛。高墙外有一丝小孩的叫声传来，他都会浑身一震，然后说："这个伢可能也是八岁左右，是个女仔。"

这些话说得我心酸。

有一次，黎头给他一袋五香牛肉。他把小小真空袋放在手里搓捏好半天，正反两面反复看，说笑梅还没有吃过这新鲜玩意。他希望我以后找人把它带出去，捎给他女儿。

"你自己吃吧。"

"不吃了。再过三五天，我就要走了，还吃它做什么？"他摇摇头。

我听出"走了"一词不是去指散步或逛街或上班，吓了一跳，极力安慰他："你不要胡思乱想。你的上诉会起作用的，高院会考虑的，他们不是已经来问过话了吗？有个记者不是还说要为你说话吗？……"其实，我也知道这些安慰空空洞洞，我替他写的那份上诉毫无说服力。

他苦笑一下，说他杀人太多，杀得太毒辣，说上天，说下地，也是该抵命的。人民政府不杀他就是太无道理了，太不像个政府了。是不是？他只是有点怕死的时候太痛，样子也太难看。他听他老爹说过以前枪毙土匪的事，据说一梭子弹打过去，土匪的天灵盖就飞起几尺高，像旋出一顶什么圆帽子。还有一个女土匪，一阵枪声之下，两只漂亮的眼珠蹦上天，最后挂在树梢上，在太阳光下晶晶发亮，被小孩子当作野葡萄。

他问我："你说，人有灵魂吗？"

"我不知道。"

"我要是哪一天死了，能看见已经死去的亲人吗？"

"我不知道。"

"我要是能够投胎，能投到黄柏县高井乡去吗？你晓得吧？我家笑梅怕狗，上学不方便。我要是能变条狗，就可以护一护她。你说是不是？我要是变条狗，就可以在她门外转来转去。你说是不是？"

我激动地抓住他，"来日方长，有朝一日我出头了，一定去看望你女儿。只要我碗里有，就不会少她一口。你放心吧。"

"你是大恩人。我在阎王那里也天天为你烧香。"

他挣扎着要给我叩头。因为木枷绊住脚，他搅得咔嗒一声，没法站起来，只是额头在手铐上点了一下。

七

他走的那一天清晨,铁门突然咣啷大响,把我从睡梦里惊醒。几支白炽强光灯照射过来,使我什么也看不清。好容易躲开了强光的直射,我看见小脑袋又被来人推到一旁,看来今天还是不关他的事。他的胡须又一次白刮了,新衬衣也是白换了,早早起床也是白费工夫了。

几个武警士兵知道自己的目标,一进门就径直奔向大嘴巴,没等他洗脸和刷牙,就把他连人带枷抬起来,缓缓向门外移去。

大嘴巴转动颈根,朝我斜斜地看一眼,算是最后告别。

"兄弟,兄弟,你慢慢地走呵。"我鼻子一酸,轻轻地说,也不知道他听到了没有。当时仓里太乱,脚步声和吆喝声响成一片。因为牢门窄,脚枷长,士兵们无法把他平抬着出门,就将枷举起来倾斜了一个角度。这使他的最后出门是一种杂技动作,四肢舒展,在空中慢慢翻旋,有一种太空人遨游天宇的姿态。他叫了一声:"唉哟——"大概是脚踝被脚重枷别痛了。我事后回想起来,这一声轻得像蚊子叫,却是一个人留给九号仓最后的声音,真真切切地扎在我心里。

"你们手脚轻一点。"我忍不住请求那几个兵哥。

"听见没有?手脚轻一点!"有人却在我身后大吼。

仓里一片寂静。兵哥们回过头来,几支白炽灯到处照,寻找着叫声的来源,最后照在斜视眼的脸上。他抄着手靠在墙边,对白炽光既不退让也不躲避。

"你凶什么?想造反吗?"一个当官模样的人冲上去,手枪狠狠对准了他的前额。这等于给出一个信号。室外突然发出一片哗啦啦子弹上膛的声音。我到这一刻才发现,高高的监视窗外,全

143

是武警士兵们警惕的眼睛，还有黑洞洞的枪口。放风室那边也是一片应声而起的子弹上膛声。原来那里的天窗盖早已掀开，监仓像一口竖井暴露在旷野，井口周围布满岗哨，只是我们刚才并不知道。一见这边有反常事态，那边开始紧急增援，井口上整整一圈射灯全部打开，白炽光铺天盖地倾泻而下，刺得我们睁不开眼睛，照得连任何一只蚂蚁也无处藏身。井上的兵哥们纷纷大吼："不准动！不准动！两手抱头！全部蹲下去！都蹲下去！……"

我们都吓得抱头蹲下去了，只有黎头还是横着一只眼，额头紧紧顶住手枪，甚至顶得军官退了一步："我要你们手脚轻一点！这是抬人，不是抬猪！"

"反了你？对抗执法，格杀勿论！"

"你杀呀！杀呀！孙子！"

"你以为我不敢杀你？"

"老子今天就是想死！你不在我脑袋上打十个洞，我同你没完！"

黎头今天已经疯了。

他断不会有好果子吃的。我的心已跳到了喉头，怕军官一气之下，稳不住指头，黎头的脑袋就真要穿个洞，透透风，一注鲜血喷上墙。如果再加几个当兵的稳不住指头，我们大家今天也会一阵狂舞乱跳，落下全身的筛眼。幸好此时有一警察插上来。"强仔你疯什么疯？找死吗？你有几颗脑袋？今天要不是没时间了，非整你个出屎不可！"他哗啦一声把黎头双手铐住，算是搅了局，然后招招手让兵哥们离开。

一道道白炽电光也渐次熄灭，门外和屋顶的嘈杂脚步声陆续远去。但我们都没说话，也没话可说，一直等到天放亮，等到一块方形霞光从监视窗斜斜地照进来，然后在砖墙上移动，拉长，变形，变成不规则的长锥形，最后变成一束稀薄而涣散的斜线。

高墙外有远远的一声牛叫，吓了我一跳：是大嘴巴报来什么消息吗？大墙外又有远远的几声打桩机轰响，又吓了我一跳：是大嘴巴咚咚的心跳吗？还有一个声音，初听像小孩叫声，细听像小孩叫声，听来听去，发现它确是小孩的叫声。

我发现，原来任何一种熟悉的声音都会变得陌生。

送餐人员来吆喝了，但没有人打门要餐，也没有人拿自己的东西来吃。我们只是呆呆坐着，说不清自己为什么难受。

这一天我做了个梦。我梦见自己把一支粉笔当作香烟，把粉笔的一端蘸上红墨水，就成了点燃了的烟头。我叼着这支假烟，很像一个便衣警察，大摇大摆地往门外走去。警察们没看出我嘴上的假烟，没看出我狡猾地隐藏在一支假烟之后，一个个都向我微笑，点头，打招呼，傻乎乎地纷纷让路，听任我迈着八字步走出了第一道大门，走出了第二道大门，一直走到了大街上的人海里，一路上如入无人之境。

我醒来以后，不知这个梦是什么意思。

八

那时候没有室外放风制度，只是每个监仓配一间放风室，两室之间有门相通，像个左右套间。遇到天气好的时候，警察揭开放风室的天窗盖，差不多是掀掉整个屋顶，让阳光穿过粗大的钢筋栅栏投射下来，散一散室内的潮气和臭气，就算是放风了。这比室外放风要安全得多，简便得多。警察们肯定是这么想的。

一般来说，水池与厕所也在放风室里，不过看守所超员羁押，每个放风室总是躺着密集人肉，相当于客厅和厕所都成了卧室。

除了去接见室或者谈话室，我们被六面墙团团包围，从不能越牢门半步，眼里既没有草木和泥土，更没有以前生活中的人面。

接见室里墙上的一个圆家伙,是叫挂钟吧,很像一个挂钟吧,经常能陌生得让我吓一跳。我发现自己差一点忘记了挂钟,于是紧张地试着回忆以前一切熟悉的人名、地名、物名,试着想象那些东西的形状、颜色以及气味等等,担心这一切会变得模糊涣散,在这个六面墙的洞穴里逐步消失,漏到地底下去。

放风室里那一块方形天空,如果能够向我们开放,就是我们平时唯一能看到的世界了。那里可能有一只麻雀停栖,一只蝴蝶停栖,或者是蓝天里有一丝白云悠悠飘过,让你忍不住要东想一下,西想一下,其实什么也没想。我总是试图抓住这块天空中的任何一丝变化,努力推想外面的季节、环境以及可能的生活情景,确证这个洞穴还在世界上,还没有被世界抛弃,没有坠向太空中越来越远的深处。

别看有些人嘴硬,其实没有人不怕坐牢,没有人不怕自己落在这一块方形天空之下。一到了这里,眼光有极度的饥渴,灰色的日子漫长得让人发疯。哪怕是最硬的汉子,从接见室里回来,在半夜里醒来,都可能忍不住两行泪水。哪怕是最文雅的书生,为了半碗剩饭,或者一个烟头,都可能在这里勃然大怒大打出手,越活越像头野兽。

打架在这里是常事。很多时候,你不知道是光头们为什么而打,甚至不知道是什么人打什么人,只知道仓里一眨眼就地动山摇昏天黑地,像夯地机一通电就开始抽风抓狂。有时候你甚至觉得每个人都在向其他人开战,每个人都是见人就打,没有什么营垒和阵线,打来打去也没有目的。一场恶战下来,有人少了几撮头发,有人的手腕换了个角度。但完成这一切以后,大家一哄而散,该睡觉的睡觉,该搓脚的搓脚,如同什么也没发生。

警察们对这些差不多司空见惯,有时候抓两个打手到院子里教训一番,也管不了下一回。他们甚至问不出什么结果。不光是打赢了的不会说，挨打的也绝对嘴紧，总是露出一脸茫然，与囚友们面面相觑，好像这里一片祥和太平，没有什么事值得政府操心。至于他们嘴边的血污，肯定都是自己"摔伤的"或者"碰伤的"，不值一提。

世界上有很多动物园。但这里是人的动物园，是人们恢复利爪、尖牙、尾巴以及将要浑身长毛的地方，是人们把拳头和牙齿当作真理的地方。你不服气吗？还想来点喷上了香水的什么人格呀、尊严呀、民主呀、法制吗？还想象抹了胭脂口红的少先队员那样来呼唤爱心与和平吗？拉倒吧。我在一本书上读过：猴子有猴王，蜜蜂有蜂王，鱼群里也有头鱼，没有平等可言。特别有意思的是，头鱼大多数是残疾，不是身经百战伤痕累累，就是有点神经分裂症或者更年期综合征，因此特别顽强和凶猛。养鱼人知道这一点。他们通常会故意把某条鱼搞残疾，这样它就可能成为头鱼了，就能使鱼群得到秩序和安定了。没有头鱼的鱼群，只是苟活一时的零食。

我们的头鱼也是残疾。我看过他接到的起诉书，给他写过上诉材料，知道他刚满二十岁，是乳臭未干的小毛头，照理说只合适在街上卖卖报纸，擦擦皮鞋，扛一桶矿泉水爬上高楼，是赚点小钱的那种人。但他居然当过大街上的菜刀队队长，在南门口到新新商厦一带颇有名气，断过两根肋骨，背上有三四条刀伤，可说已身经百战。这一次入狱的事端，就是一刀捅进人家的胸脯，只因为刀子被骨头卡住了，实在拔不出来，才没有再捅一刀，留下了对方一条性命。

不过，从我认识他起，我倒没见他动过手，大概他人小威大，一般用不着自己亲力亲为。我曾经好奇他的威从何来，老少犯人们也说不大清楚，甚至觉得这个问题很奇怪。这样说吧，他敢于在枪口之前与警察叫板，言人之不敢言，为人之不敢为，就是一种大威。他可以把图钉尖朝上，然后一巴掌把图钉拍进自己的手心，也是一种血淋淋的威。他还可以与人打赌，一口气吃下两袋味精，吃得嘴唇都乌了，两眼发直，全身有一种触电后的痉挛，脑袋不由自主地朝两边甩，那当然更是一种疯狂的威。

他还吃过一斤生猪肉。据说他喂养过大狼狗，给大狼狗喂生肉，发现吃生肉的狗最勇猛、最凶悍，自己也就跟着吃。

凭着这一切，小斜眼享有至尊的地位和无边的权利，在监仓里咳嗽一声，就有全仓的鸦雀无声。不仅早上有人替他打水和挤牙膏，不仅晚上有人替他铺床，他喊一声"电扇"，就有人给他大摇蒲扇，他喊一声"收音机"，我就得放下手里的事情，赶紧给他开机和选台——虽然少了一颗门牙，但得播放出各种男声和女声，高声和低声，再加上前奏和过门的各种音乐。包括沙锤、钢鼓、长号以及萨克斯，全都行云流水上天入地并且闪耀着伟大艺术的光辉。我捏住一只鼻孔大摇手掌，摇出的二胡颤音，自己也觉得十分动听。

"我也见过苏什么，苏芮吧？"他淡淡一笑，"那次我在广州同几个弟兄扯扑克，咣咣咣，把他们打得两眼黑，一个个滚到桌子下面。听说有苏芮的演唱会，我召了一部的士直奔越秀公园。我到那里发现没有票了，咔嚓，老子给门卫一个眼色，刷，两张纸往他口袋里一塞……"

我发现他描述往事时，一高兴起来，最喜欢用象声词，就像话语里夹进一些打击乐。比如递眼色是"咔嚓"一声的，塞钱是"叭"的一声的，还有灯光亮了是"咣当"一声的。他的开心事都是铁罐子木桶子，在脑子里碰撞出一路的声响。我相信，他的偶像一定更热闹无比。刘欢是大胖子，出场想必是轰隆一下。程琳是瘦小精灵，出场想必是吱溜一下。费翔英俊潇洒，目光肯定锐利得刷刷刷。邓丽君小甜妹的脚步呢，必是咿呀咿呀在心窝子里揉。

"你怎么一嘴的打击乐?"

"什么打击乐?"他睁大眼。

"也就是递个眼色,咔嚓一下做什么?"

"我咔嚓了吗?"

"你刚说的,自己就忘了?"

"你胡说。"

"我怎么胡说?要是有个录音机,叭叭叭,全给你录下来!"

事后一惊,我也学会了象声词"叭叭叭"。这真是没办法,同他一起混久了,我脑子里也多了些莫名其妙的动静。

他虚心地向我学唱音阶,学识简谱,还记下了很多歌词,记在两个笔记本上。笔记本花花绿绿,一些歌星头像的剪贴,来自破报纸旧杂志。一些用彩笔描出来的山水、花朵、青松翠柏什么的,装点着各种歌词。其中大部分是流行歌,无非是爱情呵泪水呵小雨呵花朵呵昨天呵黄昏呵孤独呵,粉红得厉害。他的错别字太多,总是让人连读带猜,硬着头皮看甲骨文。

但他的五音不全一次次让我失望,糟践艺术的恶习更让我经常气愤。《恰似你的温柔》在他嘴里恶声恶气,成了掐死你的温柔。《酒干倘卖无》开头两句本来是:"多么熟悉的声音,伴我走过了多少风和雨……"但他心里一邪,常常唱成"多么恐怖的声音,陪我多少次抽脚筋……"还有一首《听妈妈讲那过去的事情》,里面有两句:"我们坐在高高的谷堆旁边,听妈妈讲那过去的事情……"他一高兴就唱成"我们坐在高高的骨灰缸边,听妈妈讲那锅里的烧饼……"

他有时还强迫大家一起来糟践艺术。有一个福建籍的老光头,把任何歌曲都当安眠曲,谷堆旁也好骨灰缸也好,他一听就呼呼入睡,放出尖锐的鼾声,使歌手觉得大煞风景。

黎头对他从来没有好脸色，看他上厕所就脚下使绊子，有一次还借口那家伙把"馒头"发音为"慢猴"，对闽南方言勃然大怒，说这老货进仓两个月了还不会普通话，简直不是个人，命手下人扇他两耳光。

"到底是馒头还慢猴？你说！"小斜眼揪住对方的耳朵。

"馒头，馒头！"

"再说一遍。"

"馒头！"

黎头这才松手。

说实话，这里不是播音室，普通话就那么重要？何况黎头自己的京腔也是狗屎团子。但大家敢怒不敢言，身处牢头的淫威之下，折磨着自己口腔舌头，还是尽力挤压出一句句中国外语，反而让人没法懂。

同样道理，监仓也不是军营，把口杯放成一条线，毛巾挂成一条线，棉毯折得四方四正有棱有角，这些黎头立下的规矩也十分可笑。他一时心血来潮，是不是要把我们统统培养成纪律严明的特种部队？是不是要争创模范卫生单位？我后来也蹲过别的仓，当劳动仔时还到过其他仓干过活。我发现很多监仓一点组织纪律也没有，犯人们吃饭时分成三国四方的这一"锅"那一"锅"，有了纠纷时找不到联合国，找不到维和部队，一口饭都吃不安稳。那些监仓更没有卫生执法和语音学执法，文化档次太低了，经常乱得像狗窝猪圈。这样一比，九号仓虽然也是奴隶社会，但至少是个比较整洁有序的奴隶社会。我对此似乎不应有什么怨言。

九

因为会嚎春，黎头对我比较器重，有时拍拍我的肩，赏我一支烟，或者一个没吸完的烟头，让我止止瘾。他经常对我没头没脑傻笑一下，没有什么下文。见我胡子长了，觉得我不讲卫生，面容很不艺术，拿来一个牙膏皮做成的胡夹子，定要为我夹胡子。他不知为什么对夹胡子有极大兴趣，曾在很多人脸上操作这种手术，并且享受了充分的快感，因此决不会放过我这个工件。但他哪里是夹，分明是扯，是揪，是野蛮施工，夹得我的两腮一阵阵麻辣烫，实在痛苦难当。但再痛这也是领导的关怀吗，再痛也比挨打要强吗，我只能忍着，说他夹得好。

他有时也要我给他夹，指导我操作牙膏皮的技术。奇怪的是，不管我如何夹得重，他眉头都不皱一下，从没什么感觉。

夜晚太漫长，仓里有时会举办晚会，叫花子穷快活一下。他在这时总是把我叫到他身边坐下，权当是他的艺术参谋长，行使评审节目的大权。其实这些节目都算不上什么，除了唱唱歌和讲讲笑话，剩下的就是瞎胡闹。一个叫"老猫婆"的走走猫步。一个叫"唐老鸭"的学学鸭叫。一个叫"老鼠"的就在人缝里钻来钻去，在旁人的膝盖下或胯下"打地洞"。一个叫"雄鱼头"的没什么好表演，就在地上翻跟头，嘴里胡乱吼上一通，听上去不像是雄鱼倒像是林子里的狗熊……这些动物名字都是黎头派定的。他觉得张某某胡某某这些名字太复杂，叫起来也没意思，不如一律简化为动物，或者简化成"收音机""电扇""楼梯"一类工具，世界就简单得多了。他觉得世界上有动物的名字和工具的名字，就足够了。

如果节目出尽时间还早，他就要大家摔跤打架。

锻炼身体，保卫祖国！
锻炼身体，建设祖国！

动物们和工具们高喊口号，各就各位，摩拳擦掌，一边号叫一边撕咬和扑打——这就是九号仓以武会友的每月擂台。黎头一高兴，召集我这样的评委，评出一等奖、二等奖、入围奖什么的，相应地奖出饼干或者香烟。说实话，有了这种物质刺激，没有哪个不会眼睛红红地发起猛攻。

这一天我们疯过头了，只顾着跺脚和鼓掌，没注意牢门不知什么时候开了，更没有注意鬼子偷偷进了村。当时我们取笑一个败下擂台的麻子，正在大声背诵一首骂麻子的民谣：筛，天牌，烘篮盖，雨打沙台，虫子蛀白菜，石榴皮翻过来，长街烂泥走钉鞋，满天星斗无云遮盖……我突然看见坐在对面的几个人空张着嘴，一脸的表情凝固，这才领悟到我身后发生了什么。

回头一看，是车管教那一张阴沉沉的脸。

要死，今天怎么这么巧！他脸上也有两三颗阴麻子。

"念呵，怎么不念了？"他笑着问大家。

我们不敢吭声。

"普通话说得比我还说得标准吗，朗诵也很整齐吗。是不是想到北京去汇报演出？"

有人急忙献上两个苹果，想讨好或者通融一下。"报告政府，我们是笑邱麻子，绝对只笑他一个人。我们对您是无限尊敬和无限热爱的，吃了豹子胆也不敢同政府作对。我们觉得政府今天好靓丽，好光彩……"

这真是越描越黑，揭疤抹盐，气得车管教一脸通红，啪的一下打掉苹果。"聚众喧哗，违犯监规。说，谁带的头？"他把我们的脸一张张看过去，指着我们的电棒一直在颤抖。"好吧，你们不说，你们有种，给老子玩邪的。把这里当成了渣滓洞和白公馆？想玩一盘宁死不屈永不变节是吧？要迎接解放绣红旗是吧？嗯，想得好，很好。只是都没睡醒。"

他嘴皮包住两颗龅牙,一个小脑袋支着两只招风耳,一看就是个机灵人,阴毒主意不少的人。老犯人都说他平时惩罚人的方式花样百出,一只蚊子专咬你的脚踝骨,一根刺专扎你的指甲缝。这一次,他的想象力还不算丰富,没有罚我们到院子里的水泥地上暴晒,也没有罚我们去跪瓦片渣子,只是用电棒逼着我们继续玩游戏。玩法当然要改一改:围坐一圈,击鼓传花一样打耳光,算是互相醒脑,集体受教,不用他来动手。

"不打不成人呵。"他语重心长地说。

大家对新玩法不很适应。一耳光打给下方,下方本能地跳起来反击,耳光就没法往下传,整个规矩就乱了。只是经车管教再次教练,大家才慢慢克服本能,眨眨眼,想一想,弄明白自己出手的方向。这样,一阵噼噼啪啪下来,总算把耳光传得很顺利,但人已经晕了一半。

在他叫停之后,我几乎没听清他说什么,只听到最可怕的一句:再玩!

又是几轮耳光传递,大家都头昏眼花,渐渐有点看不清人了。天旋地转之中,我觉得旁边有个家伙的上身与下身已经错位,另一个家伙的脸则窄成了一条线,黎头则在一个劲冲着我笑,身子一张纸片似的在风中飘摇。我肯定也是傻了,大祸可能就是在这一刻铸成。

不知什么时候,有了锁门声,是车管教走了。我还没来得及高兴,扑通一声来了个狗啃泥。

"你这个臭杂种没王法了!"我听到黎头在大叫。

我后来才知道他是骂我。我后来才知道事情是这样的:刚才我坐在他上方,耳光都扇在他脸上,早已使他怒不可遏。一不留神就把他打重了,更使他狂怒无比。可我有什么办法?我也是受害者呵,被我的上方打得更重呵,左脸早成了一个热面包。我那一刻只惦记着身后晃悠的电棒,哪还管得住自己出手的轻重?

他揉着自己的腮,狠狠地啐了我一口。动物们和工具们立即遵令上前,一张棉毯蒙住了我,对我来了一通黑打。这些王八蛋落井下石,冤不找头债不找主,把我当成了今天的出气筒。

十

黎头是个半文盲加法盲。他的上诉书我根本没法写。如果我告诉他,杀坏人与杀好人都是杀人,在法律上同罪,没有什么不同,他一定会惊讶得两眼圆睁,好像我是一个火星来客,头上顶着鹿角,两腮支着鱼翅。

如果我告诉他,法律就是法律,一般不考虑强盗在打杀时是冲在最前还是躲在最后,在逃跑时是溜得最快还是撤在最后,在分赃时是比较贪心还是比较大方……法官不会在强盗中评选劳模,而且越是有劳模品格的强盗,有时越会遭到法律的严厉打击。他对这种说法肯定更会惊讶得缺氧,好像我不光是个火星来客,而且一步步精确计算,硬是把一加一算成了一万。

这样说吧,他也许知道什么是犯罪,但脑子里另有一套歪理邪说,出口就是胡言乱语不着边际。比如,他看不上贪污受贿,不是因为别的什么,只是因为它武不武,文不文,只是依仗权势和关系,不劳而获欺世盗名,好汉不为也。他也看不上盗墓、扒火车、撬井盖、割电线,不是因为别的什么,只是因为它们太累人,简直是重体力劳动,搞得一个个黑汗水流,气喘吁吁,就像乡下的农忙,一点都不爽。用他的话说,可以流汗的地方满世界都是,那些鸟怎么喜欢流汗?怎么不到祖国大西部去搞开发?

他最蔑视的罪行要算嫖娼了,尤其是"因公嫖娼"——这是一个嫖娼犯的说法,指消费公款的公关接待活动。

这个嫖娼犯是个山东大汉，仪表堂堂，算得上小帅哥。他刚来我们仓时，对门十四号仓的牢头还通过劳动仔捎来口信，说这家伙有钱，是老七的好朋友，要黎头多加关照。黎头还算讲规矩，一开始就让嫖娼犯当上了上等人，可以随牢头一起进餐。对方也够朋友，面子大，一来就获得管教批准，带来了四箱饼干和面包，两箱鱼干和咸鸭，外加两箱矿泉水，差不多满满堆了一个屋角，让全仓的伙食标准大大提升，令众人喜出望外。只有雄鱼头有点悲从中来，美美地咬了一口咸鸭，感叹他儿子没跟着他享上福，恨不得儿子也来蹲仓。

"哎呀，他上次帮别人销赃，本来是可以进来的。后来就是工商局插一杠子，只判了个罚款！"雄鱼头遗憾地说。

不过，嫖娼犯太多话，一旦吃饱喝足就开吹，说这个城市最大的立交桥就是靠他引进资金建起来的，说这个城市的新机场也是靠他的关系才得以立项。他还认识市长、厅长、中央军委秘书、国务院副总理的媳妇，等等，同他们三天两头就要在一起吃饭的。尤其是同黄副省长一家人，几十年来从不分你我，五粮液一喝就是半箱，一瓶瓶地吹，咚咚咚，开五粮液就像开矿泉水。他说形势发展太快了，他现在正操心两个新项目。一是要把港口整个卖给美国，一共卖十二个亿，一个子也不能少。这事已经谈得差不多了。二是要把整个城东区的改造承包给日本公司，由他来做第二轮主谈代表，这样不仅可以在这里再造一个香港，还可以解决十五万人的就业问题，让全市的经济增长至少增加两个百分点……说到这里的时候，他还捡一块枯泥，在地上画出新开发区的轮廓，说金融区在哪里，电视塔在哪里，哈佛大学的分校在哪里，迪斯尼乐园在哪里，沿湖绿化带是什么模样。一些犯人围在他身边，撅着屁股看规划，对画在地上的新生活啧啧惊叹，充满了无限向往。不过有时也问出比较愚蠢的问题，比如迪斯尼是什么意思呢？这让嫖娼犯一阵好笑，不过最后还是耐心给予解释。

当时，小脑袋还没有结案，一直以为自己是死罪，虽然听不懂嫖娼犯的话，但模模糊糊知道是好事来了，还知道模模糊糊的好事与自己无关了，于是更加悲哀，一连两天没怎么吃饭。

很多人已经看出嫖娼犯的身份不凡，忍不住凑到他身边，向他打听一点有关法院和官场的情况，希望他帮个忙，关心一下小弟的案子。他倒是个热心人，有求必应，不仅详加询问和指导，还闪烁其词地许诺，比如说："你的案子我会注意的。"或者说："你放心。我事情再忙，时间再紧，该管的事还是一定要管。"或者说："你不要急。你在这里安心改造。等我出去以后，我看看，我看看……好像王处长是管这一方面的吧？要是王处长不管，刘处长肯定会管。"他没有说明王处长和刘处长是谁，没有说明他找姓王的或姓刘的要干什么，但这一类含糊已经足够，已使很多人深受鼓舞。

"你说这事还要等多久呢？"有人这样问。

"唉，不会太久了，不过要紧的是政策还没有落实到位呵。"这种回答不知所云，只是让旁人一头雾水，又不好再问。

黎头本来也想去问问案子，但一直没怎么听懂对方的话。"市场化的体制框架还要进一步完善"，"这件事必须经过党委的集体研究"，"普法教育一定要落实到基层"，这一类奇怪的话灌下来，黎头只能目光迷离哈欠连天。

对方说到什么单位和人，还总是不忘了指明级别：看守所，顶多是个副科级吧；建设银行的分行，顶多是个副地厅级吧；福海寺的智海法师，算什么呢？他有什么样资格坐二点零的广州本田？怎么可能有那个待遇？这个事，宗教局也不来管一管，都是白吃饭的官僚，太不应该了，太不应该了！——他愤愤地把矿泉水瓶子狠狠地摔向墙角。

黎头吓了一跳,回头对我说:"这家伙脑袋进水了吧?"

"听他口气,倒像是个干部。"

"干部就这样子?那还不把老百姓统统搞蠢?"黎头十分困惑,也十分不满,"这号鳖,只有用扫把抽屁股,用鞋底抽耳光,逼他每天挑一百担大粪,他就会讲人话了!"

我从黎头的眼里看出,有什么事情要发生了。

十一

黎头夹光了胡子,梳齐了头发,以水代油把头发抹亮,换上一件洗过的衬衫,兴冲冲地召集众人审案。这种审案其实也是娱乐,无非是让犯人们各自交代案情,可能的话,还要表演案情,比如,盗劫犯表演撬锁盗车或者飞檐走壁,诈骗犯表演假钞调包或者扑克调包,扒手小偷则表演两指神功,包括在开水盆里取硬币——没等你看清楚,五分钱硬币硬是从水盆里夹了起来,手指还真没烫着。这一切让我大开眼界。

在我看来,这些老老少少其貌不扬,其实是高手如云,在这里岗位练兵,经验交流,犯罪综合素质必将大大提高。

见大家已经表演完毕,黎头把目光投向嫖娼犯,意思是现在轮到你了。

嫖娼犯一惊,有点意外地红着脸,浑身上下不大自在,假装糊涂地朝身后看一看,发现身后没有人,实在没有可以拿来误解和搪塞的东西,就说时间不早了,睡觉吧,睡觉吧。

牢头巴掌一抬:"怎么?看弟兄们不来?不给弟兄们面子?"

"兄弟,我那点事能做不能说的,怎么上得了台面?再说你们也肯定看过黄色录像带,还能不知道那点子事?"

"我们今天就要是看录像带。"

"看立体录像带!"有人追了一句。

"我年纪这么大了……其实要不是为了公家利益,要不是为了引进外资,我会去干那种事?"

"你是不是一胯的梅毒疮,怕我们看见吧?"

"别开玩笑,别开玩笑……"

大家笑了。我这才听出,黎头今天出言不逊,有点来者不善,大概是存心杀一杀对方的气焰。其实,嫖娼犯牛皮哄哄,但为人不算太坏,至少对弟兄们还算大方,黎头为何没有容人之量?我不敢把这话说出口,只是看着嫖娼犯插翅难逃,不敢抗命,忸忸怩怩好半天,马马虎虎脱了一下裤子,算是应付差事。黎头见大家都笑了,没再说什么,抽完一支烟就去睡觉。

还算好,小斜眼今天没有太为难对方,大概是顾及对方的年龄和身份。但接下来的日子里,嫖娼犯颇有挫折感,不怎么说招商新项目了,好像当众脱过一回裤子,暴露了一下小如蒜头的玩意,让众人大为惊异、失望以及蔑视,实在很没面子,再谈改革开放就不大合适。他探头探脑,坐立不安,只是频繁与警察和律师交涉,一天之内去接见室好几次,有时在门口与车管教嘀咕一阵,很神秘的样子,还借对方的手机打过一次电话。

他打过电话以后很高兴,满脸笑容哼着戏腔。我问他为什么这样高兴。他连连搓手,说他的律师很得力,他的朋友也很帮忙,花了几万元捞人跑案,也就是为他疏通关节。现在形势大好,副省长的大公子都出面过问了,他大概过几天就能出去了。他喜不自禁地夸耀:他一出去就可以上狗肉馆喝啤酒。世界上只有狗肉最好吃,尤其是那种小狗,从笼子里揪出来,毛茸茸的,一棒一个,打得它口吐鲜血,马上剥毛下锅。

要不是我一个劲给他使眼色,他可能还会大冒傻气地憧憬下去。我事后告诉他,黎头正好喜欢狗,尤其喜欢大狼狗。

黎头这时正巧走过来了，不过没有说狗。

"你说你过几天就出去了?"

"嗯啦，快了快了。"

"到底过几天?"

嫖娼犯赔上一个大笑脸："估计……也就是三五天吧。"

"三五天？三天还是五天？"

"可能……五天吧。"

"这是你说的。"

"我估计，估计是这个数。"

黎头哼了一声，"好，我就给你五天。你记住了，你要是五天之内没出去，你就是撕毁合同。"

对方不太明白这话的意思，看看我。我也不大明白，看看牢头，发现他吹着口哨又去了墙角，再次练起了俯卧撑。

仓里的气氛变得有点沉闷。大家感觉到了什么，对老嫖客表现得有些疏远，至少不大怎么同他套近乎。这一点嫖娼犯自己也感觉到了，眼里总是透出不安和疑惑：到底会发生什么事？一天接上一天，接上一天再接上一天，当他发现自己的饼干也没人吃的时候，也没人找他说案子的时候，试着去讨好牢头，要送给对方一件毛衣，说好歹是个患难与共的纪念。

这件毛衣看来质地还不赖，对方倒没怎么拒绝。

第五天晚上，嫖娼犯在厕所里洗完澡，抹了点头油，提着毛巾兴冲冲走出来，突然发现仓里鸦雀无声，几十个光头围成一圈，都盯着他。

"你们……"

"不玩扑克呵？来来来，扑克在哪里？"他见没人回应他的笑，不知该怎么办。

"矮下!"有人突然发出怒吼。

更多人的吼声跟进："矮下！矮下！矮了！……"吓得嫖娼犯一个趔趄，还没看清眼前是怎么回事，两膝就已经扑通一声着地，刚抹上油的头发耷拉在前额。

"你今天怎么还赖在这里？还在这里冒领人民政府的囚饭？"黎头厉声问。

"我是要出去的，是要出去的，只是……"

"你欺骗了我们各位弟兄，让我们很生气，很悲痛，知不知道？"黎头用错了一个形容词。

"各位兄弟，各位好兄弟，有话好好说。"

黎头不理他，对我使了个眼色，要我拿出一张皱巴巴的烟盒纸开读：

　　魏孝贤，非男非女，四十八岁，山东烟台一鸟人，因嫖娼罪被市公安局拘留收审。

　　魏犯孝贤身为国家干部，在建设社会主义现代化的伟大热潮中，在深化改革扩大开放的大好形势下，在全国各族人民团结一致万众一心振兴中华的康庄大道上，一贯玩弄妇女摧残幼女，是可忍孰不可忍。该犯在收押期间还拒不改造，对抗法律，信口开河，胡说八道，大搞权钱交易，利用关系网跑案，用小恩小惠拉拢腐蚀我革命犯人，妄想逃避神圣的法律制裁，实属目无王法，罪上加罪，情节恶劣，影响极坏，不打不足以平民愤。

　　为了严肃法纪，奖罚分明，按劳分配，善恶有报，根据中华人民共和国××省××市看守所第九号仓刑法第一千零一条，现判决魏犯孝贤苦役半个月，每天洗厕所三遍，擦地两遍。附加刑：剥夺政治权利终身，用梳子打手指关节五十下。

这封判决书当然是我的奉命之作。当时黎头还要列举更多罪行：吹牛皮，讲屁话，经常假笑，大吃山珍海味，残害未成年狗仔，等等，但这些欲加之罪没有什么法律依据，算不上什么罪，在我的强烈反对之下，才没有往上写。很多狗屁不通有辱斯文的词语，由于我的坚决抵制，最终未能进入文件。

老魏哭笑不得，"你们别开玩笑了，我是有心脏病的人……"

"哪个开玩笑？我只问你：上不上诉？"

"请各位不要乱来。多个朋友多条路，多个仇人多堵墙吗。我们同是天涯沦落人，同室操戈，相煎何急？我不是说过了吗？本大哥是最有责任感和同情心的人，一定重重回报各位。你们的案子我都牢记在心。我同这里的车管教雷管教刘管教都是好朋友，我也认识新来的所长。不是我吹，我一定可以帮上你们的大忙……"

"你不上诉是吧？"黎头打断对方，对唐老鸭钩钩手指，让对方按计划出场担任辩护律师。但唐老鸭是个做假酒的农民，只读过小学，哪知道什么辩护？他抹了一把鼻涕，说魏犯孝贤长得白净态度和气，还算是说了些优点，但与案情毫无关系。他然后说到嫖娼的合理性："他大鱼大肉筑了一肚子，不骚一下又如何办？他吃饭不要钱，喝酒不要钱，坐车也不要钱，那屋里那一堆堆发霉的票子如何花得完？不从鸡巴里出来，还怎么出得来？娘哎，你们再急也没有用，你要他的票子出得来呵！……"这些话听似辩解，实是责骂，甚至比控诉还阴毒。"老子做假酒，一年到头提心吊胆累死累活，也只做得一幢屋，只讨得一个老婆，哪比得上他娘的天天做新郎，到处有岳母娘呵……"说到这里，就更离谱了。

在这种辩护之下，判决结果可想而知。九号仓人民法院的判决书不但没有减刑，反而把梳子打手指骨节的次数由五十加重到一百,让老魏一听就脸色惨白地倒下去,全身如一团烂泥。

在一片狞笑和欢呼之中,执法开始了。他被众人七手八脚架起来,拖到床台边,让他继续跪着,伸出两只手,平摊在床台上,就像暴露在砧板上等待刀斧。雄鱼头操起小小的梳子,对梳子背吹吹气,一梳下去狠击他的指关节。一下,两下,三下,四下,五下……旁人每齐声数一下,老魏就哎哟大叫一声。才打了十多下,他的几个指头已经充血,肿胀紫黑,如同酱萝卜。

看他的衬衣透湿,说实话,我有点暗暗同情他。我发现,不光是我,还有几个人的脸上也有隐隐的不安。连雄鱼头也回过头来请示牢头:"三十五下了,算了吧?要不就罚他一点款?"

"是呵,是呵,罚他两箱咸水鸭!"有人附和。

牢头大喝一声:"拍加河!"

这一刻他已经气得忘记了普通话。据事后有人解释,这是他老家方言中"打死他"的意思。

十二

老魏的惨叫声继续,直到声音虚弱下去,渐渐变成了一种哼哼,变成了一种似有似无的吁气。他的几根指头已经血肉模糊,隐约露出森森白骨。

黎头还不算太狠,经大家再三劝说,给老魏免了几十梳子。他这次也没让老魏"烤乳猪"——那是一种更毒辣的刑法,逼受刑者脱光了裤子蹲马步,在他屁股下点燃一根蜡烛。一旦他蹲不住了,两腿颤抖,屁股下垂,就会被火苗灼出一声惨叫。像这样烤过几回的乳猪,屁股上留有一块块焦皮,半个月内肯定没法坐,只能哎哟哎哟地躺在床上。

牢头也没让老魏"练芭蕾"。我听说隔壁十号仓不久前查出一个贼，众人大动家法，把那人的两个大拇指缠起来，吊在窗户栏杆上，不高不低，刚好让受刑者可以踮脚落地，时时保持着芭蕾舞引身向上的姿态。不用说，不到一会儿，受刑者踮不住了，体重在每一分钟都像在成倍增加，两个大拇指先是被勒得钻心痛，最后成了两团黑肉。

奴隶社会的毒刑就是这样惨绝人寰。但蹲过仓的人都明白，这些毒刑半是惩罚，半是游戏，又不可认真对待。在这个没什么好玩的地方，在手指头脚指头都被无数次玩过的地方，每一寸光阴都如太平洋辽阔无际需要你苦熬和挣扎，鲜血有时就成为红色玩具。瘸子说过：这是人类最大的玩具，已经玩过好几千年了。

瘸子是从七号仓转来的一个犯人，走起路来一踮一踮，右肩高左肩低，有一种特殊的持重风度，好像右腋总是紧夹着什么，比如夹着一本不可示人的无形秘籍。他很少说话，不参加抢菜或者抢水，如果别人吃了他的饭，他还是不吭一声，脸上毫无表情，轻轻地坐到一边去，因此好几天过去以后，他在大家印象里还是一片似有似无的影子，从某一条人缝里飘来，又朝某条人缝里飘去，完全不占地方。

不过，自他到来以后，仓里不知何时有了些变化。比方墙上多了一个圆钟，是用硬壳纸做成的，不光可以指示日期，还可以记月和记年，让大家不至于忘了时间的运行。这是谁做的呢？厕所里还多了个淋浴喷头，是用一个矿泉水瓶底做的，上面扎了一些小眼，套在水管上，使水雾变得柔软和均匀。这又是谁做的呢？……人们感到新生活悄悄来临。

当时老魏已经释放走人，仓里的咸鸭味和鱼干味渐渐消失一尽，经济形势正是危机之时，吃饭又成了大问题。一餐一个水煮菜就不说了，一星期只摊上两三片肥肉也不说了，就说好端端的青菜，伙房里偏偏拿去煮黄了，煮黑了，同喂老母猪的一样。有

163

时菜里面还夹着一条蛆,两根稻草,几粒老鼠屎,说不定再给你藏一缕糊糊涂涂的卫生纸,让你浮想联翩和肠胃翻涌:下一次不会吃出避孕套吧?

在这艰难岁月里,瘸子再一次让人惊奇。不知什么时候,他不声不响地开设伙房,更准确地说,是开设一间魔术室。他从不担心警察搜走打火机和火柴,把棉絮或毛絮搓成索,使劲用木板搓压,就能点着火。他把几支牙膏皮捶平,拼起来,再用饭粒封住接缝,就成了一口可以煮汤和下面条的铝皮锅。一个蚊香架子,在他手里可以成为切菜的刀。一个罐头盒子,填入烂棉絮和碎蜡烛,在他手里就成了小炉灶。他居然可以用纸锅烧汤,居然只用一支蜡烛就烧出了鲜美的三菜一汤,烹出宫保鸡丁红椒鱼头拔丝苹果!你想想,这同一个穷国自力更生艰苦奋斗发明了原子弹有什么不同?

伙房里万分可疑的水煮青菜,在他手里也绝不浪费。他打来一盆清水,把菜叶子一片片洗了,倒回锅去加工,加上油和盐,加上几滴酱油和麻油,照样美味可口,完全是化腐朽为神奇。

照理说,监规是严禁烟火的,但瘸子偏偏能在管教的鼻子下瞒天过海。他带着一两个帮手,在厕所里做菜,因为那里比较偏僻,一堵半矮的隔墙多少挡住了来自监视窗的视线。只要有烟冒出来,就有人大力扇风,使烟变得稀散,不会形成刺鼻或者触目的目标。若放风的人发现敌情,一声口哨,厨师赶快熄火,不会让路过的警察有所察觉。

这样,其他仓常常有人犯事,被警察拉到院子里去罚晒或罚站,但我们仓一直平安,有时还能在卫生评比中评上先进,得到政府的表扬。

到了这一步,大家都尊瘸子为"博士"。但他还是不大说话,不说自己的案情。据说他一直不承认自己犯罪,只承认自己初中毕业以后自学成才，有很多发明创造而已。他确实也没杀人，没放火，只发明过一种喷剂，叫"一步倒"，比古典小说里的蒙汗药还厉害，朝什么人的脸上扑哧一下，那人立刻眼光发直地倒下去。劫犯们就是拿着这种喷剂在宾馆和银行里猖狂作案。他还有一个绝密化学配方，据说可用很低的成本，在普通中学的实验室里轻易配制出"逍遥散"，其功能相当于冰毒。若是美国大毒枭们知道了这一点，还能不求上门来？客户不拍下二十亿美金，岂能买到他的科研成果？

但是，这就算犯罪吗？这是犯了哪一门罪？你们想清楚了，你们把本本拿出来看清楚了：他并没有直接抢劫和直接制毒。他只是发明，发明而已，对发明成果的误用却没有任何法律责任。他曾振振有词地质问预审官："原子弹杀了人，但爱因斯坦是罪犯吗？"果真把对方问得一愣。

他对自己的案子信心百倍，还曾在七号仓绝食三次，吞过洗衣粉，嘴里鼓出一堆堆白泡沫，情形很是吓人。但警察对付这一套有经验。一个新来的冯大姐不但不救人，不但不让其他警察救人，还把另一袋洗衣粉甩到他面前："好吃是吧？你再吃，再吃，把这一包也吃完！你不吃完老娘就不答应！"这一逼，瘸子反倒不吃了。

到这时，女警察才把他揪到水龙头前，用胶皮管子接上水，对着他的嘴猛灌，一直灌到他嘴里和屁眼里两头出水，白泡沫逐渐稀释，这才算完事。

我曾经向他求证这些传闻。他只是笑了笑："教训。教训呵。我在洗衣粉里掺了好多面粉，但还是太轻敌了。"

"你也失败过？"

"成功者别无所长，最善于总结自己的失败。"

"你是个天才，一个化学脑袋！与你认识真是我三生有幸。不是我吹你，将来你出去以后，肯定要干大事的，肯定要当个真博士！"

"博士？"

"是呵，博士！"

"只是当博士？"

我不知道他是什么意思。

他淡淡一笑，"同你说吧，我这一辈子有三大目标：一是要当博士生导师，二是要当千万富翁，三是要当省部级高官，生前能上新闻联播，死后能进八宝山。"他朝我挤了挤眼皮，"你等着吧。"

看着这个一跛一跛走远的瘸子，我简直不相信自己的耳朵。但我静下心来时不得不承认，这一切为什么不可能？八宝山也是人进的，中央台的新闻联播也是人上的，世界上好多大人物不也是从牢里走出去的？说实话，瘸子身上确有一种说不清的魔力，凭着他的克己、热心、勤奋、手巧、足智多谋，眼睛眨巴眨巴，苍白脸上淡淡一笑，还有沉默中无形的谦虚和威严，不论走到哪里都可以不露痕迹地赢得交情、尊重甚至某种畏惧。你稍加小心，就能在任何一大群人中把他这样的面孔轻易辨认出来。他们身上的影响力和征服力，透过平静的目光弥漫和辐射，在任何一个地方都不可抗拒。

雄鱼头可惜就是不明白这一点，才去偷他的奶粉。他肯定不明白大家为什么特别义愤，不明白大家为什么铁了心向着瘸子。不论瘸子如何息事宁人，大家还是要搜查，要审讯，非要查出家贼不可。这样，半包奶粉终于暴露，是雄鱼头有口难辩的铁证。几个犯人齐刷刷扑过来。唐老鸭一脚就踢得他捂住肚子弯下腰去。他的头发随即被另一个人揪起来，脸皮成了擦墙的抹布，哧哧哧，立刻有了几道血痕。

要不是瘸子相救,雄鱼头这块抹布今天肯定要磨透。瘸子说:"各位请息怒。我也偷过他的馒头,今天两下扯平吧。"

雄鱼头哪里丢失过什么馒头?但从今以后,别说是馒头,就是自己的心肝肚肺,只要瘸子想要,他雄鱼头恐怕也愿意割出来了。见瘸子用盐水给他清洗伤口,他感激的泪水一涌而出。

十三

像其他犯人一样,黎头也对瘸子有了兴趣,对他的智能犯罪刮目相看。什么洗钱、虚假注资、伪造信用卡、骗取出口退税等,在他们看来简直是神话,居然可以不费吹灰之力,就让白花花的银子流进自己的账户,甚至还可骗得官员们迎来送往,骗来警察的摩托队呜呜呜在前面开路,那是何等的威风和惬意!现在,价值二十亿美金的配方更是让牢头目瞪口呆,觉得自己的武打简直一钱不值。

不过,他并不去打听出口退税和药物配方,大概觉得自己没读过多少书,对那些学问高攀不上。他凑到瘸子那里,只是问问美国最新的飞机和坦克,问问塑料地雷和神经毒气,打听那些可以杀人如麻的武器,然后惊叹一番,向往一番。他不得不承认他的菜刀落后于时代,看来是不行了。

他还讨教些小问题。比方说,他好几次深夜里听到窗外有笃笃笃的高跟鞋走过,但没见到半个人影,那里也不可能有人,这是为什么?是不是有自动走路的鞋子?还有,他好几次听到地下有人叽喳叽喳说话,只是听不大清楚,但那水泥地下根本不可能有人,这又是为什么?是不是石头也可以录音?他还说到监仓区院子里的一盆白玉兰,据说是镇仓之木,从来无人敢动。前不久新来的所长不知情,要清理环境,派人把白玉兰搬走,让好多警察惊恐无比议论纷纷。结果这一搬,真搬出事来了,搬出大事来了。女仓那边一天疯一个,每天夜里都有人狂呼乱叫,甚至有人宣称自己是毛主席的亲生女。旁人拿绳子捆绑,拿毛巾塞嘴,都没法让这些疯子安静。到最后,新所长只好派人又把白玉兰搬回原地,重新镇仓,这才让疯子们恢复了原态——兄弟,你说说,这又是为什么?这看守所里还真有妖怪?

我第一次听到这样的奇闻,吓得把监仓四处看了又看,对仓顶一道奇怪的声音格外警觉,觉得那不像是石头滚过的声音。

瘸子笑了笑,解释了一下物理学和心理学,说到了磁场、太空以及什么气功,说得我们似懂非懂半信半疑。

"大嘴巴没有走之前,天天锁在脚枷里,但他每天晚上还去帮他老娘挑土做屋!"黎头不相信什么物理。

"这不可能!"瘸子说。

"怎么不可能?他天天早上醒来,鞋子都是湿的,还沾了外面的黄泥,明明是挑过泥巴的样子。"

"不是幻觉就是谣言。你们中间谁亲眼看见过那鞋子?闻过没有?鞋子上面到底是水还是尿?"

这种说服还是不够有力。

但瘸子的科学算命最后让大家不服也得服。因为他不但会看面相、看手相、看足相,还可以远距离算命。办法是这样:你请他给什么人算命,你就一个劲想着那人的面相——这就等于锁定目标,气功已经发射给那个人。瘸子用一只手握着你的一只手——这就等于他已经与你接上气,通上电,把你当作天线开始发功。他闭目养神的时候,采录和分析各种信号,然后一一说出那人的模样、性格、大致经历乃至疾病和寿命,简直是一台不可思议的人生雷达。说来也奇怪,这台雷达还真说准了黎头的父亲:他家的大门一定是朝北而不是朝东的。这一条没错。那男人一定是黎头的继父而不是亲父。这一条也没错。那继父喜好赌博和酗酒，对黎头母子俩没什么好脸色，曾经被黎头操着菜刀赶出门，等等。这些也都没有错。如果最后一条错了，把那老家伙的肺结核说成了乙型肝炎，那也不是瘸子的错，原因是黎头这根天线出了问题，一度脱离了目标。兄弟，你自己想想，是不是这么回事？

黎头事后一想，只得承认这一点，说有一瞬间他打喷嚏，确实想到车管教那里去了。

瘸子遗憾地说："还不是？你不配合，信号就大大减弱了。"

"那我们重来，重来。"

"每次断电以后再接通，要重新调整频率，很不容易的。再说目标也可能进入死角，比如，在隧道里，有电梯里，你就没法接通。要是目标在大的电器旁边，也会有电磁信号干扰。"

我在一旁暗想：这发功算命也就是打手机呵？

十四

黎头一高兴，给瘸子一外号"瓦西里大师"。没有人知道，他是从哪部电影里听到过"瓦西里"这个名字。更没有人知道他为什么觉得这个洋名特别好，应该戴在尊敬的瘸子头上。

瘸子要转仓离开的前一天，黎头代表九号仓人民政府授奖，在瘸子胸前挂了个啤酒盖子。这一天，瘸子用酒精、味精、糖、洗衣粉一类东西勾兑出一种酒，或者说一种像酒的液体。黎头只喝了两三口，就变得舌头大和眼光直，刚才还在说瓦西里，转眼说成西瓦里，等一下又在他嘴里变成了瓦里西。人家说他叫错了名字，他只是傻笑，半醒不醒的样子。人家抓住这个机会哄骗领导，要他同意把库存的白糖拿来分光吃光。他还只听到一个开头，没听清对方在说什么，就豪迈地挥挥手，"同意！我同意！……"

幸好只是一点白糖。如果此时是一个仇人要割他的头,他大概也会没听清就抢先同意的。

不知什么时候,他死死抓住瘸子的手,突然有点异样,嘴里碎碎痪痪的词语,让我们辨出他的笑脸其实是一张哭脸。"兄弟,你不能走呵。你要是走了,我早上一起来,一看见墙上的钟,一看见淋浴的喷水头,一看见你做的菜锅汤锅,我心里……哗啦哗啦,会好难受呵……"

面对这张似笑实哭的脸,瘸子也有些激动,"强哥,我没有走,不还在大墙里面吗?说不定哪天冤家路窄,又在哪个仓碰上了。"

黎头还是伤感:"大嘴巴走了,唐老鸭也走了,癞蛤蟆也走了,鳄鱼头他们都走了。老猫婆也走了。你们都不管我了哇。你们再不给我敌敌畏了哇……"

他是指手里的自制液体。

敌敌畏!喝敌敌畏!他操着空杯子见人就敬酒,见人就说大嘴巴走了唐老鸭走了癞蛤蟆走了鳄鱼头走了老猫婆他们都走了哇——还几次强拉牢门,不知牢门是拉不开的,不是可以由他来拉的。

他即使拉开了牢门也不可能再见到大嘴巴唐老鸭癞蛤蟆鳄鱼头老猫婆他们了。弟兄们见他一直横着眼,已基本上属于弱智,把他扶到墙角去了。

好半天,还听见他在那里哭,不过是哭上了别的什么事,旁人听不明白。他哭火柴盒,说他糊了二十万火柴盒还是没读上书。他哭自己被人家抢了馒头没还手,被人家抢了帽子没还手,被人家砸砖头还是没还手,但还是没有读上书。他还不如一条狗,他是个一骗就上当的傻鳖哇……

他渐渐地安静下去。不知何时又突然爬出窝,把我当成了瘸子,一把抓住我的手:"你不能走,你走了我的心里会难受呵……"

这天深夜,不知他肚子里有什么不消化,先是放了几个屁,然后噼里啪啦一阵,发出打水枪和扯烂布的声音,使整个监仓都弥漫着奇臭,臭中有酸,酸中有辣,辣中有腥,呛得我首先夺路而逃,周边的几个犯人都从棉毯里跳出来,捂着鼻子大骂。因为昏暗中有脑袋或手臂被踩了,更多的犯人跟着叫喊。大家一致声讨领导的不法罪行:黎头,黎哥,你吃了什么冤枉?你核试验也太厉害了吧?这日子还让人活不活?你要毒死几条人命呵?你再给我们煮八宝粥,我们就坚决要求转仓……

此刻的黎头酒醒了大半,自觉理亏,有点威风扫地,不敢差遣别人,自己夹着裆,一手提着裤头,撅着屁股朝厕所逃窜。他在厕所里发现没带纸,从隔墙后摇动着求援的手:"各位,各位,做做好事……"说实话,我第一次看到他这么狼狈,看到弟兄们这样尽情地辱骂他,觉得十分快意。

"没有纸啦,撕你的歌本吧?"我故意为难他。

"撕布,撕毛巾,求求你啦,爷哎……"

"不行,这里只有歌本可撕!"我把一张废报纸撕开,一小块一小块递过去,每一次都磨磨蹭蹭,消受这家伙的百般焦急和苦苦求助。

十五

瘸子最终没有转仓,甚至没有活着走出仓门,是我始料未及的。这件事据说与女仓的犯人有关。

我们在这里一般看不到女人。有时候去谈话室或者接见室,有机会跨出牢门,眼光越过绿地庭院,一眼看到对面某个窗口晾晒着的乳罩或者头巾,免不了心里一软——那里就是女仓了。但那里关了些什么人，发生了哪些故事，我们根本不知道。我没法让自己的目光像一只只幸福的蟑螂，沿着肮脏的下水管道，偷偷爬入那些窗口。

听人说，这个所有八个女仓，关的人大部分是妓女和妈咪，也有杀夫犯或者儿童拐卖犯。天气热的时候，有些女犯毫不含糊，光着上身纳凉，顶多挂一个乳罩，面对监视窗口的男管教或者劳动仔，毫无羞耻之色，反而以疯作邪，故意浪荡地大笑，把狗奶子往上掀，搞得男人们一个个脸红得溜之不及。还听说有些女犯无聊撒野，有一次故意把电灯线扯断，然后大喊大叫要电工来修理。一个负责电工活的劳动仔不知底细，老老实实去修电灯，刚爬上人字梯，几个女犯们一声吆喝扑上去，七手八脚把他的裤子扒了，吓得他面无人色地滚落下来，狂呼救命呵救命。要不是女警察闻声前去营救，那几个疯婆娘说不定就集体施暴了。

> 没有我的日子里，
> 你要自己搞自己，
> ……

这是女仓的浪声远远飘过来了，男犯们像中了吗啡一样兴奋，通常会扯开嗓门嚎上一曲：

> 正月那个初一，
> 小姐姐去赶集。
> 碰上那个好弟弟，
> 拉着进了高粱地。
> 走进了高粱地呀，
> 脱裤子又脱衣。

(白)小姐姐,味道怎么样呵?

哎呀呀,真是甜蜜蜜,

……

这还哪像看守所?差不多就是个妓院吧?但警察们不太在意这些,尤其是男警察,有时装得没听见,甚至还哈哈一笑。只有新来的冯大姐有洁癖,对此大为生气,好像去高粱地的是她家的千金娇女,刚才被几个臭犯人活活糟蹋。"哪个嘴臭?哪个嘴臭?"她的嗓门最大,一开腔就是敲响一面锣,敲得全所鸦雀无声。

"九号仓的,听见没有?要我拿马桶刷子来戳两下是吧?"

她是个老管教了,把一张铁仓门玩得特熟,插钥匙,开锁,摘锁,拉栓,推门……五六个动作可以融为一体,在咣当一声中完成,是一种迅雷不及掩耳的突然袭击,使任何人的违禁勾当根本来不及掩盖,一次次暴露在她的眼前。但这一张铁门还有其他玩法,比如,她一看见你满脸淫邪,认定你是个下流坯子,就会在你进仓的当口,咣的一声,让大铁门不早不迟不偏不歪,准确打在你的脚后跟,打得你眼泪直流但又无话可说——她打你了吗?没有。她关门不对吗?很对。怪只怪你自己的后脚提慢了。

有些犯人跟着这个五大三粗的冯管教回仓,还没走近仓门,就两腿发软迈不开步子,蹲下去求饶:"冯姐,冯姐,你慢点关门好不?"

"起来起来,快点走!"

"我就是怕你走在后面。"

"少啰嗦。"

"我再不唱流歌了,再也不唱了,再唱你就割我的舌头。"

冯姐哼一声,撇撇嘴,算是放过对方一次。

不用说,冯管教的铁门功让很多强奸犯恨恨不已。虽然她帮过很多人的忙，比方帮很多人修改上诉书，改正错别字，解释法律知识，甚至还掏钱给一些穷犯人付律师费，但有些人还是摸着脚后跟，恨恨地叫她"绊脚鬼"。她为改善伙食出过力，曾在伙房里拍桌打椅骂管理员，说饭食是猪吃的、狗吃的，你们自己给我吃一口看看！她还大骂那个姓王的副所长，说你要是没贪污鬼都不信，这油到哪里去了？豆子到哪里去了？三千多斤黄豆，化屎化尿也要填满两大池吧，怎么就不见了？……这些话从伙房里传出，在离伙房较近的监仓可以听到，也在犯人中悄悄流传。但有些强奸犯还是余恨难消，走路一跛一跛的时候，一次次咒那个绊脚鬼将来出门要被汽车撞，吃饭要被鱼刺卡，哪一天要瘫痪在床上不得好死。

如果听到开门声拖泥带水，有三没四，七零八落，犯人们就可以断定，绊脚鬼今天没有来。确认了这一点，男犯们才有了轻松和解放，才斗胆开始发情，包括此起彼伏地尖叫，没有什么含义，没有特定对象，只是情不自禁地亢奋一番，像动物在野地里的寻常勾当。

黎头这一天也跟着叫，然后夹胡子，梳头发，抹头油，爬向监视窗口——这需要坐在一个人的肩上，还需要下面的人坐在另一个人的肩上，形成三节人梯，才够得上监视窗的高度。我们仓就有两个名叫"楼梯"的犯人专司这种公差。他们一次次结成人梯，把牢头高高地顶起来，让他独占满窗的风光，寻找饱餐秀色的机会。

黎头探头窗外，大多时候都很失望，说根本看不到什么。他说有一次看见一个老太婆，比他妈的年纪还大。后来还看到一个女犯跟着警察低头而过，但连个正面也没有看到，是麻子还是瞎子也不清楚，顶多看清了一双皮鞋是两个样子，颜色也不同。

这一天，他总算有些收获，不但撞见了一盘刚进二十三号仓的嫩菜，还同那个货说上了话。

"喂！喂——"

"是叫我吗？"

"安妮！"

"我的名字是安妮吗？"

"他们说你就是这个名字。"

"假名。"

"你真名是什么？"

"真名吗，藏在李白的《长相思》里，你去猜！"

"我没文化，猜不了。你多大？"

"你土鳖呵？对女士也可以问年龄？"

"你不说，我也看得出。"

"告诉你也没关系。扣除睡眠，我四千三百多天了。"对方嘻嘻一笑。

"我看你六十岁了。"

"讨厌！"

"我怎么看见你有皱纹？你过来，走近点，让我仔细看看。"

"呸，我不上你的当！"

黎头后来知道，这盘菜刚见了检察官，心情不太好，经管教特别批准，在院子里坐一坐。她摘了几片草叶，捉了一只蜻蜓，不知不觉靠近男仓了。"大哥，你知道吗？我在这里好好寂寞，好好孤单的。"她一脸港台流行式悲伤，"我好想有一对蜻蜓的翅膀……"

"我在这里疗养，舒服得不想出去啦！你信不信？"黎头历数自己这几天的幸福，早餐吃过了什么什么，昨天晚上吃过了什么什么，昨天中午吃过了什么什么，还有昨天早上……

"大哥，我们来玩个游戏吧。"对方说。

"玩什么？"

"玩——恋爱,怎么样?"

"恋爱?怎么玩?"

"这样,你先叫我一声,叫得甜蜜一点。明白吗?"

"就这么叫?"

"当然就这么叫。"

"一叫就同你恋爱了?"

"讨厌,游戏嘛!"

黎头一气放出个炸雷:"安妮——我爱你——"

他发现对方没回话,仔细一看,原来对方头转到另一边去了。"喂,喂,我已经喊了,下一步做什么?"

对方终于把头转过来,满脸泪水吓了黎头一大跳。

"你怎么啦?"他问。

"对不起,好久没听到这样的话了。"她泪脸上挤出一丝笑,用衣角擦着眼睛,"一听,心里……好难受。"

黎头不知道该怎么办,不知道恋爱有这么危险和这么繁重。他想说点安慰的话,不料轰隆一声,自己偏偏在这个时候落入黑暗,在地上砸了个四脚朝天。原来刚才是两节"楼梯"实在撑不住了,大汗淋漓,额冒青筋,口挂涎水,加上顶端的人剧烈扭动,重心失去平衡,人梯就呼啦啦散了架。

十六

黎头痛得哎哟哎哟直叫,揉着自己的脑袋和腰身,跳起来狂骂,逼楼梯们爬起来再接上。不过,等他再次爬到窗口,庭院里已空空荡荡,叫安妮的那盘菜不见了,只有两只蜻蜓在阳光下飞绕。

车管教走过来一声冷笑:"强仔,长本事了?有进步呵!油头粉面的,还知道调戏女犯啦?是不是要戴镣长街行,唱一出《天仙配》和《十八相送》?"

小斜眼冲着车麻子横了一眼,黑着一张脸不吭声。等对方走远了,走出监区大门了,才对着空空庭院补上一嚎:

妹妹你大胆地朝前走,
朝前走,莫回头,
……

他从窗口下来以后,有些闷闷不乐,躺在床上翻来覆去,爬起来问我"感"字怎么写,"铲"字怎么写,最后索性要我代笔,帮他写一封信,托劳动仔捎到女仓去。说实话,我一听给女人写信就比较有灵感,脑子里有各种小星星在闪耀,有各色小花朵在开放,有各种三角帆漂向蓝色海面的远方,根本不用找参考书,很快就写出一大堆形容词:花容月貌、仪态万方、羞花闭月、沉鱼落雁、婀娜多姿、亭亭玉立、倾城倾国……相信大多数通俗文学作家都会在这封信面前自愧不如,大多数无知少女都可以在这封信前动容。

黎头不知道这是些什么意思,脸上毫无表情。待我逐一解释,他才有点腼腆。"太啰嗦了,太啰嗦了,呸,哪来这么多屁话!"

"那你要我怎么写?"我很委屈。

"只要告诉她:哪个同她过不去,啪啦,给大哥递个话来。我就去铲了!"

他要我撕了重写。

深夜,我睡在他旁边,发现他还是动静很多,一直没消停,最后坐了起来长长地叹气。我也没睡着,问他有什么心事。他说他做了一个梦,梦见一个老头,长得活像他亲生父亲,在窄窄的铁路桥上遇到一列火车，连忙避让，但一脚踏空了，忽悠悠落入万丈深涧。后来他赶到桥下去营救，发现老头已经死了，不过，老头的帽子下面不是脑袋，只是一个闹钟。你说怪不怪？

又沉默了一段，他又叹了口气，在昏灯下第一次说起家事。他说起他生父去世早，母亲改嫁，把他带到了周家。但继父对母亲并不好，三天两头打得母亲头破血流，有一次深夜了，正逢外面下大雨，还立马要把母亲赶出门。当时只有八岁的他，跪在继父面前，哀哀地求他留下妈妈。但继父哪里会听他的？那个王八蛋还说，祸根子其实就是他，他吃周家的，穿周家的，还要周家供他上学，这样一个无底洞，如何填得满？花了万贯家财，不过是养一个野崽子。肉中一根刺，肯定长不到一起的。

强仔记住了这些话，以为继父只是舍不得钱，以为只要自己少花钱，继父就会对母亲好一些。他从此学会了捡垃圾，学会了卖报纸和糊火柴盒，碰上两个街上的弟兄，还学会了偷自行车和摩托车，学会了拍砖头和抡菜刀。但这一切努力都没有结果，拿钱回家也是白搭。不仅继父还是没有好脸色，而且正是在他的威迫之下，母亲把亲儿子举报了。母亲甚至还去送烟酒，托人情，说好话，说什么也要请政府从重法办，把这个不孝之子绳之以法。

他被警察带回家取衣物用品的那一天，母亲没有在家，或者是不想回家。只有周家姐姐为他收拾衣物。咯嗒一声，一个小相框从衣柜里滚出来，正是他亲生父亲的照片，是他一直偷偷保存着的唯一旧物。他把相框拾起来，目光触及父亲的容颜，那个经历太多凝视然后线条开始模糊的容颜，鼻子一酸，咬紧牙，忍着，忍着，最后还是没忍住，流出了眼泪。他听到身旁也有抽泣，抬头一看，是周家姐姐泪光闪闪地看着他。

"弟弟，照片交给我吧。我会帮你好好地保存。"

他扑通一声跪下去，给周家姐姐叩了头。

不用说，他的普通话就是来自周家姐姐。我记得他以前说过，他有个不同父也不同母的姐姐，靓得很，牛得很，是学校广播站的播音员，还到省里参加过中学生朗诵比赛，拿回来一个金光闪闪的奖杯。

十七

警察不在监区的时候，犯人们常常搭着人梯，爬到窗口"打电话"，就是朝其他窗口远远地喊话。包括与自己的同案犯串串供，或者是找熟人聊聊天，传播一些重要消息，比如女仓里又来了一盘什么菜，叫什么名字，长得如何，如此等等。

有一次，斜对面的某仓打来电话，说他们那里刚来了两个小毛贼，呜哩哇啦只是叫，听不懂本地话也听不懂普通话，看上去可能是越南人或柬埔寨人，是一对苦命的国际朋友。没料到警察有办法。车管教对另一个警察说，不知道他们是哪里来的，审不了，遣送不了，养着吃饭更不是办法，干脆把他们活埋了。车管教拿来两个麻袋，又找来一把铁锹在院子里铲土挖坑，吓得两个小毛贼立刻开口："警察叔叔饶命！我们交代！我们交代还不行吗？"

大家这才知道他们是本地人，刚才只是装聋作哑。

这些小蟊贼想同车管教斗心计，还真是嫩了点。

十八

天气暴热的那一段，黎头背上生了个大毒疮，体温烧得他一度昏迷不醒，还咬牙切齿口口声声要自杀。绊脚鬼天天来帮他换草药，脓呀血的，沾满她一双手。她一个女人，在光膀子男人的肉堆里进进出出，在晾晒着的男人短裤之下来来去去，在明明蹲着男人的厕所前打开龙头取水，从不害怕。即便看见什么人的大裤衩里支帐篷了，或者是大裤衩下走火了，她一般来说视而不见，到了忍无可忍的程度，才会一只鞋子突然砸过去，来个精确打击，警告对方自我检点。"喂喂喂，文明点！自己的东西自己管好！"有时她会大喊一句，喊得大家心知肚明。

她领着医生来给黎头打针，没料到这个杀人犯杀过人，但晕过针，最怕打针，又喊又叫的，死死揪住自己的裤头不放。绊脚鬼火了，不由分说，哗的一声扯下裤头，在对方露出的半个屁股上猛击一掌，意思是要小斜眼老实点。三下五除二，真把对方治得服服帖帖。

有个小光头一直盯着女警察滚圆的膀子，还有肥厚和跳荡的胸脯，在她的大屁股周围蹭来蹭去，对黎头早已羡慕不已，叫叫嚷嚷称自己也有病，脑壳闷，肚子痛，不打针是不行的。还没等医生诊断，他急急地退了裤子。本来只需要露出屁股的一角，但他一呼噜把裤腰差不多退到了膝盖。绊脚鬼摸摸对方的额头，说是有病，还病得还不轻呵，说着从医生手里取过注射器，没上药，也没消毒，朝着白屁股上狠狠一扎，扎得对方歪了一张脸，哇啦哇啦鬼叫。

"明天再给你打！"绊脚鬼说这一个疗程要打五针，吓得小光头五天之内再也不敢见她，听见她的脚步声，就躲在远远的墙角，紧紧把守住裤腰带。

她只是有点粗心，不大像个女人。有时开门进来找人，找来找去没找到，大吃一惊，才发现自己看错了门号，把我们仓当作了另一个仓了。有次给黎头换药，她还把一只手机遗落在地没有带走，被我捡到了。我送还她时说："要是我拿这只手机打一一九，把全市的消防车都叫来，你怎么办？"

"我们无仇无冤，你小子不会这么坏吧？"

"要是我瞒下它呢？"

"我消了号，你拿了也没卵用。"她居然有粗口。

"我刚才已经接了你的一个电话，是你老公打来的。"我骗她。

"是吗？"

"他一听是个男的接电话，还以为老婆出问题了，哇！"

"放什么屁？老娘拍死你！"她瞪大眼。

"嘿嘿，同你开个玩笑。对不起，对不起。"

她缓了口气，"你没跟他通报姓名？"

"通报姓名干什么？"

"我同他还说起过你。"

"你……说起过我？"

"是呵，说起过呵。我说你会唱歌，唱女声还真像，把我都骗了，比宋祖英还唱得好听，哪天到电台去骗骗人。你不知道吧，我那一口是电台党委书记，有点小威风的。他说我不懂音乐，好像只有他才懂。哐，我以后我还真要带你去给他看看。别以为我们看守所没人才。我看他们那里才臭鱼烂虾哩。"

我的心里一热。

她没注意我的眼睛，"你以后总要出去的吧？到时候要是找不到工作，说不定我还真可以搭上一只手。"她接过手机开始打电话，把我晾在一边，没工夫再理我。

我从此不再叫她绊脚鬼，管她叫冯管教、冯大姐、冯姐。黎头自从毒疮收疤以后，只要是冯姐来训话，不论说得如何不中听，也不再拉长一张狗脸，比以前和顺了许多。以前他根本不愿意上诉的，现在也打算见律师了。

十九

恐怖之夜就是在这一刻来临。眼下我一遍遍回忆当时的情景,还是很奇怪。那一个夜晚极其普通,极其平静和安详。如果说窗外有一群麻雀突然惊散,那不能说明什么问题,只是高墙外有什么人惊动了它们。

开始有一个仓又打来"电话",没说什么要紧的事。后来,有几个犯人开始打扑克。另有一个犯人用自制的竹针穿纱线,埋头缝补自己的裤裆。还有三个四川佬是刚来的,嘀嘀咕咕凑在一堆,肯定是对老犯人有所不满,但也没办法,只是间或怯怯地瞥我们一眼。

就是在这个晚上,我与瘸子一连下了三盘棋,虽然他每次都少用一半车马炮,但还是保持常胜纪录。其中有一盘,如果不是走一步瞎眼棋,我差点就要赢了。我要悔棋,但手腕被他紧紧抓住,架在空中无法下落——我这才发现这家伙虽然单薄,但一只手像铁钳,一身功夫不露形迹。

"落地生根,不能悔!"他平静地坚持。

"这又不是国际比赛,就悔一次嘛。"

"好狗不吃回头屎。"

"不就是玩玩吗?"

有人担心我生气。其他弟兄嫉妒瘸子的常胜纪录,也一致拥护我悔棋:是呵,玩玩,莫太认真,法律都可以改的。

"棋场即战场,岂能儿戏!"

瘸子固执不让,眼中透出了某种狠劲和杀心,是一刀子定要插到位的那种精确和冷静。我终于恼羞成怒,既然架在空中的手落不下来,便一脚踹了棋盘。这并没有使他生气,也没有使他松动。他默默地把棋子一一捡回来，看了我一眼：

"三比零。你输了。"

这一天晚上不欢而散，我迟迟才入睡。第二天，我们起床后洗脸刷牙上厕所，发现瘸子还在蒙头大睡。又过了一阵，送餐的来了，有人邀他起来一起喝粥，他还是蒙头一动不动，似乎对嘈杂声响充耳不闻，这才让人觉得有点反常。有人喊了两声瘸子，去揭他的棉毯——恐怖的尖叫就在那一瞬间发出，叫得我眼球胀痛，血往头上涌，脑颅里一片空白。几个警察冲进仓门，发现瘸子的头上套着一个紧紧锁口的塑料袋，全身有一种僵硬，裤裆里是湿的。

冯姐翻了一下他的眼皮，说快快快，抬出去！

门外是走道和庭院，空气要清爽许多。冯姐挽起衣袖，蹲在瘸子的腹上，双掌叠压在他的胸口，一声嘿，做起了人工呼吸。有两个小犯人平时最喜欢听瘸子讲故事，眼下见瘸子成了这样，吓得呜呜呜地只是哭，被冯姐一声喝，才撅起屁股俯下去吹气。一个小犯人对着瘸子僵硬的嘴，一口长气吹进去，使瘸子的胸脯鼓起来，再由冯姐一把一把地挤压，把胸腔里的气排出。

医生也赶来了，手忙脚乱打针，但说这鼻孔里耳朵里都见血，强心针打了也是白打。

冯姐很不耐烦："打了再说，能打多少打多少！"

车管教也来了，探了探瘸子的鼻息，查了查瘸子的瞳孔，说至少三个钟头了，不用白费工夫了。

冯姐更生气："就是个石头也要救一把再说吧？你怎么知道就救不活？要是你家的人你不救吗？你还会在这里屎少屁多？"她想起事故的责任就更气："你们这些臭莴笋，昨晚值班时干什么去了？打牌去了？喝酒去了？看电视去了？早就要你们注意九号仓，你们就是不注意！要你们找人摸摸情况，你们就是不摸！现在好，没盯住,出大事了吧?你们这些饭桶饭桶臭饭桶——饭碗不想要了吧?也想蹲蹲仓吧?"

她一气骂了个狗血淋头,骂得姓车的脸上红一块白一块,满头冒汗,张口结舌,当着犯人的面真是栽得厉害。他手足无措,丢了烟头,只得老老实实去给瘸子搓手和搓脚,似乎想把血流搓动起来。

"给九号仓全部上镣,查出凶手——"车管教大叫。

二十

我想起前一天晚上的象棋,还有前一天晚上瘸子说的"你输了",不相信眼前这一切是真的。一个大活人就这样没了,在一个小小的塑料袋里窒息而去。一个有体温、有表情、有动作、有脾气的人突然成了一堆任人搬弄的呆肉,不知何时在我们熟睡之际不辞而别,在近在咫尺的地方一步步冷却和僵硬——生命真是脆若悬丝,死神在我们耳边又一次悄悄掠过。

我捡到了一只熟悉的鞋,把它偷偷套在瘸子冰凉的脚上,一只混乱场面中谁也没注意的裸脚。

问题是,严重的问题是:他为什么会死?是自杀?是他杀?然而自杀或他杀是出于什么原因?我回想这几天来的每一个场景,每一个细节,每一个词语,还是没法嗅出空气中的阴谋和恶毒。直到事隔很久以后,我才有了一个疑点:记得小斜眼曾低声问过我一句:"要是有人想整死你,你怎么办?"

"拼个鱼死网破。"当时我随口一答。

他看了我一眼。

"你什么意思?"我问他。

"没什么,随便问问。"

我后来回忆得更清楚了：就在他问话的前后，他不唱歌，不俯卧撑，也不要人按摩，只是独自睡觉，但钻进棉毯的那一瞬，眼角里泄出一道余光。我看清楚了，余光虽然只是投向墙上的纸挂钟，却隐隐藏着凶狠——如果我没记错的话。

警察也不相信瘸子是自杀。仓里的人都被叫去受审，包括才来两天的三个四川佬。几个杀人犯和流氓犯更是重点怀疑对象，受审时间总是很长。尤其是黎头，一去就三天，直到一个深夜才被两个劳动仔架着回仓。他气息奄奄，浑身汗湿，虚弱得话都说不出来。车管教把他的一只手铐住，另一端铐在仓门的门闩上，让他只能站着，顶多只能半蹲，没法坐下来。只有半天，牢头的两腿就肿如木桶，加上门口的风大，两手已经冻得铁一样冰凉。大家找来些纸盒和棉毯，塞到他屁股下，让他能够坐一坐。他不从。弟兄们送来吃的喝的，他也一直紧咬着嘴唇，还是不从。他有一种要与手铐拼到底的劲头。最后，大概是发现没希望了，他突然破口大骂，每骂一句，脑袋就朝墙上猛撞，整个人疯了一般。顷刻之间，他满脸盖着血，已经不见脸了，只有红色中两只眼睛眨巴眨巴。

我们大惊失色冲上前去，七手八脚将他抱住和按住，用一床棉毯包住他的头。但我们不知他哪里有那么大的力量，不但甩得我们东偏西倒，不但继续往墙上撞头，而且身上所有没有被我们按住的部位，一团团的肉都突突跳动，都在向外爆炸。

"要死人啦！"

"救命啦！"

我们恐惧万分地大喊，喊来了警察。他们也被一个血淋淋的脑袋吓坏了，商议了一下，给他解了手铐。

我也是瘸子的交往密切者，因此在提审室待了很久。我想洗脱自己，帮助警察迅速地破案，但我没法供出密谋的过程和动手的情节,更没法供出他们想象中的棍棒、刮刀、毒药一类物证,使警察们很不满足,连冯姐也对着我瞪眼大拍桌子,根本不把我视为什么人才。另一个警察接班,同样对我没有好脸色,口口声声要把我丢出去喂狼狗。又一个警察来接班,虽然没有威胁,但始终不让我闭上沉重的眼皮,一连十几个钟头折腾得我痛苦不堪。这种车轮审讯的最后一站是车麻子。我怕他,一心想让他满意,于是忙不迭地挖空心思,把早已成为枯渣的回忆再来一次榨挤。我说瘸子做过很多数学题,不知是什么意思。麻子听后并不满意。我又说瘸子给我们讲过《圣经》,讲过洪水滔天毒疫流行之类阴冷可疑的故事。麻子听后更不满意,认为我故意糊弄他。

他用电棒戳戳我的衣袋,"这里面没有白粉吧?要不要我今天给你搜一下?给你加判个七年八年?"

我知道他的意思,气愤地大喊:"你、你不能栽赃陷害!"

"还知道怕呵?那就好,那就好,那就态度老实一点!"

"你打死我,我也只知道这一些。"

"想骗谁呢?你同他臭味相投,交往密切,经常合伙加菜。有人还揭发你们走后门!"他是指同性恋。

"那是血口喷人!无聊!"

"人家的笔录上有白纸黑字!"

"是你们搞逼供信!"

"好,就算没有走后门,你们混在一起也不光是下棋吧?不光是讲故事吧?不光是思考中国革命和世界革命吧?九号仓里就这几团毒,你不知情还有谁知情?你以为我们公安局是粮食局?都是吃饭的?"

他用电棒指定一个台灯架,一按电门,棒头立刻噼啪一响,白中带蓝的光团爆出,震击得台灯架一跳。我知道,下一步我肯定就是这个台灯架了。我看见他的电棒头已经逼近过来,逼近我的鼻尖,知道自己马上要发出一股焦糊味,就要头发竖立和眼球外突,整个身子跳到天花板上去。

我果真大叫一声,晕了过去。醒来的时候,我发现自己躺倒在地,满面流着冷水,眼中是车麻子朝下俯瞰的一张脸,有些模糊和变形。

我听到他哈哈一笑:"我没有按电门,你小子晕什么晕?你还没学会视死如归呵?"

二十一

有一个管教好色,看中了一个女犯,值夜班时常把这个女犯叫去谈话,进行思想教育,然后要对方按摩,吃她一点小豆腐。他没料到对方按摩时偷听他打电话,察觉了他的一个圈套。他当时受人之托,正设法给瘸子减刑,要为瘸子制造一个立功机会。他的这一招很阴:据说是让瘸子去鼓动黎头越狱,假模假式提供锉刀一类工具,但准备在案发之前及时举报,一举制止越狱事件。这不就立功了?减刑不就有了可能?

按摩女郎把这事偷偷告诉了两个囚友,于是另一个女犯把风声透给了黎头。不用说,黎头心一横,先下手为强,就有了后面的故事。

这是一种说得通的说法。当然,关于瘸子的死还有其他说法。有人说他的哥们统统招了,让他始料未及大为悲愤。他是个心高气盛之人,眼下制毒证据确凿,身为主犯罪大恶极,最好的情况下也会判个无期。听检察官和律师都这么说,他不愿在监狱了此残生,便断然结束自己。

这样说也似乎合情合理。不管出于哪种情况,他的死都让我深为可惜。他一个初中毕业生,做出那一堆堆的高等数学题,一直让我惊叹学海无涯。他对生活的看法，虽不被我全部接受，却使我深深震撼久久难忘。有一天夜深，他迟迟没有睡下，嚼着嘴里的一根干草，一口咬定这个世界已经无药可救了："……贫困和权势都是犯罪的条件，你要是没碰上它们，当然很容易做好人。"他冲着我冷冷一笑，"世界上的大多数人，其实只分成两种，一种是你说的好人，其实是没有碰上犯罪条件的人。另一种是你说的坏人，不过是犯罪以后没有悔改机会的人，比方说没时间了，不能重新开始了。"

我怯怯地说："你的意思是，大多数人不是潜在的罪人，就是后悔的罪人，是吗？"他点头："对，我们都是迷途的羔羊，罪孽深重。"

我辩不过他，没有他那么多学问，更没读过他动不动就提到的《圣经》。但我已察觉到他白里透青的脸上有一种死亡气息——那一夜他是不是对噩运已有预感？

多少年以后，我从老魏那里知道了安妮的行踪，一心想找到安妮，想知道她是不是那个给黎头透风的女犯，或者说她知不知道那个女犯——这关系到黎头在我心中永远的一个疑点。当时老魏已经离开机关了，公司又破败了，办公室里堆了半个房间的旧货包，一台传真机据说是坏的，冰箱里只有西红柿和几包方便面，桌上和地上还有薄薄灰尘。看来这里没有安妮那样的小秘书来侍候老总了，也没有多少谈判和会议了。但这并不妨碍老魏打开公文包，拿出一沓沓豪壮的项目书，一个劲向我描绘公司的大好前景。这也并不妨碍他看在囚友的面子上，慷慨接纳我，要我当营销部经理。

"日本贷款还没到位，因此我暂时不能给你工资，但公司的股份给你百分之十，或者百分之十二，你看怎么样？"

我很感动，"魏哥，你对我真是太好了。"

"我是最念旧情的人。与你共过一次患难,对你还是够朋友吧?虽说事后没把你们那些弟兄都捞出来,但看守所面貌的彻底改变,践踏人权现象的基本杜绝,还不是靠我魏总?那两个去考察的著名作家,都是我哥儿们。他们把内参一写,把政协提案一交,公安局就得来乖乖地整改。我本来还想搞个记者团去好好曝它一下光!"

这似乎是事实。

手机响了。从他突然融化如水的五官来看,从他立刻扭动腰肢和跷起小手指的青春活泼来看,手机里想必有女人的香风扑面。他乐呵呵地说不行不行,时间这么晚了,他刚见了中央一个领导,还要等两个美国的传真,实在没时间呵。他又哟哟哟几声,被一只蝎子咬着了似的,说好吧好吧,宝贝,我联系一下美国再说。

他收线了,气恼地摇摇头,"唉,都是我大观园里的一帮妹妹。好厉害!现在没多少客人了,天天把我的手机打爆,要宰我的冤大头!"

他无可奈何地带我去了一个夜总会,一进门碰上领班就吆喝:"还有哪些没上台的?都来都来,都算我的!"

七八个花枝招展的女子一拥而出,雀跃欢呼又饿虎扑食,把我们严密地押进了一个 KTV 包厢。其中有一个还坐到他腿上,攀到他的肩上,差一点就要骑到他的头上。不过,她们今天有点高兴得太早了。老魏确实是来收容她们,不过日本贷款没到位,今天不能给现金,只能开白条。

花蝴蝶们哪吃这一套?她们柳眉倒竖,翻脸不认人,咸鱼小贩的粗话脱口而出,七手八脚把魏总来了个围抢。不仅搜走了他身上的发票和几张小钞,还搜走了他的手机。放在茶几上的一副太阳镜也被人抢走,大概是便宜货,被那个女子看了看,又给甩了回来。一只手表还没解下手腕,已陷入三个疯婆子的争夺之中。

"你们欠打不是?"魏总一脚踢翻了茶几,这才吓得花蝴蝶们一哄而散。"你们也不看看你们自己的样子,眼睛画得熊猫一样,衣服穿得咸菜一样,一看就是个卖甘蔗的,没一点品位,也想在这里混钱?"

看她们低眉顺眼,噘着嘴嘟嘟哝哝,气焰不再嚣张了,他把散乱的头发抹了抹,气平了一些:"叫花子嫌饭馊,还想要现金。哪来那么多现金?现在是文明社会,中国要申请进入WTO,各行各业都要讲道德,要建立现代企业制度,你们首先就要端正服务态度不是?不要唯利是图急功近利不是?不要把一个'钱'字顶在额头上。钱钱钱,俗气!知道不?别说你们这些破冬瓜烂茄子,就是国色天香来了,也不能开口就是钱!你——"他指着一个女子,"要你去矫正牙齿。为什么不去?一嘴桂林山水,还不把客人吓出十万八千里?"他把对方气得哇的一声哭着夺路而去了,又指着另一个胖丫头,"你们也站好!你——讲话最没有礼貌,一点文化都没有,还口臭!只唱得了几首港台歌,连英国在哪里都不知道,美国在哪里也不知道。这样的素质怎么行?你们白天有的是时间,为什么不读读书?像唐诗、宋词、元曲,总要知道一点吧?像国家的基本法律和政策,还有最新发生的国家大事,总要知道一点吧?……"

他的政治教育和人生指导看来没完没了,我把一个点歌簿翻过好几遍,最后装作上厕所,溜出了空气混浊的包厢,来到了大街上。

二十二

眼前的街口靠近华天宾馆,有一个贴满小广告的邮局报亭,居然还是三年前的老样子。三年前我就是在这里被抓的,当时被警察反剪双臂，额头顶住了一个肮脏的垃圾桶，屈辱的牢狱生活由此开始。我曾经在监仓里狠狠掐自己的大腿，想把时间掐回到这个垃圾桶，掐回到我到达垃圾桶之前的一刻。

现在我回来了，对着垃圾桶忍不住泪流满面。我的两个同案犯后来终于落网，使案子得以审结，我可以获得轻判和出狱。但我不知道自己得到这一消息时，到底是高兴还是不高兴，就像经过旷日持久的排队，总算排到商店柜台前了，却不知道自己到底要买什么，不知道柜台里的东西是否物有所值。母亲的床上已经空去并且积有灰尘。未婚妻的床下已经有了另一双男人的皮鞋。朋友们的电话号码大多已经改变——我现在应该往哪里去？我当然还能慢慢地找到朋友，听他们谈 GRE，谈技术移民，谈欧二标准，谈真人秀，谈上网灌水，谈党校中青班，还有台阶和助巡……这都是我听不大明白的，就像我当初听不懂犯人的黑话。

他们拍拍我的肩，给我加上葡萄酒和巴西烤肉，约我下一个周末去打球，看他们如何赢下三五〇杆的耐克或者三〇〇杆的登喜路……这又是我不懂的黑话，再一次让我额头冒汗，手心发凉，一肚子话说不出来了。他们像我当初见到的犯人，对我这个新来的家伙饶有兴趣。

我不是一直在向往这样的自由吗？不是一直向往这样的明亮和舒适吗？为何一落到自由里反而一身哆嗦？

是的，我自由了，听不懂上等人的黑话但还是应该高兴自由的降临。我一遍又一遍说服自己，我现在不必担心陌生的男人和女人，不必担心任何保安和警车，就是荷枪实弹的武装警察队伍开过来，我也可以在这里吹吹口哨。我没犯法，没有案情。你应该明白这一句话的意思。这就是说，我可以在这里自由地看看天色，挠挠头发，挖一挖鼻孔。我既可以上中巴车又可以招的士，既可以看广告又可以看橱窗，既可以摸电杆又可以摸墙壁，既可以踢一个饮料纸盒又可以踢一块小石子,既可以走进一家小酒吧又可以走进一家理发店……我再一次确认头上没有四方形的天空,确认自己可以在这里幸福地打滚,翻跟头,做广播操——我曾经昼思夜想的一幕。

我给安妮打了个电话,告诉她这个电话号码是老魏告诉我的。

"我怎么不认识你呢?"电话里口香糖的咀嚼声,还有歌舞厅嘈杂的喧哗。

"我是收音机,你不记得了?"

"什么收音机?"

"我是九号仓的男高音呵。"

"有这样的事吗?"

"我当劳动仔的时候,帮你递过不少条子,还替你到外面补过鞋。"

"我怎么越听越糊涂?"

"你不是安妮?"

"对不起,我不叫这个名字。"

"你又改名了?"

"国家机密,不告诉你。"

"不就是藏在哪首诗里吗?怎么不藏在性病广告里?藏在老鼠药广告里?"

我有点生气,也生自己的气。我今天打这个电话做什么?是要与她分享自由的幸福或者沉重?是要与她分享回忆的辛酸或者快乐?还是要找个女人唱上一支《红河谷》,然后蹭她一顿饭,再蹭她两支烟?我已经重返生活,正在与人们相忘于江湖。方形天空下的往事一去不返,不再需要我暗暗坚守。

"喂喂,"她打断我,"你小子怎么这样嘴臭?不是想来绑票吧?你这个人,想绑票也得先引诱引诱吧。你小子听着,你要是说借钱给我，要是打算送我什么金项链玫瑰花，就再打这个电话。"

啪，对方挂机了。

我像挨了一记大耳光，怏怏地走出电话亭，把门上掉色的"中国电信"四个字看了好久，好像我还能镇定自若。我看了看天，那片无限开阔的云天，被城市灯光映照得一块块发红，如同一片片无人扑救的大火。大巴车在疲惫地喘息，出租车在鬼鬼祟祟地逃窜，自行车屏住呼吸蹑手蹑脚，像是在跟踪前面的自行车。三五成群的街头闲人看上去在观望与等待，等待着一片无人扑救的大火之下某个事件的发生。

我被三个黑影围住了，退到了墙根。这里离路灯较远，我看不清他们的面目，但脖子下凉凉的刀刃，表明了他们的来意。我有点好笑，因为提包里只有两件臭烘烘的衣裤，我身上也没有手机、手表、钱包以及金戒指，仅有十几块钱还是老魏刚才借给我的，只能让他们白忙活一阵。但他们发现了我手臂上的刺青文身，都是当初用瓷片扎到皮肉里去的：有一条小龙，是我的属相。数字一九九四六一二——是我被捕的日子。

"唐家河出来的?"一个黑影这样问。看来他也蹲过仓，知道看守所就在唐家河，知道唐家河这个俗称。

"当然。"

"哪个仓的?"

"九号，十二号。"

"刚出来吧?"

"三天了。"

"刚出来的日子不好过呵。这么晚了还轧马路？提了个包，跟真的似的!"黑影生气地把什么东西往我衣袋里一塞。

等他们走远，我掏出衣袋里的东西，发现是一张五十元的钞票,大概是他们一气之下,勒令我打车滚回家去!

二十三

很多结案的犯人没法"投劳"——即投放劳改单位。这是因为劳改单位大多人满为患。我的刑期是四年,抵掉看守所里的两年,所剩不多,所以我就当上劳动仔,算是在看守所就地服刑。

劳动仔住的监仓要好一些,仓门白天也不上锁,这样说吧,这相当于从三等舱搬进了二等舱,乡下户口转成了郊区户口。因为参加劳动,我们这些劳动仔也有较多自由,有时甚至能跟着警察出外买菜或者运垃圾,看一看市井的繁华,嗅一嗅汽车废气或女人头发的美好气味。但一般来说,我们都不会借机逃跑,谁也不会干那种因小失大的傻事。我们有的种菜,有的帮厨,有的喂猪,有的打扫卫生或者修汽车,分成了若干劳动小组。其中修车组经济效益最好,地位也就最高,不但可以吃香喝辣,组员们有时还能请一两天假回家探亲。

我不会修汽车,但毕竟是大学生,可以帮所里写标语出墙报,还可以给警察的子弟们补课。我后来得到减刑的宽大,就是因为把两个警察的小仔子辅导得不错,让他们一举考上了重点高中——可怜这些小伢仔,跟着家长住在这破郊区,实在碰不上什么好学校和好老师。我记得学生中最差的是车小龙,车管教的大公子,读到四年级了,九九表还背不全,"甲"字也总写成"由"字。我有一次问他什么是被除数,他只是傻笑。等我再问,问急了,他才一举揭穿我的伪装:"老师,你其实什么都懂,还来问我做什么?"

我当时差一点气得晕过去。

我对这些警察从此多了一份同情。他们别说管管孩子,就是逢年过节也没法休假,充其量只能轮着回家吃顿饭。在这样的高墙下一待几十年，岂不等于判了个无期？他们虽说拿着工资，但吸最劣的烟，喝最粗的茶，碰到伙房里杀猪分几斤肉，还高兴得屁颠屁颠地有哼有唱，这份日子恐怕连好多犯人也要笑翻吧？

眼下，我是他们的希望，是他们下一代人走出刑期的希望，因此大受器重，有头有脸，趾高气扬，一高兴，堂而皇之换上一件新衬衫，到值班室去看看电视，甚至同管教打个招呼，到大门外的小街上吃两个冰激凌，顺便给弟兄们夹带点香烟进来。有一次，一个探监的家属把我当成了便装警察，一把拦住我，求我批准他同儿子见上一面。我耐心地给对方解释政策，把制度是不能违反的云云说了一大通。

我帮看守所出墙报的时候，还经常出入管理区的房间，参与警察们的一些闲聊，甚至参与他们的学习讨论。有一个老人，捡垃圾为生，在车祸中断了双腿，活在世上实在受罪，要朋友帮他一把，把他背到桥上再丢到河里去，算是他投水自杀。朋友也是捡垃圾的，想成全这事，没料到一上桥就被路人扭送派出所，最终被法院判刑六年，罪名是杀人未遂。警察对这一判决意见不一。车管教是站在我这一头的，说法院全是胡闹，人家要自杀，自杀就自杀呗，硬留着做什么？不是留着人家来慢慢地害吗？至于那捡垃圾的朋友是受人之托和助人为乐，算得上什么罪犯？冯姐虽然不赞成我们的看法，但说服不了我们。

后来他们在打人问题上又争议不休。车管教说恶狗服粗棍，新加坡那么发达的国家不也有鞭刑吗？他由此认定，抓到罪犯，特别是那种没有大罪的，最好不要关，打一顿屁股扔出去，再不就割耳朵、剁指头，额头上烫字，既能增强法律的威慑力，又不伤人命，还省了国家的钱财和警力。更重要的一点：免得罪犯们关在一起互相学坏呵。我在这一点上坚决反对车管教，与冯姐站在一头，强烈抗议野蛮执法论。

姓车的说不过我们，一口恶气最后撒在我身上："哎哎哎，你来瞎搅和什么？这里有你说话的地方？"

"你……你……你刚才还说我说得好。"

"好个屁，你他娘的是哪个裤裆里拱出来的？"

我气得眼泪都要出来了："你有话好好说，骂什么人？"

"骂你怎么了？你以为教了几页书，就上天了？人模狗样骂不得了？呸，要不是我以前修理你，你小子有现在的出息？"

他不说也罢，一说就勾起新仇旧恨，顿时气炸了我的肺："姓车的，难怪你那儿子也是个木瓜脑袋。你有什么了不起？干了几十年还是个小警察？你今天可以横，可以凶，但我总要出去的吧？你就不怕你以后老眼昏花的时候在街上碰到我？"

我没说出的话是：你就不怕碰上我的奔驰六〇〇？

"稀奇，稀奇，今天是国民党上台了吗？"

他跳出椅子，怒气冲冲去寻手铐，但冯姐拍了我的脑袋一下，一把拉住我出了办公室，算是给我及时解围。

她偷偷对我说，车管教的老爹病了，他老婆又在老家的木器厂下岗，闹得他最近脾气很坏，疯狗一样见人就咬。你不要招惹他。

二十四

有一次，我跟一个管教出外买菜，在菜场里遇到了贵八条那件腌腊制品。他见我衣着整洁，戴了手表，惊得半天合不拢嘴，把我上上下下看了好几遍。

"你现在是干部了？"

"没有，劳动仔，也就是当个组长。"

"组长也是干部，差不多的。兄弟，这事全靠你了，你一定帮我去找政府们说个情。"他的"政府"是指警察，他的事就是要回来当劳动仔。

"出去了还想再进来？"我觉得太阳从西边出来了。

"你们看在老交情的分上，总得给我一口饭吧？"

"你没饭吃？"

"吃什么饭？不瞒你说，我天天在这里捡烂菜叶子，晚上就去翻垃圾桶，一张脸皮早就甩在地上，踩了好几脚，不要了。兄弟，你不知道呵，像我这样的人，年纪大，没文化，又是唐家河出去的，人家一听就怕。谁要呢？现在没有工作的大学生，都一抓一大把的。"

"你肯定是懒，上班打瞌睡。"

"天地良心，我做事的时候连尿都不屙。"

"据我所知，所里现在不缺人手呵。"

"我就打打杂，不行吗？我洗菜切菜是把好手，扫地拖地也是把好手，就是喂猪掏粪也行。你们不想做的事都归我了！不行吗？"

我不能支持他的异想天开。我就算衣着整洁像个便装警察，就算在政府那里有点小面子，也没有能耐把他抓到仓里去就业。我摇摇头，不能接受他一个打火机的贿赂，也不知道那打火机是从哪里捡来的。

我拉着一车菜走了，听见他在我身后大骂："你们见死不救？你们一个个都良心喂狗哇？老收鳖——"他只记得我的外号收音机，"你去告诉他们，他们放了我就不管我了，将来老子去杀人，老子去放火，莫怪我丑话没有说在先呵……"

他其实是个胆小的人，后来并没有杀人和放火。我听人家说，他刑满释放以后，老婆早已经跑了，一个女儿也不认这个劳改犯父亲，过年都不来与他见面。他到乡下养过鱼，喂过猪，但不巧鱼发了瘟，猪也不怎么长肉。他后来借钱买了一部三脚猫，就是那种吐着黑烟的三轮车，在小街上钻来钻去送客。城管队扣下了三脚猫，说这家伙破坏市容，又是无证黑车，不但要没收，还要车主缴罚款五百。他百般求告没有用，自扇耳光没有用，下跪喊爹爹也没有用，一气之下，解下车架上挂着的一瓶汽油，把三轮车一把火烧了："你们没收呀！没收呀！拿去吧！拿去吧！哈哈哈……"

这一故事最后的情节，是他把剩余的汽油淋在自己身上，一划火柴，一个众人围观之下的火球就跳跃着，奔跑着，旋转着，从大街上烧到花坛里，又从花坛里烧到人行道上，又从人行道烧到墙根，直到火焰渐渐熄灭，冒出缕缕青烟，一个黑糊糊的活物还在那里抽搐。街上来来往往的男女，对这个火球大感惊慌。

但没有一个人来灭火。没有一个人来扑打火焰，没有一个人去寻找灭火器或者水桶，最后只有一个老乞丐，用一床烂棉袄捂灭了他身上的余烟。

幸亏汽油不算多，没把他烧死。人们这样说。

在他的一个侄儿闻讯赶来之前，只有老乞丐在街上抱着他老泪横流号啕大哭……人们还这样说。

二十五

每次走过九号仓和十二号仓，我都有一股庆幸感和优越感油然而生，也有一点没来由的惭愧，好像我正独享荣华富贵，把幸福建立在弟兄们的痛苦之上。这样，我拖着大木桶给九号仓和十二号仓打菜时，勺子总是往菜汤面上削，好歹多刮一点油花子，或者勺子尽量往底下沉，好歹多捞一点有分量的干货，以表示一点心意。如果他们要我递字条，只要不是太出格的，我也尽量通融，包括把一些错别字连篇的字条传去女仓。

我同各个仓的关系都搞得不错。我悦耳的口哨或哼唱,常常激起这个或那个仓里的掌声。

女仓的人越来越少了。自从上面对肃娟有了新要求,一两个避孕套已经不能成为证据,定案难度大大提高,警察们就不大往这里送女人了。待这里的女仓空空荡荡,由八个减到两个,男犯们的字条也就大大减少。监区也冷清了许多。

不知道是不是因为这一点,男犯们更加容易焦躁不安,一个个炸药包碰上火星就炸。一个四川佬,不过是两个月无人探视,就绝望得轻生自杀,吞下了铁钉,痛得自己满地打滚。管教把他抬到伙房,让我们找来一些韭菜,用开水烫软了,再用筷子撬开了他的嘴巴,把一缕缕韭菜塞到他的嘴里去,忙得我们大汗淋漓,后来还一直苦守着他的肛门,看韭菜能不能裹住钉子从那里排出。还有一次,不过是打扑克时输赢几张纸片,一种硬壳纸剪出来的假光洋,几个犯人居然争执不已,继而大打出手,把全仓人拖进了一场恶斗,打得五个人骨折或脱臼,又一次让医生和我们忙得喘大气。

九号仓的越逃是不是也与此有关,也不得而知。我一直没有察觉到任何先兆,从未在黎头眼里发现过异常。据说有一家伙去预审室受审,偷偷从谈话室的窗台下拧下一只风钩,带回了仓里,小斜眼就用它来挑剔砖缝。几天下来,果真挖掉了一块砖。无奈的是,砖那边是厚厚的混凝土,铁一样硬,实在挖不动,他们只得悻悻罢手。但他们不甘心,后来细细考察监仓的每一个角落,终于发现仓里的三道裂缝中,有一条最有价值:监视窗的窗框有些吱吱的松动,是个最可能利用的破绽。他们把床单撕成布条,再搓成布绳,绳的一头锁紧窗框,另一头由弟兄们轮番上阵,进行冲击式的拉扯,忙活了三四天,终于靠着水滴石穿的精神,拉开了窗座部位的一条长长裂缝。看来,只需要再加一把力,整个窗框就要连根拔起，轰隆一声垮塌下来，自由与清新之风就要从缺口一拥而入。

他们喜出望外，暂时不再拉了，让窗框悄悄回位，让墙缝重新合拢，看上去不大明显。为了遮人耳目，他们每天还在那里挂一件衣，好像是晾晒，其实是掩盖现场，让警察看不出什么。

他们现在需要等到一个合适的行动时机，需要更多的观察和准备。说来也怪，那一段我去过九号仓，收垃圾和喷药水什么的，从没注意窗上那件晾晒的衣。管教们也去那里检查卫生评比先进，早晚还各有一次人头清点，但也没人注意窗上那件衣。

隔壁八号仓的闹事险些坏了他们的大计。八号仓的犯人馋肉，指责所里的伙食近来油水太少，一个星期两次吃肉也都是吃些肥肉片，一点都不爽。他们在八一建军节那天突然闹事，强烈要求纪念建军节，说七一党的生日那天加过肉的，为何建军节就不能加肉呢？难道看守所要大家爱党不爱军不成？……他们觉得这一吃肉的理由理直气壮，大义凛然，气吞山河，于是表现出对人民军队的无限深情。也不知是谁，弄到了一支口红笔，在每个人的额头画出一个大大的红五星。

热烈庆祝中国人民解放军建军节！中国人民解放军万岁！坚决抗议看守所不准我们庆祝建军节！决不容许任何人贬低和丑化中国人民解放军！决不容许任何人对抗我伟大的钢铁长城！军民团结如一人，试看天下谁能敌！人民军队爱人民，人民军队人民爱！……他们把能想出来的口号都想出来了，吼得慷慨激昂，甚至有点悲愤和悲壮，好像他们的拥军之心受到了可耻的践踏，好像他们突然都成了威武不屈的英雄战士，身上还带着弹片，脚上还缠了绷带，刚刚经历二万五千里长征或国内战争三大战役，刚刚从英雄的火线上撤下来，一回到后方竟被几个小管教无端欺压。

向前向前向前,
我们的队伍向太阳,
……

八号仓这么一唱,其他仓的犯人也心领神会,于是脚踏祖国大地肩负人民希望的雄壮军歌立即激荡整个监区,只是唱得比较乱。记不住歌词的时候,有些人把"我们的队伍向太阳"当成全部歌词,翻来覆去只有这一句,一直唱到"向呀么向太阳"才住嘴。警察们如临大敌,荷枪实弹全面警戒,但他们冲着炸了锅的军歌有点犹豫,大概觉得唱乱了的军歌也是军歌,冲着军歌下手是不是有点不妥?

结果,伙房里给大家加了肉,算是大事化小。

但警察们咽不下这口气,为了修理一下八号仓,车管教带着人对这个仓来了次突然搜查。他们想找点把柄,比如,找到香烟一类违禁品,借机严惩闹事者,让他们知道人民军队是不好当的,吃进去的冤枉肉是要吐出来的。

不料这一搜,竟搜出了半条锯片,吓出警察们一身冷汗。要知道,锯片不是一般的违禁品,足以威胁到镣铐、铁锁以及窗户的铁栏,足以造成重大的越逃事故,进而砸掉好多警察的饭碗!全体警察紧急行动起来,不仅严查锯片的来源,而且对其他各仓也一一大搜查,消灭任何可能存在的隐患。他们简直是挖地三尺,把棉毯草席掀个底朝天,把每一条墙缝和每一个衣角都不放过,连瓦片石块鞋带裤带一类也统统收走。

照理说,小斜眼他们很难逃过这一劫。奇怪的是,他们似乎有准确的预感,那只风钩不翼而飞,那块脱落的砖头复位如旧,挂在窗口的衣衫摘下来了,但墙缝被饭粒填充和黏合,居然骗过了警察的眼睛。他们只是损失了几块瓷片,损失了一副纸团与饭粒捏成的麻将，还有黎头的两个大歌本——警察对他一直不放心，觉得他的东西无不可疑，无不散发出毒气。

时间到了农历七月半这一天。七月半，鬼门开，家家户户都接鬼祭祖，尤其是车管教这种农村来的人，午后都请假回家去了。看守所特别安静清冷，只有墙根的蟋蟀叫有一声没一声。

晚上十二点左右，监区里传来沉闷的轰隆一声，但混在附近人家接鬼祭祖的一串鞭炮声里，几乎没有人听到。这天是冯姐值夜班，顺便在管教队办公室里写份材料。她上厕所的时候，路过监区大铁门，眼角的余光里有几个人影晃动，但没怎么引起她的注意。直到她走出了十多步，才觉出有点不对劲：今晚既没有提人问话，也没有劳动仔打扫卫生，院子里怎么会有那些人影？

她大惊失色，跑回大门一看，天啦——果然是一伙犯人出了窝！

事后有人说，如果冯姐处事冷静一些，就不会吃那么大的亏。她当时明知警力不够，又不知对手的底细，第一件事应该是检查监区大门，确保大门已经上锁；第二件事就是赶紧检查管理区大门，确保这道门也上锁。有了这"回"字型的两道高墙固若金汤，再拉响警报，打出电话，急调警力前来增援，事情就糟不到哪里去。但她偏偏忘了这些，似乎是急昏了头，连电棒都没有操一支，打开监区大门就冲了进去。一个女流竟想弹压一群暴徒，还能不被人家活活包了饺子？

事后人们还说，如果不是另一个值班管教头脑冷静，赶紧把监区大门重新锁住，暴徒们就完全可能从大门一拥而出，可能迅速控制管理区的电话、警报器、各种钥匙，还有武器和管理区那最后一道大门。事情若到那一步，一切就不可收拾。

冯姐赤手空拳对付三十多个犯人，完全没有胜利的可能，就算是带了枪，也根本没法阻挡越逃者的滚滚洪流。几个对她怀恨在心的强奸犯,一见到她,冤家路窄,几个回合的格斗下来,靠着人多势众,狠狠掐住了她的脖子,加上砖块重重一击,把她当场拍昏倒地。大门外的同事看见她一头鲜血倒下去,急得跳脚,但顾及到敌众我寡,不可能开门去救她。

枪声响了,但手枪火力小,射程也不够,不过是放几声闷屁。从大门外射击,又被值班室和医务室挡去了一大片空间,对越逃者不构成什么威胁。

警报器也响了,响出了监仓的一片骚动。每个窗口都冒出人头,贴在栏杆后面,显得兴奋不已。"找钥匙!找钥匙!要跑兄弟们一起跑呵!"有人这样央求。"快去抱棉被来!没有棉被如何爬得过电网?"有人这样指导。当然也有人表示忧虑,说九号仓的蠢鳖活得不耐烦了,今天硬要鸡蛋碰石头。

越逃看来是有充分计划的。小斜眼首先带人占领了监区内的值班室,大概是想找钥匙打开所有的仓门。一旦发现没有钥匙,他们就操起椅子,把电路总闸和配电箱砸得稀烂,监区的电灯全部熄灭,顿时黑寂寂一片。他们的计划当然也有漏洞,比如,监区的电灯虽然灭了,但监区外有另一个电路系统,依然完好无损,使警报器还在响,岗亭上的探照灯还在扫射,高墙上的电网也还通着电。有一个犯人被电网打出一声惨叫,掉下了人梯。另外的犯人抱来棉被和值班室的化纤窗帘,把它们递上墙用来隔开电网。时间一秒秒过去,他们眼看就要爬过高墙,但被岗亭射来的一梭子子弹,吓得缩了回去。小斜眼较有经验,从值班室拆下一个蚊帐架子,撑起一件衣服,不断冒出墙头招摇,吸引着岗亭射来的子弹。岗亭上的武警果然中计。他们没料到今晚上出事,没有准备足够的子弹,加上一紧张,手指一颤,一夹子弹就嘟嘟嘟嘟打光了,甚至都打到天上去了,几个弹夹很快就成了空夹。他们在岗亭里急得团团转,眼看着犯人们正一个个越过高墙。

就在犯人们哇哇哇地欢呼的时候，就在第二道高墙也要被人梯突破的时候，谢天谢地，远远的警车呼啸，增援警力终于来到。指挥官用电喇叭指挥行动，敦促越逃者投降。管理区和监区的两道大门都被打开，黑压压的武警和警察一拥而入，潮水般扑向每一个角落。手电光柱交叉横扫，刺刀寒光闪闪，所到之处都有越逃犯人的鬼哭狼嚎。人梯最下面的一个犯人被电棒击中了，身子一折，上面的两个就呼啦啦栽下墙来。还有两个犯人刚用破布条结成一根新绳，一见阵势不对，立刻高举双手。

"报告政府，我是被迫的……"

"报告政府，我不跟着跑就会被打死的……"

"报告政府，我刚才没有跑，一直坐在院子里等你们。我现在告诉你们，他们往哪里跑了……"

犯人们在刺刀面前都吓得变了声，知道这次祸闯大了，一个个急着开脱自己，做出无辜羔羊的可怜模样，或者是里应外合喜迎友军的激动姿态。

管教们把他们集中起来，在院子里排成一线，抱着头蹲下。人数已经清点过：除了三个受伤，三十八个犯人还差八个。

管教们再次惊慌失色，忙去清查九号仓，清查其他监仓的门锁，清查管理区的每一个房间，查得大家一个个声音发颤：他们难道插翅飞了不成？他们不是没有爬过外墙吗？

所长突然一拍脑袋："我知道了！"

所长带着大家赶往公厕，在公厕后面找到一个废水池。池边果然有踩倒的青草，池里果然有刚刚泛起的一层泡沫，旁边是一个洞开的污水管。

他们冲出看守所，来到墙外的野地，在离高墙大约一百多米的地方，找到了一堆废石料。大家确定位置以后，把石料搬开，暴露出下面一个沉沙井的水泥盖。水泥盖再打开，手电筒一照，下面果然有两只闪动的眼睛。

出来！出来！统统出来！警察们大喝。

不要开枪……里面好像有人声。

两只眼睛出来了，又有两只眼睛出来了，又有两只眼睛出来了……一共八对眼睛爬出了井口，一对也不少。他们眼睛以外的一切部位都是粪泥，黑糊糊的看不清楚，而且恶臭扑鼻。

这真是谁也没有想到的结果。事后听人说，几天前有个农民在这里拆房子，拆下了一些石料，临时堆放在路边，刚好压住了看守所的这个沉沙井盖。人算不如天算，就凭这个极为偶然的堆放，越逃犯人们顺着污水管爬到这里以后，拿出吃奶的气力也没法顶开井盖，真是喊天不应叫地不灵。污水管太窄逼，他们也没法循原路返回，更没法掉头，只好在这里卡成了一节节臭肉灌肠，耐心等待着束手就擒。

两天后，警察们敲锣打鼓，放一挂鞭炮，给拆房子的农民送来了一箱酒，让农民觉得莫名其妙。

二十六

生活，是一张网。

生活，是一堵看不见的墙。

墙上有几行歪歪斜斜的字，不知是谁留下来的。我正在看着这行字，屋檐上掉下来一只大飞虫，有气无力地扑腾，已经是半死。我身旁的一个劳动仔骂道："娘的，谁要倒霉了。"

我知道是谁要倒霉了。囚车已经停在大门外，十几个武警士兵已经在那里严阵以待。"严惩暴动越逃首犯"一类标语是我前一天张贴上去的。伙房里照例早早地做饭，特地做了一份红烧肉，一份炒鸡蛋,一份油炸带鱼,还有一盘小菜。当我把这些菜端去办公室时,好几个仓的犯人大概闻到了菜香,大概是听出了我脚步声里的沉重,于是传出粗粗哑哑的歌声:

> 人们说,你就要走向刑场,
> 我们将怀念你的微笑。
> 你的眼睛比太阳更明亮,
> 照耀在我们的心上。
>
> 走过来坐在我的身旁,
> 不要离别得这样匆忙;
> 要记住唐家河你的故乡,
> 还有那白发苍苍你的爹娘。

歌声一浪一浪地荡漾和涨涌。我知道这一首改词的《红河谷》是为谁而唱。小斜眼被三个警察押着,已经坐在办公室了。他双手戴了手铐,脚上挂着铁镣——所里最近已经取消了脚枷。他听见脚步声,抬起头来,冲着我淡淡一笑。

"强哥……"

他看了饭菜一眼,摇摇头。

"强哥,你多少吃一口。"我差点要哭了。

"你去帮我找件衣吧。"

我看了车管教一眼,得到他的默许,慌慌地向自己的监仓跑。我失神地跑了起来,跑得耳边风声嗖嗖,跑得身边的窗口都拉出了扁平和倾斜。其实我不知道要跑到哪里去,甚至忘记了自己眼下要去干什么。我真希望脚下的路有十里长,百里长,千里长,万里长,绕过地球一圈又一圈,永远不要有终点,永远让我像箭一样狂奔不止，让我真正地飞扬起来撞入太空……

我取回了自己最好的一件深褐色夹克，还带来了梳子、头油，外加从女警那里借来的摩丝发胶，回到办公室里，把强哥稍加收拾打扮，使他的刺猬头又湿又亮，看上去有香港小歌星的模样。

"谢谢你。"他看了我一眼，眼神分明是在说：还是你了解我。

门外不时有人走过，但脚步声让他的目光一次次黯然。我知道他在等待一种脚步声，一种我们都熟悉的脚步声。我们这些蹲过仓的人对脚步都有特殊辨别力，能从脚步声中辨出是谁来了，能辨出此时来人的脸色、心情、脾气、想法。一个负重的人，走路决不同于一个空手的人，一个前来找麻烦的人，脚步声决不同于一个前来报喜讯的人。

小斜眼目光跳了一下，好像听到了什么，但我什么也没听出来。他的目光更明亮了，有一种全身毛发竖立的神态，但我还是什么也没有听到。直到最后，我才不得不佩服他的狗耳朵：一种熟悉的脚步声果然从寂静中潜出，由远而近，由近到更近，风风火火撞开大门。"不是说九点半吗？怎么提早了？"冯姐一进门就冲着车管教直嚷。

冯姐自从越逃事件以后，因为脑部严重受伤，又因处置失误受到批评，调去交警部门已快一个月了。

"我怕见不到你了。"小斜眼对她一笑。

"我说了来，肯定就会来的。"

"你能答应来送我，谢谢你，真的。"

冯姐叹了口气，"国强，你是不是有什么话要同我说？"

"我就是怕没机会同你说了。"

"你慢慢说，我听着。"她抽了一张椅子，与他面对面坐下，紧紧盯住对方的眼睛。

"上次越逃……是我挑头，但我不知道是你值班，也没有要他们打你。我只是没管住……对不起了,冯姐。"

"事情不是过去了吗?我知道你不会害我。"

"不,我得让你知道这一点。我不能对不起你。每年中秋节的月饼,是你送给我的,不是我妈送的。我知道。"

"这些小事还说它做什么?"

"我知道,今年春节那双鞋,也是你买的,不是我妈买的。"

"谁买的不都一样?"冯姐有点慌乱。

"你用我的名义给我家里写信……"

"是这样吗?我写过吗?……"

"冯姐,你不要哄我。我不是小孩子,心里一直很明白,只是软话说不出口,没说惯。我知道你是怕我伤心,怕我孤单。其实我不怕孤单。我说出来怕你不相信:我不怕别人对我坏,只怕别人对我好。别人一对我好,我就欠了账,就还不起了。"

"你不要这样想。"

"你听我说。我知道,这几年我妈从来没有来过一次,这几年我妈从来没有给我送过任何东西,我妈从来没有我这个儿子。这样好。这样我就少欠她一些。我虽然长得像她,但我是她不该生出来的孽种,我是一个不该有妈的野人,畜生!"

"你妈也许是病了,也许有别的什么原因……"

"不,我不配有妈,根本不配!只是我以前不明白这一点。那一次,"他深深地吸了口气,"那王八蛋要赶她出门,我怕没了她,从被子里爬出来,跪着求那王八蛋,抱住那个王八蛋的腿,求他不要把我妈赶出去,说外面又下雨又冷,妈妈能到哪里去呢?当时我只有八岁,八岁呵——"小斜眼全身一震,喉头被什么卡住了似的,停顿在一个呕吐状,嘴巴大张,满满咬住了一口气,好一阵没声音。

冯姐眼圈红了,把僵硬的他搂在胸前,轻轻地拍着他的背,

"国强,你不要说了,不说了。你错误犯得太多了,几件重案在身,活下去也没什么意思。是不是?你就安心地去吧。像俗话说的,好汉做事好汉当,胸膛一挺,眼睛一闭,就那么回事。早去早投胎,来世重新做人……"

"我下辈子不想做人了!冯姐,我要做狗,做猪,做老鼠,做臭虫蚂蚁,绝不再做人!"

"你要相信,你下辈子一定会有个好妈,一定会换一个好妈……"

"我不要妈,再也不要妈!"

我事后记得,在场的两个警察也红了眼睛,连车管教也捏了捏鼻子,转过身去,两手插在裤袋里,看着墙上一排镜框里的监规公示。

门外的汽车喇叭一叫再叫,大概是司机等得不耐烦了。一个警察用对讲机与外面低声联系。强哥擦了擦眼睛,把头抬起来,平静了一些,有如释重负之态,脚镣咣当一声,他站起来向明亮的门外走去。

在出门的那一瞬,他略略回了一下头,看着地上,意思是再见了。

没有人回话。

"有个小礼物要送给你。"他是冲着冯姐说的,但对我使了个眼色,要我去看看他的鞋跟。

我摸到他的鞋跟,摸到了一个隐蔽的夹层,小指头在那里一挑,挑出了两块小铁片。从凹凸不平的齿边来看,是私下磨制的钥匙。

蹲过仓的人都明白,这是对付手铐和脚镣的暗器。这就是说,他刚才突然改变主意,放弃了途中越逃的可能。

我把钥匙交给冯姐,发现她的手哆嗦着,差一点没有接住铁片。我看见她捂住嘴,圆圆的娃娃脸上泪水双流。

二十七

我听到一个管教的脚步声远去,渐渐消失在夜色里。但只要我竖起双耳,屏息静气,紧紧地咬住它,守住它,跟住它,它就不会完全消失,虽然在耳膜里微小如尘若有若无,但一直波动在那里。它来自水泥地上,沙地上,泥地上,木板上,新木板或旧木板上,音色并不完全一样。我甚至能从它微弱的偏移或稀薄,听出那双旧皮鞋是踩歪了沙粒,还是踩倒了青草,碰到了木楼梯。我有些惊讶和兴奋,甚至相信只要我这样全神贯注地守住,我就如同在两只鞋底上装了窃听器,能远远地听出行者的一切,听出他到了哪些地方,见了哪些人,做了哪些事,包括放出什么样的哈欠和发出怎样的长叹……我可以把他的一切秘密了如指掌,哪怕他在一百面高墙之外。

我摸摸额头,估计自己是病了。

二十八

就像老魏事后夸耀的那样,他那两个作家朋友来访以后,写了份内参,又写了什么提案,狠狠参了看守所一本。加上不久前的越逃事件引起震动,上面终于决定把这个破旧不堪和管理不善的监所推倒重建。这样一来,在押人员开始分流,我与其他九个劳动仔,还有三十个已结案犯人,将去省拘留所代管半年。我好端端的幸福日子,被两个多事的文人给搅了。

这一天,两辆警车和三辆囚车开到了所里。十来个警察灰头土脸地下车,大骂这是什么鬼地方,今天这一路真是倒大霉了,一人少说也吃了半斤土。其实,最近这里修路,路确实难走一点,但不值得他们发这么大的脾气,一来就没有好脸色。他们大多拿出手机打电话,电话里大多是骂骂咧咧,没工夫与前去迎接的管教们握手。他们拍灰,洗脸,抹头,刮鞋泥,上厕所,又嘲笑这厕所里还养着猪,连个卫生纸也不准备,差一点逼着他们拿竹片刮屁股,真是有浓厚的乡土气息呵!

他们喝茶时也不顺心,说这里居然还用着搪瓷杯,也没有一次性的纸杯,革命传统好是好,就怕染上什么病。犯人家属来了也是用这些杯子吧?犯人家属里就没有口臭、肝炎、痢疾、肺结核以及艾滋病?

一个大个子警官,看上去是个领头的,扯了一张钞票给车管教:"兄弟,我们不熟悉附近的情况,烦你去提一箱健力宝,要不矿泉水也行。"

车麻子把热水瓶和所有的搪瓷杯收走,没有说什么,又大汗淋漓地扛回两箱饮料,一张马脸拉得长长的。

交接程序其实不复杂。管教叫一个名字,一个犯人就出列向前,经省城来的警察对照表册验收,然后上囚车待着。

轮到我上车的时候,大个子警官指着我手上的可口可乐瓶子。"什么东西?"

我说是茶,路上喝的。

"扔掉!"

"这四五个钟头的路程……"

"就是再长的路程也不准喝!喝多了就要撒尿,一撒尿就搞名堂。想脱逃是吧?"

"天气这么热……"

"热怎么了?是请你们去当官,还是请你们去出国观光?"

"这是车管教同意了的。"

"车管教?你飞机管教也不行呵!"

他的同伴笑了。我回头瞥一眼,发现本所里的管教都没有笑,车麻子更是黑着一张脸,不过还是没说什么。

"婊子养的!"车厢里有人嘀咕。

大概是顺风,一声嘀咕竟然被大个子听到了,听得他突然一愣。"谁在说话?说什么呢?"他把头探过来,把车上几个人的脸色一一看去,一眼就锁定刚才的嘀咕者。"你——就是你——你下来!"

嘀咕者当然不愿意下去,只是往人后躲。我们也用腿暗暗拦住他,不让他吃眼前亏。这把那警察气坏了,他叫了几声没有结果,恼羞成怒,挥舞着警棍跳上车,一棍敲在我头上,一巴掌就把嘀咕者抹倒在地。"你给我再说一遍,再说一遍!"他的皮鞋和警棍一齐下去,车厢里立刻哇哇乱叫,乱成一团。为了夸张警察的粗暴,不但是挨打者,就是我们这些旁人,没事也会大声惨叫的。

车管教突然大叫一声:"住手!"

大个子气喘吁吁回头,"什么意思?"

"到这里发猪头疯吗?"

"你……你才发猪头疯哩。"

"屙屎也要看地方,打狗也要看主人。这里是你撒野的地方?你耀武扬威惯了吧?称王称霸惯了吧?一点规矩都没有,眼里根本没有我们这些王八蛋是吧?"

"我打坏人,你心痛什么?"大个子警察跳下车,"奇了怪了,你叫什么名字?你同这些人渣什么关系?难怪说你们唐家河黑得很,乱得很,原来我还不相信,今天可算是开眼界了。警察强盗亲如兄弟呵,打断了骨头连着筋呵,平日里红包什么的没少收吧?……"

"你小子胡说八道,小心我撕了你的臭嘴!"

"你敢!"

"你再说一遍!"

"我说!就要说!你能把我怎的?"

双方都不是省油的灯,双方都有铁哥儿们,不管有理没理,先向着自家人再说话,决不能胳膊肘往外拐。他们先是争吵,接着是推推搡搡,最后一个大盖帽打飞了,不知道是谁先出手,一支手枪亮出来,另一支也亮出来,一支支全出了套,一支顶着一支,一支咬住一支,成了互为目标和互加钳制之势,你中有我,我中有你,全都落在火力网里。省城警察的两支微型冲锋枪也顶上火。没有带枪的警察操起警棍,或顺手拖来一把铲子,举起一把椅子,拾起一块砖头,随时准备投入战斗。连伙房里的一条狗也紧张地发出狂吠,把车上和车下的犯人全都吓得目瞪口呆,根本不相信自己的眼睛——共军打共军的枪战眼看着一触即发。

场面僵住了,呼吸都声声可闻,谁都不敢妄动。省城警察清一色的钢盔和武装带,清一色的年轻小伙,面对老少不齐着装杂乱的本地管教,简直是宪兵队碰上了团丁。但宪兵队毕竟人少势单,在枪口的团团包围之中,只能自己下台阶。

大个子首先收了枪,说有话好好说,有话好好说,自家人刀兵相见,像什么话。他一挥手,他的同伴都把枪垂下来了。这头的人眼见对方退了一步,也只得把五花八门的武器收敛。大个子把车管教拉到一边,又是递烟,又是打火,又是拍肩膀,叽叽咕咕说了好一通,使对方终于和缓地吐出一口烟。

车管教还是黑着一张脸,走到囚车前,冲着大个子说:"你听清楚了。这四十个人今天交给你,半年之后由你们送回来。这是上面的命令,不是我们求着你们扶贫救灾。你们不想接,找上头说去,有气不要冲着我们发。是不是?你们省里的水平高,谱大,好,但不要把唐家河的人不当人,明年把这四十个人送回来,谁缺个胳膊少个腿,缺个牙齿少颗痣,你们损坏照赔,休想赖账,到时候莫说唐家河的门槛不好跨!"

他又瞪了我们一眼:"你们也听清楚了,一张张臭嘴给我刷干净点!一个个乌龟脑袋给我缩进去点!出去惹是生非,坏了唐家河的牌子——莫说老子不给脸!"

我们使劲地点头。

我很想更使劲地点头。

"拿着!"他把路边那个装着茶水的可口可乐大瓶捡起来,抹一抹上面的灰,往我手里一塞。

囚车咣的一下关了门,上了锁,起动了。我们挤在小小的后窗,争着把手举起来,伸向窗口,好让车管教看见。我看见他抽着那支烟,弓着背脊,吃力地推着大铁门,甚至没朝我们看一眼,一眨眼就消逝在车后扬起的土黄色尘浪中。不过,即使他朝这边看,他也不可能透过满是尘垢的小窗,看见我们告别的手,看见我们眼里的泪花。我在摇晃的车厢中,很快就想不起他的面目了,似乎往事摇着摇着就破碎了,匀散了,没有了,再也无法聚合出原形。我摇着摇着只记得收拾过办公室垃圾时,发现他的烟屁股最惨,每根都烧到了过滤嘴,甚至烧焦了过滤嘴。我摇着摇着摇着还记得他手腕上经常缠着一根红布条——肯定是避邪的迷信把戏,说不定是被监区那盆神秘白玉兰吓出来的。当时我还猜想过他是不是成天穿着一条红短裤。

我把自己的手腕狠狠咬了一口。

二〇〇五年五月

○
最初发表于二〇〇五年《当代》杂志,后收入小说集《报告政府》,已译成越文。

山歌天上来

一

当年的老寅背有点驼,在椅子里坐久了,背上揉挤出层层皱布,吊幕一样向上拉扯,前长后短的礼服十分古怪。

当年的老寅在汽车站打了个哈欠,看天色已晚,扛着四张竹椅四处找人问路,一路埋怨天气也埋怨县城,最后才找到了县文化馆。

老寅这个人不太好描述,比如,他的脑袋小,不好说一个脑袋,更像是一粒脑袋;眉毛粗,不好说两条眉毛,更像是两把眉毛;耳朵倒很大,说两扇或者两页,可能就合适了。文化馆的老柳肯定是不习惯脑袋的粒状,挥挥手,说出去出去,这里没有人买椅子。把这里当菜市场呵?

对方连忙抠出一纸通知给老柳,止住了对方的轰赶。

"你就是毛三寅?"

"唔呵……"

"你就是边山峒的那个毛三寅?"

"唔呵……"

"慢点，你们那里没有另外一个毛三寅吧？"

"有吗？"

"我问你。"

"村里的伙计把我家老大叫宽老倌，把我家老二叫宜老倌，把我就叫成寅老倌。我不喜欢这个名字，没有办法呵。"

小脑袋一脸的无辜。

老柳查了一下对方翻找出来的会议通知，白纸黑字，手续齐全，不好再说什么，带着他去客房完事。客房门有点窄。来人背着四张竹椅别别扭扭，一个椅脚横扫过来刚好刮在老柳的嘴上。"你带这么多椅子做什么？"椅子那边有尖叫。

粒状脑袋还卡在别扭的姿态中，"对不起。这椅子结实，凉快，街上的人就喜欢这种椅子，二舅娘一定要我带几张来。二舅娘说了……"

柳老师不关心二舅娘，揉着嘴巴走了，气呼呼来到文化馆长面前："那个毛什么是哪个推荐的？是叫他来弹棉花，还是叫他来阉猪？什么农民音乐家？我看是只猴子，还没完全变人吧……"

馆长是本地人，对老寅倒是有几分了解，说你不要小看他，他可不是一般人士，在北京读过大学，五岁就拉得胡琴，鼻子吹得了唢呐，我家的两个亲戚都晓得他的大名。

柳老师根本不相信，鼻子里一声冷笑："他晓得北京是在祁阳还是在麻阳？"这是两个小县的名字，"他晓得大学的门是朝东还是朝西？你看他那样子，长着一个阉鸡脑壳，打嗝放屁都是红薯味。他要是能把七个音符唱圆整，我就倒立着来上班。"

正说着，外面有一道尖叫，是世界末日才能听到的声音。两人出门一看，见馆里的女出纳员一脸惨白，颤抖的手指向厕所："女厕所里有有有一个……"

有个男的吧？是个乡巴佬吧？柳老师冲入女厕所，果然发现是小脑袋在那里用下巴夹住衣角，慢慢吞吞地系裤绳。

"喂喂喂，你怎么跑到女厕所来了？耍流氓呵？"

"对不起，我眼睛不好，怕是看错了。"

"你眼睛不好，嘴也哑了？不能问一声或者咳一下？"

小脑袋走出门来，往墙上嗅了嗅，"大事不好，问题很严重。"

公共厕所门上的字是墨汁写的，经过日晒雨淋，已经有些模糊。柳老师不想在这一点上纠缠："人家小娄有心脏病的，来个当场晕倒，你麻烦就大啦知道吗？"

小脑袋歉意地笑，越过柳老师，对躲在他身后的女子折下腰："大妹子，你什么也没有看见。我可以证明。你不要怕……"

"你不要上来！"女子大叫。

"好好，我不上来。"

"你怎么这样无聊？"

小脑袋怯怯退了一步。"我是说，你没看见什么，不打紧的……"

"你放什么屁？我想看见吗？我要看见什么？我当然什么也没有看见。我就是什么也没有看见。我人正不怕影子斜根本不要你来说，根本不要你来证明……"女人越说越乱，被小脑袋的安抚再一次搞得气急败坏。

小脑袋冲着柳老师和文化馆长睁大眼睛："我给她赔不是，她火气还这样大？这位妇女今天跌了一跤吧？"

这话的意思是：她是不是一跤摔坏了脑子？

二

柳老师是当时为数不多的大学毕业生之一，小县城里的大牌艺术家，经常在剧院舞台一侧指挥乐队。这里的很多人并不理解乐队，一开始并不知道他两手"挠来挠去"是做什么，只觉得他能在那里挠，挠上一两个时辰也不累，想必是个重要的角色。柳老师理论水平也高，经常哗哗哗地甩着扇子，把任何曲子都分析得头头是道，比如，分析出一个主题两个形象三个发展四个特点五个什么什么，用有些学员的话来说，随便捡根草都打得出一锅理论汤。他还特别强调乐生于情，"什么时候道白，什么时候开唱，都是有剧情条件的，不能乱来。你昂首阔步走向刑场的时候才会唱《国际歌》吧？挤鼻涕或者撕脚皮的时候唱得出来吗？"这是他常打的比方，让戏曲作者们茅塞顿开。

　　柳老师诲人不倦，为人很谦和，成天有一张笑菩萨的脸，常把熟人邀到他家去喝茶，抽烟，吃面条，谁要是缺点粮票，他也慷慨掏腰包。自从他从剧团调入文化馆，有些乡下来的业余作者还曾在他家吃过饭，开地铺打过呼噜，就当他家是一个免费客栈。当然，他热情之余也有小小图谋，比方，一心等待客人们夸他，而且在进门后五分钟内立刻知晓他的各种美事：最近入了党，荣升创作组副组长，将来当上宣传部副部长也是可能的。他在恭维之下谦虚一番，算是得到了最大回报。

　　两天来，他再次受到重用，主持文化馆恢复以后第一个创作班，想到任务重和要求高，一心抓出成效。他翻遍了学生时代所有的笔记本，整理出厚厚的讲稿，给大家耐心讲解调式、和声、动机、小三和弦、革命经典《沙家浜》的总谱配器，等等。他讲着讲着，正在眉飞色舞之时，听到一丝奇怪的声音混进了小三和弦，不和谐更不对位，是彻头彻尾的噪音——抬头一看，噪音又是来自教室后排座的一个小脑袋。

　　"喂！"他忘记了对方的名字。

　　前排学员一怔，顺着他的目光朝后看。

　　"喂，喂，说你呢！"

震怒目光抵达之处，小脑袋一颤晃，醒了。

"你怎么能在这里打鼾？岂有此理，你你你怎么可以打鼾？你吃文化馆的睡文化馆的，就是要来打鼾的吗？"

"对不起，柳老师，我眼皮子好重，好重。"

"我在这里支张床，给你拿条被子拿个枕头来？"

"不不，不要床，要床就开玩笑了。好难得的学习机会，专门来学习的，怎么能在这里睡觉？"老寅在全场的笑声中抽了自己一耳光，揪揪鼻子，咬咬牙，重新捉起笔和纸片。

"同志们，同志们，你们知道我为这些课花费了多大的心血吗？"柳老师委屈地敲敲桌子，让学员们的注意力重新集中，让自己挺胸缩腹不无悲情地重返和弦。但和弦还没有讲完，最重要的理论分析还没有出台，无耻的噪音干扰又冒出来了，当然又是来自后排。这一次，要不是小脑袋身边的人及时推一把，要不是这一把阻止了来势凶猛的鼾声和涎水，柳老师今天讲课的情绪差点就没有了。

"你继续讲，继续讲，没有问题的。"小脑袋察觉出寂静的异常，抬抬下巴，远远地给老师送来鼓励。

"你要我讲什么？你让我怎么讲？"

"讲和弦。"

柳老师今天的授课情绪已经没有了。他本来还想讲解一下自己的两首作品，让大家了解成功的创作是怎么回事，但心情一坏，也就偷工减料，草草收场，走的时候连折扇也忘在桌上。

学习班的内容不光是培训，更重要的是创作：四天之内，每个学员都要交出一首歌曲，优胜之作将参加地区和省里的大赛。作为督战者，柳老师背着手来回转悠，不时检查创作进度，给这位分析一下结构，或者给那位调整一下歌词。还好，学员们看上去大多比较卖力，常常是两人共一张破桌子，停电的时候还共一盏油灯，各自埋头唶哧唶哧地大写，嘴里不时哼出各种不成形的曲调。有的则去文化馆外的小河边，操着胡琴或者唢呐试奏新作，发出一些不太成熟的声音，让柳老师联想到哮喘或者癫痫，联想到肠梗阻或者便秘的声音。老师有些着急，但着急的时候居然偏偏少了一个人，走到老寅的房间里，只见床上一个大花被子隆起来，罩住了一个人形。旁边散落的衣裤，红薯味或者酸菜味余绪未绝。

太不像话！柳老师踢踢床脚。

阉鸡脑袋从被子里钻出来，打开迷迷糊糊的眼，"吃饭……还没到时辰吧？"

"一天五毛钱误工费，都是国家的钱，专门请你来睡觉的？"

"老师来了哦。不是说四天才交稿吗？"

"你算算，今天是第几天？"

"还早，还早。"

"你不急，我都替你急。你看看人家。"

"放心，我不一样，我是只孵蛋的鸡婆，我的曲子都是睡出来的呵。"

"你是不是还要鲤鱼甩籽？天天从这楼上甩下去，才甩得出你的惊世之作，是吧？是这个意思吧？"

"哎呀，你这个人，一讲话就吃了铳药，你不要催，我平生头一件最怕的事，就是催。"老寅吞了口涎水，又往被子里钻。

柳胖子气得差点要晕过去，本想把这只假鸡婆从鸡窝里揪出来，扇上一耳光，冲着屁股头猛踢一脚，让他该去哪里就去哪里。细一想，人家毕竟是农民，好歹是革命阶级，轮不上自己过分造次，就忍住了。

他气冲冲找到馆长，强烈要求领导出面严肃纪律，把那个来混饭吃的小脑袋赶快轰走，有饭也不能给这种人白吃。馆长想了想,说边山峒的人你最好莫惹。柳胖子不明白这话的意思。馆长就说,你没听说过边山峒呵?那里的人最蛮。其他地方的人出门讨饭,送财神,送土地神,又唱又闹,逼得主家乖乖地掏钱,只有边山峒的叫花子站在大门口,一句乖巧话也不说。你知道这是为什么吗?

馆长见柳胖子还不明白民情,就说起当年边山峒剿匪,说那时各乡的土匪都降了,只有边山峒不降。不管是由国民党来剿,还是由共产党来剿,反正是不降。他们情愿受火刑,皮子都烧炸了,出黄油,臭气冲天,也没有半句求饶。有的受剐刑,剐上一整天,刺刀捅弯了,血溅丈多高,把墙红了一大片,死者也不吭一声。民国那些年,常有人挑着几箩筐人手人脚和人肝人肺,到县城东门挂起来示众,让大家看看土匪的下场,吓得行人都不敢过桥,一个个从桥下走。不用问,人肉肯定是从边山峒挑来的。

馆长一大堆人手人脚人肝人肺,把柳胖子吓得脸色灰白匆匆告辞,再也不敢提小脑袋,说是要去接夫人下班。

接下来的几天,柳胖子一遇到老寅便绕着走。他没有料到的是,四天过去以后,老寅没有交白卷,倒是真在床上孵出了鸡,一只金鸡。八个学员的作品之中,他的《犁田山歌》首屈一指。柳胖子把这首歌拿到灯下哼了一遍,拿到阳光下又哼了一遍,在办公室里哼了一遍,回到家里又哼了一遍,还是不相信自己的眼睛。凭正统科班的见识,他得承认,他得承认,不仅是他自己,就是他经常提到的那些同学,那些经常被他挂在嘴上四处炫耀的同学,不论是在省级院团的专业作曲家,还是什么音乐杂志的副主编,乃至音乐家协会恢复筹备小组的负责人,都作不出这样优美的音乐。如果遮去作者姓名,他完全可能把它误当大师的杰作搬到课堂上去。

田里犁田是何人？
犁田硬要犁得深。
莫云古日犁无三寸土，
如今犁田啰——
四寸浅了，五寸浅了，六寸浅了，
犁下七寸是黄金，
深耕才有好收成，
……

不过就是这么几句普通甚至浅白和凌乱的词，如何可以谱得这样让人动人心魄？这真是奇了，怪了，邪了！

肯定是抄袭。柳老师恨恨地想着。不过，曲调中明明伏有本地山歌的素材，看上去不大可能来自外地的大师。

他定定神，决定去找老寅查问个清楚。此时，几个学员正在文化馆的食堂里吃饭，密集地围了一桌，谈笑风生，热气腾腾。只有老寅无言语，一脸的庄严肃穆，直勾勾的目光只在碗里生根，伸出去的筷子，稳稳地从容不迫而且认真负责，夹住一根萝卜，在空中停稳了，再运回自己的碗里，停稳了，再运到自己已经准备就绪的嘴里。他没有听到柳胖子的招呼。柳老师拍拍他的肩，还拍出他的不耐烦："阎王老子都不差饿鬼。吃饭就吃饭，吃饭人也催得吗？"

旁边一个学员大声对他说："是柳老师找你哩。"见他不理，再喊："是柳老师找你哩。"仍然没有改变他的目不斜视，也没给他脸增添任何表情。

学员只对柳老师报以苦笑说，他就是这样的，一吃饭就痴了，雷打也听不见。

没关系，没关系的。柳胖子只好以后再说。

三

像柳胖子这样的高手,能一眼看得出老寅的深不可测,深知这些曲子里既有泥土风味,又有西洋套路,来路一时说不清楚,不可等闲视之。老寅后来上厕所拿的一张纸,被柳胖子看到了,发现那是一支圆舞曲谱,竟呼啸着一股地道的俄罗斯旋风,流露出中央音乐学院当年的教学风格,跳跃着草原、白桦树、花裙子、红菜汤以及手风琴的异国气息,完全能以假乱真。作者应该是毛三寅斯基或者毛三寅诺夫才对。

看完他的很多曲子,包括他拿去擦屁股的游戏之作,柳老师这才换上一张大笑脸,恭请他到家里去做客,泡上好茶,递上好烟,称呼也变了:"喂"变成了"毛同志"。

甚至变成了"毛老师"。

毛老师倒有点拘谨,夹住双膝,直腰端坐,手心朝上地托举一支烟,小心翼翼地抽出嗖嗖气声,不知是哪里在漏气。他不管听到什么,浅浅一笑,缓缓点头,没有下文。即便说什么,含含糊糊的呵唔呵唔不知是什么意思。大概是遇到了知识分子,他也知识了许多,土话里夹进一两句抽筋式的京腔,只是还不够斯基也不够诺夫,让旁人的耳朵南北兼顾城乡统筹其实更加紧张。

"操,社教他妈的最有意思啦!"他炸开一个笑脸,突然想到了话题,"高队长下村,说你们不要客气,家里有么几(什么)就吃么几(什么)。三婆婆以为他有母鸡就要吃母鸡,吓得脸都白了哈哈哈哈……"柳老师没听懂,见对方大笑,就陪着笑笑。直到事后很久,经过自己努力思索和其他知情人解说,才明白老寅刚才的意思:老寅是说自己读大学的时候,曾前往农村参加社教运动,认识一个工作队长,发现他的口音经常引起误会。这一段话,算是回答主人关于中央音乐学院的提问。

"嗨,花桥镇是个贼养的好地方!"老寅再次炸开一个笑脸,打断了主人的话头,"花桥人说'群众'是这样的——"他重重的发音像是"昆虫":"有意思呵。有意思吧?花桥人开会就说:东风万里红旗飘,革命昆虫志气豪,我们就是要依靠昆虫,发动昆虫,警惕有人挑动昆虫斗昆虫,坚持毛主席的昆虫路线……"这一次,柳老师还是没怎么听懂,见对方大笑,也陪着笑笑。直到事后很久,经过自己努力思索和其他知情人解说,才明白老寅刚才的意思:他是指自己到本县花桥镇听民歌时,发现花桥人的口音也特别有意思,算是回答了关于音乐素材来源的提问。

老寅笑和不笑,都是急休止,然后便沉默,或者含糊,嗖嗖地吸烟,似乎在寻思下一件好笑的事。柳胖子提心吊胆地看着他那里一截长长的烟灰,急忙给他张罗烟灰缸;又提心吊胆看着他喉头滚动,急忙给他张罗痰盂。

天一句,地一句,掐头去尾,文不对题,云里雾中,牛胯里扯到马胯里,艺术创作交流就这样马马虎虎进行着。柳老师付出了好茶、好烟,还有一顿饭,不免有些失望。他太不了解老寅。很久以后,他才知道老寅既不是心不在焉,也不是言语容易招祸的年头故意装疯卖傻。相反,那一天他已经说得够多了,够上腔上板了,没有一头钻到床上去打呼噜,算是很给面子。

那一天他没有喝酒。这是重要的一条。照理说,人喝酒才醉,他这个人恰恰是不喝酒便昏,便乱,便野,便语无伦次信口开河。被烈日晒得晕头晕脑,就是老寅无酒时的思想。把舌头割去一截,就是老寅无酒时的语言。他嗜酒是从壮族山寨里开始的。当时他从中央音乐学院附中读到学院本科,是特招的农民学员,去广西参加社教和体验生活。他那时崇拜广西的米酒,崇拜广西的刘三姐,梦想着写出一部《刘三姐》那样的歌剧。太多梦想灌醉了他,使他在社教结束的时候，擅自离队而去，沿着壮乡歌声的余音去了云南，又糊糊涂涂去了什么缅甸以及印度，直到两年后戴着手铐满身虱子被押解回国。那时候他只知道音乐，不知道国境是什么东西。如果他不是出身贫农，现在还蹲在大牢里也说不定。

学籍与文凭当然也顾不上了。

他这一段往事，恍恍惚惚，别人说不清楚，自己无酒的时候也说不清楚，因此我们现在也只能知道一个大概。岂止如此，他没喝酒就是个十足的醉汉，半睡不睡的，半癫不癫的，人家说东，他就说西，人家说上，他就说下。他常常把张局长当李裁缝，把王屠夫当何校长，有时看见自己的老婆进菜园子，跺着脚就开骂，说哪来的疯婆子光天化日下竟敢偷菜！气得老婆不给他煮饭。

当然，不煮饭不要紧，即便穷得无米下锅，他也能以睡当饭，把红薯或者萝卜留给母子二人，自己喝一碗冷水，蜷缩在床上，像蛇一样冬眠，就可以把一天打发下来。他说过，当年在北京读书的时候，饭票子少，有时还丢了，他可以一天只吃一顿，甚至几天不吃饭，还能坚持去上课。他的办法就是不做操不跑步不散步不洗衣不上街不说话不笑，甚至不看和不听，把这一切都变成睡，至少是假睡，在蜷缩中尽可能节省每一个动作，尽可能积攒每一丝热气，留到上课的时候再用上——以致后来一片肥肉就可以腻得他抓心挠肺的要呕吐。他还说过，在国境外跟着山里马帮到处流窜的时候，也是常常找不到吃的，要想活下去，睡觉就是最可靠和最简单的法子。说他会睡觉？笑话！缅甸汉子比他更会睡，有时竟可以半个多月不吃不喝，只是昏昏然地闭目养神，靠一缕微弱的呼吸，据说能从虚空中吸取营养，从阳光和月光中吸取精力——他后来才知道，那叫瑜伽。

用他的话来说，瑜伽这把戏没什么了不起，其实就是睡觉，就是装死或者半死，就是对付饥饿的全身蜷缩不动。

他回到家乡以后，大体上能吃个饱饭，但能躺就躺的习惯一时难改，白天黑夜分不太清楚，做什么都不容易让人放心。在乡下当了两年民办老师，被学校辞退了；在供销社收了一年木炭，又被供销社辞退了。生产队长看他百无一用，最后只好让他看牛，算是照顾这个癫人。他倒是乐意看牛，说山上景致好，空气也好，百鸟和鸣，天高地阔，是个养人的去处。他成天在山上吹笛子，久而久之，六头牛全凭他的笛子指挥：吹一个集合调，牛就拢来；吹一个行军调，牛就开步；来一支西洋的小夜曲，牛就齐刷刷地掉头回家。他最为激赏一头小黄牯的乐感，说那畜生绝对听得懂音乐，可以随着节奏摇尾巴，摆耳朵，听到入迷的时候，还可以发出一种奇怪的呻吟，有舒服得要哼哼唱唱的那种劲，简直是个牛群里的莫扎特。

在那一段时间里，他的眯眼越来越小，据说是没有钱买灯油，晚上燃三两炷香捏在一起看书，看成了这个样子。他的酒瘾也越来越大，宁可无饭，不可无酒，碰到衣袋里布贴布，也三天两头要去酒坊，深深地嗅几下，好歹让鼻子过瘾。有一次，附近中学的老师央求他写支曲子，酬谢他一坛花桥镇的头锅谷酒，足有十来斤。他大喜过望，倚着酒坛一屁股坐下，一边哼哼写写，一边把搪瓷杯迫不及待地伸向坛子。舀着舀着，发现杯子轻了。探头一看，其实是坛子空了，见底了，摇一摇也不再有声响。他吓得跳了起来：奇怪，这坛子没见漏，旁边也没人影，怎么酒就没有了？

明明是满满一坛酒，一眨眼到哪里去了？

他呼了一口气，吹得眼前的一只蜻蜓晕头转向，一条弧线歪栽在地上，是醉翻了的模样。他撒了泡尿，烟头丢上去，竟激得哗的一亮，虽然没有像酒精那样真正烧下去，但已经相当危险了。

他这才相信自己全身都流着易燃物质，自己已经成了个酒坛子。

他的眯眯眼睁大,炯炯发光,全身上下泛着红潮,睡意或者癫态一扫而光,连驼背也挺直了许多,连声音也有了更多腹腔共鸣。在这种时候,他不但毫无睡意,不但写得好音乐,还能清醒判断很多复杂的问题,比方说,能判断一坛酒是他自己而不是老婆更不是大哥宽老倌喝完的,比方能判断这一天是初一不是初三更不是十五。在这种时候,他还可以伸手踢脚做广播操(在北京学会的),可以去学校里找来报纸字正腔圆地朗读(特别关心缅甸和印度的打仗,可惜近来报纸上这方面的新闻不太多)。若碰上音乐爱好者,他还说得清歌剧《刘三姐》的一切细节,对中外音乐大师的作品如数家珍信手拈来,从老莫(莫扎特)到老李(李斯特),从瞎子阿炳到王同志(洛滨)和雷同志(振邦)和何同志(占豪),全不在话下。不要看他的发声有点尖削,甚至有点娘娘腔,但这个时候他随口唱出一个音,就是准确无误的中央C,或者是铁板钉钉的降B,根本用不着什么定音叉和定音笛,让行内人不得不服。他随手抄起一件乐器,无论胡琴、琵琶、笛子、芦笙,还是唢呐,不说玩得天花乱坠,至少也要得中规中矩。还有手里的石头,脚下的水,嘴里的一片树叶,桌上的筷子和碗钵,都常常被他折腾出声音,准确地说,是折腾出音乐。

多少年后,有一个记者想写篇民乐奇才的文章,到边山峒去访他,一进山就有各种离奇的景象竞相入目,让人晕眩和踉跄。一只老鼠居然把老猫追得四处乱窜,不知是来自噩梦还是来自现实。悬崖陡壁的当中位置立着一只山羊,前后无路,不知是如何上去的。有时南瓜地里有一个瓜出奇的巨大,整整有桌面大,但其他南瓜该小的小,该死的死,它们各行其是从不引起人们的注意。有时还有一大片燕子不知从何而来,栖在几面粗糙的墙上,使白墙突然变成全黑,如此吓人的景观却被人们视而不见,从不瞥上一眼。记者一路上心惊肉跳,发现山里的很多事物不是憨头憨脑随心所欲,就是胆大包天胡作非为,都是醉翻了一般,只能使人们的脑子跟着生乱。他说,他已经知道老寅是怎么回事了,知道老寅的曲子是怎么回事了。

记者后来没有访到老寅,据说是遭遇到了瘴气,两腿立即肿大和奇痒;又据说是糊糊涂涂迷失了方向,只好搭乘一辆运木头的汽车出山。

这些说法,也没有得到过证实。

四

老寅还玩不了单簧管,钢琴也戳得有点臭,让柳老师稍稍放心了一点。柳老师执意要在钢琴上试奏学习班的所有作品,试完以后又急风暴雨般地来一段赋格,即兴加一点花,好好杀一下老寅的气焰。老寅默听了一阵,抬起眼皮,挤出一句嘿嘿,停了停,再挤出一句嘿嘿,没有说什么。

"你觉得怎么样?"

"好,嗯,就是好。"

"好在哪里?"

"你的记性真是好,身体也好。"

这话怎么听也不像是夸奖。

临出门时,他记起了什么事,回头丢下一句:"第二个爱夫有点矮。"

爱夫就是F。柳老师后来才闹明白,他的"矮"是"音低"的意思,指琴弦有点松,该请调琴师了。如果说乐音"瘦",就是指音有点弱,可能是琴槌有毛病,得想办法修整了。至于某段曲子"没吃饭",是指动机内蕴贫乏;某段曲子"没长肉"或者"不调皮""打瞌睡",是指发展缺乏松弛和变化。还有性能不同的各种和弦,在他嘴里就成了"亲兄弟""表兄弟""远房兄弟""桃园三结义",等等,听上去很别扭。在这里,他好像不是在谈音乐而是谈人。或者,乐符在他那里从来不是什么声波,不过是一些要吃要喝和有哭有笑的小家伙,是可能犯错误也可能闹别扭的小家伙。那么,每个作曲者不是别的什么,只是子孙成群的大家长,是管理着音符们的饲养员,应该腰扎一个围裙,手里咣咣咣地操一个饭勺。

柳老师被第二个爱夫搞坏了心情,化悲愤为苦斗,化雄心大志为挑灯夜战以及在书橱前对苗、侗、瑶、傣等各民族的紧急流窜——他必须从书本中抓到什么,必须比老寅抓到更好的音乐素材,写出副组长的杰作,不能栽在乡巴佬面前。结果,他的一大堆谱子出手了,但自惭之余,还是没敢往上送。他只能眼睁睁地看着老寅的作品在地区大赛中出线,虽然在最终的评审中,被说成"没有突出阶级斗争","没有充分体现时代精神",失去了获奖资格,但音乐圈子里开始流传毛三寅这个名字,还有他有点奇特的来历和习惯。

同行们都在向柳老师打听老寅,包括《犁田山歌》是如何来自他谷酒狂灌之下的清醒。有一种说法传出了县又传回了县里:那一天雷雨大作,又停了电,老寅到了交稿限期的前夜,从被子里钻出来,把四张竹椅子换来的钱,全部买成了酒,三大瓶立在油灯前,如同供上了三尊菩萨。

他正襟危坐,两个嘴角微微往上翘,扯开了一张报幕员登台时的笑脸。他其实没有笑。同他处久了,才可知道似笑非笑就是他酒力发作的表情,是饲养员准备工作的常规表情,只要有了这种表情,就有了主人面对音符崽崽们的现场感,有了面对油灯后面一片黑暗的激情,肯定乐思如涌,怎么写都来神。

地区文化局长是个转业军人，以前的手风琴手，对音乐有点发烧，亲自就音乐创作召集过一次讨论会，让各县的音乐主创人员参加，还特别点了老寅的将，说"那个酒癫子不要漏了"。荒唐的是，老寅不识抬举，居然不知道这次机会何等重要，把自己一个小娃崽带去了那种场合，据说是这次要带儿子到大城市看看火车。他们摸到火车轮子的时候，刚好火车一声大叫，吓了他们一跳，父亲就说："你看这家伙还怕挠痒痒。"这是娃崽报道的故事。那娃崽一看就是个上天入地的种，在会议室里跑进跑出，嘀嘀哒地狂叫，一下撕坏了报纸，一下撞倒了茶杯。大概是看到大楼外的其他孩子抱着布娃娃，他善于学习，不知从哪里抱来一块木板，兴致勃勃地给木板喂水，扶木板走路，给木板抽尿，抽得自己的尿急了，便掏出小鸡鸡当着局长的面抛出一线黄水。在此天下大乱的危急之下，老寅完全不像是一个爹，不加以管教和呵斥，也不知拿一块糖来稳定局面，只是在旁边打哈欠。虽然后来扯上了儿子的裤头，但地上已有了热腾腾的尿渍，实在是不像话。

他扯下自己的袖套去擦尿，会议室里的笑声便更为膨胀肥大。

他踢开木板，狠狈地带娃崽去了厕所，一去便久久没有人影。柳胖子看见局长拉长了脸，还有一再看手表的动作，感觉自己责任重大，只好急急地出门去寻找。奇怪，男厕所里没有人，女厕所里也没有人，二楼与三楼还是没有人……这是招待所两栋模样和结构相同的大楼，有廊楼在东头相接，还有走廊与政府办公大楼相通，确实有点结构复杂。柳胖子一直走到饭堂旁的锅炉房，才发现毛家父子在那里东张西望着急万分，看来是迷路了。你是个卵。你才是个卵哩。你脑袋里灌了水。你脑袋里才灌了水哩。我叫你走这边你不信。我叫你上楼你不信。你猪娘养的不记路又不听话。你才是猪娘养的不听话又不记路……他们跟着柳胖子往回走的时候，还在气呼呼地斗嘴，不饶不让，没大没小，纲常全无,骂得既愤怒又认真。

"以后带你出来,硬要带一副牛绳,把你时时刻刻套住才好。"柳胖子气呼呼地擦着汗。

"有绳子就好了,这恐怕是个办法。"老寅认真地同意。

"绳子归我来牵。"儿子也热烈拥护。

午餐铃已响,发言的时间是不够了。"我虚心接受各位老师的宝贵意见,回去以后好好改正缺点,坚持批判修正主义的文艺路线,把各项工作都抓上去。"老寅结结巴巴的这一句,算是结束语,但口气说大了一些。

老寅低声问柳胖子:"我还想说一句:以后用正确思想的牛绳套住鼻子,永远走在时代精神的犁路上。你说行不行?"

"这些话就不要说了。"

"这样好的话,说不得吗?"

"人家童局长要吃饭啦,不要说了。"

"那好,"老寅转向大家,"本来我还想说一句,柳老师说不要说了,我也就不说了。完了。"

"你继续说,继续说嘛。"局长还有兴趣。

"柳老师他不要我说。"

"你嘴巴不是长在他身上吧?"

老寅转低声问柳胖子:"那我还是说?"

"想说就说吧。"胖子有点不耐烦。

"好吧,我继续说。"老寅转向大家,"我要说什么呢?怪了,刚才看着看着出来了,一下子又进去了。"他抓抓脑袋,意思是要说的话突然找不着了。

大家嗤嗤好笑。

有人提示了一句:"你刚才说到了修正主义。"

"哦,说修正主义。这么说吧,这么说吧,"老寅咳了一声,小心地寻找着字句,"修正主义确实歹毒,确实无比,不光要谋害毛主席,还害得我们坐在这里开会,几句话嚼过来又嚼过去,耽误了好多瞌睡呵。"

有人捂住了嘴巴,还有人前俯后仰地捂住了肚子,看局长连连敲击桌面,也没有静下来。这使老寅大为奇怪,看看左边又看看右边,"笑什么?我说错了吗?修正主义没有耽误我们的瞌睡?"

笑声总算被哭声打断,原来是他的儿子用一块砖砸了自己的脚。这个挖坟揭瓦的活祖宗,还是很善于学习,大概是看见大楼外的其他孩子玩积木,刚才不知从哪里搬来了一些砖,在会议室门边辛苦地搭砌火车站,没有砌稳,便发生了工伤惨剧。这样,老寅忙着去抢救伤员,修正主义就没有了下文。

五

芹姑娘走进了这一个故事,用一副玩具积木换下了小娃崽的砖块。

她是县文艺宣传队(后改名为山歌剧团)的主要演员,演唱过老寅的歌,曾经放出话来:"只有毛老师的曲子才唱得有味。"后来见到不是毛老师的柳老师,一再招呼,发现对方面有愠色,根本不理人,这才伸伸舌头,知道自己祸从口出。她马上改口,说毛老师的歌只是有味,但柳老师的歌更有水平,水平呵,水平这东西不是想有就有的,不喝上几桶墨水是吹不出来的。她抓住机会给柳老师吃一颗酸梅,哎哟哎哟地哀怜自己的肩周炎,要柳老师给她揉揉肩,终于让对方有了笑脸,还有了一种惬意得哼哼的可能性。对方幸好没有尾巴,否则肯定也摇摆不已。

一个肩周炎便能够化险为夷。她就是这样手段高超,有时呆,有时精,有时呆中有精,或者以呆卖精,一句句话让人难辨真假,到处都是迷魂阵,后来被女友们私下里叫作"肩周炎""膝盖炎"以及"小嘴炎",是圈子里鬼鬼祟祟的取笑。至于业务上,她是队里第一嗓,只是很小就进了戏班,没读过多少书,别说是五线谱,连简谱也啃不动,一见乐谱就冒汗,越冒汗越是舌硬,几个音符在嘴里嚼来嚼去,折磨得颈根都要抽筋了,衣衫汗得水洗一般了,还是成不了句。说实话,当年要不是这一条,凭着她的音域宽和气韵长,省里的专业院团早就把她挖走了,若按照柳老师的宣告,柳某人也早推荐她到什么大学去深造了。

台上唱不过她的姑娘们,一般都在乐谱面前找到心理平衡。一见她太得意,就拿一个什么本本来大唱特唱,迫使她闭嘴,无精打采地坐到一边去,闷闷地叠纸船或者钩头巾什么的。她知道,乐谱成了她永远的克星。她的歌喉所向无敌,她的一个眼色或者一条腰胯的线条,足以调动和控制剧场里每一个角落的目光,但她就是没法迈过最简单和最基本的一步。以至在很长一段时间内,她的演唱都得由别人一句句教。这成为行中笑话,成了她最大的污点和心病。

老寅不大看演出,不大认识她,说到她的时候,有时叫她"菜姑娘",有时叫她"蒜丫头"或者"葱妹子",不知是从哪里随便抓来的名号,不知是有意打趣还是真在菜园子里昏了头。他说过:"蒜姑娘好就好在没多少文化。"这句话没头没脑,差不多是癫语,听者不把它当真,没有往下问。

没人问,他就不说了。

他还说过:"芹菜是我们家宽老倌的那只霸王鹅,占了人家的窝,还发脾气。"

这句话还是癫,听者就算想往下问,也没法问。

没人问,他也不说了。

芹姑娘倒是来问过一次。她额头冒汗,拿着老寅的几页新作,说里面这么多升半音和降半音，教唱人都觉得难度太大，她一个乐盲看了更是两眼黑，怎么唱呵？是不是搞错了？要不就是要害死她？她去找过柳老师。堂堂柳老师也教不了她，一上调就晃晃悠悠，好像纸上全是西瓜皮，没几块能让人踩稳。柳老师最后还生了气，说民歌民歌吗，从来都是哪咯哩咯哪，宫商角徵羽，五音阶当家，怎么能搞得这么多半音？玩西洋套路也不能这样的。柳老师还有了一种警觉：老寅这个人就是骄傲，不知自己几两几斤了吧？资产阶级音乐体系正在回潮吧？

老寅大概还记得芹姑娘的积木，收捡自己的散乱衣物，意思是给来客让个座。"大妹子，莫急莫急，这首歌最合你的口味。"

"你肯定是两碗猫尿灌迷糊了。"女演员看了看桌上的酒瓶，不耐酒气，站到了门边比较通风的地方，用手在鼻子前扇风。

"你小时候喜欢打架。"

"同打架有什么关系？"

"你还比较蠢。"

"说什么？你才蠢呢。"

"你说得对，我是蠢。我是蠢人喜欢蠢人，蠢人喜欢唱蠢歌。我同你说，你不要怕半音。半音是什么？半音是你的崽，你怕你崽做什么？"

"你好好地说嘛。"

"我知道你还没有嫁人，只是打个比方。我是说，你听呵，山里的牛叫、羊叫、鸡叫、鸭叫、车子叫、磨子叫、锯子叫、刨子叫，还有各路贩子打吆喝，哪一样没有半音？放个屁也有半音吧？"

"呸呸，难听死了。"

"好，不说放屁，我们说贩子的吆喝。你听听满街的吆喝，伢崽都学得像，你一个戏子如何就学不会？"

"谁是戏子?"

"好,演员,是说演员,人民的演员。演员的眼里不是夹豆豉吧?你到山里去看,光是一个绿,你看得多了,保不定看出上百种绿。光是一个黄,你往细里看,保不定看出几十种黄。颜色就是音乐。呵呀呀,这里面就有好多半音,好多半音的半音。呵呀呀,哪是五个音阶写得尽的?哪是五个或者七个音阶唱得完的?"老寅已说得眉飞色舞,"说画画只能用七个色彩,狗屁!就像说音乐只能用七个音阶,也是狗屁!世界上好多人成天放狗屁,越放狗屁人家还越说他们高明!"他一股火气不知是冲着谁而去。

芹姑娘似懂非懂,"柳老师也是大学生,还会五线谱,又是手风琴又是钢琴,他也唱不出来。"

"柳老师好聪明的人呵,好有学问的人呵,长得又白又胖,衣袋里挂着两三支水笔,当然不会是聋子,起码有两只猪耳朵。"

芹姑娘忍不住笑,注意到老寅的大耳朵,笑得更厉害了。

"妹子,你听过禾凤子叫吧?"

"当然听过。"

"那好,你叫给我听。"

老寅让姑娘学禾凤子,在鼓励之下一次次叫得更悠长,不知什么时候,他接过禾凤子的声流向上一挑,走,向前一带,再走,声音就有了节拍,有了旋律起伏,就成了他乐谱上的句子。芹姑娘大为奇怪。她平时学一首歌,至少得跟唱七八遍才会,这一次她只跟唱了两三遍,一首歌居然就顺风顺水一通百通。遵毛老师之令,她尽力忘记音阶,确实忘记了音阶:不就是牛叫、羊叫、鸡叫、鸭叫的那种味道吗?不就是布贩子、油贩子、糖贩子、药贩子、铜铁贩子到处吆喝的那种劲头吗?升半音,降半音,原来没什么了不起,原来一开始就没这回事。她一头扎进禾凤子的叫声里,顿时回到了童年,回到了故乡山寨,油然生出一股当年的野劲，疯劲，还有蠢劲。

她确实唱蠢了，蠢得快活无比。她觉得自己不是在唱什么歌，几乎是在崩塌，在飞旋，在漂流，在花一样绽放，自由放出的长音不知所来也不知所往，接引和牵绕出心中的种种往事，还有说不清的什么隐情——眼里有了惊喜的泪水。

她惊得一屁股坐在床上，两眼瞪得老大。

"好，懵天懂地，接上地气了。"不知道老寅这句话是什么意思。

"毛老师，我……好喜欢你这首歌，真的好喜欢。"

"当然，你非喜欢不可！"

"我……都唱哭了。我从来没有唱得这么痛快过，都唱得一身发抖了。毛老师，你如何写出这样的鬼东西呢？你耍了什么鬼花招？你给我下了什么迷魂药？我恨不得要打你一顿，恨不得掐死你——"

她当真在老寅背上猛捶了一拳。大概自觉有点放肆，她眼睛往上一轮，提着热水瓶去伙房打水。她注意到老寅乐呵呵地看曲子，没有留意她的离去。

六

老寅的曲子让芹姑娘越唱越火，自己也越写越上瘾，还迷迷糊糊地撞上了地主老财才有的腐败生活：天天可以吃到一点腥。

他是应招来文化馆写曲子的，与一个画画的后生合住一间客房。他嫌那个后生的脚臭，一解开球鞋就天昏地暗，就灭绝人性。那个后生则嫌他晚上磨牙，讲梦话，时不时还开叫吓死人。还嫌他总是穿错别人的衣，拿错别人的饭盆和筷子，出门不是忘了锁门就是把钥匙锁在门里。更让人不可忍受的，是他好几次开口借钱借粮，借了也不还，完全是个赖皮，是无耻的诈骗犯。有人曾经警告过他，说老寅没喝酒时的借钱都是白借，呸，天下哪有这样的混账逻辑？

太阳如今从西边出来了。老寅突然活得容光焕发，衣物和被褥变得干干净净，不知是谁洗的。他床头多了一些水桶、脸盆、毛巾、热水瓶，也不知是谁买的。他居然也用上了高度文明的牙刷和牙膏，一口黄牙渐渐变白，不再喷放出浓浓馊气。当这口扎眼的白牙嚼着豆腐干和小咸鱼下酒，自然引来了画家大为惊异和嫉妒的目光。缩缩鼻子，这间房里有了女人的气息，一股年轻女人才有的体香。这毫无疑义。如果没有女子常有的冷手和冷指，这房间里不可能有悚然袭人的整洁。这也毫无疑义。问题是，毛三寅这老家伙（其实还不到四十岁）毫不在乎——甚至不大在乎女人是谁，有时被后生问起来，便含含糊糊地提到什么蒜丫头菜妹子，在他的菜园子里没有刨对过几回。

他以为两瓶小曲是画家买来的，连连欠腰："你这样客气，不敢当不敢当，叫我如何是好？"

"我得了脑膜炎还是猪头疯？一定要来孝敬你？"

"不是你买的？那就怪了，未必是何馆长赏下御酒？"

"你这个人真是没有味。人家送酒来，你喝了白喝。我借给你钱，你也不还。"

"钱？你是说钱？"

"你看你，前天还差点把胸脯拍烂，说马上就还马上就还的……"

"大兄弟，这种玩笑不能乱开。我这个人一是一，二是二，人穷志不短，叶落树干直，前世做鸡也不欠人家的谷，来世做牛也不欠人家的草。你不要乱开玩笑，一开我就发心脏病……"

后生几乎欲哭无泪。

好在癫子十几天后就回乡下去了，谢天谢地，终于回乡下去了。他作品还没有改完，但领导方面觉得他政治上不可救药。交给他的歌词，领导改定的歌词，他不是说被风吹走了，就是说可能被老鼠吃掉了，一听就知道是假话。柳胖子曾经要他写一个检讨，保证再不丢歌词也不乱改歌词。他盯了胖子一眼，不说话，再盯一眼，才挤出一句："要我写检讨？惯肆你们？"

宣传部长只好说，乡下的革命和生产也很重要，或者说更重要，老寅应该到更重要的地方去。老寅大为不解，说家里的猪没有发病，队上的禾苗没有发虫，他完全可以继续留在这里，不拿补贴也不要紧。但部长慈祥得很坚决，派柳胖子直接去买票，把他送去车站。

癫子当然不知道这以后的事情，比方他的歌是如何打入冷宫又如何解冻，比方芹姑娘是如何把他的歌唱出了大风头，一直唱到在省里拿奖，在省里与首长合影，还上了电视和广播。此时的政治形势已经有了变化，作品审查不像以前那样风声紧张。像芹姑娘唱出去的这些歌，一变成乐谱，谁看了都觉得难唱；一变成声音，谁听了都觉得易唱，更觉得闻所未闻，完全是不合规则的一手怪牌。这种音乐一新耳目，在省城引起广泛注意，尤其引起一些院校科班才子的好奇。这样说吧，它是这样一种东西，可以被乐谱引导但无法被乐谱描述，在乐谱之内又在乐谱之外。听了这些歌，一个人可能会多一些幻觉，一声鸟叫，一声风啸，一声汽笛的擦肩而过由厉而钝，都可能让人疑为旋律：原来满世界一直是无音不乐呵，原来满世界一直管弦遍地只是等待你张开双耳呵。

很自然，这些歌立即被有些新派人士誉为新探索，誉为什么主义什么派，引发一些争议，在某份杂志上还形成了专栏。但癫子在边山峒放牛，完全不知道这一切，顶多能从有线广播匣子里偶尔听到芹姑娘的一两段，电流的喳喳声夹杂其中。

238

镇上出现电视机以后，老寅家里的广播匣子有时呻吟，有时咳嗽，最终成了哑巴，连喳喳声也没有了。

他到坡上去查线，发现大段电线不翼而飞，也没有什么人来管管。瘟队长居然到城里做米粉生意去了。

关于主义，他只是在墟场上碰到一位中学老师，才从对方嘴里得知一二。后来又碰到两个专程远道来访的同行，从对方嘴里得知三四——他当时挖了几个竹笋，想在墟场上换几个钱，在街边蹲着，没等到买主，倒等来了两个研究生和几个主义。

"什么主义？笑话，写曲子要什么主义？不要主义，不要主义的，只要有酒就行。没有谷酒，红薯酒也行……"他陪着研究生在街边操练京腔，说得对方疑疑惑惑面面相觑，直说得自己的口舌别扭得有些麻木，回到家里以后忘了换舌头，于是卷舌音主义使老婆莫名其妙——把他疑惑地看了又看。"你没毛病吧？"老婆摸摸他的额头。

他说到了门德尔松和巴赫，又说到街上一个疯子，没等客人听明白，还从口袋里摸出两首新歌分送客人，是自己没酒了，就以歌代酒，客气一番。事后他才记得自己未留底稿，纯属胡来。

但既然高兴过了，既然他都开始主义了，其他一切算得了什么？他喜欢音乐，喜欢所有爱音乐的同行，喜欢所有音乐般让人高兴的事，有时守在家门口心血来潮，邀请过路的陌生人来家里喝酒，一个劲地招手，反把对方吓得快步逃跑。实在无人可以说话的时候，他就走到山上，找块石头，找棵树，把它们当作娃崽哄一哄，或者当作妖魔来一番吹胡子瞪眼睛。一个砍柴的后生曾听到林子里人声喧哗，以为有人在那里吵架，跑过去一看，发现茅草那边只有老寅一个人，正在与一根刺藤过不去。"你上次咬了老子，前几天咬了老子，你找死呵？你要咬，就规规矩矩地咬。每次都咬这个老地方，情节也太恶劣了，影响也太坏了，不杀不

239

足以平民愤!"老寅一个人完成了长长的宣判,刀起藤落,把一根刺藤砍得碎尸万段,才气呼呼地住手。

走在山里的路上,他无人说话倒是变得话多,甚至一张嘴巴直通大脑,关不住自己的任何念头:唔呵,我想喝酒了吧?嗯嗯,还可以忍一忍的。我的柴刀呢?怪事,原来在箩筐里呵。不好,又要屙尿了。到茅草后面去屙吧。如此等等都脱口而出昭告天地。他当然还经常碎念着县城,碎念着美妙县城里有牙刷牙膏而且有瓶装好酒的日子,还有那些让他过上好日子的朋友:芹姑娘、柳老师、何馆长以及那个同房的后生画家。真是些好人呵,好人呵,真是让人想念呵想念呵想念呵。他们一别三秋怎么就不见了?怎么就不下个通知来让他再去写歌?歌是个好东西,是个酒一样不得不喝的好东西,是芹菜大蒜小葱韭菜之类姑娘们身上不能不流的血,不能不怀胎和生育的娃崽。

芹菜曾经有信捎来,鼓动他为重新改组的山歌剧团写个大作品。他心花怒放,大张旗鼓,蜷缩在床上一睡就是三四天,像一只豹子收缩着身体,充分地后退,小心地积蓄体力,然后投入生死一扑。熟悉他的人都知道,他从来都把音乐看作体力劳动,重体力劳动,绝不是文弱书生那种纤纤小手做得下来的,因此他的每次下笔都是背犁,都是凿石,都是挑担,都是不要命的生死一扑。一旦扑出去,就是连续几天的夜以继日,直到自己累翻在地,瘦得胸脯上的排骨充分暴露,嘴巴大张着喘气。

他写下了一部名为《天大地大》的八幕山歌剧,为了移动和削平这一座大山,他变卖了自己的猪,自己的房子,自己责任山上的好些林木,几乎砸锅卖铁倾囊而出,把它们统统换成了酒,换成了他的弹药。一直等它们已经十倍于敌,百倍于敌,千倍于敌,再把它们捆绑在一起狂炸出去。对于他来说,《天大地大》不是什么音乐,是他全身酒精燃烧和爆炸起来的熊熊烈焰。

他不明白的是，本子寄出去以后为何一直是石沉大海？

掐掐指头，至少也有大半年了，居然一直没有个消息。还有柳老师王老师李老师那些胖子，如何就不再办什么学习班？就不再关心农民业余作者主观世界和客观世界的改造？就不再来占领农村文艺阵地呢（他不知道这种说法已经过时）？这无产阶级的文艺革命事业（他同样不知道这个政治口号已经废止）怎么就不继续往下抓呢？

有问题。

保不定，是村里那个麻子会计拉痢，混里混账把通知书擦了屁股。他看见会计抽烟，就觉得那是隐藏了通知以后抽烟的模样。看见会计吃饭，就觉得那是隐藏了通知以后吃饭的模样。看见会计打儿子的屁股，更觉得那是隐藏了通知以后的心怀鬼胎——每一下都是高高举起轻轻落下，分明是瞒天过海。

邮递员总是把邮件送到会计家的。他忍不住去了一趟那里，但麻子会计说没有通知，确确实实没有通知。会计还说："寅癫子，你要认命。你耳朵和眉毛都长得威猛，不同凡响，出奇制胜，就是眼睛太小了，伤了命理的根本，只配在边山峒嗅牛屁股。"

嗅牛屁股是放牛的意思。

他抹一把脸，默默地回家。

秋天，发生了一次意外。他带着儿子在岭脚下烧火土灰的时候，有一只黑蜂蜇了他儿子。他狗一样在林子里上蹿下钻，猛追那只罪恶滔天的黑蜂，决不让它逃跑——按当地的说法，挤出这只黑蜂的汁液，原汁化原毒，才能给伤口最快地止痛消肿。他气喘吁吁追踪到一个山坳，发现了一个大蜂窝。蜂群正从一个岩洞里冲出，轰然一声，一道水桶粗的黑流闪电般掠过，飞旋而上时又散成一片黑纱，遮天蔽日，化昼为夜。嗡嗡嗡的蜂鸣时近时远，时急时缓，时扬时抑，有一种浪潮扑来震撼大地的力量，连草叶都为之颤抖。这种巨大的轰鸣他从未听过，使他惊喜入迷，一时忘了火土灰。

他没有听到远处儿子的叫喊。事后才知道，火土灰冒出了一处明火，被风一鼓，有一朵飘到了路那边的杂树林子里。儿子拿它毫无办法，只能坐在地上哭喊。他赶回来的时候，火乘风势，已经噼噼啪啪烧上坡去，浓烟滚滚之处，鸟雀惊叫着四处逃命，烧炸了的竹子则在烟火深处不时爆响，一声声炸得山体震动，震得他腿都软了，心都空了，根本没法挪动半步。

幸好村里的人看见了烟火，赶上山来扑救。也幸好天降及时雨，没有让火势向更大的范围蔓延。一场黑雨夹杂烟尘，在地上洒落出遍地黑泥。

林业派出所的警察来了，宣布他毁坏山林，手铐当啷一声套住他的两手，吓得他老婆哇哇直哭，扯住他的衣袖不放。

他一脸烟灰还没来得及洗掉，也吓得牙齿敲个不停，靠旁人七拽八扶，才别别扭扭地滚进小货车，几乎是一堆烂泥。"救命啦——救命啦——"他吓得大喊不已。

他在派出所的小房子里一蹲个多月。毁林三百多亩，差不多是大罪，本来足以送他去法院判刑。后来考虑到他癫里癫气的也不宜过分较真，考虑到他是远近有名的山歌王和作曲师，警察以罚代刑，罚他一千块，再罚他植树两百棵，算是从宽处理。其实，更重要的原因是，他在派出所多住一天，派出所就多乱一天，让人有点受不了。

他闲得无聊，便给自己的检讨书谱曲，画出了好多蝌蚪文，谱出了一曲冗长的认罪语录歌。觉得还是闲，又顺手捡起《森林保护法》的小册子，也当作歌词，密密麻麻地谱下去。咣咣咣咣——嘣嘣嘣嘣——！一段管弦乐的前奏过后，森林是国家的宝贵资源成了颤音，严禁任何人乱砍滥伐有了和声，一经发现严惩不贷成了圆乎乎的男低音美声,忽悠了好一阵,最后一个"贷"字迟迟出壳,让人悬着的心终于落地。第一条,第一条,第一条,大概是为了有所强调,这三个字重复了多遍,声情并茂地有扬有抑。第二条,第二条,第二条,这三个字同样重复了多遍,绕出了悦耳的花样,然后才转入节奏分明的快板:各级政府必须,高度重视而且,狠抓落实贯彻,防火防盗各项……到最后,一部马拉松式的地方法规由他唱完了,"现予公布实行"一句,余音渐弱,圆乎乎的无限深情送向远方。

警察们开始以为他疯癫,最后才知道那是什么宣叙调,洋人的宣叙调就是唱不太清楚的,就是开唱时嘴里含了个热萝卜。

派出所旁边是供销社的屠房,还有镇上的兽医站、农药仓库以及裁缝店。几天来,居民们从未感受到美声森林保护法的说服力和感染力,倒是毛骨悚然,浑身鸡皮疙瘩。不管天有多热,大家乒乒乓乓地关窗子。

警察去屠房买肉,遭到了严厉拒绝。"你们派出所天天鬼叫,叫得我睡不着觉。你们吃肉的时候就想起我来了?"王屠夫把砍刀一拍,"今天对不起,我补了觉再说。"

屠夫老婆也出来骂人:"你们派出所说是说保一方平安,其实是搅一方瞌睡,还让人活不活?"

警察们一合计,只得让老寅赶快走人。

老寅倒是不急,甚至于有点恋恋不舍,走出小房子的时候揉着眼皮:"这个地方好清静,是个孵蛋的好地方,补足了我的瞌睡。不好意思,不好意思。"

"你要是舍不得,就再住三年。"

"走,要走的。客走主安嘛。"

"把罚款赶快缴来,听见没有?"

"当然,当然。你们这样看得起我,只罚这一点点,我也要对得起人，不会耽误你们的公事。是不是？"

警察发还一些收押嫌犯时的扣押物。他清点了自己的鞋垫、酒葫芦以及粮票（这些已经没什么用的纸片他还总是带着），笑着说："你们真是太客气，太客气了。不收粮票，天天有茶有饭，三天两头还让我出国观光，实在不敢当。"他说的观光，是指自己看到了电视里的国外风光片。他一口一个"谢谢"，一口一个"再见"，见人就握手，不像是囚犯出监，倒像是领导下来慰问。三个警察没来得及躲，被他分别握了一下。一个送柴的汉子正好进了派出所，也被他当成警察握了一下。

"快走快走。"警察觉得手上怪怪的。

"不握一下手，辞行哪有个式样？两军交战，也要以礼相待吧？"

他把警察的脸一张张看去，看得他们不得不点头，这才心满意足。他是不能急的，是不能让人催促的，待辞行的礼仪逐项完结，稳稳地朝院门走去。

院门那里有熙熙攘攘的闲人，大多是闻讯来见识癫子，也有一两个老寅半熟不熟的人，来打一个必要的招呼。有一个少年大唱一句："现予公布实行——"当然是模仿老寅这些天的圆音唱法，引发一阵笑声，场上十几副牙齿全部外露。癫子知道他们在看猴戏，重咳一声，装着没听见，走自己的路。

七

老寅忍不住进城去问一问结果，是一年或者两年或者三年以后的事情了（对不起，他常常把我们的记忆说乱）。

他剪了个头，穿上侄儿给的一件武警上衣，袖口上有两条黄带子的那种，然后背着四床细篾凉席急匆匆上路。他一下汽车就觉得眼花缭乱天旋地转。问了好几个人，掐痛了自己的手腕，才确证自己没有下错站。城街显得窄了，乱了，也浊了，以前一面面寂寞清冷的围墙，眼下全成了密集相连的铺面。电器沙发衣装烟酒之类货品塞满铺面，再从铺面里溢冒出来，挤占着人行道，把人们挤到了车道上，阻碍着黑烟大喷的汽车和摩托。满街都有电声音乐——哪是音乐，分明是一团团凶音把所有过路人打得鼻青脸肿，差点打出了腰肌劳损和四肢骨折。再看电视荧屏里的那些歌手，男不男，女不女，刚才还埋着头神经兮兮地念经，转眼就仰面朝天用肠子（不是嗓子）大嚎，然后又久久地弯下腰（像胃痛），或者连连往后蹲坐（像尿胀）。他们卖力折腾着自己的眉眼和嘴鼻，个个都痛不欲生，像死了亲爹和亲娘……可怜呵，可怜。老寅看呆了：如今好容易吃饱了饭，这些毛芋头为何还要死要活？

他迷了路，在几条街上游转到下午，才机警地一举侦察到文化馆。其实文化馆不是一条到处跑的船，还是在老地方，只是已被花花绿绿的铺面淹没，不容易看出来。而且馆门已经通向一个录像投影厅，满地纸屑果皮。他原来住过的客房，与另一间打通，变成了照片扩印部，两个陌生面孔在那里忙碌，问他要不要拍彩色婚纱照。他没有找到何馆长，只是得知馆长已经退休。他也没有找到柳胖子。柳家一位少年一直盯着电视里的机器人打仗，说爸爸准备开一个餐馆，到省城订购桌椅什么去了，两天内回不来。

老寅好容易在剧团宿舍看见一张熟悉的粉脸探出门来，怕喊错名字，便"呵呀呀"大叫一声，显得热情万丈。

"毛老师！"

"正是，正是我老寅。"

"你没蹲大狱呀？还在乱说乱动呀？"

"政府宽大，政府英明，要我继续为人民服务。"

"你好久不接见我们了,今天怎么会移銮起驾巡幸寒舍?"

"想你呵,你这个鬼!"

"呵呀呀,我也想你。都差点要得相思病了。来来来,热烈祝贺毛老师逢凶化吉平安归来,今天先要亲一口。"

老寅以为自己听错了。不料芹姑娘不在乎他记错了名字,真的热拥上来,一条软臂绕住他的头,一对冷唇在他脸上发出脆响,让他呛了一鼻子香水味。

屋里一阵好笑。

老寅揪揪鼻子,才发现屋里坐了好几个男人。有两个比较面生,挂着领带或抹了头油。另外两个是县剧团的演员,以前在舞台上出现过,但眼下做派已变,像是刚从电视里蹦出来的,胃痛和尿胀还没有完全解除,长发披肩,脸色苍白,挂着什么项链,眼光直勾勾。他们倒还随和,给老寅让座,给他敬上啤酒。芹菜夺过他的啤酒,换上白酒,一个很知情和很贴心的样子。正是靠着这一杯酒,老寅才听清了其他人说的话。他们吹捧芹姐的嗓子,说到底是牌子亮,打遍这么多歌舞厅无敌手。他们赞成芹姐向通俗唱法靠,民歌毕竟同港台劲歌是没法比的。他们还建议芹姐以后用燕窝煲粥,唱歌这种脑力劳动,可不比农民种田,不能没有营养滋补。他们还说到花桥镇的女子可笑,不知道皮肤黑的就不该穿浅色衣,罗圈腿就不能穿牛仔裤,酒窝深的人笑起来该把嘴巴抿一点……这些都不懂就抛开了媚眼哈哈哈哈。

他们推着桌上的麻将,清点各自手中增减的钞票。

芹菜穿插其间,不时戳一下这个脑袋,或是把小手不经意搭在一个肩头。有时还眉心扭结地发点小脾气——她似乎知道自己严厉的样子也十分性感。"老娘拍死他!"她不知在什么话题上了火,发出一道娇声威胁。

看得出,她不让老寅受到冷落,一声声"毛老师"叫得大方,还挤到他身边的柜橱里取什么东西,用低低的声音来点耳语。一次耳语,是说柳老师离过两次了,候选老婆已经到任,绝对最新消息吧?另一次耳语,是提醒老寅扣好自己裤子的前裆。虽然让老寅有点狼狈,但狼狈里有了感情定位的提升,有了不一般的小默契和小秘密,还有了记忆的涌现——芹姑娘以前就经常这样提醒。

老寅差一点兴奋了,又喝了一杯酒,但发现自己还是鸡群里的一只鸭,只宜端坐在墙角,嗖嗖地吸烟,说不上什么话。他伸了个大懒腰,装装样子去看壁上的画和照片,但觉得这个动作并不合适,也不顶用,搞不出什么下文。他把一个花瓶研究了好一阵,还是搞不出什么下文。

他等待主人提起正事。听她说起当年非毛老师的歌不唱,以为她会说到剧本了,但她嘴一撇,说起了豆腐配鱼头。听她说到剧团改革,以为这次大概要进入正题了,但她舌头一跳,又开始说家具。老寅已经干咳了几声,最后只得怯怯地开口:

"大妹子,我来问一样东西。"

"什么东西?"

"我的东西。"

"是你那个音叉吧?"

"不是。"

女主人拍拍自己的脑袋,说该死该死,猪脑子不管用了。

经老寅提示,她才呵呀呀,说是有个剧本,叫《天大地大》吧?是叫《天大地大》吗?不是叫《天地之间》吧?不是《天上地下》吧?她说事情是这样,本子好是好,一直没有钱排演,在好些人那里转了一圈,后来被省歌剧院的一个魏老师拿去看看,一直没有回音,看来不会有什么好消息。最近,听说魏老师还出了国……

老寅的脸色转暗。

"魏老师真的出国了,好像是去了新西兰,不对,是新西兰还是加拿大?反正是个欧洲国家……"她问身旁的人,"加拿大是在欧洲吧?"

老寅的地理知识也少,不知道这一问为何引起笑声。"不要紧,不要紧,只要东西还在,再远也找得到的。到加拿大有好远?顶多也就是印度那样远吧?唐僧去得,我也去得。"

他不知道为什么旁人又笑。听人说他根本不可能去加拿大,听人说姓魏的可以去但他姓毛的铁定去不成,根本不是什么走水路还是走旱路的问题,不是什么走南边还是走北边的问题,更不是什么盘缠不盘缠的问题,他这才有了眼里的惊慌:"那……那他什么时候回来?"

"毛老师,这事只怪我,怪我前一段昏了头。"

"他总要回来吧?他死在外边吗?他过端午过中秋也不回来?亲朋好友摆喜酒摆吊酒,他也不回来?"

"他已经入了外国籍啦。"

"入了月亮籍,入了太阳籍,他拿了人家的东西也是要还的吧?明明是一捆结结实实的东西,既不是一个嗝,也不是一个屁。"

"毛老师,那个本子就真的很重要?"

"怎么不重要?我孵出来的蛋,这么大一个。"他比画出脸盆的大小。

"要不,我赔你钱?"

"不,不要钱。"

"说句大实话,你没必要去找了,其实,找回来也没个屁用……"女主人觉得不宜说得太直,换上另一种说法:"你不必客气,我现在有钱了。就算我买下你的行不行?你卖到哪里不也是卖?"

"对！毛老师的东西不是嗝也不是屁，要她赔钱！要她买！她在歌厅里赚海了钱的！"有人在恶作剧地起哄。

看到老寅没有吱声，或者不等老寅吱声，其他几位也摆出为农民音乐家打抱不平的架势，想出了高高估价的各种理由，汇演和巡演，唱片和磁带，还有编入教材畅销世界的可能性，一条条搬上阵，使卖价数字不断增大，大到了不认真的程度。

"好哇好哇，你们拿芹姐调口味。"芹菜笑着一拍桌，"十万就十万，还要怎么样？老姐今天认栽！毛老师就是把我杀了，动手拆这房子，逼我当丫鬟，我都认！"

"当什么丫鬟，当妾吧——"

对，当妾！当妾！当妾！游戏到了这一步，笑声和掌声一齐爆出，还有人在桌上拍巴掌。大势所逼，老寅也咧了咧嘴，不像是笑，但似乎已在笑声中就范，只能自己找个台阶下来了。想再说什么，也说不出口了。毒刑已经上完，杀人不过头点地，他还能怎么样？还想怎么样？大家搬一个圆桌面架在方桌上，忙着上酒菜，准备吃饭了。大家传看着酒瓶，觉得酒的防伪措施是接下来理所当然的话题。他们没注意老寅的沉默，没注意到他一直没有动酒杯。不知什么时候，正当大家举杯，他像是醒过来，睁大眼睛，摇摇晃晃地起身，挺出干干瘪瘪的肚子，挤得桌面晃了一下。他不是要致祝酒词（有两个人这样以为），也不是要检查各个杯子里的分量以防有人酒德沦丧（更多的人这样以为），而是冲着天花板发出一声长啸，吓得旁人不知声音是从哪里来的，不知这是什么声音，左顾右盼好一阵，才发现是他在叫。

大家发现他的目光已经空洞，全身有一种电击后的哆嗦："散伙呵——"他公鸡报晓一般再次扯直了喉管，没等旁人明白他的意思，咣，大圆桌面突然升起来，七盆八碟齐刷刷跃向空中，悬浮了一瞬，东偏西倒落回桌面，再沿着倾斜的桌面乒乒乓乓狂泻而去。鱼片与肉丝共舞,酸汁与辣汤对飞,什么东西滚到墙角,发出零零落落的声音。

他是一只疯了的公鸡。幸亏旁边的人及时闪开,油水没有盖在什么人的头上,但两片菜叶还是溅到了女主人手上。

"你这是做什么?"芹姐愣住了,"你吃了生狗屎?你你你真是个癫子?"

"赔我一桌菜。好吧?"公鸡干笑一声,拍拍手,出了门。

"你妈妈的——"女主人跺一脚,口出粗言,看到家里遍地狼藉,哇的一声哭歪了脸,朝另一间房子跑去。

她眼泪哗哗地又把两卷凉席抱出来,狠狠地摔向大门外:"拿走你的烂席子!去垫你的尸!去垫你爹的尸!臭癫子你算什么东西你狗屎也不是你听见没有……"她闭着眼睛大骂,祖宗子孙无所不及,直到有人扯扯她的衣袖,说人已经走了。她睁开眼,探头一看,面前果然只有一条空空的楼道。

八

老寅走出县城,恍恍惚惚觉得自己做了一件大事。发现自己的东西变成了嗝和屁,发现自己在城里也只是一溜没有位置和没人注意的空气,倒是一身轻松,无所牵挂,心里有一种踏实。

他没有急着回山里,决意去附近一条河,早就听说那里建了个防洪坝,有几里路长,他想看看那条洋灰田埂是不是真有那么威武。他说过,他从小就喜欢大东西,超大的南瓜,超大的树木,超大的卡车,超大的山峰或者堤坝,凡是大家伙都会让他喜不自禁,摩拳擦掌,流连忘返,甚至得意扬扬扬眉吐气,如同自己也跟着大了起来,有开天辟地的神力。他爱看大东西就像一个人经常要吃饭。

熟悉他的人还知道，大概出于同一种大物崇拜，"你死在火柴盒子里去"是他骂人的常用语：在这里，贬低变成了贬小，小到了火柴盒。

但他未能看到那条超大的洋灰田埂，酒劲一过，就开始迷糊，就醒得迷糊，觉得世界有点乱来。他觉得大树踢了他一脚，汽车喇叭声搔了他的胳肢，两个红砖窑塔肥胖无比耀武扬威咄咄逼人，暗暗串通一气，总是同他过不去，找他无理地纠缠了好一阵。他八字硬，从来不怕鬼，不信邪，没让它们占什么便宜。最后，一条道路扑了过来，缠得他呼吸粗重，最后沉沉地压在他身上……他一觉睡醒了，天边已经透白。

他发现自己躲在石桥下一条干涸了的水沟里，身上有露水的潮湿，嘴上有泥沙。旁边只有一条狗歪着头盯住他。

他挪一挪腿，发现右膝盖剧痛，原来那里有血迹。

　　姐在河里洗白绸，
　　举起棒槌泪双流。
　　人家问我哭什么，
　　丈夫小了不称头。
　　……

他邪邪地笑着，一跛一跛，唱着小调回了家，路上不知一共花了多少天，不知走出了一条什么路线。脚下一只胶鞋不见了，倒是换上了一只破皮鞋。武警上衣也不见了，但多了一件大红色的球衣，不知是捡来的还是什么人给的。

他一路上想睡就睡，想走就走，枕着月光说梦话，披着露水打呼噜，倒也不会受寒。熟悉他的人说，他体内长期来含酒量超高，已经钢筋铁骨和气血强旺，阴寒奈何他不得。他也从来不怕蚂蚁、蚊子以及蚂蟥，不论在哪里落身，身上干干净净，一身威杀之气倒把毒虫们烧得望风而逃。这其中道理，只要想一想酒精消毒的效果，想一想乡下人常常用烈酒掺兑农药的经验，大概不难明白。

他家里从无蚊子，夏夜里的小娃崽们还喜欢藏在他身边避蚊。他对这一点也觉惊讶，曾经告诉郎中，他的血型既不是 O 型，也不是 A 型或者 B 型，一定是"酒型"。两个不大懂西医的郎中，对这一点点头称是。

他穿着一只胶鞋一只皮鞋终于回到了边山峒。往后的日子里，他没有太多的理由出山，他的故事将渐渐消失。新奇事越来越多，人们轮不到来说他。除了贩竹木和偷猎的人，很少有人会到那一片山里去。一旦他不再出山，一旦他老得走不动了，在山外有些人看来，他就会像一个断线的风筝，朝大山深处不断地坠落，直到最后消失。大山里会有野猪和野麂出没，有时还会有山火突然把绿色变成黑色，或者蝗虫突然把绿色变成黄色，但一个人的消失不会有什么动静。

他的音乐还会留下来，只是不再成为一种声音。将来有一个什么人，如果能从压迫目光的重叠山峦中听出交响乐，从飘忽无依的林中流雾中听出独奏曲，从一条小溪的落花数点中听出竖琴和钢琴，那再正常不过。回首惊望的时候，他或者她会觉得寂静中隐藏着什么。

山里太静了。也许，寂静里才有歌的诞生。当对面山上出现了一个蠕动的红点或白点，山里人的问候只可能是一声含混的吆喝。当红点或白点渐渐消失，山里人没来得及讲出的话，永远没法讲出的话，只可能化作独自无奈的吟唱。他们知道听众实在太少了，实在太远了，歌声就会有一种尖厉和悠长，以便升入云天，向山那边似有似无的世界抛落。当年北京的三个老师就是循着这种歌声进山，找到了老寅这个放牛娃。他们听了老寅吹的唢呐，还有老寅拉的胡琴，决定把这个赤脚少年带去北京——有一位老师当即为他买了双胶鞋，告诉他怎样系鞋带。

不知为什么，当年的边山峒到处有歌，除了史歌、情歌、丧歌、下流歌，山里人连纠纷都常常由歌声来调解。纠纷绝不告官，是他们千年的铁规矩。哪怕打死人了，他们也觉得唱歌比告官更可靠。纠纷双方只是请出各自的"理头"，对面席地而坐。理头唱一段，在麻绳上打一个结，算是记录。待十个结打满，把绳子递给对方。对方的理头唱一段，在麻绳上解一个结，也是记录。若十个绳结全部解开，就是谈判完毕，化干戈为玉帛，不得继续积怨。如果有输理的一方，这一方照例操刀杀猪，炖一大锅"洗脸肉"，无论何人都可吃上一块，洗脸也是洗心。

倒是有了电视机和录音机以后，山里的民歌却越来越少，耳生的现代流行歌几乎是一把猛药，锁住人们的喉舌。定要唱的话，顶多是吊丧守夜的时候唱两嘴，在老人多的那种场合唱两嘴，有点偷偷摸摸的味道，见不得光天化日。当年的赤脚少年也没有像北京老师们期望的那样，写出什么新的《刘三姐》或者《天鹅湖》。相反，他已经有了皱纹和白发，指头硬得笔都捉不稳了，五线谱上总是戳出了很多破洞。他的歌，不论是开心的还是伤心的，是呆呆的还是凶凶的，还有什么用呢？不论是发表了的还是未发表的，谁还愿意唱一唱？这些歌已经无法进入舞台，连芹姑娘也不需要了，那它们就真是纯属多余，只能捆成一包扔到仓楼上去，只配在老鼠的小嘴里变成了一堆粉末。胡琴一类玩意也只配发霉和生虫，丢入了屋后的粪凼。

后来有人问起那些东西，老寅就用普通话模仿一句俄国电影里的台词："斯大林同志说得好，让资产阶级的艺术统统腐烂吧！"

他对这一格言咯咯咯地笑。

老婆不久前已经离去，在两个儿子中带走了小的，留给他大的。老婆比他大四岁，比他高半个头，曾经同两个偷牛贼打过架，决不让自己的男人吃亏；曾经在油灯下画过很多空白五线谱，一心让自己的男人做大事。怕他在外丢失东西，还在他所有的物件上都缝下或写下名字，几乎把大小各异的毛三寅毛三寅毛三寅毛三寅毛三寅毛三寅毛三寅毛三寅写满了她的世界。她到处标记毛三寅长达二十年，到头来住在漏风漏雨的窝棚里，连看病抓药的钱都没有，连一块豆腐都赊不回来，实在是很委屈的。老寅说："你不离婚天理不容。这样吧，家里的东西你随便拿，随便拿。"

后来才发现自己说错了，家里已没有什么可拿，用得着的东西，一担箩筐就装得下，只是自己不知道。

离开前，老婆什么也没拿，只是把"毛三寅"三个字缝入他的袖套和鞋后跟，填补最后的空白，完成最后的交代。

他哭了一场，记住了老婆临走时的劝告，不能再癫了，为了儿子，也经不起癫了。斯大林就是他老婆，斯大林的指示就是他老婆的指示：噩梦必须结束，音乐必须腐烂，必须在屋后那个粪凼里腐烂，拌上陈砖土，或者碳酸氢铵，下到大田里去种谷子。可恶的音乐必须生出蛆，生出孑孓，生出绿莹莹的苔藓和黄锈色的泡沫，永远让他望而生厌。何况一台《天大地大》几乎已经掏空了他，榨尽了他，烧干了他，使他再也不可能活过来，一切都无法从头开始。在这一点上，本子的丧失实在及时，他完全不该生气，不该去城里打架（这一点记忆得不够准确）。

他开始养羊，喂鸭子，种谷子，种南瓜，编织竹垫，给儿子笨手笨脚地补衣服。集体的田和牛都分到户了，没有牛群让他照看，能做的就是这些。据他儿子说，他洗心革面并不容易，有一段旧瘾复发，差点想把音乐从腐烂中找回来，在学生课本的空白处默记了一些句子。直到普法教材、农药常识、增广贤文、初二化学、电器修理、计划生育问答、青年时代杂志的空白处全部挤满了墨水疙瘩，才被儿子一举查获和大加责骂。如果不是儿子及时查处，他后来不大可能把那堆书丢入粪函。

儿子倒是鼓励他去戏班拉拉琴，好歹也赚几个活钱。他一心听儿子的话，觉得自己应该去拉琴。不过在他看来，这种拉琴根本不是什么音乐，从来不用过脑子，不过是帮木匠拉锯。但不知从什么时候开始，他发现自己连拉锯也算不上一把好手。手腕乏力，琴弓飘浮，无法拉出结结实实干干脆脆的声音。被锄头把磨粗了的手指，笨得像脚，找不准弦上的指位，往上摸不是，往下摸也不对。最简单的西湖调劝夫调哆哆嗦嗦走了调，怎么听也是杀鸡调。他恨不得把自己的几个指头一刀斩掉，放到嘴里嚼巴嚼巴吞下去。

他眼前一片昏花，但感觉到演员们在一旁皱眉，还有两个后生在他身旁暗笑。"献丑了，献丑了。"他不好意思地收弓。

"哪里，姜还是老的辣，寅爹到底是见过世面的人，一下弓就是法无定法，有一股仙气哩。"有人这样理解。

"寅爹是故意谦虚，功夫不能让你们随便学的。"另一种不同的理解。

"真人不露相，高人点到为止。"更新的理解也来凑热闹。

他恨不得钻到地缝里去。

"你的眼睛虽然小了一些，但耳朵和眉毛都长得威猛，不同凡响，出奇制胜，差一点就是大贵之相。"人们还研究他成功的原因。大概出于对他北京经历的崇拜，有些拉琴的后生学着他的样子拉锯，拉出各种飘移和模糊，拉出弓无定法，听上去简直是嗡嗡嗡的群蚊乱舞，使他如坐针毡，借口要丢尿，含含糊糊地退出场子。

"寅爹你莫走呵。"邻村的大木匠追上来，递上一支烟，又把整整一包烟往他衣袋里塞。"你不要太那个了，嘿嘿，手艺多少要传一点，乡里乡亲的，你姑妈还是我丈母娘，你家大佺还是我娃崽的同学，上次你在我家歇脚还吃过我的西瓜……"

"送葬吗？你老是跟着我？"

"烟不好，你多包涵。我今天手头紧了一点，改日一定重谢，决不食言。"

"你身上也太臭了！一身的汗臭起码积了三个月吧？熏得我眼睛都打不开了，都要发炎了。你有话好好说，站远一点说，猪娘养的莫让我发炎好不好？"

"不教就不教，你骂什么人？"对方一怔，沉下了脸。

"骂你又怎么样？你拿给丈母娘的皮鞋都是假货，纸糊的东西，还能叫鞋？还当得鞋？你不忠不孝，还配学什么琴？以后只能配拿苍蝇拍子拍死，死在火柴盒里。"

"你才死在花生壳里哩。"大木匠也不好惹，把一包烟抢了回去。"你有什么了不起？摆什么臭架子呢？不过就是会拉个琴写个曲吧？也就是个混口饭吃的五音师，你上了天啊？以为你上了天啊？你要是做得出飞机，那还不天天对着我们的饭锅屙尿？你要是做得出原子弹，那还不割下我们的脑袋当球踢？"

两人摆开阵势恶语相攻，祖宗三代不可开交，直到各操一条板凳定要拼个鱼死网破。事后老寅心里明白，他眼睛根本没有发炎，对方的气味也从不让他在意，他开骂不过是因为心里的无名火。

他再也不去戏班了。

他只是远远地听着。

后来，有戏班来热闹的时候，他连听也不听了，总是朝着与音乐相反的方向走去，不管自己会走到哪里，不管自己会迷失在哪一片月色。这一天，他走着走着，发现当空皓月照得天地大亮，远近树木简直就是暴晒在白炽月光之下，拖着边缘清晰的一条条黑影。青蛙躲在什么地方一声不吭，倒是公鸡纷纷拉出了报晓的长啼。时辰是有点乱套了。

他瞥见土墙上有一片暗色的水渍，走得更近时，发现不是什么水渍，是一个活物在土墙上撞得四处飞溅：是一张钉上墙的牛皮，被钉子拉扯出几个尖角。他熟悉村里的牛，尤其是他放过的牛。伸手一摸，很快摸到了几个熟悉的牛毛旋，忍不住心里一痛：这不就是那个投胎做牛的莫扎特？不就是那头可以应着笛子节拍摇尾巴和摇耳朵的老黄牯？

它的眼睛呢？它湿漉漉的鼻头呢？它那断了一小截的左角呢？天呐，它怎么不去犁田而是挂在这个墙上偷奸耍懒？他猛拍牛屁股，发现它不动，死死地赖在墙上。

他一定是听到了牛叫，听到了这张牛皮的长长叫喊，才身不由己地来到这里。他心里已经炸裂，额头重重砸向牛皮，砸向一张又硬又枯的多角形，在牛血的腥烈气息中流出了稀稀拉拉的鼻涕和泪水。憋了好一阵，憋出了女人的尖声，不像是哭，倒像是咳，一声声干咳。

他跳起来大骂牛的主人："吃枪毙的三老倌，遭雷劈的三老倌，好端端的牛你把它摔坏，摔坏了你又不好好地治。你歹毒呀，你心枯呀，你明天就遭雷打哇……老子要揪下你的脑壳蘸酱豆腐吃哇！"

他骂得太聚精会神了，没注意自己这一天正拉肚子，直到发现裤子里热乎乎的一团，才一手提起裤边，尴尴尬尬地回家。

九

老柳来山里收购古旧家具，顺便来看过他。据说雕花床和雕花桌椅眼下可以在外国商人那里卖好价，柳胖子精力过剩，已经在这方面下手。他准备把业务做大做强，如果老寅愿意帮忙，他这次就准备在花桥镇设一个收购点，不能落在竞争对手的后面。

他视察了一下老寅家的鸡坍，打算在这里吃个什么土鸡，但看了看老寅床下的一二十个南瓜，还有缺了一扇门的空碗柜，有些于心不忍，就买了两瓶酒，把老寅拉进了墟场上的小酒馆。他不下两次强调，他买的酒好，贵州郎酒，五十二元一瓶。就像他一提到自己的手表，必说五千三的；一提到自己的皮鞋，必说两千一的；每说起自己的手机和组合音响，必说两千八的和一万四的；说到自己的公司，当然更不忘记注册资金八十万……他的舌尖总是弹出很多数字，把物价局成天挂在嘴上。

可以想象，他每天生活在数字里，早上从三千五的床上起来，穿上三千八的西服，对着三百二的镜子，操着五十二的牙刷，挤着四十八的牙膏，吐出一块三或者一块五的泡沫，日子过得十分惬意。那么，他眼下踏着残值不足十元的青石台阶，跨过残值顶多八元的门槛，入座残值顶多三元的木椅，看着老寅身上残值近乎零的衣衫，心情当然也十分舒展。他打出了一个不怎么好估价的响指。

五元四或者五元六的一杯好酒入口，他眼圈红了，真心实意想为老寅做点什么。他劝老寅以识时务为俊杰，这次可要仔细想好，过了这一村没这一店，他肥水不流外人田，但时间不等人。看对方还在嗯呵嗯呵，他有点着急，真想去掰开老寅的脑袋，倒掉里面的红薯渣子，挤出里面的红薯浆子，塞进一点物价局的简单算法。三十就是三十，三百就是三百，三千就是三千，这都不懂吗？

"我眼睛花了，如何看得清雕花？"老寅叹了口气。

"要不，我还有个办法。你到我的培训班去教点什么，钢琴，电子琴，都可以。你瞎摸一下就行，现在娃崽和家长很好哄。"

"这手哪还是手？猪蹄子呵，摸不得琴了。"

"那你以后就这样种南瓜吃南瓜？"

"你脚路广，看哪里还需要打垫子的人？"

柳胖子摇摇头，脸上浮出一些同情和伤感，"老寅呵老寅，我实在没有想到。老寅呵老寅，你命窄呢。想当初，你表面上嘿嘿嘿，眼睛实际上是长在额头上，眼角里哪里有我柳海涛？你说过什么，你自己可能都忘了。你说我只有猪耳朵，说我的每一个曲子你都能用脚写出来……你以为我不知道？不，这些话我统统知道，统统烂在心里。你知道吗？这些话统统烂在我心里！"他的脸扭曲了，眼里有委屈的泪光。

"兄弟，你喝酒，喝。"

"今天我一句酒话丢在这里：我当时最讨厌你，恨不得一刀杀了你。没把你调进剧团，就是我柳胖子使的手脚。你今天才知道这一点吧？不过你得把它烂在心里。你不要恨我。我其实没有你想得那么坏，只是想离你远一点，让我不烦心。但是我也得告诉你：当年有人要批你的资产阶级音乐观，是我暗中保了你。这事我同你说过吗？当年你欠了食堂里的钱和粮票，是我替你一五一十还清的。这事我同你说过吗？那次你大吐大泻，拉了一裤子，我用单车驮着你去医院，半夜里找不到医生，也找不到水来洗，喊天不应叫地不灵，这些事……"柳胖子的脸更歪了，眼圈更红了。

"兄弟，对不起了，我一生下来就是个畜生……"

"你得承认，我柳胖子再无才，再平庸，再狭隘，也是你的朋友，是你的知音。这方圆四乡八里，这上上下下的人，哪一个知道你是奇人？哪一个知道你是天才？哪一个明白你毛三寅是个稀世之宝？告诉你，只有我，只有我，只有我！你承不承认？就是现在，全县那么多局级领导，也只有我请你喝酒吧？"

老寅突然冲着对方的大扁脸大为惊讶:"兄弟,你如何长得好像林业站那部汽车……"他没有说出后半句,不知到底是什么意思。

英雄惜英雄的气氛,被林业站的汽车搞得有点滑稽,让柳胖子很生气:"你不要说。你不要发癫。你少来这一套。"

"对不起,我脑子经常跑神。"老寅抽了自己一耳光。

"你癫出了个什么鬼?你是有奇才,你的的确确算得上一个歌王,不,一个歌魔,那又怎么样?你一个阉鸡脑壳还真想搭着梯子上天?告诉你,你气数已尽,你跟不上时代了,跟不上时代啦。我好歹还睡过几个女人,好歹还赚了个几十万,好歹还混成了个领导干部和企业家,想吃什么就吃什么,想玩什么就玩什么……"他停了停,狠狠吞下了一口酒,发出通肠通肺的人生浩叹:"好日子呀,好日子呀……"

他没有往下说,有点自觉空洞的味道。

他站起来,去买了一包烟,然后举目四顾,最后盯住了小街对面一棵老树,目光落点则远远越过了树,穿透了树后的墙,落在更远和更远的什么地方——那是生活后面谁都看不见的地方。

> 田里犁田是何人?
> 犁田硬要犁得深。
> 莫云古日犁无三寸土,
> 如今犁田啰——
> 四寸浅了,五寸浅了,六寸浅了,
> ……

一缕声响从他喉头瘪瘪地流出,被他哼吟得惊人的准确和完整,入筋入骨又风味醇厚。这样的老歌不知为何会流出来。这样的老歌无论隔了多久再听，还是让人有一碰即惊的效果——柳胖子没有唱完，叹了口气。

老寅眼皮跳了一下，仍然面无表情地眯着眼，看来不想接纳歌声，也不想知道对方为何能把这首歌牢牢记住。他对过去的事不感兴趣。他打了个哈欠，也看了看老树，突然问起了对方的娃崽。见对方没回话，便说起了自己的那一个："让你笑话了，我家那个相公实在气人，不会犁田也不会耙田，天天只知道骑摩托上街，硬是个血吸虫呵。他天天跟着那个刘所长。姓刘的是个什么人？在饭馆里欠了几万块钱的账，也是个血吸虫。花桥人说革命昆虫是不好惹的。说得好。我们都是虫，有人是血吸虫，有人是萤火虫，有人是鼻涕虫。你说是不是？"

这话似乎是想逗笑，但并不怎么可笑，只有他自己干笑了两声。

他们不再说话。

他们从来没有好好地说过一次话，现在也没法说到一起，东拉西扯的，只是一杯杯地喝酒。也许他们都明白：既明白他们说不到一起，又明白他们不能不说点什么。说，是为了相对而坐，为了保持近距离，能够嗅到对方的气息。这种气息就是以前的日子，不怎么好过但永远让人怀想的日子。

"说到底你是个蠢货。"柳胖子说。

"说到底你也是个烂货。"毛三寅说。

"不要说了，我们都是猪狗的王八蛋！"柳胖子眼里闪着泪花，哈哈笑了。

莫云古曰犁无三寸土于是一抹血色夕阳抹在他们脸上，四寸浅了五寸浅了六寸浅了于是风有些凉了，有些鸦声落归途的凉意了。他们准备分手的时候，柳胖子脚下已有好几团擦鼻涕的餐巾纸，但他收了泪，还有了一丝强笑。他自我解嘲，说他一定有病了，最近两年来一不留神就想哭，得去找个医生看看，当然是省城里那种门诊牌价八十以上的教授级大夫。

看着他的背影远去，老寅在小店里还坐了一阵，把碟子中最后几颗花生米吃完，连花生皮的碎屑也一一捉拿。

店主说，你不会把碟子也吃掉吧？

他默了一阵神，深深吸了口气，很晚才起身。

十

芹姐也来到边山峒，带来了重要的消息，准确地说是重要案情：老天有眼，老寅多年前那个《天大地大》终于找到了，不过是出现在别人的乐曲里，出现在国外好些城市的音乐厅里。到底是哪个外国，她一时日本一时英国地说不清楚，拍了几下脑袋，说反正是一个外国，你怎么能不知道？

交响曲的作者，就是当年从她手中拿走本子的人，那个姓魏的作曲家。芹姑娘不明白一个温文尔雅的老师怎么可以拉这种臭屎，不明白这种臭屎怎么沾到自己身上。她就像看见一个娃崽被活生生地改名换姓，活生生地被陌生人牵走，而自己不明不白当了一回拐骗犯的帮凶。当年还有比她更蠢更笨以及更冤的帮凶吗？还有比当年那更欺负人的事吗？她傻呵呵地请客人吃了饭，喝了酒，把大包小包土产送到车站，为对方一行三人买好了车票，再把孩子亲手交给了主凶。

她没有料到，老寅对她的到来并不兴奋，根本不记得什么剧本不剧本，甚至不记得任何往事了，一见到她居然兴高采烈："杨裁缝又来了？"

她心里一凉，"毛老师，你莫吓我，你不认识我了？"

"你不是杨裁缝？"

"你再仔细看看。本大姐怎么是个裁缝？应该是个杀猪佬吧？"

"我晓得了，你不是杨裁缝，是信用社的秋姑娘。这下对了吧？"

"毛老师，你就不记得县剧团里有一个芹菜？"

"你是说芹姑娘？"

"对呵，你仔细想想，就是那个没文化的大歌星莫小芹。你的歌差不多都是由我来唱的，你不记得了？你的军功章有我的一半，我的军功章也有你的一半。我们差不多是狼狈为奸，互相勾结，你怎么就不记得了？"

老寅的目光一亮，把来客再仔细端详。"芹菜？莫小芹？不，芹菜没有你这样白，也没有双眼皮。你不是芹菜。你顶多是酸菜。"他干笑了一声，"你不要以为我不喝酒了，脑壳里就只有石灰渣子。昨天我一看那块地，说顶多一亩三，三伢子还不信，结果呢，他敢不服？"

"我真是芹菜……"她急得跺脚，要哭出来了。

老人把客人往屋里带，跨过晒着干豆角的篾垫，跨过屋檐下一条懒懒的老狗，跨过一条磨损得深深下陷的门槛，一路上自说自话："芹菜，芹菜是个好仁义的姑娘，去年还来接我去城里做客，太客气了。她要带我去看什么公园，呵呀呀，坐什么转转车，吓死人的。她晓得我喜欢吃猪脚，一锅猪脚焖得烂烂的，还放了茴香。她晓得我最喜欢一碗苋菜梗子炒辣椒，硬是给我炒了两大碗，一定要让我吃个厌。她晓得我平生就好一口酒，把头锅大曲准备了一坛子。可惜，可惜呵，我没有口福，血压太高，戒酒已经八年啦，不能喝了……"

他没忘记递来一碗茶——缺了口的破碗里，有一圈黑垢印子，还有一只漂在碗边的苍蝇，差一点让客人当场反胃。他没有注意到这一点，也没有注意到自己头上的蛛网、手上的血口子，还有白花花的胡桩。他半张着牙齿不全的嘴，朝着阳光花花的门外无限神往，似乎阳光深处有昨日的苋菜梗子炒辣椒。

女人咬住嘴唇，急急戴上墨镜，但已经有点来不及了，一颗泪水从墨镜后滚落了下来。

"你好没意思！毛老师，你都成这样了，怎么就不递个话呢？你还真癫呵？不把自己当人，也不把别人当人？你哑巴啦？你痴呆症吧？哪有你这样不够朋友的？你连猪都不如，猪还晓得叫一声。你连狗都不如，狗还晓得认个路。你就不知道还有一个芹菜吗？你死要面子活受罪，你会死无葬身之地你明白不？……"她骂到恨处，朝老寅身上挥拳猛击，像要把对方乱拳捶醒。

老寅呵了两声，看来没听明白，老牙错杂的嘴僵在那里，差一点流出涎水。

女人为主人做了一顿饭，还去溪边洗刷主人的衣物，洗得自己两手已经酸痛得举不起来。她看了一眼水中倒影，觉得自己不过是老了一些，不过是做过一两次整容，老人怎么就不认识了？一个神经兮兮的老人，当然也会忘记她的种种劣迹，比如舞台上裙子垮落的笑话，比如商店里的大打出手和赔礼道歉，比如要把所有小男人都搞疯搞废的出口狂言，这倒也好，应该说很好。她不知道信用社的秋姑娘是什么人。老人问起一笔粮食款，当然是问秋姑娘，她含含糊糊地回答了。老人又问起一个姓黄的什么人，大概还是问秋姑娘，她也支支吾吾混过去了。她只是擅自做主，把主人两件太破的裤子甩到林子里去了，好像这种裤子太让她丢脸。

"反正是秋姑娘扔的。"她把责任推给别人。

她发现屋里除了床下一堆南瓜，除了猪食和猪粪的隐隐酸味，不会有她要找的东西，连一张纸片也不会有。一个朋友曾经告诉过她：找到原稿才算拿出了亲子鉴定的基因样本，抓住拐骗犯才有希望。

"毛老师,你硬要害死我了。你仔细地想一想,你就不记得一个叫《天大地大》的山歌剧?是你自己写的,你一点印象也没有?"

"记得的。"老人笑了,"曲子不都在省里的杂志上发表了吗?他们好客气,寄来的稿费,五角钱,还得到花桥镇的邮局去领。你说我的面子大不大?我走到那里要半天,走回来要半天,名声好听得很:领稿费。"

芹姑娘"哎哟"一声,像遭到电击,但还是不死心,"你还记不记得歌剧《刘三姐》?你以前一提到就眉飞色舞的歌剧?你把脑袋拍一拍,搅动搅动,再想想。"

"刘三姐?就是电影里那个刘三姐吧?"老人抹了把脸,"了不起的劳动模范,不容易呵。一个婆娘,带着大家开公路,回来还受老公的气。她老公像个鸦片鬼,没有什么用的。"

"不行,不行,你是真癫了,痴呆了。以前人家还说你是刘三弟,你看你看,现在你连刘三姐都忘记了……"

老人没再回话。来客一看,他大概是答得太疲惫,已经耷拉眼皮,歪着头睡了过去,脸上还僵住了一个浅浅的笑。

女人翻了个白眼,出了口长气,知道奇迹不再可能发生。她一肚子邪火发在旁人身上,比如,陪同她前来的乡政府秘书,还有后来陆续赶到的乡长和书记——曾经都是她的戏迷。她把这些人骂了个狗血喷头,扬言要让税务局来罚款,要让法院来判刑,看到底是谁在虐待知识分子和艺术大师。骂来骂去也没什么政策水平。临走时她还扯两张钞票给秘书,令他给老人代买几条裤子和一袋大米。对住房如何改造,如何消灭苍蝇,她也做出了很多指示。

不久以后,芹姐再次来到这里,带来了录音机和磁带,还带来了一个据说法力无边的巫婆,想帮老寅捉捉鬼,让老寅恢复回忆和辨认的能力。但她来迟了一步,得到的消息是老人已经去了医院。她在扑空之地喘了口气,看见地上还有苞谷,还有红薯,在等待主人来收获。她看见一张犁插在地边,在等待主人来把扶和推动。小路上堆放着一些刺柴,据说是堵野猪的路,防止它们来吃包谷。地头的一个草人,据说是阻吓鸟雀,不让它们来啄菜籽。一抹阳光从山头投照过来,使草人的一件小红衣耀眼夺目,勃发出呼啦啦的一团红光——这是一件女装,大襟式样,用一条旧背心改成的,看上去精神得很。如果芹姑娘没有猜错,草人的小斗笠下,棕绳是两条大辫子,一块塑料布是随风飘荡的围巾。尽管日晒雨淋已经模糊了色彩,她还可以依稀看出草人脸上的一抹口红。

如果不是草人的眼睛画得太像两颗煤球,如果再给它加一个双眼皮或者一对耳环,它简直就是绝代佳人,而且让人觉得似曾相识。

小草人的背景,是一片遮天蔽日的山林,有积云之下的灰暗和浓重,也有雨雾洗刷出来的清晰,远远的一片树叶似乎都纤毫毕现。正因为看得太清楚,山林就给人一种正在逼近的动感,恍惚之际,像是大地突然立起来,推过来,要把草人一口吞下。

什么人来了。她听到了嚓嚓的脚步声,吃惊地回头,发现路上什么人也没有。只有一阵山风吹过,清凉,湿润,甘甜,还杂有一丝新草的辛辣。一条大胡子黑狗跟在她身边,偶尔舔一下她的鞋跟,似乎认识她。

"你听到什么了?"一个女伴注意到她的紧张。

"我刚才听到了脚步声。"

"我什么也没听到。"

"是我听错了?"

她们带着巫婆在老寅家四周烧了符，念了咒，还在可疑的位置撒了鸡血，朝更可疑的一个方向砸碎了两个瓷碗。在做这一切的时候，芹姑娘又听到了身后嚓嚓的声音，再次回过头去，发现路上还是什么也没有，连狗也不见踪影。

十一

芹姐这些年日子过得有点含混，说不出个一二。自从柜子里的衣服都窄小得没法穿，加上有一批更野更浪的歌手出现，她在歌舞厅风光的好日子已经结束。她去柳老师的公司混了一段，后来说生意场上没有什么意思，很快就扬长而去。不过，这只是她的说法，另一种说法是柳老师的新夫人大骂狐狸精，操着一把剪刀把她赶出了公司。她也去中学代过课，后来说学校生活太呆板，校领导不重视艺术，虽然一直想把她正式调过去，但她考虑再三，不想舍弃自己亲爱的舞台。不过，这还是她的说法。另一种说法是她不识谱，不能胜任音乐教学工作，在文化测试中又分不清法院与公安局，把克林顿当作一种冰箱的牌子。即算她不曾带着学生们去喝酒和偷花，校方也根本不打算留她。

有两年来时间，她甚至销声匿迹，去了什么地方，去做了些什么，比方是不是真去了省里参加业务进修，也是说不清的。或者说是说了，口气不怎么肯定。只是她喝酒的本事见长，罚别人喝酒的本事也见长，一上桌，要大家用舌头舔鼻尖，要大家靠着墙拉大顶，做不来的，你输啦，喝，给老娘喝！

她好像还是剧团的一员。此时的剧团好像也还存在着，只是大不如前，一旦发不出工资，几个女演员就临危受命，身上穿少一点，香水喷多一点，到领导或老板的办公室里扭一扭，或许能啄回一点赞助。到了后来，钱啄不动了，剧团门口加挂过"艺术幼儿园"的招牌,还加挂过一块"艺术殡葬服务有限公司"的招牌——虽然晦气,但进出大门的人也只能忍着,装作没看见,或者权当是烈士家属的光荣匾,虽与死人扯上关系,但没有什么不光彩。这个世界总是要死人的吧?死人没有什么不正当,而且总是要有个丧礼吧?丧礼也没有什么不正当,而且总是要有人哭甚至有足够的哭吧?这就对了。

没看见吗?如今天大地大不如钱大,有些家户相互讨账的争吵越来越多,丧礼上的泪水却越来越少,演员们刚好填补感情空白,洒向人间都是泪,接管了千家万户的悲痛。他们不仅有一口可以出租的水晶棺材,不仅有布景、乐器以及音响等全套行头,还有表情专长,很快就练就一套本领,包括催哭、领哭以及代哭的熟练技能。刚才还大唱《亚洲雄风》和《年轻的朋友来相会》,一换曲子,男声部,女声部,预备,走——眼泪说来就来,悲声说放就放,比有些孝子孝女们还要尽责。他们即便有时过于疲劳或者疏忽,忘了哭词,或者哭走了题,但节骨眼上一般不会失手,能准确及时地涕泗交流扑天抢地。男声女声提起来,再提起来,泪水是真的,鼻涕是真的,真像死了爹娘,这一条令人惊奇和满意。他们常常哭得女人们鼻子发酸,连角落里的猫狗也被折腾出凄惶。

哭得好!用本地人的话来说,这文艺道场真合算,不像和尚道士那样偷工减料,也比老式道场更现代化。

哪个能哭出那么多花样?大家都觉得花钱很值。

芹姐有时参加演出,有时也参加哭丧,有时又不见影子,不知去了哪里。她已是半老徐娘,但兰花指一挑,粉面恰到分寸地一倾,手帕在空中画出一道弧线,一开腔还是能令人心动。哀调是她的拿手好戏,能唱出很多套路。"霎时间天昏地又暗,爹爹爹爹你死得惨……"歌剧《白毛女》里的哭诉,有时也能成为即兴,一顺心就给客户们免费加演。长哭当歌,她手帕捂脸的时候,每一个哭音入腔入调,转上七八个弯,上下游走,牵肠挂肚,酣畅淋漓,完全是创新一代哭风,是孝悌情感音乐化的嘎嘎独造——不愁人们不来围观,不怕别的殡葬公司来抢业务。

凭着这一条,她名角架子还能留下几分。根据明码标价,别人一个"点"要哭四十分钟,她可以少哭一半;别人有时需要披麻戴孝地跪哭,她从来只挂一条黑纱坐哭。如此等等,是一位哭星的特权。

她还有些特别的讲究,比如,见遗像上獐头鼠目歪瓜裂枣的,就决不出场迁就,而且陪死人不陪活人,卖哭不卖笑,不像有些人什么钱都赚。有一次,一个来喝吊酒的路桥建筑老板不知趣,自称以前是芹姑娘的歌迷,仗着曾经对剧团有过赞助,下巴始终抬得高高,没等丧礼结束,就要拉她去"卡拉呵嘀(OK)"。她装作没听见。对方后来又请她到包厢吃酒席,谈笑之间,把她的手偷偷摸了一下。芹姑娘本来可以装糊涂,可以假惊讶或者假生气,把场面敷衍过去,捞一把也未尝不可——一杯酒一百块呐,半老头子要她陪十杯。

但这一天她特别烦,突然揭了对方的假发,在他的秃头上大摸了一把。

对方吓了一跳。

"你摸我的手,我就摸不得你的头?"她瞪大眼。

"你你你……怎么能这样?"

"没见过吧?你是摸手爱好者,我是摸头爱好者呵。"

酒席上一片大笑,使半老头子脸上涨成了猪肝色。别说是占便宜,这个曝光秃头逃都来不及了,谁知道这个疯婆子还会怎样?下一步不会大庭广众之下揪着他的耳朵骑上他的头吧?

"喝酒喝酒,"她决不让对方逃走,打定主意进一步调戏和踩蹒,"你的一百块钱呢,拿出来呀,让我看看,是真钱还是假钱?"

大概是护主救驾有责,一个管家似的男人冒出来了,"芹姑娘,我原来一直以为你羞花闭月沉鱼落雁,以为你们文艺工作者五讲四美……"

"停,停。"她伸出一个指头,"更正一下:赚死人钱的,不是什么文艺工作者。"

"难怪,死人钱赚多了,一开腔就像是棺材里跳出来的,人不分上下,话不分好歹。"

"是呵,我一睁眼就看见死人,看你也是个半死不死。"

"你们看看,一张嘴是茅厕板子。"

"不光是茅厕板子,还是毒药罐子。"她突然扭扭腰,挤出一脸媚笑:"大哥,你那癌症心肌梗什么的,还没查出来呵?还有你那肝硬化、脑血栓,不赶快去查?再不查就晚啦。我就等不及啦。"她看见对方的脸色已经由红转白,"大哥,你再忙也要想想后事。你不要骗齐老板的钱,不然的话,到时候齐老板哪会来哭你?你也不要到外面拈花惹草,不然的话,到时候你的老婆只会找你的存折,也不会来哭你。你尤其不要得罪下面那些打工仔,到时候你总要有人抬棺材吧?总要有人挖坟筑墓吧?"她兴冲冲地喝下一口,看见对方的脸色已经白中有青,寒光闪闪,硬邦邦的,是从冰箱里搬出来的冻肉模样,"到那一天,要是不请本大姐来假哭几声,你麻烦大啦……"

她字字割血,一口气把对方呛得结结巴巴。那堆冻肉瞪大眼,挣扎着站起来好像要动粗,但吧嗒一声,自己先摔了一跤,哎哟哎哟地没起来,发现手机也摔在地上,于是忙着找什么手机。

看到这样的狼狈和混乱,她大出一口粗气——什么东西?呸,撒娇都还没学会,就想同老娘来过招?

她得意扬扬走出店门,被冷风一吹,快意里不免又有几分委屈。她今天似乎太邪，一开口就是大粪腔，如果再跳起来一叉腰，不是个母夜叉是什么？她其实并不愿意这样。在很长的时间里，她讨厌男人但也愿意逗男人们玩玩，但她知道自己已经与男人越来越远了。她的举手投足可能还有点形，还不那么难看，但目光肯定已经粗粝，脸色肯定已经僵硬，浑身都是灵堂里的香灰味、蜡油味以及爆竹味，挎包里还藏着经常要用的黑纱。有了这条黑纱，全身就断了电。

没有电的假笑，怎么说也是操着玩具枪抢银行，是拿着假钞票做买卖，人家可能行，但她不行，心一虚，只能夺路而逃。

一个同事来找她，要她上车再赶一个场子，于是她和同事们嚼了些方便面，撑着雨伞上路，在车上颠簸了一阵，掐着时间赶到另一个灵堂，看到了另一张遗像：其实是以前的一个同事，前不久死于车祸。她心里一动，想起自己当年的剧团和舞台，想起死者曾经在舞台上的种种，禁不住痛痛快快真哭了一场。她哭自己如今却落到了代人哭丧的地步，哭自己的男人既不同意离婚又不断欠下赌债，还哭自己的女儿个子矮小脾气古怪……哭过点了，还止不住泪流，一条手绢已经湿透。

主家没注意她哭乱了词，不知她如何这样伤心，大为感激，往她衣袋里多塞了一个红包。

红包就红包。红包是个好东西。她已经赚了很多红包，然后把红包一次次花出疯狂补偿的快感。面膜一次做两轮。冰激凌一次吃两个。皮鞋一次就提回三双。衣服是眼都不眨地买回来然后眼都不眨地送出去然后再眼都不眨地去买。一百块一件的衬衣，太便宜了。六十块钱的丝巾，那不是白送吗？要命的是，也许是带黑框的遗像看多了，眼下她看任何人眼里就闹鬼，一走神，视野中就有阴阴的黑框子就位。她揉揉眼睛，发现一个个陌生的面容都像是遗容，在黑框子里迎面而来：一个可能将要死于车祸的遗像卖给她冰激凌,一个可能将要死于毒大米的遗像给她做面膜,一个可能将要死于中风的遗像正在推销皮鞋并且打出一个喷嚏。他们的悼词会说些什么?他们的享年将是二十岁?三十岁?五十二岁还是八十六岁?……她一走神,不是给遗像多付钱,就是给遗像少付钱。

"你是一个能够偷看未来的巫婆吧?"女儿有次突然冒出一句,吓了她一跳,发现女儿正翻着一本外国卡通书。

她眨眨眼,黑相框也出现在女儿的肩头。

她大叫一声,捂住了自己的眼睛。如果她有足够的果断,这一刻很可能就抠下自己的眼珠,丢到河里去。

女儿不知一句话为何这样吓坏了她,把她摇了半天,才使她醒过来。女儿更不知道母亲为什么后来总是不拿正眼看她。

女儿学习成绩不好。母亲就是在为女儿寻找教辅材料时,无意间瞥见了电视荧屏上的交响乐《山鬼》,不,不是《山鬼》,是她完全知情的《天大地大》。如果一开始她还只是好奇,觉得曲调有些耳熟,一旦看到作者姓名,就完全知道是怎么回事了。半睡半醒的笛声,又巫又仙的唢呐声,突然坍塌或突然迸发一样的大鼓大钹……她都能回忆得起来。一个山鬼掉了脑袋,以乳头为目,以肚脐为嘴,恶战天兵天将……这些歌词也似曾相识。稍有不同的是,《山鬼》多了些新的曲目,多了一群白胡子中国老艺人,还多了一些大钟大磬的排场,更容易让外国男女们惊奇。那个姓魏的,同王室成员和音乐大师们握手,在闪闪钨灯下被那么多人围着献花和采访,看来是理所当然。

后来的事实证明,她的震惊和愤怒基本上没用。有谁会相信一个国际当红音乐家,一个拿了洋文凭的魏博士,会改头换面地抄袭一个乡下农民的作品?更进一步的问题是:一个乡下人能有作品吗?那个乡巴佬是谁?……就连老寅自己,也把以前的事忘得一干二净了,忘记了自己曾经是谁。这事还可能说得清楚?

她找过一些朋友,还有朋友的朋友,但拿不出抄袭的证据,也就无法让人相信她的神经正常,只能越说越乱,把天气时装音乐零食法律心脏病现代化等胡扯一通,刚好把别人的注意力引向神经。

特别是省城里的一个小毛头,差不多有多动症,眼珠是四处乱蹦的壁球,一张嘴无法在任何话题上停留五分钟,说任何一个五分钟也会被手机电话打断七八次。他同上一次见过的小毛头一样,也是个报纸娱记,即娱乐版记者,一听到魏博士的名字都睁大眼,好像这个大名一经说出,就有魏博士魏博士魏博士魏博士呵呵呵的层层回声,就有空旷大厅里神圣感和历史感的嗡嗡共鸣,决不可随便冒犯——虽然他坦陈自己从未听过魏的杰作。他对农民根本不感兴趣,充其量,只对一个女演员的愤怒感兴趣。你什么时候认识魏先生的?说说吧,你们以前是什么关系?他是否伤害过你?说说吧,不然的话你为什么对他耿耿于怀?……他肯定有了想象中的大标题:名人情缘,名人孽债,都是特大字号。

小毛头打开了录音机,录下了她的大笑。

"大姐,您不要太激动。过去的事情已经过去了,没听说过一句话吗?痛,并快乐着。过去的事情是痛,但也是快乐,是我们回忆的宝贵财富……"

"你们当记者的就是词汇多,一句话可以说成十句话。"

"难道不都是你的心里话?只要我们都勇敢地面对过去,星星还是那个星星,月亮还是那个月亮,走过了似水年华,感情还是涛声依旧……"

"你说得好感人,把我感动得要哭了。"

"大姐,谢谢你的鼓励。我虽然对你没有太多了解,但相信你是一个勇敢的女性,月亮代表你的心,大雁带走你的情。我甚至对你有些嫉妒，你想想，小城故事多，你同魏先生鲜为人知的一段，是你今后多大一笔无形资产……"也许发现对方脸色发白，他刹住话头，"你没哪里不舒服吧？需不需要我叫救护车？……"

她喝了口水，拍拍小毛头的肩，临走时丢下一句："小兄弟，你的鼻毛该剪剪了。"

她扬长而去，气得要哭，觉得自己实在无法忍受对方嘴里那些歌词，也怀疑自己神经确实不够正常了。不是吗？她把记者见一个得罪一个，而且烧完汤总是忘了关煤气，买小菜则买进了局长办公室，看到邻居杀鸡居然去打电话报警。最后，她在自己最熟悉的十字路口迷了路：街道突然变得无比陌生，前后左右都是楼房，前后左右都是汽车，前后左右都是人，她不知道自己该往哪里走，不知道自己为什么一定要这样走而不是那样走，为什么一定要走走走走而不能停下来就躺在这里……这天傍晚，丈夫喊了几个人，把她一绳子捆起来送入医院。

医生给她打针，总算让她安静下来渐渐入睡。医生事后偷偷地说，他打的不过是蒸馏水，对这种癔病，心理疗法足矣。

柳胖子来看过她，劝她不必太为难自己。过去的事情，就过去了，现在只能向前看。毛老师他自己都是那个样子，皇帝不急太监急，你又何必？柳老师眼下说话，有网球场和健身房的雄厚底气，笑几下也是学院派低音发声："你跟我学学网球吧，对保持体形绝对有好处。网球可不是羽毛球，更不是乒乓球。它们根本不在一个档次上。不会打网球，说不上是一个现代人，你看桑普拉斯那个角度之刁，你看格拉芙那个优雅……哇哇哇，她的个人财产已经一亿马克呐！"

"柳老师，这个事情你真不打算管？"

"我哪有时间管呵？你知道，魏博士也算是我老同学，再说我生意也太忙了。下了班还要去健身房，六百块钱一张的月票。早上还要练网球，八百块钱一张的月票。你看看，哪有什么业余时间？我实在……这样吧……"

"你帮我卖点白粉吧？卖摇头丸也行，我们五五分成。"

"你什么意思？"

"你不是要做生意吗？我帮你做呵。"

"你……你怎么说白粉？"

"我还有批黑枪，明天你来看货吧。"

"你开什么玩笑？"

柳胖子吓了一跳，立刻像是舌头割了一截，结结巴巴溜走了。

她吓走了胖子，大笑一阵，发现家里重归宁静，只有录音机里飘来的《山鬼》，像来自遥远的地方。

熟悉的音乐淹没过来，淹没过来。很多年过去了，她觉得自己能够听懂这些升半音和降半音了，是一种透骨的懂，痛心的懂，不知自己痛在哪里的懂。她觉得那个唱法不规不矩的鬼，那个以乳头为目和以肚脐为嘴的鬼，那个最后无人搭救从而被天兵天将砍了头的山鬼，不是别人，正是她自己。她就是一个恶鬼，将来不得好死。她这样想。

柳胖子又折回来了，一口答应为芹姑娘作证，参与状告魏某人的集体签名。他不敢不这样做。因为他在折回来之前，他老婆每天都要收到一封信，一纸复印件，都是他当年写给芹姑娘的酸词和疯话。这日子还能过吗？如果他想逃避老婆的哭闹和毒打，就不得不带着脸上的青一块紫一块，来向芹大奶奶求和。

十二

公路修进山里以后，很多乡亲喜欢热闹，去公路边盖楼房，用水泥瓷砖铝合金组成了一个个新村。新房大多有一个铺面，摆上了货柜货架，虽然眼下空空如也，但一个全民经商的机会可能到来，人们的准备还是必不可少。老寅说公路边离田太远，离山太远，不愿同兄弟一起搬到那里去。邻居们便留给他一条寂静山谷，还有一些空空的旧土房。

土房已经没有人迹，像演员离去后舞台上的布景，有时候给人一种不真实之感。在这样一些布景里，老寅留守着山谷里的全部白天和黑夜，被过于浩大的白天和黑夜一次次深埋，有时十多天不见人影。眼看着路上的足迹渐渐模糊，耳边的余音渐渐消失，走进邻居的任何一张门，都只有尘封的桌子尘封的床以及尘封的碗。一个屋檐下的老风车，爬满了牵牛花，已经成了鼠窝。不知什么时候，山谷里出现了很多老鼠。老寅家的胡子狗以前可以捉鼠，老了以后，扑不动了，看见老鼠冒头，只是吹胡瞪眼做做样子。

这一天，老狗昏沉的时候，一只老鼠猖狂地钻到老寅床上，在他的愤怒扑打之下昏了头，钻进了裤子，在他大腿上咬了一口。他起初没有在意这小小的伤口，没料到伤口后来越来越红肿，开始变硬和变黑，开始散发出脓臭，呵呀呀，是个妖怪缠上来了……

人们后来听到他家的老狗跑到公路上狂叫，才有一点领悟，急急地去老山里看他。

但事情已经有点来不及了。他的大腿肿得裤子褪不下来，只好用剪刀剪开。乡下的郎中看了一眼，说要赶快送去县医院。县医院的大夫看了一下，说要赶快送去省城大医院。边山峒的人对大医院没有什么兴趣，倒不是说有病不看，只是觉得有病不必大看，不必过于大看。特别是老年人，多活几年少活几年不是什么大事。人生一世，草木一秋，叶子到时候要落的。有钱人花上十几万修一根肠子，补一个窟心，保住一片叶子晚落几天，在他们看来大可不必。

何况他们也没有那么多钱去治病。就算有亲友资助，就算有芹姑娘拿来的存折，也在医院里撑不了几天。他们只好把老寅抬回山峒，抬入他二哥老宜的家。二哥让他吃足了肉，还破戒喝上了酒——那个日子反正已经不远，血压不再值得提防。侄儿的一个手机，现在也成了老寅的新玩具。

这个东西确实很神，戳几下，就是个顺风耳，再远的人也可以叫到面前来说话。老寅按照侄儿提供的号码，给几个乡亲和亲戚打了电话。一旦打上瘾，忍不住天天打，只是没有什么事要说。"福矮子，是你吗？是你呵。"电话就挂断了。"王麻子，你在呵。"电话也挂断了。

这样笑眯眯地打下去，对方不仅莫名其妙，而且心痛手机接听也得付费，火气发在老寅侄儿的头上，一次次把他叫到电话面前开骂。侄儿一脸苦相，劝叔叔以后无事不要打手机。老寅似乎听懂了，嗯嗯呵呵一番，说不打了，打它做什么？但躺在竹床上无聊，忍不住又戳，只是记住了侄儿的警告，说上了一些正事："王麻子，你吃饭了吧？今天吃了什么菜？你这个老家伙，没偷树吧？没偷茶籽吧？我就要死了，以后哪个来监督你这个落后分子？"或者说："福矮子，你晒辣椒没有？今天好太阳，你还不晒呵？我就要死了，你还不快快送点白辣椒来孝敬我？你快点来，快点来！"

他还想给国务院朱总理打一个电话，要侄儿给他找号码。听侄儿说不可能找到这个号码，便大惑不解，"这么好的东西，总理也不挂一个？"

"他认得你是老几？要听你的电话指示？"

"我们三天两头都见个面的。"

他信心十足的理由是，总理几乎天天来到他家里，来到他家的电视里，一次次接见他，怎么说也是老熟人了，有事应该可以说上几句的。

"你也要问他今天吃什么菜吧？"

"磨盘湾的竹子都要被蝗虫吃完了，他住在北京怕是不晓得吧？"

"这算什么屁事。"

"赵菲菲那个疯婆子，还不赶快埋到粪凼里去？"

赵菲菲是省电视台某频道娱乐节目主持人，近来名声大噪，最受一些后生的喜爱。但在老寅看来，纯粹是电视里的一团毒，不会唱不会跳，只会疯和痞，小屁股扭来扭去，扭乱了思想和风气，实在是第一个该枪毙的家伙。说起这事，他还迁怒于多年前的武打片《霍元甲》，说好多干部以前都不贪污的，就是被这个片子教坏了样。那个什么警察，嘴里说不要钱，但转过身子，把衣袋亮给你，让你把钱塞进去，他装着没看见。现在刘所长王局长都是这号动作，不就是从《霍元甲》学来的？

他没有说出这些，因为侄儿已经挑粪去了，没有兴趣听他控诉。几个老邻居也差不多是饭桶，没有什么文化，同他们说不清楚。他相信只有总理可能懂得他的一片忧国之心。他得向总理说说，彼得堡的"契卡"到哪里去了？怎么就不来管管赵菲菲这样的货？——他居然还记得俄国电影里的肃奸机构。

他叹了口气，喝着已经久别的谷酒，却喝不出什么味，便说他这一辈子喝了太多的酒，以后儿子给他上坟，不要上谷酒，也不要上红薯酒，上点茶就可以了。

老宜点点头，说好的好的。

他说儿子一定要记得他娘，记得他弟弟，秋收以后，拣好糯米打一担送过去，拣好鸡婆提两只送过去，当伯伯的到时候得提醒一下。

老宜又点点头，说好的好的。

老宜对弟弟倒有些嫉妒，说老寅你这一辈子该知足了，北京去过了，什么广西、云南、国外也都去过了，哪像他老宜，只去县城里拉过一次石灰。到现在，你屁股一拍，说走就要走，三亩田的谷子还要他老宜来割，坡上的红薯还要他老宜去挖，连上坟这些啰嗦事也是别人操心。人比人，气死人的。

老寅不同意这一点，"我到过国外吗？我什么时候去的？"

他们有时还争辩一点阴间的事情。老宜说："看你那柜子里，还攒了一堆发霉的粮票，怕是想带到棺材里去呵？好笑好笑，你不如多带两双鞋，这一辈子鞋子穿得少，一双脚吃了亏。"

"你们以为阎王爷也改革开放了，不用粮票了？"

"说不定老阎一看就相中了你，一心要栽培提拔你，让你一去就当上干部，吃上国家粮呢？当文化局的局长呢？"

"给阎王当干部，你以为有什么好差事？今天锯这个的脑壳，明天抽那个的脚筋，戳心。"

老宜想了想，"你一不要灵屋，二不要冥钱，光要些粮票有什么用？人家花桥镇的人想得周到，灵屋里还有电视机，还有摩托车，扎得好漂亮。给你也扎几个吧？"

老寅瞪大眼："变电站呢？"喘了口气又说："加油站呢？"

他的意思很明白，如果纸灵屋不带个变电站，光有电视机有何用？如果阴间没有加油站，摩托车拿什么来跑？

老宜说："那你那些粮票又有什么用？阎王爷那里有粮站吗？有粮食局吗？有拖粮食的火车和轮船吗？就算你可以去买米，也要带一担箩筐吧？或者带个布袋子吧？你要吃饭，还要碗和筷子吧？还要蒸锅菜锅吧？你不烧一个百货公司，恐怕也吃不成。"

老哥一阵大笑，笑弟弟理屈词穷，得意地去端盅饮茶。

正在这时，毒疮痛起来了，老寅的五官缩成一撮，咬牙切齿地呻吟一阵，身子一软，轻轻地吁出一口气，再一次昏昏睡去。这一睡，便是他体温的最后消退和流失。他蜷缩着身子，走得非常平静，甚至有点轻松和愉快，笑眯眯的眼睛一直盯着墙上一个虫眼。儿子侄儿来叫他，老哥老嫂来叫他，他都不答应，只是满心欢喜地紧紧盯住虫眼，像盯住棋盘上最后一个棋子，盯住世界最后的一个出口——虫眼那边也许有另一个美妙的开始？也许有一片霞光万道的五彩天地？

山里人说，很多动物也是这样，一旦知道大限已到，没有什么悲哀，没有什么惊慌，只是悄悄地去寻找最隐秘的角落，顶多留给我们一个飘忽远去的背影。我们从来找不到它们的尸体，从来不知道它们在什么时候在什么地方走完最后一步，不知道它们何以懂得珍惜世间的整洁。有人说，它们掩藏自己，是怕猛兽吃掉尸体。其实，死都死了，尸体怎么打发不都一样？

不，它们只是珍惜着世间的整洁。

老寅的消息传开以后，乡亲们忘记了他借钱不还或者臭气熏人的诸多劣迹，都变得胸怀宽大，感到有些惋惜。县里一位退休的供销社主任，以前是老寅的同学和崇拜者，发动诗友们写了好些古体悼亡诗联，决心把丧事办热闹些，包括请来县剧团的哭丧队，大张旗鼓进了边山峒。同样是出于他的热心张罗，人们还凑钱去订制了一些特别的冥物。一个特大的纸饭碗，有桌子般大小。一个特大的纸辣椒，要两个人才抬得动。一双特大的纸鞋子，每只都像条小船。还有一对特大的纸眼球，像两个溜溜转的大灯笼……据说扎匠为了扎出这些大家伙，光是做糨糊的面粉就用了两袋，牛皮纸也用了几担。到后来，它们中的有几样大得无法挤进院门，人们只好七手八脚，搬梯子搭桌子，把它们从院墙上递进去，再搬入灵堂——不用说，人们送来这些巨型冥物都是投老寅所好：他不就是喜欢大东西吗？

在吓人的大饭碗大辣椒大鞋子大眼球面前，丧礼成了小人国里的动静。死者躺入水晶棺材，身体已有些萎缩，换上了一套新的西装以后，衣服显得太大，是一个套在小学生身上的成人装。过于卖力的化妆师在他脸上抹上了浓重的胭脂和口红，使他双颊艳若晚霞，嘴唇红似鲜花，满脸泛着油光，活脱脱就是一个大耳朵娃粉墨登场。

当然，人们也可以将水晶棺材看成玻璃防弹仓，把他看作最尊贵和最显赫的英雄，正红光满面雄姿英发登台接受千万民众的致敬——只是眼下没有凯旋仪式，他的面前只有两道山梁之间无限高空中的几颗流星。

在那一刻，他两个嘴角似乎微微往上扯，僵住一个人们熟悉的微笑。

> 让我再看你一眼，
> 不知何时才能相见。
> 让我再看你一眼，
> 把你永远记在心间。
> ……

香烛闪烁，旌幡飘摇，喇叭里播出了流行歌曲。作为剧团的例行程序，这是第一道工作——催哭，铺垫情绪一般都很有效。随着导演的一个响指，音乐被音响师调弱，一男一女以手帕掩面，一道惊心的战栗从天而降，便是演员领哭的开始，其目的无非是力图把有些人欲流未流的泪水再狠狠推一把，把有些人欲空未空的心胸再狠狠地掏一把。看到两个孝子已经哭了，死者的亲属们也哭了，还有各路吊客都面容瓦解，抽泣之声四起，悼亡的情绪高峰即将到来，导演比较满意，随即向乐队一挥手，喇叭里的哀乐按部就班地轰然加强，鼓号之声大作，形成新一波冲击，于是满世界的沉痛都砸了过来，满世界的悲怆都压了过来，在场人都被打入了天昏地暗的痛感。

该芹姑娘出场了。她走到灵堂前，看着棺材里那个浓妆艳抹的大耳朵娃娃，出人意料地跪了下去，重重三叩头。她揪住了胸口，但没有哭；撩起了手帕，在空中画了一道弧线，还是没有哭。最后，她用手帕捂住了嘴，一头向夜色撞过去，大家以为她会哭了，结果还是没有动静。

她好容易挤出一声长嚎，好像是一句歌唱，大家都感到陌生的唱词，不是"三杯酒"或者"七拜爹"那些套路，而且声音又直又干，而且沙哑，大家一听都觉得不对味，与她平日的婉转浩荡大不一样。她的眼窝子干枯，没有泪的迹象。只是全身在哆嗦，不知是怎么回事。她的双手无法自制地抖动，连一条手帕也抓不住，一个话筒也接不住，两手使劲地互相搓揉，互相掐，直到掐破了皮，流出了血。

"你的手是一只死人的手，这么冷呵？"一位同事走上前去大为惊疑。

"我好冷。"

"我给你加一件衣。"

"我哭不出来……"

"那就唱吧。大家都等着你哩。"

"也唱不了……我喘不上……气来了。"

"你一定是病了，今天不要上了。"同事转过头对导演说："芹姐病了，换人吧，换人吧。"

"怎么搞的？"导演皱皱眉头，叫另一个女演员顶上去，随手塞给对方一张纸，是备忘的哭词。

芹姐退下场来，躲入了厚厚的棉大衣，由一位同事搀扶，退到大灯照不到的偏僻角落。她今天太让人们失望，也让自己沮丧和惊慌。从她一丝不乱的发型来看，从她一套黑色衣裙最为准确的剪裁来看，从她精心搭配的披肩、耳环、手链以及丝巾来看，她今天一心冷艳逼人，来一次最隆重最激情的出场，以万籁俱寂时的一道惊弦，无前无后，若有若无，使所有人都在惊弦之下崩溃和消融。但她眼下一只手缠着纱布，搂着个临时借来的热水袋，大概刚喝了两口酒，喷出了混浊的酒气。她的指头还在不断敲击膝头，没法停下来，像拍发一个长长的电报。

事后，一个头戴白孝布的妇人来给演员们发红包，看了她一眼，把这个电报员跳过去了，红包发给了她身边的人。

再过二十年，我们来相会，
伟大的祖国，该有多么美，
天也新，地也新，春光更明媚，
……

到点了，导演安排结束音乐，一般来说，还是安排那种流行歌，而且是较为欢快豪迈的那种，以便人们收哭，从丧礼的悲痛中走出来。亲属和吊客们果然止泪，甚至有了预期中的说笑。一些人支起了桌子，准备打麻将扯扑克守夜。另一些人走出老宜家的院子，跨上了摩托，钻入了拖拉机或者汽车，一时车灯纷纷打开，发动机纷纷震响，浓浓的尾气气味中，他们准备驶入以后忙碌的日子。最后一轮鞭炮开始炸响。

临上车以前，芹姐拿出一个Y型音叉，据说是死者遗物，烦请人们拿去随死者一同入葬。她还拿到一纸药方——医生是吊客之一，县城里的一位老大夫，曾给剧团里的很多人看过病。他摸了摸她的脉，望了望她的舌，说她没有什么大病，可能只是一种职业现象。原因吗，很简单，假哭太多以后，真哭就很难了。医生还说，从今往后，你心里一苦，可能就会有这种阵发性哆嗦。这种病对身体倒没有多大危害，用不着太担心，休息一阵就会好的。大夫只给她开了点维生素和安神丸之类的药。

她呆呆地收下了药方，"不会毒死我吧？"

一个同事推推她："你怎么说话的？"

她眨眨眼："我说什么了？"

"人家好心给你看病开方，你狗咬吕洞宾呵？"

"哦，该死该死，我总是乱说。我的意思，我本来的意思，是说我快死了，什么药也救不了的。"

她脸色大变，意识到自己再一次胡言，说出如此不吉利的咒语。但她已经说完了，说完了就怎么也吞不回去了。她看看周围的同事，不知道该怎么办，只是拍了拍自己的脑袋，傻傻地笑起来。

二〇〇四年五月

○ 最初发表于二〇〇四年《人民文学》杂志，后收入小说集《报告政府》。

白麂子

季窑匠是个单身汉,撬着个布包来到这个村子,已经好些年头了。他烧出一窑窑青砖黑瓦又结实又匀整,价格总是比别人的便宜,发货时又不计小数,三十五十顺手相送。碰到什么人急难之下开口来借钱,只要他手上有,他从来不说二话,你借八角他甚至还掏出一块。有时热情得结结巴巴,恨不得把口袋底子一同翻给你。

有一天,他灰头土脸地下了工,去湖边洗澡洗衣,一去就没有回头,只留下岸上的衣衫和草帽,第二天被看牛的娃崽发现了,提在手里捡了回来。村里的人大惊失色。一些后生赶紧扛着桨去放船,到他下水的地方寻找和打捞。忙了约摸两个时辰,一篙子终于戳到水下一个重物。两个后生喝下酒,壮了胆子,潜下水去一摸,果然捞出了一张歪张着的嘴巴以及整个泡得又白又肿的人尸。

他的四肢都缠上了水草和渔网——看来是不幸游错了方向,被一张捕鱼的拦网缠死在水中。

村民们唏嘘了一阵,各出一把力,挖了个土坑,把他草草下葬了,包括把他歪张的嘴巴又揉又捶又扳又敲,好容易才使它勉强合拢。有人说他是个"祛师",意思是说他是个法师,虽然只是业余水平,但既然懂点看水碗、剪纸符、收魂驱魔一类小巫术,还是有点别出一格。照老规矩,得让他眼蒙布条入殓,或者让他入土时脸面朝下,以免他死后还能东看西看,眼睛像探照灯一样乱射,搅得村里不清静。但大家念他多年来的义道,情面多少有点抹不开,含含糊糊一阵以后,把防范措施稍稍放宽,只是在坟穴里熏了一把烟,再垫了一担石灰,有点消毒灭虫的意思,好像他是一个虫蛹,有石灰管着,就不会变蛾子飞出坟墓了。根据村里李长子的提议,大家还凑钱买来一丈白布,把他裹了个一身清白和一尘不染。

丧事毕,主丧的李长子看纸钱灰屑在秋风中飞远,重咳一声,郑重发话,说季窑匠虽然上无老下无小,但他还有一个姐姐在石门镇打豆腐,有人在那里看见过的。你们知道吗?

大家说,是的是的。

李长子说,你们谁借了他的钱,赶紧还回来,一起给他姐姐捎过去,也算是活人不欠死人账,阴阳有界两相安。你们明白吗?

大家久久没有吭声。

李长子对沉默有点生气,忍不住点下名来:"辉矮子,你堂客上次肚子里长瘤子,住医院两个月,未必没找季窑匠借钱?"

辉矮子笼着袖子往人后缩:"借是借过一点的,不过……我那堂客早还了吧?好像是早还了的。我……这得去问问她。"

李长子又把目光投向另一个:"友麻子,你前年做了五间大屋,都是在窑里挑的瓦,瓦钱都同他结清了账?"

友麻子还未说话就红了脸,但出言理直气壮:"你不说结账还好,说起这事来……唉,不说了。"

"有什么话说不得?"

"他还倒欠我一千皮瓦哩。现在他眼一闭,脚一伸,我找哪个去要?该我倒血霉。不是看他死得可怜,我还真要到石门镇去走一遭。"

"嘿,你还有灯亮照人家?今天太阳是从哪边出来的?"李长子看看天,表示对这话根本不相信。

"我要是有半句假话,等下就被雷公劈死在茅坑里!"

李长子手中没有证据,没法往下说,只得再次重咳一声,耐心地等待。他发现眼前好一些人都目无定珠,吞吞吐吐,东张西望,抓腮挠耳,虽然身子还马马虎虎地在场,但心里着了火,已经无法安坐,如果不是被他的目光紧紧黏住,肯定就会像苍蝇轰的一下四处逃散。最后,只有茂爹出面认了一笔账,说他两年前借过季窑匠八角钱,季窑匠恐怕是已经忘了。他还说明天就去卖鸡蛋还账。

李长子叹了一口气,说人生在世,只有两块金字招牌,一个是仁,一个是义。你们还不还钱,我管不了。你们借没借钱,我也不知道。但你们最好是把脔心放在胸口里,端端正正放好,就行了。

大家都说,当然,当然是这理。

时间一晃过了十来年。这些年里村里发生了一些事情,有人出生了,有人去世了,有的家兴旺了,有的家败落了,倒也正常。随着市场经济越闹越火暴,这些年风气不如从前,有人偷牛,有人偷树,有人连电线也割一段去卖废铜,甚至把自己的亲爹亲娘屋外赶,也不能算不正常——这些就不说了。唯独有点让人奇怪的是,这些年村子里老是出病人,而且很多人一病就说昏话,说话的声音和口气都像某个人,准确地说,像当年的季窑匠。比如,辉矮子家的那个二毛佗,还只有六岁,说昏话时居然有了成人浑浊浊的喉音,半夜里大喊:"坏泥还没踩熟,坏泥还没踩熟!"他一个娃娃晓得什么坏泥不坏泥呢？或者喊："拿弓线来，拿弓线来！"自从有了山外那些便宜和结实的机制砖瓦以后，村里的两口窑早已废弃，坯桶、荡板、弓线这一类窑匠工具完全绝迹，一般的少年见都没有见过，他一个六岁小儿如何喊得出这等名称？

满姨子打老远来看他，还没走进院门，这小把戏就在帐子里嘟哝一声："满姨子来了。"这更是奇怪，隔着两堵墙，他如何看得见大门外是什么人？

到最后，他高烧不退，还惊恐万状地撕蚊帐，撕成一片片一缕缕的以后，塞到嘴里去嚼，人家拦也拦不住。邻居照例往因果报应那一面想：想当年季窑匠缠死在渔网中的——莫非是他阴魂附体，眼下把蚊帐当成渔网，一看就怒气冲冲要除之而后快？

这样一想，人们越想越害怕。

辉矮子请郎中来治病。郎中把了脉，看了舌，打了针，脸色还是阴沉，叹了口气说："这种病来路不明，用心太险，吃药打针恐怕是没什么用了。"

郎中深深地盯了辉矮子一眼，似有什么意味，说什么也不收医药费，撑着雨伞匆匆走了。

辉矮子着急，又去请磨盘岭的法师。法师名气很大，号称白云半仙，据说晚上回家时嫌路远，便在湖面上忽悠悠如履平地抄了近路——有人看见过的。但他还只走出磨盘岭的山口，离这里还有整整六七里地，鼻子在风中嗅了嗅，掉头就往回走，还气呼呼地抱怨："这种烂事也找我，我一个人再狠，如何打得三个人赢？"他说什么也不上阵。至于他说的三个人是谁，还有他如何知道要迎战的是三个人而不是两个或者四个人，这些都言之不详，旁人没法明白。

辉矮子喊天不应叫地不灵，只能眼睁睁地看着心肝儿子继续高烧，在抽搐中脸色发青和全身变冷。下葬的那天，他在坟前昏了头，忍不住对自己的婆娘来了一通毒骂："……我说了要还，你贼娘养的不还。你这下甘心了吧？你是留着钱买棺材呵！你是要留着钱买冥屋呵！你这个烂货一心一意要绝老子的后灭老子的族呵！"

不用说，悲愤之下吐真言，村里人都听出了这一段话中的隐情。其实，这些年有难的人家不少，但这些人家是否都有隐情，是否都属于什么报应，不是一件说得清楚和查得明白的事。但人们都拿辉矮子说事，偷偷地议论着，一传十，十传百，到最后，远近四乡的人都在闪烁其词心惊肉跳。季窑匠又来了吗？嗯，又来了。季窑匠去年不是来过了吗？嗯，今年又来了。他们如此交头接耳心照不宣，好像季窑匠没有死，永远不会死，永远是这个村子里一个无处不在的成员，随时可能出现在某一张门的后面，某一张床的后面，或者从某个废弃的土屋里探出蓬头垢面的头来。

他们议论辉矮子家的、黄三家的、罗海家的、清远家的动静，说他们病床前季窑匠的什么声音和口气，说他们当年与那个窑匠的可疑交往，当然还不会忘记对门山上的麂子——据说那是一只少见的白麂子，近年来出没在对门山上，叫的声音特别悠长和尖厉，深夜里呜呵出一道长音，像孩子的哭喊，十里之外也听得到，附近村子里更有叫声中的瓦片和砖块突然开裂。人们说，白麂子一叫断无好事，瓦片与砖块开裂更是窑匠出场的预告，声音所及之处，必有一家遭殃。

人们还说，季窑匠入土的时候不就是裹了一身白布吗？不就是一身白吗？你想想，这只麂子的白色怎么没有点来历？

村里有一些猎户，专门与野猪、野羊、兔子、野鸡什么的过不去。有的神枪手把茶盅往空中一抛，提枪就能将其击个空中粉碎。但枪法再好的人，也不敢去碰白麂子。以至这只白麂子越长越大，偶尔见过它的人说，这些年下来，它已经有一扁担高，一门板长,在岭上出没的时候,挤得枝叶哗哗哗地两边分,像轮船排出滚滚波浪。它也越活越横蛮,在小路上碰到砍柴的或者挖药的,根本不让路,直愣愣地盯着你,呼呼呼地出粗气,逼着你远道绕行。有一次,它还跑到村子里,在小学校的球场里大大方方绕场一周,吃了几个不知谁晒在那里的红薯,吐出薯皮,扬长而去。

这只白麂子成了人们心中最大的恐惧。如果有孩子不收哭,大人就可能警告:"你再烈,你再烈,白老爷就要来了!"

白老爷就是指白麂子。

白老爷果然能够吓得全村的娃崽们一声不吭。

当然,也有一些人不在意白麂子。茂爹当年还清了八角钱,就是其中一个。据说他家里从来都很清静,不但男女老少安康无恙,鸡都不曾瘟死一只,瓜也不曾蛀空一个。有次茂爹到山上挖药,一不小心失足掉下山去,顿时无踪无影,人家都以为这下完了,圆整的肯定是没有了,挑着箩筐去捡点骨肉零件吧。没想到的是,他们哭哭泣泣地下到谷底,发现树丛中的茂爹竟然毛发无损,还捡了身边一窝野鸡蛋,用一角衣襟兜着。他的子女也都有出息,一个当上了中学教师,一个当上了汽车司机,还有一个在读博士研究生,据说是专门研究大汽车的鼻子,了不得,研究大汽车的鼻子呵,与研究脚板或屁股的岂可同日而语。

除了茂爹,李长子当然也不必要害怕白麂子。他心中无冷病,以前对季窑匠不但不曾欠钱,而且还今天送个南瓜明天送把苋菜,就凭这一条,他不管在哪里碰到季窑匠都说得起话,都做得起人。不过,说是这么说,不知为什么,这年夏天他孙子考中学落榜,读议价生亏了好几千。接下来祸不单行,他自己脑袋又痛得厉害,有时痛得他冷汗大冒昏天黑地恨不得立刻喝农药。到县城医院就诊以后,不但没有去痛,一条腿也有些麻木了。人家都说,他怕是要瘫了。他有点纳闷甚至愤怒。为什么张三不瘫,李四不瘫,唯独他的身上出鬼?要瘫就好好地瘫,合情合理地瘫,有桥有路地瘫,为何偏偏撞上对门山里的白麂子叫?搞得村里人偷偷摸摸地戳他的背脊?

一天,辉矮子在路上碰到过他,叫了一声"村长",什么也没说,只是不怀好意地阴阴一笑,好像彼此同在一个婊子家撞上,有点原来如此的惊讶,又有点连裆共裤的友好。

"你笑什么?"李长子很恼火。

"我笑了吗?没什么,没什么,我是要去买豆腐,准备明天接客。"

"你说怪不怪,我那个孙子蠢得做牛叫,还得了个奖学金,一得就是三百块!"他吹了点牛皮。

"你大人大福,闭着眼睛都发财呵。"

"我今天腿也不麻了。"

"是吗?"辉矮子不无警惕,"那就好,那就好,只是这走路的样子还是……"

村长不再搭理对方,气呼呼来到乡卫生院,找到了戴眼镜的王院长,"你说那对门山上的白麂子也是老了吧?我看是老糊涂了,乱叫一气。差不多就是下河湾那个谷爹,老得连儿女都不认得了,晚上把儿子当贼打。这麂子老了也一样造孽!"

王院长笑着说:"哪有什么白麂子,我是从来没有听见过。"

"你是读新书的,阳气足,火焰高,听不见。"

"迷信,都是迷信。你上次说茂爹是得了白麂子的照应,其实你就单单记住了他摔一跤。他那个宝田丢了一台汽车,欠一屁股账,白麂子怎么不照应?他那个宝华的媳妇至今怀不上娃崽,未必也是白麂子的照应?"

李长子眨眨眼。

"你们呀，说一不说二，说三不说四。"

"倒也是，我忘了这些事。"

"哪是什么忘了？你们是不想记，就不记了。古人说三人可以成虎，三人成麂不是更容易？"

李长子无话可答，但还是感到几分安慰："你们读新书的都讲科学。这科学也确实厉害。你想想看，老班子说什么顺风耳、千里眼，眼下不都实现了？顺风耳就是手机，千里眼就是电视。老话还说刘伯温的铁牛肚里藏万人。现在轮船和火车的肚子里不就是真能藏万人？说不定一个跟头十万八千里，一口气把猪吹成个人，这事也快了。依我看，古人讲的其实都是科学，都是现代化，只是时候不到，就不能让你们一下子听明白。你说是不是？"

王院长只是笑笑。

"这科学好是好，就是不分忠奸善恶，这一条不好。以前有雷公当家，儿女们一听打雷，就还知道要给爹娘老子砍点肉吃，现在可好，戳了根什么避雷针，好多老家伙连肉都吃不上了。可怜呵可怜。"

王院长笑得更厉害，"这也能怪科学？"

李长子今天很愿意谈科学，在科学面前放下心来了。遵院长的建议，他第二天去省城大医院做了个检查，割了脑袋里一个瘤子，回到乡下时，发现自己果然脑袋不痛了，手脚也灵便了，可以直着腰杆在村里走来走去，可以大声说话和大声打喷嚏，一旦打出就惊天动地余音袅袅。他说啧啧啧，还是省城医院的手段了得，这个镜子那个镜子在他身上照妖，把他的脑壳当西瓜一样破开，他居然一点都不痛。但村里很多人不大相信照妖和破西瓜，说医院治病不治命，归根结底他还是靠了白麂子的照应，是他自己修的福分和积的阴德，与医院何干？

说来说去，说得他又有点迷糊。说来也是，他本来是有福分的，有阴德的，本来就是不怕白麂子的，事实也证明白麂子终究与他没有关系。人与人就是不同呵……这一想，就把医院这一段撇下。

没有解决的问题是：白麂子前不久的几声叫，如果绕过了他李长子，那么将要落实到哪一家的头上？如果说季窑匠这次没有进他李家的门，那么会进哪一家的门？这是一个悬而未决的疑案。几天来，眼见得李长子的脑袋确实比较安定，村子里开始惶惶不安。张家父子大吵了一架，李家婆媳大吵了一架，都是在查什么钱，好像家家都在展开大规模的清查和揭底运动。有人满腹委屈地说："季窑匠已经来收过账了，未必还要来二回？来三回？这要收到何年何月？干部搞摊派也没有这样心枯吧？"

友麻子从邻县贩竹子回来，发现自己背上有点异常，摸一摸，是个硬硬的毒疮，立刻吓出一身冷汗。他去找郎中要草药，见地坪里有人交头接耳，忍不住自己一腔怒火："我怕什么？他姓季要来就来！他南边来，我南边迎！他北边来，我北边接！他季窑匠就没欠我的？贼养的，他当初鸡巴骚，有生活作风问题。老子不看僧面看佛面，一直忍住没同他算账。一夜夫妻百日恩，未必就不抵他那几皮烂瓦？……"这一说不要紧，大家还没听明白是怎么回事，他婆娘跟跟跄跄从屋里冲出来，一头撞在他怀里，抓住他的手就咬，顿时咬出了袖口上的一注鲜血。他大儿子正在砌猪栏房，当即抽了自己两个耳光，一脚踢倒了新墙，回家清捡了几件自己的衣物，骑上摩托就要出村，一个要远行不归的样子——人们这才有所醒悟，觉得这后生确实有几分像季窑匠，比方说两人都是下巴塌。

大家明白了当前的事态。有人骑摩托去追麻子家的公子，有的去阻止麻子家的婆娘喝农药。鸡飞狗跳之下，有几个人找到李长子，说这样下去终究不是个办法。辉矮子的这个毒疮不得了，要是治好了呢，就更不得了，不知道哪一家又要出鬼，他乡长县长来也降不了这个鬼。你是个一村之长，看来还得拿个主意，把道场做了吧。

他们的意思，是每一家出二十块钱，合起来给季窑匠做一个道场，弥补当年草草下葬的不足，给死者消消气，搞好关系，免得日后再生麻烦。

他们没有说出的话是：现在到上面这个所那个局去办事，不也是得这样一张笑脸向前，不也得放水养鱼破财消灾吗？

见村长有些犹豫，他们又急急建言："你是个老干部了，要为广大人民群众谋利益。这件事关系到两百多户人家的利益，你刚在上面学习了文件，总要有点实际行动吧？总得做点实事吧？在这个关键的时刻，你不出头谁出头？你不挑担子谁挑担子？"

村长确实想做点安民利民的实事，但不知道如今办道场合不合法："道场就那么管用？我同你们讲，你要是个长命鬼，不做道场也长命，你要是个短命鬼，做了也是白做。我们最好还是搞科学，不要搞迷信。"

"如何是迷信？"村会计瞪大了眼睛，"刘少奇死了那么多年，党中央在北京城里还做了一台道场，电视里都播了，你没有看见？"

李长子拿不准，"那不是道场吧？"

"追悼会不就是洋道场？"

"追悼会就是追悼会，你莫乱讲。"

"我们也只是为季窑匠开个追悼会，不行吗？"

其他人也说：对对，我们既不杀人，也不放火，只是开个追悼会。马虎点算一算，季窑匠也是个老一辈革命窑匠吧？对革命没有功劳有苦劳吧？

"不行，你得让我想想。"

李长子说不过他们，又不敢去找政府请示，想了想，觉得全村群众的利益实在重如泰山，还是去了卫生院王院长那里。他想问问北京是否为刘主席做过道场，是否为彭将军做过道场，是否凡革命同志都可以享受改良道场。王院长哈哈一笑："你们硬是想做，就去做。其实做也可以，不做也可以。我有一位老师说过，古人的巫医结合自有其道理。医疗治其体，巫调治其心。也算是双管齐下，心身兼治。"

李长子眨眨眼，不知道他在说什么。

院长被婆娘叫去破鱼。李长子见对方在水井边两手带血，刀光闪闪，不便继续问，便在房里静候。直到日头又爬高一竿，见院长还没有回来，不知去了哪里，才不得不打道回府。不过，他刚才静候时看了一阵电视，是中央台在播映孙悟空的故事。说来也是，电视台不说是党的喉舌吗？党的喉舌不是一直是在宣传党的方针政策吗？现在党的喉舌那里也是牛鬼蛇神男妖女怪腾云驾雾呼风唤雨的方针政策，老百姓做一台道场又有何不可？难道只准州官放火不准百姓点灯？

他这样一想，就想通了。一台水陆道场就做下来了。村里热闹了三天，和尚念经，道师作法，香烛纸钱烟熏火燎，鞭炮锣鼓惊天动地，还有花灯绣球长幡短旗，村里人大展身手，拿出了做一番实事的劲头，几个村干部更是处处身先士卒，忙得走路都咚咚咚一阵风，嘴里说得冒烟，手机差点打爆，茶水都没好好喝一口。但他们这么一忙，就忙得心里踏实多了，周身的气血也畅通多了。他们把季窑匠从土坑里挖出来重新安葬，不过挖地三尺，什么也没有挖到，连一根骨头或一颗牙齿也不见，觉得好生奇怪。经过慎重商议，他们只好把坑里的一层石灰泥权当尸骨，装入棺木，裹上红绸，送抵新坟。入土的时候又遇到奇怪事：突然间天昏地暗，狂风四起，飞沙走石，十步之外就闻声不见人。这阵狂风持续了约摸两根烟的工夫。人们事后发现,新坟旁两棵碗口粗的松树不知何时被狂风刮断,断得大家心里虚虚的,不知又是什么兆头。

不知是真是假,自从季窑匠迁入高贵的新坟以后,自从他的拱形青砖墓室比乡信用社的营业厅室还要体面气派以后,据说对门山上还真的清静了,白麂子不再叫了。有人说还看见过它,说它一反常态,见人就跑,慌不择路,拉成一道白光,很快就隐没在山林里。有一个月夜,天地间亮如白昼。友麻子的婆娘从婆家翻山回村,一不留神,发现白麂子就赫然立在她面前,眼里发出红光,是哭得很伤心的模样——它已经成了一只红眼睛白麂子。

据说那女人顿时吓得全身都软了:"我们就算无恩,起码也是无仇,你你你不会同我过不去吧?看在我们虎娃的面上你你你也……"

白麂子前来嗅了嗅她的鞋子。

"我家那个发瘟的友发,虽说黑了你的十几担瓦,但他没偷过别人的树,没偷过别人的牛,那次在路上捡了一捆电线,事后还是给了人家司机的……"

白麂子喷了个响鼻,又探头来嗅她手上的布包,把她挤逼到路边,差一点要失身掉下山谷。

"你千万不能冤枉好人哇,冤家。上次有人偷公路上推土机的油,人家怀疑是他,其实我们晓得是谁偷的,只是不好说。还有那一次,村里少了三袋水泥,人家也又怀疑他,还跑到我家的猪栏房里来看,我们身上长一万张嘴巴也说不清……"说到这里,女人突然火冒三丈,朝白麂子猛击一拳,又气急败坏捡起土块猛扔过去。"你如何瞎了眼?你如何也来墙倒众人推?你这个千刀砍万刀剐的货——"女人大骂,骂得白麂子一惊,似乎明白了什么,又喷了个响鼻,甩甩尾巴,盯了她一眼,扭头向坡下逃走。

据女人事后说，白麂子挪了挪嘴唇，没有叫。她还看见对方白麂子眼中闪着光亮，是一窝汪汪的泪水。

山上仍然有很多声音，包括一道道长音，像麂子的叫声，又像红毛狗或者挂角羊的叫声。但猎户们听了以后都没想到白麂子，都信心十足地说，是挂角羊！今年的挂角羊很多，等它们长肥了再去打。

只有友麻子说，他还听到了白麂子叫。他知道大家都不相信这一说法，但也无可奈何，无法给大家重新安装一个耳朵。需要交代一句的是：他这一年没有死于毒疮，但两年后还是死于肝硬化。

二〇〇四年十月

最初发表于二〇〇四年《山花》杂志，后收入小说集《报告政府》。

生离死别

玉老爹是属狗的,掐指一算,已年近八旬。他婆婆从不知自己的生年,只说她是山上大闹蝗虫那年生的,是油榨房起火那年嫁的,大概在村里打死豹子那年又做了娘,活到如今到底多少岁,是一笔糊涂账。

反正他们活得自家的老大死了,老二也死了,女儿的丧事几年前也办了。唯一剩下的老四,是个路上捡来的孤儿,靠老人砍柴禾和捡牛粪养大,读了书,进了城,一晃这些年无音讯。邻居们问起老四的时候,老两口哼哼哈哈装耳聋。

他们经常在井边合抬一桶水,在山边合抬一捆柴,觉得路好长,肩上好沉,蚊子和马蜂好欺人。特别是这一天,老黄狗有些异样,盯着饭不吃,盯着水不喝,四腿一跪,倒在门边,眼光慢慢发直。老两口有些伤心,在屋后挖了个土坑,摸着将要入土的一团冷毛冷皮,割肝割肺地哭了一场。他们拍着身上的泥土时不约而同对视了一眼,互相明白了心意。

那件事看来是该办了。

"我胆子小。你先做我,再做你自己。"老妻说。

"我好歹当过组长的。你得先做我。"老夫摆出领导干部资格。

"我腿不灵便,站不稳。你不是不知道。"

"我眼睛花,这几天手杆子也没气力。"

"我事事都让着你,这回说上天说下地,也不让了。"

"不是不让你,是说做自己太难了,如何好下手?要是把自己做个半死,血糊糊地闭不上眼睛,我就亏大了。"

"那你去找雄三来做你。他会帮忙的。"老妻出了个主意。

"雄三,雄三,你只晓得一个雄三。"

老夫觉得这不是个好主意,但也没办法,抹干胡须上的残涎,回家去找出斧子,在阶前石块上磨了好一阵。见斧口渐渐泻出银光,拿一块木头试试,叭,居然一劈两半。婆婆在一旁高兴地说:"我说你行,你看是不是?"

婆婆扶着墙,驼着背,兴冲冲拐进了屋,清出了两套比较体面的衣,算是入土用的寿衣,一套男式,一套女式。她最不放心老公的眼花和糊涂,"死鬼,到时候你多看两眼,莫把我的鞋子穿反了,莫把我的袜子穿反了,记住了吗?"

"我连这点小事还做不好?"

"你要把我身上的血抹干净,莫吓了别人,晓得不?"

"你都说过八遍了。"

"我胆子小。你要把先我打昏再下刀……"

"你就是啰嗦,一张麻雀嘴。你要是这不放心,那不放心,你就自己去做!"玉老爹气呼呼把斧头丢在地上。

玉婆婆不敢自己"做",即自己杀,只好不再当麻雀。他们吃了最后一顿饭。老妻要老夫多吃点,说多吃才有力气,才会下手利落,见对方放下碗,又往空碗里再压了半瓢饭,非把对方喂成一个雄壮杀手不可。接下来,她照例收拾桌子,涮锅,洗碗,洗筷子,不料玉老爹坐在门口打饱嗝,等得有点不耐烦。"死猪婆,还洗什么洗?给谁洗呵?"

"我洗了一辈子碗,未必就多了这一回?摊烂这一灶台,我不安心。"

"好吧,你只管洗,你洗。"

玉老爹尽力表现得耐心一点,闲得没事可做,便一把斧头在门槛上随意乱剁,剁得木渣四处飞跳。一只破皮鞋也拿来剁了,顷刻间碎尸万段。看来刚才斧子磨得好,刃口已无可怀疑,有一点削铁如泥的味道。

灶台上叮叮当当的声音总算消失,水缸边窸窸窣窣的声音也没有了,小土屋里一片寂静。后来的事情发生在灿烂的阳光里,发生在门前两头牛不安的长啸里,发生在某一片枯叶飘离枝头或某一滴泉水落向石块的微弱动静里……这件事在此从略,以免过于血腥的场面刺激读者。总之,按照他们事先的策划,玉老爹在这天一棒打昏了自己的老婆,然后杀了她,提来两桶水,把她身上的血抹洗干净,依次换了衣和鞋袜,用白布床单包好,平平稳稳地放入棺木。他检查了一下死者的衣袋,发现一沓纸钱已经在那里了。又检查了一下死者的脚,发现鞋袜都没有穿错,这才喘一口大气,觉得事情做得利索。

"你现在满意了吧?"他把小镜子和小梳子放入女人的衣袋,对尸体不无羡慕和嫉妒地说。

"你现在晓得,有老公与没老公还是不一样吧?"他还不失时机地自鸣得意。

他现在得考虑自己了。去找雄三之前,他围着自己的老屋走了一圈,围着自己以前种过的两丘稻田也走了一圈,回头把一张旧渔网和半坛好酸菜送给邻居秋矮子,算是抵了去年抓药时借的四块三毛钱。做完这一切,他掩上门,扶着一根竹杖上路,翻过一个小山坡去找雄三,一个远房侄子,一个热心帮忙的人。

雄三是个砌匠，住在水磨房旁边。他听说来意，鸡啄米似的点头说，这个忙肯定是要帮的，你老人家是从不开口的人，好容易开一次口，我能不答应吗？你帮我找过牛，帮我理过圳水，我不帮你还算是人养的？不过……

"不过什么？"

"这样的事，我怕。"

"怕什么呢？我斧子都给你磨快了，不费你多少力。你就看准我的颈根，要不看准我的脑壳，闭上眼睛，咔嚓一下……事情简单得很。"

"我……我从没做过这事。"

"我也没做过，今天不也做了？"

"你要我帮别的忙，我肯定说一不二。"

"你去多喝点酒。我出酒钱。屋里还有个柜，算是留给你的。"

"我要是喝醉了，说不定就砍乱了。要是砍了别个，如何是好？"

"真是个没用的货！你没宰过鸡吗？没破过鱼吗？我比你年长几十岁都杀得了，你一个后生如何杀不了？只是下斧子要狠一点，莫杀个半死，痛得我满路上跑，滴得血到处都是。"

"再说……"雄三眨眨眼，"这事也不知违不违法。"

"是我要你杀的，又不是你要杀的。"

"那不一定。上一次国强打他老婆，又没打别人的老婆，也被警察抓去关了几天。谁想得到呢？"

"我给你留字据，总可以吧？"

雄三觉得字据很有必要。不过玉老爹眼睛花，不识几个字，字据只能由雄三写好，念给对方听，交对方按手印。雄三怕承担责任，在字据上特别强调，杀人这事纯属帮忙，是欠了人情不得不还，与他雄三没有任何关系。就算下手再狠，就算没给对方留下个全尸，他雄三也不负任何责任。

可惜雄三家里没有别人，没有第三者按手印作证，因此这字据还是让他心里悬悬的，不怎么踏实。"这样就行了吗？"

"你还要怎样？"

"这样吧，我再去问一下村长。你不急在这一刻，早晚都是一回事。先回去等着。我立马就回来。"

玉老爹冲着他的背影大发脾气："屁大的事还问问问，胯里白挂了四两肉！比你玉婆婆还不如。我早就说你成不了大事！只有尿壶的八字，摆到哪里也装不了酒！"

雄三早已一溜烟跑了。

雄三来到村长家，发现来得不是时候，村长正指挥一些人卸车，卸下沙石和水泥，是准备秋后盖新房的——有新房以后就有新媳妇进门了。他只好先帮着卸车，把一包包水泥堆码在檐下，累得头昏眼花，连衣角都在滴汗。好容易才见汽车走了，帮手们散了，村长也消停下来，才凑到对方的耳朵边。"今天特地来有事要问问……"

"什么事，你说吧。"

"我要杀个人……"

村长脸色突变，"哪个黑了你的钱？"

"那倒没有。"

"睡了你婆娘？"

"也没有。"

村长松了口气，"你想上台唱一回杀人的戏，你就说清楚。"

"村长你莫开玩笑。我哪是唱戏的料？我是真想……杀人了。"

"雄伢子，多个仇人多堵墙，多个朋友多条路。你今天不要在我面前说是非。你就是受了再大的气，也只能大事化小，小事化了。懂不懂？人呵，只有今生没有来世。你记住我这句话。"

"你老人家越说越远了。我真是……真是……"雄三抓耳挠腮，不知如何才能把事情说出来，最终掏出了字据。

村长看完字据，呵呀一声，明白了几分。"你是说玉老夫子……他吗，活着确实受罪，死是福气，不死不顺民心的。你想呵，有饭吃不香，有衣穿不暖，一不留神屎尿就在裤裆里。到冬天，咳得没声音，只是咳得眼睛翻白，口吐清水，全身发抖，差点把绿肠子都咳出来了。他不受罪，我们看了都是受罪，哎哎哎……"

"你是说我杀得？"

"难为他这一片心，算是舍己为公，给国家和社会减轻负担，精神是不错的，风格是高尚的，应该表扬……"

"照你这样说，我杀他一下没有问题？"

村长摇摇头，"见血总有点吓人吧？社会影响不好吧？你看看，我们这个村就在大路口，还是个林业先进村、沼气利用先进村、灭鼠模范村，人家过来过去的。上面的小汽车也今天来一部，明天来一部。你搞得外边人指指点点，叽叽喳喳，大家脸上有什么好看？照我看，他不想受罪就自己动手……"

"他不是怕动手，是怕自己搞不彻底，落个半死不活。"

"那就下点农药，到河边找个水深的地方，总而言之，要做得斯文些……"

"我也是这样说呵，但他又说怕死得慢，说只有斧子来得快。你说这如何办？我也不知走什么背运，倒霉事件件都赖上我了。"雄三蹲下去揪自己的头发，急得一脸的五官全乱了套。

村长没法断案，想了想说："这样吧，这事得问问。要不，明天我给你打个报告送上去，就说这是特殊情况，需要特殊处理。"

"来不及啦！"雄三拍着大腿，"他正等着哩。我不杀他，他肯定不依不饶，说不定晚上就提着斧头上门来，守在我床头。我还睡不睡觉？"

事情既然急成这样，村长只好拿出手机，打了个电话给自己的小舅子，一个在城里教书的先生。不料对方一听到杀人，吓得结结巴巴，很快就把电话挂了，好像怕血流从电话筒里溅过去。村长又打电话给洪麻子，镇上一个修电视机的师傅——那人比较现代化，西装穿得好，皮鞋穿得好，还能说城里的官话，应该比较有见识。不巧的是，洪麻子这一天恰好出远门，也没法提供法律结果。村长没办法，急得团团转，只好拉着雄三直接去乡里。

　　天色渐晚。乡政府一侧的派出所里，两个警察正在灯下打牌，吵吵闹闹的，没把村长的话听入耳。待村长说到第三遍，一个警察才跳起来："嘿！翻天啦！这不是凶杀案吗？"说着把手中的牌一丢，跳下桌子找鞋子，提起手铐就往外赶。

　　一行人急匆匆来到玉老爹的小土屋里，查看了玉婆婆的尸体——受害人果然在。又查看了墙边的斧头和水沟里的血迹——犯罪工具和犯罪现场也历历在目，完整无缺，不容抵赖。他们随即把凶手逮了个正着。当时杀人犯已经困了，坐在门槛上，依着大门，半张着嘴巴昏昏入睡，梦得昏天黑地深不见底的样子。月光从树影里筛下一些光斑，在一张皱纹深刻的老脸上跳跃。两只萤火虫落在他的破鞋上，绿色的亮点此起彼伏，一闪一闪。

　　手电筒射光在他脸上照了几轮，才晃得他两条眼缝慢慢打开。"喂，你杀了人吗？"一位警察问他。

　　"没，没，没杀呵。"老人以手遮挡强光。

　　"那屋里的玉婆婆如何死的？"

　　"我杀的。"

　　"你还不是杀了人？"

　　"我没杀人，只杀了我老婆。"

　　"你老婆也是人，杀她就是杀人，明白不？"

　　警察用手铐套住他的手腕，把他从门槛上拉起来。拉他的时候发现他太轻，轻得像一根草，一阵风。

　　轻飘飘的人不知这是要去哪里。

304

"你犯了谋杀罪,要吃官司。起码要判你个死缓。"一位警察说。

"死缓是么事?"

村长解释:"就是让你死,但暂时还不让你死。"

"那要等好久?"

"不晓得。可能等一年,可能等两年,也可能就不让你死了……"

老人一听就急,哇哇哇哭了起来。"娘哎,娘哎,好你个雄三呵,你不帮忙也算了,告什么官呵?害得我还要等一年,还要等两年……你好个不知咸淡的货呵!"骂完雄三又喷出鼻涕大骂自己的老婆:"我说了不能找雄三,你说找得。现在好,还不是找来个祸呵?你拍屁股走了个干净,留下我一个人吃官司呵!死猪婆,疯猪婆,瘟猪婆,你现在脚也不痛了,手也不痛了,腰也不痛了,后脑壳也不痛了,你撇下我不管了,自己逍遥自在花天酒地过太平日子去了呵……"

老人号啕不已,跟跟跄跄跟着警察走了。大概是他闹腾的声音太大,树上一群乌鸦突然惊散,扑拉拉地腾空而起,飞向月亮的方向。

两个月后,玉老爹因犯谋杀罪被判了个二十年。听说他在法庭上吹胡子瞪眼,很不服气,看谁都没有好脸色,后来大概是累了,在法庭上睡了过去,直到宣判完毕才被警察叫醒,重重咳了一声,朝地上吐出一口唾沫。

法警把判决书交给他。

他看也没看,将纸片揉成一团,擦擦鼻子和嘴巴,丢了。

二〇〇六年八月

○ 最初发表于二〇〇六年《山花》杂志。

土　地

我听到一阵哗啦啦的异响,跑到院子里一看,见竹林里枝叶摇动,还有个隐隐约约的黑影似乎正在藏匿。是谁呢?我随手抄起一杆铁锹大叫一声,那里便有一刻的静止,然后冒出一个顶着蛛网和草须的脑袋。

"我来砍点茅竹。"他露出两颗黄牙。

"你是谁?怎么砍到我院子里来了?"

"这些茅竹没有用的。"

"你说没用,我有用呵。"

我大为生气,觉得这人真是无礼,不知什么时候竟然擅闯私宅,冲着我的园林狠下毒手,是不是过两天还要来拆墙和揭瓦?可怜我精心保留下来的一片绿色,院子内必不可少的第二道或第三道绿色帷帘,已经被他撕开了缺口。围墙红砖裸露出来,砸得我眼前金星四冒。

他嘴唇肥厚得有些迟重,又披挂着又粗又密的胡桩,搬运起来不方便,吐什么字都是一锅稀粥。他说了他的名字又似乎没说,说了他家在何处又似乎没说,还说茅竹不是楠竹,只能砍下来卖给毛笔厂做笔杆云云,但我都没怎么听清。我喝令他立即住手,立即离开这里。他怔了一下,迟疑地点头。但我现在回想起来,觉得他当时回答得并不清楚更不肯定,或者干脆就不曾回答。

"这些茅竹只能藏蛇,留着做什么呢?没有用的,没有用的。"他还在嘟哝,把砍倒的竹竿收拢成捆,扛上肩,总算出了门。

不久后的一天,我从外面回家,一进院门,发现这里已有主人——又是那一嘴胡桩,像一个脱手刷子;还有两大块嘴唇,冲着我一番哆嗦和拥挤,总算挤出几星唾沫,是高高兴兴的唾沫:"回来了呵?"在他的身后,两头牛也有主人的悠闲自在,一边喳喳喳啃着草,一边甩着尾巴,拉下了热气腾腾的牛粪,惊动了上下翻飞的牛蝇。我恍惚了一下,以为自己走错地方,但定睛一看,这刚刚用石板铺成的路,刚刚开垦出来的菜地,刚刚搭就的葡萄架子,明明还有我的手温。这围墙外的一棵大树和远远的两层山脊线,明明是我熟悉的视野,怎么眼下倒让我有一种反身为客的紧张?

"你找我有什么事?"我警惕地问。

他兴冲冲地指着一块菜土:"这里的地湿,你不能种番茄,只能种芋头和姜。你得听我的。"

他又指着樟树那边说:"那下面有两株好药,五月阳,你不要锄掉了,等我秋天再来挖。"

我不懂什么五月阳,也不在乎两株草药由谁挖走以及什么时候挖走,但我无法容忍他这种兴冲冲的劲头,这种无视法律和搅乱社会的口气。"你到底是谁?我同你说,这是我的院子,我买下来的院子,我办了土地证的院子。这个意思你不会不懂吧?你要挖草药,要放牛,要砍茅竹,可以到外边去。你如果要进这个院子,得经过我的同意。你懂不懂?你要不要我拿土地证给你看看?"

他怔住了,似乎难以理解这么深奥和复杂的道理,"你是说,你是说……"

"我是说,你以后不要到这里来放牛。好不好?"

"这里不能放牛吗?"

"你觉得这院子可以放牛?"

"牛最喜欢吃这些茅草,你留着反正也是没有用……"

"留不留是我的事,对吧?你怎么知道我不需要茅草?"

"你要留呵?你要留,就早说呵。我不知道你要留。我不知道。你要是早说一句,我就不会来了。"

他没有追究我不宣而禁不教而诛的责任,吆喝一声,赶着牛出了院门。一大捆牛草在他肩后晃荡,叶尖沙沙地刮扫着路面。他当然没有带走牛粪和牛蝇。

我后来给院门加了一把锁。

我加了锁以后才知道他的来历。他叫李得孝,外号孝佬,是附近一个农民。只因为我买下的这块地,原是分配在他名下,二十多年来,已经被他跑熟了,甚至被他家的牛跑熟了。一放绳,那牛根本不用驱赶,就乖乖地直奔这里而来。眼下,他不是不知道事情已经有了变化,不是不知道这块地经乡政府征用,最终卖给了我这个外来人。但他砍茅竹或者割牛草的时候,还是情不自禁地往这块地上窜。想想吧,他熟悉这里的茅竹,熟悉这里的茅草,熟悉这里某个角落的五月阳,憋一泡屎尿甚至也习惯性地往这里狂奔,一心要来增肥活土。他一时半刻哪能割舍得下?

他远远就能嗅到这里的气味,远远就能听到这里发芽或落籽时吱吱嘎嘎的声响,连睡梦中一迷糊,也能感触到这里在雨后初晴或者乍暖还寒时的一丝抽搐或跃动。对于他来说,这些当然比一张土地证更重要。有人告诉我,自从我不久前两次把他逐出门外,他还是有点半醒不醒,好几次扛着锄头来到我家院门前,见门上一把铁锁,才怏怏地蹲下或者徘徊,最后掉头而去,嘴里嘟嘟嚷嚷不知说些什么。

他没有大喊大叫地打门,没有气冲冲地翻墙或挖墙,就算是够清醒的了。我相信,在今后很长一段时间内,他还会在一把铁锁面前恍惚,就像把一个儿子过继给了人家,但很难把这个儿子视为人家的骨肉,一不小心就还会叫出什么乳名。

我的目光越过院墙,看到了墙外起伏的青山,看到了雨后的流雾在山间悄悄爬升,这才发现自己对这里所知甚少。

说起来,我在这里已经居住了三个月,也许往后再住上三个月,再住上三年,我也无法得知这里的全部故事。就拿对面山上那个无人的峡谷吧,我只知道它在地图上叫"珠波坳",或者是农民平常说的"猪婆坳",一个诗意的名字不时散发出猪屎味。到底是"珠波"还是"猪婆"?在一个旅游者眼里,那条峡谷也许只是一片风光,只是春天的映山红和秋天的落叶红。但在一个勘探者眼里,那里可能是丰富的酸性红壤和页状层积岩吧?是勘测记录里来自侏罗纪时代的云母矿和含硫铁矿吧?同样是那条峡谷,对于一个耕作者来说,也许更意味着竹木的价格、油茶的产量、蜜蜂花源的多或少,水源利用的难或易,还有某一年山林垦复时刺骨的寒冷和腿上流血的伤口。我在这里还认识了一位喜欢谈风水的船老板。我知道他见山不是山,见水不是水,猪婆坳在他眼里既不是风光,也不是资源或者物产,只是一些青龙、白虎、神龟、玉兔以及来意不明的其他巨禽大兽,是这些神物的伪装和凝固,还有它们对山民们命运的规定。于是,船老板总是在山水中看到了遥远的祸福,有时会被一棵老树的倒下吓得浑身冒汗,或者对某一个建房工地心急如焚长吁短叹。

船老板近来忧愤交加,因为风水正在遭到漠视和破坏。外来人越来越多了,大多不理睬他的那个罗盘。除了我这样的城市生活逃避者,还有商家要在这里征地建制药厂和矿泉水厂,还有政府机构要在这里征地建培训中心,还有一家港资公司打算在这里圈地上万亩，建设宾馆、猎场、马场以及生态公园——测量人员已经来了好几趟，陌生的身影和口音让山民们颇为好奇，未来的一切也就变得闪烁不定。乡政府干部大为生气，说有些农民一听说外人要来征地，就到处制造假坟，骗取迁坟费。乡长在广播喇叭里曾大声怒吼：有些家伙，平时一没看见他们上供，二没看见他们挂香，到这时候了，就这也是祖宗那也是祖宗，你们哪来那么多祖宗？孝子贤孙想当就当吗？随便挖个洞，丢几根猪骨头牛骨头在里面。想诈骗谁呢？以为我瞎了眼吗？以为人民政府的钱出门就可以捡吗？……

农民对此不服气，在路口上三五成群交头接耳，说人骨头就是人骨头，乡长如何扯上猪和牛，讲出这种浊气的话来？他自己的祖宗未必就特殊些？有本事他也挖给我们看看！再说，那公司老板的先人姓曹，以前就是这里的大地主，只是革命那年吓得白了头发，瞎了双眼，最后一绳子上吊。但现在曹家香火旺盛，人脉发达，在台湾出了博士，在香港又出了董事长，要把土地统统往回收。让他家多出几个迁坟的钱有什么了不起？就算是做了几个真真假假的坟，不也是让他多掏一顿饭钱吗？哪里扯得上什么破坏改革开放？

说起来，命就是命呵。他们常常感叹，十几年前修公路时移过曹家祖坟：坟破之际，坟内热气往外冒，潮乎乎的鲜味扑鼻，像包子铺里一个揭了盖的蒸笼。你想想，时隔几十年还能有这样的蒸笼，曹家不兴旺发达也是不可能的。

言下之意，是他曹家多出几个钱也在情在理吧？

如果我没有记错的话，我见到过曹家的后人。乡长带着一行客人来到我家，照例是无可款待的时候，把我这个院子权当乡间景点之一。客人中领头的一位满头银发，但穿着旅游鞋，背着双肩包，揣着照相机到处照相，照我家的树，照我家的草，照我家的鸡埘和锄头，最后照到我的脸上，似有一种对案发现场的认真仔细，让我有一刻的毛骨悚然。他身后的秘书也是个银发老头，也穿着旅游鞋，但一进门就倒在椅子上呼呼大睡，大概是走得太累了。如果不是他们身后还有年轻的一男一女，一直折腾着便携式电脑，我觉得这两个老顽童疯疯癫癫，投资开发一类纯属儿戏。

他们操着台湾式国语，倒是很和善，见人就递名片，就彬彬有礼地鞠躬问好，连一个个抹鼻涕的娃崽也被他们笑脸相向，毫无一点寻仇报冤的迹象。

他们把我家院落前前后后细看了，临走时，照相的老头低声说："你在入秋的晚上是否听到过什么声音？"

我摇摇头，不知道他是什么意思。

"没有就好，没有就好。"他笑了笑，吁了一口气："你这里是个好地方，最好的地方，千金难买。我告诉你，只是有一条：千万不要冲着西北角撒尿。"

我更不知道这是什么意思。

他看了看我家后门，看了看后门外碧绿的水面，很有把握地点了点头，"你听我一句：这个门的朝向要改一下。实在不能改的话，至少要在门外做两个石头狮子。实在不愿做石头狮子的话，门上至少也要挂一面镜子。"

"为什么？"

"你不知道吗？你这张门，正对着猪婆坳。民国十六年，那里曾有血光之灾，必留恶煞之气，还是避一避的好。你明白了吧？你要是下水游泳，也千万不要游到那里去。那里不干净的。你明白了吧？"

我明白什么？民国十六年，也就是七十多年前，是我出生前的三十多年，那里发生过什么？如果是杀了人？杀的是什么人？

老头言之不详，告辞走了。我事后向乡亲们打听，他们也含含糊糊，没人能说得清楚。孝佬来挖五月阳，顺带找我讨几片瓦，对杀人事更是一无所知，只是说那山峒里原来有一户人家，听风水先生说他家要出三顶轿子，心里十分高兴。没料到一辈子过下来，还是穷得差点卖裤子。主人最后倒也没有找风水先生的麻烦，只是叹了一口气说：三顶轿子倒是没说错呵。你算一算，我婆娘结扎是抬出去的，我婆娘遭病也是抬出去的，最后死了也是抬出去上山的，不就是三顶轿子吗？

我一听孝佬说起这事，知道他已经糊涂，把猪婆坳说成雁泊坡去了——他的耳朵似乎有点背。

我后来去过一次猪婆坳，是跟着制药厂几个人去找水源。我们弃船登岸，劈草开路，沿着一条小溪走进了比人还高的茅草丛，走进了一时明又一时暗的杂树林。我不怕蛇，甚至没工夫想蛇，满脑子是前不久曹家老头那番说法，于是对山谷里的一切既好奇又提心吊胆。

大概就是这里了吧，也许不是。也许事情还发生在前面，在歪脖子松树那里。我不知道溪边那片石滩上是否横过尸体，不知道前面那棵老枫树上是否挂过血淋淋的肠子或者眼球，不知道更前面那一丛火焰般的美人蕉，之所以开放得如此癫狂，是否扎根于一个蚁群曾经密密噬咬过的骷髅。我正在走过一个现场，以至我在一个石头上喘气的时候，觉得这块巨石太凉，凉得很有些来历，让我有点不敢触摸。最后的情节是什么？是一个人从死人堆里爬出来，从草坡那边爬过来，把扎进肚子的杀猪刀拔出（这样也许可以爬得快一些），把身上那些鼓着气泡的血水送进嘴里（也许可以解渴和增加体力），眼睛就盯着这块石头，一寸又一寸，半寸又半寸，希望能在天黑下来以前爬出山谷，至少要爬到能看到山下屋顶的那个地方（那时还没有这个水库，不会有水库边的小船和草棚）？但那个人可能就在触到巨石之前，伸出的手痉挛了，僵硬了，慢慢地冷却，然后有蚂蚁、蚊子、蜈蚣、山蚂蟥的聚集……他或者她的衣袋里，可能滚落出一个银镯子，或者是一片人耳——以后查找仇人的证据在此失落。

一声尖厉的惨叫拔地而起，吓得我全身有抽空之感。仔细一听，才知不是什么人的惨叫，是林子里鸟的喧哗。

我可以确定，完全应该确定，我在这里没有见到罪恶。除了树上有一张蚊帐般的大蛛网让我心惊，除了一种草叶毒得我两腿奇痒，这里只有各种野花争相开放，足以让你想象自己落入了一个万花筒天旋地转。在一种有草腥气息的晕眩里，你还可以看到一大群蝴蝶扇动着阳光的碎片，遮天蔽日而降，感觉到全身被无数个光点一瞬间击穿。

坐在这块石头上，同行人谈着引水工程以及将来的大规模开发。我没有什么好说，回望水那边，恰好可以看到村子里的几户人家，包括看到孝佬的那两间瓦房，看见他的屋顶上照例没有炊烟。

他很久没有来我家了。我知道，像其他有些农民一样，失去土地以后，他就去城里打工，算是运气不好，打完第一年工，老板跑了，让他一个工钱没有拿到。第二年算是拿到了工钱，但老婆跟上一个照相的浙江佬，要同他离婚。儿子想了想，对母亲说："爸爸一辈子抓泥捧土，好辛苦，我不会离开他的。"母亲说："妈妈再给你找个好爸爸。"儿子说："我不要新爸爸。你一定要离婚的话，我就穿一身白衣到汽车站去送你，给你叩三个头，但从此以后你不要回来，我也不会去找你。"

……这一切是孝佬说给我听的，让我心头一酸。

还是从孝佬的嘴里，我听说他婆娘听完儿子的话，跑到山上大哭了一场，但还是走了。儿子果然穿着一身白衣去送妈妈，在汽车站撅起小屁股，冲着她的背影跪叩三番，直到夜色降临还跪在路口，直到泪水流干还面朝着公共汽车远去的方向。是一个陌生的老头最终扶起了他。

从那以后,主妇再没有回家,也没有寄钱回家。为了独力负担儿子的学费,孝佬在工地上不再吃早餐和晚餐——因为老板只管一顿免费的中饭。这样,他每天早上和晚上看见同伴们取饭碗,就假装上厕所或假装去逛街,一直熬到中午,一直熬到可以白吃的时刻,再狠狠吃他个两眼翻白,又是嗝又是屁地动静很大。他后来一失足摔下脚手架,摔断了腰骨,大概就是胀昏了头或者饿昏了头的缘故。

他一度回村养伤。我看见他一手扶着腰,在山里挖药,或者给邻居阉鸡,还给学校里这个或那个老师挖地,种点菜秧,好像他吃着百家饭就管着百家事,或者是一个无家可归的游魂。后来我才知道,他欠了很多人的钱,一时没有办法还清,就用气力来还一点人情账。

有时他一手扶着腰,拿着十几根多余的菜秧来找我,问我要不要赶着季节栽下。这时候,他蹲在地头,接过我递过去的烟,嗖嗖地吸出声音,嘟囔着他的儿子。儿子读高中本来成绩还好,但去年竟然考了个门门不及格,退学了,去广东打工。其实学校里的老师同学们都知道,他是故意考砸的,是想考出个退学的正当理由,早点去打工赚钱替父亲还债。

"孽障呵,你看看,真是个不忠不孝的孽障呵!这个该吃枪毙的,英语只考了个八分,传到外面去,把祖宗的脸都糟践成屁股皮了。"

父亲一说起这事,就抽自己一大耳光:"我就是腰不好。要不是这腰,我早就跑到广东去了。我要找到他,打断他的腿!"

"你不要怪他。年轻人也不是只有读书一条路。"

"不读书怎么办?不读书怎么办?你说怎么办?到时候不就像我?一辈子就土虫子一条?"

我连忙岔开话题,问他为什么不另外找一个老婆。女人的话题也许能使这个单身汉开心一点。

"我有儿子了呵!"他瞪大眼睛。

"我不是说儿子,是问你为什么不再找个女人。"

"我有儿子了呵,已经有了呵,对得起祖宗了,还结婚做什么?还养个婆娘来吃饭?来费衣?来摆看?"

这回轮到我有点费解了,"你毕竟……才四十出头,就不要个做饭的?"

"做饭最容易了。我煮一锅,吃得了两天。"

"就不要个伴,好说说话什么的?"

"我不喜欢说话。"

他已经栽完菜秧子,又摘了些大树叶来给菜秧子遮阳,防止它们遭到暴晒。看他对菜秧子兴冲冲的劲头,我怀疑他根本没听懂我刚才的话。他平时随便找个碗,往地上一砸,取块瓷片就可以帮邻居阉鸡或者阉猪,甚至给自己剜疮割疣,他莫不是又砸了一个碗?取一块瓷片把自己给阉了?不然的话他为何对女人毫无兴致?

春天又来了,我家的芥菜果然长得很猛,每一棵就胀得地皮开裂,能让你挖出碗大的菜头,可见孝佬确实熟悉这里的泥性。

春天里的茅竹齐刷刷抽笋,很快就绿成了密不透风的一片,有几只鸟在那里面扑腾或者啼叫,总是引起来客们的注意。我不得不去间伐一些茅竹的时候,就想到了孝佬。我早就取下了铁锁,敞开了院门,希望他什么时候提着柴刀前来,但他的脚步声不再出现了。我家的五月阳已经繁殖出一大片,开出的花朵像满地金币,却没有人再来挖采。

我路过他家门,发现门上挂着锁。他是去寻找他的儿子,还是去哪里给人家帮工还人情,抑或是去城里找他的一位兄弟,不得而知。

他的邻居也不知他去了哪里。更准确地说,他其实已经没有多少邻居。村子里有点空空荡荡,我的脚步声足以引起巨大的回

315

响，我的说话声也足以让自己惊吓。一张大门锁着。另一张大门锁着。另一张大门还是锁着。就像一场瘟疫留下了巨大的空阔，声音在这里奇异地被放大，连一片树叶的轻落，一只蝴蝶的飞掠，一缕微风的穿过，几乎都可以在这里震出天地间滚滚的声浪。还算好，我在这里找到了人。但留在这里的老人和小孩似乎已经习惯寂寞，不大说话，只是倚着门，直愣愣地看着我。你完全可以看出，他们的眼光里有欢迎但没有惊奇，看我离去时有欢送却没有惜别。也许他们已经疏于人间交往，常见的世界只是泥土和泥土和泥土，常见的活物也只是飞鸟和飞鸟和飞鸟。也许，在他们的眼里，我不过是一只人形的鸟，即算挂着古怪的墨镜和照相机也还是一只鸟，一只稍微有些特别的鸟，不过是来此落脚，吃点谷米，撒点粪粒，然后又飞上前面的山冈，离开他们的视野。

我问他们：打工的人会回来吗？比方说，过春节的时候会不会回来？

他们说：可能回来，也可能不回来。

我问：他们总会要回来的吧？

他们说：当然，总要回来的。

我看见好些空屋堆放着一些杂物，有烧剩的干柴，有破摇篮或者旧水缸，当然更多的还是一些农具，比方木头大禾桶，是以前给稻子脱粒时要用的；比方说木头大风车，是以前给谷粒去壳时要用的；还比如木制的龙骨水车，复杂和精巧得像巨大的骨雕项链，是以前抗旱引水时要用的。眼下，它们用不上了，或者说是被更先进的金属机器替代，只能在这里蒙上尘垢，冷落在某个阁楼上或者墙角里。奇怪的是，主人把这些东西都保留着，没把它们烧掉，好像它们还会有用上的一天。

在这些人家的屋檐下，在横梁上或者走道里，一定还停放着棺木。一具或者数具，不可一世地占据着很大的位置，翘起的棺头更有点趾高气扬，只差没有喷出呼噜噜的鼾声，没有喷出高声大气的哈欠。

我知道这些棺木很珍贵，一户人家如果有这样的棺木，足以证明这一家过得殷实，对未来早有准备，日子可以过得踏踏实实。

前不久，我家院子里出现了一只鸟。这家伙在林子里呱呱呱地大叫，搅得我根本无法入睡。我只得摸黑去寻找和驱赶，用木棒敲击了好些树干，用石块射击好些树杈，但最终不知它藏在哪一片墨色树影里。直到第二天早上，我才发现鸟叫不知什么时候已经停止，而且发现这只鸟就死在石阶上——身上没有任何伤痕，只是瘦成一包壳，在我的手里轻飘飘的像一片影子。它有蓝色的翎毛，有橘红色的眉圈，有眉心间的一点纯白，其实美艳惊人。

它为什么死在这里？这里是不是它必归的家园？

或者它是不是带来了远方的什么消息？曹家老头曾经低声说过，要我注意初秋夜晚里的动静。我这才发现，那老头看似疯疯癫癫的，其实是个知情人，对这只鸟的到来早有暗示。在这一刻，我甚至相信七十年前七百年前七千年前所有在这里生活过的人都是知情人，对今天的一切几乎了如指掌。他们大概早就知道，早就在口口相传，有一只无名的鸟今天将回到故乡，死在秋日的露水和晨光之下。

我把它埋葬在竹林边，踩紧了一堆新土。

二〇〇四年十二月

○ 最初发表于二〇〇四年《文学界》杂志，后收入小说集《报告政府》，已译成法文。

末　日

　　昆佬回村以后吞吞吐吐，把地震一事轻描淡写，倒让乡亲们更慌了。事情很明显，肯定是凶多吉少，肯定是上面怕下面乱，不让他回来说实情，只说地震是可能，是或许，是万一，是那个那个……这话谁信呢？

　　政府曾经说往后吃饭不要钱，不也是捏住鼻子哄眼睛？何况山那边瞎眼四婆婆早就放下话来，这次是龙王发怒地龟翻身，老天爷不收走十万人命不会歇手。

　　"我说不会震。你们硬不相信我，那我也没办法。"昆佬是生产队长。

　　"什么叫没办法？"很多人只听到后一句。

　　"我没这样说，是你们这样说的。你们这个说会震，那个也说会震，反正把我说的只当放屁。你们硬是想震那就震吧！"

　　"你也同意震？那你就早说呵！"人们还是只听后一句。

　　"我同意什么了？这事轮得上我来同意吗？你们看看人家，吴家桥的人还在修路，小寨的人还在挖塘，只有你们……都活够数了是吧？"

还是只听后一句：活够数了？这不结了？总算逼出了他的实话吧？

人们倒抽一口冷气，想起十几天前一些口音和着装都比较陌生的人来到村里，又是观测井里的水位和水质，又拿着收音机到处寻找怪音，还在地头支起了三角架，用奇怪金属盒子把前山后山瞄了个遍，每个人都忙碌匆匆。那会有什么好事？他们还四处寻访，听说这一家的鸡婆上了树，那一家的老牛不回棚，还有一家坟地上突然冒出乌丝蛇几十条，立刻脸色发白额头冒汗，做笔录的手都哆嗦不已——到最后，干部们终于去开紧急会议，开了一个又一个。他们肯定不是闲着没事去烤炭火吧？

有的说五天之内一定震，有的说今天晚饭后就要开始。不管怎么说，反正大家都明白了"震"是怎么回事。不就是天崩地裂吗？不就是一个个村子突然夷为平地，大树突然塌陷成地面一个树梢尖，包谷地棉花地都突然翻滚和跳跃？……有一个河北来的药贩子，描述过多年前那里的地震情景，说得某位大嫂当场身软如泥口吐白沫。

各生产队的民兵已组织起来，日夜值班，守住电话，严密监视地情和水情，一旦发现地震迹象就要鸣锣报警。另一条指示也开始落实：假如远方有亲戚朋友的，可以把老人小孩送去寄养，以免他们到时候不便疏散，成为抗震救灾的拖累。这更证实了灾难的紧迫性，也使瞎眼四婆婆更受到关注。照她的说法，命就是命，能跑得脱吗？就是跑到九州外国，该寅时死的不会卯时死，该竖着死的不会横着死。你就是把自己塞到坛子里埋在床脚下，阎王爷也会看见你躲在哪里。

很多人都相信四婆婆，相信她嘴边上一跳一跳的大黑痣，于是送走亲人的并不多。就算真要送走，一想到生离可能是死别，想到将来的少年丧母或老来丧子，当事人又撕肝裂胆哭作一团，喊出我的肝呵我的肺呵一类词语,喊得旁人的心里也空了,轻了,碎了。要不是昆佬瞪着一对牛眼珠前来发威,有的人家还差点提前举丧:扎的扎冥屋,剪的剪纸钱,手忙脚乱赶打棺材,搞得乌烟瘴气,实在很不像话。喂喂,不是还没震吗?不是还光天化日天下太平吗?革命群众抗大灾的勇气到哪里去了?与天奋斗与地奋斗就是这个白菜样?

"抢先进是吧?搞竞赛是吧?"昆佬觉得自己很没面子,"平时要你们担牛粪抬石头,怎么一个个都往后缩?"

有个老人说:"汉昆,是你说的,说要准备准备呵。"

"我要你准备棺材了吗?我是要你们多打担把米,到时候万一桥垮了,就没法去四方坪打米了。"

"我那个王八崽子不孝,你是晓得的。要是我伸脚了,他肯定舍不得打樟木棺材。这事只能靠我自己。"

"屁话。要是小震,根本用不着棺材。要是大震,再好的棺材也没用。咣当一声,大家都呵嗬嘿,哪个来给你盖板子?哪个来抬你上山?"

这话也在理。

另一个老汉说:"队长,我不是怕死,只是怕半死不活。你们硬要震就一次把我搞死,莫害得我缺胳膊少腿好不?"

昆佬更火了,"你血口喷人!吃人饭放牛屁呵?什么我要震?我什么时候要震?"

"那……是公社曹书记要震?"

"关公社什么事?"

"原来是县政府要震呵?"

"县上的人骨头发痒了?"

"那……这地震总得有个来由吧?"

昆佬不是四婆婆也不是地震局,说不清复杂的来由,只好拣一条顺耳的说:"是美帝国主义要震!美国,你懂不懂?就是在朝鲜和越南丢炸弹的坏家伙。他们觉得炸弹不过瘾了,晓得我们也有原子弹了,就发明地震。明白了吧?"

大家哦了一声,表示恍然大悟。

昆佬觉得他们在美国面前太不经事,差点一脚踹了棺材,但眼下面对着老辈,又考虑到大家说不定见一面就少一面,说一句就少一句,还是留一线人情为好,就气呼呼地走了。

事情得接着往下说。

因为没有听到队长吹出工哨,全队劳动力这一天不明不白地放假。牛也跟着放假,发出此起彼伏的哞哞叫声,不知是觉得幸福还是感到诧异。孙家后生在灶边多瞌睡了半个时辰,直睡到被牛叫醒,揉揉眼睛,抹一把涎水,伸了个大懒腰,在村前村后转一圈,发现没有人叫他去担粪,也没有人责怪他出工走得慢,更没有人嘲笑他挑担时的水蛇腰和蛤蟆步。这一想,地震还是不错,同过端午节和中秋节差不多。

他迎面看见老万的一张苦脸,更觉得地震深得民心。老万会养蜂、会采药、会打猎,加上几个儿子门高树大,是村里有名的殷实户,前不久刚建起一栋丈八高的砖房,远近第一大厦,当时贺喜的鞭炮炸翻了天,接客的酒席摆了好几桌,但老万没给泽彪下帖子——不就是狗眼看人低吗?他孙泽彪是近邻,七尺男儿戳在这里,孙中山的孙,毛泽东的泽,林彪的彪,说到哪里都是这三个大字,居然没接到帖子,奇耻大辱也。没想到老天终于开眼,有钱的老万一样跟着挨震,狗眼看人低的老万已被阎王爷盯上了,而且房子越高大肯定垮塌得越惨重,哗啦啦咣当当咚隆隆得儿哩个呛。想到这里,他在危楼前心潮起伏,多说了几句话。

他给地震局派来的勘察队扶过几天标杆,算得上半个地震内行。"肯定要震!怎么能不震呢?"他瞪大眼睛,"廖技术员说了,这次不是七级就是八级，到时候你还站得稳？还跑得动？娘哎，爬都没处爬呵。老天爷筛几轮再簸几轮，说不定搬来一座山擂你几下。你这个房子不就是个老鼠砣？"——他是指诱砸老鼠的那种石块，"肯定的，一砣一个肉饼子。"

老万已急得团团转："早知今日，盖什么死尸屋呵？可惜我那百多根好杉木，可惜我那一窑好烟砖……"

"打地基，你肩膀都挑肿了。"泽彪帮助对方记忆。

"岂止是挑肿了肩，我草鞋都磨穿几十双呵……"老万揪出一把鼻涕，蹲下去，哀哀地哭起来。

泽彪叹了口气，对危楼左右看看，"算了算了，你加柱子也没用，加斜撑也没用，还不如去剁两斤肉，要死也做个饱死鬼。"

很多人都来劝老万止哭，劝着劝着自己也黯然神伤，大概是想到自家房屋。只有泽彪心花怒放，反正他的两间茅屋用不着伤心，也没有婆娘孩子值得操心，因此不管走到哪里都大声说地震，无非还是什么筛几轮再簸几轮，还有老鼠砣一类。说得兴起，又信口胡编一些消息：哪一家的竹扫帚开了花，居然有茉莉香味哩。还有某一家挖出的萝卜完全是人脸，居然有眼睛，有鼻子，有嘴巴，就像前两年死的那个张家老二。想想看吧，这不都是天下大变的异兆吗？这些异兆不早不晚偏偏这时候出现，不正说明好日子已经到头了吗？哎哎，老桃叔，老桃婶，你们多保重呵。金山哥，卫老伯，我们可能得来世相见了。明年的今日，唉唉唉，天晓得是谁的坟前有香火呵？……不知什么时候，他很悲痛地从金山哥那里揪来一顶棉帽，在自己头上戴得顺理成章。他又在果园里悲痛地揪下几个柑子，嚼得自己理直气壮。因为更进一步悲痛，他还差点信心十足拉扯人家的热乎裤带——当时他见秀姑娘洗菜，剥了个柑子硬要喂给她，顺手在对方腰上掐了两把，差点把对方挤到水塘里去了。

"臭痞子!"秀姑娘满脸涨红,跳出一丈多远,整顿衣装。

"你叫什么?"泽彪压低声音,"这里又没人看见。"

"你怎么没皮没脸?"

"要地震了,大家都要永垂不朽了,你如何还放不开?"他眨眨眼,"好姐姐,你我这辈子真是亏大了,一点娱乐都没有。"

"去死吧你!"对方把一团干牛屎砸在他脸上,哭哭啼啼地跑了。

"喂——"泽彪急得大叫,"你听我说,听我说说。你再不听就没机会啦。我有一个日本的铜盒子早就想要送给你……"

大概是秀姑娘去告了状,昆佬怒气冲冲挡在村口,泽彪还隔老远就感到自己全身汗毛倒竖,一根根被烤灼得弯曲和枯萎。"彪拐子你脱了裤子看看,看你胯里是人卵子还是狗卵子,是狗卵子还是鸡卵子!"队长发现他转身逃跑,"你回来!回来!你这畜生连自己的姑都敢骚,害得人家要吊颈要吃窜塘的,没王法呵?"

泽拐子装作没听见,朝着路边人家大喊:"一组的劳动力赶快去挑塘泥哇——"

"震一百次,你也休想趁火打劫!"

"第二组的劳动力赶快去加固渡槽,人在阵地在,怕死不革命,关键时刻看行动——"

"你装蒜也没用,老子要开你的斗争会,罚你的谷!"

泽拐子没法继续代理干部部署生产,只得回头一咬牙,做出一个下流手势:"你罚,只管去罚。你咬老子的卵呵?你老人家命大,八字硬,大水淹不死,房子压不死,泥巴埋不死,到时候全队的谷都是你的,还用得着你罚吗?我家里的坛子、柜子、房子都是你的了,你满意吧?只是到时候你老人家一定要万寿无疆呵!"

队长算是听明白了。眼下莫说是罚谷,就是坐班房挨枪子也不足以威慑对方。他泽拐子居然敢还嘴,居然敢高声大气还以脸色,不都仗着地震的势?不就是身后有美帝国主义在撑腰?队长气急败坏,脚一跺,捡起泥块就砸,砸得泽拐子闪入油菜地。"你回来,看我老子不揪下你的阉鸡脑壳喂狗——"

泽彪一口气跑过山坡,回头看看,确认没有人影尾随,才吐匀一口气,活动了一下手脚,从一片薄薄的影子变回一个有体积的整人,从一堆四分五裂的动作变回一个团结的肉身。这一天很冷,阴霾沉沉,下了一阵雨,敲落一些熠熠发光的叶片,搅得人心确实灰暗和冷寂。他没兴致再去巡视,只在寒风中独自悲愤了片刻。他孙中山的孙,毛泽东的泽,林彪的彪,发现眼下很多人居然仍对地震缺乏理解,只好在窑棚里睡了片刻,最后撕了墙上两条旧标语,冲着抽水机拉了一泡屎,算是对队长的狠狠报复——他知道那铁家伙是队长所爱。

天色渐晚,他被一只飞鸟吓了一大跳,以为那是队长射来的致命暗器;又被一阵风吹草响吓出了满身冷汗,以为那是队长的伏兵突然出击。到最后,他瞻前顾后,还不敢回村,笼着袖子来到了大队供销点。那里的小老板叫小奇,是他的初中同学。

"一瓶酒,一斤饼干!"他把一张皱巴巴的票子拍在柜台。

老同学很高兴,"我正要找你哩。你上次赊了我的砂糖和纸烟,都欠下几个月了。"

泽彪又在棉袄里摸索一阵,再拍出一沓小票。

"发财了?"老同学觉得太阳从西边冒出来了。

"阎王爷不认得这些钱,留着也没用。我还有一个日本军官的铜盒子,值好多钱的,我明天拿来送给你。"

"你以为真会地震?不至于吧?"

"不说这事。来来来,喝酒喝酒,彪哥我今天高兴,我今天请客,请客请客请客……"他一口气把请客高声强调十几遍,差点把舌头扭成结。

他咬开酒瓶盖，找来两只搪瓷杯，在小桌边一屁股坐下。但小奇眼下没工夫陪酒，只是一个劲忙着应付顾客。今天的生意太火爆了，大概是生死关头乡亲们都不想省钱，已经把供销点里的砂糖、糕点、面条、粉丝、海带、咸鱼、干椒、白酒、陈醋、酱油、萝卜干等一扫而光，连饼干渣也没给泽彪留下。要不是小奇打点埋伏，酒也不会有了。特别是第三队的国安爹，平日里从不进店门，一分钱恨不得掰成两半花，今天却狠狠地花天酒地，说什么也要喝它一斤酱油，嚼它三碗砂糖。他出手豪阔又长吁短叹，猖狂享受又骂天骂地，一碗砂糖咽得自己翻白眼几乎要呕吐，还舍不下一只空碗，用蘸着口水的指头去清底。"白砂糖就这一个味道呵？"他流着泪说，"怎么吃到最后是个肥皂味？"

小奇本不在意地震，以为坐牛车和坐拖拉机也是震，震一震不是正好睡觉吗？何况压库的霉面条和臭海带都成了抢手货，不能不说是件好事。但扛不住国安爹的泪，他最终也有点慌。"彪哥，彪哥，你说这地震不会真来吧？"

他知道对方为勘察队扶过标杆，知道更多的情况，"你别光顾着喝酒。你说说，廖技术员到底是怎么说的？未必我们这个地方真会震？未必说塌就会塌下去了？没这号事吧？"

彪哥已经喝得红了眼圈，脸上掠过一丝怪笑，"放心，你不会死的。顶多也就是断条胳膊少条腿。"

"你怎么知道？"

"八字。你不懂八字吗？不懂得看相吗？"

小奇对着镜子把自己看了看，没看出什么道道。"那你说，我老爹和老娘的面相怎么样？能不能过得了这一劫？他们信了几十年的菩萨，连鸡都没有杀过的。"

彪哥不接话，咕咚一声又喝下大口酒。"太好了！"抹了一把脸又说："太好了，太好了！"

"你什么意思？"

"地震就是太好了！不震他一家伙，这老天爷也太不讲道理了！"彪哥两眼闪亮，"你想呵，把猪脑子拍打拍打，仔细往下想呵。四海翻腾云水怒，五洲震荡风雷激。我们什么时候碰到过这样的好机会？信用社和百货公司的楼肯定要震掉吧？到时候我们去那里，想穿皮鞋就穿皮鞋，想戴手表就戴手表，想擦香肥皂就擦香肥皂，城里人享的福我们都能享！还有满地票子随便捡。要上茅房了就扯两张票子——不，票子太滑了，还是毛巾舒服——扯两条新毛巾擦屁股。"

小奇吓了一跳，似乎不相信这种美好时光。

"第二就要震掉林业派出所。看他娘的还威风什么！上次老子不过是剁了几根树，就被他们上铐子，套索子，插牌子，说我是反革命，也太歹毒了吧？"

"震了派出所也好。"小奇也不喜欢警察，因为他姐夫就是警察，平时最看不起他的诗歌创作，说他今后顶多只能给人代写书信。

"第三要震掉汉昆那个老鳖。"

"你是说你们队长？"

"队长？狗屁队长？到西山公社黄土大队棺材生产队去吹哨子吧！我是不会给他送葬的，不会给他吊香的。以后每次走他坟前过，还要屙他一泡尿。他家雪娥当了寡妇，到处找不到男人，说不定还得哭哭啼啼地来求我。到时候我收不收寡妇，还得考虑考虑。"

"你还没喝多少，怎么就在裤裆里说话？"

彪哥不容老同学夺走酒杯，红红眼睛一瞪，"你嫉妒我是吧？你也打了雪娥的主意？"

"我们好歹是老同学，我怎么会嫉妒你？你就是收二房三房也不关我的事。"

"那是，我也不会亏待你。"彪哥想了想，"这样吧，一夫一妻的政策还是要的，所以竹梅、二娥、翠玉就不留了，留着也不好配。只有秀姑娘留下，派给你。她的水桶腰太粗了，脸模子还不错。"

小奇大笑，"你怎么就知道秀姑娘不死？说不定女人都震死了，老母猪也没给我们留下一头。"

"这怎么可能？"

"怎么就不可能？你以为你是阎王爷他爹？"

两人争辩了好一阵，没什么结果。这时天色更暗，寒气更重，北风吹得糊窗子的破塑料布叭叭响，吹得油灯也晃个不停。小奇见顾客散尽，掩了店门，找出半锅冷饭和一碗咸鱼，在炭火上热一热，将就着充饥和下酒。泽彪握了握拳头，捶了捶桌子，借着酒力来了个缩腹挺胸，引颈拔背，朝窗外严正地盯上两眼，继续自己严正的想象，一步步完善震后的生活蓝图。他甚至到屋后的山坡上登高远望，看自己将来的新楼房该落座在哪个方位。

一切都计议停当。比方说，既然说到母猪，既然说到猪，就得考虑吃肉的问题。他和小奇不能光有女人吧？好日子里总得吃吃肉吧？但他们不会杀猪，那么屠夫不能死，大路边的屠房也得留下。当然，屠夫不能杀空气，那么还得留下几个养猪人，王家的，李家的，似乎可以考虑考虑，队上的猪场也不能震掉。当然的当然，猪也不能光吃空气，还得吃粮食，还需要人们种田，那么除了王家的和李家的，孙家的和莫家的是不是得多留几个？到时候插秧和打禾总得有些人手吧？莫非像泽彪这样的领导干部还要亲自去挑谷？这是一个问题，嗯，一个大问题……小奇你也说说看法吗，事情一想远了还是蛮复杂哩。

彪哥像一个最高法官，终于掌握了生杀大权，正召开一闭门会议，在一大片死囚面前决定着赦免对象。他们提前进入了震后百废待兴的世界，进入了重建家园的艰难，对人才的选用和教育尤费心思，争议哪一个该死，哪一个该活，哪一个该死但可以稍缓，哪一个该活但得给点教训。比方刚才那大吃砂糖的国安爹就让他们为难。这人吗，最小气，铁公鸡一个，只要有机会就不用自己的锄头而用别人的，不穿自己的套鞋而换别人的，穿了别人的套鞋还专往尖石上跺，往泥水里蹚，是可忍孰不可忍，照说该死得翘翘的。但考虑到他是个篾匠，有一技之长和可用之处，就不能不网开一面了。他们最后的决议是，让国安爹震个半残吧，留他一双手，好编个箢箕或箩筐。

他们已接近完美的方案。就是说，杀猪的，喂猪的，种粮的，还有编箢箕和箩筐的都安排到位，他们和他们的女人可以高枕无忧地大享其福了，还可以想当队长就当队长，想当大队长就当大队长。小奇伟大的诗集出版就更不在话下。拟任大队长孙泽彪已经提前批出了五百块钱，助他去北京拜会诗坛老师，让他激动不已。

不过小奇没全醉，虽然傻傻地大笑，但眨眨眼又想到一个新问题：要是吴家桥的人来抢水怎么办？是呵，种粮得有水，吴家桥的人住在马子溪的下游，好几次遇到旱情就要来破闸毁堰，不准上游的人截流。他们人多势众，气势汹汹，大搞帝国主义，有次冲突中还一扁担打得泽彪头上起了个大包。要不是汉昆出面，对方可能会下手更毒。那次他们终于撤兵的原因，一是汉昆一口气可以吃下五斤肥猪肉，不能不让他们佩服；二是汉昆一个人可以搂起染房里的大踩石，不能不让他们胆寒。更重要的是，昆佬虽读书不多，但从伯父那里学会了喊礼，是远近有名的礼师，能在丧礼上喊出"三杯酒"之类的套路，喊出《浪淘沙》或《满江红》的哀调，还懂得"享年"与"享寿"的区别，"孤子"与"哀子"的区别，中规中矩的丧礼总是少不了他。这附近哪个老人的顺利归天不靠他去喊几嗓子？要是得罪了他，要是与他结了仇，你们往后还能安安稳稳地死得成？你们不三不四地上山去钻土洞，睡在那里还不天天托梦回家吵事？

"不行，汉昆恐怕还得留下来。"小奇一想到吴家桥的人就怕，一想到水源与种粮、与喂猪、与杀猪、与吃肉的因果关系，就觉得事情别无选择。

"你胆小？你背叛我？"彪哥把搪瓷杯愤然砸在桌上。

"不是背叛，是你我都不会喊礼，吴家桥的人不怕我们。"

"干脆，把吴家桥的人都震死！"

"万一他们也有些八字硬的呢？"小奇还知道，吴家桥很多人去外地修铁路，以后总要回来的，总要生儿育女的。再说除了吴家桥还有下游的小寨和莫家坝，那些人未必都是善鸟？

彪哥憋红了脸，一时竟无言以对。

"彪哥，算了，算了。来，喝酒。你也不要想着雪娥了。那雪娥有什么好呵？虽说会唱戏，但又好吃，又好疯，还懒得出油，连纱也不会纺，连鞋底都不会打，也没见她扛锄头进过菜园。你要是收了她，是收一个祸，收一个祖宗，收一大屁股债，凭你这香火棍子样的手脚，你当奴隶也还不清的。"

"照你的意思，她还得继续忍受强占？"

"什么叫强占？人家是合法夫妻。"

"就是强占！就是拐骗！就是流氓犯罪！"

"人家有结婚证。"

"肯定是那个王八蛋拿钱买通官家，骗来的。"

"好好好，依着你，是强占。那就让她震死算了，省得你心里焦。"

"怎么死？"

"还能怎么死？房子一垮，咣当咣当，砖瓦四溅，血肉横飞，同老万、金山、七麻子他们一样的死。"

彪哥没笑出来，只是捂住了脸。不知他因此窝了多大的火，等小奇上茅厕回来,发现一条板凳四脚朝天,一只搪瓷碗滚落墙角,连床上的蚊帐也垮塌下来。拟任大队长困兽一般在屋里走来走去,在柜台上拍出叭叭叭的震响:"老子操他娘的美国佬,要震也不选个时候,还让人家过不过年?……"

小奇本想纠正对方的美国责任论,突然大叫一声"快跑",话音未落就夺门而去。身后老同学也撇下帝国主义跟着出门,一头扎进黑暗里。原来小奇刚才听到了锣声,远远的锣声,令人魂飞魄散的锣声。

外面正下着毛雨。他们想回头去取伞,但听着越来越急和越来越密的锣声,都不敢冒死进屋,甚至不敢靠近危险万分的屋檐,只好来到晒坪边一棵大枫树下暂避。黑暗中有人语。从人语声可以听出,附近几家农户的乡亲也来到了这里。有人是从茅厕里直接跑来的,身上只有短裤,眼下正冻得全身哆嗦鼻涕淋漓。又有人在争议该不该回去取棉被,该不该回去赶猪和捉鸡,但争了半天,没有人动身。有的母亲在呼叫儿子,有的妇人在寻找老公,患难之中见真情,喊声都撕裂和尖锐。只有几个小娃崽不知忧患,反倒觉得很热闹,自己错穿了别人的衣裤也很好玩,黑灯瞎火地来捉迷藏也很好玩。等一下会不会放电影?他们唱起了战争片常有的片头音乐:哒哒嘀,嘀哒哒,哒哒哒嘀——

人们紧张地四处张望,看村子是否突然夷为平地,大树是否突然塌陷成地面一个树梢尖,苞谷地棉花地是否都突然翻滚和跳跃,但等了好半天,只等到全身发硬,什么也没发生。摸摸自己的手脚,掐一掐自己的皮肉,已全无感觉。穿短裤的汉子实在受不住了,骂了一通娘,回家钻被窝去,说震死也是死,冻死也是死,有什么好怕的?接下来,又有两三个陆续跟着回家,说锣都敲过好几轮了,老天爷也好,美国佬也好,一点实际行动也没有,太不严肃了,像什么话?

但泽彪与小奇还是觉得门洞可怕,不敢贸然靠近定时炸弹。他们往指尖上哈一口气,往树干上撞一撞,尽量给自己增加一点热量。

"地在摇,你发现没有?"

"是的,是的,是在摇,肯定地震了!"

他们感觉自己是站在船上,前俯后仰站不稳,不得不蹲下来,紧紧抱住树干。但抱着抱着又觉得平静如常,刚才到底摇没摇,有点说不清楚。问旁人地震了没有,旁人也说不清楚。

好容易,大路上传来吹哨的声音。"各家各户都睡觉吧,没事啦,没事啦——"待这喊话的人走近,他们才发现对方是一值班民兵,手里的一道手电筒光柱雪亮刺眼,坚硬得似乎敲在哪里都会有嘣嘣响。据他说,刚才不过是一值班人打瞌睡,被一只疯老鼠咬了耳朵,惊吓之下把自己的翻倒误当地震,当当当敲起了锣。邻村的民兵一听也跟着鸣金报警,闹得大家虚惊一场。

"贼养的,把我们当猴呵?"泽彪气得一把揪住对方的衣领。"一敲锣,猴子就出来跳。一吹哨子,猴子就进笼子。好耍是吧?我不被震死也要被你们耍死的。你赔我的骨折……"他出示自己腿上摔跤的伤口,没找到骨折也没找到脱臼,便迅速拿七麻子当作气愤的依据——不久前刚被他暗暗判过死刑的家伙。"他有心脏病,你们知道吗?他刚才一脚踩空了,肯定摔成脑溢血了。你看他嘴巴,你看他额头,都是血。就要丧失劳动力了,你们给他养老送终是不是?……"

这种仗义执言颇有煽动力,在场人都纷纷指责民兵的荒唐,对他们倒立空瓶之类的监测手段也很不信任。防震期间杀猪太少,公粮征缴太多,森林禁伐太严等,也迅速成了湿淋淋猴子们愤怒的内容。比较奇怪的是,泽彪不管骂到谁都要把昆佬带上:"坏得跟张汉昆一样","肯定是同张汉昆一伙的","张汉昆就是跟他学",诸如此类。

"你以为我愿意耍猴？你来耍，你来耍！"民兵把铁哨子往这个那个塞去。

没有人敢接这个差事。

"你们千万不要把自己当猴。下次听到锣响，你们再跑出来就是我妹子养的！"说到这一层，民兵更占理了，大义凛然的手电筒光柱戳在泽彪脸上。

革命贫下中农是——泽彪本想大喊一声口号以抗议手电筒，但想了想，还是忍住。

不知什么时候，他气呼呼回到小店。这时小奇已把自己珍贵的各种文稿和笔记本收捡好，哈欠滚滚之际，借来一床棉被准备睡觉。遵上级最新指示，他搂着一床被子钻到床下，以床架为掩体，防备房屋的垮塌。一张借来的木排椅翻倒，由椅面与靠背形成三角形空间，上面加盖几个麻袋，也是一安全掩体，需要老同学钻进去。

"喂——"小奇在吹灯前推了推对方，"你说，今天晚上不会有事了吧？你耳朵尖，留心一点。"

排椅下的彪哥不吭声，只是把头埋在被子里。

"睡得这么快吗？我跟你说，我这个床架子不结实。要是今晚我那个了，你得把我的日记和诗集交给我爹，记住了吗？"

对方埋着头，还是一动不动。

"要是我爹也不在了，你得把这些东西交到县文化馆去。我会记住你深厚友情的，会记住你高风亮节的。你要相信，未来的读者也会感谢你对文学事业的贡献，会从我的诗歌里听出你的艰辛和牺牲……"小奇突然有点伤感，声音有些异样。

对方还是只有一撮乱糟糟头发露出被子。

"你听到没有？同你说话哩。"小奇擦了把鼻子，把老同学的脑袋揪出被窝，不觉大吃一惊，因为对方已浊泪满面，瘪瘪碎碎的声音在嘴里憋着，憋着，憋不住，终于从一张歪嘴里迸出："……不行呵，她要是没有手，就戴不得镯子啦。要是折了腿，就穿不得皮鞋啦。她的腰子也不能伤，要是在里面接根管子，钉几颗钉子，上台唱戏哪还扭得动？不行呵，残了我也不能残她呵……"

"你说谁呢？"

"她家就在山边边，那么高的山崖，太危险啦……"

"你还想着雪娥？喂喂，你……发梦癫吧？"

"不管她残成什么样子，我也会去帮她挖地，帮她挑水，帮她砍柴……"

面对这样一个满嘴酒臭的候补义士，老同学有点哭笑不得，只能拍拍对方的肩。"怎么说你呢？好，不说了，不说了，睡觉吧。"

他吹熄了灯。

不知过了多久，暗夜中总算有了粗重的呼吸。到处是浓浓的一片漆黑，窗外的风声和雨声停了，只有蛐蛐声偶尔冒出墙根——真是一个美好的深夜，一份万分宝贵的寂静和安全。只是这一觉睡下去，不知还能不能活着醒来，还能不能看到明媚灿烂的万里晨曦……小奇迷迷糊糊时未能把这一诗句想完。

二〇〇六年七月

○
最初发表于二〇〇七年《山花》杂志。

西江月

人们以为他是傻子,其实他识得字,会搓绳,能编筐,还收集各种男女旧鞋,大概有鞋业研究兴趣。他只是有点懒,对各种招工告示漠不关心,碰到有人雇他挖沙或者卸煤也只当耳边风,情愿守在街边晒太阳,玩蚂蚁,磨石子,放出一个个哈欠,把自己固定成一处街头风景。

他一双耳朵很灵,薄薄的肉片微微一颤,就能听见远方似有若无的锣鼓或鞭炮,能辨出那是红喜事还是白喜事。他嗖的一下及时现身那里,一身万国装五颜六色大小不齐男女混杂又洋又土,浓浓馊臭还让人们掩鼻而退,呼吸困难,差一点作呕。

"这里没有龙贵,到别的地方找去!"主人知道他经常寻找一个叫龙贵的人。

他翻一白眼,嘴里嘟嘟囔囔。

"客人还没到,你倒抢了个先!"主人气不打一处来。

他搓搓手。

他再挨骂也不报复,甚至不生气,比方并不靠近酒席强讨,更不会突然上桌抢夺,只是远远地坐在树下,一声不吭地吞咽口水，好像是来为酒宴义务站岗。但这样一个蓬头垢面的哨兵有点煞风景，一旦撞入客人的视野就如无形叮咬，让人心里发毛。万一起风了，不知来自何处的溲臭徐徐入席，与各种佳肴串味，给各种恭维与祝贺的话增鲜，更会大败客人们的兴致。想到这里，主人只能自认倒霉，盛一碗肉饭前去恭请哨兵撤岗，去柴房或墙角单独进餐。更好心一些的主人不但管饭，还会塞几角钱，让这颗毒气弹早一点乐颠颠离去。

对于他来说，酒宴当然不是天天有。有时候，他爬上小镇附近的山头，竖耳细听好一阵，也没听到远方的锣鼓或鞭炮，只得怏怏地回到街上游荡，收缩一下鼻孔，在这家门口炖墨鱼气味中坐一坐，在那家门口煎豆腐的气味中倚一倚，困了就蜷缩身子睡一觉。他还是不会开口乞讨，不会那样没皮没脸。如果无人施饭，他就会抹抹嘴巴往垃圾站而去，找一点菜根菜叶什么的入口。日子长了，他连活蛤蟆和死老鼠也能吃，有时口吸一条蚯蚓像吸面条；嚼一只蚱蜢如嚼花生。但他从来不生病，有时脸上还有两块鲜鲜红晕。

"哇——哇——"他气得一只眼睛大，一只眼睛小，威胁那些把垃圾倒在站外的孩子。

如果发现有人倾倒霉变的香烟、腐烂的瓜果、过期的滋补品，他也必定冲着浪费者再次发飙，再次气得一只眼睛大，一只眼睛小："哇——哇——屎臭臭——"

不知道他是什么意思。

没人知道他的名字，见他支着几颗龅牙，都叫他"龅牙仔"。他的年龄也难以确定，虽然已有抬头纹，但一张脸鲜嫩，嗓音很尖细，薄薄身子好像还没发育完全，看上去是老年与少年的随意凑合。

比较熟悉他的是两个乞丐。一个外号"铁拐李"，是本地名丐，总是扶一钢管为杖，虽气象凶险，但每次只讨三分钱。你要是给他一分钱，他会坚决拒收。你要是给他一角钱，他追着喊着也要将七分钱找还给你，决不占便宜，决不乱规矩，让人们觉得特别有趣，也更愿意掏出钱来测试他的诚信。另一个外号"变形金刚"，是个大胡子，操四川口音。其绝活是在车站或码头占据最佳迎客位置，一屁股坐下来，三下五除二，让自己的左腿膝关节脱位，来一个前后倒置，如同下身反接了一只脚，有点惨不忍睹。照他求助纸牌上的说法，东风浩荡，凯歌震天，红旗曼舞，革命形势一派大好越来越好，但建设祖国的无私奉献者们有苦何处说？无钱疗伤之苦可有人知？……他的动人说辞和志愿军、老劳模一类不知真假的身份，每次都为他赚了个盆盈钵满。但只要旅客们散去，他左右看看，咔嚓咔嚓两下，又能使膝关节复位，金刚再次变形，然后夹着纸牌从容回家。

据他们两人说，小花子已来花桥镇三年多，与他们同宿镇西门桥下，平时不怎么言语，也不做什么有伤丐德的坏事，只是喜欢偷偷公家的招牌，曾先后把学校、兽医站、计划生育协会、革命历史教育基地等牌子，偷搬到桥洞里来挂了个琳琅满目。他连镇政府的牌子也敢偷来当床板，说政府干部连垃圾站都管不好，搞得那里臭水横流没法下脚，实在屎臭臭，太屎臭臭，根本不配挂牌子。至于他自己的事，他家里的事，谁都没听他说过，只是听到他常在深夜梦中大喊一个人名："龙贵""龙贵""龙贵"……大概就是他常在街面上寻找的那个人。

"这里根本就没有姓龙的。"镇上有些人早对他宣告。

"你那个龙贵，我认得。他到九江去了，江西九江，知道吗？"也曾有人这样打发他。

不知道他去过九江没有，去过人家胡乱说出的湘潭、永州、祁阳、安化、麻阳没有。不过他还是幽灵般地出没于小镇，似乎要死守这一个约会地点,深信他期待的人不可能失约,正在远处一步步朝他走来。龙贵是他什么人?给他许过什么愿呢?或者龙贵只是他梦中一位救苦救难的下凡仙人?……人们不得其解。每逢汽车喇叭或轮船汽笛鸣响,只见他应声而起,呼地一下窜去车站或码头,在客流中穿插如梭,逢人便急急地掀起几颗龅牙:"有叫龙贵的吗?"见对方茫然,便进一步唾沫喷飞,"龙马的龙,富贵的贵。"有时还在掌心上写给别人看。

人们总是对他摇头,或是被他油光光的衣衫片子吓住,慌慌地快步跳开,像避开一只硕大苍蝇。

这些旅客大多是来进香拜佛的。花桥镇是他们上山的必经之地。山上有一禅庙,近年来香火很旺,钟鼓常鸣,轻烟薄雾缭绕林间。穷人和富人都去那里祈福,特别是一些瘸子、瞎子、聋子、瘫子以及各等哎哎哟哟的重病者,不知道听了什么传言,都急着上山求医——据说那里有一位神僧颇得佛力,不用针和药,只是撮土为丸,吐痰为汤,随便在来人脸上摸一摸,或者朝来人屁股拍两掌,就能包治百病。小镇因此越来越热闹了,不光出现了五花八门的斋菜馆,还有各种卖鞭炮、香烛、佛经、雕像、供品、碑刻拓片及各种旅游产品的店面。有些非法游贩也出现在此,躲过警察与市场管理人员,偷偷向旅客兜售神僧的指甲、皮屑、胡须乃至干粪便,声称这些秽物均有医疗神效——只是不知他们的货品是真是假。

有一个鞭炮老板姓陈,这一天站在店前东张西望,最后把目光落在龅牙仔身上。"你过来,过来!"

小花子懒懒地看他一眼。

"你是要找龙贵吧?我可以帮你找到。"

龅牙仔眼睛发亮,朝他走近了两步。

"我还骗你不成?龙马的龙,富贵的贵。没错吧?不过,我不能白帮你，你得给我信息费。"

龅牙仔听懂了，撒开两只赤脚就跑，不一会，气喘吁吁又回到老板面前，扒开一个旧塑料编织袋，出示里面的各种宝贝：一盏旧台灯，一只旧公文包，一台可以发声的旧收音机，还有一大堆男式和女式的旧皮鞋，轰隆隆的脚臭味扑面而来。

"把这里当废品站呵？要熏死我呵？"老板捂着鼻子后退，"这样吧，你给我一百块钱，要不就给我打五天工。"

龅牙仔沉下脸，提着编织袋就走。不过龙贵对他还是有吸引力的，他没走出两步又折回，挠挠头，指着隔壁小店里卖的包子。

老板好笑，"看不出，你小子还会讨价还价？好吧，我就每天加你两个包子，算是你的加班费。"

龅牙仔咬着两个包子，跟着老板走了。事后人们才知道，这一天鞭炮厂有工人嫌工钱少，突然辞工而去，人手忙不过来，陈胖子只好临时拉龅牙仔顶班。老板哪里知道什么龙贵，只是以为小花子好哄，到时候胡编个说法就行。他没料到，五天过去以后，龅牙仔成天追在他屁股头问：龙贵！龙贵！龙贵！……差一点在他耳朵里磨出茧子。实在混不过去了，老板只好装模作样打了一个电话，回头说："湖下村是有个龙贵，不过刚生出来，还差三天满月。东门外呢，有条癞皮狗也叫龙贵，大家都这么叫，你可以去找。第三嘛……"他还没有说完，龅牙仔一只眼睛大，一只眼睛小，发出持久的尖叫，夺过电话机就往地上砸。老板当然早有防备，出手夺回电话机，仗着自己腰圆膀壮还把小花子一身骨头扭得咯咯响。"老子给了你三条信息，没加收你的信息费，就算便宜你了。你还要在这里行武？找死呵？老子一个指头把你捏到门缝里去！"

他把龅牙仔轰出店门："滚远点，滚远点，要是再让我看见，我就把你吊到井里去凉快凉快！"

老板的大洋狗也及时出阵，冲着龅牙仔一阵大吠。

小花子这才逃之夭夭。

陈老板财大气粗，是镇上有头有脸的人物，平时撅着肥大屁股随便往哪家一坐，主家就得笑脸相迎，又是敬茶又是敬烟，还得恭敬聆听各种教训。他说你家茶叶不好，你家茶叶就是不好。他说你家儿子太蠢，你家儿子就是太蠢。他说你家里有鸡屎臭，你即使从未养过鸡，即使在家里刚喷过三轮香水，也不敢说半个不字。大家都把他当菩萨他爹供着。不过，陈老板接下来的日子有点不顺。比方每天早上开门，他店门前不是有一堆臭屎，就是有几堆五光十色的垃圾，气得他脑袋大。一个"良种猪仔基地"的牌子不知何时挂在他门前，更让他满脸猪肝色，操起一张板凳就砸。但刚砸了这块牌子，两天后门前又冒出一块"烈士陵园"的牌子，比良种猪仔还糟心十倍。他气歪了脸，令手下人把牌子火烧了，在店门前一连放了十挂万子鞭，在门槛上淋了三道公鸡血，还觉得店门前不干净。

陈老板不至于当烈士，不至于住陵园，但事情不能细想呵，一想就大病了一场。他重新出现在邻居面前时，头贴黑膏药，手脚僵硬，哼哼唧唧，还时不时胸闷欲吐。照他的说法，害他的不是别人，肯定是那个该千刀万剐的龅牙仔，真恨不得扒了那家伙的皮才好。他这次住医院、拜菩萨总共花了大几千块，算怎么回事？就算抓住了那个小杂种，把他剁成碎片卖上十次，也卖不出这么多钱吧？

"还是老班子说得对，花子惹不得，惹不得的。"陈胖子苦笑着直摇头，从此见了龅牙仔就躲，见了所有的乞丐都心虚气短。据说他后来花一笔钱，买通一个黑工头，把龅牙仔骗到贵州去下井当煤奴。

一个多月以后，一位赶郎猪的老头晚上回家，看见几条狗在水沟边嗅着什么。夜色昏暗,他看不大清楚,只觉得水沟里好像有动静,划燃火柴一看,发现那是一个人,面色苍白,嘴唇发黑,一条腿粗肿如桶,身上还有很多酱色的血渍和血痂——这不是龅牙仔吗?腿肿成这样,是不是被毒蛇咬了?

他是如何逃脱黑工头的魔掌,如何从千里以外的煤矿跑了回来,如何又不小心受到毒蛇攻击……没有人知道。他后来出现在街头一个拆走了轮子和机器的中巴车厢壳子里,颤抖在乱草丛中,鼻孔里气若游丝,一连昏迷了几天。一个卖瓜的九婆婆可怜他,每天驼着背送来米汤给他慢慢地喂下,还带来一罐浓浓的茶水,替他洗一洗身上伤口溃烂处的脓血。看见嗡嗡飞绕的蚊蝇,她还点燃了一支蚊烟。

"可怜,可怜,你就没有个家吗?"九婆婆终于看见他醒了。

小花子两只眼睛里空空洞洞。

"你就没什么亲人了?"

死鱼般的眼睛还是直愣愣向天。

九婆婆撩起衣角擦擦眼睛,从怀里颤颤抖抖掏出一个小酒瓶。"苦命的伢,你活着为哪样呢?你爹妈把你生下来做什么呢?你的苦还没吃够哇?九婆婆今天给你做个主。你把它喝下去。"

小花子眼眸隐约一暗。

"你不要怕。这是快活汤,世界上最好的东西。你一喝下它,身上就不痛了,肚子也不饿了,心里什么烦恼都没有了,往后就一心一意过好日子。"

龅牙仔嘟哝出一个字:"龙……"

九婆婆知道他要说什么,叹了口气:"伢呵伢,世界上没有你要找的人。你死了这条心吧。"

"龙……龙……"

"莫说是你那个龙贵,就是菩萨也救不了你呵。"

龅牙仔咬紧牙关，死死堵住瓶口，就是不张嘴。一滴泪水终于出现在他眼角。

　　"这是为了你好哩，你听话，听话，呵？"老人没法灌，收回小酒瓶，揩去对方的泪滴，哀哀地哭了一场。据知情人后来说，九婆婆那一段是觉得自己气虚和腿重，看来是大限在即，哪一天跌倒就再也爬不起来了。她担心自己一旦撒手西去，哪一个来给龅牙仔送米汤？如果没有她的米汤，龅牙仔嗷嗷地如何活下去？

　　九婆婆一失足跌倒下去，确实再也没有起来。大概是感念九婆婆的善德，一些好心人东一碗汤，西一碗粥，把九婆婆的好事做到底，还叫来一位医生，抓了几帖药，竟使龅牙仔奇迹般地站了起来。虽然脸部多了一块暗疤，拉扯得表情有几分狰狞；虽然一条腿有些瘸，使他走路时尖尖屁股一撅一撅，但他还是重新进入人们的视野，在街边晒太阳，玩蚂蚁，磨石子，放出一个个哈欠。他还去河边九婆婆的坟前叩了几个头，在那里立了好几块牌子，有"先进幼儿园""商品质量信得过单位"以及他曾经拿来垫床的"花桥镇人民政府"。

　　经过一个多月的贵州行，他甚至更长本事了，伸出的指头不怕火烧，铁硬的脑袋扛得住棒打，还学会了吃土——随手捡起一块黄泥或黑泥，嚼巴嚼巴就能往下咽，令围观的小孩们十分好奇。有一次他没找到合适的泥巴，甚至还吃起了沥青和煤渣，嚼出了杏仁或蚕豆的声响。一位过路的电视台记者发现了这一点，想拍个奇人花絮之类的节目，曾给他三十块钱，想让他在镜头前表演吃土，只因他哇哇怒吼，捡起一个石头相威胁，才遗憾地作罢。

　　铁拐李想当他的经纪人，追着对记者说："加一点，给两百，给两百他就吃土。"

　　他在记者那里点了钱，回转身来，却发现龅牙仔不见了。

　　这一天，又一批外地旅客来到了小镇，停车区里大车小车很是热闹，到处是人头攒动和大呼小叫。有一中年卷发男子戴着太阳镜，走出一辆白色轿车，刚好被龅牙仔远远地看见。"你认不认识龙贵？"瘸子扶着竹杖照例上前搭一腔，"龙马的龙，富贵的贵。"

对方正在锁后盖箱，随口回了一句："我就是，什么事？"

好一阵没有声音。

还是好一阵没有声音。

事情似乎已经完了。对方回过头来，显然看见了龅牙仔呆若木鸡，脸色发白，全身颤抖，还有上气不接下气的喘息，差不多就是一个将要虚脱的病人。对方肯定以为自己倒霉，碰上了疯子，赶忙跳开一步，朝车那边的两个女人挥挥手，朝山上快步而去，一边走还一边回头。

龅牙仔终于发出呜呜呜的哭声，或者是笑声，追上去问："你……你……真的是龙贵？"

"一边去！我不认识你。"

"你肯定认识我姐。"

"我要喊警察啦。"

"你不就是在黄沙桥的人？"

"你……"

"你不就是龙天祥他二弟？"

对方听到这里，大吃一惊，全身僵住，忍不住将小花子上下打量。"你是……"他没说下去，只是乘人不备撒腿就跑，差一点撞翻身边的一个老头。但这已经足够，足以让龅牙仔完成认证并锁定目标。他大叫一声，旋起一阵风，叭叭叭两脚翻飞追了上去。后来有目击者说，那一刻他根本不像个瘸子，只见一道黑光闪过，飞向天空的竹杖还未落地，他已突然放大，像一只巨大蜘蛛缠住了前面的背影。

两个女人发出尖叫，吓得周围的人毛发倒竖引颈张望。他们终于看见两个黑影在河边的西门桥上扭成一团，像是拥抱，又像是厮打。他们来不及打听是怎么回事，就听见那里一声声大叫震天。"龙贵！""龙贵！""龙贵——"这叫声像是欢呼，又像是叫骂，怎么也让人听不明白。一切都来得这么快，快得让人眼花缭乱。直到两个时分时合的黑影在桥上一晃，翻过栏杆，双双掉入河里，激起沉闷的扑通一声，他们这才大致明白，刚才不是拥抱，也没有欢呼。事情似乎有点不妙。

"杀人啦——"

"救命啦——"

两个警察终于从派出所那边赶过来。

他们来到西门桥，朝桥下看了看，只见水面一圈圈波纹渐息，没有什么东西冒出水面。他们见河边有几条船，忙上前交涉，请船老板把船划到刚才溅起水波处，用船篙探入水中搜索。但他们来来回回戳了好几轮，没有戳到什么。围观的人越来越多了。警察从中发现了几个熟面孔，大概是水性比较好的，要他们下水帮着寻找。加上哭哭啼啼的两个女人当场拍出一沓钱，那几个后生就脱了衣服，在腰间系上安全绳，一个接一个跳下水去。不过，直到入夜，直到东门那边升起一轮月亮，他们在水下捞出两只皮鞋，一只铁油桶，一个摩托车头盔，一头半腐的死猪，还有一张糊满泥巴的渔网，就是没有找到人。只有一只出水的男式皮鞋，由两位哆哆嗦嗦的女人辨认，是当事人的，由警察提到派出所去了。

"龙贵——"

"龙贵——"

"龙总，你在哪里呵——"

夜色降临，西垂的一轮明月下，苍茫远山垫在树林剪影的后面，河面上飘摇着一把闪闪烁烁的光斑。两个女人在河边一直哭喊到深夜，在码头的石阶上拍出更多钱，还有当场解下的金戒指、金项链以及金耳环，算是对救人有功者的重重悬赏。更多的船出动了，搅出了更多月光。更多的小镇居民聚集在河边交头接耳，惊得两岸狗吠声久久不息。一些手电筒、灯笼以及火把闪烁不定，沿着河岸向下游摇曳而去。

龙贵的尸体三天以后才浮出水面，漂到下游的一片芦苇边。据说他已全身浮肿，肚子膨大如鼓，虽然四肢还在，但鼻子没有了，耳朵没有了，上下嘴唇也没有了，整个脸盘似乎被木匠刨子刨去一层，刨去了毛边和棱角，只剩下一团圆乎乎血糊糊的肉瓤，暴露出多处白骨。法医从他脸上发现好几道深深肉沟，相信那是牙齿啃刨的痕迹。至于龅牙仔，当然也没活下来，据说他满嘴肉泥，身上至少有四处骨折。

这真是一桩离奇而惨烈的命案。

因为没找到身份证，也没法给中年男客恢复容貌，加上两个涉案女人失约，未去派出所留下笔录，驾着白色轿车不知去向，警察手里的破案线索实在有限。他们不知道死者是什么人。从龅牙仔寻找龙贵这一点看，他并不认识后者，与后者应无直接的过节，那么他是为谁张开利嘴？为他父亲？母亲？姐妹？兄弟？师友或者乡亲？同样令人迷惑的是，这食肉之恨何来？是关乎钱财？关乎性命？关乎情爱或尊荣？……警察遍访小镇居民也没问出个所以然。九婆婆的儿子说，他听龅牙仔昏睡时骂人，好像是骂自己没有用，但那是操一种奇怪方言，他没怎么听懂。铁拐李说，他发现龅牙仔每年六月初到河边烧纸，祭悼什么人，但不知与案情是否有关。

上级公安机关也派人来查过，只查出那个叫龙贵的身家不菲，是山上禅庙的大施主，至少有过三笔数目不小的捐赠记录。

事情到此，看来也只能不了了之。警察叫来几个农民，把两具尸体埋葬在西门桥外。

街市恢复了往日的热闹，山上的香烛气息和钟鼓声响不时飘下来，流散在墙基或者檐角，流散在外地旅客的擦肩而过和蓦然回首之际。不知什么时候，人们发现街上出现了一个少年，也是在找人，逢人便问："你是不是王海？"如见对方迟疑，又急急地解释："龙王的王，海洋的海。"甚至还要在掌心中写出字来给你看。

更严重的情况是，不久后街上又冒出两个陌生面孔。一个是黑脸大汉，见人就问："你认识周华剑吗？"另一个是戴眼镜的妇人，见人就问："你知道李子明住在哪里？"

街上闲人们一听这话就心惊，好像自己就姓周或者姓李，凉气从背脊一直升到后脑，纷纷作鸟兽散，包括赶快揪回自家的孩子，哗啦啦拉下铁闸店门，让寻人者不免有些诧异。

他们都面带微笑，甚至衣冠楚楚，不像是刺客。说不定他们只是来寻找情人或恩人的？或者是拾金不昧来寻找失主的？或者是受台湾熟人之托来寻找什么故旧？

他们四处探头探脑东游西荡的时候，街上寂静了许多。

据闲人们说，这个小镇的居民后来都习惯于晚开门和早关门，习惯于养看家烈犬，而且多了一些流行口白。人们见到做了恶事的人就忍不住诅咒："等着吧，总有人要长龅牙齿的。"或者是："就算老天没长眼，他也不一定过得了西门桥。"喜欢恶作剧的人还曾这样吓唬朋友："不得了，今天街上有个眼生的人到处打听你哩。"直到有一次，一个被吓唬的人当场晕倒，口吐白沫，全身抽搐，差一点猝死，大家才知道这种玩笑不能乱开，往后的口舌才谨慎了许多。

二〇〇七年九月

◊

最初发表于二〇〇八年《中国西部文学》杂志。

第四十三页

小说写到这里,我发现主人公想家了,便让他上了一列火车。这一刻夜已深,天很冷,整个站台上人影零落,车站补水管在哗啦啦响着。

我的这位主人公外号阿贝——球友们夸他球场威猛,称他为小贝哥,小贝克汉姆,他也乐意以欧洲球星自居,包括走路时垂肩曲背,像个内敛的猩猩。他稍感奇怪的是,他刚才入座时不但内敛而且礼貌,但对面一个妇人睁大眼睛,张大嘴巴,显然受到了惊吓。身旁一个歪头昏睡的胖子,被火车启动声惊醒,一旦发现他也神色惊慌,急忙撅起肥圆屁股抢出座椅上的旅行袋,转移到斜对面的卡座去了。不一刻,他的周围空荡荡,只有几个乘客在远处伸长脖子,对他浅一眼深一眼地打量。

他们看什么呢?

他刚想问,那些长脖子立刻沉没在椅背后面。

他的长头发有什么稀奇吗?他是不是身上有血迹?一看就像个杀人犯?

神经病呵。他脱下秋雨淋湿了的外衣,继续挂着线听 MP3。

但这一刻他倒是看出了车上的某种异样。中山装。他发现这里的男人大多穿中山装。辫子和辫子。他发现好几个女人的耳边都齐刷刷挂着短毛刷。都什么年月了,有人还套着肥囊囊的大统裤,散发出红薯的气息。一个包着白头巾和怀揣毛主席著作的老村长该出现了吧?只是他眨眨眼,老村长不翼而飞,有点虚幻不实。

他觉出鼻子里不爽,有一种猪屎臭。大概是他脱口而出,正在扫地的女乘务白他一眼:"你才猪屎臭哩。"

"怎么这么冷呵?也不放点暖气?"

"怕冷就别出门,钻你老妈的被窝去。"

"你这是人话吗?"

他冒火了。

对方像没听见,用扫帚敲打他的脚,意思是要他挪脚,只差没把扫帚直接捅向他的耐克牌,其动作之粗鲁气得他晕。

不过,她把一堆果皮纸屑扫走以后,给他拉上厚布窗帘,还摔来一条棉毯,意思是:冷就披上吧。

披上棉毯,身上暖和些了。球星没法跟小女子斗,只好随手抄捡起一本杂志消磨时光。这是一本《新时代》,破旧得卷了角,大概是哪位旅客扔下的。有意思的是,阿贝的目光一扎进去就拔不出来,女乘务取他的湿衣去锅炉间烘烤,车长来给一位旅客测体温,询问有哪位旅客掉了钱包,他都充耳不闻。

事情是这样,杂志上居然有个奇怪的故事:深夜,下雨,站台,火车,等等。车上有中山装和小短辫,然后一个新上车的年轻人感到鼻子不爽,然后女乘务员用扫帚敲敲他的脚,差点把扫帚捅向他的耐克牌……唯一的出入,是主人公不像阿贝:他不是江湖艺人,而是个球星,正在业余收购文物的归途。

他咬住指尖,忍不住大叫一声。

女乘务赶过来,揉着自己的胸口:"没看见好多人在睡觉?你叫什么？把我都吓住了。"

阿贝这才细看对方一眼。没错，她眼眸大黑大白地分明，就是杂志上写的那种。戴着两个布袖套，与杂志上写的也相同。至于她穿着刻板制服但翻出了个小花领，挂着短辫但辫尾巴烫成卷毛，算是小说家遗漏了的细节。

吃错药了，我不是在做梦吧？他狠掐自己的胳膊。

"我看你是有点不正常。"对方盯住他的眼睛。

"你叫莫小婷？"

"你怎么知道？"

"这书上写了。"

"鬼才信。"

"不信？你今年是不是十九岁？是不是有个当兵的对象？"

"你是派出所查户口的？"

"你自己看呵，就在这里，你看你看。"

对方懒得看杂志。她手提一个带布套的开水壶："杯子呢，把杯子拿出来，等一下不要说我没送水。"

阿贝没有带杯子的习惯。"车上卖可乐吗？"

"你说什么？"

"可乐。可口可乐。"

"什么可可可？你结巴呵？"

"你连可、口、可、乐都不知道？"

"你到底有没有杯子？没有？我走啦。"

"慢点，你怎么不知道可口可乐？那么农夫山泉、娃哈哈、优酸乳、蓝带果啤……你也没听说过？"

"你说什么呢？"

"嘿，你山顶洞人，你兵马俑呵？"阿贝照例把"俑"说成"桶"。

"你才兵马桶呢。同志，这里是红旗车厢，请你嘴里干净点！"

阿贝忍不住笑,忍不住大笑。他站起来环顾四周,呼呼喘着粗气,终于掏出手机给朋友打电话:喂喂,你醒来,快醒来。宋虾子,你知道,知道我碰见什么怪事了吗?宋虾子,你听我说,我在火车上,这趟车呵居然一车土鳖,连可口可乐也没听说过。你说怪不怪?你来看看,他们还穿中山装,还开口叫同志,我骗你不是人……你在不在听?

估计宋虾子把他说的当酒话,不愿听下去,只是要他快回去上班,说老板已经为此拍过桌子了。

他合上手机,发现两个男人不知何时堵在他面前。一位是刚才那位车长,另一位是大个子乘警,都满脸警觉和严肃。小婷躲在车长身后怯怯地眨巴眼睛:"……就是那个东西,你看你看,就是他手里那个什么……吓死我了。"

阿贝发现更多的人围过来,都盯着他的手机。他手机怎么了?他依稀想起了什么:对了,他刚才摸出手机时,女乘务像被咬了一口,扔下水壶大叫一声跑开去。

车长说:"证件。"

"凭什么查我的证件?"

"你哪里来的?从国外来?"

"不不,我天外来客吧,来自冥王星或者海王星。"

"你手里拿的是什么?"

"手机呵。"

"手机?发报机吧?"

"我为什么要发报机?"

"那要问你自己。"

"我给美国发报是吧?我告诉中央情报局的怀特将军,这里连可口可乐也没有,这里还有猪屎气味……"阿贝差点要笑出声。

"装什么蒜?你就是冲着五六三号项目来的,以为我们不知道?"

他不知道车长说的五六三是什么，更不知道车长接下来说的"备战""路线""两打三反""革命委员会"是什么意思。他只知道情况有点不妙了，一切都不像是开玩笑，也根本不好玩。他的手机被一把夺走，背包也被拧过来检查。幸好那里没有毒品。一张坐公共汽车的IC卡，他们似乎不懂，将其一一传看，没看出个所以然。几本足球杂志，他们似乎也不懂，将其仔细查阅，还对着灯光找什么纸纹暗影，还是没找出所以然。比起几件酸臭衣服和一双拖鞋，MP3当然是最大疑点。无论阿贝如何辩解，如何解释音乐和芯片，但它还是连同手机一起成了扣押品，眼看着被乘警略加清点，装入一个公文包，就要离他而去。

"哎哎哎，你们是哪盘菜？有搜查证没有？你们土鳖呵？脑残呵？二呵？你们怎么连手机都没见过？"他愤怒地大喊。

他一把抓住车长，"我要到法院控告你们！要在媒体上给你们曝光……你们不要以为我好欺侮，我报社电台里的哥们儿有的是！惹毛了我，叫你上午下岗，你不会等到下午的！"

大概是乘警嫌他猖狂，飞来一巴掌，打得他眼冒金花，有点飘飘然不知上下左右。等他抓稳了桌沿，校正了脑袋位置，找到了脸上热辣辣的痛感，他依稀听到车厢里发出一片口号声：打倒狗特务！打倒一切害人虫！打倒美帝国主义和反动派！……周围旅客都冲着他举起了森林般的手臂。

确实一点也不好玩。要不是女乘务拦着，一个老汉就要把雨伞扑到他头上，一个小孩还差点朝他吐痰。直到他被押走，人们还在气愤地议论：

"早就看出他不是什么好鸟。你看他那裤子像裤子吗？"

"当特务也穷成这样？怎么连理发钱都没有？"

"帝国主义是乱了种吧？怎么这家伙不男不女？"

"不是乱种，是要流氓。男扮女装，就好钻女厕所。"

"对,肯定是这么回事。"

"应该把这个流氓塞到粪坑里去!"

"让我恶心死了!"

……

他被关入了一间窄小的乘务室。

他叫天天不应,叫地地不灵,完全成了个傻子。他怎么上了这么一趟奇怪的火车?怎么鬼使神差来到这里挨巴掌和蹲监房?更重要的是,他阿贝,小贝哥,贝克汉姆,什么事不好干,什么钱不能赚,怎么偏偏听宋虾子的瞎鼓动来收购什么文物?……他不知道眼下的麻烦如何了结,更不知道一旦行期再耽搁,自己还能不能保住公司里的饭碗。

窗外一片漆黑,偶有一辆对开的列车呼啸而过,咣当当差点撞在他的脸上。他看见了一闪而过的明亮车窗,甚至看清了车窗里的男女。他们多幸福呵,多温暖呵,多安全呵,说不定在那里喝啤酒啃鸡腿。他们肯定有手机,知道手机是怎么回事,能轻而易举证明阿贝的无辜。但他们无动于衷见死不救,刷刷刷消失得太快,像一道闪电。

他打门和踢门,把一铝皮桶当足球踢了好几脚。

没人理他。

他有点累,只好坐下来揉揉脸,发呆。他看见天花板上,一只小老鼠从夹板缝里探出头来,一点也不怕人,欢乐地吱吱两声,支着小尾巴又缩了回去。

好在一本奇怪的《新时代》还插在衣袋,可供他继续研究这列火车。

> 来的该来去的该去,
> 百年石头还是石头;

来的该来去的该去,
千年月亮还是月亮;
来的该来去的该去,
万年天空还是天空;
……

这是第四十二页上一位盲老人唱的,可车上并没有这样一位老头。这就是说,又有一处出入,可见小说并非预言——阿贝眼下很愿意相信这一点。但他宽心的时间不够长。随着后续情节在小说中展开,他读得禁不住两手发抖,全身发凉,一颗心再次提起来堵在喉头。没错,小说与他的遭遇确有出入,但小说中的老鼠是怎么回呢(刚才他已经看见了)?暴雨是怎么回事呢(车窗外的水流已经拉出斜线)?打雷是怎么回事呢(车窗外已有闪光,刹那间黑夜如同白昼,千山万水突然涌现)?……而且差点令他晕过去的是:小说在第四十三页处说到子龙峡,叙说这列火车在那里与一片泥石流相遇,于是车轮出轨,车厢翻倒,电光迸溅,钢铁声大作,有两节车厢在挤压中升起来冲向高空,散落的车轮在草坡上飞跑……这也太恶毒了吧?

"喂,干了。"女乘务开门进来,把热乎乎的夹克扔给他,同时发现了他的惨白脸色。"你哪里不舒服吗?"

他喘着粗气:"前面,是不是经过子龙峡?"

"我什么也不告诉你。"

"你真以为我是特务?你看我像特务吗?有这样仪表堂堂的特务吗?"

"难说,反正要等保卫处的核查。"

"我们没时间啦!"

"你什么意思?"

"你说,你告诉我,前面是不是要经过一个叫子龙峡的地方?"

"就算……那又怎么样?"

"天啦,我们真要出事了,已经玩完了。"

"不懂你说什么。"

"你当然不懂。你懂个屁呵!"阿贝怒不可遏从椅子里弹起来,"你们连可口可乐都不知道,还革委会呢,一个个脑子里进水,浑身的潮气没晒干。我问你,就算我是个特务,我会当着你们的面来发报?我要千方百计来让你们发现我?"

对方看来被这句话触动,有点不好意思:"要是冤枉你了,我们给你赔不是。"

"赔?怎么赔?你看看我这半边脸。"

"大不了让你还我一巴掌,有什么了不起?"

"你受得了?好笑,你是想成扁的还是散的?"

"你就那么毒呵?你就不能轻点打?就不能分几次打?再不,我叫我对象来顶替。他是特种兵,在部队里天天练挨打的。"

阿贝懒得对付特种兵,把《新时代》翻到第四十三页,要她自己去看去看去看。

对方看他一眼,又看杂志一眼,又看他一眼,疑疑惑惑把目光投向第四十三页。列车发生了剧烈晃动,灯光一暗一暗,当然干扰了阅读。对方不认识有些字,有时要问身旁的乘警,碰到大个子不认识的,还要回头来请教阿贝,更增加了阅读的周折。阿贝不耐烦这两个呆货,恨不能把从第三十八页到四十三页的字句一把抠出来,狠狠拍进他们的脑袋。但还没来得及这样做,一大群乘客突然登车了,顿时挤得车厢里秩序大乱。阿贝事后还知道,呆货们在手忙脚乱中还丢失了杂志——他知道这事时,真是欲哭无泪。

事情来得有点突然:当时列车驶过一座桥,司机借着车灯的光柱,发现前面路基上有很多人摇手拦车,后来才知道那是一批从洪水中逃出来的灾民。他们担心路基不够高，央求铁路工人兄弟带走他们，以防更大的洪峰到来。车长当即同意这一请求，大手一挥说全都免票，于是又哭又闹携家带口的灾民们一拥而上，带来了行包、竹筐、水滴、泥浆、扁担甚至鸡鸣狗吠，使车内顿时充满田园气息。很多人没法挤进门，只好从窗口爬。所有车厢内都挤成了人肉罐头，椅背上或行李架上都有杂技高手，脚丫子不时踩到他人的肩膀或脑袋。卧车厢也不能幸免，在车长命令下一律开放，装了人再说。

莫小婷那呆子顷刻间已忙得满头冒汗和头发散乱，刚让一个抱着大公鸡的娃娃找到妈了，刚把几个老人扶稳了和坐下了，又得驱赶攀高的几个汉子，以防他们压垮行李架。一声尖叫，她被新的人浪推过来，倒在阿贝的怀里。

阿贝觉得两张肉饼要搓揉成一块。他感到了女人身体的凸凹，有些脸红，忙说了声对不起对不起。

她瞪了一眼，"你没手呵？还不帮帮我？"

他从对方手里接过了两个热水瓶和一块抹布。

这样，对方就腾出一只手，攀住他的脖子，不至于倒下去。

阿贝刚拥抱了一个肥胖农妇，眼下又被迫吻了女乘务的眉毛和前额，嗅到了陌生的头发气味，脸更红了，只好让身体尽量偏转，又拿出球场上的阴招，屁股使劲一撅，撅出身后哎哟的叫声。

挤死人啦！救命呵！我的桶子！你的爪子往哪里伸？……各种狂呼乱叫中，阿贝的腰部发力连环传递，一个人叫了，另一个人跟着叫，又一个人再跟着叫，多米诺骨牌一样最后导致一个坐在椅背上的汉子大摇双臂，仰面倒了下来，正好盖在阿贝的头上。幸好这一盖，阿贝与另一男人的架才没打成。当时他们不便施展拳脚，但鼻尖对鼻尖，唾沫星子互射，肩膀和胸脯已开始过招，接下来就可能要动用嘴巴了，看如何一举咬下对方的部件。

"不要闹！大家安静！我们来唱一首歌吧——"女乘务摇着双手大喊，"我们都是来自五湖四海——预备——起！"

说也奇怪，这首歌大家都会唱，也真唱起来了："我们都是来自五湖四海，为了一个共同的革命目标走到一起来了……"奇妙的是，一唱这歌就泄了不少火气，很多人的动作开始变得柔和，体积似乎也悄悄收缩。"我们的干部要关心每一个战士，一切革命队伍的人都要互相关心，互相爱护，互相帮助……"

列车在歌声中开动。车厢里更松动一些，大概是一些灾民匀到了卧车厢。女乘务这才得以整理自己的衣服和头发，提着热水瓶什么的，把阿贝押回乘务室。

"你打什么架？还嫌车厢里不乱？我们是红旗车组，战斗在最前线的车组，要让每一个旅客都感到温暖如家。你知不知道？"

"我不打，就没法让你。"

"谁要你让？特殊情况嘛。"

"你会以为我故意挤你，要流氓。"

"你想什么呢？讨不讨厌？"

"我没想……"他说得有些含糊。

"哈哈，你脸红了？"

"我没脸红。"

"就是红了！就是红了！你就是乱想了！"

"那是我热的……"

对方像发现了大秘密，下巴一点一点，有点兴高采烈和得意扬扬。接下来，她的动作也就有了欢快舞蹈的味道。她欣欣然用毛巾擦去阿贝头上和肩上的泥巴，欣欣然又要对方坐正，要对方转身，要对方伸出手来，用自己的手帕包扎手腕上一道血痕——不知阿贝刚才那是在哪里挂伤的。阿贝倒有些紧张。这间房实在太小啦，他感到对方的腿抵住他的膝，对方的发丝撩过他的脸，自己难免呼吸急促，全身开始冒汗。

直到门外有人叫她，她才提着水桶离去，咔嗒一声锁了门。

事后阿贝想起来，当时确实只有咔嗒一声。

事后阿贝无论怎样回忆也只得承认，当时只有咔嗒一声，连半句话都没有，连咳嗽之类也没有。

他是否应该大松一口气？

风雨还未停歇，车窗上还有斜斜的水流，黑森森的树影在车窗外起伏。列车一下钻入车轮声紧密的隧洞，一下又飘上车轮声柔远而稀薄的桥梁，正头也不回地向前狂奔。阿贝感到前方神秘莫测的第四十三页正在步步逼近——他相不相信那个结局？他怎样才能摆脱那个结局？或者他是否应该让女乘务也知道那个结局？

车头尖叫了两声，车身再一次剧烈晃动，然后明显放慢速度，大概是进入了弯道或坡道，再不就是又遇到什么险情。他神色一振，全身通了电一般，立刻朝车窗外看了看，几乎想也没怎么想就拉起了吱吱嘎嘎的车窗。在出窗前的那一刻，他扯出背包里的一条裤子，束紧了自己的腰，束出了及时的勇敢和果断。

他把两只腿从窗口先放出去，感到各种布片被疾风鼓荡，但既然半个身子已豁出去了就是箭已离弦，他一咬牙，终于跃入黑暗。

醒来的时候，他觉得光线太刺眼。又过了好一阵，待瞳孔渐渐适应光明，才发现自己躺在一片白菜地里，完全暴露在新鲜的乡村阳光下，全身都是泥，小虫子在脸上爬。

这不过是一个普通的早晨。有鸟叫。有绿树。有浮云中露出的蓝天。世界太安静了。他还活着吗？他试着挪挪脚，伸伸手，眨眨眼皮，吐一口带着泥沙的唾沫，发现除了右膝和右踝剧痛，其他部件还能听使唤。他当然还发现地边有一辆摩托车，一个男人走过来，好奇地看着他。

"帮帮我……救救我……"

对方上下打量他,把他散落在地边的背包翻了翻,向他伸出两个指头。

"我不会……亏待你……等到了医院……"

对方摇摇头,再一次伸出两个指头。

阿贝想了想,只好把泥糊糊的手表摘下,扔了过去。

对方擦擦手表,把它放入口袋,似乎满意了,起身走向摩托车。不一会,他不知从哪里带来一辆农用汽车和两个青年,把哼哼哟哟的阿贝抬上车去。有意思的是,在汽车开动之际,阿贝发现身边两个青年都手握一罐口乐。不错,确实是那种眼熟的红白两色易拉罐,他感到无限亲切和无比激动的久违之物。

"你们……喝什么?"

两个后生看看他,对视一眼,笑了笑。

"我不是要喝,我只是想知道你们喝什么。不不,其实我也知道这是什么,只是想知道你们怎么叫。不不不,我其实也知道你们的叫法,我只是……"

阿贝自觉说得太乱,但他就是想让旁人确证一下他的发现,确证一下他逃出噩梦的真实性。"中药水!"一个青年大笑以后又补充,"喝中药水,吥吥,还是曾麻子的苞谷烧味道足些。"

什么是曾麻子的苞谷烧?也是一种饮料吧?阿贝不明白。

他住进了医院。几天下来,右踝骨节已经复位,两处创伤也已愈合。大表姐已经来过这个县城医院了,给了他一张信用卡,买了水果和肉罐头,洗净了全部衣物,还就续假事宜同他的公司老板打了长长的电话。还好,在这个有香水味隐隐弥漫的地方,他可以大喝特喝可口可乐了,还可以扶着拐杖找电视看足球,去网吧找到足球游戏软件,让自己带领母校代表队把英超、意甲等各大牛队统统狂胜一轮,每一场至少赢下八个球。他看着窗外的大雨曾略有一刻的恍惚。奇怪,不还是这玻璃窗上的水流吗?不还是这一片到哪里都差不多的萧瑟秋景吗？这生活怎么说变就变了？

　　护士拿来账单要他去缴款。他一翻账单就差点滚下床，差一点要再次跳窗逃逸。亲爱的！六万五！没搞错吧？不开玩笑吧？什么钱呵？他不知道自己是进了病房还是被绑了票。难怪这些天医生对他笑容可掬，不厌其烦地来量血压、测心律、做X光、做彩超、做CT……口口声声这些绝不多余，完全是为了对他的身体高度负责。这下好，光量血压就量去了三千多，不是明摆着是要逼高他的血压？

　　他自觉血压升高的叫骂引起了骚乱。三四个白衣男女拥入病室，倒也不生气，倒也很耐心，只是向他详细讲解每种收费的依据，让他明白血压高无理。

　　降压药总算出现。一个穿白大褂的老太婆走来，有点领导模样的，对账单皱起了眉头，抽出圆珠笔在这里一勾在那里一划："哎呀呀，对外地客人要优惠一点嘛。这笔免了，这笔减半，这笔也打折……"然后将账单递给阿贝。见他还黑着一张脸嘟嘟囔囔，又再次善解人意地操起圆珠笔："这样吧，大家都献点爱心。这笔归你出——"她指着一个部下；"这笔归你出——"她指着另一个部下；"这笔归我——"她拍拍自己的胸口。

　　六万五已一减再减，最后成了一万六，周围的白衣人士已有悲壮表情，阿贝还能说什么？况且老太婆最后还发话，称确实困难的话就不必缴啦——但这种没面子的事，一个伟大球星肯定做不出来。

　　他只能交出信用卡，还傻傻地说了声"谢谢"。

　　他卡里没多少钱，得打电话求大表姐再往卡里打一点，往空空衣袋里一摸，才记起了自己的手机。他悲愤地想了想，去网吧上机搜索关于子龙峡的消息，发现毫无线索。又去附近的报摊，看报上是否有类似的报道，还是一无所获。让人心烦的是，一个大盖帽见他随地吐痰，按最新规定罚了他十块钱，把他好好说道了一番。

他觉得手机一事还是戳心，便雇一辆出租车直奔火车站，找到了问讯台。一位穿制服的小姑娘看了看他的车票："这是什么票呵？我怎么从没见过？"

"我六天前买的，就在你们前两站买的。"

"假票吧？"

"我上了车呵！怎么可能有假？"他大叫起来。

小姑娘看了他一眼，叫来了几个同事，大家也把票看来看去，交头接耳。一个头发半白的老铁路最后对阿贝说："先生，你这种票二十几年前才用，你不知道？年轻人，生财得有道，你不能乱来呵。"

对方显然听说了他的手机和MP3，把他当成了一个上门取闹的讹诈者。

"你的意思，我一跳就从二十多年前跳到了今天？"

"不能这么说，你没这么大的本事。不过人都有犯糊涂的时候。报上不是说了吗？有一个人，在自家门口摔了一跤，就摔得没记忆了，不认识爹妈了……"

"这怎么可能？"阿贝急急地拉起裤脚，亮出里面的白色纱布。"你的意思，我这些伤口是二十多年前留下的？二十多年前我才多大？敢跳车吗？我奶毛还没脱，牙齿还没长齐，敢拿自己的命开玩笑？"

有人冷笑，有人摇头，有人对他挤眉弄眼，大概听完他的故事，都以为他病得不轻。还有些目光明显透出快意：骗谁呢？黑吃黑，这下活该了吧？只有老铁路还算厚道和耐心，戴上老花镜将车票再细看片刻，引他来到一间办公室，打出了两个电话。"对不起，"他最后无奈地退还车票，"找是找到了。二十多年前是有过这趟车，是有过这么一场车祸。我也想起来了，那次伤亡不小，光我们局就有五六位员工……光荣了。"

"你骗人！"

"我怎么骗人？子龙峡那里还有块纪念碑，我都参与过建设的。"

"你这家伙胡说八道！"

"年轻人，你怎么出口伤人呢？我好心帮你查查……"

"你们休想串通一气！你们休想花言巧语！告诉你，我手上有证据，还有人可以做旁证，我同你们——没完！"

阿贝歪着一张脸冲出了车站。

他决心追查到底，一不做二不休，带上出租车再奔子龙峡。司机正好在播放一盘音乐磁带，听起来有点耳熟。"我们都是来自五湖四海，为了一个共同的革命目标走到一起来了。我们的干部要关心每一个战士，一切革命队伍的人都要互相关心……"阿贝一怔，问这是什么歌。司机说不知道，反正是老歌。当这一曲要转到下一曲，阿贝请司机将前面的再放一遍，就这么锁定放下去。司机从后视镜看了他两眼，似乎觉得这个人有点怪。"你不要听周杰伦？"他问了一句。

子龙峡不算远，汽车很快到了。只是时过境迁，纪念碑似有似无，很多人对阿贝的问话都只是摇头。这样，这位阿贝颇费周折，先找到一个学校，再找到一个牛场，最后才一拐一拐钻过竹林，爬上山坡，跨过牛粪，分开割脸割手的茅草，找到一块破损不堪的水泥平台。在他前面，一座爬满青苔的石碑果然出现了。这确实是对一场大事故的纪念。从那些红漆剥落的刻字可以看出，二十多年前的一个夜晚，某列车在此地遭遇泥石流。铁路员工们为了搜救车厢里被困旅客，坚持最后撤离现场，不料其中几位被新的泥石流无情吞没。他们的名字是陈某某，张某某，席某某，单某某……阿贝果然在碑面还找到了一个名字：

莫小婷。

就是杂志上出现过的那个名字，也是那位女乘务应答过的名字。

世界上不会有这样巧合的同名人吧？他拍拍自己的脑袋，开始有点怀疑这东东了。捏一捏青苔，发现它是潮的、滑的，应该说真实无欺。他折一折树枝，发现它是硬的、脆的，应该说也货真价实。一声大哭，原来是一声鸟叫，是树林里一大群黑鸦扑拉拉惊飞而去，似乎搅起一阵侵骨的寒风。

　　他呆呆地在碑前坐了一阵，面对着粗糙的刻字无可奈何。他终于从衣袋里掏出两条白纱布，系在石碑前的小树枝上；又操着石片刮去碑面的青苔，就近摘来一些松枝和野花，让它们守护和陪伴石碑。

　　事后他想起来，当时脑子里什么也没有。

　　事后他无论怎样回忆也只得承认，他甚至已记不清那个女乘务的面容，如同真是一片二十多前的空白。

　　他不知何时下了山，一路上不再说话，只是喝了不少酒，摇摇晃晃上了另一列火车，在我们眼下的这一页稿纸上朝地平线那边飞逝而去。这列车上有暖气，有高清电视屏，还有可旋转的沙发座，显然让他十分放心，似乎又让他有所不安。他又要了一瓶小件的二锅头，飘飘然从车头游到车尾，像寻觅什么熟人，又几次求看乘客手上的杂志，检查杂志封面，似乎对封面很有兴趣。在很长的时间里，他还伸长脖子东张西望。

　　"我看到第四十三页了。"邻座一位姑娘合上手里的书，放出一个哈欠，倒在身边男朋友的怀里。

　　阿贝哇的一声差点跳起来，事后发现自己竟一身冷汗。

　　他瞥了一眼，发现那是本封皮花哨的外国童话。

　　谢天谢地。

　　车速越来越快了。钢铁车轮声时厚时薄时急时缓在脚下响着。列车一下钻入黑暗无边的隧洞，一下又晾在无依无靠的高桥，与迎面而来的列车擦肩而过。在我们眼下的稿纸上，这位逃出小说的主人公看见了哗哗而过的明亮车窗，甚至看清了车窗里的男女——那些五光十色的人，想必是无忧无虑的人吧？但他只看到了一节节被速度压瘪了的车厢，看到了一沓薄如纸片的窗口，其实什么也没看清。

附记一

值得补记一笔的是，主人公阿贝摘松枝时划伤了手，在稿纸上五官收缩成一团，曾忍不住回头冲着我（即本文作者）大叫："你乱写些什么？小说里那傻丫头不是没死吗？怎么又冒出这块碑让我找找？"

"是吗？"我赶紧翻前面的稿纸。

"怎么不是？第四十三页里可没有这一条，我记得很清楚。"

我叹了口气，"是的，她在小说里是没死，但你得知道，小说毕竟不是生活，更管不住生活。有时候，作者拿她这样的人也没办法。"

"就算死，那也是革命烈士，至少是因公殉职，是有待遇的。你把这里也写得太荒芜了吧？她不是有个弟弟吗？不是有个未婚的兵哥哥吗？不是还有他们救下来的那些王八蛋乘客吗？怎么也不能来打理一下？他们死到哪里去了？你告诉他们，最好不要让我碰着。不然我见一个修理一个，打得他妈不认得他！还有那个砖窑——"他指着纪念碑下方的砖窑和浓烟，还有逼近纪念碑的林木砍伐，气出了怒发冲冠的模样。

我面对稿纸笑了笑，"也就是给树刺划一下，你如何这样窝火？"

"划一下？我在你这里挨打挨骂，只差没搭上一条命。"

"你本可以少摘些松枝和鲜花,也没必要修整台阶。我是说你刚才……"

"我以为我想来这里?今天有一场意甲赛,AC 米兰对佛罗伦萨。我亏大了我。"

"可是你还是来了,还带来了白纱布。你怎么想到这一点?"

"什么意思?不都是你写的?"

"我刚说了,有时候作者并不能指挥笔下的人物。"

"这事赖上我了?"

"看看,你又脸红了,其实我没说你做错什么。"

"得了吧。告诉你,我最讨厌你写我脸红。你们这些家伙,也只有这点味精来吊胃口。你怎么没写我三角恋?怎么没写我一夜情?怎么没写我遗精和自慰?拜托了,你们能不能玩点别的套路?你们以为自己真那么聪明?"

"当然,我并不说你有什么别的心思……"

"打住,打住!"他朝我做了个叫停的手势,"你们这些人总把自己当根葱。包括刚才你那些摘花什么的,白纱布什么的,酸,太酸,删了吧。如果你现在用笔,就把那些涂掉。如果你现在用电脑,就用 delete 键,就在你键盘右上方。找到没有?告诉你,我根本不想来这里大汗横流!"

"我感兴趣的是,你还是来了,比我想象的还激动。我对此有些奇怪。"

"不要同我说这些!我没文化,我猪脑子。"

"其实你不光是想找回手机和 MP3,我看出来了。"

"活祖宗,你还让不让我走?你话痨呵?骗稿费呵?"

"好吧,就快了,就快完了。你要知道,文学不是由你主宰。也不是由我主宰。也许是市场或者什么在暗中指挥我们。

我承认对你的了解有限，本来也不想写这么多，但《新时代》的吴编辑一定要我填满八个P的版面，还定要我添上一个漂亮的女乘务与你搭档……"

他摇摇手，一拐一拐地下坡，"不行不行，我饿了。你写的这些狗屁列车统统见鬼去吧！"

他重新钻进出租车，要司机开车下山。当天晚上，他甚至不经我的同意就拎着酒瓶上了另一列火车，就是他眼下正酣睡其中的那一列。

附记二

就在这同一列车上，一位老妇人摘下黑眼镜，对我（即本文作者）冷笑了一声，"你以为事情就这么完了？你已经不是第一次对本院的名誉损害了。告诉你，律师会来与你交涉的。"说完气呼呼打开一张报纸，目光落在股票版上。

二〇〇八年五月

○ 最初发表于二〇〇八年《北京文学》杂志，同年获《北京文学》优秀作品奖。

生　气

　　最近忙什么呢？

　　什么屁话？居然问我忙什么？我干了什么她不知道吗？是真不知道还是假不知道？装聋作哑，明知故问，现在的人怎么这样阴毒？

　　好，就算我去台湾旅游她不知道，就算我出任爱鸟协会副主席她不知道，就算我去光明中学主讲时代与爱情她也不知道，那么我几天前到电视台当嘉宾呢，同人家崔部长坐在一起，与人家歌星和影星坐在一起，黄金时段播出的，差不多是轰动性的文化事件。全国人民都看见了，全世界人民也看见了，她居然装作不知道，什么意思？

　　好笑，你一个小记者，熬出皱纹了才熬成什么副组长，副的呀，副的还组呀，今天竟然也人模狗样，学会了夹枪带棒暗器伤人了？要是你混得再牛势一点，你会不会眨巴着眼睛问我"你是谁"？你今天为什么不问？你吃了豹子胆就这样问呵！

　　告诉你：没门！一边去！歇着吧！瘦死的骆驼比马大，船烂了还有几斤钉，我白某人的还没下课，还没打折，不是残汤剩菜。别说以前那个声势吓死你，就是现在的这个委员那个理事，这个顾问证那个贵宾卡，这些头衔随便数一数，也够你一辈子去梦寐以求望眼欲穿的了。十大巾帼英雄的大红证书，你有吗？全国报刊优秀征文的大奖杯，你有吗？香港皇家学院名誉博士的方帽子和黑袍子，你有吗？好几种《名人录》里白纸黑字的条目，你有吗？……明天，崔部长的千金还要约我去一起逛街，一起做面膜，一起练瑜伽，说不定她那个部长老爸晚上还会请我上鲍满楼——知道鲍满楼吗？知道鲍满楼在哪里吗？是什么档次吗？有什么排场吗？餐具是什么质料的吗？小子，你还嫩了点，去路边大排档扒你的盒饭吧，喝你的大碗茶吧。

这就是人比人气死人的现实——你不服吗？不服也得服。你不认吗？不认也得认。

你看上去精神不错呵？

我精神是不错，确实是不错，百分之百的不错。怎么了？你奇怪吗？不相信吗？没想到吗？

什么叫"看上去"？好像我容光焕发青春永驻只是表面，装给别人看的，实际上已经人老珠黄残花败柳臭鱼烂虾——你就是这个意思吧？我没成为一个街头卖甘蔗的老妈子就得让你惊讶万分了？我没成为一个晚上偷偷出来拾荒货的鬼婆子你就大失所望了？其实你不用明说。我还没老年痴呆，哪能看不清你肠子里灌的什么粪？

寒心呵寒心。我见过无聊的，没见过这么无聊的。见过恶劣的，没见过这么恶劣的。没想到你也是一条喂不熟的白眼狼。忘恩负义，恩将仇报，吃人饭不说人话，穿人衣不办人事。你拍着胸脯想一想,那一次你刚进单位,想当优秀工作者,姑奶奶不是为你两肋插刀说过话?那一次你带着孩子上街坐公交车,姑奶奶不是助人为乐地为你们买了票?那次我们一起坐火车去广州,在车上你吃了谁的话梅、谁的口香糖?特别是那次你被老公打惨了,披头散发,泣不成声,连死的心都有。最后是靠谁的名气、谁的地位、谁的关系、谁的大义凛然才招来了晚报的记者,吓得你老公前来讲和?

你对着镜子看看,自己算哪一盆菜?口红抹得再多、乳罩垫得再高,骨头里还是一股红薯味。老爹就是个菜农户,老妈就是个小摊贩,当哥的开个农用车运煤渣,以为谁不知道吗?要是没有我,你怎么会有今天?你那当牙医的老公起码踹你十几回了吧?你现在嫁个白粉鬼或者癫痫症,恐怕也是难免的吧?

我不是要你报恩。我让你到鲍满楼摆宴席了吗?我找你要过金项链或者玉镯子了吗?……得得得,对你这种没心没肺的货,老娘从来没有奢望,就当肉包子打狗了,就当支援灾区或者慈善捐款了。可你这个臭蹄子怎么可以一见面就血口喷人?就话里话外扎刀子?难怪你老公烦你,三天两头要捶你。好,你等着吧,恶人自有恶人报,等他咚咚咚再捶上几回,我看你离精神病院就不远了,离脑震荡或者植物人也不远了!

我好喜欢你家的窗帘。

瞧瞧,什么人呢?什么话呢?说这话是找抽和欠扁?居然只说我家的窗帘好,那么我家的电视机、电冰箱、真皮沙发、品牌地板、全套进口洁具就不好了吗?

你装作没看见是吧?你存心视而不见是吧?难怪你端着架子,今天说要加班,明天说要开会,后天说要出差。一个教书匠哪有那么多会好开？一拖就是两个月，你就是不来姑奶奶这里欣赏一下、震惊一下。其实请你来是给面子，是看得起你，你也学会了蹬鼻子上眼呵？

真要让你看，你还不一定看得懂呢。这种平板电视，数字的，高清的，负离子的，内置机顶盒，五十五英寸液晶硬屏，智能化自动调节亮度和色彩，起码节能百分之三十，你小子见过吗？超豪华智能马桶，瑞典设计的，韩国制造的，更要震你一个休克和风化吧？你见过这样外表典雅华贵的？这样功能完美无缺和超值享受的？入座自动感知、自动冲水、自动喷洗、自动除臭、自动烘干，还夜光照明和全程遥控，既降血压又减肥，既防癌又美容——你见过吗？不是小看你，你这种人只配蹲茅房，只配拿树皮当卫生纸，怎么明白高科技时代的真正意义？

你装吧，继续装下去，装青光眼白内障视网膜脱离吧，就当我家只有一扇窗子。当着你那个土婆娘的面，你当然得显摆一下狗屁美学，拿窗帘说说事，又是图案又是色彩，又是江南风味又是古典感觉，好像你那个业余进修文凭还真是回事了。当着你那个傻婆娘的面，你当然还得假清高、假朴素、假开朗，吃不上葡萄就说葡萄酸呵。你混账不混账？看手表、挠脑袋、翻报纸——你在报上找火葬场的广告呵？我就不相信你不心虚，不眼红，不冒冷汗。我把话撂在这里——如果你两口子今天回去还能心情平和地吃饭和睡觉，我就把名字倒写。如果你们不羞愧万分，不被今天这件事刺激得闹心、抓狂、呕血、喉干舌燥、时时有犯罪动机，我就不算是人养的！

其实，你买不起也没什么丢人。眼下能活到我这个分上的毕竟不多。只要你继续虚心学习、努力工作、广结人缘，你将来也不是没有希望。我也是可以继续提携和帮助你吗。姑奶奶最看不顺眼的，就是你那个酸，那个假，那个三孙子样。你要走就快快走，滚！快滚！能滚多远给我滚多远！

要不要我送一下你？

　　说什么呢？全世界就你有车吗？以为姑奶奶我没坐过车？落下车窗故意来问一句，是看着我今天没车来接是吧？是刻意显摆你开上了一辆破车是吧？告诉你，我偏要走路，要顶天立地地走路！

　　也不睁开狗眼看看我是谁，不看看我住的是什么小区，用的是哪国的家具和电器……你若看明白了，料你也不敢这样没上没下厚颜无耻。别说是宝马或者奔驰，别说是保时捷或者法拉利，要不是上次我学车受了惊吓，要不是脂肪肝和心绞痛，我什么样的车开不上？什么车没玩个够？

　　太好笑了，只有你们这些土鳖，才会把车当一回事，总怕人家不知道似的，见熟人就热情开门。得得得，你把卖小菜和收垃圾的也统统拉上，去跑完二环线和三环线再来上班吧，否则你怎么能让全国人民普天同庆？谢天谢地，你还没开上波音飞机，手里也就是一辆普桑，国产的，手动的，比拖拉机强不到哪里去，配你这种小电工倒还比较合适。问题是，这么个破车也值得你三天两头拿去洗？值得你每次开车前用鸡毛掸子打灰？值得你去装什么车载 CD 和倒车雷达？值得你半夜爬起床朝窗外看几眼？——你放心啦，偷车贼再没事干，也不会盯上二手拖拉机的。

　　你累不累呵？贱不贱呵？雷人不雷人呵？实话跟你说，你们这些人太没档次了，一点文明细胞也没有。空气污染就是你们这些人闹出来的，南极洲变小也是你们这些人闹出来的，还有石油战争……在非洲还是在中东……反正是一场战争吧……也是你们的滔天罪恶。报上都是这么说的。总有一天，我们这个地球就要毁在你们手里。就冲着这一点，姑奶奶不但今天要走路，而且以后天天要走路，让你知道什么是档次，什么是社会责任，什么是人生境界！

拯救地球这样的大事我能不管吗？你根本没法理解，像我这样的公众人物，能不注意形象吗？能不注意影响吗？能不担当使命和责任吗？姑奶奶不但要对这种低档次、高污染的拖拉机大声说"不"，还要到大街上摇着小旗宣传环保，要到公园里披着红绶带带着孩子们拾垃圾，要在烛光晚会上配乐朗诵关于藏羚羊和小企鹅的诗，把爱心女士们感动得眼泪哗哗的。还要像美国人那样一下班就跑步，骑车，爬山，进健身房，在会馆里练瑜伽——你以为人家没车坐？笑话，绿色消费，低碳人生，天人合一，后现代精神，你听说过吗？人家老外有车也不坐，有钱也要找累和出汗，那才叫酷，才叫文明，才叫前卫，才叫全球化高品位的生活。你小子睁大狗眼学着点吧！

你的诗写得还真有意思。

你这还像句话。可恨的是，你早干嘛去了？你以前不知道我会写诗？你我也算相识了二十多年，你以前一直是瞎子呵？

写诗小菜一碟。实话同你说吧，我四岁就会背诗，六岁就会写诗，读小学时就是广播站的优秀记者，校内校外哪个不给我跷一个大拇指？读中学时的作文从来不在八十分以下，被老师拿去贴在墙上当范文不下二三十回吧？要不是"文革"耽误整整一代人，别说北大或者清华，我至少也是留洋博士，怎么可能到今天还在编辑队伍里混？再不济也会在文学界、妇女界、环保界有一席之地吧？告诉你，我在全国出名的那时候，现在的这个作家那个作家还不知在哪里蛇行鼠窜呢。要不是权奸当道，要不是体制杀人，能有他们什么事？特别是那些女作家，都写过些什么？我姓白的在文坛看了这么多年，还真没一个顺眼的。她们不就是会拜门子拉关系吗？不就是会撒撒娇，装装傻，扭扭腰子，抛两个媚眼，发几条暧昧短信，呼啦啦把男编辑、男评论家、男记者、男评委、男书记统统搞定了吗？

　　红颜薄命，天妒英才，我有什么办法？连刘少奇那样的开国元勋也不得好死，连陈景润那样的大科学家也埋没多年，我一直遭受打压，没什么好奇怪的。明眼人都看清楚了：他们一个"抄袭"假案，就把我的主编位置黑了去，要置人于死地，但我朝中无人，能打官司吗？我没有后台，能摆平这个那个委员会吗？我一不送礼二不请客三不解带宽衣，你说姓吴的、姓刘的、姓庞的那些老贼能对我有好脸色？要不是我坐得端行得正，要不是凭实力吃饭，恐怕还被他们扫地出门了吧？恐怕还戴高帽、挨批斗、下大狱、充军流放、尸骨无存了吧？

　　你废话少说，狗屁少放，别同我说什么公道自在人心，别同我说什么群众。我算是看透了，群众算什么？你不也是群众？你心里有秤没秤？那杆秤在哪里？你充其量也就是今天私下里说句实话，但你有一个舅舅在《人民日报》当差，你怎么没让他为我拉拉场子？你有一中学同学在武汉大学当教授，你怎么没让他来写一两篇关于我的评论？你也有不少社会关系吧，怎么就不找一些知名人物，义正辞严地为我来一次联名上书？不要以为我不知道，你那弟弟的老丈人就是厅长，上次评职称时完全可以帮上我的忙，但你一直袖手旁观装傻充愣——你以为我真傻呵？你一点米汤就可以把我灌晕呵？呵呸——这套雨后送伞的假人情我不稀罕，捡回去孝敬你自己吧！

你不知道要提工资呵？

提工资？这也算好消息？也值得你眉开眼笑？你脑袋被踩瘪了吧？被蟑螂和臭虫做成窝了吧？你也不想一想，你我这样的人能提多少？连我们都提了的话，那部主任会提多少？社长会提多少？局长会提多少？广州那边会提多少？上海那边会提多少？军队里会提多少？那些位高权重的朝中高官会提多少？

你吃糠，人家吃米！你添一口汤，人家添十碗肉！你怎么就不明白呢？再说那些肥得流油的家伙还需要工资吗？手里捏着巨额公款，身边的马屁精前呼后拥。吃的有人送，穿的有人送，住的有人送，玩的有人送，连花姑娘也大大的有——你还别不信，媒体曝光的这一类消息车载斗量。就说我知道的那一位，姓崔的，我同他女儿熟呵，到他家去得多呵，他家的金龙鱼和樟脑球都是我送的呵。不怕吓着你，他随便掏出的信用卡就一大把，丢失几张也可能毫无感觉。他想怎么刷就怎么刷，刷个十万二十万，眼睛都不眨。你以为他是刷自己的工资？刷自己的祖宗遗产？刷自己的稿费或者专利？……拉倒吧，凭他那讲三句话也要秘书写稿子的水平，讲三百句话还不知所云的水平，要不是顶个乌纱帽，他给我提鞋我也不一定要。

你别提工资这事，提了姑奶奶就气不打一处来，就恶心，就悲愤，就浑身发抖全身冰凉，闹出个脑溢血你得负责。这些糊弄人的小伎俩，这些收买民心粉饰太平的老套路，骗得了谁呢？也就是骗骗你们这些二百五和臭木瓜。去去去——你去欢欣鼓舞吧，去奔走相告吧，去掐指头扒算盘敲计算器然后对着镜子傻笑吧。你炒菜时要多放油、洗澡时要多抹肥皂、看电视时要多嗑两粒瓜子，总而然之大手大脚花天酒地甜甜蜜蜜地幸福得找不到北。中国为什么不能民主？就是因为你们这种人太容易满足现状。中国为什么不能法治？就是因为你们这种人太喜欢贪图小利。这么多臭木瓜茁壮成长，中国还有什么希望？真应该像谁说的，派一百架飞机来撒耗子药和杀虫剂，撒上三个月，专找人多的地方撒，从南撒到北，从北撒到南，把你们都统统灭了——姑奶奶我才有出头之日！

你不知道崔部长进去了？

　　你是说他被"双规"？说反贪局的事？我怎么会不知道呢？我在政界、军界、商界、文化界的哥们姐们一大把，什么事瞒得过姑奶奶的耳朵？

　　姓崔的，我太知道他啦，对他的哪根肠子哪块肺不看个底儿透？他是蠢，走多了夜路要碰鬼，但你放心吧，官场的水深着呢。到时候会有人来为他说情的，会有人打电话、写条子的，会有人来给他作伪证、抽材料、改案卷、堵嘴巴、找借口的，到头来不但大事化小，小事化了，说不定还查出一个优秀领导干部！你信不信？

　　就算他这次真的翻了船，你以为能把他全部的脏事都查出来？能把所有黑钱都追回来？拉倒吧，他的钱就不能悄悄转到日本或者瑞士？就不能埋到乡下哪个舅妈或者侄儿的菜园子里？就不能变成一笔笔人情拍在至交好友那里，相当于无形储蓄，以后再来慢慢地还本付息？我没贪污也懂得这些套路呵，没吃过猪肉，总见过猪跑呵。录音机？针孔探头？没门！要是我收了钱，我会给你打收条？会当你的面点钱？会在电话里强取明要？道高一尺，魔高一丈。姑奶奶就不能暗示你丢在花园里，事后我再来捡一下？我捡钱不算犯罪吧？捡的钱放在办公室里，又没往家里搬，凭什么你说我侵吞占有？

你放心，姓崔的不比你我傻，不会不留后手。他就算在牢里蹲个十年八年，出来以后照样吃香喝辣。就算这家伙被毙了，他儿子、孙子也一辈子不差钱。再说，没有崔部长还有张部长呢，没有张部长还有李部长呢。即使抓了一百个、一千个、一万个又怎么样？轮得上你我有我们什么事？他反贪局什么的能解决我恢复职务的问题？能解决我冤案平反的问题？能让我身边那些阴险小人都洗心革面或者都斩尽杀绝？……起码一条，我上个月为接待国际友人支出的那几千块钱美容费和置装费，明明是公务开支，明明是爱国开支，他反贪局能给我报销吗？

去去去！别以我是三岁娃娃。什么反贪廉政——快给我闭上臭嘴。你再来哄我，我跟你急！到时候休怪我支气管炎想吐痰知道不？

我一定把你的意见反映上去。

你别说这句还好，一说这话就别怪姑奶奶我要爆粗口。什么叫我的意见？你以为这是我的事？不是你的事？不是你们的事？不是全国亿万革命人民的事？

你知道出版工作多重要吗？如果有关方面按我的想法去做，如果他们真正做到任人唯贤，还是让我当主编，再合情合理地让我当出版局长、宣传部长，在中央一级再发挥点作用，全国的出版界、文化界、意识形态领域何至于是这样子？市场上怎么可能有这么多精神鸦片和文化垃圾？千千万万青少年怎么还会这样遭受心灵摧残？整个社会怎么还会有这么多压迫、专制、腐败、愚昧、虚伪、贫困、变态？……我最讨厌你们这样的嘴脸，说的比唱的好听，脸皮比东门老城墙还厚，该捞的一样不少，该做的能躲就躲，能推就推，能装蒜就装蒜。

拜托啦，你千万不要以为我有事，我什么事也没有。你千万不要以为我有意见，我什么意见也没有。只是一条：等到你们大吃苦头的那一天，你们千万别跳楼、别上吊、别割动脉、别放煤气、别吃耗子药，你们一个个就好好地自作自受吧！不是不报，时候未到。时候一到，全部都报。你们就等着天崩地裂九死一生万劫不复水深火热百年不遇从头再来真金不怕火炼青松傲对风霜吊儿郎当——得，你把姑奶奶气糊涂了，我这说到哪里来了？是说梦洁牌床上四件全套吧？

别，你别生气了。

我凭什么生气？我生哪门子气？我同你生气犯得着吗？你把我当上访户、抑郁症、特困对象、待业愤青、望穿秋水的深宫怨妇呵？你是不是想同情和安慰我一把？是不是一见人就特想献爱心？小妹妹，你好可爱呢，好纯真呢，好美丽呢，哎哟我一摸你这小手就打心里疼。

嘿，你抬起头，好好地看看我——本大姐像个生气的样子吗？实话同你说，别看我是个单身贵族，我肯定比你过得滋润，过得潇洒，过得丰富多彩。像我们这种素质和教养的人，哪会看得起当官的那几个臭排场？哪会看得上发财的那几个臭钱？他们有什么呀？幸福是一种感觉，是一种心态，是一种精神的自由，你得明白这一点。你得多读点书，多懂一点人生哲学。

你看看我，我现在照样穿超短裙，照样戴大耳环，照样描眉画眼披红挂绿，走到哪里都有居高不下的回头率，我高兴呀！我该蹦迪就蹦迪，该桑拿就桑拿，该卡拉OK就卡拉OK，该推油吸脂就推油吸脂，成天忙不过来，我高兴呀！我吃日本寿司巴西烤肉法国鹅肝酱——我高兴,怎么啦?我买美国内衣芬兰手机土耳其地毯——我高兴,怎么啦?我逛中国台湾游澳洲跑韩国看地中海风光——我高兴,怎么啦?我最讨厌打麻将,但我要上网QQ、下水裸泳、坐飞机看足球、进国学班修身养性、一天吃三个冰激凌,怎么啦怎么啦?

走自己的路,让人家去说吧。那首歌是怎么唱来着?"咱们老百姓呀,今日里要高兴呀……"对,就这意思。本大姐今天要高兴,明天要高兴,后天要高兴,永远要高兴!我要不顾一切地高兴,全力以赴地高兴,大张旗鼓地高兴,高高兴兴地高兴,高兴高兴再高兴!

哈哈哈——

咯咯咯——

小妹妹,你能有我这样高兴吗?

二〇〇九年五月

最初发表于二〇〇九年《山花》杂志。

赶马的老三

找个四类分子来

老三出任村头,怎么看怎么不像,起码不那么知识化,比方,既不会用电脑也不懂 OK 的意思。他黑头黑脑,毛头毛脑,一只裤脚长而另一只裤脚短,还经常在路边呆呆地犯晕,比如,盯着一只蚂蚁、一根瓜藤、一个机修师傅拆散的拖拉机零件,一盯就是大半天,直到旁人一再大叫,他才"哦"一声,像从梦中醒过来。

"老三,你的手机响了。"

"天要下雨吗?"

他又经常这样答非所问。

虽说也外出打过工,但他没学回太多文明,只学回了几句牛屎样的普通话。有一次在城里进小饭店,他开口就找女店主要"妇女",见对方先是愕然,接着啐一声"下流",便满脸的困惑不解:"我吃饭的时候就是喜欢妇女啊。我又不是不给钱。你这个人真是!"

其实他要的不是妇女而是"腐乳",即村里人说的毛乳或霉豆腐，只因口齿不清，才让女店主万分紧张，差一点跳起来操刀抗暴。

当上村头以后，老三的一张大嘴还是常出乱子。特别是在乡上开会，任乡长说要建设"小康社会"，他没听头也没听尾就插上一嘴："小糠社会有什么好？我看还是不如大米社会，更不如猪肉社会。社会主义搞了这么多年，怎么还要吃糠呢？"任乡长提到"唯心主义"，他不知道什么意思，居然兴冲冲发表感言："对对对，任乡长说得就是好。做人就是要凭良心，一个禸心要在胸口里端端正正地放好，严严实实地守住，不能被狗吃了。我这个人几十年来没有别的本事，就是喜欢唯心主义。"

乡长受不了这种胡言乱语，更讨厌老三造谣——当时是小组讨论，老三愤愤声讨县林业局一个刚刚案发的贪官："王眼镜要吃就多吃点，要喝就多喝点，拿那么多钱干什么？邓小平说的吗，男人有钱就变坏，女子变坏就有钱……"

乡长敲敲桌子："何大万，何老三，小平同志什么时候讲过这话？哪本书上有？哪张报纸上有？"

老三注意到乡长的脸色，手对门外指了指，把责任推给门外一片青山。

"你亲耳听见了？"

"我们村的国少爷，给我发短信……"

"国少爷？就是那个偷牌照的？什么人放屁你都信？"

"你的意思，是邓小平他没有……"

"你呀你……"

乡长觉得村干部的文化素质太成问题，只好再一次耐心宣讲，让大家知道"一忠二孝"这类口白都得改改了，更重要的是："小康"不是"小糠"，"唯心"其实是黑心和闹心，邓小平更不会说什么男人和女人——他老人家连国内外大事都管不过来，还会来

378

编这种无聊的三句半？会后，他还把满头大汗的老三留下来，找了几本理论学习资料，比较通俗易懂的那种，让他带回家去好好读一读。又忍不住把改革形势和干部职责说了一通，把信息与流言的区别说了一通，恨不能把对方那个猪头割下来，狠狠灌上一些科学与文化，再装回他肩膀上去。"你读不读诗？"他不知道想起了什么，还随口问一句。

老三听后抹了一下嘴巴，啧啧感叹："看不出，你年纪比我轻了一轮，原来还是个四类分子。"

"你说什么？"

"我是说你好学问，装一肚子文章，了不得，了不得。"

"学问就学问，怎么扯上四类分子？"

"徐矮子就是四类分子啊，最会写对联、办书函、看风水、讲古书，没有什么字不认识的。"老三再一次兴冲冲。

乡长事后才知道，对方是指村里一个老地主，以前的阶级敌人，划入"四类分子"的那种，但那人中过秀才教过私塾，开口之夫也者，让你不得不服。

"你怎么不夸我是陈水扁呢？怎么不夸我是恐怖主义呢？"乡长没好气地大吼一声，摔门走了。

老三挠挠脑袋，明白自己再一次祸从口出。他不大明白的是，"四类分子"大多是以前的有钱人，读过书的人，难道读书有什么不好？这不是眼下最时兴的事吗？徐矮子早已不吃田租了，已死去多年了，他那顶帽子莫非还是不怎么干净？……要是在村里，他一看到报纸上难懂的语句，看到牌匾或碑刻上的繁体字，头昏眼花之际，总是习惯性地大喊一声："找个四类分子来！"

意思是找个有文化的老先生来。

看来新时代的很多东西，确实需要他认真学习了。光知道蛇如何偷蛋，鸟如何偷蜜，木匠如何凿榫，铁匠如何打链，是远远不够了。光是看看电视农业频道里的新技术也远远不够了。生活真是山外有山和天外有天啊。

这以后,他在村里是条龙,到乡上是一条虫,严防自己的嘴,在没有把握的情况下尽量不说话,以一种万能的笑脸广结善缘,算是礼多人不怪。如果有可能,他能不见官就不见官,一听到乡上通知开会就装耳聋,或是冲着手机连声喂喂喂,似乎手机没电了,或者信号不好。一见乡干部上门来,他就从后门溜出去,紧急上山砍柴或下河放钓,躲避各种危险情况。实在躲不过,被人家堵在路上了,他就往太阳穴贴两块黑膏药,再在鼻梁上拔出一道红红的痧痕,到时候响亮地咳上两声,咳出吐清水的样子,然后笼起袖子坐在墙角,双目无神,唉声叹气,气若游丝,要多可怜就有多可怜。

任乡长觉得他的病态十分可疑,"老三,你怎么开会就病?要不要我给你挂急诊、请医生?恐怕是思想病吧?"

"鼻炎……"老三笑一笑。

"争扶贫款的时候,你的鼻炎到哪里去了?找我要茶园的时候,你的鼻炎到哪里去了?那时候你惊天动地,张牙舞爪打得鬼死,大嘴巴吞得下一头牛。现在要你们做点贡献,你不是鼻炎就牙痛,不是血压高就是牛皮癣,连电话都不接。"

"对不起,手机坏了……"老三又笑一笑。

"想搞独立吧?台湾的民进党挂绿旗啊?"

"我哪敢挂绿旗呢?嘿嘿,乡长你有的是导弹,今天丢三个,明天甩五个,不早把我炸一个粉身碎骨?"

"你晓得就好。"

财政所长在一旁接过话头:"你说说吧,这一次,你们村能集资多少?"他是指乡政府开发旅游的集资任务摊派。

老三望望自己身后。

"你不要望后面，就是说你呢。"

老三又看看左右两边。

"你不要看旁边，就是说你们村，你们小湾村。"

老三指指自己的鼻子。

"对，说你们村。听明白了吧？要开发旅游就得修路，要修路就得集资。这个道理同你们说过一百遍了。这是为了大家好。其实我们并不想收这个钱，但应该收。"

"你们不想收？"

"你说什么？"

"你刚才说，你们不想收钱，是应该收钱？"

"对啊，应该收钱。"

"这就怪了。昨天说你们要收钱，今天又推给了什么应该。应该在哪里？怎么我没有看见他？"

台下发出一片吃吃的笑声。

财政所长差一点气歪了嘴。"你长着什么耳朵？你不明白'应该'的意思？'应该'不是一个人。'应该收钱'这句话的意思就是……"他也不知道该如何才能解说清楚。

老三仍然满脸的无辜和认真："既然不是人，那他来收什么钱？收肚子、收肠子、收骨头啊？大家的几个血汗钱，凭什么要给这个家伙？"

台下的笑声更为浩大了。乡长敲敲桌子，"何大万同志，这是开干部会。你有意见就提，不要装疯卖傻。你未必连'应该'这个词的意思都不明白？"

老三继续谦虚："乡长，你是大学生。但我是个农夫子啊，读的几句书都还给老师了。不过的但是……"他一激动就情不自禁地多用虚词和滥用虚词，大概是想加强自己的文化。"我还是一心多学习，争取提高觉悟。我刚才不正在请教所长吗？我问谁收钱。

他说是'应该'。这话你们都听到了吧？所以的因此，我非常想同这位应同志会个面，谈一谈，交个朋友。这有什么错呢？既然的而且，如果的可能，乡领导都说不想收钱，那么凭什么这家伙比乡领导还大？常言说得好：有理走遍天下，无理寸步难行。他姓应的有什么话不能当面说？这位所长又说，'应该'不是一个人。那就更怪了。他不是个人，未必是只狗？是堵墙？是个变形金刚？是个激光化学原子弹？……"

会场上已经笑得东倒西歪，笑出了仿鸡、仿鸭、仿蛤蟆的音响，笑出了电击、蛇咬、冠心病发作之下的动作。但老三还是文绉绉地申诉下去，时而京腔时而土语，时而虚词时而科技，只是口齿呼噜呼噜的一锅粥，不大容易听清楚。

这已经是第三次集资动员无果而终。前两次是另外几个村官叫苦，这一次是黑老三搅局，而且搅得很恶劣，让财政所长大为冒火。"你还说老三没文化，我看他一肚子坏水，是个最大的刺头，非拔了不可！"他事后对任乡长抱怨。

乡长也觉得老三说傻就傻，说刁就刁，不是一只善鸟，也早有换马之意。他亲自下村了解情况，但访过来问过去，发现可以取而代之的人选并不很多。原因是年轻人大多进城打工，高学历者当的当砖厂老板，跑的跑钢材生意，赚了个盆满钵满，连老婆孩子都接进了城，哪还愿意回到村里领这个一百八——穷困村的干部补贴就这么一耳勺。有个叫国华的复员军人倒是主动请缨，而且能写会算，见多识广，玩得了电脑上网，说得出 CPI 和 PPI。不过此人刚偷过乡政府一台小面包车的牌照，转眼就笑嘻嘻地伸手要官，真不知道世上还有羞耻二字！

这样，乡长只好把换马之事暂时压了下来。

几代鸡由几代人赔

伸手要官的国华，外号"国少爷"，个头很高大，眉眼还漂亮，自认为一直壮志未酬，对农事怎么也看不入眼。他遇到热天就说太阳烤死人，不能做事；遇到寒天就说冷风吹坏人，也不能做事。早晨露水太重，当然做不得事；傍晚蚊子太多，肯定更做不得事。反正算下来有八个不能做、九个不可做、十个做不得，家里的扁担和锄头几乎与他无缘，用他爹的话来说："这个小杂种懒得屙蛆。"

老爹怕他真的屙蛆，曾把他送去部队锻炼，没想到他有一次诈称奶奶死了，骗了连长三千块钱，去广州找朋友玩了几天，挨了部队一个处分。复员后在省城混了些时日，有一次又诈称自己遇上车祸，骗了妹妹两千块钱，其实是打了麻将和洗了桑拿。到最后，他打电话回家，说总算遇到贵人搭救：他朋友是银行的科长，招他押送运钞车，还配了一支枪——他为此得送科长太太一条金项链，不还这个礼是不行的。老爹不知这有关银行的大事该怎么办，请同村的黑老三接电话。

老三在电话里问："真给你配了枪？"

"那还有假？"

"长枪还是短枪？"

"短枪。我当队长的，哪用什么长枪？"

"木枪还是竹枪？"

对方这就不说话了，后来也再不说金项链了。

国少爷回到村里，对老三这个堂叔很不满意，烟都不给对方敬一支："你就是把我看瘪了。这不，害得我保安队长也当不成。"

老三笑了笑："我倒是想把你看圆，但你得先把你娘的耳环还了，再把她的锅盖补上一个。"

"哼，等我以后当了百万富翁，你莫找我借钱。"

"到那一天，我就头戴尿桶去看戏。"

少爷哼了一声，扭头走了。这以后，他除了热心打野猪和抓鱼，还是不大务正业，三天两头就偷鸡、偷羊、偷瓜菜、偷汽车牌照——要不是老三去乡上求情作保，这一次案发差点让他蹲完派出所还要蹲县局。但国少爷属猪，命好，福气大，两个心软的妹妹在外面打工，总是给哥哥的卡上划一点钱，于是少爷不但有钱打麻将，还有钱玩电脑和养小狗——他牵着一条奇怪的白色长毛犬在村里游走时，经常夸耀："我这条狗只吃白糖拌鸡蛋，其他都不吃。"见旁人不怎么关切，又说："它根本不吃饭，它连肉都不吃，嗅都懒得嗅一下。"直到说得大家都奇怪了，再大张旗鼓推介："维西都，正宗的英国维西都，没听说过吧？它爹妈那都是听音乐、喝咖啡长大的，到了冬天还要穿鞋子、穿毛衣、睡鸭绒被窝。"

村民们都听得大惊失色。

少爷对国外情况知道得多，这个东洋，那个西洋，天下大事像是他脑子里的一册书，无论什么时候翻出来，一清二楚头头是道，足以吸引一些后生。这一天，他正在家门口同两个后生闲吹，从韩国美女说到美国导弹，再说到全国股市的全面翻红，忽听维西都大吠，顺着狗眼看去，见大路上一个陌生人急停摩托。车轮下有一只小鸡仔，已经奄奄一息。

少爷精神大振，起身迎了上去。"兄弟，你今天发财啊？"

"这是你家的鸡？对不起，对不起。"对方看了他一眼，"我认赔，你开个价。"

"我怎么好开价？你自己看着办吧。"

对方赶紧掏出一张钞票给他。

"你家的票子真是大。"少爷捏了捏钞票，吹一声口哨。"知道这是什么鸡吗？知道它从哪里来吗？知道它爹叫什么名、娘是什么号吗？知道它过了多少山、过了多少河吗？知道它的时代背景、科学含量、学术价值以及神圣使命吗？……"

对方已经傻了一半。

国少爷是这样算的：良种母鸡，祖籍澳洲，国际高科技产品，眼下虽小，但吃得多，长得快，下蛋足。长大以后能下多少鸡蛋呢？少说也是两百。那么两百个蛋能变多少鸡呢？少说也有一百六七。那么的那么，每只鸡仔长大以后又能下……同你说实话吧，这只鸡就是国华同志脱贫致富奔小康的希望。看在初交的情分上，打个折扣，直接损失加间接损失就是五百吧。这个价说到哪里不是菩萨价？

陌生人脸色变白，转而变黑，支几颗板牙大叫："你抢钱啊？把我当冤大头啊？你为何不说你的鸡是下金蛋拉银屎的呢？……"

看他挂一副眼镜，戴一顶遮阳帽，背两根新款钓鱼竿，大概是教师或小老板什么的，进山来钓鱼的。但此刻他已被几个山里人牢牢地钓住了，喊天不应叫地不灵。三个后生团团围住他，扯得他衣襟斜领口歪的，就差一点拿工具来敲他的车轮和后视镜。叫声引来了更多的村民，老三也夹在其中探了探头，发现形势显然对外来人不利。有些村民不是不知道国少爷刁，但眼红那些来来去去的钓鱼者衣着光鲜，吃饱了没事干，还喝什么"营养快线"，又痛恨他们把烟盒子、饭盒子、饮料瓶子丢得水库岸边到处都是，便故意跟着起哄。

眼看着外来人差一点要哭了，老三这才咳一声，表示他有话要说。众人也都安静下来，给村头让出发言席。

"依我说，一只鸡嘛，确实是不一般的鸡，了不起的鸡，赔一万块也不算多。"老三首先抹了把脸。

在场人都愣住了,似乎不相信自己的耳朵,连国少爷也惊喜万分地眨巴着眼睛。

"不过的但是,赔一块钱,也不算少。"

几乎所有人都愣上加愣。刚才明明是说一万,怎么突然就少了个万字?这一个筋斗也翻得太远了吧?

国少爷尤其着急:"三叔你这是什么话?"

老三对侄儿笑了笑,"你想啊,他赔你一块钱,你拿去买彩票,赢了一百万,不就等于他赔了你一百万?你未必还打算退他九十九万九千九百九十九?"

"你……你怎么保证我能中头彩?"少爷口舌不大利索了。

"那你怎么保证这只鸡不发瘟?"

"我……我家的鸡……从不发瘟。"

"不会被黄野狗吃?"

"告诉你,我天天扛杆铁铳守着,专打黄野狗,专打老鹰!"

"好,要是你国少爷吃得了这个亏,守住了黄野狗和老鹰。那这五百块钱就赔得合情合理,赔得没话说。这样吧,五百块。你来签个协议:他赔你五块;他儿子赔你儿子五十块;他孙子赔你孙子四百……是好多,你等我算一算。"

"慢点,慢点,我要现钱,一次性付款,与儿孙有什么关系?"

"怎么没关系呢?"老三瞪大眼,"你刚才算了鸡生蛋,又算了蛋生鸡,一算就好几代啊。好几代的鸡,由好几代的人来赔。这个道理没错吧?未必你不是这样算的?那你是要减一代,还是要减两代?"

外来人不懂本地土语,也没跟上老三的严密逻辑,还是一脸困惑。但旁观者们已经笑起来了,笑得前仰后合,五官一次次发生重组。国少爷脸上红一块白一块,嘴皮跳了两下,像要说什么,终究没说出来,最后一脚踢飞了小死鸡,牵着维西都走了。"老子今天一脚踩了牛屎……"他的悲号和怒吼远远传来。

外来人见他背影远去,终于恍然大悟,一把捉住老三的手:"大哥,谢谢你,太谢谢你啦!来,抽烟,你抽烟。"

老三其实不想接这支烟,甚至后悔自己今天又多管了一件闲事。像他自己说过的,斗老不斗小,斗小有仇报呢。自己已年近半百,眼看着离天远离地近,前面的日子不会太多。要是把村里的后生都得罪光,自己到了闭眼的那一天靠哪些人抬上山?难道从棺材里钻出来自己爬上去?哎呀,想不得,想不得……他抽了自己一嘴巴,再一次不明白这张嘴为何说着说着就自行其是。

他重重叹了口气,走了,让感恩者一直莫名其妙。

一个人十分钟轮着咒

国少爷经常借钱的对象是戴庆生,外号"庆呆子"。在这个小湾村,田少山多,林产品又缺乏深加工,庆呆子开的一个锯木场就算是罕见的企业,一台大卡车也算是村里最耀眼的固定资产了。照理说,庆呆子占了这两个头彩,再加上两个身强力壮的儿子,一家人的日子过得超殷实,连鸡鸭的叫声都气足韵长。

但庆呆子也有烦恼。他婆娘茉莉成天一个野人样,坐无坐相,站无站形,已经是做外婆的人了,还经常不做饭,不烧茶,不带外孙,更不喂鸡养猪,一出去就是头上插两朵野花,大半天不见影子。儿子收工回来发现家里空锅冷灶,一次次到处找娘,发现她不是在张家看杀猪,就是在李家看裁衣,更多的时候是去了学校电教室,一边嗑瓜子一边看国少爷教娃娃们玩电子游戏。"娘哎,你当神仙不打紧,我们要吃饭啊。"儿子们总是这样说。

"饭有什么好吃?天天都吃的东西。"茉莉很不情愿地跟着儿子回家。

茉莉看多了电视和电子游戏，走路时也经常哼哼唱唱，与树影或山影展开互动，有时是打拳的动作，有时是打枪的动作，有时更像洗澡或招魂，让外人十分疑惑，还得了一个绰号"莉哈性"——就是莉疯子的意思。村里人都知道，她的疯其实是多功能。比如，有人来借钱，明明只借六角，她掏出一块就一块，硬要疯疯地塞给人家。比如，有人在晒谷或种菜，并没叫她帮忙，她也操起家伙前去疯疯地干上一阵。她不怎么搓麻将，但经常喊这个喊那个，喊得惊天动地，逼着女人们去牌桌边快活。有一次差不多都半夜了，她带着人串了好几家，最后到老三家捶门打户，硬把主家夫妇从床上揪起来，凑成一桌搓麻将，自己站在一旁观战，然后去灶房里烧茶水和炒豆子，只是一不留神钻到床上睡着了，发出呼呼的鼾声。

村里几乎没有哪家的床她没有睡过，而且一睡就怎么也喊不醒，撒手叉脚，歪七倒八，睡出了对角线或横切线，霸占了辽阔的床位，害得主家无论老少和男女，到后来扛不住哈欠，只能小心翼翼地钻缝隙。更重要的，每次这样睡过以后，这位四海为家的婆娘身上常有陌生的袜子或毛背心，自己的镯子或手电筒却不知去了哪里。

庆呆子只得一次次去商店买手电筒，被店主取笑："庆呆子，你们家把手电筒当饭吃啊？"

庆呆子苦着脸嘿嘿一下。

有时还冲着杂货店评点时局："新社会好是好，就是解放妇女过了头啊。"

他在婆娘面前从来不敢高声。比方说这一天，他只是多了句嘴，说菜里放多了盐，就引起莉疯子柳眉倒竖，不但夺了老公的饭碗，还不准老公的两个连襟吃下去，说既然嫌饭菜不好，你们就去上馆子，快走快走。可村里哪有什么馆子？再说这一天请来客人帮工，就是要建两间偏房。重要时刻误了工，还不是自家吃亏？

大儿子见父母吵闹不休，气得直指父亲的鼻尖："爹哎，你如何找了这么个疯子婆？真是搞得我好没面子。你当年好歹也是初中毕业，还混了个生产队长，七不找，八不找，偏偏找来一个老虎凳。你没本事，就去倒插门。再不行，就去当和尚啊。"

二儿子去给外公打电话："外公，外公，求你做点好事，赶快把你的疯子女搞回去。你要是少了米，我给你送点米来。你要是少了油，我给你送点油来。你莫让你的疯子女在这里横闹，吵得我们连饭都吃不成了。"

两个儿子对父母的婚姻都愤愤不已。

庆呆子送走了两个连襟，又接受了岳父在电话里的歉意，还是觉得郁闷，忍不住去找高人讨主意。一个漆匠，一个酒坊老板，一个小学教师，都是他小学同学，又都是同姓远亲，听这事都愤愤不平，决心为他讨回公道，于是结成一伙前来谈判。国少爷找庆呆子多次借钱，欠下了人情，也自告奋勇前来帮一把。哪知道他们一行人刚进地坪，就听到莉疯子开骂："哪来这么多是非人，想到我家来开斗争会？有屁快放！"

她一手叉腰，插出一个茶壶姿态，雌威凛凛封住大门，吓得来人全体愕然竟不知该如何谈起。

好半天，国少爷才鼓起勇气："茉莉嫂，不是要开斗争会。你老公这么会赚钱，要放到城里，恐怕二奶、三奶、四奶都有了，你可不要身在福中不知福……"

"放屁，你们都想当种猪哇？"

"我庆叔每天都是起早贪黑，有哪点对不起你？他哪有福气当种猪？当奴隶也只是个非洲奴隶。"

"我前世被他欺了，今世要还报！"

"现在新官不理旧账,你还管什么前世呢?"

"我骂我自己的老公,碍了你哪根肠子哪块肺?他成天同狐朋狗友鬼混,不骂还能成人?我岂止骂,还要打。"

国少爷急红了脸:"你这是什么话?我们怎么都成了狐朋狗友?你不是心理变态吧?不是更年期综合征吧?开口就是语言暴力,坏了江湖风气。来来来,我们今天还非得同你 PK 一场不可……"

国少爷真是帮倒忙,扯出什么 PK,什么更年期,什么语言暴力,时髦倒是时髦,但根本不解决问题,还让莉疯子觉得特别戳耳。她杏眼圆睁,一拍大腿,操起大扫把扫鸡粪,扫得说客们在粪雨之下招架不住抱头鼠窜。走在最后的国少爷慢了一步,屁股上挨一扫把,蛤蟆镜也掉了。疯子见对方捡眼镜的狼狈样,愣了一下,捂嘴哈哈大笑起来。

邻居们面对这种大笑,没一个不摇头叹气的。大家又说起庆呆子他爹,当年不知为什么事冒火,给过儿媳一耳光,立刻被儿媳还了一耳光——这种忤逆之人可以上房揭瓦下地刨根,你十个国少爷捆在一起恐怕也不是她的对手。还 PK?你咳屁(KP)吧!

第二天上午,在国少爷家躲过一宿的庆呆子,惦记着家里的鸡和猪,更惦记未完工的两间偏房,硬着头皮去看一眼,没想到一进家门就难逃严惩。按莉疯子的说法,这家伙居然带人来家里开斗争会,是不是还想开宣判会?是不是还要开追悼会?吃里爬外的货,狼心狗肺的贼,连自己婆娘的更年期也广告四方,不剥一层皮他还真不知道痒了。于是两人又揪头发又挝脸,又抡拳头又操扁担,闹得家里桌倒椅翻鸡飞狗跳。

待国少爷叫老三前来平乱,庆呆子已气喘吁吁夺路上山了,蹿得比狗还快。莉疯子则披头散发咬牙切齿在后面一路狂追。"我崽呀我崽呀——"这似乎是她最严厉的咒语。

"哪个敢拦我,我的砖头不认人!"她用手里半块砖指着老三,似乎看出了对方的来意。

老三吓得退了两步。"我拦你做什么？我是来帮你的。"

"不要你帮，一边去！"

"你一个人打得下来？"

"你看吧，老娘要砸碎他的狗头！"

"你要砸，就好好地砸，莫砸个半死不活，害得大家来抬担架，送医院，端汤送水，跟着你们吃亏啊。"

莉疯子无心开玩笑，脚一跺，冲着山上大喊一声："你有种的站住——"

"我看你根本没下决心。"老三搂起一个大石块给她，"来，给你换个大的，一下就砸到位，砸他一个满园开花万紫千红！"

莉疯子正在豪气冲天的状态，不能不表现决心，不能不升级自己的恶毒，也就不得不丢了砖头，接过沉沉的大石块。但她毕竟是个妇人，搂着大石块，立刻弯了腰，追赶速度明显放慢，跌跌撞撞好一阵以后，眼看着离前面的小黑影越来越远。

老三在她身后大叫："快追呀，你没吃饭吧？你裹了小脚啊？怎么放他跑了呢？快点快点，我抄小路到前面堵住他……"

其实是抄小路上山挖笋子去了。这一天，老三在山上挖了几颗笋，查看了几处杉林的生长情况，与雇来的挖土机师傅算了算土方，又在好几家喝了茶。当然一路上也接了不少电话。先是庆呆子要求报警，老三的回答是："亏你胯裆里还有四两肉！哪有老公挨打要报警的？你不丢人，我都会丢人了！小湾村的男人，以后出去还讲得起话？不用裤子罩脑袋还出得了门？"接着是莉疯子强烈要求离婚，老三的回答是："离什么婚？两根老黄瓜藤还想移栽？我看移也移不活，你打死他算了……没打死吗？那好，我明天再来帮你打。"最后还有当事人各方亲戚前来威胁或声讨，诉苦或央求，乱成一团。娘家派与婆家派势同水火，都护着自己的人。

不过这也好办，老三见人讲话，见鬼打卦，不是摸顺毛，就是没正经，反正胡言乱语一通，说了些什么自己也不大知道。

他对所有人几乎都许诺明天，说明天一定来严肃处理这件事。但明天还有明天，明天的明天还有明天。老三去城里买电线了，去岳父家帮工了，去王家河放鞭炮吊丧了……每件事都理由充分无可指责，一连好几天没露面。直到锯木场的电锯声再次响起，庆呆子家的炊烟按时升起，莉疯子甚至重新有说有笑出现在村口了，他这一天才大大地"啊"了一声，拍拍自己的脑袋，像记起了什么。

他放下手中的尿桶，隆重地穿上皮鞋和戴上手表，带着不常用的笔和本子，重重地咳两声，代表村委会去升堂办案。他来到锯木场这一家，进门后东张西望，先检查电视机、电冰箱以及电饭锅，指派莉疯子的两个儿子分头把守。

有人问："你这是什么意思？"

老三说："两公婆吵架，不摔东西有什么味？等一下好戏开场，你们只守住这几样，其他东西随他们摔，千万不要拦！"

对方问："那被子、枕头就往他们手里送吧？"

老三点点头："你这个娃，聪明！"

大家都笑了起来。

他又指派另一个后生："你去窑场里搬几个烂瓦罐来，去何漆匠家里找几个油漆桶来，那些家伙摔得又响又不值钱。"

笑声更多了，连莉疯子也翻了个白眼，一种忍笑的样子。

老三在正堂居中坐下，两边各设一张椅子，让纠纷双方相对而坐。应他的要求，一壶茶水和两只杯子也由邻居备好，拿来摆在屋中央。待一切停当，全场肃静，老三看看手表，表示时辰已到，郑重地开始发话："今天祖宗在上，领导在位，乡亲在场。鉴于戴庆生与刘茉莉两同志经常相咒，今天就请你们好好地咒，过足这个瘾。一个人咒十分钟,轮着来。好不好?这不,茶水都给你们备好了。你们口舌干了就暂停,喝足茶水以后再接着来。现在——计时开始!"

这场阵仗前所未见,镇得纠纷双方有点不自在。时间一秒秒地过去,他们或是摸鼻子,或是扯衣角,都说不出话。

"开始啊。"老三瞪大眼,又朝观众挥挥手,"你们都支起耳朵好好听。哪个想学咒人,今天就是机会。"

说得双方更不自在,特别是庆呆子连汗都出来了。

"是不是要找面鼓来,找面锣来,配上锣鼓有味一些?"

莉疯子红了脸,指了指众人,又指了指茶壶:"他三叔,你看你这……你这不是耍猴戏吗?"

"你以为你们平时不是耍猴戏?是放电影?是扭秧歌?"

大家又笑了,莉疯子不知是与哪位婶子的目光相遇,想做个鬼脸,忍不住鬼脸也成了偷笑。

"严肃点!"老三瞪她一眼。

她再翻一个白眼。

老三再一次看手表。"你们都不讲,那就我来讲一句?"

好,你讲,你讲。

"真的要我讲?"

当然,当然。呆子与疯子都鸡啄米一样点头。

"请你们咒,你们不咒,老鼠肉上不得席啊?以后谁也不能咒。知道吗?再咒,我就不烧茶水了,只会挑一担大粪来灌嘴巴!"

他把笔记本合上,站起来一举手:"散会!"

村民们意犹未尽,似乎不大想离去。不知是谁带头鼓掌,屋内外终于响起一片掌声,吓得茉莉伸伸舌头,三脚两步往人后钻。来自婆家派或娘家派的几个助攻手,本来准备大干一场,见此情景也就兴致索然，无精打采，各自散去了。

据说锯木场这一家以后还真是平静了些，莉疯子即使有高腔，但也稀薄了好多，至少不再抢砖头追上山，不再闹着要离婚。用老三的话来说：要她打吧，她打不出个结果；要她骂吧，她骂不出个样子——还好意思来找我？

阎王的加油站在哪里

几年前，老三在路边撒过一泡尿，撒完才发现前面有一土地公公，就是杂草掩盖的几块砖瓦和几根残香。他本应该说一句"大人不计小人过"之类，或许就没事了。但他那天头顶烈日热昏了头，加上在生姜老板那里亏了钱，便在公公面前耍狗脾气："嘿，你未必还真能咬我鸡巴？"说完扬长而去。

不料几天之后，他的阴处开始生疖，痛得他满头大汗，呼天喊地好几天，连撞墙的心都有。

自那次以后，老三世界观发生变化，有点相信八字、风水以及报应，对非同一般的巨石和老树都比较恭敬。他当然也相信科学，比如，相信抽水机、钻孔机、推土机、挖土机以及电视台农业频道，甚至对相关高人特别崇拜，侍候得很殷勤，但村里改建土地庙的时候，他还是偷偷捐了一份钱，不觉得这与机器时代有什么抵触。没料到这事后来遭乡上查办。任乡长追究个别村干部带头"反对科学"和"复活迷信"，摘走了这个村的一面流动红旗，气得老三虚火上升，嘴巴肿了好几天，去医院打了三次吊针，还是一个猪嘴巴。当时要不是玉和爹劝住他，说争荣誉不是打架，不能斗狠和赌气，这个猪嘴巴差一点要拱到乡上去，在乡长的小面包车上砸几团牛粪。

但老三不论世界观怎么变，还是看不起皮道士。这皮道士有什么呢？蛇也吃，猫也吃，还把自家的老鼠烧了吃，算什么人呢？明明连道士都没当出个样，还结巴，又口臭，就凭着同县里什么王主任搞好了关系，居然拿回一张介绍信，接管了莲花庵，插手佛门事，这不是鸡仔进了鸭棚吗？再说庵不是寺，只能住尼姑的，阴气重的地方，一个汗毛森森汗臭烘烘的汉子戳在那里，好比男人出入女厕所，是何道理？成何体统？小湾村这些年又是虫灾又是旱情，祸根子就是这家伙乱了阴阳吧？老三还有十足的理由怀疑庵里的那尊菩萨。他记得很清楚，看得很真切，当初庆呆子那里一根老梓树，一锯裁成了两截，上一截由皮道士拿去做了菩萨，下一截由庆呆子解成木板，垫了自家的茅厕。那好，问题就在这里：同一根木头，难道只灵这一头而不灵那一头？要是皮道士的菩萨灵，那床呆子的茅厕板子灵不灵呢？

　　莲云庵很小，也破败，没多少香火，闲着也是闲着，很长一段时间里没人管，现在有个人就近打理一下，当然不是什么坏事。退一万步，既然现在政府提倡男女同校，那寺庵不分也不是不可以通融。不过，皮道士占了这个码头以后，近来越活越神气，穿上一件皱巴巴黑油油的法袍，就以为自己不是挑粪的皮二结巴了，谈生说死，卜凶占吉，口水溅出几尺远，俨然一个博古通今之士。特别是自从任乡长的老娘来卜过一次儿子的前途，虽然乡长本人不一定知道，但皮道士从此就以半个国师自居，有一种官场红人的气焰，有一种干预党政大局的劲头，对谁都敢指指点点，动不动就夸海口："我找任家老太说一声……"

　　村民们在庵前修路，他居然连茶水都不烧一壶来。村民们给庵里架电线，他连烟也不摆一包。不知从什么时候起，他收来一些旧啤酒瓶，装一点来路不明的水，就说那是圣水、仙露、太君玉液，卖到八十八块钱一瓶，优惠价也是五十八，赚得自己红光满面的，腰身肥了一圈。

人家不买，他就说："福祸由人，功罪自取，法眼在上，随意无妨。"

吓得信徒们还是只能买。

这一天，庵里出现治安事故，皮道士发现一只铜壶不见了，跑来找老三报案，说你们村干部得管管这事。老三怀疑是国少爷手脚痒，但一时没有证据，只是冷笑了一声："你的那个菩萨不管事啊？不是连乡长、县长的官帽子都能管吗？怎么连个小偷也管不住了？既不管事，天天坐在那里吃什么冤枉？"

"无上神君法力无边。可能是我前几天诵经的时候没漱口，才有这个报应，不不不不是什么别的原因。"道士一急就更为结巴。

"我不要你漱口，只要你去把供品搬到这里来，我就帮你抓偷壶贼。"

"罪过，罪过，贫道做不得这个主。"

"你那仙水价格一涨再涨，未必是无上神君做的主？"

"信众自愿的，贵一点吗，恭敬呀……"

"那是，如今送礼走后门，红包也是越大越好。"

"差不多，差不多的意思……"

"二结巴，你好大的胆！"老三突然一拍桌子，"我要是你的圣祖，今天一雷把你劈死在茅坑里。你把圣祖当贪官啊？钱多多办事，钱少少办事，没钱不办事，那不就是林业局的王眼镜吗？"他是指最近案发丢官的一位知名人物。

皮道士羞得面红耳赤，夺路而去，再也不提铜壶的事。

莲云庵的圣水也从此不见了。不过，没过多久，皮道士又找到一个新的营生，与纸有点关系。这样说吧，送亡灵要烧冥宅，驱疫鬼要烧阴兵，祈神求仙要烧灵台，如此等等，都是纸制品，出自镇上一个扎匠，即皮道士的一个妹夫。大概是与时俱进，这位扎匠的产品越来越摩登，比方说阴兵不仅是纸旗、纸马、纸刀、纸枪，还有纸糊的飞机和坦克，打的是现代化战争，不怕他疫鬼不降。冥宅也不仅是纸院、纸楼、纸桌、纸椅，还有五彩纷呈的电视机、空调机、摩托车、小轿车一类——这种地府流行的好生活真是让人眼红，让人觉得生不如死，慢死不如快死，等死不如找死。

"这里最好还扎几个三陪小姐，穿皮短裙的，穿高跟鞋的。"国少爷还曾如此建议，只是被哈哈大笑的莉疯子猛踢了一脚。

"早晚要阉了你们这些货！"莉疯子又啐他一口。

皮道士没有国少爷那样轻薄，一般都能恪守纲常之礼，但也赚得盆满钵满，在村里村外名气日盛。他的出场费越来越高，而且一台小号的"万福仙境"或者"千寿琼园"，相当于小户型低档楼盘，也起码开价三千，根本不还价。其他阴阳师来定日子或者选地方，与东家还是可以打商量的，定个不远的日子，选个较近的地方，就可以偷偷为东家减少成本。但皮道士说一不二，颇有客大欺店的味道。这一天，村里有个叫何子善的死了娘，皮道士明明知道这一家穷，但掐掐指头，打一个哈欠，竟把出殡的日子定在五天之后，吓得孝子差一点当场尿了裤子。这事也算了，村里人帮上一把，好歹把这几天的花销撑下来。但皮道士的服务项目也太多，设坛招魂，打醮驱鬼，加上冥宅一台五千八。如此算下去，子善他老娘还怎么死？还怎么上山和入土？就算上了山入了土，身后一家人的日子还过不过？

老三前去吊香，放了一挂鞭炮，接受了孝子的跪谢，还有告知亡灵的一声惊天锣响。他注意到孝家连张好椅子都没有，一只碗橱也只有三条腿，另一角由砖石垫着。热水瓶里倒出的是冷水。日历还是挂着前年的。柴灶上方该挂腊肉的地方只有几个空铁钩。他刚才带来的一桶白豆腐，看来很必要也很及时。

庆呆子在这里当提堂官，就是主持丧事的人，正指挥几个人打灶、杀猪以及搭棚子。他把老三拉到一边:"不得了,不得了,十个锯木头的还不如一个裁纸的。"

老三知道对方在说什么。

对方又说:"这号事乡政府又不管了?"

"他们说,现在还没有具体的条文。"

"怪事,每个月是他们领工资,又不是条文领工资,如何一办事就找条文?"

正在这时,皮道士指挥几个后生把琳琅满目的巨大冥宅抬入大门,引起一些娃娃的兴趣,似乎把冥宅当作了巨型积木。一个娃娃伸出手指:"我坐这张椅子!"另一个娃娃伸出手指:"我坐这张椅子!"又一个娃娃说:"那张床是我的!"直到大人又来揪嘴巴又来打屁股,娃娃们才纷纷伸舌头,不再争先恐后地在冥宅里预订享受。

老三背着手,也挤在娃娃们中绕着地府幸福生活细细看了一圈:"皮师傅,以后等我伸了脚,你也要给我烧一台,让我好好过一回瘾。"

"那没问题,我给你烧三宫六院十八房,一套中式的,一套洋式的。"对方兴冲冲地说,"再给你烧个办公室,你下去了还是当干部。"

"你说当干部就当干部?"

"要是你多积点德,还可能提拔,到县里当个副局长也不是不行。"

老三观察得很仔细,"当干部至少得骑个摩托吧?"

"摩托车?到时候你肯定坐汽车。"

"我还想坐飞机呢。不过飞机也好,汽车也好,摩托也好,总得加油吧?你不烧一个加油站,到时候我扛着摩托走?"

"加油?"

"你这里也没个变电站,这些电视机、电冰箱、空调机如何开动?"

"变……"

"你至少还得烧个银行,不然你这些信用卡往哪里刷?再说,阎王那里怕是没有百货商店,你这些冥府美元也好,冥府港币也好,都只能拿去糊壁头啊?"

"难怪,"庆呆子一拍大腿,也恍然大悟了,"皮道士,上次你在我家发了十万阴兵还是无功而返。当时我就想,有刀枪,没茶饭,阴兵怕是不肯卖命啊。"

国少爷更加见多识广:"光有加油站也不行。加油站的油是从哪里来的?恐怕还得有运油车和炼油厂,还得有中石化和中海油吧……"

"你们真会开玩笑,真会……嘿嘿……"皮道士脸额上冒汗,看看手表,像有什么急事,拔腿就往屋后溜。

老三料定对方没什么急事,大步追赶过去,在屋后菜园里抓住皮道士。"你是要种菜还是要摘菜?走错园子了吧?"

"三哥,三哥,你莫逼我……"

"我逼你什么了?我的摩托要加油,你指个地方就是。我又没有要你出油钱。"

"那也就是……就是……意思一下吗。"对方苦着一张脸。

"你说清楚,到底是好大的意思?你没有加油站,没有变电站,让各位归天之灵如何意思?二结巴,我要是工商局,就要到阎王老子那里举报。这活人吗,用点假货也就算了。死者为大,死者为尊,死鬼的事情还能咿呀咿吱呀?"

"哎呀呀,这些事是不能太……太认真的。"

"既然不认真,你为何要来?"

"东家请我来,我有什么办法?"对方一脸的无辜。

"这还算一句话。"

"你要吃饭,我不也要吃饭?"

"这也算得上一句话。"

老三点了点头。

这天晚上入殓,皮道士诵经时几次忘了词;颠着步子绕棺招魂时差一点摔倒;一揖三叩时多了一叩,被娃娃们数出来了;莲花步走得没有平时那样好看,更让观众们大失所望。有人在嘘声中朝他投了纸烟盒和塑料空水瓶,表达极大的不满。事后,虽然老三并不在场,道士也没敢开口说钱,接过提堂官手里的红包,是多少就认多少,夹着法袍匆匆而去。一柄法剑居然也遗落现场,被娃娃们抢着拿来玩耍。

老三其实在场,只是有点乏,坐在偏僻处听老人们唱夜歌。他觉得唱夜歌还是好,不像城里人只是鞠个躬,献枝花,丧事也太冷清了,让后人们没什么想头啊。

上门服务的合理收费

葬下老娘以后,何子善一园板栗挂了果,山上林木也进入间伐期,家境终于有所改善。放在前几年,他是村里著名的困难户,今天卖一根柱,明天卖一根梁,后天再卖一担瓦或一担砖,眼看把青砖祖屋拆卖一半,再这样下去,以后可能就得住山洞了。他平时出门,已提前有了山顶洞人的模样,一身破衣烂衫,手上扶一根棍子,头上缠一条毛巾,走在路上哎哟哟地呻吟,似乎生命已到尽头。

村里人见他可怜,每年年终都会给他评上一份补助。好心人还会把几根柴或几棵菜放在他时常经过的路口,让他拿回去。庆呆子锯木场里那一堆堆的杉树皮,也三天两头地免费给他。但也有人说，他卖了杉树皮，拿着钱去打牌，打牌的时候从不呻吟。回家时如果发现周围没有人，把棍子一扔，把头巾一扯，撸两把汗，咚咚咚走得比哪个还快——不知这种传说是否属实。

有一段时间里，他想发大财，跟着邻县一个什么人到处找文物，贩银元，买彩票，还参加了什么耶稣教。家里的责任田里草比苗深，总是成了野鸡窝和野猪窝。村里用扶贫款给他买的三头小牛，也被他赶到山上以后撒手不管，结果三头牛几成野牛，在山上找不到水，渴坏了内脏，死掉一头，另外两头也一直不长肉，最后被他吃掉了一头，卖掉了一头。人们要是数落他，他就委屈地说："我一个眯子，眼睛里少了油，哪看得住牛呢？"

"你眼睛里没油，又看得清文物？"老三没好气地说。

善眯子在这种时候总是装装耳聋。

老三知道善眯子的小肠子不少，但不忍心他真的成为山顶洞人，更觉得他一家老少几口是个事，有时候也就马虎一下，并不求个水落石出。有一次，派出所打电话来，说那个叫子善的借口贩文物，其实是伙同不法分子坐庄，发行违法私彩，必须立即严加法办。老三在电话里连忙说，抓不得，抓不得的，他老娘动不动就发猪头疯，以前还上过吊，投过河，喝过农药，你们要是为这些事逼出人命，如何收得了场？这一吓，算是给派出所出了个难题，逼他们手下留情，只是把善眯子叫去训了一通。

又有一次，两个警察带一辆警车怒气冲冲下村，说有人举报善眯子偷树，这一次属于屡教不改，必须严查重办了——他老娘不是已经过世吗？不是不能发猪头疯了吗？老三这一次拿不出劝阻理由，只好说："好好好，我换一双鞋就带你们去。"其实他借口换鞋，溜到屋后打了个电话，让村里一后生赶快开上推土机，把进山的路口给堵上。这样，等他们的警车开到那里，面对大铁疙瘩无可奈何，找不到推土机的司机，只好弃车步行。可怜两个警察平时爬山少,不一会就汗如雨下,东偏西倒,张开大嘴出气。手遮烈日朝前面望去,盗伐现场据说还在两个山头之上……我的天!事情到了这一步,不用老三开口,警察自己就找台阶下坡。"这样吧……"他们交代老三,"这一次人就算了,但你们村委会必须重罚,罚他一个倾家荡产!"

"你们不是要抓人吗?"老三佯装不解,"快快快,你们再这样蜗牛爬门槛,他贼骨子早就跑得没影啦。"

"我们,我们,我们还有更重要的案子……"一个警察差一点要哭了,忍不住上前敬烟,有讨好和求饶的味道。

老三其实不是隐恶护短,也不是不知道依法办事的重要,只是觉得抓人不是办法,尤其善眯子万万抓不得。这臭眯子的确惹人嫌,但好歹是家里唯一的劳动力,抓了以后怎么办?你官府是执法严格了,但他一大堆娘娘崽崽以后找谁去要吃要穿?家里总得有人挑水吧?总得有人打米吧?到头来,善眯子在牢里舒舒服服白吃饭,倒是全村人来帮着他养老又养少,这样的法律糊涂不糊涂?……更重要的,老三受不了那两个警察的没大没小。看上去比老三的女儿大不了几天的家伙,见面只有一声"喂"——哪个是"喂"?姓"喂"的在哪里?百家姓上有这样的姓吗?就凭着这一条,老三也必然恶向胆边生,不让他们尝尝推土机的厉害,不让他们在烈日下脱一层皮,恐怕是说不过去的。

这一年年底,老三叫挖土机师傅转一个方向,让一条新路改道经过善眯子的林地,以便这一家今后倒树出料时省些力资,多一点收益。清账决算时,老三在算盘上打到善眯子的三千元罚款,同村会计商量了一下,觉得还是减免五百为好,免得那一窝娃娃吃不上过年肉——他那个耶稣菩萨管天管地,怕是管不了菜锅里的油腥啊。

两人来到善眯子家退钱,不料对方大大方方接过票子,凑在鼻子前数了数,一个"谢"字也没有。

"错了吧?哪止这一些?"善眯子说。

会计眼光发直:"减这五百,已经是很照顾你啦。"

"五百没错,但你们至少还差我……"善眯子用指头掐着数字。

"什么钱?"

"利息啊。"

"什么利息?"

"你们减免五百,就证明这五百本该是我的。对不对?我五百块钱借给你们大半年,为何没一点利息?"

"你……开钱庄放高利贷啊?"会计差一点晕了过去。

"就算没有利息,你们来一趟又一趟,同我结丝绊经,耽误我好多工。怎么说还得算我一点误工费吧?"

老三跳起来咬牙切齿:"善眯子呀善眯子,你快到城里医院里去照片子,看你贩银元是不是贩得窝心多出了一个窍。你为何不再收点茶水费?不再收点进门费?你老人家变成了千年古尸,起码也是一个兵马俑,是吧?我们来看一眼也要买门票,是吧?老子——"他两只牛眼珠差一点暴出眼眶,"恨不得一丁公,锄得你脑壳从屁眼里出来!"

从这一家回来,他再次虚火上升,肿了半边脸,在门前劈一竹筒发出毒誓:"老子要是还理他,下一辈子就去睡青石板。"

这意思是下一辈子去做猪。

他为此还迁怒整个洋教,一篙子打翻一船人:"你看他们神不神经?一有事就对着壁头叽里咕噜,就算是做功课了,连香火也没有,连个菩萨也没看见。那只是一个壁头啊,未必你信的是壁头教?"又说:"什么这一诫那一诫,有什么新鲜?不就是三大纪律八项注意吗?不就是摸着胸口办事吗?一句话不好好讲,不照

403

实讲,背上一个簸晒盘装乌龟啊?"不料这话得罪了自己的姑妈——他后来才知道,姑妈一家也是信了"壁头教"的。

这些话,皮道士倒是很爱听,有时候还在一旁乘机落井下石:"他们信耶稣菩萨的不吃血只吃肉,还不是尽拣好的吃?"

但日子还得过下去,还得在这个地方过下去。眯子的房子就戳在这个村,不是一个船可以划走的;眯子的田和山也睡在这个村,不是几片波浪可以流走的。老三既为一村之首,怎么可以躲得了善眯子?躲得了初一又怎么躲十五?初春时节,一挂鞭炮炸响,善眯子的婆娘从娘家回来了,抱回了第三胎,一个喊声特别脆亮的男娃。按规定,这种违反计划生育政策的偷生和超生,至少罚款五千元。善眯子当然舍不得掏票子,缠了老三好几趟,一会儿拼命往对方衣袋里塞香烟和塞板栗;一会儿站在门口高声威胁:"我今天一起床就磨菜刀,看哪个敢同老子结子孙仇!"

老三不怕菜刀,但也学会装聋,"啊"几下,"哦"几下,没有什么下文,一捉住机会就闪身出门,欺他善眯子眼里少了油。善眯子说着说着,发现面前没有动静,仔细瞅一瞅才知自己一直在对墙壁说话。

可以想见,他闹到乡上的时候,累得黑汗滚滚,气不打一处来,一根竹棍扑得窗台叭叭响,也不大记得在胸口画十字求上帝了。"哪个要灭我的族,我就要绝哪个的后!我不怕你们头上有角,有角老子也要拔!我不怕你们皮上长刺,有刺老子也要锉!就算你们是九头鸟,我何子善今天也要剜下你的蛋子下酒喝……"他冲着乡长大骂一通,后来发现对方不是乡长,不过也是一个穿红色球衫的胖子,据说是来讨债的什么砖老板。

任乡长终于出现在他身后:"喊什么喊?道士门前鬼唱歌啊?你是不是超生?"

"超……是超了一点点……"

"一点点？计划生育是基本国策。你有几个脑袋来对抗国策？"

善眯子真见到乡长，气劲已耗去大半，口气稍稍放软一些："五千块也太吓人了吧？你们何不剐我的肉，不抽我的血？"

"霸王价，一口清！"

"农资公司卖水泥也打得折的。"

"那你去找农资公司。"

"你怎么说也得给我减免两三千。"

乡长懒得理他，向秘书要钥匙什么的。

"那……你们就让我赊一半。"

"你以为政府是饭店？是小卖部？"

"你们不减又不赊，那就是逼我一死！"善眯子狠狠地一咬牙。

"好啊，中国什么都缺，就是吃饭的多了。河里没罩盖子，你赶紧去。绳子到处有卖，你赶紧去。"

善眯子没料到乡长一书生，居然句句话是下刀子。忍不住全身一软，坐在台阶上，闭着眼睛哇哇大哭起来。天呀地呀，爹呀娘呀，你们看看这些当官的，欺侮我一个病人呀。我几十年的贫下中农，从没挂过牌子，站过台子，今天是冤深似海呀。你们都睁眼看看，那个娃根本不是我的，凭什么要我缴罚款？他们不去抓野老公，反过来要抢我的钱啊？他们当官不为民做主啊……他哭得泪一把涕一把，一只鞋子也踢出去了，左右抽打自己的耳光，大骂自己是畜生，是蛆虫，是粪渣子，惨得旁观者有点看不下去。

事情的另一方面，是哭诉之词让人大为吃惊，更让几个乡干部忍俊不禁。他们听过各种抗罚理由，说前一个娃是聋子啊，说避孕环不管用啊，说老爹抱不上孙子就要上吊啊，说自己刚刚遭遇虫灾或者盗贼啊……说什么的都有，还就是没有归罪野老公的。这一理由看似好笑，却有点麻烦。照理说，冤有头债有主，事情如果真是他说的那样，你能找出一个他必须顶罪的理由？

"你说你婆娘那个,那个……有什么证据?"乡秘书也一时不知说什么好。

"你们也不去看看,那样白的皮,那样尖的鼻子,怎么会是我的种?"

秘书差一点笑出声,"那……这样吧,你把野老倌说出来,我们就去找他。你要是说不出个人,那就对不起!绿帽子也好,黑帽子也好,戴多少顶是你的事。"

"我是要找出这个白皮鬼。"善眯子嗖的一下跳起来,用头巾撸了两把汗,恨恨地再补一句:"我今天还真不信这个邪!"

说着说着,他就把在场者一个个开始打量,特别是把肤色稍白者打量仔细,眯眯眼差一点压到对方鼻尖上。这种显微镜式的紧盯细瞄不怀好意,照得对方先是想笑,继而不无恐惧——这家伙怎么到处找野老公?有这样的找法吗?他不会胡方言乱语血口喷人吧?财政所长大概是想到自己的皮肤,想到老婆就在不远处洗衣,已经吓得往后退:"何子善,你看清楚点,这种事不能乱开玩笑,我与你前世无仇来世无冤……"

还好,善眯子的目光离开他,盯向别处了。

另一个也急了:"善眯子,我是才调来的,你看什么看?"

还好,捉奸者的目光也离开他了。

片刻之后,善眯子在乡政府大院转了一圈,所到之处无不人心惶惶如临大敌,直到他回到了乡长的办公桌前,顺手把门关上。

"算了,我今天不麻烦别个,只找你。"他摇摇杯子找水喝。

"出去,出去!"乡长正在接电话。

"你莫给我装蒜,慧梅这笔账你赖不掉的。"

"慧梅?什么慧梅?"

"去年在你们这里帮过厨的,你敢说不认得?"

"帮厨?梅嫂吧?她就是你……老婆?"

"当然是我老婆！我出了彩礼的，办了酒席的，雇了面包车装来的。任家的，人做事要凭良心。你鱼肉吃多了，想娱乐一下，其实不算什么大事。但你好汉做事好汉当吗，还要别人倒贴钱，就太不义道啦……"

"你胡说什么？"

"你做都做了，人家还不能说？"

"你——你他娘的找抽啊？"乡长居然动了粗口，居然拍了桌子，顺手抓起一本书就砸向对方。

善眯子逃出房间时大喊救命，更无聊的口号随即响彻大樟树下："你们看啊，什么世道啊？野老公打家老公啊……"

大院里已成为迫害与反迫害的战场，只是正邪定位一时还不大分明。乡长满腔怒火已经高压临爆，一张白脸憋成了粉红色，再憋成猪肝色。他冲到派出所去喊人，不料后来没什么结果，原因是对方觉得口角毕竟不是打架，实在不便出警。他掏出手机再找县里什么人，不过没叫通就自己挂了机——这种事闹到城里去，七嘴八舌，风言风语，也不大好看吧？直到这时，他才发现事情严重，痛悔自己今天没下村去，没关起门来上网下棋，碰上了这么个烂货，惹上一身腥臊。不错，那个帮厨的大嫂是帮他洗过两次衣，可他连对方姓名也不大清楚，怎么就要对她的肚子负责？善眯子，王八蛋啊？是不是觉得大学生好欺侮？是不是想敲一笔竹杠？是不是知道他一贯铁脸办案，这一次有组织、有计划、有目的地挟私报复？……

幸亏其他人把捉奸者暂时拉走了，"野老公"之类全方位高音广播暂时消停。但从人们交头接耳指指点点来看，王八蛋的威慑和捣乱已有效果，真是一石激起千层粪——乡长不能保证没有人信谣，没有人看险，没有人恶作剧，没有人但求自保。即便有些人愿意帮他擦粪，即便是擦干净了，他也会臭烘烘的余味难消吧？

他开上小面包车来到医院,发现自己并不是想来这里。一打方向盘改了道,在路上蹭过一堆乱糟糟的茅竹,刮出了汽车面板上刺耳的声音。走进老三家门时,他一把散发耷拉在额前,看上去已经老去十多岁。

老三提来一壶茶,做出很着急的样子。"不得了,你还真是白脸皮、尖鼻子,同他家三娃仔比较配套的。"

"胡说!我坐得端行得正,怕什么怕?验个血,验个DNA,一切就会真相大白!"

"但要是她说你摸了她,掐了她,抱了她,如何验?再说,野老公也不一定都下种,没下种的不一定不是野老公。"

"她她她……总不能无中生有吧?"

"你们两个人的事,何为无,何为有,如何说得清?"

"何大万同志,你这样说太没良心!"

"我是想帮你啊。不过这事……还真是个死案。"

大学生此时肯定想起了烈士和冤狱,恨不能扒开自己的胸口,一腔冤屈和一生清白苍天可证。他是一头身陷陷阱的咆哮雄狮,走过来又走过去,每一步都踏着悲愤,最后指着门外大骂:"小人——刁民——你看我怎么收拾你——"

老三很想大笑,实在忍不住,假装去了一趟厕所。他甚至假装接了个电话,说自己坚决不相信乡长犯错误,坚决又坚决地不相信乡长有野种,坚决更坚决地不相信乡长夫人会寻死觅活……其实这都是高声大气说给乡长听的,让他知道电话那头的流言沸腾已到了何种程度。刁民?哈哈——乡长大人现在也知道刁民了?恐怕还不知道刁泥鳅、刁老鼠、刁虱子吧?平时下指示的时候,你指挥棒敲得嘣嘣响,就没想到下面一堆乱麻,一个刺窝,一片大泥潭,具体办事有多难?一辆汽车冲过来冲过去威风凛凛,一副黑眼镜摘下来戴上去牛气冲天,你小胖子也有被一根烂绳子绊倒的时候？

　　他从厕所出来，发现乡长已经走了，震怒和绝望的发动机声远去。他再次幸灾乐祸地大笑，哼着小调去后山割牛草，只是割到第二捆时，忍不住还是打了个电话给国少爷。他为什么多出这一事，事后自己也不大明白。

　　他以两包烟为许诺，让国少爷去眯子家跑一趟。一两个时辰以后，善眯子果然就慌慌地来敲门了。

　　"……你看现在的人无不无聊！"他一进门就口水四射地告急，"街上那个郑瞎子、罗瘸子，还有那两个白粉鬼，都无皮无血地要来认亲子！"

　　老三知道国少爷已经把事做到位了，只是佯装不知，故意好奇："看不出，你家慧梅还有这么大的本事？"

　　"听他们放屁！我家慧梅，好规矩的人，怎么会同那些家伙扯皮绊？她到镇上卖几次菜，都是拉她嫂子一起去的。"

　　"管他呢。只要有人来认账，就有人帮你缴罚款，你不就省钱了？你反正是个不要脸只要钱的货。"

　　善眯子一跺脚，"他们还要抱娃走！"

　　"抱娃？那倒也是……"老三挠一挠脑袋，"这事有点难办了。你想啊，你下了黄瓜种，黄瓜就是你的。你下了萝卜种，萝卜就是你的。照我们山里的规矩，我山上的竹子要是跑根到了你山上，在你山上当了一回野老公，长出来的竹子还是我的。是不是？因此的所以，还有的而且，你家那个三娃……"

　　"慧梅是我的啊！她十月怀胎，东藏西躲，做贼一样，容易吗？"

　　"慧梅当然也有贡献，那是事实。国少爷没告诉你吗？那些街痞子说了，不抱娃走也可以，但有一个条件……"

　　"什么条件，你说。"

"唉,我还不好怎么说。"

"说,你只管说。"

"那我就说了?"

"爷哎,你要急死我了。"

"配种费。"

善眯子没怎么听明白。

"他们要收配种费。明白了吧?你想啊,良种站来上门服务,配一头猪是多少钱?配一头牛是多少钱?今年就不是去年那个价吧?这配人,价格就更不好谈了。像郑瞎子、罗瘸子那样的还好说,一般品种,要架子没架子,要肉膘没肉膘,要面相没面相。碰到任乡长那号大学生、高级干部、跨世纪人才,威武得像戏台上的,几十年都是吃的精米细面,就算拿到联合国去鉴定也是超级良种,天乖乖,这个数恐怕还得翻一倍啊……"

老三晃了晃三个指头,吓得善眯子结结巴巴,半边脸抽搐:"如何能这样打比方?我家慧梅又不是一只猪、一头牛……"

"你到处喊喊叫叫出她的丑,未必是把她当人?"

要不是主人赶快给客人灌下一杯茶,再掐掐人中,揪揪耳朵,善眯子两眼翻白,差一点就瘫倒在门槛上了。

善眯子这天回家还真是走不动了,真是一步三喘了。第二天,任乡长高兴地给老三打来电话,说善眯子已老老实实缴了罚款,什么话也不说,不知被什么魔法给治了。他想问问情况。老三不是不想说情况,但一听电话里得意的口气,重新出现的拉腔拉调,就一阵"喂喂喂",似乎手机没电了。

他关上手机时冷笑一声:"卢州的鱼只能卢州人钓的。你懂个屁啊?"

他现在最重要的事情,是让莉疯子带两个婆娘去看住慧梅。那女人失了面子,又没省下钱,可千万不要想不开。

好容易有了次出名的机会

后来的有一天,老三万分不幸,被查出是个假党员。

没错——假党员,就这么回事。事情的起因,是任乡长一高兴,把他推荐到县里开什么会,表彰他带头修桥、开路、化解纠纷一类优秀事迹。没料到喜事办成丧事,县里说党员名册上根本没他的名字,乡上随后的清查也让人目瞪口呆:当了五年书记的这家伙确实没有任何入党手续——这玩笑也开得太大了吧?用财政所长的话来说:他收了头房又讨二房,抱了儿子又抱孙子,到头来发现自己是个阉太监。

事情可能是从老三他爹那里错起,这是很多人后来的看法。那一年,他爹去砍树,大概是碰倒了老树精,明明已经锯透了,但老家伙吱嘎吱嘎只是叫,硬挺着不倒。到最后倒是倒了,但左跳一下,右撞一下,踩出了梅花步,闹腾好一阵才哗啦啦惊天动地,垮塌出一片刺眼的天空。人们听到了一声"哎哟",扒开枝叶赶过来看,发现老三他爹一只脚已被树干砸成肉泥,当时就痛晕过去。

他醒过来后,再也无法下床和出门,但他是一个老党员,能背诵好多革命口号和领袖语录的,把光荣责任看得特别重,经常到东家说一通:"三天不学习,就赶不上刘少奇……"到西家说一通:"只有落后的干部,没有落后的群众……"再到南家说一通:"内因是变化的根据,外因是变化的条件……"说得大家迷迷瞪瞪,似乎受到了很深刻的教育。现在,他觉得人残志不能残,人在阵地在,遇到党员开会,他不能去,就叫三儿去;到了缴党费的日子,他不能缴,就叫三儿去缴。如果党员们组织突击队去打山火或者筑堤坝,他不能上阵,就叫三儿去上阵,反正不能让突击队里有一个空岗。幸好老三很孝顺，不想去也还是去，特别是一听到旁人叫好，挖土一定拣大钯头，挑土一定拣大箢箕，每次都累得张开大口出气，在手上或脚上留下伤痕。老爹对三儿很满意："老大被罗医师的针打坏了，耳朵不灵便，不适合开会。老二呢，气虚，身上不着肉，不适合下力。只有老三什么都顶得上，给老子当党员算了。"

当党员就当党员，有什么了不起？老三在初三那年辍学回家，一干就是十几年，全面接管了老爹的柴刀、牛鞭、破算盘以及全部党务，包括该鼓掌的时候鼓掌，该举手的时候举手，该发言的时候发言，还去乡上光荣了一回，在台上戴了大红花，领回了一顶新草帽——他后来以为那就是入党，至少是再次入党，其证据是草帽上明明写着"优秀党员"四个大红字，不可能是开玩笑吧？但那一次到底是什么，村里人也没怎么闹明白。有人说那次是"总结"，有人说那次是"比赛"，有人说那次是"吃肉饭"，有人说那次是"领草帽"，还有人说那次只是"领毛巾"——因为当时草帽不够分，后到的只领到一条小毛巾。但不管怎么样，大家都觉得那一回很热闹，热闹就是好事。

老三他爹是八年前去世的。不过在那以前，村党支部开会点名，也只习惯性地点到老三了。有时候发现老三没来，便理所当然地奇怪，然后派人去找，或打开广播器在喇叭里喊，把他从被窝里或电视前揪过来——倒是把他爹忘得差不多了。"你作为一个党员明天决不能睡懒觉……"这一类派给老三的说法不胜枚举。这样，改选支部书记的时候，在大家一阵起哄之下，老三只觉得自己读书少，一张嘴说不出四言八句，再加上鼻炎发作时的呼噜呼噜有失体面，倒没在其他方面谦虚。

玉和爹当时有点生气："你爹瘫了十几年，靠集体补助养大了你兄弟几个，还欠了几千块钱医疗费。这事你看着办。"

老三想到这笔人情确实不小，只好不再嘴硬。

他回头咨询过姑妈。姑妈说："玉和爹开了口，你得给人家面子吗。当年你爹出门吃个饭，喝个酒，都是靠人家玉和背进背出和背上背下，好不容易的。"姑爹也在一旁插嘴："没文化怎么的？皮二结巴读了多少书？他当得了道士，我看你就当得了书记。"表妹在一旁更是加油鼓劲："好多战斗英雄没有手没有腿了，还是一往无前，你鼻炎算什么？顶多是一个轻伤员。"

这些道理很有说服力，事情就这么定了下来——只是多年后任乡长听到这一过程，如听天方夜谭。

"事情果真就是这样？"

"你们没记错吗？"

他向知情人一问再问，问得对方有些紧张，东拉西扯反而更说不清了。到底是不是有个女乡长特别赏识老三，是不是档案资料在那年洪水冲击之下全部丢失，是不是老三在外地打工时入过党，都变得闪闪烁烁莫衷一是。

乡长知道少数农村基层组织不甚规范，甚至听说有的人以为入党就可领工资，或者以为退党就可以拿赔款，但还没听说过这种假党员的荒唐。显而易见，这足以构成全乡、全县乃至全省的重大丑闻。正是考虑这一点，他采取紧急减灾措施，一是派人去县里收回已报资料；二是派人清理、修补以及重建档案；三是向下面发布封口令，严防新闻媒体借题炒作——秘书今天早上已经告诉他，外面已有很多电话打进来了，那些平时八人大轿也抬不来的记者，眼下比老鼠还蹿得快，肯定是来者不善，要来大掏粪渣子！

乡长没料到的是，老三不觉得大难临头，倒是像一只乐颠颠的大公鸡，一只以为自己可以下蛋的大公鸡，梳了头，刮了脸，可能还抹了头油，穿上新崭崭的西装，差一点飞到树上去扑打翅膀表演一番产后打鸣。掏出手机时,他还耍起了京腔,提前进入外事活动状态。"……你顺着公路跑,向南,再向东,再向南,一条笔直的弯路,翻一个小小的大山,就到了。"他正在给什么记者指示路线,只是不知道对方能不能理解他"笔直的弯"和"小小的大"。

他家厅堂已经打扫干净,摆上了茶水和糖果。老婆正在厨房里杀鸡。"乡长你来得正好。等一下一起吃个便饭,你帮我陪陪客。"他乐滋滋地说。

"你以为你十分光彩?"乡长有点气急败坏,"这件事捂都捂不过来,你还要到全国去打锣?"

老三眨眨眼:"你是说……这事不能说?"

"有什么好说?人家做假还只是米啊,油啊,烟啊,酒啊,我们造出了假党员、假书记,名声很好听是吧?"

"不是这样说的吧?乡长,不就是我给你们党员帮了一下工吗?在我们这里,你家要建房,我给你帮一手。我家要割禾,你给我帮一手。多帮一点,少帮一点,不算细账的。"

"怎么成了帮工?你知道入党是多么严肃的事!哦,一个菜园子,你想进就进,想出就出?"

"我哪一点不严肃?我偷了你们党员的钱?睡了你们党员的婆娘?"

"你是真不明白还是假不明白?"

"怪事,怪事,我给你们糊里糊涂多帮了十几年工,你还找我的癞子。"老三摇着头,又接电话去了。

如果现在下跪能解决问题,乡长愿意下跪。如果现在喊祖宗能解决问题,乡长愿意喊祖宗。面对这个油盐不进的猪脑袋,乡长差一点急得要抱着对方去跳崖,宁可来一次同归于尽。同来的秘书更觉使命重大,立即向乡长偷偷建议,敬酒不吃吃罚酒,干脆把老三抓起来关几天，罪名就是赌博——他未必没打个牌？未必在牌桌上没有输赢？这事一逮一个准，绝对不会有冤情的。乡长说，这个不靠谱，老三平时还真不怎么打牌。秘书又说，赌一次是赌，赌十次也是赌，你管他呢，过了这几天再给他宽大就是。乡长还是犹豫，说就算他赌得多，这样做也不大服人吧？也过于阴损吧？秘书挠挠头，只好回头再找老三，又是递烟，又是拍肩，又是毫无必要地给对方整衣领，还猛夸对方的新西装特时尚，然后摆出沉重和悲痛的全套表情。哎呀呀你老三当然没有癫子，但事情是这样的啊，这样的啊，这样的啊，出现假党员毕竟是工作上的大差错，让乡领导的脸面往哪里放？还有县领导、地领导、省领导的脸面往哪里放？你是最义道的人，总得考虑一下全局吧？至少的至少，不要毁掉任乡长的政治前途吧？他在这里干了整整六年，六年，不容易啊。每次开村组干部会，他说卖裤子也要办好招待，肉不能少，酒不能少，对你们可是够意思的吧？年关送温暖，他哪个山角落都跑到了，鞋子都磨烂哩。那次打山火，他头发都烧焦一块，衣衫都挂破两件。这些你也都看见了。还有搞蔬菜大棚，搞野猪家养，虽说不是太成功，但没有功劳有苦劳。如果这件事一曝光，一炒作，一惹上面生气，你说任乡长这六年不就……

乡长听得有些鼻酸，扬扬手："不说了，我们回去！"

"任乡长家里还有一个守寡半辈子的老娘呢……"

"听见没有？"乡长大喝一声，"回去！"

老三看见乡长眼里的泪花，听到对方沉重而悲壮的深呼吸，似乎明白了，似乎又没明白："你是说，要我帮他一下？"

秘书说："就算……就算是这么回事吧。你刚才不说帮工吗？对，帮人就帮到底，救人就救到头。"

"那你们怎么不早说？真是！"

老三是个好商量的人，愿意给面子的人，尤其吃软不吃硬，遇到人家砸过来几顶高帽或灌下来几盆米汤，可能先晕了一半，最容易大拍胸脯豪情满怀两肋插刀。没说的，多大的事，封口就封口吧——尽管这实在是忍痛割肉。用老三事后的话来说，他看了十几年电视，从未上过一次电视。这次好不容易盼到机会，差一点要当上名人啦，偏偏被乡领导拆了台。他女儿翠萍在外地打工，只是个吊车司机，也上过两次电视，这叫当爹的如何有面子？据翠萍说，当名人好处多得很哩，进馆子吃饭可能被店家打折，上中巴、坐的士还可能免票，到学校去更是被学生娃娃围着要求签名和照相……老三眼看就要实现的这一梦想，居然被乡干部搅成了猪尿泡。他们——也真下得了这个毒手啊？

根据乡上的安排，他叫婆娘关了大门回娘家，自己上山躲了几天，就像被警察盯上了的贼，就像生育不遵计划的大肚子超生婆。他孤零零待在一个守野猪的草棚里，被蚊虫咬得心烦，被歪风斜雨打得冒火，翻来覆去睡不着的时候，忍不住翻肠子倒胃地号叫了几声，然后给乡长恨恨地打电话："喂，那个茶园的事……"

这是指当年乡上解散集体茶场时截留的一片，多年来小湾村一直要求退还。老三已经纠缠过乡领导多次。

乡长知道对方找准了要价的时机。"这样吧，你书记是当不成了，但乡企业办或者林管所那里，不是不可以安排……"

"不，我什么都不要，就要几片茶叶。"

"要不然就给你一次性补偿？"

"不行，你莫吊胃口，我就要几片茶叶。"

"你不再考虑考虑？"

"不行，我这里蚊子咬死人，烟也快抽完了……"

"好好好，"乡长怕他擅自下山，急急地说："你得给我一点研究的时间吧？你就待在那里，我马上就派人给你送烟去。"

知道对方的让步已成定局，老三喜不自禁，搔耳挠头，想了想，又打去一个电话："喂喂，你就挂什么机？上次我同你说过修桥补贴的事……"

"你得寸进尺啊？"对方差一点叫起来，"胃口也太大了吧？你是不是想搞垮乡政府？那你明天就带着推土机来——"

对方关机了，气得老三直骂娘。

几天之后，记者们终于不再来了，假党员一事有惊无险，总算大体上掩盖成功。小湾村悄悄换了书记，如此而已。老三被一棒打回原形，从此只能专心务农，经常赶着一匹马，用他的话来说是成天闻马屁，为一些东家驮运水泥或电器进山，驮运树木或药材出山，一线马铃声零零散散地洒落山林中，播入一缕缕白色云雾。

他太熟悉这一片山地啦，闭着眼睛也翻山越岭，收收鼻孔就能嗅得出脚下是何地方。前面是箕子沟，那里的井水最甜。再前面是霸王庙，那里的野杨梅最大。再前面是老云界，那里的石头又粉又韧，随便取一块都是上好的磨刀石。再前面是雁泊湾了，那里的野鸡最憨最笨，你在草丛后拉屎也可能顺手捞上一只。从雁泊湾往上就是蘑菇砚，那里最怪的是只长公竹，一根母竹也没有，一山的光棍竹子哗哗地开会。从蘑菇砚往下三里半就进了赵家坊，那里已经迁走大半人口，到处是空空的老屋，但一个叫五妹佗的大嫂还住在水磨边和垂杨下，经常在出门不远的小溪前举槌捣衣。她最会唱山歌，一开嗓门就是百鸟噤声，流水止步，人不知今夕何夕。老三的几段"黄色歌曲"都是在那里学来的——其实是指民间情歌。

丈夫打我你莫慌，
娇姐越痛越想郎，

剃了脑壳还有颈，
剜了肝肺还有肠，
……

这样孤独的"黄色歌曲"唱得真是山河黯然，让老三伤心不已，听完或者唱完以后一次次揪鼻涕。

不唱歌的时候，马道上有些马伙计曾找老三打趣。比如说："你怎么也来闻马屁？一个尿壶不冒充酒壶了？"

老三笑道："你以为那是什么好酒壶？喉咙里都结了蜘蛛网，几年里没唱歌了。我的娘，出门就要带两个肚子，一个肚子装饭，一个肚子装气。头上还要顶三把糯谷草，任人搔来任人踩。"

对方说："少说乖巧话。当初是哪个天天抹头油？还到处说矮子上楼梯，一级硬是一级？"

这时候的老三咧开河马大嘴嘿嘿一下，没词了。

又过了几天，乡政府让小湾村得到了他们的老茶园。据说新任支部书记放了一挂鞭炮，提议办几桌酒席，唱一台大戏，酬谢老三多年来的谈判之功。老三说，红包就算了，大戏就算了，如果大家真要奖励他和高抬他，真要了他一个心愿，那就资助他与几个老伙计去韶山看一下毛主席的祖坟。

要得，要得，很多人都想去看那个祖坟。他们虽然说过老人家的一些坏话，但乡政府这次发还的茶园，还有其他田土山林，不都是老人家当年给穷人们争来的？这个恩德还不大上了天？有些人最喜欢看战争片，最近看了什么电视连续剧，对老毛指挥三大战役佩服得五体投地，认定真命天子毕竟是真命天子，他家那祖坟一定非同寻常大有奥秘。

出发的那一天，庆呆子的大儿子开车，莉疯子在一旁陪驾兼指挥，老三和另外几个汉子在卡车厢里抽烟，喝啤酒，嚼饼子，打扑克，身旁是他们备好的大香大烛。

任乡长在路上遇到他们，上前看了看香烛，嗅了嗅车厢里残留的石灰味和猪尿味。"你们怎么不去看深圳？不去看广州？那里的高楼大厦比山还高，肯定看得你们花眼。"

老三兴冲冲地说："先看祖坟，先看祖坟。"

乡长皱皱眉，纠正对方的说法："你应该说，去了解伟大领袖毛主席的革命事迹。"

"事迹？他的事迹我们一清二楚，这次就是去看祖坟。"

"你至少应该说，是去观赏一下韶山的美丽风光。"

"风光？哪里没有好风光？这次就是去看祖坟。"

"你为什么一定要说看祖坟？"

"这句话又说不得？"老三睁大眼，"你们清明节不都是去看祖坟？也没看见政府把清明节废了啊。"

乡长叹了口气，没话说了。他有一个要好的同学在韶山当官，本来可以打个电话去，让对方招待一下这群老少疯子，但看老三那模样，怕又闹出什么大洋相，只好打消了掏手机的念头。他挥挥手走了，回头对开车的秘书只说一句："看祖坟也就算了，我怕就怕他们下一次到天安门去敬香。"

二〇〇九年七月

最初发表于二〇〇九年《人民文学》杂志，二〇一〇年获《人民文学》杂志年度优秀作品奖，二〇一一年获首届萧红文学奖。

怒目金刚

老邱会砌墙，一把砌刀敲得当当响，只要砖块和灰浆供得上，两三个呼呼喘气的砌匠也赶不上他。他又会打猎，一枪放倒野猪，用不着其他人补枪，大家只管前去挂绳子抬肉就是。他还身高体壮，见几个后生抬一根水泥电杆上山，别别扭扭，累得嘴斜鼻子歪，便一声冷笑："啰嗦，啰嗦，这么多筷子如何夹肉呢？"他扬扬手让后生们后退，自己紧了紧腰带，大吼一声，三百多斤的电杆就上了肩，稳稳地腾空而去，吓得后生们无不倒吸冷气，再也不敢要求加工钱。

正因为身手不凡，加上全乡在他的治下粮食增产，他这两年臭脾气见长，帽子从没戴正过，衣襟从没扣好过，眼睛珠子总是朝天上翻。"你小子""我老子""他妈的""老子崩了你"一类行伍京骂，动不动就遍地开花，大戳乡亲们的耳朵。但大家拿这位活阎王能怎么办？他说太阳从西边出来，你就不敢说从东边出来。他说一天有二十五个钟头，你就不敢少说一个钟头。人们忍气吞声，任他一张臭嘴到处吆三喝四骂东骂西，任他四方步、八字步、蛤蟆步或螃蟹步呼呼地带风，走到哪里都排山倒海。用本地人的话来说：他要进你家的门，你得赶紧砸门框。他要是在你家坐，你得赶紧往椅子下支砖。

这些话的意思，是指这位书记霸气太大，门框都容不下；也太重，椅子也顶不住。全乡的门框和椅子都遭了殃。

这一天，活该吴家村的玉和倒霉了。刚过大年初五，老邱召集村干部们学习。这正是大抓马克思主义哲学下农村的时代，物质、精神、内因、外因、质变、量变、辩证法、形而上学……这一类小册子上的古怪名词折腾得大家冒虚汗、翻白眼以及舌头抽筋。但哲学是明白学、鼓劲学、斗争学、粮食增产学和肉猪长膘学，哪个敢不捧着小册子出汗？哪个敢逃脱这种哲学大刑？

玉和来迟了，拍拍身上的雪花，笼着袖子往墙角里蛇行鼠窜。

"嘿！站住！"书记铁青着脸，"你小子怎么又迟到？"

"我……刚才看见对面山上牛吃菜……"

"哄鬼呵？今天是牛吃菜，明天是鸡吃谷，每次迟到都有理。妈那个×，我看你小子就是目无领导对抗学习！"

"确实是断了牛绳，真的，不信你自己去看看，西坡的油菜秧子少了好大一片。我要是说假话，就把舌头割在这里。"

"油菜重要还是哲学重要？你就不能叫别的人去赶牛？你猪娘养的呵？不会动动脑子呵？要是在战场上，迟到半分钟也不行。妈那个×，贻误战机，军法从事，老子一枪崩了你！"

书记今天火气特别大，主要是发现下属的学习一塌糊涂，不是把"黑格尔"记成了"黑木耳"，就是把"辩证法"记成了"变戏法"，甚至把"巴黎公社"理解成"篱笆公社"，将来遇到上级派人来检查，肯定烂他的场子和大丢他的脸面吗。他已经拍了三次桌子，疯狗一样逮谁骂谁。据玉和后来清算，那骂娘骂爷的粪团子至少砸下了一筐。

说起来，玉和虽是尖嘴猴腮苦瓜脸，但在同姓宗亲中辈分居高，被好几位白发老人前一个"叔"后一个"伯"地叫着，一直享受着破格的尊荣。因为读过两三年私塾，他能够办文书，写对联，唱丧歌，算是知书识礼之士，有时候还被尊为"吴先生"，吃酒席总是入上座，祭先人总是跪前排，遇到左邻右舍有事便得出头拿个主意。想一想吧，这样的堂堂君子为何今天成了茅厕板子说踩就踩？成了床下夜壶说尿就尿？不就是迟到吗？不就是赶了一回牛并且在水沟里摔了一跤吗？他姓邱的凭什么狼心狗肺当众打脸？

玉和抹了把脸，端坐着一声不吭，只是休会时在门口拦住了书记，说你慢点走，我有事要说。

书记斜瞅了他一眼，说你迟到这么久，还有什么屁事？说完向另一个人交代运化肥和挖塘泥的任务，发出哈哈大笑。几个人额对额地借火点烟，亲热出抹脑袋和捅腰身一类动作。

玉和嘟囔一句："我要辞职。"

"你说什么？"

"我要辞职！"玉和只得高声。

对方这才扫来胡乱的一瞥："想叫板？你今天迟到，我骂你有什么不对吗？"

"骂得对，都对。"

"那你还有什么好说？"

"你骂我对，骂我娘不对。我娘没有要我迟到，还特别怕我迟到，今天一黑早就起床给我煮饭，三番五次催我出门，说山上有雪不好走。你如何左一句'猪娘养的'右一句'妈的×'？这事与我娘到底有什么关系？你同我说清楚。"

邱书记一怔，翻了个白眼，"我这是……这是……教训你。"

"你明明是骂我娘，哪是教训我？这大家都听到了，人人可以作证。"

书记左看一眼，右看一眼，说不出话来，最后憋出了一个大红脸，呼啦啦甩下烟头拂袖而去。

副书记见玉和跟上去纠缠，只好插上来紧急救驾。"玉和同志，你辞什么职？给人剃了半个脑袋就丢下不管？有话好好说，好好说。你看事情是这样的。今天你来迟了，与你娘确实没关系。书记也不是要骂你的娘，只是他当过几年兵，习惯了行伍里骂人的一些口白。你不能太认真呵。"

"怪事，对娘不认真，他姓邱的是树上结的？是土里长的？是螺蛳壳里蹦出来的？莫非只有他的娘金贵，别人的娘就是狗屎？"

"你消消气，骂娘确实，确实这个嘛……"

"今天才初六，照规矩元宵节之前都是过年，得讲个喜庆和睦。他这个时候当着上下百多号人来指着鼻子骂娘，是不是欺人太甚？"

"人家老邱可能根本没掐这个日子……"

"我比他整整大一轮，多吃了十二年的饭，他也没掐一掐？出门要尊贤，入门要敬长，他连这个道理也不懂？"

"这样吧，你抽烟，你抽烟，我把你的意见转告他……"

"你告诉他：去年他来我们队蹲点，我娘为他煮过饭，烧过茶，洗过衣，做个鞋垫，亏了他吗？他不记恩也就算了，为何一转脸恩将仇报？我娘快七十的人了，一辈子没做过恶事，连蚂蚁都不踩，连蚊子都不打，脑壳痛了十年，腿痛了二十年，眼下只剩下几粒牙齿喝稀饭……"

玉和不愧是吴先生，一较真果然有板有眼，条理分明，证据确凿，情理并茂，大义凛然，气壮山河，铁齿铜牙足以逼得对手一截截出屎。副书记知道今天遇到大麻烦了，再递烟也无济于事，再拍肩再赔笑也阵脚难守。眼看着幸灾乐祸挤眉弄眼的闲人越聚越多，他只好适度背叛一下。"老邱怎么搞的？确实不该这样说吗。这样吧，我给你道歉行不行？我代他向你道歉行不行？杀人也不过头点地，我们认错了，不行吗？"

"你不用道歉，这不关你的事。冤有头债有主，我只找他，要他到我家去坐一下，同我娘说清楚，就可以了。"

"好好好，会去的，你放心，肯定要去的。"

下午开会，邱书记成了霜打的秋茅，不时用袖口在额头抹汗，嘴里干净了许多，在造林一类问题上还无端称赞了吴玉和几次，散会时又主动前来招呼，说天在下雨，玉和同志你要不要借把伞？

玉和戴上自己的斗笠扬长而去。

"雨太太太大了吧？……"书记的结巴和巴结都留在远处。

几天过去了，玉和一心一意等着，等着老邱上门来的那一刻。其实他嘴硬心软，没准备下毒手和动大刑，甚至不打算说重话。他平日里对待牛马猪羊都和颜悦色从无恶语，如何会为难一个人？一个长官？他只要对方来坐一坐而已。坐一坐就是坐一坐吗，喝杯茶，抽根烟，天南地北说几句，事情点到而止就行。玉和还准备了酒肉，说不定到时候还要贴上一顿呢。老邱最爱吃的小腌笋，他一直小心地留着。他知道老邱的行伍脾气，知道人非圣贤孰能无过。问题的严重性在于，那家伙不该在不当的时间、不当的场合，以不当的方式、向不当的对象撒泼发癫，这一背天理，二败习俗，岂能听之任之？士可杀不可辱也。树活一张皮人争一口气也。老话就是这么说的。

门外总算了有了脚踏车的铃声，玉和清清嗓子出门迎候，发现来人不是老邱，是一个走门串户的蛇贩子。

屋前的老黄狗大吠，玉和拍拍身上的灰屑钻出厨房，发现来人仍然不是老邱，是一个挑着空箩筐的亲戚，大概是来借粮。

不是说了他会来的吗？

玉和等得心里越来越虚。直到家里的小腌笋霉得只能沤肥了，还不见姓邱的影子和声气。后来听人说,邱天保来什么来?这家伙刚接到调令,脚板下抹了油,已经去其他地方上任,你八人大轿也接不来他了。吴玉和顿时两眼发直,全身抽搐,像重重挨了一枪,胸口有撕裂的剧痛,差一点口喷万丈鲜血然后直挺挺地倒下去一命呜呼。天呵天,那家伙肇事逃逸,欠债不还,杀人不偿命,拉完臭屎屁股一撅就溜了?他吴玉和老娘头上的这一泡臭屎只能没完没了地顶下去?

他大病了一场,额头上贴膏药,在床上躺了半个月,整个人瘦下来一圈,不再兴冲冲地办文书、写对联、唱丧歌,也不再吹嘘祖上那些翰林、都督、御医的故事。他不知乡亲们会如何议论此事,甚至不敢出门见人,但相信自己已斯文扫地可笑如猴,他婆娘就是猴子的婆娘,他儿子就是猴子的儿子,他孙子将来就是猴子的孙子。一只飞鸟此时刚好把两滴稀粪拉在他的茶碗里,更让他看到了形势的严重。他拿定主意,忙去打听邱某人的去向,然后给所有去那个地方的人捎口信,拜托各位开车的司机、走娘家的女人、卖竹席的小贩、补锅或者修伞的师傅,去找到那个王八蛋,就说这里有个姓吴名玉和的人在等他,要找他,永远跟着他。他得听好了:躲得了初一但躲不过十五,他就是躲进了蛇洞,吴玉和也要挖洞灌水凿洞灌烟;他就是逃到了台湾,中国人民也一定要解放台湾!

不知这些口信捎到了没有。到最后,他气呼呼把儿子叫到面前,说养兵千日用兵一时,你给我带上一双草鞋和两斤米,明天就到河口乡去。记住:你到了那里,找到那个姓邱的货,一不要讲理,二不要打架,三不能毁坏东西,只是咒他邱天保不得好死。记住:你要咒九九八十一遍,嗯啦,八十一遍。你回来以后,老子付你口水费,让你吃三天肉!

儿子一听说吃肉,乐得摩拳擦掌,"要不要咒他绝代根?"这是一种村里人最恶毒的命运预告。

"不可，他娃娃与此事无关。你不能乱来。"

"要不要咒他癞头猪在粪坑里狗的？"这是一种乡下的下流描绘。

"不可，他爹娘与此事无关。你也不能乱来。"

"要不要往他窗户里砸牛屎？"

"不可，不可。你砸了牛屎还不是他婆娘来清洗？他婆娘又没骂我，不关她的事。你休得连累无辜。"

儿子把老爹交代的政策和纪律记住了，顶着一个草帽，提一根打狗棍，斗志昂扬上路而去。不料他这一次毫无战果，原因是他寻到河口时，姓邱的不在那里，据说他不久前违法犯罪，闯下大祸，一头栽进了公安局。

玉和先是一惊：公安局？他姓邱的能犯什么罪？接着是一喜：老天总算开了眼呵？走多了夜路要碰鬼呵？这个贼坏子也有栽跟头的时候？再下来却有点左右为难：因为他听人说，天保那家伙吃官司，一不是拿错了钱，二不是上错了床，三不是反党反社会主义，不过是擅自下令砍了公路两旁的行道树。事情的起因，是河口遭受水灾，上面迟迟拨不下救灾款。眼看着几百灾民没房住，他一冒火，"妈那个×"，就带人去给干线公路猖狂地操刀剃头，把护路的樟树、杉树、梓树统统砍了然后分给灾民盖房子——这种毁林毁路之罪，在抗美援越的特殊时期尤其罪不可赦。

但不破坏又怎么办？不擅自不猖狂又如何？吴玉和大张着嘴，有点想不通：那些树反正没运出国，不都是给中国人享用了？又没烧成灰，没化成水，不也是派上了正当用场？这算什么违法犯罪呢？未必有了"黑木耳""变戏法"，有了"篱笆公社"的革命哲学，灾民就可以不住房子了？或者房子就可以用纸片来糊？⋯⋯邱天保居然为此获刑两年，丢了饭碗，一栽到底，实在匪夷所思。玉和由此想到小人暗算、权奸作乱、昏君恶法、国运不兴一类大事,想着想着就把私仇一段暂时放下。这一天,去县城卖猪鬃和拉酒糟,他还忍不住去看一眼邱犯天保,想送上一碗牢饭。

在送完牢房以后再啐他一口,这样做可能比较合适?

后来他知道,天保没蹲看守所,算是刑期监外执行。那家伙在县城也没住房,只是眼下靠老婆当临时工养家,就在城郊租了一间库房,方便老婆去大米厂上班。这样,玉和顶着烈日打听了好几个地方,最后在大米厂围墙外找到一排库房,找到了邱家一张歪门。库房是以前用来囤放石灰和水泥的,已经破旧,还阴湿,还窄狭,墙壁不过是篱笆上糊了些黄泥,炉灶不过是墙角里几口砖上架一口锅。有一张木椅因为少了一条腿,只能斜斜地靠着墙。一线蚂蚁从墙上爬到了椅子上,聚叮着几颗剩饭。

往日的大书记眼下又黑又瘦,胡子又乱又长,在黑暗中瞅了好半天才认出来人。但他没法站起来——右腿据说是不久前在一次批斗会上被踹伤。他只能捉住来客的手,禁不住浊泪一涌而出:"我在三个地方任职为官,前后干了十多年呵,没想到……没想到只有你今天来看我。"

"你不要动,不要动,就这样好。"玉和让对方坐稳。

"上茶——"老邱凶猛地表示客气。

一个小女孩赶忙来招待客人,但揭开热水瓶的盖,发现里面没有水;从井边提来半壶水,发现火柴盒又空了;好容易从邻居引来火,又发现小铁筒里已无茶叶。看到这场忙乱,玉和轻轻地叹了一口气。

他喝着一碗白水,见小女孩靠两张凳子相叠,爬到小阁楼上去写作业。"这么爬上爬下好危险,你不给她打一张楼梯?"

"早就拜托了人,都一个多月了,人家也没个回音。"

"怕是木匠没空吧?"

"没空?我算是明白了,世态炎凉呵,墙倒众人推呵。如今我成了王八蛋,还有什么人情面子?"

"这事好说,包在我身上。"

"麻烦你?不用,不用,我自己会想办法。"

"你啰嗦什么?五天之内,保你有楼梯用。"

"哎呀呀……"天保眼里闪着泪花,"那也好吧,到时候我给你算钱。"

"钱?你要说钱?那这事就不能谈了。我吃饱了没事干呵?要赚你这几个臭钱呵?算了,你另求高明吧,我也没得空。"

鼻涕声更响亮,天保再一次紧握来客的手,嘴巴张开了两三次,像一再慎重挑选词句,要说出激动和重要的什么话来。

玉和等着,等着,等着呵等着,甚至等得自己怦怦心跳,一心等到对方最应该说出的那句话,等着云开雾散阳光灿烂的美好。但不巧的是,小女娃偏在这要命的时候问父亲一个字,又问一个题。这事刚消停,主人的老婆又下班回了家,于是天保的口舌胡乱支应离题万里,让玉和暗暗叫苦。

主妇见家里有客人,顾不上一身灰土,忙去买了一条鱼,打回一瓶酒,留客人吃晚饭。豆豉大蒜烩鱼的香味很快在窝棚里弥漫开来。天保揭开热气腾腾的汤盆,喜滋滋地说:"来来来,吃!"

"你吃。"

"你吃。"

"你先来。"

"你吃嘛吃嘛吃嘛。"

"你来嘛你来嘛。"

推让三番五次,天保嗓门越来越大,见客人还是怯怯地往后缩,竟急红了一张脸:"你到底吃不吃?"见客人呆呆的,更是气不打一处来,端起鱼盆往地上咣当一砸,"不吃就不吃,不吃了不吃了不吃了!"

他气呼呼地摸火柴抽烟,吓得玉和差一点翻下椅子,面色惨白,不知所措。好容易看清眼下的局面,玉和只得先安抚哇哇大哭的女娃,又与主妇争着去在地上救鱼,争着用扫把和抹布清理污秽。幸好装鱼的是铝盆,没砸破。主妇回头将鱼用清水漂一漂,略加油盐,还能上桌。

"你急什么急?人家这不是在吃吗?"主妇把筷子重新塞到丈夫手里。

一顿回锅鱼吃下来,邱犯天保还是喝醉了,脖子都红红的,哭出一把鼻涕一把泪,先是骂法院判决不公,接着骂自己脑子里长草,再骂某人落井下石,骂某人见风使舵,骂某人皮笑肉不笑,骂某人明明输了棋偏不认账……都是一些玉和不知头也不知尾的事,让他接不上话。只有妈那个×妈那个×妈那个×一类口白,"你小子""我老子"一类前缀,玉和倒是听得耳熟。

玉和不再说话,只是一听对方说"吃"就赶紧操作筷子和嘴巴,全身紧张一直持续到欠身告辞而去。

四天之后,一张小楼梯就由玉和求村里的木匠打好,托拖拉机手捎去县城。据说那楼梯又光洁又结实,长短恰到好处,还有防滑倒的挂钩,显然是来自一种用心的观测。邱家人见了喜不自禁。

但玉和再也没有去过那一家。有时捎去一包茶叶,有时捎去半袋豆子,这点人情倒是有的,但他不愿再进那张门。日子久了,熟悉他的人才得知,他无非是嫌邱家缺文少墨,不遵礼数。做女儿的不会叫人,是个哑巴吗?当主妇的在客人面前穿短裤,白花花的肉晃来晃去,天气再热也不能如此不成体统吧?再说吃饭,主先客后,这是规矩,就算是吃碗老萝卜烂白菜也得讲究的,为何推让几下你就要瞪着眼睛砸碗?你拷问犯人呵?你痞子闹场呵?

真是莫名其妙——人家客方一个肚子是来装饭的还是来装气的？一餐饭下来没长肉还要吓得掉肉呵？

最后一个捎豆子的人回来时说，邱天保已经搬家。相关的好消息是，因为不少群众一再上书，法院重审案件之后终于对邱天保改判。这家伙命好，八字硬，居然还得到某个大人物的赏识，虽写下一份深刻检讨，但最近被提拔为副县长了。

听到这事，吴先生点了点头。

"你不高兴吗？"传信人觉得对方还应该有更多表情。

吴先生提着牛鞭出门，"高兴什么？这家伙，落难惹人怜，得势遭人嫌。"走出地坪好远又在柳树林那边扔过来一句："你们看吧，他那张嘴巴又会变成大屁眼，到处喷屎喷尿，哪个受得了？"

邱副县长是否到处喷屎喷尿，不得而知。不过他当然不会忘记玉和，据说很快就捎话来，邀他去县城走一走，请他去看什么大戏，接他去赏什么灯会，但他充耳不闻，就当没这回事。有一次，副县长在路上见到他，远远就要司机停车，热情万丈地迎上来，但他借口手上有泥水，没接住对方伸过来的手，自始至终也只是点点头，或者摇摇头，不咸不淡地支吾一下。

老伴事后埋怨他："事情过去就过去了。你们这对冤家也结得不容易。照我说，冤仇宜解不宜结，得饶人处且饶人吗，你呀……"

没料这句话引发玉和的勃然大怒："我又不是个疯子，凭什么要握手？凭什么要应答？"

"他问问你有什么困难，怎么说也是好意吧？"

"困难？我最窝心的困难，他装模作样不知道？"

"他可能……真是忘记了？"

"这种事都能忘记？那他就更不是个人！"

老伴吓得舌头一伸，再也不敢接话。

一天，四五个乡干部一齐来到玉和的地头，见两口子栽瓜秧，就这个帮忙点粪，那个帮忙覆土，另有人大张旗鼓地砍树枝扎棚架，"吴伯""吴爹""吴先生"一类叫得特亲热，递烟点火一类动作也让人应接不暇。他们无事不登三宝殿，其实是想接先生去县城走一遭，帮他们去拉拉关系，解决乡政府旧楼改造的资金问题。照他们说，这四乡八里就吴伯面子最大——不然邱副县长为何三天两头就要问到他吴玉和？他雪中送炭青松傲雪慧眼识英雄的感人事迹谁个不晓？

玉和一直不吭声，最后冷冷一笑："我是三岁娃娃吧？你们还要我去找那个王八蛋，不是偏偏要踩我的痛脚？"

众人吓了一跳，面面相觑。黄乡长怯怯地问："你说哪个是王八蛋？"

"你们说哪个，我就是说哪个。"

"这就怪了。前……前……你与他不是来往最多吗？在他最倒霉的时候……这可都是邱副县长自己说的。"

"那是我看在他落难。"

"吴伯，这我们就不懂了：一面破鼓，补它是你捶它也是你？"

"有什么不好懂呢？桥归桥，路归路，一码归一码。他蒙冤落难，我要行公道。他伤我太深，是亏了私德。懂不懂？公道与私德是两笔账。诸葛亮气死周瑜和哭吊周瑜也是两笔账。我吃了五十多年的干饭，连这个账都算不清？"

众人说不过他，甚至听不懂什么诸葛亮的账。另一个干部只好苦着脸另找话头："吴伯，你就算是帮我们一个忙吧。你看我们那个办公楼，实在破得像个猪窝了。昨天一下雨，我在房里摆三个桶子接漏水呢。老鼠天天在我头顶上打架。你老人家菩萨心肠，大人大量，德高望重，对我们全乡的发展建设功勋卓著！这样吧，你老人家消消气。到时候我们在城里最好的酒馆摆上一桌，你与人家老邱相逢一笑泯恩仇，往事一笔勾销……"见玉和一张苦瓜脸正在转暗变黑,又赶忙顺着来:"哦,当然啦,都按你老人家的要求办,人家邱副县长肯定有个说法。是不是?我向你保证,事情一定圆满解决。今天我一个脑袋赌在你这里……"

"这关你们什么事?"玉和把来人的一张张脸盯过去。

"我们不就是要促进团结吗……"

"在酒馆里搞团结,我娘听得到?我娘有这么长的耳朵?"玉和哼了一声,挑起粪桶径直下坡去了。

大家拍拍脑袋,这才想起一个重大疏失:玉和老娘的坟头在这里——既然事情因她而起,当然就得在这里了结,酒馆里再圆满再伟大的团结也是锣锤没打在锣上,不合吴伯的章法。

日子就这样过着,有晴有雨有暖有寒地过着。又一个冬天到来了。村里遭遇一次山火。那天风太大,烈焰横蹿,火团远跳,几乎逢路过路逢溪过溪一往无前。离火舌还十几丈远的林子,哪怕隔着荷塘或地坪,一眨眼就由绿变黄和由黄变黑然后噼噼啪啪自燃,把在场者都吓得差点尿裤子。谁也没见过这么疯魔的火,不知道如何对付。玉和的儿子就是在火场差点丢了小命,黑糊糊的一团送到医院时,冒出皮肉焦煳的气味。

听说儿子需要清创、消炎、植皮等费用两三万,母亲几天来以泪洗面。玉和赶到医院时,女人告诉他很多人都来看过了,其中包括乡干部和邱天保,都在着急钱的事。

玉和忙着倒水和打饭,又去上厕所,好像没听到。

女人吞吞吐吐地说,邱天保还批了一张条子,要县民政局特事特办,参照抢险抗灾英模待遇,给伤者家庭补助一万元。

玉和愣了一下,接过字条看看,顺手撕成碎片,扔到地上还踩一脚。"无聊!无聊——"他冲着墙角瞪眼睛。

"你要死呵?"女人大惊,忙不迭地捡起碎片,"你挨千刀,你下油锅呵——这是什么时候?你还称什么大?赌什么气?要什么横?"

"你也不看看,什么狗屁字?猪蹄子戳的?狗爪子挠的?"

"你抠什么字?你的字是比他的写得好,但你的字不值钱。"

"还有脸当干部。就是给我当学生,我也要打烂他的手板。"

"没见过你这号人,山穷水尽了还酸,你就是孔夫子又怎么样?"

"错别字也太多了吧?太无聊了吧?"玉和仍是一根筋,想起了更可气愤的,是字条上儿子吴懿风的名字居然也被写错。"还'一风'呢,哪来的吴一风?他怎么不写成一级风、二级风呢,气象预报呵?他怎么不写成东风、南风、西风呢,打麻将呵?就他这水平,把政府的脸丢尽了,只配去发酒疯!"

"人家可能是没记住,或者觉得那个字难写……"

"列祖列宗在上,我吴家从来没有野崽子。吴懿风就是吴懿风,上了谱的,入了帖的,行不更名坐不改姓。我吴家再穷也不能去拿人家的钱!"

"怎么是人家的钱?不就是一个字嘛,总不会比我儿的一条命……"女人嘴一歪,哭着夺门而去了。

吴玉和翻了翻医院账单,摸摸衣袋,挠挠脑袋,只能出门去卖血。发现儿子连肉汤都喝不上,连鸡蛋都吃不上,当娘的更是餐餐靠酱巴下饭,他更知形势的严重性。他总不能指望老伴去垃圾堆里捡烂菜叶吧?不过他年纪偏大,个头瘦小,面相还丑陋,被采血的护士皱着眉头瞥了两眼,当歪瓜裂枣打发出门。他想了想,只得坐车来到一个小镇医院,找到一个当医师的亲戚,算是走后门通融,偷偷卖出了红色液体——那里有个病危者正好需要这种血型。"你们肯定还有病人!是不是?肯定还会有难产的、中风的、撞车的、跳楼的、闹癫痫的……"他捏着钞票还不愿走,一个劲地纠缠这个或那个医生,恨不得这一刻有千万人大祸临头,都抬进急诊室,都气息奄奄,都急需他价廉物美的鲜血。不用说,他望眼欲穿也没有等到这种奇观,倒是自己几乎被亲戚轰出了院门。

他这才感觉自己有点头晕,两脚如同踩在波浪上,周围一切飘忽不定。扶墙歇一会儿以后,他喘口气再走,差一点撞到树。有位路过的熟人发现他脸色不好,问是不是要用脚踏车驮他一程。他缓缓地摇手,说自己不过是想赏一赏风景,不过是在等一个朋友哩,不急着走,不急的。

他其实很想叫住那个骑车人,请对方帮一把,但不知为什么话到了嘴边又咽回去,还是咬紧牙继续观赏美丽秋色。

儿子出院回家后,身上虽有几块疤,但行走什么的已无大碍,让全家人松了一口气。"不吃嗟来之食,饿死了吗?饿死了吗?"玉和对这种结局兴高采烈,冲着儿子问一句,冲着老婆问一句,冲着邻家的鼻涕娃娃也问一句,问得他们都迷迷瞪瞪,然后面对门外的重叠山峰摆上一碗谷酒,好好地豪壮了一番。不过,治伤所欠下的债,以后得慢慢偿还了。从这一天起,这一家不开电灯,晚上能摸黑就摸黑。这一家也不用肥皂,洗衣时只用草灰或茶枯凑合。玉和豪壮地戒了酒,不买烟,胶鞋换成草鞋,皮带换成草绳,成天着装像个叫花子,在务农之外寻找一切挣钱的生计。他以前从来不去屠房的,总觉得那血淋淋的砍杀,嗷嗷嗷的惨叫,实是不仁,实在戳心,但现在也不能不硬着头皮去那里帮着操刀行凶。他以前从不挖坟砖的,即便是挖一些无主的野坟,死者为尊,虽殁犹存呵,后人岂能咣咣当当地打砸抢烧横加欺凌?但眼下的青砖值钱,卖一口就赚两角哩,他也不得不寡廉鲜耻地扛着锄头混入小人行列。最后,他还跟着后生们上山倒树。一个年过半百的老汉,还经过多次卖血,在根本没有路的陡坡上和密林里蹿上蹿下钻来钻去,被马蜂刺,被树刺扎,被毒草割,被风雨淋,一张沾有青苔和泥沙的脸经常像恶鬼,落在水潭里吓自己一大跳。

他手捧清水洗了几把,才在水面倒影中辨出自己的苦瓜脸,兴之所至,还随口吟出一联:"人面兽心方可恨,兽面人心又何妨?"

他那干瘦如钉的两条腿越来越哆嗦和晃荡了——终于有一天,他突然觉得肩头重量消失,膝盖和腰身忽然舒坦,阳光明亮耀眼,山风鼓荡爽身,整个身体有一种飘起来、浮起来、飞起来的感觉,有一种浮游在五彩天宫里的自在逍遥。

这才是人过的好日子呵——他差一点笑了起来。

其实他是在村民们的大声惊呼中,一失足便连人带树坠下山崖。几只鹧鸪在那个落点的周围大叫着绕飞不已。

落物惊起一大群金色蝴蝶,如一朵灿烂浪花升起来,然后缓缓地溅散。

村里人在谷底找到他的时候,发现他嘴巴、鼻孔、眼眶、耳穴里都流血,手腕已无脉跳,全身正在变冷。玉和,玉和伯,玉和爹……大家的喊声撕肝裂肺,然后在村里引发一阵阵炸响的鞭炮。家人们哭号着,发现他手冷如铁,只得赶紧给他洗身与换衣——据说尸体僵硬后就不方便这样做了。

遵照他以前有过的交代,丧事一切从简,比如道场和傩戏是断断不可。但有些规矩则不得马虎:儿孙晚辈一定要跪着守灵,白豆腐和白粉条一定要上丧席,香烛一定要买花桥镇刘家的——那一家的质量最好;祭文一定要出自桃子湾彭先生的手笔——那是死者生前最为知心的文友。出殡的队伍还一定要绕行以前的两个老屋旧址——死者在那里度过几十年,必须向熟悉的土地和各类生灵有最后一别。

入殓前,儿子发现父亲大睁双眼,目注苍天,不论亲人如何揉,如何搓,如何抹,眼皮也只是半闭。他的牙关紧紧咬住,咬出了一个宽宽嘴形,咬得腮帮微微鼓起,整个一张脸有些扭曲和张扩,活生生一个怒不可遏上阵打架的模样,让身旁人无不想起佛庙门前的怒目金刚。

是不是人家欠了他的粮?是不是他欠了人家的钱?……人们悄悄议论。只有家人最明白他的心事。儿子凑在他耳边大声喊:"爹呵,爹呵,那个人已经来过了,已经给你赔不是了,你就放心去吧……"

金刚还是紧紧盯住屋梁,时刻准备出手。

"爹呵,爹呵,他实在是太忙了,但已经写来了条子,打来了电话,这事大家都知道的呵……"

死者依然严阵以待。

儿子拿一块白布盖住死者面孔,但仍然不解决问题。更麻烦的是,白布盖上去不久,有人听到嘎巴嘎巴的声响,若有若无,似在非在,来自左边又来自右边,待大家侧耳细听小心寻找,才发现越来越大的异声其实来自死者,来自他体内各个骨节的暗中发动。人们赶紧揭掉白布,消除这恐怖的声响,在临战者周围吓得一个个脸色发白。村长急得直摇头,说不行不行,和爹是什么人?你们想拿一块布打发他?这件事再难也得帮他办实了,不然他如何死得透彻?如何走得顺心?

村长赶忙到村部去打电话。这是一个通讯不太方便的时代。邱天保在省城办事,从吱吱吱喳喳喳的电流声中知道事情原委,不免大吃一惊,依稀想起了十多年前。他连夜赶火车,换汽车,把慢腾腾的火车汽车骂了狗血喷头,差点与无精打采的汽车司机打上一架,以至连跑带窜赶到死者面前,已是天亮时分了。他跌跌撞撞扑向床前,一把抓住死者的手放声大叫:"玉和大哥,对不起对不起,我今天是那辆狗屁汽车给耽误啦——"

随他推金山倒玉柱扑通一声跪拜,死者的家人忍不住掩面放声大哭。门外更多的人也跟着抽泣或唏嘘不已。

"我就是邱天保,我在这里给你赔礼,给你娘赔礼——"

人们真真切切听清了这一句。这时,天上突然劈下一个惊雷,震得灵堂烛火慌慌地跳荡,在山谷里激起隆隆回声。顷刻之间大雨也狂泄而至,在门外拍过白花花的一浪浪雨雾,又把一团团雨雾送入门内。据说死者就是在这一刻牙关松弛,欣然闭目,隐隐呼出最后一丝气息,眼角还神奇地挂上了一滴泪。

有人偷偷地笑了,说这就好,这就好,生要晴日亡要雨日,老天也在陪着他放声一哭呢。

二〇〇九年八月

最初发表于二〇〇九年《北京文学》杂志,二〇〇九年获《小说选刊》年度优秀作品奖,二〇一一年获《北京文学》优秀作品奖、《小说月报》年度优秀小说奖。

山那边的事

上访户

　　四海在镇上开过赌场，贩过假酒和假药，用乡亲们的话来说，是"半个身子已进牢门"的货。但他每次事发以后，不知为何都能哼着小调回村，可见他手眼通天，脚路很宽，不是一般的角色。

　　有一次，他与同伙去北京赌，输光了皮帽子和花领带，连回家的车票钱也没有，情急之下给县政府打一电话，称自己冤情太深，没办法，想不通，得去天安门讨个说法。这一电话吓得县政府赶快派人急飞北京，找到他，稳住他，拉入宾馆吃住，说天安门有什么好看的，不如去八达岭吧。这样，免费的长城一日游之后，他接过干部塞来的车票，又免费坐车回了家。这一路算是官家"维护稳定"有惊无险，但省下了车费的四爷并不领情。他哼了一声，说看在乔县长的面子上，算了，以后再说。

　　似乎以后他去日本或美国再赌，就不会这样便宜乔县长了，一个八达岭景区和几个盒饭是糊弄不了他的。

　　学校里欲建一幢教学楼，是国家财政工程，由县里大牌施工单位承建。四海来到现场,背着手这里看看,那里瞧瞧,一种检查工作的模样,然后找到经理,喷出一圈烟,说有饭得大家吃,要分点业务干干。对方不认识他,见他人瘦毛长,鸦片鬼模样,一直不拿正眼看人,领口积有黑黑的油泥,没怎么理他。

他冲着对方的背影大吼:"给你脸,你不要脸呵?你去周围打听打听,你四爷是讨饭的吗?"

这一天,工地上一辆小推车不翼而飞。水管没水了,胶皮管不知被谁割去一截。推土机也开不动了,油箱里不知何时被人抽吸一空。好容易,机手再买来一桶油,重新发动了机器,但轰轰轰地还未开进工地,发现三个陌生汉子坐在那里玩扑克,一根草绳挡住道口,对机器声充耳不闻。

机手上前递烟,"有话好好说。我们是包工的,耽误不起。"

"我们本地人要饿死了,那又怎么办呢?"汉子中有人冷笑。

机手找来经理。经理再次见到鸦片鬼,知道对方绝非善鸟,便掏出手机找乡政府。不料接电话的都不沾包,这个说要接老婆,那个说要看牙医,还有的要去检查森林防火,一个个比老鼠还溜得快。只有一个新来的小王不知深浅,让四海接电话,令他赶快走人,否则以车匪路霸论处。不过,这小王犯下一低级错误。他本是想教训对方不要学坏,但嘴上一急,溜出一个比方:"人家得了癌症,你也要跟着得癌症吗?"事后他才知道,四海的母亲前不久正好是死于癌症。

上天有眼,给了四爷一个大好战机。他顿时怒发冲冠,跳脚骂娘,顺手操一把柴刀,带着一伙人打上门去,一路走一路还打电话四处叫人,其孝子声威咄咄逼人,其人间正气浩浩荡荡——胆敢咒我老母,不想活了吗?老子就要割你舌头!拍死你这个绝代根!

一伙人冲到乡政府,高声大气,捶门打户,到处搜捕歹人。

"姓王的,出来!""出来!""出来!"……一位乡干部请他们坐,结果是椅子被踢翻。另一位乡干部请他们喝茶,结果是茶水泼在对方身上。乡政府的牌子也被摘下,被他们一通狂踩,又给挂到附近一个猪栏房去了。闹到最后,四爷不但要灭了绝代根,而且强烈要求政府赔偿损失,报销他家的医疗费和丧葬费。

"赔!"

"赔钱!"

"赔五万再说!"

……

起哄者七嘴八舌,其声浪差点把乡政府的屋顶挤爆。

贺乡长倒是沉得住气。他当时正在农电站查账,听到一个又一个电话告急,冷笑了一声:"怕什么怕?胯里都没夹卵子吗?刚出牌就打什么大鬼?"

这后一句的意思是,他这张大牌得等一等再出手,准备最后一举抠底,眼下不用急。

直到傍晚,四海带来的一伙人有点乏了,加上有的要去喂猪,有的要去下网,还有的惦记着某张牌桌,已走得七零八落,贺乡长才出现在乡政府门前,把闹事者的面孔一一细看。在他到来之际,一辆小推车,一条胶皮管,还有满壶柴油,也被他派出的几个人,从四海家一举收缴归案——包抄后路的打法应该说战果不错。

"你说他咒你老母,没有录音。我说你破坏国家建设,铁证在此。你说这事是我来办,还是交法院去办?"他冲着四海点点头。

四海有点慌:"今天不被你整死,反正也要被你饿死。那我今天就死给你看,看你的血多还是我的血少!"

"想吃我的豆腐?"贺乡长一瞪眼,"我贺麻子是吓大的吗?来,我先让你三刀,哼一声我就不姓贺。告诉你,你搞死我没关系。我的头发是上级政府一根根数过的，少一根都要找你算账。我的骨头是上级政府一根根量过的，少一寸也要拿你补齐。我家十八代出一个乡长，有面子，有成绩，够本了。我被你搞死，肯定是烈士，上报纸，上电视，追悼会一开，几百人来吊香，鞭炮把天都炸烂。父母孩子都会有政府养，不用我操半点心。你呢，搞死我以后，只有一副大手表让你戴，只有一粒花生米请你吃。你会死得连狗屎都不如。你一分钱也得不到，你兄弟姊妹还做不起人，你爹妈还要骂不孝之子。你信不信？"

四拐子没这样算过，一时语塞。手下人见形势有变，忙上前劝解，把他赶快拉走。但他临走时不想失威，又吐痰，又跺脚，口口声声要把乡政府一把火烧了，要把你们一个个都打得不敢出门。

"好，你等着，我明天就去北京，去天安门！"他最后这一句似乎更有威胁性。

"伢子，你快去！"乡长追上去大喝，"中国九百六十万平方公里，到处都有粪渣子，我这里粪渣子最多，最臭，最熏眼睛。你最好告到联合国。知道联合国怎么去吧？隔了一个太平洋，你游是游不过去的，筏子是撑不过去的。你最好先去拆了屋，多备点盘缠。"

四海事后是否去北京，是否去了联合国，好像没有下文。去联合国是往南还是往北，得走水路还是旱路，也被一些老人议论了许久。

倒是贺乡长余怒未消，一心清理门户，定要把那一颗老鼠屎开除党籍——那位四爷还真是爷呵，十多年前居然混入党内，也太不像话了吧？光凭他这一次把政府招牌挂到猪栏前，就不能不好好修理一下。

不料，干部们对这一建议多是含糊，这个说要接老婆，那个说要看牙医，还有的要去检查计划生育，还是一个个比老鼠溜得快。乡长好容易叫回他们，逼他们点下头来，没料到村民们那里又炸了锅。

"党员好歹是一根绳。要是这根绳都没了，那个牛魔王还能管得住？"

"你们有本事就管好自己的人，管不好的放出来害群众，太不义道了吧？喂喂喂，还是留下来害你们自己吧。"

"你要是把他搞出来，那就把我们都搞进去。不能让他坏了我们群众的名声！"

"党员不就是你们的崽吗？你们来一个开除，脱离父子关系，以后不承担责任了？你们说执政为民，到头来就是赖账，就是躲奸，就是甩包袱呵？"

"口是心非，说一套做一套，才见过你们这号人！"

……贺乡长这一天还没进村，被几个村民堵在路口，听到这一堆七嘴八舌，额上冒出了大汗。他现在就是浑身长嘴，也没法说清整理党务的必要，没法让这些以前多次告状的受害者，被四海偷过树、偷过谷、偷过鸡鸭的乡亲，相信这正是还他们一个公道，正是迟到的正义。他也没法让一位妇人相信他的好心，不再把唾沫星子射过来。

他面红耳赤，结结巴巴，只好跨上摩托溜之大吉，一不小心，栽入路边的乱刺蓬，飞出去的手机也摔成几块。他爬起来时咬牙切齿，冲着随行的小秘书大骂："你要搞死我呵？"

这句话好像骂得没什么道理。

"捉起来没见卵子，放下去又要爬背。什么东西！"他又骂了一句，意思更加难以理解了。

夜生活

老乐跟着罗会计进城，去县里某机关办一个手续，一同乘电梯来到大楼顶层。这时候，一定是罗会计要找乐，坐在那里等人的时候，觉得椅子很无趣，墙壁很无趣，自己的手指头还是无趣，便生出一个坏主意。当时的情况是这样：老乐坐立不安，朝电梯那边看了看，说刚才那个大盒子被我们搞上来了，还没搞下去，后面的人怎么上楼呢？罗会计一听，明白对方肯定是头一次乘电梯，便生出几分焦急，说也是，还真是，你想得周到，快去按一个1键，把大盒子放下去，你再从步行梯上来。

老乐很憨厚，照对方的指示速办，后来气喘吁吁爬上楼时，发现对方正击掌大笑，才明白自己当了一回傻子。

两人办完事，去汽车站乘车回家。这时候，一定是老乐想解闷，觉得水壶很平淡，馒头很平淡，手中一把雨伞更是平淡，也生出一个坏主意。他捅了捅罗会计，说车票应该是一个样吧，我看看你的是什么样。他接过罗会计的票，正好靠近检票口，一举票，进去了。可怜罗会计刚回过神来，已被拦在验票口的那一边，又被身后几个乘客拥挤和推搡，急得跳起来大叫，两眼瞪得铜钱大。过了好一阵，气急败坏的他才重新举着一张票，急匆匆登上车来，接受老乐递过去的车票钱。

"一个读书人，没买票就想混进来，太不像话吧？"老乐这一次也击掌大笑，高兴对方也当了一回傻子。"没钱就找我借吗，死要面子活受罪！"

一报还一报，平了。

两人各有所乐，但回村后各奔东西，种菜或者喂猪，好像什么也没发生。入夜，罗会计摇一把蒲扇，在村头村尾转了一圈，

443

想必是睡意尚无，精神正好，得再找点什么玩玩。回想起县城里的高楼大厦和车水马龙，觉得这里白天是青山连青山，晚上是黑山连黑山，几条亘古不变的山脊线真是让人寂寞，忍不住叹出一口气。

他挠了挠头，终于上心来，邀了几个后生，说老乐今天发了财，买了一双女式袜，了不得，了不得，得去打鞭炮送恭喜。

后生们最乐意上门起哄，既是礼数周全，又是热闹取乐，还可能赚来烟酒糖果，让夜晚变得比较有滋味。因此，这些年来村里喜事不断大增，或者说贺喜标准一再降低，造成小店里的鞭炮总是供不应求。以前只有生子、建房一类大喜可贺，但眼下任何小喜也不能拉下，考上高中或受到奖励就不用说了，买个摩托车，买个电视机，甚至打一个柜子，也都统统变得意义重大，如同丰功伟业，得全民共庆，引来各种忙碌和闹腾。

不过，但是，然而——老乐买袜子这事是不是也太小了一点？有些后生眼里透出困惑的目光。

罗会计瞪大眼，挥一挥手，"笑什么笑？你们知道那是什么袜？卡通的，弹力的，三G的，推荐指数五个星哇！"

后生们听不懂三G，听不懂五个星。但不懂就对了，眼下凡听不懂的就时髦，就高贵，就爆红，听得懂的反倒喊不上价。大概科学技术又有了发展，不但药丸听不懂了，布料听不懂了，如今连一双袜子能G了。能G的东西，肯定能美容、抗癌、防衰老、降血压、燃烧脂肪、开发智力吧？说不定还能带来买彩票和打麻将的运气吧？

大家想象了一番，惊奇了一番，疑惑了一番，终于觉得袜子确实非同小可。可恶的老乐，平时不抽烟，不喝酒，拿一根草绳当皮带，拿一个塑料袋当雨伞，恨不得一分钱掰成两半花的家伙，如今也奢侈和腐败，居然还想瞒天过海混过去？是可忍孰不可忍也,大家凑钱买下鞭炮,兴冲冲一路吆喝杀向老乐,暗含一种同仇敌忾的意味,一种要富就大家共同富裕因此断不容擅自独行的意味。

接下来,那一家狗叫了,灯亮了,门开了,老乐探出头,在火光四射和硝烟弥漫中睁开迷糊的双眼,不知道发生了什么。待得知众人来意,才咬牙切齿地一跺脚,"你们无聊不无聊?歹毒不歹毒?魔障不魔障?你们放什么鞭炮?想灭门就扛刀来呵,要拆屋就开推土机来呵……"

骂归骂,吵归吵,既然贺客们已经进了屋,已经入了座,鞭炮也没法打包退货,东家纵是悲愤满腔,伸手也不能打笑脸人的,只好暂时接受隆重的喜庆。他老乐确实买了袜子,能G的袜子,一双不寻常的袜子,属于超前消费,出人头地,光宗耀祖,不能不有所表示。花钱换体面,其实也不算什么坏事。不过,他这一天实在毫无准备,家里既无酒,也无猪肉和鸡蛋,在橱柜里找了好一阵,只找到几斤面条,本是留给外婆的。老乐一咬牙,只好挥挥手,让老婆去灶下升火。

片刻之后,屋里热气腾腾,碗筷叮叮当当,还有嘴巴和嘴巴嗖嗖的吸面气息此起彼伏。后生们吃得兴起,高声大气地又要酱,又要汤,又要辣椒,又要葱花,催得主妇团团转,撞倒一张椅子,差点摔了一跤。

好,很好,这个夜晚算是比较有意思了。

"喂,三贵家昨天还装了一个电视卫星锅。"

"金河爹前天还买了一只喷雾器。"

"我听说,志良他大婶说要去买一条围裙的。"

……

食客们纷纷提供最新情报,挑选下一个祝贺对象。至于是否要确定统一的接待标准,也进入了他们复杂的协商和权衡过程。

正在这时，门外又响起鞭炮声，大概是消息传开，又一拨后生从夜色中拥出，也来老乐家凑热闹了。

……十六，十七，十八，已经端出最后一碗面条了，已经听到勺子刮锅的声音了。不用说，听到新一轮鞭炮，老乐面色惨白，忙从后门溜出，是去告借，还是逃难，还是魂飞魄散时走错了道，意思不大明白。倒是主妇还淡定，端一大汤锅，噔噔噔冲出厨房，往大桌上狠狠一顿，"好，来得好！不就是为了这个死尸吗？你们都不要走，今天非吃了它不可！"

大家朝锅里一看，发现面汤中只有一双袜子，顿时再一次哄堂大笑，没注意主妇泪光闪动，匆匆跑开去。

乡村英文

玉梅是一个热心女人，与左邻右舍处得很热闹的。她家门前有一水泥坪，遇到邻家的金花来借坪晒谷，二话没说，满口答应，当下把自家柴垛移开，把落叶和鸡粪扫净，让出一片明净的场地。

她还兴冲冲地忙前忙后，将自家的大堂屋腾空，以便傍晚时就近收谷入门，避开露水和雾气，好第二天再晒。

不料，她不知因何事上火，第二天一大早就立在坪前高声叫骂。先是骂鸡：养不亲的货呵？吃了老娘的谷，还要上灶拉屎怎么的？就不怕老娘扭断你颈根拔你的毛？接着骂狗：你贱不贱？老娘请你来了吗？老娘下了红帖，还是发了轿子？这不是你的地方，你三尺厚的脸皮赖在这里，有本事就死回去发你的瘟呵！最后还骂到树上的鸟：你才是个贼，老不死的贼！你上偷瓜，下偷菜，偷惯了一双爪子还贼喊捉贼。有本事你就到法院去告，就十八路人马来抓呵。阴计烂肚的，算哪门本事？……

她骂得鸡飞狗跳日月无光。远处的金花听得心疑，脸渐渐拉长了,上前来问:"玉梅姐,你骂谁呢?"

玉梅没好气地说:"谁心中有鬼,就是骂谁!"

"没……没什么人得罪你吧?"

"谁得罪了,谁知道!"

这就等于把话挑明了,把脸撕破了。

金花扭歪了一张脸,咚咚咚大步离去,叫来两三个帮手,一担担地把稻谷搬走。她的尖声也在篱笆那边隐隐传来:"……以为没有她一块坪,我就只能糠拌饭吗?神经病,脑膜炎,一大早踩了猪粪吧?"

帮手中的一位,后来私下问玉梅姐,到底发生了什么事。玉梅开始不说,实在却不过,才道出心中悲愤。原来她早上见天气不错,打算帮那妖婆子搬谷入坪摊晒,一心做点好事呵。却发现谷堆上画有暗号,是一些弯弯曲曲的沟痕,顿时就气炸了肺:呸,什么意思呵?留暗号不就是防贼吗?留在她家屋里不就是防她吗?怕她认出来,居然不写汉字,还写成了英文,就是电视上那种洋字码……你王八蛋呵,也太小看人了!她玉梅别说有吃有穿,就算穷,就算贱,就算讨饭,也不会稀罕你几粒谷吧?

冤仇就这样结下了。

金花事后不承认什么暗号,声称对方血口喷人,居然诬她写洋字码,为何不说她写了蝌蚪文呢,写了蚂蚁文和蜘蛛文呢?天地良心,她要是写得了洋文,还会嫁进这个倒霉的八溪峒,还会嫁给一个烂瓦匠,还会黑汗横流地晒谷?……

但冤仇就这样结下了,事情真相已没法澄清,因谷堆已散,谷堆上到底有没有暗号,有没有英文,旁人无法证实。

两家断了往来,连鸡鸭也不再互访。一旦它们悄悄越界,必有来自敌方的石块,砸得越界者惊逃四散。一些妇人曾经想从中调解,但怎么也说不通,只能摇头叹气。

447

据玉梅说,那贼婆子曾经送给她一条花裤,说她个子矮一点,穿着正合身,给她穿算了。她以前还满心欢喜,现在算是想明白了:那哪是安什么好心,不就是嘲笑她的个头矮,要当众揭她的疮疤吗?

玉梅还说,那贼婆子曾经约她进城去看戏,抢先掏钱给她买了车票和戏票。她以前一直心怀感激,现在也算是想明白了:那哪是什么看戏?不就是要显摆自己有钱,显摆娘家有人发了财并且让她沾光,要当众戳她的痛处吗?

……

往事历历在目,件件滴血,桩桩迸泪,眼下都被玉梅想得恍然大悟,反正什么事都往心里堵。而且越是有人来劝和,越给她增加了思前想后和悲愤重温的机会。一听到金花家那边狗叫,更是气不打一处来。那可能是发情的叫,是挨打的叫,是赶山猫或野兔的叫,但在玉梅听来都是狗仗人势,叫得这么猖狂和歹毒,吓白菜呵?她把一条花裤找出来,嚓嚓嚓地剪成碎片,一把碎片朝篱笆那边摔过去。

数日以后,住在山坳里的公公找来了,什么话也不说,要玉梅跟着走一趟。她来到了公公家的谷仓,顺着老人的手看去,发现那里的谷堆表面也有一些弯弯曲曲的沟痕,与她不久前见到的完全一样。谷仓前有两三只地鳖虫,大概是爬过谷堆的,留下沟痕的,已被踩死,散发出一种刺鼻的酸腥味。

公公嘟哝了一句,听不太清楚。

但媳妇捂住嘴,愣住了,冒出一张大红脸。

她低着头回了家。去菜园里锄草,顺手把金花家的两块地也锄了。去扎稻草人赶鸟,也顺手在金花家的田边戳了一个。去撒谷喂鸡,见邻家的鸡过来了,也不会再次厉声驱赶,让两窝鸡快快活活地啄在一起。

但金花没见到这一切，而且她那张门一直紧闭，悄无声息。玉梅事后才得知，收完稻谷后，金花就外出打工了，去了很远的北方。

第二年，金花没有回来。

第三年，金花还是没有回来。

第四年的一天，人们悄悄传说，可怜的金花姑娘回不来了，不久前在一次工厂的火灾中已不幸遇难。丈夫怕她婆婆和女儿伤心，迟迟没有说破。不过，她女儿后来上学时骑的那辆红色跑车，玉梅知道，大家也知道——是用一个女人的赔命钱买的。女儿不知道这个来由，骑车飞驰时经常放声大笑。

咆哮体

他是一傻子，一流浪哥，经常蓬头垢面和破衣烂衫，身上还冒出一股酸臭。他不知什么时候来了，不知什么时候去了，没一个定准。他上桌吃饭，东家给多少，他就吃多少，自己从不叫饿或者添饭。他上床睡觉，东家给多少，他就盖多少，自己曲着一条干枯的背脊从不动弹，似乎对冷热毫无感觉。

有意思的是，这傻子据说能通神，在屋檐下插上几根香，嘴里便念念有词。如来佛祖，玉皇大帝，武圣关公，土地菩萨……诸多神圣名号都喊上一遍以后，他闭上眼，垂下头，放出一个屁，冒出一个嗝，右手里一根木棍不停地跳动，大概就有附体神灵了。

人们可以求他帮助排解一些人生难题，但须习惯他的凶狠，因为他每次回答，都瞪大眼睛，咬紧牙关，面目狰狞，凶巴巴地高声大气，整个一个咆哮体，似乎问话者都是他不共戴天的仇人。特别是人家若问神圣何来，想查验一下他的身份，他对这种存疑必定不快，更是破口大骂："你一根臊毛出裤裆呵？……"

他手中木棒猛击门槛,发出震天的巨响——"响佬"这个绰号,咆哮体的含义,想必就是这么来的。

当然,来人在请教之前,得如实报上自己的八字和属地,包括本村各位神灵的名号,比如,城隍是谁、土地是谁、灵官是谁,这相当于县、乡、村三级神界的干部列席,以便傻子总揽全局,协调各方,找准问题,现场办公。一般来说,他不测字,不算命,也不掐阴阳,只是对有些往事比较计较和生气。翻白眼的时候,或斜视路边一只小鸡的时候,他能大声吼叫出各种历史真相:你多年前有一兄弟死在外边未曾收尸,你狠不狠心?咚咚。你那一张收据就在右厢房门后的砖缝里,自己瞎了眼,怎么去怪你老婆?咚咚。你上个月偷了老乐家的一只鸭,在坡上烧熟了下酒,不怕烂手烂脚,不怕烂肠子烂肚?咚咚咚。你无聊不无聊,丧德不丧德,一泡屎屙在人家祖坟上,如今胯裆里长疔疮算什么?你吃药也是白吃,打针也是白打,不痛上两个月不行的!那天一个穿白衣的人坐船来,就是搭救你的贵人,你瞎了眼呵……

他吼得很多来人大惊失色,不知那些重要隐情,包括一些不堪之事,连老婆也不知情的,连父母也蒙在鼓里的,甚至自己都忘记了或不知道的,如何竟被一个外乡傻子了如指掌并且喊得天下周知。

好多人不敢惹他,当然是一些有秘密的人,见他来了就躲得远远,根本不敢前去撞枪口。有人甚至想坏他的名声,曾报上一头牛的生辰八字,却问这位牛栏里的"舅舅"为何最近总是同儿媳吵架。

"妖怪!"傻子啐了一口。

"你……你说呵,说呵,到底是怎么回事?"

"大妖怪!"他操起棍子就打。

他追打得来人抱头鼠窜,直到那家伙再也不敢骗他。

这一次，是建华一个妹妹在外打工，几个月杳无音信，家里人怎么打电话也无人接，两度派人去找也找不到，连警察接到报案以后也一筹莫展，只是含糊其辞，说等一等再说，等一等再说。建华是最不相信神鬼的，身为学校教师，讲得了数理化，玩得了电脑，一直把傻子当笑料。但这一次病笃乱投医，他被父母骂急了，被左邻右舍劝得多了，也不得不硬着头皮蹲在咆哮哥面前。

傻子坐在门槛上听说事由，翻了个白眼，吐出一口痰，用木棍在地上画了一个圈，然后睡了过去。

这是什么意思呢？大家面面相觑，不得其解。

过一阵，傻子醒过来了，见书生还在眼前，便用木棍在地上敲了三下，气呼呼地瞪大双眼。

这个意思更难明白了。

"对不起，小弟愚昧，不解神意。"书生推推眼镜，往对方衣袋里再塞了两个咸鸭蛋，"还请大仙进一步指点迷津。"

"你去戴眼镜呵，你去喝牛奶吃蛋糕呵！"傻子不耐烦地放口咆哮，"人家睡在桐梓岭下，饿了几十年，冻了几十年，不找你，找哪个？"

这下算是听出点意思了。桐梓岭？他是说桐梓岭，是说出了这个明白无误的地名。但桐梓岭下只有一片包谷地，有些杂树林和小水沟，能藏有什么故事？书生立刻带上锄头去那里翻刨，看能不能找出什么坟石、什么灶砖、什么老树根、什么蛇洞或狐穴。一无所获之后，又找村里老辈人细细打听当年。一位牙齿掉光了的叔爷想了想，才闪烁其词说出一件事。大概是这样，那是抗日战争后期吧，一个日本伤兵摇着白毛巾，扶杖跛行入了村，连连鞠躬地讨饭吃。建华的爷爷给了他茶饭，还接受了对方答谢的一支钢笔，但乘其不备，痛下杀手，一锄砸开了对方的后脑门，然后把尸体丢入砖窑，点燃柴火，封住窑口，烧出了皮肉焦臭的一

451

股怪味。

这一往事的知情者极少。当时为了防止日伪报复，几个当事人发了毒誓的，几十年来果真守口如瓶，秘密都烂在肚子里。因此，眼下叔爷的回忆也是有三没四，东拉西扯，似是而非，疑点不少，一时说是这个下的手，一时说是那个下的手，一时说是被逼下手，一时说是意外失手……但无论如何，一个外乡人既然落了难，鞠了躬，面子踩在脚下了，遭此横祸还是令人唏嘘。

好，退一步，即使他罪大当诛，杀了也就杀了，但没让他叶落归根迁葬故土，阿弥陀佛，似乎仍有点让人不忍的。照老人们的看法，一个人哪怕尸骨无存，但一个衣角，一撮头发，还是得归还家乡和父母的吧？家里人想报个梦，总得有个去处吧？

宁可信其有，不可信其无。六神无主的书生遵老人们指点，找到当年的窑址，洒上一筐石灰，大概有消毒的意思；淋上一碗鸡血，大概有镇邪的意思；再供上米饭、猪肉、鲜果，大概有拉拉关系和亲切慰问的意思。作为一个中学教师，他从网上找来一些日本字，制作出一堆日本冥币，在窑址前烧出了一缕青烟。

说也奇怪，几天之后，他妹妹果然回家来了，挂着大耳环，穿着超短裙，支着一个狼牙棒式的爆炸头，与以前的模样大不一样，显示出这一段时光确实不同寻常。但说起这五个月的失踪，她一言不发，顶多是眼圈一红，掉几滴眼泪，或者突然咯咯咯地大笑，让身旁的人惊惶不已。不过有一条，据她举手发誓，她根本没去日本，不认识什么日本人，也不像几个同辈姑娘猜测的那样，对什么日本卡通片有兴趣。总之，她与桐梓岭那一个死鬼似乎没有任何关系。

她说的也许都是真话。

但村民们觉得，摆平了桐梓岭那一孤魂野鬼，消除一大隐患，可能还是很有必要。想想看，再想想看，建华后来遭遇车祸怎么没伤皮肉？他家的橘子这一年怎么结得那么多？他何德何能怎么一举当上了学校的副校长？……这些奇事都让人们浮想联翩。后来，祭亡灵烧纸钱时，有更多的人会多烧一把——朝桐梓岭的方向。

不知什么时候，人们突然注意到，傻子再也没有来过这里了。他留下的一个旅游帽，帽檐很长的那种，久久地挂在村口小树上，已经蒙上了一朵白色的鸟粪。

二〇一二年四月

最初发表于二〇一二年《青海湖》杂志，获《小说月报》第十五届百花奖。

枪　手

　　油印工序大体是这样：先用尖头铁笔在钢质垫板上刻写蜡纸，然后把蜡纸挂上墨网，用滚筒蘸上油墨碾印，于是油墨透过诸多刻痕，一张张传单或小报便大功告成。这种活很奇妙，干得多了，少年们免不了别出心裁再干出一些花活，比如，用多机实现多色套印，或在蜡纸上下足工夫，时琢时磨，时剔时刮，居然能捣腾出木刻、工笔线描一类图像，甚至印制出深浅不同的水墨层次，与铅印的正规报刊相比，效果难分高下。可以想象，要是红卫兵"停课闹革命"再闹上几年，一代铁笔艺术家茁壮成长，就靠那些侏罗纪风格的老装备，蜡刻印象主义或蜡刻浪漫主义也许要流派纷呈的。

　　多年后，徐冰说起当年，出示自己的一些油印插图，我一见就会心。想必这位大腕当年也是脸上常有油污，指头磨出硬茧，上街只看墙头张贴的小报，看小报又全然不在乎内容，目光直勾勾的，只是留心标题、版式、配图的艺术高招和创作心机。惺惺惜惺惺。他肯定注意到街头最精美的那几家小报，隔空神交了许多同道好汉，恨不能千里相会聚首把臂一吐衷肠。

我也在这个江湖里混过。

其时年满十四。

本人最大的从业污点是伪造印章。说实话，既然铁笔下能有艺术流派，刻出印章效果就只是小菜一碟。全国学生免费大串联历时约半年，终于被叫停，但同学们心痒痒的还想出去逛，于是盯上了铁路系统的内部车票。在他们怂恿之下，我借助一把放大镜，在蜡纸上精雕细刻，再用抹布蘸上油墨轻轻涂抹，很快就制作出铁路局的什么函件，其大红印章看来看去，几可乱真。有同学一见就乐坏了："你索性再刻一个中央军委的公章，我们坐上轰炸机出去耍耍呵。"

以这种假印章骗车票居然多次成功。就这样，这一年夏天，好友们一伙去了广州，另一伙去了北京，再不济的也去畅游岳阳或衡阳，校园里变得异常安静，只有绿树深处蝉声不息。他们去的那些地方我早已去过了，便留校守家。我所在的长沙市七中与烈士公园为邻，校园北部的山坡外就是浏阳河。如果同学们都在，我们常去河里骚扰民船，以满船的西瓜或菜瓜为目标，讨不成就偷，偷不成就抢，图的是一个快活。后来还有更神通的战法，那就是一齐对船老板大喊"陈老板——"或"樊老板——"。"陈"谐音"沉（船）"，"樊"谐音"翻（船）"，都是美丽江面上最狗血的咒语。有些船民一脑子迷信，一听到这种叫喊就叫苦不迭，就急得跳脚，实在招架不住，只好往船下丢几个瓜，算是堵上小祖宗们的臭嘴。

可惜我眼下孤身一人，构不成声势，没有预言"沉船"或"翻船"的威慑力，只好怏怏地提一条游泳裤提早回家。

事情就这样发生了。一九六七年这一天的回家之路实在落寞得很，无聊得很，一路走得郎里咯郎。我走过飘飘忽忽的体育馆，摇摇晃晃的公交牌和米粉店，在白铁作坊前还没把弧线剪裁看出个门道，忽听身后一声暴响。

事后依稀分辨出来了：枪声！

事后我还回忆起来了，街面顿时大乱，人们像一群无头苍蝇惊慌四散夺路而逃。如果我拍拍脑子，掐一把皮肉，还能回忆起一个老太婆摔跤了，另一个汉子盯住我的左腿大惊失色，于是我看见自己裸露的大腿上，有一个扣子般大小的血洞，开始往外冒血。这是什么意思？这红红的液体不就是血吗？我的天，刚才那一枪是打中了我？世界上这么多人影，我招谁了惹谁了，竟然如此背运，早不回晚不回偏偏要在这一刻回什么家，千辛万苦把自己往那个黑洞洞的枪口上凑？

我没感觉到痛，而且发现自己还能行走，便用游泳裤紧紧捂住了伤口，跟随人们闪避到路旁。我撞开了一张门，有用没用先求上一句：我受伤了，请帮帮我！说完才看清面前是一老一少两个惊呆了的女人。后来我才知道，这是我一位女同学的家。她比我高一届。她肯定没想到，我们日后还有机会在同一个知青点共事多年。她肯定更没想到，她再后来移民美国，经商成功，与伙伴们天各一方，只是一份音信渺茫的模糊。

她是否还记得，她外婆找来草纸烧灰要给伤口止血时，两只手颤个不停，好几次都划不燃火柴？是否还记得包扎伤口时，她俩全身都软塌塌的使不上气力？……好容易，门外消停了，枪声和狂喊乱叫没有了。一个男声由远而近："刚才那个伢子呢？那个受伤的……"大概是受邻居们指引，一个人敲开了房门。他瘦个子，还有点驼背，手里提一把驳壳枪，冲着我们咧开生硬的笑纹："不好意思，刚才我们是在抓公检法那些王八蛋，妈妈的，一时枪走火，枪走火。"

他说的"公检法"，是司法系统某个群众组织，大概是他们的对头。那时正是"文攻武卫"高烧期，每个城市都闹成山头林立，你争我斗,一旦红了眼便兵戈相向。连中学生手里也少不了苏式骑五三、汉阳造七九、转盘帕帕夏……说实话,多是些民兵训练用的破铜烂铁,子弹也不好找。谁要是扛上一支五六式半自动,那才有几分正规军模样,有脸挎出去招摇过市。大家对此其实意见不小:北京那边说"武装左派"看来也是半心半意呵,要不然好枪都去哪里了?不是被一脸又一脸假笑的解放军早早藏起来了?

接下来的事较为简单。小驼背抱上我出门,送上一辆货卡,是他和同伙刚从大街上截来的,然后一路驶向湘雅医学院附属二院。看着呼啦啦的梧桐枝叶在天空中刷过,我已开始感觉到伤口裂痛,而且知道自己还有一个弹孔,在大腿侧后,是子弹的入口。进入医院后,痛感更加猛烈的狂暴。不知什么时候,白大褂晃来晃去,一位女护士问我一些问题,爱吃什么菜,爱唱什么歌,爱玩什么游戏,是不是放过风筝或做过航模,诸如此类,莫名其妙。事后才知道她这是分散我的注意力,不让我瞥见手术台上那一大盆一大盆的血纱布,防止我大叫一声吓晕过去。据她说,手术时间稍长,是因伤口离枪口太近,火药残毒重,必须切开皮肉全面清创——这话说白了吧,"清创"就是用药纱条在一道肉沟里拉锯式的拉来扯去,就是用钳子夹上药棉团这里那里猛戳一通。

我哥来到医院,在病房走廊里找到了我——这里已人满为患,加床都差点加到厕所里去了。我哥对小驼背怒不可遏地喊:"你什么人?干什么的你?你会用枪吗?你也配拿枪?你的枪口再提高一点点,他就没命了你知道吗?你今天实际上就是个未遂的杀人犯,杀人犯!谁在乎你那点水果罐头?医药费算个屁呵。他要是留下个什么,你这个家伙必须一辈子负责到底我告诉你……"

小驼背脸上红一阵白一阵,把手枪哗啦一声推上膛,狠狠地塞给对方:"那怎么办?大哥,你打我一枪。"

我哥愣住了。

"你要是还觉得亏,那就打我两枪。不过话讲在前面,我没打死他,你也不能打死我。"

大学生最终没敢接下盒子炮。

"你打呀,打呀。没关系,老子这条命反正不值钱,就是一条野狗。大哥你要是不会打,来,小弟我教你打……"

现在轮到我哥脸上红一阵白一阵了。其实,从后来的情况看,这家伙长得未老先衰,虾米背和猴公嘴不怎么周正,倒也不像个小土匪。无所事事的时候,见邻床一个老头上厕所困难,他就扶来扶去好几趟,还帮忙打饭。见病房里太燥热,他后来带上一个兄弟,不知从哪里弄来一台工厂里常见的大型排风扇,拉上临时的电线,呼呼呼送风,赢得众多大拇指。大概是同医生们混熟了,还不时有白大褂来找他,求他去救个急,帮个忙。他们都叫他"小夏"或"夏同志"或"夏如海同志"。据说他总是在脖子上挂两串手榴弹,把其中一个拧开盖拉上弦,冲到手术室那一类地方,大吼一声,两眼圆瞪,喝令小杂种们统统闭嘴,统统一边去。那些"小杂种"其实也是荷枪实弹凶巴巴的,大多比他雄壮比他伟岸,无非是看见战友伤情重,正急得抓狂,用枪口指着白大褂们,强求手术插队,强求最好大夫出来主刀什么的。在这种场合,穿鞋的怕光脚的,光脚的怕玩命的。突然冒出一个比谁都不要命的王八蛋,其他人不敢同归于尽,就只得让他三分。

好几次混乱就是这样平息了。我后来怀疑,院方让我足足住院二十多天,迟迟不放我走,其实是想把他这个维稳积极因素多留下几天。想想也好笑,要放在平时,就凭他的虾米背,满嘴"鳖"呀"卵"的流子腔,大夫们哪能拿正眼瞧他?科班出身的正人君子们,餐前都要肥皂洗手的,周末都要上公园赏花的,笔下总是拉丁字母龙飞凤舞的,别说没工夫对他和颜悦色,恐怕还要严加提防。不过此一时也彼一时也,鸡毛飞上天了。既然只有他愿意平乱，能够平乱，那就成了革命医务人员的主心骨，德才兼备的好同志。即便一条颈根总是没洗清爽似的，能算事吗。

肯定是接受了太多热情信任，听取过白大褂的诉苦和建议，小驼背同志心情大好，索性再叫来几个兄弟，统一挂上"青年近卫军"的红袖章，在大门口吆三喝四地设岗值勤。他指挥就医者们排队，顺便督察一下环境卫生工作，教训一下叫卖的小贩，忙得浑身汗臭。如果让他再忙下去，人民英雄人民爱，人民军队爱人民，他可能就得问寒问暖成天说上普通话了。

这些日子里，我的心情却一直坍塌式消沉。文艺界男女们常来慰问战斗英雄，又唱又跳，又献花又鼓掌。其实英雄在哪里？在这个被临时征用为专收武斗伤员的医院，一个弹片削去鼻子的菜农户，一个腹中四枪的小学生，一个炸飞了双腿的还俗和尚，一个脑袋被铁棍开了瓢的搬运工，还有太平间蒙尸白布下露出的一缕黑发或一双赤脚……看得我心惊肉跳。这就是"路线斗争"呵？明明是开屠坊、摆肉摊吗。手术室里日夜灯火通明，白大褂们匆匆来去，那么多人被呼啸的钢铁剪裁成模糊血肉，号叫的号叫，失禁的失禁，完全是一片战祸景象——这就是"继续革命"的丰硕成果？邻床的一个眼镜鬼，参加过省会长沙三十多个造反派组织的聚义兴兵，前去"解放湘潭"什么的。但大家一窝蜂真到了前线，一个叫易家湾的地方，没人指挥，连饭也没人管，各人自己找地方趴着和躺着。几个首长模样的人挂上望远镜，带上随员和步话机，乘坐军用吉普窜来窜去，雄才大略胸有成竹的范儿，让大家眼巴巴引颈期待，但等到天黑也没见下文……只好一窝蜂又纷纷散了。"贼养的，就算是耍猴戏也不能饿肚子吧，去地里挖红薯算什么事？"

我这才看到了报纸和庆典以外的世界。

一年多后，全国的无政府状态终于大体结束。我离开学校和城市，成了湖南省汨罗县某茶场的一名下乡知青。新生活倒是太安静了，只有日复一日的腰酸背痛，两头不见天的摸黑出工和摸黑收工。无穷无尽的垦荒、耕耘、除草、下肥、收割、排渍、焚烧秸秆，让我们体力严重透支，被岁月抽空了和熬干了，只剩一个个影子在地上晃荡。就像我多年后在一本小说里说过的："烈日当空之际，人们都是烧烤状态，半灼伤状态，汗流滚滚越过眉毛直刺眼球，很快就淹没黑溜溜的全身，在裤脚和衣角那些地方下泄如注，在风吹和日晒之下凝成一层层盐粉，给衣服绘出里三圈外三圈的各种白色图案。"

对于我们这些产盐大户来说，"文革"已恍若隔世，同汉武帝、武则天、北洋军阀那些故事差不多。如果说它还略有遗迹，还略有余温，那也不过是断断续续的小麻烦偶尔来扰，让人一点也爽不起来。有干部从城里来，调查是否有知青还私藏什么军品，谢天谢地，与我没关系。又有干部从城里来，调查是否有知青离校前顺走了公家的篮球、哑铃、球衣、手风琴，谢天谢地，还是与我没关系。更多的调查和清算与全国大串联有关。比如，在各地红卫兵接待站借过钱的、借过棉衣的，眼下都得秋后算账。我的室友黄某，早就丢失了学生证，但眼下无论他如何强辩，那个别人冒用了的学生证，牵涉到三笔共十五元巨款，最终得由他全数补缴，一点折扣也不给。好在他也揩过国家的油，算是没输光，不至于冤屈得撞墙和喷血。据他说，他的骗乘术很简单，想到什么地方去耍，就先学几句那里的方言，然后求告火车站长一类，伪装成途中惨遇小偷的苦命游子，求一个回家的机会。对方听他的外地方言，有时信以为真，心一软，就放过了。只是有一次他撞上克星。对方居然心细如发，硬是找来了一个上海乘客，核查他的上海话，哪怕他紧急改口称自己是上海郊区的，是郊区的外来户，也没法骗过人家那一对高精度的上海原装耳朵。

人们没把他一把揪去派出所，已是他后来的大幸。

这一天，又一位警察从长途大巴下来走进了茶场。接下来，场长阴沉着一张脸，不找张三也不找李四，径直走向我，吓得我胸口乱跳，暗想出来混终归是要还的，肯定是伪造印章那些事败露了。

"你认识海司令？"警察问。

"谁？"

"夏如海，就是开枪打过你的人。"

我松了口气，这才想起是有过这么回事，是有过这样一个人，只是去年已经太遥远，好几个朝代都过去了吧。

接下来的询问大概有这些：

他同你有什么仇？或者同你家人有什么仇？是什么原因，他要在大街上对你横加伤害？

他打伤你以后没有逃逸吗？没有推诿吗？你后来是怎样找到他的？

你的伤情怎样？骨骼、神经、脏器有过什么问题？对现在的劳动和生活有什么影响？你做过全面体检吗？

作为受害者，你为什么到现在也没求助政府？没有追究这种人身伤害的犯罪？他是否对你或者对你家人有过恐吓和威胁？

在你与他接触的过程中，你是否发现过他还做过别的坏事？比方是否还有过其他开枪致伤、致命的情节？是否有过持枪抢劫、勒索、报复、耍流氓的行为？你仔细想想，他是否穿戴过来历不明的手表、皮鞋、金戒指？

……

感谢警察叔叔，一旦重返岗位，重整天下山河，就对我如此关心。不过事情是这样……这么说吧，这么说吧，当时世道很乱，坏人不少，但大多不像是他说的那种坏法。即便是在收枪禁令之前，弟兄们舞枪弄棒，但除了一个图书馆被盗，学校附近的银行、邮局、粮店、商店、饭店、肉店、冷饮店等倒是一直安然无恙，连捡个钱包也是要争相上缴的，谁窝藏谁找死呵。是不是？也许小蟊贼都死绝了。更可能的原因是，他们怕警察，更怕业余警察，无非是怕那些革命群众管起闲事来不讲规矩，动不动就拳脚相加，枪口一下子顶到你脑门上。枪手们还到火车站义务搬运过援越物资呢。

我这样说的意思不是要隐瞒什么，只是觉得对方有点想当然，调查方向有点偏。看来，他在小本上记录下一堆困惑，在这里只看到一条不甚给力的伤疤，没发现轮椅或拐杖，更没发现导尿瓶，大概觉得这一次长途奔波有些不值。在他一再启发之下，我搜肠刮肚，努力配合，总算梳理出小驼背的一些劣迹，比如，用手榴弹炸过鱼，用扑克牌赢过散装烟，还居然要让我享受美好人生，哄着我抽下了此生第一支烟，结果半支下来我就天旋地转，差一点栽倒在厕所……但我没法说下去，因为我发现胖警察脚下已有真真切切三四个烟头，手指头上还有焦黄的熏痕。

"大叔，对不起，我不是说你抽烟不好……"

"没关系，没关系。"

"你平时……不打扑克吧？"

"打又怎么啦？中央文件规定了不准打扑克吗？正常娱乐生活还是要的吧，年轻人要活泼一点，快乐一点，率性一点嘛，也没什么不对呵。"

"那是，那是。"

警察当天就返程了。知青们发现我这一次轻松过堂，既没缴钱也没被扣粮，多少有些嫉妒。

我没料到的是，这事还远未结束。如果我没记错的话，大概是四年后，我被调去全县围湖造堤会战指挥部刻印工地小报，有一天去食堂吃饭，见一个陌生女子守在食堂大棚的门口，一见小伙子模样的，就上前欠身盘问，是不是知青，有没有人姓韩。她眼睛大大的，鼻尖冻得透红，一件红花棉袄裹住了丰丰满满的少女青春，但辫梢和袖口都积有泥点，大概在哪里摔倒过。

她最后筛出了我，冲着我两眼睁大，上上下下好一阵打量，捂住嘴突然哭了。"天呵，天呵你就是……"

出入大棚的民工们吓了一跳，一个个探头探脑的，交头接耳，看看她又看看我，大概在猜想这里的故事，猜想我在故事里的勾当。

我做什么了？

我没被她认错吧？

（如果是电影，此处应该有音乐，大提琴声轰然迸发弦惊天外的那种。）事后才知道，她就是夏如海的妹妹，一个多月来她找我实在找得太苦了，太苦了。她大海捞针般地要找到一个毕业于"长沙市第七中学"的"韩"姓学生，是因为法院军管会判决书上只留下了这一点信息。她先找到学校，找到毕业生下乡的去向（有南北共三个县），又找遍了这个县的七个公社（若干韩姓学生如此分布），但知青情况变化很大，招工的、升学的、病退的、流浪出走的、转点投亲靠友的……有时一动就跨县和跨省，造成线索七零八落，忽断忽续，常常是似有却无。现在，老天爷呀老天爷呀总算开眼了，她死死揪住我这最后一线光明，再也不能松手，再也不能遗失。她发现这个"韩"果然活得好端端的，就像她哥说的一样，不可能"残废"——这是判决书的关键词之一，所列罪状的重要一条。

她苦命的哥就是因这一纸判决，入狱服刑二十年。这事显然与他的"劳教"前科有关，与他后来公然报复"公检法"人员有关。仇恨激发仇恨。碰到这种竟敢反攻倒算的人渣，警方岂能不重拳打击？不难想象，如果当时有法律体系，有律师、公开庭审、辩护制度什么的，案情的夸张现象也许能得到较多避免，但事情可惜不是那样。一个新的未来还相当遥远——以至数年后"律师"还是一个颇为陌生的新词。在我所在的那个县，谁都不愿当"律师"，谁也不愿同嫌犯们共裤连裆。据说无奈之下，第一个"律师"还是县长强令指派的，不过那大学生的出庭辩护竟然通篇是骂，完全是针对被告的大批判，比检控一方还骂得振振有词，让很多人哭笑不得……这是后话。

当然，若往细里说，夏如海一案还与他的家庭有关。据他妹后来说，她与他其实既不同父，也不同母，是因父母再婚才有了兄妹关系的。不知为什么，后母与夏家哥哥总是隔，总是犯冲，总是闹成斗鸡眼，只有小妹觉得新添一个哥哥的日子倒也不错。她喜欢夏家哥哥爬树和翻墙的身手，喜欢他的弹弓枪和蟋蟀罐，更享受出门在外时一个男孩的保护。她哥对后母直呼其名"周秀娟""周秀娟"，甚至让她觉得有趣。上学以后，妈只给她的白面糖包子，她总是偷偷给哥留一半。妈只给她送来的雨伞，她也总是撑到哥的教室前，等哥放学后一同遮雨回家。有一天大风大雨，哥一整天没回来。她撑开雨伞出门寻找，找呵找，最后才在垃圾站找到了一个熟悉人影，跪在蚊蝇乱飞的垃圾堆里，胸中紧抱一团什么。她一看就明白，肯定是妈又同哥吵了，肯定是妈把哥轰出门以后，气得摔东打西，把所有戳眼的东西都扔了出去——其中有一只旧枕头。这是另一个母亲的枕头，是她儿子最后一件偷偷摸摸的收藏。他可以不要弹弓枪和蟋蟀罐，不要课本和书包，但他就是舍不下这只枕头，枕头上一点点熟悉的气息。

她看见哥手上有一些血口子。他在恶臭熏天的垃圾坑里扒开烂菜叶，扒开西瓜皮，扒开血淋淋的鱼鳃片，扒开破罐子和碎玻璃，扒开了五光十色的尿片药渣煤灰废纸死老鼠，最后抱紧一只脏兮兮的枕头泪流满面。

她也哭了。

"哥……回家吧。"

"滚!"

"哥……"

"滚不滚?老子不是你哥!"

"你背过我了,你背过我的……"这意思是她要证明哥哥的身份。

"扣子婆,你今天想死是吧?"

夏家哥哥大概想用狂骂掩盖自己丢人现眼的哭泣,但骂着骂着,一张脸更加扭曲,更加稀里哗啦了。就是在这个夜晚,他抹干妹妹的泪水,有点弥补的意思,然后咬咬牙,说他爸是个酒鬼,早就不要他了。后母更是把他当眼中刺。其实他早就要远走高飞,闯荡江湖,去武当山或南华山,但他怕自己一旦离开,哪一天他亲妈回来了,就找不到他了。他没有办法,只能赖在这里等。

他狠狠地说,妈还会来看他的,来接他的。事实上,他不久前就听到过她的咳嗽声,等他跳下床,冲出门去,深夜的小巷里已寂静无人。但他伸出鼻子嗅一嗅,路灯下分明有一丝熟悉的气息,正是旧枕头上的那种。

扣子婆听不大懂,也不愿听懂,只是哭。

现在我已知道她的大名叫夏小梅。她后来在来信中说,这些年她深深自责的是,她的同情不但于事无补,反而加重了母亲对她哥的愤怒,甚至恐惧和狂乱。"这个吃枪弹的,挨千刀的,果然是人小鬼大,花招诡计还不少呢,敢在我家扣子婆身上动心思了。你一只癞蛤蟆也不自己照一照尿桶?……"想象丰富的后母决不相信自己保护不了女儿,最终使出撒手锏。这时,街道上正巧发生了脚踏车连环盗窃案,被查出来是几个小屁孩所为。后母居然逼着酒鬼丈夫随行，一同去了派出所，给所长送了两瓶酒，不知如何交涉了一番，终于举报成功，把夏如海做进了这个案子——而且是主犯之一。"劳教"三年的胜利成果一举搞定。派出所还把一面"大义灭亲"的大红锦旗送来了夏家。

那个派出所所长，就是小驼背后来在大街上提着驳壳枪要抓捕的"公检法"一员。夏小梅为申诉取证，当然也找过他。那所长似乎也另有苦水，比如，曾被"青年近卫军"那些家伙拘禁，在批斗会上一头扎下台子，摔出了一个严重腰脊损伤，后来走到哪里都要带上一个垫腰的大枕头。他承认，当初的"运动式"办案么，可能有点匆忙，但他面对的是嫌疑犯父母，是人家气壮如牛的大义灭亲疾恶如仇赤胆忠心，他能怎么样？如果说他们是作了伪证，世上哪见过这种虎毒偏要食子的天方夜谭？他怎么知道对方提供的赃物、赃款、证词后面，还有什么家庭恩怨的狗屁隐情？……更可笑的是那个老酒鬼，当初把儿子往死里整的是他，一转身鸣冤叫屈找政府要儿子的也是他，他把人民公安当猴耍呵？

大体情况就是这样。

其实这不过是依托夏小梅的述说，一种情境化还原的大体想象。很抱歉，我不能保证这种想象有多靠谱，不能保证上述细节和引言都是还原如实。由于所知有限，我也不能保证这些就是情境的全部，比如，这里未能涉及小驼背的其他案情，也没留下他父亲和后母的视角——这就像古往今来太多大义凛然的叙事，一些有控无辩的隐形法庭，没给机会让其他当事人开口。

但无论如何，我从未"残废"——这毕竟是事实。证明这一点至少是我该做的。

奇怪的是，自最后一封来信告知申诉得到受理的喜讯之后，夏小梅却突然失联。我给她提供过书面证词，承诺自己可随时出庭作证，而且一直关心她申诉的进展。她似乎没有任何理由消失无踪。一年后的某日，我路过长沙一家国营棉纺厂，被厂牌扎了一下眼，突然想到哎哎哎这不正是夏小梅的通信地址吗？架不住往事涌上心头，我决意进去试试。车间不让外人进入。经传达室一位老头通报，一个工帽和工装上都沾有棉絮的女工，戴着大口罩迟迟才出来见我。她说夏小梅数月前已经辞职，去了哪里大家都不知道。

我只得怏怏地离开。

到底发生了什么？为什么她千辛万苦找到我以后却不辞而别，如同从未出现过，连一句半句的解释都不给？……这个没有结局的故事，本身就是结局了。生活中充满太多有头无尾或有尾无头的碎片，不像小说那样完整。

在这里，我很不愿意说起另一个故事，不愿意尝试一次次心中闪过的猜测和链接。当然，说也无妨，没什么大不了的。事情是这样，一九七八年前后，我的一些朋友陆续获得平反，走出了大墙，不免有时会说起一些墙那边的见闻。忘了是谁说过的一次袭警风波，让我一直没法忘记，忍不住一次次进入情境还原：一件三一三号囚衣。一个身穿三一三号囚衣的小瘦子。一个身穿三一三号囚衣的小瘦子缓缓捡起地上一块小瓷片。有人说这家伙一直不服判，不知被狱警罚晒多少次，在烈日下晒晕过多少次，结下了梁子。又有人说某狱警调戏和辱骂过他妹，一位前来探视的姑娘，让他两眼充血怒不可遏，口口声声要杀人。这些说法都闪闪烁烁难辨虚实。但不管怎么说，狱警们嗅出了危险，对他一度大镣重铐，严加管控，看这只死老鼠还能翻天。果然，死老鼠服软了，好一段活得蔫头蔫脑无声无息，直到那一天去审讯室。他惺惺松松地走到半途突然不动了，只是低头看脚，原来小腿不知何时破皮流血，染红了脚镣和破胶鞋。值班狱警骂不动他，也没找到什么帮手，大概觉得血淋淋的画面也刺眼，便去给他开锁解镣，准备带他先去医务室。没料到，就在那一刻，在当事人后来无法清晰回忆的那一刻，一尊沉睡的石头醒了，醒过来了，于眼缝间偷偷泄出一线凶光，突然哗啦啦集聚全身每一个细胞每一根毛发的力量，以泰山压顶之势高举重铐，朝下方那一个后脑勺哗啦啦——恰好砸中那个脑袋。

事情很明显，血迹不过是他的一个圈套，一个诱饵，是他精密计划的关键环节。一块小瓷片造成的流血，足以让他实现最佳角度和最佳距离的打击。

"发癫子——你也有今天呵——"他大声爆出对手的绰号。

"发癫子你这坨臭狗屎——"

"你只配给老子舔胯！你舔呵，舔呵，舔呵！今天你舔过瘾了吧哈哈哈哈——"

……

他是一个得胜回朝的大王，扯歪了一张脸，把狂喜和骄傲宣告四面八方，等待臣民们欢呼的排浪。但四周的监房只是死一般冷寂，好半天还是这样，连一片枯叶飘落的声音仿佛也能听到。

可惜，当天有陌生面孔在审讯室等待他。两位奉命前来的法院干部，正准备对他的案情重新审理。人们后来说，如果法院的人早来那么一天，如果当班警员不是他那个对头，如果他戴的也不是那种重铐，如果他忍过初一再忍忍十五，下手不那么狠，或下手适可而止，没在后脑勺上砸出白浆子……事情就可能是另外一篇了。眼下，白浆子已经出来了，不可能在镜头回放时收缩回去，再多的"如果"都变得毫无意义。

他最终被加刑重判，死刑。

食堂照例是下半夜提早做饭，黑暗中传来滴滴答答的切菜声。为了尽可能避免扰邻生乱，武装警察总是谨慎行事，确保在天亮前悄悄提人，还得安排死囚"上路"前的一顿稍微吃得好点。这样，下半夜的监狱食堂总是让人不安，一有动静就让很多囚犯竖起双耳。一群鼹鼠捕捉风声时就是这样子。

我前面说过，我不太愿意想象这一个情境，不愿意说到这一个早晨。尽管两个故事之间有几分暗合，我说的夏如海却不应该也不至于是这个倒霉的三一三。恰恰相反，几十年过去，他可能眼下还活得好好的，比如，在某个工厂退了休，鼻梁上架一副深度老花镜，背着手的小驼背在街上闲逛，看老街坊下棋或打牌，跟在那些广场舞大妈们后面，耸肩撅臀地比画两下子。他身边应该有一条狗，有一个总是泡上浓茶的保温壶，还有夕阳里江面上一片灿烂的光波，南方深广无际的秋天。

很可能的是，他仍住在那条小巷，那个电线杆旁边的红墙小屋。大概是把一个地址住久了，习惯了，就不想离开了。儿子去年给他一沓票子，说什么年月了，把房子翻修一下吧，他也支支吾吾一直没动手。

夏小梅，事情是这样吗？夏小梅，如果你看到我这一篇文章，请理解我没有采用你和你家人的实名，但相信你不难从中读出熟悉的往事，不难知道我在说什么。你肯定没有忘记那一切。如果你愿意，如果你没有特别的障碍，你可以通过杂志编辑部联系我，告诉我你失联后的故事，告诉我你哥眼下或许就是我说的这样。

你是否还会继续保持沉默？

二〇一六年三月

最初发表于二〇一六年《收获》杂志，获羊城晚报花地文学榜二〇一七年度短篇小说金奖。

图书在版编目（CIP）数据

赶马的老三 / 韩少功著. -- 上海 ：上海文艺出版社, 2025. -- （韩少功作品系列）. -- ISBN 978-7-5321-8379-1

Ⅰ. I247.7

中国国家版本馆CIP数据核字第202539GB33号

责任编辑：丁元昌　江　晔
装帧设计：付诗意

书　　名：赶马的老三
作　　者：韩少功
出　　版：上海世纪出版集团　上海文艺出版社
地　　址：上海市闵行区号景路159弄A座2楼 201101
发　　行：上海文艺出版社发行中心
　　　　　上海市闵行区号景路159弄A座2楼206室 201101 www.ewen.co
印　　刷：浙江中恒世纪印务有限公司
开　　本：1240×890　1/32
印　　张：14.875
插　　页：5
字　　数：360,000
印　　次：2025年5月第1版　2025年5月第1次印刷
I S B N：978-7-5321-8379-1/I.6614
定　　价：82.00元
告 读 者：如发现本书有质量问题请与印刷厂质量科联系　T: 021-59404766